FANPRO

Lara Möller wurde am 31.10.1978 in Hamburg geboren, wo sie bis heute lebt.
Sie schreibt schon seit ihrem elften Lebensjahr.
Nach dem Abitur absolvierte sie eine Ausbildung zur Schifffahrtskauffrau und arbeitet bei einem großen Hamburger Schiffsmakler.
In ihrer Freizeit schreibt sie nach wie vor leidenschaftlich gern. *Ash* ist ihr erster Roman.

Lara Möller

Ash

Ein Roman in der Welt von
Shadowrun™

Originalausgabe

Fanpro
Band 10574

Titelbild: Boros & Szikszai,
Agentur Kohlstedt

Redaktion: Sarah Nick
Lektorat: Christian Jentzsch
Satz und Layout: Sarah Nick
Umschlaggestaltung: Ralf Berszuck
Druck und Bindung: Ebner & Spiegel, Ulm

Besuchen Sie unsere Website *http://www.fanpro.com*

Printed in Germany 2004
1 2 3 4 07 06 05 04
2. überarbeitete Auflage

ISBN 3-89064-574-7

Für Hunter und Shade, ohne die mein Leben um vieles ärmer wäre.

Ich danke meiner Mutter, die sich tapfer durch das erste Manuskript gequält und die gröbsten Fehler ausgemerzt hat. Und die auch nachts um halb zwölf Zeit und Geduld hatte, sich Gedanken über die Sprengkraft einer Handgranate zu machen.

I FELT DAZZLED BY YOUR LIGHT
ILLUMINATING MY WHOLE LIFE
A SHINING BEACON IN DARK NIGHT
FILLING ME WITH STRENGTH AND PRIDE

Kapitel 1

Die letzten Töne der Musik verklangen und für den Bruchteil einer Sekunde wurde es still in der Halle. Dann brandete ohrenbetäubender Beifall auf. Dreitausend Menschen applaudierten und schrien sich die Lunge aus dem Leib. Ihre Aufmerksamkeit galt einem jungen Mann von dreiundzwanzig Jahren, der von einem einzigen Spot angestrahlt in der Mitte der Bühne stand und schwer atmend und mit einem breiten Grinsen im Gesicht das Schauspiel geduldig abwartete.

Als der Applaus abflaute, legte er in einer fragenden Geste die linke Hand ans Ohr. Sofort setzte neuer Jubel ein. Lächelnd wandte sich der Sänger zu den anderen Musikern um, die erschöpft ihre schweißnassen Gesichter mit Handtüchern abtrockneten. In ihrer schwarzen, eng anliegenden Lederkleidung staute sich die Hitze und allmählich wurde jede Bewegung zur Qual. Die Pausen zwischen den Songs wurden immer länger und die Roadies kamen kaum damit nach, die leeren Wasserflaschen auf der Bühne gegen volle auszutauschen.

Ash justierte das Mikro seines Headsets mit der Linken und schlenderte zum Bühnenrand. »Wisst ihr eigentlich, was ihr für einen Lärm macht? Euer Geschrei hört man bis zur Arcologie!« Er hatte den Satz kaum beendet, als ihm ein lautes Pfeifkonzert antwortete. Ash quittierte es mit einem schelmischen Lächeln. Da hatte er absichtlich einen empfindlichen Punkt getroffen. Grob geschätzt arbeiteten achtzig Prozent der hier versammelten Menschen für einen der großen Konzerne. Acht Stunden am Tag, fünf Tage die Woche gefangen in einer gigantischen, perfekt organisierten Maschinerie. Doch an einem Samstagabend gaben die Leute einen feuchten Drek darum, wer ihr Arbeitgeber war. Sie wollten Spaß, entspannen, den Alltag abschütteln. Das konnten sie haben.

Das Publikum bestand zum größten Teil aus der unteren und mittleren Arbeiterklasse. Orks, Zwerge, Norms, Elfen, sogar einige Trolle, jede Bevölkerungsgruppe war vertreten. Menschen und Metamenschen mit wenig Geld und einer gehörigen Portion Wut und Frustration im Bauch, die sie auf den Konzerten rauslassen konnten.

Devil's Playground spielten Musik der 90er Jahre. Des zwanzigsten Jahrhunderts, wohlgemerkt. Eine Stilrichtung, die damals als Heavy-Metal bekannt gewesen war. Harte, ehrliche Musik ohne den elektronischen Firlefanz, der einige der großen Strömungen dieser Zeit ausmachte. Heute kam man nicht mehr ohne diesen Kram aus, doch Ash und die anderen Bandmitglieder machten das Beste daraus. Keiner der Musiker benutzt eine Synthverbindung oder ähnlichen Schrott und er bediente sich lediglich eines Stimmenverstärkers, um seiner Stimme mehr Kraft zu verleihen. So produzierten sie das, was die Fans verlangten: nahezu perfekte Klänge. Und dass der Sänger von Zeit zu Zeit den Ton nicht hundertprozentig traf, bewies lediglich, dass sie wirklich spielten und kein Playback benutzten.

»Ich brauche euch wohl nicht zu sagen, dass wir komplett ausverkauft sind! Vor zwei Jahren hat jeder *Devil's Playground* für eine Eintagsfliege gehalten und wo stehen wir jetzt? Das verdanken wir alles euch. Wow!« Ash klatschte begeistert in die Hände und breitete die Arme aus, als wolle er die ganze Halle umarmen. Ohrenbetäubender Beifall antwortete ihm.

Ein junges Orkmädchen hing gebannt an seinen Lippen. Es würde sich auch Wochen später noch an jedes seiner Worte erinnern. Der Name des Mädchens war Belinda und es war zwölf Jahre alt. Die nach vorne drängenden Massen quetschten Belinda erbarmungslos gegen das Absperrgitter, doch sie bemerkte es kaum. Ihre Stimmbänder überschlugen sich, als der Sänger, begleitet von der Leadgitarristin, eine Ballade anstimmte. Der Song war ein Selbstgänger, aus dreitausend Kehlen schallte den Musikern der Text ihres eigenen Liedes entgegen. Ein Schauder lief über Belindas Rücken, als sie jedes Wort lauthals mitbrüllte.

Ashs Anblick und seine einzigartige Stimme ließen sie innerlich erbeben. Sie hatte beinah ihr gesamtes Taschengeld für die Karte ausgegeben und ihre Erwartungen waren voll erfüllt worden. Ihre Freundinnen würden große Augen machen, wenn sie ihnen morgen in der Schule von dem Konzert erzählte. Ihr Vater wusste nicht, dass sie hier war, denn offiziell übernachtete sie bei ihrer Cousine. Alles war unheimlich aufregend, ein einziges großes Abenteuer! Sie hätte nie gedacht, dass ein Norm derartige Gefühle in ihr wecken konnte. Er war wunderschön! Die langen blonden Haare mit den schwarz gefärbten Strähnen, die muskulösen Arme, der durchtrainierte Körper ...
Während Ash sang, streckte er die Hand aus, und die Finger mit den schwarz lackierten Nägeln kamen ihrem Gesicht so nah, dass sie danach greifen konnte. Wenn sie sich getraut hätte.

Die silbernen Totenköpfe auf seiner Weste funkelten im Licht der Scheinwerfer. Darunter trug er nichts, und wenn er die Arme hob, konnte sie seinen nackten Bauch sehen. Dann schaute Ash sie an, schaute ihr direkt in die Augen, und sie ertrank in seinem Blick.

Er trug schwarze Kontaktlinsen mit roten Pentagrammen anstelle der Iris und hatte die Augenlider dick mit schwarzem Kajalstift nachgezogen. Aus den Interviews, die sie aus der Matrix heruntergeladen hatte, wusste Belinda, dass seine Augen grün waren. Ein sattes, wunderschönes Moosgrün.

Trotz der Aufregung und der Freude merkte sie plötzlich, dass irgendetwas mit ihr nicht stimmte. Die Halle begann sich wie ein Kreisel um sie zu drehen. Erst langsam, dann immer schneller. Sie versuchte zu atmen, doch die Luft war zu stickig und das Absperrgitter presste ihr den Brustkorb zusammen. In Panik versuchte sie, sich Platz zu schaffen, sich gegen die Massen zu stemmen. Nach über zwei Stunden, in denen sie der Hitze, der Euphorie und dem Druck der Menschen hinter sich standgehalten hatte, versagten ihre Kräfte. Als der Norm neben ihr im Jubel die Arme hochriss und sie mit dem Ellbogen an der rechten Schläfe traf, sackte sie ohnmächtig zusammen. Es war so eng, dass es unmöglich war umzukippen.

Belinda wurde zwischen den anderen Fans eingeklemmt, was immer noch besser war, als zu fallen, und sich von den Stiefeln und Schuhen der Menge, die erneut begeistert zu hüpfen begann, die Knochen brechen zu lassen. Erst gegen Ende des Songs entdeckte sie einer der Männer von der Security. Mit einer hektischen Geste winkte er zwei seiner Kollegen heran und unter einiger Anstrengung gelang es den dreien, Belinda aus der Menge zu ziehen. Die Lücke, die ihr mächtiger Körper eingenommen hatte, füllte sich sofort mit neuen Fans.

Belinda wurde in einen der kühleren Räume neben der Bühne gebracht, wo Sanitäter sie für den Rest des Konzerts versorgten. Zusammen mit sechzehn anderen Fans, größtenteils jungen Mädchen, die von der Erschöpfung oder übermäßigem Alkoholkonsum überwältigt worden waren.

Von all dem bekamen weder Ash noch die Band etwas mit. Nach dem Ende der Ballade badete der Sänger mit ausgebreiteten Armen minutenlang im Jubel der Fans, während ihm der Schweiß in breiten Strömen über Gesicht und Rücken lief. Seine Kleidung klebte ihm am Körper wie eine zweite Haut und ihm war schwindlig vor Glück und Erschöpfung zugleich. Das Adrenalin pulsierte in seinen Adern und ließ seine Muskeln zittern.

Sie gaben schon die zweite Zugabe und das Publikum zeigte keinerlei Ermüdungserscheinungen. Die Halle hatte sich in ein Dampfbad verwandelt. Schweiß und Kondenswasser liefen die Wände herunter und tropften von der Decke. Die Luft war von Rauch und Schweißgeruch geschwängert. Lange würde die Band das nicht mehr aushalten.

»Seid ihr noch wach?«

Die Frage war überflüssig, aber er liebte es, mit dem Publikum zu spielen. Er versuchte sich vorzustellen, was er vom Sänger seiner Lieblingsband erwarten würde, und war versessen darauf, dieser Vorstellung gerecht zu werden. »Geht gleich weiter.«

Er schnappte sich einen der beiden Eimer, die Doyle, einer der Roadies, am Bühnenrand aufgereiht hatte. »Na, hat jemand Durst?« Aus Tausenden Kehlen erscholl die Antwort. Er tauchte lachend den Kopf in das kühle Nass, warf ihn dann in den Nacken und verteilte einen Schwall Wasser über die Bühne. Dann leerte er den Eimer über der ersten Reihe. Dabei bekam Taurus, der einzige Troll im Sicherheitsteam, einen Großteil des Inhalts ab. Er stand neben der Bühne, um nicht die Sicht auf die Band zu versperren, und setzte sich nur in Notfällen in Bewegung. Ash grinste ihn frech an, zuckte entschuldigend die Achseln und griff sich den zweiten Eimer, während der Troll sich brummend das Wasser von der Uniform und aus dem Gesicht wischte.

Gerade als der Sänger den Eimer geleert hatte, hämmerte ein schneidendes Gitarrenriff aus den Boxen und wurde von den Wänden vielfach zurückgeworfen. In gespieltem Erstaunen drehte er sich zur Leadgitarristin um. Keiko, die zierliche Japanerin, nickte ihm mit schweißnassem Gesicht zu, am Rande der Erschöpfung, aber genauso glücklich und euphorisch wie er. Sie war bereit für den nächsten Song. Sein Blick wanderte zu Brooks, dem Bassist. Der hatte es sich auf den Stufen vor dem Schlagzeug bequem gemacht und schaute achselzuckend zum zweiten Gitarrist. Dann nickte er ebenfalls und erhob sich. Noch ein letzter Song, dann war Schluss! Zum Zeichen, dass es weiterging, hielt der Drummer seine Sticks in die Höhe und wartete Ashs Ansage ab.

»Okay, Leute, ihr habt uns echt fertig gemacht!« Er schob sich eine nasse Haarsträhne aus dem Gesicht. »Hier kommt der letzte Song, auf den ihr wahrscheinlich die ganze Zeit gewartet habt.« Er räusperte sich und gab seiner Stimme einen tiefen, gefährlichen Klang: »*Devil's* Playground«.

Die Leute flippten komplett aus. Das war IHR Hit. Das Lied hatte die Band bekannt gemacht und garantierte ihnen seit zwei Jahren stetig wachsenden Erfolg. Das Intro wurde gespielt und dreitausend Stimmen sagten wie ein Mann den Text auf:

The day after the day
The hour after the hour
When all is lost
And the scarlet whore
Hath risen from her shallow grave
When the damned
Are walking upon this earth

Then the path is prepared
For Him who hath no name
Who knows no pity
And who will feast on our souls
With delight

The Devil hath found his playground

Als der Drummer loslegte, explodierte Ash förmlich auf der Bühne. Auch nach über zwei Stunden klang seine raue Stimme durchdringend und kräftig und zog die Menschen in der Halle in ihren Bann. Wie ein Irrwisch rannte und sprang er von einer Seite der Bühne zur anderen. Nach dem Refrain blieb er in der Mitte der Bühne stehen, die linke Hand erhoben.

»Okay, ihr wisst, was jetzt kommt.« Lauter Jubel antwortete ihm und er nickte bestätigend. »Ich weiß, dass ihr das könnt.« Ash klatschte mit den Händen den Rhythmus mit und wartete auf den Einsatz. Als es so weit war, schob er das Mikro des Headsets dichter an seinen Mund und senkte die Stimme zu einem Flüstern.

»*You can see them in the night …*«

»*Burning bright …*«, antwortete das Publikum.

»*With all-consuming hate.*« Ash grinste selig. Gott, das war unglaublich! »*Shadows lurking in the depths …*«, sang er weiter.

»*Fiery eyes …*«, brüllten ihm die Menschen entgegen.

»*Piercing through the dark.*«

Es war ein abgefahrenes Ping-Pong-Spiel zwischen Ash und dem Publikum. Der Sänger hatte das Gefühl, dass all diese Menschen zu ihm gehörten, ein Teil seiner Familie waren.

Als der Gesangspart zu Ende war, riss er sich das Headset vom Kopf, nahm Anlauf und sprang über den Sicherheitszaun und die Köpfe des Sicherheitspersonals hinweg mitten in die Menge. Die Fans fingen ihn begeistert auf. Zogen und zerrten an ihm wie an einer Puppe und hoben ihn hoch in die Luft. Wie ein Spielball wurde er hin und her gereicht. Er schloss die Augen, genoss das Auf und Ab, die Berührungen der Fans. Hörte ihr Brüllen und Kreischen. Bis ihn eine riesige Hand packte und zurück in die Realität holte.

»Schalt mal 'nen Gang zurück, Kleiner, sonst reißen sie dich in Fetzen!« Taurus fischte ihn mit einer fließenden Bewegung aus der Menge und hob ihn zurück auf die Bühne. »Macht Schluss, bevor die völlig durchdrehen.«

Der Sänger grinste ihn mit glasigen Augen an und kroch auf allen vieren auf sein Headset zu. Zum Aufstehen fehlte ihm die Kraft. Er erreicht es, als Keiko die letzte Note ihres Solos spielte. Im Sitzen sang er den Refrain und beendete den Song mit einem letzten, triumphierenden Brüllen.

»*Devil's Playground* danken euch«, keuchte er völlig außer Atem ins Mikro. »Danke, vielen Dank, ihr wart unglaublich!«

Er ließ sich auf den Rücken fallen, schlug die Hände vors Gesicht und versuchte einfach nur zu atmen. Sein Körper zitterte vor Anstrengung und seine Lunge schmerzte bei jedem Atemzug.

Der Applaus hielt an, während er sich mühsam auf den Bauch wälzte und sich nach einer halben Minute schließlich auf die Beine quälte. Quinn, der zweite Gitarrist, reichte ihm eine Flasche Wasser und legte ihm besorgt eine Hand auf die Schulter. »Geht's noch?«

»Klar.« Ash trank einen Schluck und schüttete sich den Rest über den Kopf. »Ist alles nur Show.« Er holte pfeifend Luft und strafte seine eigenen Worte Lügen. »Ich komme gleich nach.«

»Okay.« Quinn nahm ihm die leere Flasche ab, verbeugte sich wie die anderen Bandmitglieder vor dem anhaltenden Applaus und verschwand mit ihnen hinter der Bühne. Sie wussten, dass Ash noch einige Worte sagen würde. Taurus beobachtete den Sänger kopfschüttelnd und hielt gleichzeitig mit einem Arm die Fans davon ab, die Absperrung umzureißen und auf die Bühne zu klettern.

»Kommt gut nach Hause und bleibt am Leben, Leute.« Diese Verabschiedung schien Ash in einer Stadt wie Seattle nicht unbedingt übertrieben. »Es war ein grandioser Abend mit euch, vielen Dank. Ihr habt uns dahin gebracht, wo wir heute sind. Wir sehen uns beim nächsten Konzert wieder. Lasst euch nicht unterkriegen!«

Als er seine Bewegungen wieder einigermaßen unter Kontrolle hatte, taumelte Ash hinter die Bühne. Zwei besorgte Crewmitglieder wickelten ihn in ein übergroßes Handtuch und beförderten den dankbaren Sänger zu einem Stuhl.

In der Halle wurde die Deckenbeleuchtung eingeschaltet und die Rufe nach einer Zugabe verstummten.

»Super Auftritt. Die Fans werden dich dafür lieben!« Brooks dehnte das letzte Wort bis zur Schmerzgrenze, während er sich mit einem Handtuch das Gesicht abtrocknete. Ash blickte den vor ihm stehenden Bassist mit verquollenen Augen an.

»Du kannst mich.« Ihm fehlte die Kraft, die Härte des Satzes mit einem Lächeln abzumildern.

»Lass ihn zufrieden.« Keiko, die derart freundlichen Gedankenaustausch gewöhnt war, schubste Brooks mit einer eleganten Hüftbewegung zur Seite und reichte dem Sänger einen Plastikbecher mit klarer Flüssigkeit.

»Hier, das bringt dich wieder auf die Beine. Es sind nur Mineralien und Wasser«, erklärte sie, seinen skeptischen Gesichtsausdruck richtig deutend. »So wie du deinen Körper gefoltert hast, wird er es brauchen.« Sie klopfte ihm aufmunternd auf die Schulter und verschwand in Richtung Duschraum. Von Brooks war nichts mehr zu sehen.

Ash nippte vorsichtig an dem Getränk. Die Flüssigkeit schmeckte bitter und salzig zugleich. Interessante Mischung. Er leerte den Becher in einem Zug und stellte ihn neben sich auf den Betonboden. Sein suchender Blick fiel auf Taurus, der sich durch die für ihn winzige Bühnentür quetschte, einen Schritt in den Raum tat und fast mit dem Kopf an die Decke stieß. Der grimmig dreinschauende Troll suchte und fand den blonden Sänger in der hintersten Ecke. Mit einem tiefen Brummen baute er sich vor ihm auf. »Ich schulde dir noch 'ne Dusche, Chummer!«

Ash machte sich nicht die Mühe aufzustehen. Taurus war knapp drei Meter groß und er gerade mal einsfünfundsiebzig. Er hätte sich auf einen Stuhl stellen müssen, um wenigstens auf Brusthöhe zu kommen, und das war ihm wirklich zu albern. Stattdessen blickte er Taurus aus schwarz-roten Augen schuldbewusst an und hob die Hände. »Sorry, Großer, der Eimer ist mir abgerutscht. Außerdem ist ein bisschen kühles Nass bei der Hitze da drinnen gar nicht so schlecht.«

Du solltest dein Glück nicht überstrapazieren, mahnte ihn eine innere Stimme, doch Taurus schien heute friedfertig gestimmt zu sein. »Schon' deine Stimmbänder, Zwerg.«

»Hübsches Ding. Neu?« Ash studierte eingehend die große Gürtelschnalle des Trolls. Sie war oval, aus Gold und in ihrer Mitte prangte ein silbernes ›T‹.

»Sonderanfertigung«, erwiderte sein Gegenüber stolz. »Echtes Gold und echtes Silber!«

»Wow.« Ash verzog anerkennend den Mund. »War bestimmt nicht billig.«

»Kannste Gift drauf nehmen. Anderes Thema.« Taurus schaute sich kurz um. Sie waren unbeobachtet, da die Crew mit Aufräumarbeiten und anderen Dingen beschäftigt war.

»Ich bin dein Leibwächter. Mein Job isses unter anderem, dein Leben zu beschützen. Du bezahlst mich dafür. Aber ...« Er beugte sich weiter vor. »Ich kann dich nich' davor schützen, dass du dich auf der Bühne umbringst, also übertreib's nich immer!«

»Verstanden, Onkel Doc.« Ash salutierte und erhob sich.

Der Gesichtsausdruck des Trolls wurde ernst. »Dein Leben läuft nich nur auf der Bühne, vergiss das nich.«

»Ist ja gut. Sag Keiko und den Jungs, dass ich gleich nachkomme.«

»Sehnsucht nach den Fans?«

»Kennst mich doch.«

»O ja.« Die Lippen des Trolls verzogen sich um die mächtigen Hauer herum zu einem Grinsen. »Bis später.«

Ash wickelte das Handtuch fester um seinen Oberkörper und machte sich auf den Weg zum hinteren Teil des Backstage-Bereichs. In einem provisorisch eingerichteten Raum waren vier Sanitäter dabei, die letzten erschöpften Fans zu betreuen. Er hielt sich vorsichtshalber vor den Blicken der Fans verborgen und wartete, bis einer der Sanitäter sich der Tür näherte.

»Hi. Wie viele sind diesmal umgekippt?«

Der Mann blickte ihn überrascht und ein wenig erschrocken an und Ash erinnerte sich plötzlich, dass er vergessen hatte, sich abzuschminken. Mit den Kontaktlinsen und den schwarz umrandeten Augen musste er einen sehr merkwürdigen Eindruck machen.

»Siebzehn, Sir«, entgegnete der Sanitäter schließlich.

»Vergiss mal das ›Sir‹. Jemand verletzt?«

»Drei mussten mit einer Alkoholvergiftung ins Krankenhaus. Die Leute wissen nie, wann sie genug haben. Die anderen sind so weit in Ordnung. Sie müssen sich nur ausruhen und ein wenig schonen.« Er warf einen Blick über die Schulter. »Dann ist da noch das Mädchen ...«

»Aha?« Ashs Interesse war geweckt.

»Die Kleine hat furchtbare Angst, nach Hause zu gehen. Ihr Vater weiß nicht, dass sie hier ist, und jetzt befürchtet sie, dass es Ärger geben könnte.« Der Sanitäter holte einmal tief Luft, um sich Mut zu machen. »Sir, ich möchte Sie auf keinen Fall belästigen, aber ich glaube, es würde ihr helfen, wenn Sie ein paar Worte mit ihr wechselten. Natürlich nur, wenn Sie wollen. Sie müssen furchtbar erschöpft sein und es ist ja auch schon sehr spät ...«

»Schon gut, schon gut!« Der Sänger hob lächelnd eine Hand. Natürlich war er erschöpft, aber fünf lausige Minuten brachten ihn nicht um. »Wo ist sie?«

Mit hinter dem Rücken verborgenen Händen betrat Ash den Raum. In den Händen hielt er ein T-Shirt, das ihm eines der Crewmitglieder vom Verkaufsstand besorgt hatte. Es war stets etwas Besonderes für ihn, seine Fans auf diese Art zu überraschen. Der Glanz und die Freude in ihren Augen erinnerten ihn daran, weshalb er Musiker geworden war. Und bestätigten ihn jedes Mal von neuem in seiner Entscheidung.

Belinda saß auf dem Boden neben einem Feldbett und starrte abwesend auf den leeren Plastikbecher in ihren Händen. Er musterte die gelblich verfärbten Eckzähne, den ungewöhnlich blassen Teint und schließlich die traurigen Augen des Mädchens. Dann holte er tief Luft und räusperte sich. »Hi, wie geht's?«

Belindas Kopf ruckte herum und ihre Augen wurden groß wie Teller. Langsam glitt der Becher aus ihren Händen und fiel zu Boden.

»Keine Angst, das sind nur Kontaktlinsen.« Er strich sich eine schwarz-blonde Haarsträhne aus dem Gesicht.»Alles okay?«

Sie starrte ihn sekundenlang an und nickte schließlich wie in Trance. Als er sich neben sie aufs Feldbett setzte, schien sie ernsthaft an ihrem Verstand zu zweifeln. Wachte sie, oder war alles nur ein Traum? Um es ihr einfacher zu machen, bot er ihr die linke Hand an.

»Ich bin Ash. Wie heißt du?«

Zögernd gab sie ihm die Hand. »Belinda Ramirez.«

»Ist mir ein Vergnügen, dich kennen zu lernen, Belinda.« Er holte das T-Shirt hinter seinem Rücken hervor und gab es ihr. »Als kleine Entschädigung dafür, dass du das Konzert nicht bis zum Ende erlebt hast.«

Sie blickte zuerst auf das T-Shirt in ihrer Hand, dann auf Ash und fand endlich die Sprache wieder.

»Ich glaub' das nicht! Das ... das wird mir keiner glauben!« Sie blickte an sich herab, sich ihres Aussehens schmerzlich bewusst. Dennoch stellte sie zaghaft die eine, für sie schwierigste Frage ihres bisherigen Lebens. »Darf ich Sie umarmen? Nur ein Mal?«

»Klar.« Die Antwort kam spontan, ohne dass er darüber nachdachte.

Belinda sprang auf und drückte ihn an sich, als wolle sie ihn nie wieder loslassen. Erschrocken hielt Ash die Luft an. Dann überwand er sich, ließ mit der anderen Hand das Handtuch los, und erwiderte die Umarmung. Sein eigener Körpergeruch ließ momentan schließlich auch mehr als zu wünschen übrig. Er machte dem Mädchen verdammt noch mal eine Freude damit!

»Ash.« Taurus' tiefer Bass ließ Belinda zurückschrecken. »Wenn du noch duschen willst, solltest du dich beeilen. Wir müssen los.«

»Keine Angst, der tut dir nichts.« Er gab dem Orkmädchen zum Abschied einen Kuss auf die Wange. »Geh jetzt nach Hause, okay? Dein Vater wird froh sein, dass dir nichts passiert ist.«

Belinda nickte nur und starrte ihn an, als wolle sie diesen Augenblick, dieses Bild auf ewig in ihrer Erinnerung festhalten.

»Perfektes Timing.« Er boxte Taurus im Vorbeigehen dahin, wo er die Magengegend vermutete. »Die Kleine hat sich vor Angst fast in die Hose gemacht!«

Aus dem Sanitätsraum war ein lang gezogener Jubelschrei zu hören.

»Aber nur fast, Casanova.« Taurus folgte Ash belustigt in Richtung Dusche.

Als die beiden aus der Hintertür kamen, der Sänger frisch geduscht und ohne gefärbte Haare und Kontaktlinsen, waren die anderen Bandmitglieder bereits fleißig damit beschäftigt, einer Gruppe wartender Fans durch eine Absperrung hindurch Autogramme zu geben. Dabei wurden sie vom Kamerateam eines kleinen Seattler Musiksenders gefilmt und interviewt.

Ash gesellte sich unter dem Jubel der Fans zu ihnen und es vergingen endlose Minuten, in denen die fünf ein Autogramm nach dem anderen gaben und mit Engelsgeduld einen Ansturm von Fragen über sich ergehen ließen und brav beantworteten.

Taurus beobachtete die Szene mit wachsendem Unmut und ging schließlich energisch dazwischen. Er erklärte dem Kamerateam ruhig und sachlich, dass es ihn einen Drek interessiere, ob sie eine Drehgenehmigung besäßen oder nicht, sie hätten genug Material zusammen und sollten sich endlich verziehen. Ansonsten würde er ihnen ihr Equipment dahin schieben, wo die Sonne nicht scheine. Keiner der Männer wagte es zu widersprechen und sie machten sich still und leise aus dem Staub.

Eine junge Frau mit langen blonden Haaren drängte sich forsch an den wartenden Fans vorbei und winkte Ash zu, um seine Aufmerksamkeit zu erregen. Er musterte sie eingehend. Die Frau war Anfang zwanzig, trug enge schwarze Jeans und ein knappes Lederoberteil und sah nach seinen bescheidenen Maßstäben zum Anbeißen aus. Als sie mit einem schüchternen Lächeln den Unterarm durch das Absperrgitter schob, damit er auf der nackten Haut unterschrieb, kam er ihrem Wunsch bereitwillig nach.

»Hat dir das Konzert gefallen?«

Sie nickte hastig. »Absolute Sahne, der totale Knaller! Hast du nachher schon was vor?«

Ash sah erstaunt auf und die junge Frau schenkte ihm das unschuldigste Lächeln der Welt.

»Sorry, bin verabredet.« Es stimmte und er fand es wirklich schade. Offenbar auf die Antwort vorbereitet, hielt sie ihm einen kleinen Zettel hin. Ohne weiter nachzudenken nahm er ihn entgegen. Auf dem Stück Papier standen ein Name und eine Telekomnummer. Die Kleine hieß Amy. Hübscher Name. Er faltete den Zettel wieder zusammen und ließ ihn in seiner Hosentasche verschwinden. Amy strahlte ihn glücklich an, drehte sich um und verschwand. Er blickte ihr nach, kratzte sich amüsiert am Kinn und wandte sich einem Fan zu, der energisch an seinem T-Shirt zupfte.

Ein kleiner Bus, der die Musiker zu ihren Wohnungen bringen sollte, wartete bereits mit offenen Türen und laufendem Motor. Als Ash endlich einstieg, warf Brooks ihm einen zweideutigen Blick zu. »Na, wieder die weiblichen Fans beglückt?«

»Aber nein.« Der Sänger beugte sich zu ihm herab, bis er den Atem des Elfs riechen konnte. »Ich habe mich ganz für dich aufgespart.« Er streckte dem Elf grinsend die Zunge raus und ließ sich von Quinns dreckiger Lache begleitet auf den freien Platz vor Keiko fallen. Die Japanerin klopfte ihm anerkennend auf die Schulter. »Klassisch pariert, ich bin stolz auf dich.«

Ein dicklicher Mann in einem grauen Anzug kam aus dem Hinterausgang der Halle und eilte mit schnellen Schritten auf den Bus zu. Sein rundes Gesicht war vor Aufregung gerötet und das Leuchten in seinen Augen ließ auf gute Nachrichten schließen.

»Also, meine Goldkinder ...« Michael Rutherford, ihr Manager, schwang sich auf den Beifahrersitz und drehte sich zur Band um. »... wir haben es geschafft!« Er hielt sein Handy hoch. »Zufällig war heute Abend ein Mitarbeiter unserer Plattenfirma im Publikum, der einen Teil des Konzerts gefilmt hat.«

»Zufällig?« Evan erntete Gelächter, während sich der Bus langsam in Bewegung setzte. Zufrieden mit der Reaktion seiner Bandkollegen, strich er sich feixend über die Glatze.

»Sehr lustig, mein Junge. Gut, vielleicht nicht gaaanz zufällig. Ich habe euch vorher nichts davon erzählt, damit ihr euch so natürlich wie möglich verhaltet.«

»Und so verrückt wie immer«, fügte Ash hinzu. »Schon klar.«

»Darf ich vielleicht mal einen Satz beenden?« Der Manager holte Luft und versuchte es erneut. »Zwei Mitglieder des Vorstands haben sich euren Auftritt von einem Konferenzraum aus per Live-Schaltung angesehen und waren begeistert. Unser Label hat sich daraufhin endlich bereit erklärt, die finanziellen Risiken einer Tournee auf sich zu nehmen. Wir gehen in die großen Städte, reservieren die besten Hallen ... und ihr seid die Headliner! Na, was sagt ihr dazu?«

Eine etwaige Antwort ging im Jubel der Musiker unter. Zum ersten Mal konnten sich *Devil's Playground* im Hauptprogramm beweisen und nicht als Anhängsel einer anderen Band.

Mit einem Donnerschlag waren sie in die nächste Liga aufgestiegen!

»Das muss gefeiert werden. Ich habe ein bescheidenes Gelage im *Alabaster Maiden* arrangiert, zu dem ihr herzlichst eingeladen seid.«

»Wir haben's geschafft!«

Ash drückte Keiko einen stürmischen Kuss auf die Stirn und die beiden umarmten sich freudestrahlend.

Kapitel 2

Der folgende Morgen begann regnerisch. Es war Mitte Februar, doch keine Schneeflocke ließ sich blicken. Graue Regenwolken verdeckten den Himmel über Seattle und ein kalter Wind wehte. Das Wetter war es nicht wert, beachtet zu werden, und die Menschen hasteten mit hochgezogenen Schultern und gesenkten Köpfen durch den Dschungel aus Straßen und Gebäuden.

Niemand interessierte sich dafür, was ringsherum geschah, und niemand bemerkte die Gestalt, die aus einem grauen Ford Americar stieg und sich beiläufig umblickte. Sie öffnete den Kofferraum des Wagens und holte eine längliche, schwarze Sporttasche heraus. Die Gestalt, ein junger Mann von vielleicht fünfundzwanzig Jahren, schulterte die Tasche und steuerte auf den Eingang eines baufällig aussehenden Hotels zu. Der Portier, ein fettleibiger, nach zu viel Alk aussehender Norm, musterte ihn aus wässrigen Schweinsäuglein. »Bezahlung im voraus, klar? Und keine Weiber!«

Der junge Mann zog wortlos einen kleinen Credstick aus der Hosentasche und legte ihn dem Mann auf die Theke. Der griff mit gierigen Fingern danach und steckte ihn hastig in seinen Taschencomputer. Seine Augen weiteten sich beim Anblick der gespeicherten Summe und er wurde schlagartig freundlich. »Ich gebe Ihnen unser bestes Zimmer, Sir.« Er händigte seinem Gegenüber eine Codekarte aus. »Es geht zur Vorderseite raus.«

Der Mann nickte zustimmend, dann fixierte er sein Gegenüber mit stechendem Blick.

»Und ich habe nichts gesehen, schon klar.« Der Portier fing an zu schwitzen, was bei seinem Körpergeruch nicht gerade ansprechend war.

Der Mann nickte abermals und setzte sich so abrupt in Bewegung, dass der fette Bursche vor Schreck zusammenzuckte. Schweißgebadet beobachtete er, wie sein Gast auf den Fahrstuhl zusteuerte. Was er nicht sah, war das amüsierte Grinsen auf dem Gesicht des Mannes. Er hatte Spaß an dem kleinen Spielchen und war bemüht, nicht laut loszulachen. Nach wenigen Metern hatte er sich wieder im Griff und sein Gesicht hinter der verspiegelten Sonnenbrille war kalt und ausdruckslos wie zuvor. Er betätigte den Fahrstuhlknopf und wartete geduldig. Im fünften Stock stieg er aus und schlenderte den langen Korridor entlang. Er horchte auf das leise Geräusch, das seine Stiefel auf dem künstlichen Teppich machten und roch den Moder, den die Jahrzehnte alten Wände ausdünsteten. Vor der Tür mit der Nummer 512 machte der Mann Halt und zog die Codekarte mit einer geübten Handbewegung durch das Schloss, die verriet, dass er viel Zeit in Hotels verbrachte.

»Wenn das euer bestes Zimmer sein soll, weiß ich, warum der Laden so heruntergekommen ist.« Der Mann stand nun in der Mitte des Zimmers und musterte die lieblose Einrichtung Marke Sperrmüll, die abblätternde Farbe an den Wänden und den verdreckten Bodenbelag im Badezimmer, auf dem vor gar nicht langer Zeit wohl irgendwer oder irgendwas ziemlich armselig gestorben war. Auf dem Rand der Badewanne und des Waschbeckens zeichnete sich ein Belag aus getrocknetem Blut ab, den die Putzfrau anscheinend übersehen hatte. »Das liebe ich an meinem Job.« Er schloss die Badezimmertür geräuschvoll hinter sich. »Man fühlt sich überall sofort wie zu Hause!«

Er stellte seine Tasche behutsam auf dem Boden ab und trat ans Fenster. Mit einem hatte der Portier Recht gehabt. Der Blick auf die große Kreuzung war perfekt. Er nahm die Sonnenbrille ab und ließ sich auf das Bett fallen, das links neben dem Fenster stand. Dort breitete er den Inhalt seiner Tasche vor sich aus: Ein Barrett Modell 121, komplett auseinander genommen. Eine Spezialanfertigung, die ein hübsches Sümmchen gekostet hatte. Vorsichtig begann er damit, die einzelnen Teile zu reinigen und zu ölen. Als er das Gewehr endlich zusammengesetzt hatte, war über eine Stunde vergangen. Der junge Mann kontrollierte es ein letztes Mal, lud es und streckte sich dann auf dem Bett aus.

Eine halbe Stunde später kniete er vor der Fensterbank und blickte gelangweilt in die Tiefe. Das Kinn in die Hand gestützt, zählte er zum Zeitvertreib die Autos auf der Straße und beobachtete die Menschen, die nicht wussten, dass nur wenige Meter über ihnen der Tod auf der Lauer lag. Immer wieder ging er den Plan in Gedanken durch und schätzte die wahrscheinliche Entfernung zum Ziel und die Zeit, die er brauchen würde, um zu verschwinden. Nach einer weiteren halben Stunde klingelte sein Handy. Er schaltete es ein und setzte das Headset auf, das neben ihm auf der Fensterbank lag. »Ja?«

Eine kieksende Frauenstimme meldete sich. »Er ist unterwegs.«

»Wurde auch langsam Zeit.«

»Er hat sich eine geschlagene Stunde mit seiner Frau gestritten. So was hält einen eben auf.«

»Hm, ob wir Mrs. Gilbert diesen kleinen Job zu verdanken haben?« Der Mann hob das Gewehr vom Bett und entsicherte es. »Wie weit noch?«

»Etwa zwei Blocks. Bei diesem Verkehr kommt der nie pünktlich zur Arbeit.«

»Ich glaube nicht, dass wir uns darüber Gedanken machen sollten. Solange er nicht auf eine andere Strecke ausweicht ...«

»Kann er gar nicht mehr. Die nächste Möglichkeit zum Abbiegen ist deine Kreuzung. Wir sind noch etwa 500 Meter entfernt. Gilbert fährt einen dunkelgrünen VW Integra. Ich sitz in dem roten Jackrabbit zwei Wagen hinter ihm, also pass auf, wohin du schießt!«

»Keine Angst, ich bin ziemlich gut in dem, was ich tue.« Der Mann lockerte spielerisch die Finger.

»Klar, weiß ich doch, Chummer! Wir haben gerade das Schuhgeschäft passiert.«

»Okay, bis später.« Der junge Mann legte auf und öffnete das Fenster. Nach wenigen Sekunden hatte er den bewussten Wagen gefunden. Die Vergrößerungsfunktion im Fernrohr des Barrett holte den Integra so dicht heran, dass er das Gesicht seines Opfers sehen konnte.

Der Exec fuchtelte erregt und offensichtlich verärgert mit einer Hand in der Luft herum, während die andere das Steuer hielt, und öffnete und schloss hektisch den Mund, als streite er mit jemandem. Nur, dass außer ihm niemand im Wagen saß.

»Na, Mr. Gilbert, setzen wir unsere kleine Diskussion fort?« Der Schütze drückte das Gewehr fester an die Schulter und sein Zeigefinger krümmte sich um den Abzug. An der Kreuzung unter ihm näherten sich die Autos im Schritttempo der Ampel, die in diesem Moment auf Rot sprang. In dem Augenblick, als Gilbert seinen Wagen zum Stehen gebracht hatte, drückte er ab. Die Kugel durchschlug die Windschutzscheibe, ließ den Kopf des Fahrers wie eine reife Melone explodieren und verteilte Gehirnmasse, Knochensplitter und Blut im Wageninneren. Der Oberkörper des Mannes fiel nach vorne und betätigte die Hupe. Die wenigen Passanten stoben kreischend auseinander und brachten sich in Hauseingängen und Geschäften in Sicherheit.

Während der Schütze seelenruhig sein Gewehr zerlegte und es wieder in der Tasche verstaute, suchte sich der rote Jackrabbit gemächlich einen Weg durch den Stau, passierte die Unfallstelle und bog in die Seitenstraße neben der Absteige ein.

Der Mann warf noch einen letzten Blick aus dem Fenster, schulterte die Tasche und verließ das Zimmer. Über die Feuerleiter erreichte er den Hinterhof und trabte durch den Torweg zu dem Jackrabbit, der mit laufendem Motor auf ihn wartete. Der Wagen war leer, die Fahrerin verschwunden. Schwungvoll öffnete er den Kofferraum, verstaute das Gewehr unter einem Stapel Decken und ließ sich auf den Fahrersitz fallen. Auf dem Beifahrersitz lag ein kleines Telefon, dessen Display blinkend zu verstehen gab, dass eine Verbindung hergestellt war. Er klemmte den Hörer zwischen Schulter und Kopf ein, löste die Handbremse und fuhr los.

»Hier ist Ihr persönlicher Auftragsdienst, was kann ich für Sie tun?«

Diesmal ging die Frauenstimme nicht auf seinen Witz ein. »Wie regeln wir das Finanzielle?«

»Ist bereits erledigt. Danke für die Zusammenarbeit.«

»Solange die Kohle stimmt, immer wieder gern.« Die Leitung wurde unterbrochen und ein grauer Ford Americar überholte ihn auf der linken Seite, an dessen Steuer ein schmächtiges, brünettes Mädchen saß. Der Mann nickte zufrieden und bog in eine Seitenstraße ein. Er legte auf und wählte eine neue Nummer.

»Das Paket wurde geliefert. Die Gebühren für Porto und Verpackung sind auf dem üblichen Weg zu entrichten.« Er unterbrach die Verbindung, ohne eine Antwort abzuwarten, und drückte einen roten Knopf auf der Rückseite des Telefons. Dann betätigte er den Schalter, der das Fahrerfenster senkte, und warf es aus dem Auto. Nach wenigen Sekunden verstreute eine winzige Explosion das Innenleben des Apparats über den Asphalt.

Amy Lonnegans Appartement, früher Abend

»Schrecklich, was heutzutage alles passiert. Man traut sich ja kaum noch auf die Straße!« Amy schaute mit besorgter Miene zu dem kleinen Trid, das neben dem Kühlschrank auf der Arbeitsfläche stand. Sie war lediglich mit einem Slip und einem knappen Oberteil bekleidet, ihre nackten Füße steckten in hellbraunen Fell-Hausschuhen. Kopfschüttelnd ließ sie einige Tomatenstücke in eine halb gefüllte Salatschüssel fallen und schob eine rote Paprika auf das Plastikbrett. Bevor sie zum Messer greifen konnte, umschlangen kräftige Arme ihren schlanken Körper. Sie zuckte zusammen und ließ sich dann lächelnd in die Umarmung sinken.

»Hast du mich erschreckt.«

»Schlechte Nachrichten?« Ash drückte sein Gesicht in ihre blonde Haarpracht und sog ihren Geruch ein, was der jungen Frau ein wohliges Schnurren entlockte. Er küsste sie zärtlich auf die Wange und stützte behutsam sein Kinn auf ihre Schulter. Es war eine gute Idee gewesen, Amy anzurufen. Sie war genau das, was er im Moment brauchte. Und sie sah so verdammt gut aus.

»Ein Mann ist erschossen worden. Mitten im dichtesten Stadtverkehr. Kannst du dir das vorstellen? Wie kann man nur so grausam und skrupellos sein?«

Ash erwiderte nichts, sondern blickte auf die Reporterin, die sich vor dem Wrack des grünen VW aufgebaut hatte, die zersplitterte und blutverschmierte Windschutzscheibe medienwirksam im Rücken. »William Gilbert, leitender Angestellter bei Granadine Technics und zweifacher Familienvater, wurde heute Morgen Opfer eines kaltblütigen Anschlags.« Nach einem kurzen Schnitt stand die Reporterin vor einem kleinen Häuschen, irgendwo in einer besseren Gegend Seattles, neben sich eine junge Frau mit vom Weinen geröteten Augen.

»Wir haben miteinander telefoniert, als es passiert ist. Auf einmal hörte ich ein komisches Geräusch und dann nichts mehr«, schluchzte sie. »Wir hatten einen dummen Streit. Er sollte schon wieder Überstunden machen und wir wollten doch heute Abend ausgehen. O Gott, was sage ich bloß den Kleinen?« Sie drehte sich zur Seite, halb aus dem Sichtbereich der Kamera und man konnte sehen, wie eine andere Frau sie in den Arm nahm und tröstete. Das Bild wechselte zurück zur Unfallstelle, wo die Reporterin nun energisch auf die Tränendrüse drückte. »Was muss in dieser Frau vorgehen?«, fragte sie mit besorgter, mitfühlender Stimme. »Die letzten Worte ihres Mannes waren im Zorn gesprochen, nie wieder wird er nach Hause kommen zu seiner geliebten Ehefrau und den beiden kleinen Töchtern.«

»Das reicht.« Ash streckte einen Arm aus und schaltete das Trid ab. »Da wird einem ja schlecht!«

»Sie macht doch nur ihren Job. Der arme Mann, wer tut nur so etwas Schreckliches?«

»Jemand wird seine Gründe gehabt haben.«

Ash klaute ein Stückchen Tomate aus der Salatschüssel, steckte es in den Mund und ging zur Tür. »Bis gleich.«

Sie lächelte, nickte und wandte sich wieder der Paprika zu.

Als Amy erwachte, war es bereits dunkel. Irgendwie hatten sie den Weg in das große Himmelbett im Schlafzimmer gefunden, sie wusste nur nicht mehr, wie. Die Zeit zwischen dem Essen des Salates und dem Aufwachen lag unter einem dichtem Nebel. Ob die drei Gläser Rotwein schuld daran waren? Normalerweise trank sie nicht so viel, doch die Aufregung hatte sie sämtliche Signale ihres Körpers ignorieren lassen. Ash hingegen hatte sich vornehm zurückgehalten.

Ash.

Das feine Kribbeln eine Handbreit unterhalb ihres Magens erinnerte sie daran, was sich vor dem Filmriss ereignet hatte. Im Halbschlaf streckte Amy den Arm nach Ash aus, der neben ihr lag.

Liegen sollte.

Sie tastete über das kalte Bettlaken, fand ihn jedoch nicht. Schlagartig war Amy hellwach. Sie setzte sich auf und schaltete die Lampe auf dem Nachttisch ein. Die andere Seite des Betts war leer, Ashs Kleidung vom Teppich verschwunden.

Er war weg, gegangen, ohne ein Wort zu sagen. Enttäuscht zog sie die Knie an die Brust und stützte das Kinn

auf. Hatte sie etwas anderes erwartet? Nein, eigentlich nicht. Gehofft, ja, aber erwartet? Immerhin konnte sie behaupten, mit dem Sänger von *Devil's Playground* im Bett gewesen zu sein. Was ihr wohl niemand glauben würde.
»Kann mir doch egal sein, ich weiß es besser.« Sie stand auf, und ging ins Badezimmer. »Dreckskerl, hättest dich wenigstens verabschieden können!«

Zur selben Zeit in der Innenstadt

Lautlos öffnete Belinda die Tür ihres Zimmers und schlich den Flur entlang. An der schmalen Treppe, die ins Erdgeschoss führte, blieb sie einen Moment stehen, um zu horchen. Sie hörte gedämpft die Stimme ihres Vaters und die eines anderes Mannes, den sie nicht kannte. Belinda ging drei Stufen hinab, um die Richtung einordnen zu können, aus der die Stimmen kamen. Eigentlich sollte sie längst im Bett liegen. Ihr eigenmächtiger Ausflug zum Konzert hatte ihr Stubenarrest bis zum Ende des Monats und Trideo-Verbot für die nächsten drei Tage eingebracht. Ihr Vater hatte ihr sogar den täglichen Abstecher in die Matrix untersagt. Sie schob trotzig das Kinn nach vorne. Das war unfair! Und viel zu streng! Es war doch eigentlich gar nichts passiert. Sie horchte erneut. Anscheinend behandelte ihr Vater gerade einen Patienten, denn die Stimmen kamen eindeutig aus dem hinteren Teil des Erdgeschosses, wo die Räume der Praxis lagen. Das würde sicher eine Weile dauern. Und was ihr Vater nicht wusste ...
Belinda machte kehrt und huschte den Flur hinunter ins Wohnzimmer. Sie ließ die Tür einen Spalt offen, damit sie hörte, falls er nach oben kam, um nach ihr zu sehen. Dann machte sie es sich auf dem Sofa bequem, aktivierte das Telekom auf dem Tisch daneben und drückte das kleine Icon auf dem Display, das sie in die Matrix brachte. Sie wurde direkt zum Host von Virgin weitergeleitet. Rasend schnell baute sich das Logo auf und eine freundliche

Frauenstimme begrüßte sie bei »Virgin, dem Unternehmen der Zukunft«. Belinda zuckte erschrocken zusammen, drehte hastig die Lautstärke des Telekoms herunter und sah besorgt zur Tür. Sekunden verstrichen, in denen sie atemlos wartete. Und hoffte, dass ihr Vater es nicht gehört hatte.

Als nichts geschah, wandte sie sich wieder dem Telekom zu. Inzwischen hatte sich eine Fülle von Icons aufgebaut, die zu den verschiedenen Tätigkeitsfeldern des Unternehmens führten. Belinda staunte stets von neuem, in wie vielen verschiedenen Bereichen Virgin seine Finger hatte. Reisen und Transport, Freizeit und Unterhaltung, Haus und Heim, Geschäft und Finanzen und es kamen ständig neue dazu.

Sie drückte das Icon für Freizeit und Unterhaltung und ein Fenster mit diversen neuen Icons erschien. Sie berührte den ›Virgin Megastore‹-Schriftzug und plötzlich öffneten sich die Türen zu einem virtuellen Musikgeschäft. Belinda befand sich im Eingangsbereich, in dem ein Wegweiser mit Unmengen von Pfeilen den Weg zu den verschiedenen Musikrichtungen wies. Leise Musik ertönte, der neueste Song irgendeiner Popband, und eine Stimme begrüßte sie im weltgrößten Kaufhaus für Unterhaltungsmedien. Am Rande des Displays tauchten vier Pfeile auf, mit denen sie die Richtung bestimmen konnte, in die sie gehen wollte. Belinda folgte dem Pfeil, der in Richtung Heavy-Metal zeigte, durchschritt eine zweite Tür und stand auf einmal am Anfang eines endlosen Korridors, von dem in großen Abständen links und rechts weitere Korridore abzweigten. Riesige Regale reihten sich aneinander, in denen, alphabetisch geordnet, sämtliche Heavy-Metal-Bands der Welt versammelt waren. Jedenfalls behauptete das Virgin. Normalerweise nahm sich Belinda Zeit, zwischen den Regalen herumzustromern, hier und da ein Video anzusehen oder einen Song anzuhören und sich dann in den Chatrooms mit anderen Fans über die neuesten Gerüchte auszutauschen. Heute musste sie sich beeilen. Sie tippte in die Mitte des Displays und ein roter Ball erschien. Schnell zog Belinda die Tastatur des Telekoms heraus, die unter dem Display in das Gehäuse eingelassen war, und gab ›Devil's Playground‹ ein.

Der rote Ball blinkte auf, riss sie mit sich und zischte in atemberaubendem Tempo durch die Gänge. Neben einem der Regale hielt er schließlich an, blinkte erneut und löste sich auf.

Belinda stand nun direkt vor dem Regal, in dem die Cover sämtlicher Alben und Videoclips der Band aufgeführt waren. Rechts daneben befanden sich ein Icon für Links zu anderen Hosts und ein News-Icon, das beständig die Farbe wechselte. Sie berührte das News-Icon und das Regal machte eine Hundertachtziggrad-Drehung. Auf der anderen Seite befanden sich drei Icons, die sie bereits kannte, und ein neues in Form einer Kamera. Ein neuer Videoclip, ein Interview? Ihr Herz begann vor Aufregung schneller zu schlagen.

Plötzlich öffnete sich ein Fenster in der linken oberen Ecke des Displays und informierte sie über einen Anrufer. Die Nummer gehörte Silvie, einer Freundin, die wie sie glühender *Devil's Playground*-Fan war. Zwei Icons blinkten unter dem Fenster auf. ›Daumen hoch‹, um den Anruf entgegenzunehmen, und ›Daumen runter‹, um den Anrufbeantworter zu aktivieren. Belinda überlegte kurz, sah zur Tür und nahm den Anruf entgegen. Das Fenster vergrößerte sich, bis es ein Drittel des Displays füllte, und das Gesicht ihrer brünetten Freundin tauchte auf. Sylvie war ein Norm, zwei Jahre älter als sie, und lebte in Sioux Falls in den UCAS.

Sylvie begrüßte sie fröhlich und Belinda stellte eilig das Telekom lauter. »Na, wie war das Konzert? Hast du Spaß gehabt?«, plapperte ihre Freundin munter drauflos.

»Pst!« Belinda hob den Zeigefinger an die Lippen. »Mein Vater denkt, ich schlafe schon.«

»So früh?«, erwiderte Sylvie erstaunt. »Es ist erst halb zehn.«

»Ich darf eigentlich gar nicht telefonieren. Mein Dad ist wegen des Konzerts echt sauer auf mich.«

»Wieso das denn? Er hat dir doch erlaubt hinzugehen.« Ihre Augen verengten sich. »Oder?«

»Na ja.« Belinda kratzte sich hinter dem Ohr. »Nicht so richtig.«

»Was, du bist einfach so hingegangen? Bis du verrückt?«

Blitzte da etwa Bewunderung durch? Belinda lächelte stolz. »Ich habe Ash getroffen«, platzte es aus ihr heraus. »Ich hab mit ihm gesprochen und er hat mir ein T-Shirt geschenkt!«

Sylvies Kinnlade fiel herunter. »Das ist ein Witz, oder?«

»Nein, es ist wahr. Er ist ja sooo niedlich!« Bei der Erinnerung an den gestrigen Abend schmolz sie förmlich dahin.

»Erzähl mir alles. Sofort!«, forderte Sylvie mit einem Unterton von Neugier und Neid.

»Ich kann jetzt nicht.« Belinda schielte auf den anderen Teil des Displays, zum Kamera-Icon. »Ich ruf dich morgen nach der Schule an, versprochen.«

»Blöde Kuh.« Sylvie verzog die Lippen zu einem Schmollmund. »Wie soll ich denn heute Nacht schlafen?«

»Ich kann auch nicht schlafen. Ich ruf dich morgen an.«

»Okay, bis dann.«

Belinda unterbrach die Verbindung und das Fenster verschwand.

Aus dem Erdgeschoss hörte sie plötzlich deutlich Stimmen. Ihr Vater und der fremde Mann verabschiedeten sich voneinander.

Jetzt musste alles ganz schnell gehen.

Belinda wählte das Kamera-Icon an und ein Info-Fenster erschien. Es handelte sich um ein Video, einen fünfundvierzigminütigen Zusammenschnitt des gestrigen Konzerts. Offiziell von der Plattenfirma der Band freigegeben.

Der Preis für die Aufnahme lag bei fünfzehn Nuyen. Eigentlich war ihr Taschengeld für den Monat bereits aufgebraucht, aber dank Ash hatte sie das Geld für ein Band-Shirt gespart. Dann konnte sie es ruhig auf diesem Weg investieren. Das würde ihm bestimmt gefallen.

Ohne weiter nachzudenken oder die Demoaufnahme anzuschauen, die zu dem Video angeboten wurde, berührte sie den winzigen Einkaufswagen, der in einer Ecke des Info-Fensters blinkte. Das nächste Fenster öffnete sich und forderte sie auf, die Zahlungsmethode zu wählen. Belinda drückte das Icon in Form eines Zylinders, griff in die Hosentasche ihres Schlafanzuges und holte einen leeren Datenchip und einen beglaubigten Credstick hervor. Den Credstick steckte sie in die Einbuchtung an der Seite des Telekoms und nachdem der fällige Betrag abgebucht und die Daten freigeschaltet waren, konnte sie endlich das Video auf den Datenchip runterladen. Mit vor Nervosität zitternden Händen unterbrach sie die Verbindung und schaltete das Telekom ab.

Im Erdgeschoss wurde in diesem Moment eine Tür geschlossen und Schritte näherten sich der Treppe. Wie der Wind huschte Belinda aus dem Wohnzimmer und verschwand in ihrem Zimmer.

Mit pochendem Herzen lag sie im Bett, die Decke bis zum Kinn hochgezogen, und hörte, wie ihr Vater die Treppe erklomm und in Richtung Wohnzimmer ging.

Erleichtert betrachtete sie den Datenchip in ihrer Hand und seufzte. Gerade noch mal gut gegangen!

Kapitel 3

Pegasus, Redmond Barrens

Der Runner öffnete die Eingangstür des Pegasus und trat ein. Seit dem Attentat auf den seligen Mr. Gilbert waren neun Tage vergangen und er fühlte sich bereit für einen neuen Auftrag. Der Abend war noch jung und die Bar um diese Zeit nur wenig besucht. Trotzdem stank es nach kaltem Zigarettenrauch und verschüttetem Bier.

Der Mann musterte die wenigen Gäste über den Rand seiner Sonnenbrille hinweg, doch niemand schien ihn zu beachten. Sein Aussehen und Auftreten passten in das Etablissement und niemand widmete ihm mehr als die üblichen zwei Sekunden Aufmerksamkeit.

Als er sich der Theke näherte, die sich über die gesamte Länge der linken Wand erstreckte, deutete der Barkeeper mit einer kaum sichtbaren Kopfbewegung auf eine Tür im hinteren Teil des Raumes. Der Runner verzog keine Miene, sondern setzte sich auf einen der zahlreichen Barhocker. »Gib mir 'ne Coke.« Als die Bestellung kam, schob er seinem Gegenüber einen kleinen Credstick zu. Der Norm ergriff ihn, kontrollierte den Betrag und ließ ihn unauffällig in einer Hosentasche verschwinden. Dann wandte er sich dem Spülbecken zu und fing an, die schmutzigen Gläser abzuwaschen.

Der Runner trank einen Schluck und blickte nebenbei auf seine Armbanduhr. Fünf Minuten später betrat ein Mann in einem grauen Maßanzug die Bar. Bei sich trug er einen schwarzen Aktenkoffer, der mit einer schmalen Kette an seinem rechten Handgelenk befestigt war. Der Mann wirkte nervös und stank geradezu nach Exec. Jegliche Unterhaltung verstummte und die Blicke der Anwesenden ruhten quälend lange auf dem neuen Gast. Als die Stille unerträglich wurde, setzte sich der Mann in Bewegung, und die Gäste entspannten sich. Sofern sie beim Anblick eines Konzern-Execs dazu in der Lage waren.

»Ich bin hier mit jemandem verabredet.« Er stammelte mehr, als dass er sprach, und es war ihm anzusehen, dass er sich in sein schickes Büro zurückwünschte.

»Da geht's lang.« Der Barkeeper zeigte auf die Tür.

»Danke.« Der Exec setzte sich in Bewegung, wobei er in den Dunstkreis eines betrunkenen Orks kam. Der grunzte unbeherrscht und durchbohrte ihn mit hasserfülltem Schweinsäuglein-Blick, während seine rechte Hand langsam unter seine fettige Weste glitt. Der Johnson machte erschrocken einen Satz nach hinten und rempelte einen grünhaarigen Elf an, der sich seelenruhig mit seinem Begleiter unterhielt. Der Elf musterte ihn mit einem hochmütigen Blick und wandte sich wortlos ab.

»Entschuldigen Sie vielmals, tut mir unendlich Leid!« Bevor er noch mehr Schaden anrichten konnte, beeilte sich der Exec, die Tür zu erreichen. Als er die Klinke berührte, drückte der Barkeeper auf einen versteckten Knopf unter der Theke und sie öffnete sich wie von Geisterhand. Der Exec verschwand in dem dahinter gelegenen Raum.

Der Runner hatte das Schauspiel belustigt verfolgt. Er trank in aller Ruhe aus und schlenderte in Richtung Hinterzimmer. Wie zuvor öffnete sich die Tür, ohne dass die Klinke berührt wurde. Er trat ein und sie glitt mit einem leisen Klicken hinter ihm ins Schloss.

Eine nackte Glühbirne erhellte kalt den Raum, in dessen Mitte ein Tisch und zwei Stühle standen. Die Wände waren einst weiß gewesen, doch mit der Zeit hatten sie sich immer mehr ins Gelbliche verfärbt. Der Boden war mit grauem Linoleum bedeckt. Leicht zu reinigen.

Der Exec hatte es sich auf einem der Stühle bequem gemacht, den Aktenkoffer auf den Knien, und sah den Runner gereizt an. Er wirkte so deplatziert wie ein Squatter in Bellevue. »Was ist das für ein Apparat?« Er zeigte auf den kleinen Kasten, der in der Mitte des Tisches lag und leise summte.

»Ein Gerät zur Erzeugung von weißem Rauschen. Hält Menschen mit großen Ohren davon ab, uns zu belauschen.«

»Ich habe Sie an der Bar gesehen. Warum haben Sie sich nicht sofort zu erkennen gegeben?«

Der Runner überhörte die Frage. »Passen Sie beim Rausgehen auf den Ork auf. Er wird einige Bier mehr intus haben und weniger friedlich gestimmt sein.«

»Das nennen Sie friedlich? Das Ungeheuer hätte mich am liebsten aufgefressen!«

»Wohl eher erschossen.«

Der Mann setzte sich auf den freien Stuhl und verschob ihn so, dass er mit dem Rücken zur Wand saß. »Der Rat war kostenlos, jetzt reden wir über das Geschäftliche.« Er griff unter seine schwarze Lederjacke, zog die Ares Predator II aus dem Tarnhalfter und legte sie vor sich auf den Tisch. »Reine Vorsichtsmaßnahme«, erklärte er dem Exec, dessen Blick merklich unruhig geworden war. »Es gibt immer jemanden, der mehr bezahlt.« Der Runner lehnte sich zurück. »Entspannen Sie sich, sonst kriegen Sie 'n Magengeschwür.«

Sein Gegenüber fuhr sich gezwungen lässig durch die angegrauten Haare, deren Wuchs an manchen Stellen bereits beträchtliche Lücken aufwies. »Also, Mr ...«

»Quickshot.«

Falls ihn der Name belustigte, ließ der Exec es sich nicht anmerken. Er setzte sich einen Tick gerader hin und sein Gesicht ließ plötzlich jegliches Mienenspiel vermissen. Sie waren anscheinend beim geschäftlichen Teil angekommen.

»Gut, Mr. Quickshot. Ich, beziehungsweise meine Auftraggeber, haben ein Problem, das sich auf legalem Wege nur schwerlich lösen lässt.«

Elegant ausgedrückt. Der Runner beugte sich vor, nun ehrlich interessiert.

»Es geht um einige Daten, die meinen Auftraggebern ärgerlicherweise abhanden gekommen sind. Diese Daten sind äußerst wichtig für den weiteren Verlauf eines ihrer Projekte und müssen unbedingt zurückgeholt werden.«

»Wo befinden sich die Daten zurzeit?«

»Genau hier liegt das Problem«, antwortete der Exec mit fester Stimme.

Problem? Probleme bedeuteten in neun von zehn Fällen größere Gefahr und höhere Kosten! Und, nicht zu vergessen, eine fette Zulage.

»Die Chips haben Seattle inzwischen verlassen. Wir haben nicht mit dieser Möglichkeit gerechnet und dementsprechend spät reagiert. Einer unserer Mitarbeiter war allerdings in der Lage, einen Kurier bis nach FDC zu verfolgen.«

»FDC? Ziemlich weite Reise. Warum hat Ihr Mitarbeiter den Kurier nicht umgelegt und ihm die Chips abgenommen? Das hätte Ihren Auftraggebern einiges an Kosten erspart.«

»Wir haben die Gelegenheit leider verpasst. Die Daten befinden sich bereits in den Händen der anderen Partei.«

»Fünfzigtausend.«

»Wie bitte?« Es war dem Runner gelungen, die versteinerte Miene seines Gegenüber zu knacken.

»Fünfzigtausend Nuyen. So viel kostet es Sie, mich nach DeeCee zu schicken und die Sache geradezubiegen, die Ihre Leute versaut haben.«

»Meinen Sie nicht, dass Sie Ihre Fähigkeiten überbewerten?«

»Soll ich Ihnen vielleicht eine Kostprobe meiner Fähigkeiten geben?« Die Drohung war durchaus ernst gemeint. »Oder suchen Sie sich einen Runner in DeeCee, das spart Ihnen einige Nuyen.«

»Meine Auftraggeber bestehen ausdrücklich auf einen Runner aus Seattle. Die Gründe hierfür sind nicht von Belang.«

Welch unerwartete Überraschung.

»Werden Sie den Auftrag annehmen?« Der Exec klang ungeduldig.

Quickshot ließ schweigend verschiedenste Szenarien und Informationen vor seinem geistigen Auge Revue passieren. Nach einem angemessenen Zeitraum neigte er kaum merklich den Kopf. »Ich übernehme den Auftrag. Ich muss allerdings auf fünfzehntausend Nuyen im Voraus bestehen.«

Der Mund des Execs öffnete sich zum Protest.

»Es ist nicht ungefährlich, ungesehen nach Washington zu kommen. Normalerweise würde ich mir ein Flugticket kaufen und entspannt rüberfliegen, aber bei diesem hohen Grad an Geheimniskrämerei ...«, bei der Erwähnung des Wortes war ein kurzer Anflug von Belustigung auf seinem Gesicht zu lesen, »... bestehe ich auf diesen Vorschuss. Sonst rühre ich keinen Finger.«

»Gut, wie Sie wollen.« Der Mann öffnete den Aktenkoffer, holte einen kleinen Zylinder heraus und legte ihn neben die Predator auf den Tisch.

Quickshot prüfte den Credstick in seinem Taschensekretär. Es waren exakt fünfzehntausend Nuyen gespeichert, keiner mehr und keiner weniger. Wie er es hasste, wenn diese Typen schlauer sein wollten als sie waren! Das gab ihm jedes Mal das Gefühl, berechenbar zu sein. Und das konnte er auf den Tod nicht ausstehen. Quickshot ließ den Credstick zusammen mit dem Computer in die Innentasche seiner Jacke gleiten und verschränkte die Arme vor der Brust. »Bis wann muss die Sache gelaufen sein?«

»Sie können Sich für die Vorbereitungen so viel Zeit nehmen, wie Sie für angemessen halten.« Der Mund des Execs verzog sich zu einem schmierigen Grinsen. »Einzige Bedingung ist, dass Sie den Run am Sonntag durchführen. Keinen Tag früher, keinen Tag später!«

Termingeschäft. Interessant. Der Runner neigte den Kopf. »Ich werde mich daran halten.«

«Auf dem Credstick sind zwei Telefonnummern gespeichert. Die erste gehört Ihrer Kontaktperson in DeeCee. Sie wird Ihnen genauere Informationen über Örtlichkeiten und Sicherheitssysteme geben. Die zweite Nummer rufen Sie an, wenn Sie erfolgreich waren.«

»Ist mit Schwierigkeiten zu rechnen?«

»Voraussichtlich nicht. Ihre Kontaktperson in Dee Cee wird Ihnen alles Weitere mitteilen.«

»Kommen Sie mir nicht mit diesem Blödsinn. Glauben Sie tatsächlich, dass ich allein nach DeeCee fliege und die Chips sicherstelle? Danke für Ihr Vertrauen, aber ich bin kein Hexer! Ich muss vorher wissen, welche Leute ich brauche. Ich fände es wenig amüsant, in Dee Cee festzustellen, dass das Team dank unzureichender Informationen falsch zusammengestellt wurde.« Quickshot kam sich vor wie ein Dozent bei einem Seminar für fortgeschrittene Kriminalität. »Meine Frage ist also auch im Interesse Ihrer Auftraggeber«, fügte er hinzu.

Der Exec wurde ein wenig blasser um die Nase. »Ich muss die Informationen irgendwo haben.« Er öffnete seinen Aktenkoffer und holte einen kleinen Taschencomputer heraus. Nach einigen Sekunden hatte er offenbar die richtige Datei gefunden und die Blässe verschwand aus seinem Gesicht. »Keine magische Sicherheit, keine Lohnmagier. Offener Matrixzugang, da es sich um eine Tochterfirma handelt, die im ständigen Austausch mit anderen Zweigstellen und dem Mutterkonzern steht. Allerdings befinden sich die Daten in einem separaten System, das von außen nicht zugänglich ist.« Der Exec hob abschätzend eine Augenbraue und schaltete den Computer aus. »Wie viele zusätzliche Leute werden Sie benötigen?«

Quickshot wog Informationen und Erfahrung gegeneinander ab. »Drei. Einen Rigger, der das Team nach Dee Cee bringt, einen Decker und einen weiteren Runner.«

»Mein Auftraggeber kann Ihnen einen Rigger zur Verfügung stellen.«

»Danke, aber ich suche mir meine Leute lieber selbst aus.«

»Wie Sie meinen. Wir sind bereit, jedem weiteren Mitglied Ihres Teams dreißigtausend Nuyen zu zahlen.« Der Mann legte einen zweiten Credstick auf den Tisch. »Auf diesem Credstick befinden sich dreißigtausend Nuyen, die Sie als Anzahlung für den Rest des Teams verwenden können. Bei Lieferung der Ware erhalten Sie weitere fünfundneunzigtausend Nuyen, die Sie nach eigenem Ermessen unter sich aufteilen können.« In seinen Augen blitzte die Vorstellung einer Bande von Gassenrunnern auf, die sich für 95K Nuyen gegenseitig umbrachten.

Quickshot deutete ungerührt auf den Credstick. »Wie viele von den Dingern haben Sie denn noch in Ihrem Köfferchen?« Gut sichtbar ließ er die rechte Hand neben die Predator auf den Tisch sinken.

Der Gesichtsausdruck des Execs, der ihn mit großen, verschreckten Augen anblickte, erfüllte ihn mit dem angenehmen Gefühl der Genugtuung. Ruckartig erhob sich sein Gegenüber, den Koffer fest an die Brust gedrückt. »Ich wünsche Ihnen viel Erfolg.« Ohne sich noch einmal umzudrehen, verließ er den Raum. Quickshots Blick folgte ihm hinter den verspiegelten Gläsern der Sonnenbrille. Die Tür schloss sich hinter dem Mann und er war allein.

Mit den Fingerspitzen einen Rhythmus auf der Tischplatte trommelnd, rekapitulierte er das Treffen. In seiner bisherigen Laufbahn hatte er einige undurchsichtige Aufträge bekommen und dieser schien sich einen Platz ganz oben in der Rangliste erobern zu wollen. Aber der Runner an sich war ja von der neugierigen Sorte und der Exec hatte sein Interesse geweckt. Ein Job, für den jemand insgesamt 140K hinlegte, war durchaus reizvoll.

»Wann kommt man schon mal nach DeeCee.« Er nahm die Predator in die Linke, studierte ihren blank polierten Lauf und steckte sie zurück ins Tarnhalfter. Der zweite Credstick wanderte zum ersten in die Jackentasche. Ob es klug war, acht Tage mit dem Run zu warten? Hoffentlich hatten sich seine Auftraggeber mit ihrem Spiel auf Zeit nicht verschätzt. Er erhob sich und drehte grübelnd eine Runde um den Tisch. Mit dem sicheren Gefühl, unbeobachtet zu sein, hob er den weißen Kasten hoch.

»Alles haben sie dir wohl nicht beigebracht, Klugscheißer.« Der Runner schaltete den kaum handtellergroßen Camcorder aus und steckte ihn zu den beiden Credsticks. Der echte White-Noise-Generator war unscheinbar unter der Tischplatte befestigt, ein kleiner Bonus des Barkeepers. Ja, Bekanntschaften sollte man pflegen, damit sie einem beizeiten nützlich sein konnten! Eine Stimmanalyse war unmöglich, doch das Bildmaterial würde ausreichen, um ihn einen Schritt weiter zu bringen.

»Dann wollen wir Ihnen mal auf den Zahn fühlen, Mr. J.«

Über den Notausgang gelangte Quickshot in den Hinterhof und von dort aus in die Seitenstraße, wo sein Wagen, ein abgewrackter Chevy-Van, parkte. Der ehemals blaue Lack war von Rost zerfressen und blätterte stellenweise in handtellergroßen Flecken ab.

Quickshot hatte ein Faible für Dinge, die selbst das geübte Auge beim ersten und zweiten Blick täuschten, und dieser Schrotthaufen verkehrte das alte Sprichwort ›Außen hui, innen pfui‹ auf extreme Weise ins Gegenteil. Er richtete den Anhänger seines Autoschlüssels auf den Van und drückte in einer bestimmten Reihenfolge drei Knöpfe. Die Scheinwerfer blinkten auf und die erste Sicherheitsschranke war überwunden.

Quickshot war stolz auf die Alarmanlage, die er eigenhändig eingebaut hatte. Sämtliche Schlösser ließen sich ausschließlich durch den Abdruck seines linken Daumens öffnen. Machte sich jemand anderes an dem Wagen zu schaffen, egal ob mit oder ohne Code, und versuchte eine der Türen zu öffnen, bekam derjenige einen fetten Stromschlag verpasst. »Nenn mich paranoid ...« Quickshot zog die Seitentür auf und stieg ein. »Aber der letzte Langfinger fand mein kleines Spielzeug gar nicht lustig.« Er schloss die Tür hinter sich und schaltete die Sicherung wieder ein. Wer immer den Van anfasste, würde wortwörtlich sein blaues Wunder erleben! Da er die meiste Zeit allein arbeitete, gab es niemanden, der von seiner kleinen Überraschung wusste. Ein gutes Gefühl!

Der Runner setzte sich auf das schmale Bett, das knarrend einige Zentimeter unter seinem Gewicht nachgab. Im Innenraum des Vans war noch genug Platz für einen kleinen Kühlschrank, einen Elektrokocher mit zwei Platten, der auf dem Kühlschrank stand, und eine alte Kiste, die fast die gesamte linke Seite einnahm. In ihr verstaute er seine Kleidung und, in einem nachträglich eingebauten doppelten Boden, einige seiner Waffen. Den Deckel der Kiste benutzte er als Tisch für die Telekomanlage und das Trid. Das zusätzliche Stromaggregat, das die Leitungen in den Türgriffen und der Zündung speiste, befand sich unter dem Beifahrersitz. Verpackt in eine dicke Kevlarschicht. Man konnte nie wissen, ob sich nicht zufällig eine Kugel dorthin verirrte.

Quickshot setzte das Headset auf, das mit der Telekomanlage verbunden war, und wählte eine Nummer. Nach dreimaligem Klingeln wurde abgehoben, doch der Bildschirm der Anlage blieb schwarz. Die moderne Technik hatte auch ihre guten Seiten.

»Gib mir Nemo.«

»Der ist zurzeit nicht erreichbar.« Die Antwort klang seltsam hohl und metallisch.

»Sag ihm, er soll mich zurückrufen.«

»Dein Name?«

»Quickshot.«

»Ich richte es aus.« Die Leitung wurde unterbrochen und die Anlage schaltete sich automatisch ab. Quickshot streckte sich auf dem Bett aus, schloss die Augen und wartete. Nemo würde ihn nicht lange warten lassen.

Fünf Minuten später klingelte das Telekom.

»Viel zu tun?«

»Nicht mehr als sonst, Cowboy.« Die Stimme klang ebenso elektronisch erzeugt wie die seines vorherigen Gesprächspartners. »Worum geht's?«

»Ich schick dir eine Videoaufnahme von 'nem Kerl rüber.« Der Runner holte den kleinen Camcorder hervor und verband ihn über ein Kabel mit der Telekomanlage. »Ich will wissen, für welchen Konzern er arbeitet und welche Projekte da gerade am Laufen sind.«

»Sonst noch was?« Die Stimme hörte sich belustigt an.

»Versuch rauszufinden, ob eins ihrer Labors in letzter Zeit ausgeräumt worden ist. Wenn ja, wüsste ich gern, wer da seine Finger im Spiel hatte.«

»Du verlangst 'ne ganze Menge.«

»Ist doch 'n Spaziergang für dich.«

»Ich ruf zurück.« Nemo unterbrach die Verbindung, bevor Quickshot sich bedanken konnte.

Er zuckte die Achseln und kletterte auf den Fahrersitz. Ehe er den Schlüssel ins Zündschloss stecken konnte, musste er dem Wagen noch per Fingerabdruck bestätigen, dass er es wirklich war. Der Runner startete den Motor und lauschte dem tiefen Brummen, das sich für diese Schrottmühle unverschämt gesund anhörte. Während er auf den Rückruf von Nemo wartete, lenkte er den Van durch die anbrechende Dunkelheit und durchforstete sein Gehirn nach ihm bekannten Runnern, die zurzeit ohne Job waren. Und für die Aufgabe geeignet.

Trolle und Orks schieden aus. Bei Datendiebstahl ging es darum, durch enge, stickige Luftschächte zu kriechen, sich in schmalen Ecken zu verbergen und möglichst unsichtbar zu bleiben. Bei einem Ork oder Troll war die Sache mit der Unsichtbarkeit wohl weniger gegeben als bei einem Zwerg, Elf oder Norm. Quickshot kannte keine Zwerge und mit ihm unbekannten Runnern arbeitete er aus Prinzip nicht gern zusammen. Dieser Punkt beschränkte seine Auswahl enorm, erhöhte jedoch gleichzeitig die

Vertrauenswürdigkeit seiner Partner. Blieben Norms und Elfen. Seine Überlegungen wurden vom Klingeln der Telekomanlage gestört. Er aktivierte sie vom Headset aus und konzentrierte sich weiter auf den Verkehr.

»Hat 'ne Weile gedauert, aber ich hab zwei, drei Sachen rausgefunden. Der Exec auf deinem Video heißt Maurice Becker und ist ein kleiner Angestellter bei Knight Errant.«

»Nett. Weiter.«

»In letzter Zeit gab es nur einen Einbruch in zu Knight Errant gehörenden Labors. Vor zwei Tagen sind Unterlagen eines Forschungsprojekts entwendet worden. Keine Ahnung, was die für 'n Zeug geklaut haben, aber der Verlust hat den Schlipsträgern in den Chefetagen nicht gerade schlaflose Nächte bereitet.«

»Also nichts, wofür es sich lohnen würde, jemanden quer über den Kontinent zu schicken.«

»Nicht auf den ersten Blick, Chummer. Ich sehe mich aber gern weiter um.«

»Versuch rauszufinden, um was für ein Projekt es sich gehandelt hat. Vielleicht fällt mir was auf.«

»Gut, ich melde mich wieder.«

»Bis dann.«

Der Runner legte auf. Wenig später war er bei seiner zweiten Heimstätte angekommen, einer stillgelegten Lagerhalle am Rande der Redmond Barrens. Er stoppte den Van und stieg aus. Das wachsame Auge einer Kamera beobachtete, wie er auf das Haupttor zuging, die Sicherheitsanlage mit seinem Daumenabdruck ausschaltete und das Tor aufschob. Nachdem er den Wagen in die Halle gefahren hatte, schloss er es wieder und die Anlage reaktivierte sich automatisch.

Eine kurze Kontrolle des Nebeneingangs bestätigte ihm, dass in seiner Abwesenheit niemand zu neugierig gewesen war.

Wieder im Van, wählte er eine weitere Nummer auf seinem Telekomgerät. Nach einer Weile meldete sich eine

Frauenstimme am anderen Ende der Leitung. »Barney´s Pizzaservice.«

»Hi, hier ist Quickshot.« Ein Ausdruck der Vorfreude huschte über sein Gesicht. »Ich hätte da 'nen Job für dich.« Er wusste, dass die Leitung sicher war, also redete er nicht lange darum herum.

»Ah, Mr. Top Secret. Wobei kann ich Ihnen behilflich sein?«

»Ich hab 'nen Auftrag in DeeCee, für den ich fähige Leute brauche.«

»Wie, Ihr wollt mir tatsächlich die Ehre Eurer persönlichen Anwesenheit geben? Das wäre das vierte Mal in zwei Jahren! Werden wir übermütig?« Die Stimme nahm einen Unterton aus gekränktem Stolz und gleichzeitiger Belustigung an.

»Behalt deinen Spott für dich, Tinkerbell. Mir ist heute nicht nach Scherzen zu Mute.«

Das hartnäckige Schweigen in der Leitung sagte ihm, dass die Elfe kurz davor war, das Gespräch zu beenden. Gut, sollte sie sich entscheiden, er hatte Zeit.

Nein, bei genauerem Nachdenken hatte er sie eben nicht. »Komm schon, spann mich nicht auf die Folter. Ich brauch bei dem Job jemanden, dem ich vertrauen kann.«

»Was muss ich tun und was ist dabei für mich drin?« Offensichtlich hatte sie ihre Meinung geändert.

»Datendiebstahl. Bezahlung dreißigtausend Nuyen, zehntausend im voraus. Angeblich hat der Laden keine magische Absicherung, ich möchte aber kein Risiko eingehen. Wenn alles glatt geht, brauchst du keinen Finger zu rühren. Obwohl du sehr schöne Finger hast.« Er konnte fast sehen, wie die Elfe am anderen Ende der Leitung abschätzend eine Augenbraue hob.

»Charmeur.«

Offensichtlich hatten seine Worte ihre Wirkung nicht vollkommen verfehlt. »Aus Gründen der Fairness muss ich dich allerdings darauf hinweisen, dass ich seit unserem letzten Treffen wenig Zeit hatte, meine Künste zu verfeinern.«

»Kein Problem. Ich hätte nur gern jemanden dabei, der den Astralraum überwacht und das Team vor ungebetenen Besuchern warnt.«

»Das sollte ich gerade noch schaffen.«

»Wir treffen uns morgen Abend um Punkt elf bei Greg, okay?« Das war der Name des Barkeepers vom *Traffico*, einem Laden am Hafen.

»Kein Problem, wer hat jemals behauptet, dass die Nacht zum Schlafen da ist?«

»Bis dann, pass auf dich auf.«

»Du auch. Noch eins ...« Ihre Stimme wurde ernst. »Wenn du das nächste Mal Pretty Kitty für 'nen Job als Fahrerin anheuerst, sag der Kleinen, dass sie ihre vorlaute Klappe halten soll. Ich hab sie im *Reno's* getroffen und konnte sie nur mit Mühe davon abhalten, jedem Gassenrunner Seattles auf die Nase zu binden, wer den Granadine-Spinner ausgeblasen hat!«

»Miststück! Danke für den Tipp.« Quickshot legte auf und feuerte das Headset in die Ecke. Der dämlichen Kuh würde er was erzählen, wenn er sie in die Finger bekam. »Verdammt!«

Er sah auf seine Uhr. Wenn er zu dem Treffen mit seinem Schieber nicht zu spät kommen wollte, musste er langsam los. Jester hatte ihm einige nette Spielzeuge besorgt, die er endlich loswerden wollte.

Quickshot griff unter das Bett, zog eine schwarze Reisetasche hervor und öffnete den Reißverschluss. Als er den Inhalt auf dem Boden ausgebreitet hatte, blickte er auf ein hübsches Waffenarsenal. Mit dieser Feuerkraft konnte er bequem eine kleine Gang auslöschen!

Nach kurzer Überlegung entschied er sich für die beiden Ares Predator II. Er rechnete nicht mit Schwierigkeiten und Jester reagierte auf Waffen in seiner Gegenwart äußerst allergisch. Außer, er konnte sie für viele Nuyen verkaufen.

Quickshot packte die restlichen Waffen zurück in die Tasche und schob sie wieder unter das Bett.

Da ihm am heutigen Abend nach Unauffälligkeit war, schloss er den Van ab und marschierte in die hintersten Ecke der Halle. Dort wartete unter einer schmutzigen Plane und einem Stapel alter Kisten verborgen sein Zweitwagen auf ihn.

Kapitel 4

Innenstadt

»Oh-oh, schon wieder zu spät.« Wenn Ash eines hasste, war es seine Unpünktlichkeit! Er bekam es einfach nicht in den Griff, seinen Tagesablauf so zu koordinieren, dass er genug Zeit für all die kleinen Dinge in seinem Leben hatte. Seinetwegen konnte ein Tag auch dreißig Stunden haben.

Er stellte den Wagen im Hinterhof des *Alabaster Maiden* ab und stieg aus. Wenige Sekunden später bog Taurus' maßgeschneiderter Ford Americar in den Hof ein. Ash nickte seinem Freund zur Begrüßung zu und nebeneinander schlenderten sie zur Hintertür des Nachtclubs.

Der Troll-Türsteher, der mit seinem breiten Kreuz den gesamten Eingang verdeckte, funkelte sie grimmig an. »Hier is' nur für Gäste des Hauses, verzieht euch!«

Ash hatte zu gute Laune, um sich von irgendjemandem den Abend verderben zu lassen. Lächelnd hielt er dem Troll den silbernen Pass vor die Nase, den er an einem Band um den Hals trug. »Wir sind Gäste des Hauses, Dicker.«

Der Türsteher wollte gerade eben einen Schritt vorwärts machen, als sein Blick auf die drei Ausbuchtungen auf Taurus' linkem Handrücken fiel. Seine wenigen grauen Zellen ließen ihn richtig kombinieren und mit einem Knurren gab er die Tür frei.

Sowohl die anderen Bandmitglieder als auch ihr Manager waren bereits angekommen und warteten ungeduldig in einem der Hinterzimmer des Nachtclubs.

Ash begrüßte jeden von ihnen einzeln.

»Tut mir Leid, Leute. Mein Gefühl für Timing ist nicht das beste.«

Er setzte sich auf den einzigen freien Stuhl, während sich Taurus hinter ihm an die Wand lehnte und die Arme vor der gewaltigen Brust verschränkte. Aufmerksam beobachtete er die versammelte Gruppe.

Was folgte, waren drei ermüdende Stunden Tourneeplanung. Inzwischen stand fest, dass die Tour in Washington anfangen und nach neunzehn Gigs in Winnipeg, an der Grenze zum Algonkian-Manitou Council, enden würde. Chicago wurde elegant umschifft. Niemand verspürte besondere Lust, sich mit Massen von Insektengeistern herumzuschlagen, auch wenn Evan spontan eine Änderung des Bandnamens in ›Bugs‹ vorschlug.

Ein Punkt, der wenig Begeisterung hervorrief, war die Tatsache, dass bis auf den Flug nach DeeCee alle Strecken per Bus zurückgelegt werden sollten. Während der folgenden Debatte über Sinn und Zweck dieser Übung verhielt sich Brooks auffallend still. Er schien eigenen Gedanken nachzuhängen. Von Zeit zu Zeit wanderten seine Augen durch den Raum und verharrten nachdenklich auf den Gesichtern der anderen. Als die Runde schließlich aufgelöst wurde und man zum gemütlichen Teil des Abends übergehen wollte, war er der Erste, der sich verabschiedete.

»Warum denn so eilig?« Mikey hielt ihn am Ärmel zurück. »Feier noch 'ne Weile mit uns.«

»Nein, lieber nicht.« Der Elf lächelte entschuldigend. »Ich will heute früh ins Bett. Außerdem habe ich eine Verabredung.«

»Ah, ich verstehe.« Mikey boxte Brooks augenzwinkernd in die Seite. »Deine neue Lady wartet auf dich.«

»Genau«, erwiderte er fahrig. »Meine neue Lady ...«

Taurus, der knapp einen Meter entfernt stand, bleckte missmutig die Hauer. Der hatte jede Nacht 'ne Neue im Bett. Und beim nächsten Treffen würde er wieder damit prahlen, dass keine Frau seinem Charme widerstehen konnte und er der Casanova der Sechsten Welt war.

Aber was ging ihn eigentlich das Gequatsche des Müslifressers an? Er konnte den Elf nicht ausstehen und das Gefühl beruhte offensichtlich auf Gegenseitigkeit. Brooks behandelte ihn von oben herab, wie einen Diener, der nichts wert war. Als sei er was Besseres, nur weil er berühmt war und vielleicht ein paar Jährchen länger leben würde. Und ständig dieses arrogante Getue! Mit verschlossener Miene beobachtete der Troll, wie sich Mikey von dem Bassist verabschiedete.

»Vergiss bei dem ganzen Spaß nicht, dass ihr nächsten Montag einen Termin habt.« Der Manager drohte schmunzelnd mit dem Zeigefinger. »Die Jungs vom Metal-Guide kommen nicht jeden Tag nach Seattle, um eine Newcomer-Band zu interviewen. Das ist eine ziemlich wichtige Sache!«

»Keine Angst, ich werde da sein.«

Mit einer Abonnentenzahl von zwei Millionen weltweit gehörte der Metal-Guide zu den Marktführern unter den Heavy-Metal und Rock-Zeitschriften. Er erschien monatlich in der Matrix und zusätzlich in begrenzter Auflage als gedruckte Version.

Gegen Zahlung von fünf Nuyen erhielt der Matrix-User ein einmaliges Passwort, das ihm gestattete, die Ausgabe seiner Wahl herunterzuladen.

Ein Jahresabo kostete fünfzig Nuyen, nach deren Bezahlung der Abonnent die Zeitschrift wahlweise alle vier Wochen zugestellt bekam – inklusive Datenchips, auf denen Interviews, Videos oder Musikproben gespeichert waren – oder ein Passwort erhielt, mit dem er jederzeit Zugriff auf die Daten in der Matrix hatte.

In der Vergangenheit hatte sich der Metal-Guide als Sprungbrett für viele Newcomer-Bands erwiesen und in der Szene galt das Sprichwort: ›Hast du es erst in den Metal-Guide geschafft, kannst du alles schaffen!‹

Evan gesellte sich mit einem Glas Bier zu Mikey und Brooks. »Wie sieht's eigentlich mit unserem Video aus?«

Der Elf nutzte die Frage, um unbemerkt in Richtung Vorderausgang zu verschwinden.

Mikey lotste Evan zu zwei freien Stühlen und sie setzten sich. »Die Plattenfirma tut sich mit dem Budget ein bisschen schwer. Bevor in dem Laden irgendwas bewilligt wird, halten die erst mal drei Vorstandssitzungen ab.«

Ash, der gerade auf dem Weg zur Bar war, blieb interessiert stehen. »Wie viel wollten die uns denn geben?«

»Ach ...« Mikey machte eine wegwerfende Handbewegung. »Das Angebot war ein schlechter Witz.«

»Du kriegst das doch hin, oder?« Ein letztes Fünkchen Hoffnung glimmte in Evans Stimme.

»Sicher, dafür bezahlt ihr mich schließlich. Es wird nur ein wenig länger dauern als geplant.«

»Hey.« Quinn stupste Ash an, der sich inzwischen auf die Tischkante gesetzt hatte und mit baumelnden Beinen am Rest seines Drinks nippte. »Hast du nachher mal 'ne Sekunde Zeit? Evan und ich könnten einen professionellen Rat brauchen.«

In Ashs Augen funkelte Begeisterung. »Euer Song?«

»Wir haben ein winziges Problem mit dem Text.« Der Gitarrist grinste von einem Ohr zum anderen. »Uns will einfach keiner einfallen.«

»Hast du die Sachen dabei?« Ash federte vom Tisch und brachte dabei die Getränke in den Gläsern gefährlich zum Schwappen. Die ungehaltenen Rufe seiner Kollegen überhörte er.

»Klar.« Quinn klopfte bestätigend auf den Taschencomputer, den er sich unter den Arm geklemmt hatte. »Alles da.«

»Ich hab da vielleicht was für euch ... Ich muss den Kram nur kurz aus dem Auto holen.« Ash war aus der Tür, bevor einer der anderen Musiker etwas erwidern konnte. Evan und Quinn wechselten vielsagende Blicke und grinsten zufrieden.

Taurus wollte sich ebenfalls in Bewegung setzen, wurde jedoch von Keiko aufgehalten. Die Japanerin hatte am Morgen einen Film über den Beruf des Leibwächters gesehen und wollte sich unbedingt davon überzeugen, dass der Drehbuchautor alles ins rechte Licht gerückt hatte.

Wasser auf Taurus' Mühlen. Der Troll lauschte aufmerksam ihren Schilderungen.

Zwei Stufen auf einmal nehmend, sprintete Ash die schmale Treppe herauf und durch den langen Korridor, der in Richtung Hinterausgang führte. Er wollte die Gelegenheit nutzen, solange die beiden nüchtern genug waren, um einigermaßen klar denken zu können. Schwungvoll öffnete er die Tür und trat hinaus ins Freie. Von dem übel launigen Troll war weit und breit nichts zu sehen.

Merkwürdig. Wozu beschäftigte der Schuppen einen Türsteher, wenn der Kerl sich beim ersten Anzeichen für Schlechtwetter aus dem Staub machte?

Ein leichter Nieselregen hatte eingesetzt und auf dem unebenen Untergrund bildeten sich kleine Wasserlachen. Das Licht am Hintereingang erleuchtete schwach einen Platz von etwa fünf mal fünf Metern. Jenseits dieses Bereichs herrschte fast vollkommene Schwärze. Von der Straße drang der matte Schein einer Laterne in den Hof und verwandelte die Dunkelheit in der Nähe des Tores in fahles Zwielicht. Mit Mühe waren sieben Wagen und diverse Mülltonnen auszumachen. Vier Autos parkten an der linken, ein schrottreifer VW an der gegenüberliegenden Mauer. Der gelbe Japaner, der links von Taurus' Americar gestanden hatte, war verschwunden und ein blauer Pick-Up parkte an seiner Stelle.

Ash hatte seinen Jackrabbit direkt an der Außenmauer abgestellt, ganz hinten im Hof. Fröstelnd schlang er die Arme um den Oberkörper und dachte an seine Jacke, die sicher und warm auf seinem Stuhl lag. Er war bereits einige Schritte gegangen, als ihn ein undefinierbares Kribbeln in der Magengegend innehalten ließ. Die feinen Härchen in seinem Nacken stellten sich auf, als ihm klar wurde, was es war: das Gefühl, von unsichtbaren Augen beobachtet zu werden; Augen, die ihn durchbohrten, jede seiner Bewegungen belauerten. Die Schatten um ihn herum schienen sich zu vergrößern, auf ihn zuzukommen, ihn einzukreisen. Plötzlich fühlte er sich nicht mehr so wohl im Lichtkegel der Lampe.

Hastig aktivierte er seine Cyberware und filterte den Klang der aufprallenden Regentropfen aus der Geräuschkulisse. Angestrengt horchte er in die Nacht hinein. Normalerweise war er nicht so leicht zu beunruhigen, aber in den letzten Monaten hatte die Band anonyme Drohungen erhalten. Beleidigungen, haltlose Vorwürfe, aber auch Morddrohungen. *Devil's Playground* stritten zwar nicht öffentlich für die Rechte der Metamenschen, doch einige ihrer Texte enthielten klare Botschaften.

Ihr Manager war der Meinung, dass es sich bei den Absendern um harmlose Einzeltäter handelte, die sich wichtig machen wollten, indem sie anderen Menschen das Leben schwer machten. Ash war da anderer Ansicht. Er vermutete einen der Seattler Policlubs hinter den Briefen und Telefonanrufen. Eine Sache, die man durchaus ernst nehmen sollte. Was er hiermit tat.

Außerdem sagte ihm ein Gefühl, dass der Türsteher seinen Posten nur aus zwei Gründen verlassen hatte. Erste Möglichkeit: Man hatte ihn bezahlt. Zweite, weniger schöne Möglichkeit: Man hatte ihn umgebracht.

Aber wer war dazu in der Lage, einen Troll ohne großes Aufsehen zu erledigen? Andererseits war die Musik im Nachtclub dermaßen laut und waren die Wände der Hinterzimmer so gut isoliert, dass wahrscheinlich keiner der Gäste etwas mitbekam.

Während er grübelnd weiterging, löste sich eine Gestalt aus dem Schatten einer Mülltonne und folgte ihm. Feiner Sand knirschte leise unter breiten Schuhsohlen und Ash hasste es, Recht gehabt zu haben. Er ging langsam weiter, ließ sich nichts anmerken. Ein leises Stimmchen in seinem Hinterkopf erinnerte ihn vorsichtig an den Panic-Button, den Taurus ihm gegeben hatte. Und der in diesem Moment sicher verstaut im Handschuhfach des Jackrabbit lag.

Ash hätte sich in den Arsch treten können! Aber das würde der Troll für ihn erledigen. Falls er die nächsten Minuten überlebte!

»Hallo, Mädchen.« Die Stimme zischte mehr, als dass sie sprach, und das kratzende Geräusch von Leder auf Metall jagte Ash einen eisigen Schauder über den Rücken.

Er schaltete seine Geräuschfilter aus und blieb vor Nervosität bebend stehen. Im nächsten Augenblick spürte er den kalten Stahl einer Klinge am Hals.

»Dreh dich um, Kleine, und zeig mir dein hübsches Gesicht.«

Er schluckte, unterdrückte den aufsteigenden Zorn und wandte sich um. Nun konnte er dem Besitzer des Messers direkt ins Gesicht sehen und nur der gesunde Menschenverstand hielt ihn davon ab, dem Kerl das dämliche Grinsen aus der Visage zu schlagen. Sein Gegenüber war groß, hässlich und offensichtlich bis unter die Dachluken zugechippt.

Letzteres war eher eine Vermutung, doch die flackernden Augen und unkontrolliert zuckenden Mundwinkel ließen darauf schließen. Seine Unterlippe war auf der rechten Seite durchstochen und ein extrem großer Ring durch das entstandene Loch gezogen worden. Schick. Erinnerte entfernt an einen Zuchtbullen auf dem Weg zum Schlachthof. Ein Blick über die Schulter des jungen Mannes zeigte Ash, dass eine weitere Gestalt den Eingang zum *Alabaster Maiden* versperrte. In der Rechten hielt sie eine rostige Eisenstange. Auf ein Zeichen seines Gegenübers wurde die Fahrertür des schrottreifen VW aufgestoßen und der Dritte im Bunde stieg aus, ein kleiner, breitschultriger Typ, der lässig eine Motorradkette schwang. Alle drei waren durch ihre Kleidung und Haarfarbe eindeutig als Ganger gekennzeichnet. Abgerissene, fertige Typen, die für ein paar Nuyen ihre Mutter verkaufen würden. Ihren Auftritt hatten sie jedoch eindrucksvoll in Szene gesetzt, das musste er ihnen lassen.

»Was kann ich für euch tun?«

»Sieh mal einer an, das ist gar kein Mädchen.« Der Kerl am Hintereingang hob seine Eisenstange in die Höhe. »Haare bis zum Arsch und trotzdem 'n Kerl. Biste 'ne Tunte, oder was?«

Sein Kollege fuhr sich breit grinsend durch den neongrünen Irokesenschnitt und Ash kam zu der Überzeugung, dass es besser war, sein Ego für die Dauer dieser Unterhaltung auszuschalten. Beleidigungen konnten ihm nicht die Knochen brechen. Bei Eisenstangen und Motorradketten sah die Sache anders aus. Warum sich provozieren lassen? Das war es, was die Typen wollten!

»Komm, mein Rauschgoldengel ...« Der Anführer fuhr sich spielerisch mit der Zunge über die Lippen und strich sich eine neon-grüne Haarsträhne aus dem Gesicht. »Lass uns ein bisschen Spaß haben.«

Neon-grüne Haare, mit Nieten besetzte Lederklamotten, gepiercte Unterlippen?

»Ihr gehört zu den Night Hunters, oder?« Ungewollt schlich sich ein Hauch von Abscheu in seine ansonsten ruhige Stimme. Diese verfluchten Policlub-Jünger würden ihm keine Angst einjagen!

»Falsch!« Der Punk mit der Motorradkette trat näher. »Wir **sind** die Night Hunters!«

Sahne, jetzt leg´ich mich schon mit dem Humanis Policlub an! Ash fixierte nacheinander die drei Gestalten. Sie sahen nicht besonders durchtrainiert aus, doch er konnte sich auch irren. Besser kein Risiko eingehen.

»We'll cause the flames to burn sky-high while streams of blood will fill our streets.« Der Anführer senkte sein Messer und trat näher, während Ash Schritt für Schritt zurückwich. Die Mauer stoppte ihn schließlich und er stand sprichwörtlich mit dem Rücken zur Wand. Der Pick-Up, und damit die rettende Deckung, war drei Meter entfernt. Drei lausige Meter und doch eine Ewigkeit!

»Kommt dir der Text bekannt vor, Süßer?«

Ob mir der Text bekannt vorkommt? Natürlich, Arschloch, ich hab' ihn geschrieben. Und irgendwie beschleicht mich das unbestimmte Gefühl, du Flachpfeife, dass dein Spatzenhirn den Sinn nicht mal im Ansatz kapiert hat!

»Gefällt er dir?« Ashs Mundwinkel verzogen sich zu einem grimmigen Lächeln.

Die rechte Hand des Mannes schnellte vor, packte ein Büschel seiner Haare und riss seinen Kopf brutal zur Seite. »Darüber wollten wir mit dir reden, meine Chummer und ich. Weißt du, der Text ist unserer Meinung nach viel zu einseitig. Wir sind die Bösen und die Metamenschen die Guten. Dieser ganze Scheiß von wegen Metamenschenrechte ist absoluter Schwachsinn. Die Welt hat schon genug Probleme, da brauchen wir nicht noch so'n paar Freaks! Trogs, Zwerge und Körnerfresser, diese Missgeburten sollten nicht dieselbe Luft wie wir atmen, sondern in einem vergitterten Keller verrotten!« Er spuckte angewidert aus. »Sie nehmen uns die Arbeit und die Frauen weg. Ihretwegen hat sich Seattle in ein stinkendes Loch verwandelt.«

Nein, dachte Ash, *Abschaum wie du hat die Stadt zu dem gemacht, was sie heute ist. Aber danke, dass du mich an deinen wirren Gedanken teilhaben lässt.*

»Diese Bastarde sind ein abartiger Witz der Natur und Typen wie du verteidigen sie auch noch!«

»Du tust mir Leid.« Er sagte es aus vollem Herzen. Für diese Menschen hatte er kaum mehr übrig als Mitleid. Vielleicht einige harte Schläge, als Gratisbeigabe sozusagen.

Die Faust des Punks traf ihn unvorbereitet. Der Schlag war nicht besonders kräftig, lediglich eine gut gemeinte Warnung. Ash hielt sich den schmerzenden Unterkiefer, schmeckte das Blut, das aus seiner aufgeplatzten Unterlippe lief, und entschied, von jetzt an den Mund zu halten. Langsam richtete er sich wieder auf, straffte sich und blickte seinem Gegenüber in die Augen. Die Mundwinkel des

Mannes zuckten und produzierten ein schiefes, Furcht einflößendes Grinsen. »Aber eine Stelle gefällt mir. Sie berührt jedes Mal einen Punkt tief in mir.« Die Klinge des Cougars zeigte wieder auf den Hals des Sängers. »Within the blink of an eye you'll be no more ... than an unpleasant dream.« Das Gesicht des Punks verzerrte sich zu einer Fratze und in seinen unnatürlich geweiteten Pupillen konnte Ash pure Mordlust lesen. Der Spaß war eindeutig vorbei, jetzt würde der Kerl Ernst machen!

Ohne nachzudenken wischte Ash in einer fließenden Bewegung mit der Linken das Messer aus dem Weg, schlug dem Punk mit den Knöcheln seiner freien Hand auf das rechte Jochbein, packte den rechten Arm des Mannes, wirbelte mit einer eleganten Drehung hinter ihn und schleuderte ihn mit dem Kopf voran gegen die Mauer.

Ohne zu zögern hob er das riesige Messer auf und fuhr herum. »Hat noch jemand Lust auf 'ne Tracht Prügel?« Er blickte die beiden verbliebenen Punks herausfordernd an, während sein Herz raste wie nach einem Hundertmetersprint. Von einem Haufen rassistischer Punks umgelegt zu werden, widersprach seiner Vorstellung von einem gelungenen Abend! Die Männer glotzten ihn mit halb offenem Mund fassungslos an. Ihr Blick wanderte weiter zu ihrem Anführer, der reglos im Dreck lag.

»Du hast ihn gekillt, Arschloch!« Es war der Größere der beiden, der wütend und respektvoll zugleich einen Schritt vorwärts machte.

»Wenn schon.« Ash verschwendete keinen Gedanken an den Abschaum zu seinen Füßen. Hier ging es darum, das eigene Leben zu retten. Sie mussten ihm glauben, dass er gefährlich war, dann ließen sie ihn sicher in Ruhe. »Willst du der Nächste sein?«

»Wer sagt dir, dass du nicht der Nächste bist?« Der Punk ließ die Eisenstange fallen und zog einen Colt Manhunter aus dem Hosenbund. Ein roter Punkt huschte unruhig über den Körper des Sängers und verharrte schließlich auf dessen Stirn. Bevor der Mann reagieren konnte, warf Ash sich zur Seite, rollte sich ab und hechtete hinter den Pick-Up. Mit einem frustrierten Aufschrei jagte der Punk eine Kugel in die Stelle, an der er bis vor einer Sekunde gestanden hatte. Dann war es still.

»Hat der Junge seine Karre in Tacoma geparkt, oder was?« Quinn drückte auf einen Knopf an seinem Taschencomputer und ließ das Gerät zum zwanzigsten Mal die Noten eines Gitarrensolos abspielen.

»Wahrscheinlich sind unserem Herzensbrecher ein paar weibliche Fans über den Weg gelaufen.« Mit einem anzüglichen Grinsen leerte Evan das dritte Wodkaglas dieses Abends. »Du kennst doch Ash ...« Er unterstrich den Satz mit einer eindeutigen Geste seiner Hände. Quinn prustete los und stieß mit dem Ellenbogen sein halb volles Bierglas um. »Ups.« Er machte sich nicht die Mühe, die Bescherung aufzuwischen, sondern schnappte sich Keikos Glas. Die Gitarristin war gerade in ein Gespräch mit Brooks vertieft und bekam den frechen Diebstahl nicht mit.

Unbemerkt verließ Taurus seinen Platz neben der Tür.

»Ey, was 'n nu los? Keiner hat gesagt, dass der Drekhead das kann!« Die Augen des Punks zuckten unruhig hin und her, während sein benebelter Verstand zu verstehen versuchte, was in den letzten Minuten passiert war. Der Auftrag bestand darin, den Typ ein bisschen einzuschüchtern, ohne ihm allzu wehzutun. Was war daran schwer? Und jetzt hockten sie mitten in der Nacht hinter einem der Wagen in einem Hinterhof und spielten Katz und Maus!

»Du, du hast doch gesagt, das wär'n ganz leichter Job.« Er stieß seinen Kumpel an, der abwesend ins Leere starrte und sich monoton mit dem Lauf der Manhunter an die rechte Schläfe klopfte. »Brick.«

»Halt die Fresse«, knurrte der zurück. »Ich muss nachdenken. Ich dachte, der Wichser pisst sich beim Anblick der Knarre vor Angst in die Hose. Woher soll ich wissen, dass der so reagiert?«

»Das Schwein hat Hammer umgelegt. Das können wir ihm nich' durchgehn lassen! Wie stehen wir denn sonst vor unseren Chummern da?«

»Hast Recht. Scheiß auf die Befehle. Der kleine Wichser verdient die Todesstrafe.« Mit einem irren Grinsen griff Brick an seinen Gürtel. »Ich hab 'ne hübsche Überraschung für ihn!«

Ash hockte in dem engen Raum zwischen der Stoßstange des Pick-Ups und der Mauer und lauschte angestrengt. Was er hörte, war das leise Rauschen des Windes, der den Müll in der Seitenstraße verwirbelte. Vorsichtig linste er hinter der Motorhaube hervor. Von den beiden Männern war nichts mehr zu sehen. Nur ihr Anführer lag reglos an seinem Platz. Der Nachtwind trug die undefinierbaren Stimmen eines Pärchens an seine Ohren, das in diesem Moment das Tor passierte. Er warf ihnen einen besorgten Blick zu. *Haut bloß ab!*

Dann ein Schaben von Metall auf Metall. Bevor er sich eine Meinung bilden konnte, was das Geräusch verursacht hatte, rollte ein runder Gegenstand über den sandigen Bodenunter das Heck des Wagens und blieb knapp zwei Meter entfernt liegen. Eine Handgranate! Ash starrte auf die schwarze Kugel. Waren die beiden vollkommen wahnsinnig? Die Druckwelle würde den gesamten Hof in Schutt und Asche legen!

Sie wollen mich rauslocken, schoss es ihm durch den Kopf. *Wenn ich mich bewege, legen sie mich um, und wenn ich bleibe, fliege ich mit dem Wagen in die Luft.*

Kalter Schweiß lief ihm den Rücken herunter und das Herz hämmerte ihm wie wild in der Brust. Die Handgranate konnte scharf sein oder eine harmlose Attrappe. Aus dem Augenwinkel sah er eine Gestalt im *Alabaster Maiden* verschwinden und bezweifelte ihre Echtheit keine Sekunde länger. Wenn sich die Punks aus dem Staub machten, saß er ganz tief im Drek! Wollte er leben, musste er aus dem Hinterhof verschwinden. Und er wusste auch, wie. Die Mauer zur Nebenstraße war kaum höher als drei Meter. Vom Dach des Jackrabbit aus sollte es ihm ein Leichtes sein, sie zu erklimmen.

Wenn er schnell genug war.

Das Adrenalin ließ Ash durchstarten wie eine Rakete. Er stieß sich ab und hechtete elegant über die Motorhaube des Americar. Aus dem Schatten des Tores tauchte eine Gestalt auf, zielte auf ihn und drückte ab.

Ash spürte einen Luftzug am linken Ohr und hetzte unbeirrt weiter. Benutzte die Motorhaube des Jackrabbit wie eine Rampe und stand schließlich auf dem Autodach. Er setzte zum Sprung an, drückte sich ab, packte den Rand der Mauer und zog sich hoch. Als er den Scheitelpunkt der Mauer überquert hatte und gerade sein Gewicht verlagerte, schoss der Punk ein zweites Mal auf ihn.

Ash spürte, wie ihn die Kugel im linken Oberarm traf, und ihre Wucht den Arm zur Seite riss. Gleichzeitig explodierte die Handgranate und verwandelte den Innenhof in ein Flammenmeer. Die Druckwelle erfasste Ash, der den letzten Rest seines Gleichgewichts verlor und kopfüber in die Nebenstraße stürzte. Im Fallen gelang es ihm, sich seitlich zu drehen. Und wäre der Bereich hinter der Mauer vollkommen frei gewesen, hätte er eventuell sicher auf den Füßen landen können. So krachte er mit dem Rücken zuerst auf den Deckel einer riesigen Mülltonne, fiel herunter, als dieser von seinem Gewicht weggeschoben wurde, und machte recht unsanfte Bekanntschaft mit dem Straßenpflaster.

Am Ende der Sackgasse bildete sich eine Traube Schaulustiger, die neugierig die Szenerie beobachteten. Sie stoben kreischend auseinander, als der Punk hinter einem Wagen auf der anderen Straßenseite hervorkam und seine Waffe auf Ash richtete.

Mühsam quetschte sich Taurus durch die engen Gänge des Nachtclubs. Das Gefühl in seiner Magengegend wurde immer mieser. Irgendwas stimmte nicht! Wie lange war Ash schon weg? Höchstens zehn Minuten. Was konnte in zehn Minuten schon passieren? Alles! Er hatte die wichtigste Regel in seinem Job gebrochen: Er hätte sich von Keiko nicht ablenken lassen dürfen. Dann hörte er die Schüsse und kurz darauf wurde das Gebäude von einer heftigen Explosion erschüttert. Er stürmte los und achtete nicht auf die Tür zur Herrentoilette, die sich lautlos schloss.

»Was war das?« Die Menschen im Hinterzimmer des *Alabaster Maiden* verstummten. Der Raum war schalldicht isoliert und das einzige Geräusch, das ab und zu aus dem Nachtclub zu ihnen drang, war das Wummern der Bässe. Evan setzte sein Bierglas ab und zuckte die Achseln. »Klang wie 'ne Explosion.« Er grinste angetrunken. »Könnte aber auch Musik sein. Wer kann das heutzutage noch unterscheiden?«

Die Menschen im Raum brachen in schallendes Gelächter aus.

Taurus zog die Black Mamba unter seinem langen Mantel hervor und stieß die Hintertür so heftig auf, dass sie fast aus den Angeln gerissen wurde. Beim Anblick des Schlachtfeldes schnaufte er entsetzt. Die Handgranate hatte den Tank des Pick-Ups zur Explosion gebracht und seinen Wagen gleich mitgenommen. Der Ford lag brennend auf der Seite. Flammen fraßen sich gierig durch die Inneneinrichtung. Die Einzelteile des Pick-Ups lagen über den gesamten Hinterhof verstreut.

Die Mülltonnen an einer der Mauern hatten Feuer gefangen und der Gestank nach brennendem Abfall und schwelendem Kunststoff lag in der Luft. Seine suchenden Augen entdeckten die Gestalt jenseits des Toreinganges und in ihrer Hand die Waffe, auf deren poliertem Lauf sich der Schein des Feuers spiegelte. In diesem Moment hob der Mann die Pistole ein wenig an und durch den Rauch konnte er einen dünnen roten Strahl erkennen. Mit einem lauten Brüllen aktivierte Taurus seine Reflexbooster und riss die Waffe hoch. Er drückte ab, bevor der Punk den Abzug seines Manhunter auch nur berührt hatte. Die Kugel riss dem Mann den halben Arm weg und der Bursche brach schreiend zusammen. Mit erstaunlicher Leichtigkeit trat Taurus einen rauchenden Kotflügel zur Seite und hastete mit langen Schritten zum Tor. Er richtete den Lauf seiner Waffe auf den Punk, der ihn mit schreckgeweiteten Augen anblickte und die Linke wie zum Schutz vor seinen zerfetzten Arm hielt. Der Typ dachte gar nicht daran, sich zu bewegen. Der Troll fuhr herum, als er hinter sich ein Geräusch hörte. Die Mündung der Black Mamba zeigte auf Ash, der vergeblich versuchte, sich in eine sitzende Position zu bringen, und den Kampf gegen die Schwerkraft in diesem Moment aufgab. Er ließ sich auf den kalten Asphalt fallen und schloss die Augen.

Taurus steckte seine Waffe zurück ins Halfter, stieß einen erleichterten Seufzer aus und wandte sich wieder dem Punk zu. Mit einem Blick, als werde er ihm jede Sekunde bei lebendigem Leibe die Haut abziehen, packte er das wimmernde Häufchen Elend am Hals. Aufreizend langsam fuhr er einen seiner Sporne aus und hob den Mann mit der anderen Hand hoch, bis sie auf Augenhöhe waren. Die Touristen, Discobesucher und Nachtschwärmer, die sich aus Neugier allzu weit vorgewagt hatten, hielten gespannt den Atem an. Der Troll sah kurz zu ihnen herüber und sie wichen zurück.

»Wer hat dich geschickt?«

»K-k-k-keine Ahnung.«

In der Ferne waren Polizeisirenen zu hören. Taurus knurrte verächtlich und ballte die linke Hand zur Faust. Er wollte diese Sache erledigen, bevor die Bullen da waren und ihm die Tour vermasselten.

»Du hast gerade versucht, meinen Chummer zu geeken. Wenn dir dein armseliges Leben lieb ist, packste besser aus!« Zur Unterstützung seiner Argumente fuhr er die beiden anderen Sporne aus und stoppte sie kurz vor dem Gesicht des Punks. Der Mann pinkelte sich vor Angst in die Hose, was Taurus mit einem angewiderten Knurren quittierte, und fiel in Ohnmacht. Der Troll ließ ihn wie einen nassen Sack fallen.

Ein stechender Schmerz holte Ash zurück in die Welt des Bewusstseins. Nur langsam begriff er, dass das klägliche Stöhnen, das wie durch eine Wand zu ihm durchdrang, aus seinem Mund kam. Er japste nach Luft.

Der Zusammenstoß mit Müllcontainer und Straße schien die feinen Bläschen in seiner Lunge zu einer zähen Masse verklebt zu haben. Stoßweise atmend stemmte er sich gegen den Schmerz und die aufkommende Übelkeit. Seine Ohren fiepten und dröhnten wie nach einem Konzert. Er schmeckte Blut im Mund, spürte den harten Asphalt im Rücken und den kalten Regen im Gesicht.

Was war passiert? Bruchstückhaft erinnerte er sich an den Kampf und die Explosion. Eisiges Frösteln schüttelte ihn. Seine Zähne schlugen klappernd aufeinander, ohne dass er etwas dagegen tun konnte, und die Wunde an seiner Schulter strahlte dumpfen, tauben Schmerz aus.

»Alles okay, Chummer?« Vor ihm ragte eine massige Gestalt auf, deren verschwommene Konturen sich allmählich zu einem Troll zusammenfügten.

»Hey, Großer. Geht schon.« Er hob vorsichtig den Kopf, doch Taurus drückte ihn sanft zurück auf den Boden.

»Liegen bleiben. Du hast 'n fetten Schock!« Er zog seinen riesigen Mantel aus und breitete ihn über seinen Freund aus. »Der Krankenwagen ist auf'm Weg.« Er sah zu den Schaulustigen, die in sicherer Entfernung warteten und aufgeregt miteinander tuschelten. »Aasgeier, dreckige Chipheads.«

Ash brachte ein gequältes Lächeln zustande und blickte an Taurus vorbei zu dem Punk, der reglos am Straßenrand lag.

»Was, zur Hölle, war hier los?«

»Wollte ich dich gerade fragen.«

Taurus verzog keine Miene, sondern bückte sich und begutachtete die Wunde an seinem linken Arm. »Nur ne Fleischwunde, wirst es überleben. Sonst alles in Ordnung?«

»Ich kann nicht allzu gut hören.« Er atmete wieder ruhiger und mit jedem Atemzug wurde sein Kopf klarer.

»Kommt von der Explosion, das gibt sich wieder.« Als Taurus' Blick auf Ashs rechtes Handgelenk fiel, flackerten seine Augen vor Zorn auf. Er packte es mit seiner großen Hand und verdrehte es schmerzhaft. »Hey, wo is der beschissene Panic-Button? Wozu geb ich dir so'n Ding, wenn du's nich trägst?«

»Au!« Der Sänger kämpfte vergeblich gegen den Schraubstockgriff des Trolls an. »Ich hab's vergessen, tut mir Leid.«

»Wo liegt er, hä? Auf dem Küchentisch?« Taurus erhob sich wutentbrannt. »Wie soll ich dich beschützen, wenn du nich mal die einfachsten Sicherheitsregeln befolgst. Das hätte eben verdammt ins Auge gehen können.«

»Hey, tut mir Leid!«

Da hatte ihm sein Leibwächter bereits den Rücken zugedreht und legte den Passanten nah, sich endlich zu verpissen.

Die Polizeisirenen verstummten mit einem letzten Heulton und zwei Lone-Star-Wagen bogen in die Seitenstraße ein. Was die meisten Passanten dazu veranlasste, das Weite zu suchen.

Nichts gesehen, nichts gehört, keinen Ärger mit den Cops. Simple Regel.

Sekundenlang geschah nichts, während Ash und Taurus von den grellen Scheinwerfern der Fahrzeuge geblendet wurden. Eine pfeifende Rückkopplung signalisierte ihnen, dass der Lautsprecher auf dem Dach des vordersten Wagens eingeschaltet wurde.

»Legen Sie Ihre Waffen auf den Boden und heben Sie die Hände über den Kopf.« Die Stimme des Polizisten hallte hohl von den Häuserwänden wider.

Grummelnd zog Taurus die Black Mamba aus ihrem Tarnhalfter, legte sie vor sich auf den Asphalt, machte drei Schritte zurück und hob die Hände. Die Scheinwerfer wurden gedimmt und je ein Polizist stieg aus jedem Wagen, während der jeweilige Partner von der Fahrertür aus Deckung gab.

»Da hat sich wohl jemand für das städtische Abrissunternehmen gehalten«, kommentierte einer der Polizisten das Schlachtfeld im Hinterhof. Die Rückseite des *Alabaster Maiden* war geschwärzt von Ruß und das Glas der Laterne gesplittert. Ein breiter Riss zog sich durch die Wand, an der der Pick-Up geparkt hatte. Nachdem sie sich davon überzeugt hatten, dass Taurus keine Gefahr darstellte, durfte er die Hände wieder herunternehmen.

»Der sieht kalt aus.« Der jüngere der beiden blickte abfällig auf den Punk nieder, der in einer riesigen Blutlache lag. Er stieß ihn mit dem Fuß an, doch die Reaktion war gleich null. Was seinen Kollegen veranlasste, den wartenden Krankenwagen heranzuwinken. Die Sanitäter stellten routiniert den Tod des Mannes fest. Schock und Blutverlust in Verbindung mit den Drogen waren zu viel für sein Herz gewesen. Die Umstehenden wichen erschrocken zur Seite, als Taurus sich wutschnaubend zwischen sie drängte.

»Du armseliger Bastard.« Er packte die Leiche, hob sie hoch in die Luft und schleuderte sie gegen die nächste Wand.

»Is 'ne klasse Art, sich aus der Affäre zu ziehen. 'n toter Wichser kann keinen mehr verraten.«

Die Polizisten duckten sich erschrocken und machten keinerlei Anstalten, den tobenden Troll zur Räson zu bringen, der in diesem Moment die Hintertür von einem der

Streifenwagen eintrat. Als einer der Polizisten, wohl der Fahrer des Wagens, ihn aufhalten wollte, wischte er ihn wie eine lästige Fliege weg. Der Mann flog durch die Luft und krachte in denselben Müllcontainer, auf dem Ash gelandet war. Die umstehenden Beamten zogen fast gleichzeitig ihre Dienstwaffe und richteten sie auf Taurus. Mit großen, erschrockenen Augen beobachtete der Sänger das Wüten seines Freundes. Was war bloß in ihn gefahren?

»Das Schwindelgefühl wird sich nach ein paar Tagen Ruhe geben.« Der Arzt leuchtete Ash mit einer kleinen Taschenlampe in die Augen, um die Reflexe der Pupillen zu testen. »Wie geht es Ihren Ohren? Rauschen sie noch?«

»Wird allmählich besser.« Das Wechselbad von Schweißausbruch und Frösteln hatte sich gelegt und er fühlte sich müde und ausgelaugt.

»Gut. Sie sollten mit Ihrer Cyberware vorsichtiger umgehen. Die Explosion hat das Metall in Ihrem Kopf ganz schön durchgerüttelt. Sie haben Glück gehabt, junger Mann.«

»Ich weiß.« Ash blickte zur Tür des Untersuchungszimmers und vermisste schmerzlich die Sicherheit des mächtigen Schattens, der sie normalerweise bewacht hätte. Taurus saß in diesem Augenblick im Verhörzimmer irgendeiner Polizeiwache und musste sich für den Schuss auf den Punk rechtfertigen. Er hatte Ash das Leben gerettet und besaß als Leibwächter eine Lizenz für die Black Mamba. Der Troll hatte seinen Job gemacht und rechtlich gesehen war der Schuss auf den Punk vollkommen legitim. Anders verhielt es sich mit dem Angriff auf den Polizeibeamten. Man konnte Taurus höchstens zugute halten, dass er den Mann für seine Verhältnisse sanft geschubst und nicht mit voller Kraft zugeschlagen hatte. Welcher Teufel hatte ihn bloß geritten? Der Troll neigte gelegentlich zu unkontrollierten Ausbrüchen, besonders wenn er getrunken hatte, aber was heute Nacht passiert war, passte nicht zu ihm.

Mikey, Keiko und der Rest der Band warteten in einem Nebenraum auf das Ergebnis der Untersuchung. Alle waren besorgt, verwirrt und verängstigt. Keiner konnte sich erklären, wer hinter dem Überfall steckte.

»Ihr Körper ist ausgezeichnet trainiert. Dadurch haben Sie den Schock leichter weggesteckt als manch anderer. Auch scheint mir, dass die Kugel nicht gerade jungfräuliches Gebiet getroffen hat ...«

»Bitte?« Ash wurde aus seinen Gedanken gerissen und sah den Arzt fragend an. Der deutete auf die runde Narbe, die sich eine Handbreit unterhalb seines linken Schlüsselbeins befand. Der Sänger strich über die leichte Erhebung und blickte verlegen zur Seite.

»Ich würde Sie heute Nacht gern zur Beobachtung dabehalten.« Der Arzt akzeptierte wortlos, dass er nicht darüber reden wollte. »Um sicherzugehen, dass sich die Wunde nicht entzündet. Außerdem sollten Sie Ihren Kopf schonen.«

»Keine Sorge, ich fühle mich prächtig.« Zur Bekräftigung seiner Wort sprang Ash von der Liege auf. Leider verkraftete sein Kreislauf die plötzliche Bewegung nicht und ihm wurde schwarz vor Augen. Eine Welle der Übelkeit breitete sich in seinem Magen aus und er schmeckte bittere Galle auf der Zunge. Halt suchend, fand sein rechter Arm die Schulter des Arztes. Er fühlte die stützenden Hände des anderen und schloss die Augen. Konzentrierte sich darauf, ruhig und gleichmäßig zu atmen. *Bloß nicht kotzen!* »Vielleicht doch keine so schlechte Idee, Doc«, brachte er schließlich heraus.

»Sehen Sie.« Sein Gegenüber schlug einen väterlichen Ton an. »Sie bleiben ruhig sitzen und ich gebe Ihren Freunden Bescheid. Eine Schwester wird Sie dann später auf Ihr Zimmer bringen.«

»Äh, könnte ich vielleicht kurz telefonieren?« Ash kratzte sich verlegen hinter dem rechten Ohr. »Meine Freundin macht sich wahrscheinlich schon Sorgen.« Obwohl es ihm miserabel ging, zauberte der Sänger ein entwaffnendes Lächeln auf seine Lippen. »Sie wissen ja, wie das ist ...«

»O ja.« Der Arzt hielt die rechte Hand hoch und rieb mit dem Daumen an seinem Ehering. »Meine Maggie macht mir auch ständig die Hölle heiß.« Er ging zur Tür. »Es warten übrigens zwei Herren von Lone Star auf Sie, um Ihnen ein paar Fragen zu stellen.«

»Noch mehr Fragen?« Ash verdrehte genervt die Augen.

»Ich kann ihnen sagen, dass sie morgen wiederkommen sollen.« Der Mann zwinkerte ihm verschwörerisch zu. »Ich bin Arzt. Sie werden nicht wagen, mir zu widersprechen.«

»Ist schon in Ordnung. Trotzdem vielen Dank, Doc.« Die Cops würden komische Gesichter machen, wenn er vor ihren Augen quer über den Tisch kotzte.

Ash wurde in ein kleines Zimmer geführt, das normalerweise den Krankenschwestern als Pausenraum diente. Nun saßen zwei Polizisten auf dem schmalen Sofa, ein älterer mit einer glühenden Zigarette in der Hand und ein jüngerer mit einem Taschencomputer vor sich auf dem Tisch. Sie sahen ihn aus müden Augen an und schienen enorm begeistert von ihrem nächtlichen Einsatz zu sein. Der Jüngere stellte sich ihm freundlich als Officer Gordon vor und deutete auf den Sessel, der auf der gegenüberliegenden Seite des Tisches stand. Ash unterdrückte ein Hüsteln, warf einen angewiderten Blick zum geschlossenen Fenster und setzte sich.

»Sie sind also dieser Ash«, begann der Ältere, der es nicht für nötig befunden hatte, sich vorzustellen. »Meine Tochter ist ganz verrückt nach Ihrer Musik. Mir ist allerdings schleierhaft, wie man diesem Krach etwas abgewinnen kann.«

Sein Kollege lächelte unsicher, weder bestätigend noch ablehnend, und tippte angestrengt auf der Tastatur seines Computers herum.

»Über Geschmack lässt sich bekanntlich nicht streiten.«, entgegnete Ash trocken. Er konnte diesen Typen nicht ausstehen. »Es wäre mir lieb, wenn wir diese Sache schnell hinter uns bringen könnten, Officer ...«, er las das Namensschild an der Uniform seines Gegenüber, »... Myers. Ich bin erschöpft und würde mich gern ausruhen.« Ein erneuter Schwindelanfall schlich sich an und war anscheinend scharf darauf, seine Aussage zu unterstreichen. Er schob ihn tapfer zur Seite.

Officer Gordon nickte hastig. »Es wird nicht lange dauern, wir brauchen lediglich einige zusätzliche Angaben. Außerdem würden wir Ihnen gern eine Reihe von Bildern zeigen. Vielleicht erkennen Sie den dritten Angreifer wieder. Das können wir aber auch auf morgen verschieben«, fügte er im Hinblick auf Ashs grünlich-blasse Gesichtsfarbe hinzu.

Das hat mir gerade noch gefehlt! »Ich würde vorher gern wissen, was mit meinem Freund passiert ist.«

»Ihr Freund wird die Nacht in einer gemütlichen Zelle verbringen. Als die Kollegen ihn zu den Vorfällen befragt haben, ist er ausgerastet und hat das halbe Revier auseinander genommen.«

»Vielleicht haben Ihre Kollegen die falschen Fragen gestellt?«

Officer Myers bleckte die Zähne. »Sie finden das sicherlich irrsinnig komisch. Ihr feiner Freund hat einer Polizistin den Arm gebrochen!«

Verdammt, Taurus, du Idiot. Reite dich nicht noch tiefer rein! Ash unterdrückte den Wunsch, den Troll zu verteidigen, und zuckte stattdessen die Achseln. »Das tut mir Leid. Er ist in letzter Zeit nicht ganz auf der Höhe.«

»Was Sie nicht sagen«, erwiderte der jüngere Polizist. Ash kam sich langsam vor wie bei dem Spiel ›Guter Cop, böser Cop‹. Nur vermisste er den guten Cop.

»Der Junge sollte sich mal den Kopf untersuchen lassen, da sind einige Schrauben locker. Seit wann ...«

»Kommen wir endlich zum Thema«, fiel ihm sein älterer Kollege ins Wort. »Es würde mich interessieren, woher Sie wussten, dass es sich um Mitglieder der Night Hunters handelt.«

»Ich habe sie an ihren Farben erkannt. Außerdem hat einer von ihnen damit angegeben. Er wollte mir wohl Angst einjagen.«

»Und woher wussten Sie, welche Farben die Gang trägt?«

»Ich kenne mich recht gut mit den hiesigen Gangs aus. Für unser letztes Album habe ich zwei Songs zu dem Thema geschrieben«, fügte er hinzu, um weiteren Fragen vorzubeugen. »Dazu musste ich einiges recherchieren.«

Officer Myers rief eine neue Datei auf und las einige Zeilen aus einem von Ashs Texten vor. »The devil found his playground and he enjoys his game. Unleashed his little toys, causing havoc and dismay. Ts, ziemlich abstruses Zeug.«

Ashs erstauntes Gesicht nötigte ihm ein selbstgefälliges Lächeln ab. »Wir sind informiert. Gehört alles zu unserem Job.«

»Bin schwer beeindruckt.« Der Sänger beugte sich vor. Keine gute Idee. Die Gürtelschnalle der Hose drückte auf seinen Magen und er lehnte sich sofort wieder zurück. »Dann wissen Sie sicherlich auch, dass wir seit Veröffentlichung der Scheibe ständig Schwierigkeiten mit irgendwelchen rassistischen Ärschen hatten, denen unsere Ansichten nicht gefallen.«

Bei den Worten ›rassistische Ärsche‹ verzog sein Gegenüber kaum merklich das Gesicht. *Treffer*.

»Sind Sie nie auf den Gedanken gekommen, Ihre Texte weniger drastisch zu formulieren?«, schaltete sich Officer Gordon wieder in das Gespräch ein.

»Natürlich.« Ash stützte die Ellenbogen auf die Sessellehnen und faltete die Hände vor der Brust. »Wir haben Band-intern und mit unserem Manager darüber gesprochen. Letztendlich würden *Devil's Playground* ihre Daseinsberechtigung verlieren, wenn wir plötzlich anfingen, über Blümchen und Bienchen zu schreiben.« Der letzte Satz ließ den jungen Polizisten schmunzeln. »Jeder Mensch hat das Recht, sich zu politischen Themen zu äußern«, fuhr er fort. »Die Metamenschen sind ein Teil unserer Gesellschaft, ob wir wollen oder nicht. Ihnen deshalb die Knochen zu brechen, finden wir nicht besonders fair. Anscheinend stehen wir mit unserer Meinung nicht allein da. Was uns trotzdem nicht zu Metamenschenrechtlern macht. Das überlassen wir lieber anderen.«

»Sie sind anscheinend der Hauptschreiberling.« Unbeeindruckt von seiner feurigen Rede drückte Officer Myers seine Zigarette im Aschenbecher aus und zündete sich eine neue an. Ash hätte ihn dafür am liebsten umgebracht. »Macht es Ihnen Spaß, Ihre Kollegen durch Ihre Texte in Gefahr zu bringen?«

»Macht es Ihnen Spaß, sich schleichend umzubringen?«, nahm der Sänger die Herausforderung an.

Die Luft knisterte vor Spannung, als sein Gegenüber Anstalten machte aufzustehen. Sein Kollege hielt ihn hastig zurück und flüsterte ihm einige Worte ins Ohr. »Es war für uns alle eine lange Nacht«, sagte er lauter. »Wir sollten dieses Gespräch morgen fortsetzen, wenn alle ausgeschlafen und entspannt sind.« Der Officer klappte seinen Taschencomputer zusammen und erhob sich. Als Ash und Officer Myers an der Tür aufeinander trafen, schlugen die negativen Energien zwischen ihnen Funken. Der Ältere trat mit einem gezwungenen Halblächeln zur Seite und gab dem Sänger den Vortritt.

Mit leisem Seufzen ließ Ash sich zehn Minuten später in die weichen Kissen sinken. Der Abend und die anschließende Befragung hatten ihn geschafft. Er wollte nur noch schlafen, ausruhen, sich entspannen. Seine Gedanken ließen ihn nicht zur Ruhe kommen.

Zum ersten Mal seit einer Ewigkeit verspürte er ein Gefühl der Angst. Angst um Keiko, Quinn, Evan, Mikey. Sogar um Brooks sorgte er sich. Taurus war straßenerprobt genug, um mit den Schweinen den Boden aufzuwischen. Das hatte er vor wenigen Stunden eindrucksvoll bewiesen. Das Einzige, was dem Troll gefährlich werden konnte, war sein Temperament. Und die hohe Kautionssumme, die die Cops verlangen würden.

Bald kreisten seine Gedanken um eine einzige Frage: Wer hatte ihm die Punks auf den Hals gehetzt? Wer wollte ihn tot sehen? Die Männer hatten ihm aufgelauert. Sie hatten mit ihm gespielt, ein bisschen Spaß gehabt, ohne ihr Ziel aus den Augen zu verlieren. Wäre ihr Anführer nicht dermaßen zugechippt gewesen, hätte es übel für ihn ausgesehen!

Devil's Playground hatten in den vergangenen Monaten zunehmend an Einfluss gewonnen. Die Menschen hörten ihre Musik und konnten sich offensichtlich mit den Texten identifizieren. Von ›Devil's Playground‹, ihrem ersten Album, hatten sie bis heute weltweit 150.000 Stück verkauft, von ›Shadowchaser‹, dem Nachfolger, bereits 310.000. Das machte sie nicht zu Superstars. Noch nicht. Oder vielleicht niemals.

Sie befanden sich auf dem steinigen Weg nach oben und die kommende Tournee würde es zeigen. Entweder erwartete sie der Durchbruch oder sie krebsten weiter im Mittelfeld herum. Und wenn der Durchbruch kam und sie plötzlich Millionen Menschen erreichten?

Könnten wir mit unserer Musik die Welt verändern?

»Hör auf zu träumen«, holte er sich in die Realität zurück. »Du hast jetzt ganz andere Probleme.«

Soweit es ihm bekannt war, griffen die Night Hunters Metamenschen an, nicht ihre menschlichen Verbündeten. *Verbündete ... hört sich an, als lägen wir im Krieg miteinander.* Hatte jemand die Ganger überredet, ihre Gepflogenheiten zu ändern? Oder hatten sich die drei verkleidet, um den Eindruck zu vermitteln, es sei ein rassistisch motivierter Angriff? »Es war reiner Zufall, dass ich zu meinem Wagen gegangen bin, woher zur Hölle konntet ihr das wissen?«

Ash flüsterte, um seinen Bettnachbarn nicht zu wecken. Mit halb geöffneten Augen starrte er in die Dunkelheit. *Hat es euch irgendjemand gesteckt? Oder war euch egal, wer kommt? Hättet ihr auch Evan oder Keiko überfallen?* Dieser Gedanke jagte ihm einen eisigen Schauder über den Rücken. »Zum Glück habt ihr mich erwischt und keinen der anderen. Die hätten es wahrscheinlich nicht überlebt.«

Nicht überlebt ...

Er tastete nach der runden Narbe und glaubte einen lang vergessenen Schmerz zu spüren. Vor vier Jahren hatte ihn ein ähnlicher Zusammenstoß beinah das Leben gekostet. Er hatte damals seinen besten Freund verloren. Und noch etwas anderes ...

Die Dunkelheit und der ruhige, gleichmäßige Atem seines Bettnachbarn schläferten ihn ein. Er rollte sich auf die rechte Seite, zog die dünne Decke bis zum Kinn hoch und schloss die Augen. Irgendwann gegen Morgen hörte sein Gehirn auf, verwirrende Bilder und Erinnerungen zu produzieren, und er fiel in einen tiefen, traumlosen Schlaf.

Kapitel 5

Wie ein eingesperrtes Tier lief Chazz Wilson in dem winzigen Raum auf und ab. Fünf Schritte bis zur Wand, fünf Schritte zurück. Seine Bewegungen wurden vom leisen Klirren der Motorradkette begleitet, die anstelle eines Gürtels durch die Laschen am Hosenbund seiner zerrissenen Jeans gezogen war. Von Zeit zu Zeit ließ er sich auf einen wackligen Plastikstuhl sinken, nur um Sekunden später wieder aufzuspringen und eine neue Runde zu drehen. Sein Blick huschte immer wieder nervös zur Tür, während er an Fingernägeln kaute, die bereits vollkommen abgenagt waren.

Er hatte keinen Schimmer, wo er war. Sie hatten ihm die Augen verbunden und ihn in den stickigen Kofferraum eines Wagens gesteckt. Waren eine halbe Ewigkeit in der Gegend herumgefahren, bis er das Gefühl hatte, sich jeden Moment übergeben zu müssen. Hatten ihn aus dem Kofferraum gezerrt und über mehrere Treppen in diesen kahlen, eiskalten Raum gebracht. Das war über eine Stunde her.

Genug Zeit, um seine Furcht und Nervosität ins Unermessliche zu steigern. Sie hatten's versaut. Der Boss würde alles andere als glücklich sein!

Ein Klappern auf der anderen Seite der Stahltür ließ ihn aufhorchen. Augenblicklich straffte sich sein Körper, er fuhr sich hektisch durch die neon-grünen Haare und glättete seine abgewetzte Lederjacke.

Ein schwarz gekleideter Norm mit streichholzkurzen schwarzen Haaren betrat den Raum. Seine kalten wasserblauen Augen ruhten abschätzend auf dem Ganger. Mit einem beiläufigen Wink drehte er sich auf dem Absatz um und ging mit ausgreifenden Schritten den langen, hell erleuchteten Korridor entlang. Der Ganger folgte ihm eilig. Auch hier war es kalt und er konnte seinen Atem sehen, der in dünnen Wolken von seinem Mund aufstieg. Ihm fielen die Ringe auf, die sein Begleiter trug. An jedem Finger einen. Fein gearbeitet, besetzt mit merkwürdigen Steinen, die er nie zuvor gesehen hatte. Mussten ein Vermögen wert sein!

Der Weg der beiden Männer führte sie um eine Ecke und endete in einem anderen hell erleuchteten Raum, in dessen Mitte ebenfalls ein Stuhl stand. Mit gemischten Gefühlen betrachtete der Punk den großen Spiegel, der die Wand gegenüber der Tür komplett ausfüllte. Sein Begleiter schob ihn in Richtung Stuhl.

Er setzte sich bereitwillig und musterte den Mann, der inzwischen rechts neben der Tür Stellung bezogen hatte. Reglos, die Arme locker hängen lassend, ruhte sein Blick auf dem Ganger. Chazz fühlte sich von Sekunde zu Sekunde unwohler in seiner Haut. Zum hundertsten Mal in dieser Nacht wünschte er sich, den Job niemals angenommen zu haben. Aber was sollte man machen, wenn der Boss persönlich um einen Gefallen bat? Ablehnen?

Hoffentlich tauchte Brick bald auf. Ohne seinen Chummer kam er sich nackt und wehrlos vor. Brick war der große Redner, nicht er.

»Guten Abend, Mr. Wilson.« Eine Frauenstimme begrüßte ihn höflich.

Er zuckte zusammen und blickte sich irritiert um. Außer ihm und seinem Begleiter hatte niemand den Raum betreten. Endlich dämmerte ihm, dass die Stimme aus dem Raum jenseits des großen Spiegels kommen musste. Nach einigem Suchen entdeckte er einen kleinen Lautsprecher in der Wand links neben dem Spiegel.

»Gut, Sie scheinen sich orientiert zu haben.«

»Hi.« Chazz hob schüchtern eine Hand zum Gruß. »Wie geht's ?« Die Sekunden verstrichen, und eine Antwort blieb aus. »Wollte ja nur freundlich sein.« Wo steckte der Boss? Wieso quatschte ihn die Schnalle an? Chazz beschlich das ungute Gefühl, dass er hier eine Etage höher gelandet war, und seine Eingeweide drückten plötzlich wie Zentnerlasten auf seine Blase.

»Sie haben den Auftrag wie gewünscht ausgeführt?« Gezügelter Ärger schwang in der Frage mit. »Keine Schwierigkeiten?«

»Sie hätten uns sagen müssen, dass der Kerl so 'n Karatefreak is'. Dann hätten wir das anders geregelt.« Der Ganger rutschte unruhig auf dem harten Stuhl hin und her. Gab seiner Stimme einen Ton hündischer Ergebenheit. »Aber wir ham den Job doch zu Ihrer Zufriedenheit erledigt, oder?«

»Sie sollten ihn erschrecken. Es war nie die Rede davon, ihn in die Luft zu sprengen, Sie Idiot!«

»Das war nich' meine Idee. Brick hat die Granate geworfen.«

»Oh, Sie sind demnach vollkommen unschuldig an dieser Misere? Nun gut, ich will Ihnen glauben. Die Wahl Ihres Fluchtwegs hat Sie jedenfalls davor bewahrt, mit dem Leibwächter des Mannes zusammenzustoßen. Sie sind ein echter Glückspilz. Brick, Ihr Chummer ...« Die Stimme schien ihm das letzt Wort vor die Füße zu spucken. »... hatte weniger Glück. Er weilt nicht mehr unter uns. Mein tiefstes Beileid!«

»Was?« Chazz sprang ungläubig auf und fegte mit seinem Schwung den Stuhl um. Sein Bewacher trat lautlos einen Schritt vor. »Das is' eure Schuld!« Mit wutverzerrtem Gesicht hämmerte Chazz mit den Fäusten gegen den Spiegel. Kleine Speicheltropfen spritzten auf die Scheibe. »Wir ham nix von 'nem Leibwächter gewusst. Ihr Wichser hättet uns besser informieren müssen!« Er verstand die Welt nicht mehr. Wieso hatte sie der Boss derartig auflaufen lassen? Sie hatten immer alles getan, was er ihnen befahl. Jedes Mal, ohne Fragen zu stellen.

»Mr. Six.« Ein angestrengtes Seufzen übertönte das Hintergrundrauschen des Lautsprechers. »Wären Sie so freundlich, Mr. Wilson hinauszubegleiten?«

Chazz Wilson hob protestierend die Hände, als sein Begleiter sich von der Wand löste und auf ihn zukam.

In einem anderen Teil des Gebäudes verfolgte eine ältere Frau auf einem Monitor, wie der Ganger aus dem Raum gezerrt wurde. Die Kamera zeigte die Szene aus einem Blickwinkel schräg neben der Tür. Leise seufzend drückte Amanda Pierce auf einen Knopf an ihrer Fernbedienung und das Bild erlosch. Sie richtete die Jacke ihres marineblauen Kostüms, prüfte den Sitz ihrer grauen Haare, die im Nacken zu einem perfekten Knoten gebunden waren, und wandte sich um. Die sechs Männer, die um einen großen, schweren Holztisch versammelt waren, sahen sie erwartungsvoll an. Norms wie sie, Führungspersönlichkeiten in teuren Anzügen mit teuren Armbanduhren und Halsketten.

Amanda Pierce hatte kaum am Kopfende des Tisches Platz genommen, als sich die Tür des Sitzungszimmers geräuschlos öffnete und Mr. Six eintrat. Kurzzeitig konnte man einen Blick auf den Korridor jenseits der Tür erhaschen. Zwei Männer mit einer Waffe im Hosenbund saßen an einem kleinen Tisch, ein Kartenspiel zwischen sich. Von den sechs anderen kaum beachtet, verschmolz Mr. Six mit dem Schatten neben dem Türrahmen.

»War das wirklich nötig?«, meldete sich ein älterer Mann zu Wort, der den zweiten Platz zu ihrer Rechten besetzt hatte.

»Jeffrey.« Sie sah ihn an wie einen dummen Schuljungen, der auch nach der zehnten Erklärung eine Aufgabe nicht verstand. »Hätten die drei die Anweisungen ordnungsgemäß befolgt, wären wir ohne großes Aufsehen ans Ziel gelangt. Sie haben so viel Aufmerksamkeit erregt, dass jeder Polizist in der Stadt nach dem dritten Angreifer suchen wird. Dieser Ash wird sich sehr genau gemerkt haben, wer versucht hat, ihn umzubringen.« Sie lachte auf. »Meine Güte, sie haben den halben Hinterhof des Lokals in Schutt und Asche gelegt. Wie dämlich kann man sein?« Ihre Stimme hallte durch den Raum wie ein Peitschenknall. »Wir können uns nicht erlauben, dass derartige Vorkommnisse unsere Sache gefährden!«

Alan, ein junger Mann mit kurzen blonden Haaren und einer diamantenbesetzten Rolex am linken Handgelenk, erhob sich halb. »Das nächste Mal kümmere ich mich um die Anwerbung unserer Mitarbeiter. Jeffrey scheint dabei kein glückliches Händchen zu haben.«

Der Angesprochene blickte schuldbewusst auf seine manikürten Finger. »Sie schienen mir geeignet. Ihr Anführer hat mir versichert, dass sie ohne zu fragen jeden Auftrag erfüllen würden.«

»Er hat nur vergessen zu erwähnen, dass dieser Hammer ein abgewrackter Chiphead ist und die beiden anderen das Gehirn einer Amöbe haben.«

»Woher ...?«

»Sie sind nicht der Einzige, der die Kandidaten auf ihre Tauglichkeit prüft,« erwiderte Amanda anstelle ihres jüngeren Kollegen.

Jeffrey, dem zum ersten Mal klar wurde, wie groß das Vertrauen der anderen in ihn wirklich war, machte ein Gesicht, als wolle er jeden Moment in Tränen ausbrechen. »So ein Fehler wird sich nicht wiederholen«, murmelte er kleinlaut.

Die Runde nickte bestätigend. Ja, so ein Fehler würde sich ganz sicher nicht wiederholen. Dafür würde jedes einzelne Mitglied sorgen.

Amanda erhob sich. »Ich denke, es ist alles gesagt. Geben wir Ash und seinen Freunden Zeit, sich von dem Schock zu erholen. Wenn sie klug sind, lernen sie aus dem Vorfall. Wenn nicht ... nun ja, dann lassen wir uns eben etwas Neues einfallen.«

Leises Lachen erfüllte den Raum.

Kapitel 6

»Ja, Mikey, ich bin mir durchaus bewusst, was ich dir damit antue, und ich habe nicht vor, die Band im Stich zu lassen. Ich bin lediglich zu dem Schluss gekommen, dass mir ein paar Tage Urlaub gut tun würden.« Ashs Augen waren auf den dichten Abendverkehr gerichtet, während er in das Mikro des Headsets sprach. »Wir haben das früher auch problemlos auf die Reihe gekriegt. Vor einem halben Jahr hast du nicht so ein Theater gemacht! Die letzten Tage waren nicht gerade das, was ich entspannend nennen würde. Man wirft nicht jeden Abend Handgranaten nach mir oder schießt mich an.« Seine Linke glitt unbewusst zu seiner Schulter.

»Das weiß ich doch«, tönte Mikeys Stimme. »Aber wäre es nicht sicherer, wenn jemand auf dich aufpasst? Lone Star wäre bestimmt bereit, jemanden abzustellen, der ein Auge auf dich hat.«

»Auf keinen Fall! Du weißt, dass ich nichts von Personenschutz halte. Ich brauche keinen Babysitter, der mir die ganze Zeit hinterher rennt.« Sein Zeigefinger fuchtelte aufgeregt in der Luft herum. »Das fällt noch mehr auf, als wenn ich mich für einige Tage absetze. Das würde den Typen nur beweisen, dass sie erfolgreich waren und mir Angst eingejagt haben. Aber das haben sie nicht, kapiert? Ich brauche einfach Abstand, etwas Zeit, um mich zu erholen.« Er holte tief Luft, jedoch ohne Mikey zu Wort kommen zu lassen. Dieses Gespräch nervte ihn langsam!

»Frag den Doc, der hält es für eine wunderbare Idee. Und die Cops sind einverstanden, dass ich ihnen in den nächsten Tagen für weitere Fragen telefonisch zur Verfügung stehe. Ganz nebenbei werden die sowieso nichts herausfinden. Justitias Mühlen mahlen bekanntlich langsam und Seattle dürfte da keine Ausnahme sein.«

Die Stimme des Managers wurde hektisch. »Es ist ja nicht

so, dass ich deine Argumente ignoriere, mein Goldjunge. Aber falls du es vergessen hast, wir haben Montag einen ziemlich wichtigen Termin. Du kannst jetzt nicht einfach verschwinden. Ich habe zwei Tage am Telefon verbracht, um das Interview zu arrangieren!«

»Und ich habe fünf Minuten gebraucht, um es zu verschieben.« Ein Unterton der Verärgerung schlich sich in Ashs Stimme. Natürlich war ihm bewußt, dass er sich wie ein egoistisches Arschloch verhielt, aber die Umstände zwangen ihn dazu.

Ich mach's wieder gut, versprochen.

»Ich habe Keiko und die Jungs gefragt und sie hatten nichts dagegen, dass ich das Interview um zwei Tage verlege. Die Journalisten vom Metal-Guide kommen am Mittwoch, wir treffen uns wie ausgemacht um elf Uhr im Proberaum und machen ein langes, ausführliches Interview. Das wird die Schreiberlinge zufrieden stellen und die Sache ist gegessen.«

»Ich glaube manchmal, du nimmst das Leben zu leicht.«

»Das ist meine Art, mit dem Leben umzugehen. Ich weiß, dass wir es schaffen«, erwiderte Ash im Brustton der Überzeugung. »Der Rest ergibt sich von allein.« Die Antwort war statisches Rauschen. »Hey, sind wir noch Freunde?«

Er hörte, wie sich Mikey am anderen Ende der Leitung räusperte. »Sicher.« Seine Stimme klang versöhnlich, als er fortfuhr. »Du hast ja anscheinend schon alles arrangiert. Nimmst du wenigstens Taurus mit?«

»Ich habe keine Ahnung, wo er steckt. Wir haben seit dem Vorfall nicht mehr miteinander gesprochen.« Ash täuschte überzeugend Desinteresse vor. »Er hat die Kaution bezahlt und ist untergetaucht. Hat wohl Wichtigeres zu tun.«

»An deiner Stelle hätte ich ihn längst gefeuert«, ereiferte sich Mikey. »Hätte er seinen Job ordentlich gemacht und auf dich aufgepasst, wäre das alles nicht passiert! Hat der Kerl schon mal was von Professionalität gehört?«

»Ohne ihn wäre ich jetzt tot, das solltest du nicht vergessen.«

Mikey murmelte einige unverständliche Worte und sagte dann lauter: »Gut, wie du willst. Ruh dich aus, sammle neue Kräfte. Mittwoch will ich dich um Punkt elf Uhr im Studio sehen. Sonst haben wir ein ziemliches Problem miteinander!«

»Ist versprochen.«

Vor Ash tauchten die riesigen Hallen des Hauptbahnhofs auf. Er wechselte die Spur und parkte den Chrysler auf einem der Kurzzeit-Parkplätze hinter dem Bahnhof.

Zielstrebig steuerte er auf den Bereich im hinteren Teil des Bahnhofs zu, wo sich die Schließfächer befanden. Er ging die langen Reihen entlang, wobei er gedankenverloren über die kalten Metalltüren strich, und hielt vor dem Schließfach mit der Nummer 156. Er schob seinen Credstick in die winzige Ausbuchtung am Rande des Fachs und die Tür öffnete sich. Vor ihm lag eine schwarze Reisetasche. Ash zog sie aus dem Schließfach und ihre Griffe dehnten sich unter dem Gewicht des Inhalts. Er gab der Tür einen Tritt und sie fiel mit lautem Klacken ins Schloss.

Als Ash sich wieder in Richtung Ausgang bewegte, hatte sich seine Körperhaltung verändert. Er strahlte nun eine Mischung aus Ruhe und Bedrohlichkeit aus. Gleich einer gespannten Feder, die darauf wartete loszuspringen. Seine Bewegungen waren geschmeidig, sein Gesicht ausdruckslos und seine Augen huschten kalt über die vorbeihastenden Reisegäste.

An einem der zahlreichen Schalter in der Nähe des Ausgangs standen drei Männer von der Bahnhofssicherheit und unterhielten sich angeregt mit der blonden Kassiererin. Nach einem flüchtigen Seitenblick vergrößerte er unauffällig den Abstand zu dieser Gruppe und steuerte den dunkelblauen Mitsubishi Runabout an, der halb vom Van einer Reinigungsfirma verborgen im Schatten des mächtigen Gebäudes parkte. Er verstaute die Tasche auf dem Beifahrersitz, zog den Reißverschluss auf und holte eine schwarze Jacke aus glattem, stumpfem Leder hervor. In einer fließenden Bewegung schlüpfte er hinein und schlug die Autotür zu.

Dann ging er zur Fahrerseite, öffnete die Tür und ließ sich auf den Sitz fallen. Er tippte kurz auf den Deckel des Handschuhfachs und entnahm ihm eine schwarze Sonnenbrille und zwei Ares Predator II. Geübt überprüfte er die Waffen, lud sie durch, sicherte sie und ließ sie in die beiden Tarnhalfter gleiten, die in das Innenfutter der Lederjacke eingenäht waren. Die getönten Scheiben des Runabout machten es unmöglich, einen Blick ins Innere des Wagens zu werfen, und er brauchte sich keine Sorgen wegen der beiden Cops zu machen, die ihn gerade im Abstand von zehn Metern passierten. In Bezug auf die Sicherheit hatte der Star anscheinend aufgerüstet. Gut zu wissen! Ash setzte die Sonnenbrille auf und ergriff das Headset, das auf dem Beifahrersitz lag.

»Dann wollen wir mal.« Während er sprach, veränderte sich seine Stimme. Sie wurde heller, geschmeidiger und das raue, rauchige Timbre verschwand.

Er aktivierte die Telekomanlage, die in einem kleinen Kasten vor der Schaltung untergebracht war, und wählte eine Nummer. Während er darauf wartete, dass sein Gesprächspartner abnahm, startete er den Wagen und fuhr Richtung Ausfahrt.

Die Leitung wurde geöffnet und eine vertraute Frauenstimme meldete sich. »Hast dir Zeit gelassen! Ich dachte schon, der Run fällt ins Wasser.«

»Einige unvorhergesehene Schwierigkeiten.« Ash sprach nun mit seiner eigenen und nicht mit der durch den Stimmenmodulator verfälschten Stimme. »Es hat sich nichts an den Plänen geändert, wir werden trotzdem ... hey, du Arschloch, hast du deinen Führerschein im Trid gewonnen?« Er legte eine Vollbremsung hin, als ihn ein roter Ford

Americar überholte. Der Wagen schrammte haarscharf an der Stoßstange des Runabout vorbei und verschwand mit quietschenden Reifen im Verkehr. »Wichser!«

Ash hämmerte genervt auf die Hupe und ein hohes, quietschend-quengeliges ›Möp‹ ertönte. Erinnerte ihn spontan an einen dieser winzigen, vierbeinigen Wadenbeißer. Der Runabout gehörte eindeutig zu den Kläffern unter den Fahrzeugen.

»Danke, zu liebenswürdig«, entgegnete die Elfe amüsiert.

»Sorry, der Penner glaubt anscheinend, die Straße gehöre ihm allein.« Ash setzte den Mitsubishi wieder in Bewegung und reihte sich in den fließenden Verkehr ein. »Hast du den Rigger organisiert?«

»Natürlich. Sendram, ein alter Freund von mir. Er steht mit seiner Cloud Nine jederzeit auf Abruf.«

»Okay, gekauft.«

»Wie, keine Fragen nach Können, Preis, Zuverlässigkeit?«

»Du hast gesagt, er ist ein alter Freund, das reicht mir als Garantie.«

»Oha, hoffentlich enttäuscht dich mein Urteilsvermögen nicht. Was ist aus deinem Decker geworden?«

»Er stößt am verabredeten Punkt zu uns. Nennt sich Mainframe. Hab mich auf der Straße umgehört. Der Junge soll ziemlich fähig sein.«

»Mainframe? Hm, er muss 'ne Menge von sich halten. Hoffentlich hat er nicht nur 'n großes Ego, davon haben wir schon genug im Team.«

»Haha«, erwiderte er leicht gekränkt. »Bis in zwei Stunden.«

Fort Lewis

Ash lenkte seinen Wagen im Schritttempo über einen holprigen Waldweg irgendwo in Fort Lewis. Bis zur verabredeten Zeit waren es noch knapp zwanzig Minuten und er hatte den Treffpunkt fast erreicht. Es war inzwischen dunkel geworden und er fuhr mit abgeblendeten Scheinwerfern. Da er sich in diesem Teil von Seattle nicht auskannte, war es selbst mit der Lichtverstärkung der Smartbrille schwierig, in der Dunkelheit nicht die Orientierung zu verlieren. Leider war es notwendig, wollte er keiner der Patrouillen in die Arme laufen, die auf der Suche nach Störenfrieden in den Wäldern ihre Runden drehten.

Cyberaugen müsste ich haben, dachte er. *Dann wäre ich nicht ständig auf die Smartbrille angewiesen.* Aber der Gedanke, seine gesunden Augen gegen zwei kalte, leblose Metallstücke einzutauschen, war zu gruslig und auf seinen Armen bildete sich eine feine Gänsehaut.

Außerdem – versuch mal deinen Freunden und deinem Management zu erklären, dass du unbedingt Cyberaugen brauchst.

»Es ist immer schrecklich dunkel auf der Bühne und da habe ich mir gedacht, mit Lichtverstärkern kann ich die Fans viel besser sehen. Ach ja, und mit dem Entfernungsmesser auch gleich die in den hintersten Reihen«, äffte Ash sich selbst nach und schmunzelte amüsiert. Klar, sicher, toller Grund.

Der Geräuschfilter und der interne Stimmenverstärker waren hingegen logisch erklärbar. Vom eingebauten Stimmenmodulator wusste hingegen niemand etwas. Den aktivierte er nur, wenn er als ›Ash, der Rockstar‹ unterwegs war. Ein befreundeter Schattendoc hatte gegen ein kleines Entgelt mit Freuden die vorhandene Cyberware erweitert. Das Gerät war in keiner Akte verzeichnet, niemand wusste davon. Und der Rest? Tja, der Rest war Bioware und knochenhartes Training.

Er stoppte den Mitsubishi neben einer großen Eiche und stellte den Motor ab. Dann nahm er die Smartbrille ab, band seine lange blonde Mähne mit einem Haargummi zusammen und betrachtete nachdenklich sein Bild im Innenspiegel. In den vergangenen Jahren hatte er sich an sein zweites Gesicht, sein zweites Leben, gewöhnt und ein Teil von ihm wollte es nicht mehr missen. Doch wer war er wirklich? Der Sänger mit dem gefährlichen Nebenjob, der Runner mit dem ausgefallenen Hobby? Die Grenzen verwischten sich immer öfter und es wurde schwieriger für ihn, die beiden Welten emotional auseinander zu halten.

»Hallo Quickshot«, begrüßte er sein Alter Ego. Als müsse er sich daran erinnern, wer er war und nach wessen Regeln er nun spielte. Er setzte die Smartbrille wieder auf, holte die Reisetasche vom Beifahrersitz und schloss den Wagen ab. Er bedeckte ihn mit der grün-braunen Plane aus dem Kofferraum und machte sich auf den Weg zum Treffpunkt. Sollte eine der Patrouillen den Mitsubishi trotzdem entdecken, konnten die Männer ihn seinetwegen behalten. Der Wagen war nicht registriert und die 10k konnte er verschmerzen.

Einen halben Kilometer später blitzte zwischen den Bäumen die Silhouette eines Flugzeugs auf. Im Cockpit der Maschine brannte eine einzige Lampe, in deren diffusem Licht sich eine kleine Gestalt geschäftig hin und her bewegte. Sendram, der Rigger.

Eine Elfe stand an der Einstiegsluke des Flugzeugs, in eine schlichte Kombination aus schwarzem Kunstleder gezwängt, die ihre schlanke Figur vorteilhaft unterstrich. Das Oberteil war hochgeschlossen und mit einem zusätzlichen Kragen versehen, der wenige Millimeter unter dem Kinn endete. Über der Kombination trug sie eine schwarze Fliegerjacke, deren Reißverschluss offen war. Ihr blasser Teint leuchtete sanft in der Dunkelheit und ließ ihre helle Haut beinah transparent erscheinen. Ihre weißblonden Haare waren streichholzkurz geschnitten, was ihr Gesicht unnatürlich verlängerte. Die Zweckmäßigkeit hatte eindeutig über das Schönheitsempfinden gesiegt. Trotzdem gefiel es ihm. Sie sah gut aus, wie immer.

Tinkerbell war eben damit beschäftigt, zwei Taschen im Innenraum zu verstauen. Als sie sich vorbeugte, veränderte das Tarnhalfter an ihrer rechten Seite leicht seine Position und gewährte ihm einen Blick auf den Kolben einer schweren Pistole.

Quickshot kaute nachdenklich auf der Unterlippe, bis sich sein Mund zu einem hinterhältigen Grinsen verzog. Seine freie Hand griff nach einem nahen Zweig, drückte ihn herunter und ließ ihn zurückschnellen. Automatisch glitt die rechte Hand der Elfe zum Tarnhalfter. Horchend legte sie den Kopf leicht schräg, doch die Geräusche des nächtlichen Waldes überlagerten alles andere.

Aus den Augenwinkeln nahm sie einen Schatten wahr. In einer flüssigen Bewegung zog sie die Ares Predator II und richtete sie auf den Rand der Lichtung. Ihr Puls schlug ruhig, als sie den Hahn spannte, und ihrer Körperhaltung konnte man entnehmen, dass sie in jeder Beziehung klar zum Gefecht war.

»Du kannst mich gern erschießen, aber dann musst du den langen Flug ganz allein hinter dich bringen.« Quickshot trat zwischen den Bäumen hervor, die schwarze Reisetasche in der rechten Hand, die er automatisch ein wenig höher hielt. »Mit einem schweigsamen Rigger und einem Decker, der sein Deck mehr liebt als sein Leben.« Er schenkte ihr ein freches Grinsen. »Keine sehr unterhaltsame Gesellschaft, ich würd's mir überlegen.«

Tinkerbell antwortete mit einem müden Lächeln und senkte ihre Waffe. »Beeindruckender Auftritt.«

»Ich hab' dich auch vermisst.« Er schob seine Smartbrille in Richtung Nase und zwinkerte der Runnerin provozierend zu. Zur Begrüßung gab er ihr einen kräftigen Klaps auf die Schulter. Dass er dabei nach oben schlagen musste, weil sie ihn um einen halben Kopf überragte, tat seiner Wiedersehensfreude keinen Abbruch.

Sie hatten eine Weile nicht zusammengearbeitet und er fand es sehr beruhigend, sie bei dem Run dabei zu haben. Auch wenn Tinkerbell keine Spitzenmagierin war, konnte er jederzeit auf ihren Verstand und Erfindungsreichtum zählen.

Abschätzend eine Augenbraue hebend, beobachtete die Elfe, wie er nun die Maschine genauer in Augenschein nahm. Es handelte sich um eine Fiat-Fokker Cloud Nine, ein Flugzeug, das sowohl die STOL-Eigenschaften eines Wasserflugzeugs als auch die VSTOL-Eigenschaften eines gewöhnlichen Fliegers besaß. Die perfekte Wahl für ihr Vorhaben.

Von den ehemals sechs Plätzen der Sitzbank waren vier verblieben. Die beiden anderen waren einer Reihe elektronischer Geräte zum Opfer gefallen. Die Cloud Nine war mit Technik voll gestopft. Es war nicht direkt eng, doch Quickshot hätte sich den Komfort einer Cessna C 750 oder einer Boeing Commuter gewünscht.

Das Showbiz hat dich weich gemacht, mein Freund. Über seine Gedanken belustigt, schnaufte er und wischte sich das Lächeln aus dem Gesicht, bevor es einer der Anwesenden bemerken konnte.

Mainframe, der Decker, hatte es sich auf dem Platz direkt an der Cockpittür bequem gemacht. Er war ein junger Norm, vielleicht fünfundzwanzig Jahre alt, mit mittelbraunen, halblangen Haaren, die struppig in alle Himmelsrichtungen abstanden. Hinter seinem rechten Ohr war der untere Rand einer Datenbuchse zu erkennen. Er trug graue Joggingschuhe und eine ausgewaschene Jeans, deren hellblauer Stoff an beiden Knien durchgescheuert war und einen Blick auf blasse Haut gewährte. Das übergroße, weißblau gestreifte Hemd war bis auf die beiden obersten Knöpfe geschlossen, täuschte aber trotzdem nicht über die dürre Erscheinung hinweg. Der Junge schien wenig Zeit mit Essen zu verschwenden. Die Hemdbündchen waren offen und die Ärmel bis über die Knöchel seiner Hände gerutscht.

Alles in allem machte dieser Mainframe den Eindruck eines zotteligen Straßenköters – *Hündchens,* korrigierte er sich in Gedanken – der lange nicht mehr die Sonne gesehen hatte. Allerdings besaß dieser Straßenköter einen gewissen

Ruf in den Schatten: Er galt als Talent und zuverlässiger Teamspieler. Was seine Qualitäten bei Inside-Jobs anging, war keine seiner Quellen in der Lage gewesen, ihm eine genaue Auskunft über die Anzahl der Runs zu geben. Es war jedenfalls nicht sein erster.

In diesem Moment blickte der Decker auf und musterte ihn interessiert aus rundlichen dunkelbraunen Augen. Straßenköter eben. Nach einem kurzen Nicken widmete er sich wieder seinem Deck. Anscheinend beschäftigte er sich gerade mit irgendeinem Programm, denn seine Finger flogen förmlich über die Tastatur des gelb-blau angesprühten Fuchi-Cyber-7.

»Du bist mal wieder der Letzte.« Tinkerbell stieg in das Flugzeug und nahm die Reisetasche entgegen, die sie in einer freien Ecke verstaute.

»Warum mit alten Gewohnheiten brechen?« Er packte die Ränder der Einstiegsluke und zog sich schwungvoll nach oben. Ärgerlicherweise hatte er den Durchmesser der Luke überschätzt und streifte den linken Rand der Öffnung. Er zuckte zusammen, als das Metall auf die frisch verheilte Wunde traf und stieß einen leisen Fluch aus.

Tinkerbell betrachtete ihn neugierig. »Die unvorhergesehenen Schwierigkeiten müssen ja mächtig groß gewesen sein.«

»Nur ein Streifschuss, nichts Ernstes.« Er rieb sich die schmerzende Schulter und setzte sich auf den äußersten Platz schräg gegenüber der Einstiegsluke.

»Dann ist ja gut.«

»Ich sehe, wir sind inzwischen vollzählig.«

Ein Kopf tauchte in der Cockpittür auf, der nur aus rötlichem Bart und Haupthaar zu bestehen schien. Der sichtbare Teil des Gesichts wurde von einer großen Knollennase dominiert und irgendwo unter dem Bart glaubte Quickshot ein freundliches Lächeln erkennen zu können.

Für einen Zwerg war Sendram groß gebaut. Er trug eine dunkelbraune Latzhose mit diversen Taschen, aus denen hier und da undefinierbare Werkzeuge herausschauten, und diversen Ölflecken unterschiedlicher Größe und unterschiedlichen Alters. Falls Quickshot nicht alles täuschte, steckte in einer der größeren Taschen eine Pistole. Seinen blauen Pullover hatte Sendram achtlos in die Hose gestopft, was ihm das Aussehen eines kleinen Fässchens auf zwei recht stämmigen Beinen gab.

»Wenn ihr so weit seid, würde ich gern losfliegen. Denn auch hier gibt es Menschen, die sich brennend für unser kleines Vorhaben interessieren dürften.«

Während die Elfe die Einstiegsluke schloss, verschwand Sendram wieder in der Pilotenkanzel. Sekunden später starteten die Motoren der Fokker und die Wipfel der Bäume tauchten unter den Tragflächen weg.

Quickshot spürte den leichten Druck, den der Steigflug auf seinen Magen ausübte, und genoss das wohlige Kribbeln in den Zehenspitzen. Er liebte die Fliegerei. In einem anderen Leben, an einem anderen Ort, wäre er bestimmt Pilot geworden. Entspannt blickte er aus dem winzigen Fenster und sah am Horizont die Lichter des Metroplex schimmern. Seattle war wunderschön bei Nacht. Wenn man sich in gebührendem Abstand zu dem Moloch befand! Als die Fokker ihre Flughöhe erreicht und der Rigger die Richtung zum Stammesland eingeschlagen hatte, erhob er sich und holte seinen Taschensekretär hervor. Tinkerbell verfolgte seine Bewegungen mit wachsamen Augen. Eine innere Stimme sagte ihr, dass mit ihrem Partner irgendetwas nicht stimmte. Er verhielt sich nicht auffällig merkwürdig, doch war ihr, als strahle seine Aura Unruhe und Sorge aus. Als er wieder Platz genommen hatte, wandte sie sich dem tragbaren Trid zu, das vor ihr auf dem Boden stand und mit leise gestelltem Ton lief.

Quickshot aktivierte den Taschensekretär und ging in der vagen Hoffnung, sich abzulenken, die einzelnen Dateien durch. Da er nach dem letzten Run alle wichtigen Daten gelöscht hatte, war sein Vorhaben wenig erfolgreich. Alte

Zeitungsberichte, mehr nicht. Nach einigen Minuten fiel ihm ein Song ein, an dem er seit Tagen verbissen arbeitete. Stundenlang hatte er über der Formulierung der letzten Zeile gebrütet und schließlich frustriert aufgegeben. Er tippte den Text des Liedes in den Computer ein. Vielleicht erwies sich die Formulierung nach einer angemessenen Pause als nicht mehr ganz so katastrophal. Leider hatte er sich geirrt.

Beim Lesen sträubten sich ihm sämtliche Nackenhaare. Unzufrieden mit der Arbeit löschte er den kompletten Satz und schloss für einen Moment die Augen. Er musste seine Gedanken ordnen. Vor seinem inneren Auge schob er die einzelnen Satzteile hin und her, tauschte ein Wort gegen ein anderes aus und plötzlich, als habe eine unsichtbare Macht ein Tor geöffnet, war sie da: die perfekte Formulierung.

»Kapitän Sendram und seine Crew begrüßen Sie herzlich an Bord und wünschen Ihnen einen entspannten Flug. Wir werden versuchen, die nächsten Stunden so angenehm wie möglich zu gestalten und zu verhindern, dass jemand unsere niedlichen Ärsche vom Himmel pustet.« Die Stimme des Riggers riss Quickshot aus seinen Gedanken und weg war der Satz.

Sendram fuhr fröhlich mit seiner kleinen Ansprache fort. Besser gesagt, die Lautsprecher des Flugzeugs taten es. Den Runnern kam es so vor, als spreche die Cloud Nine mit ihnen und nicht der Zwerg. »Wir werden in den C.A.S. eine Zwischenlandung einlegen, um aufzutanken, sollte aber schnell gehen. Die Flugzeit beträgt voraussichtlich zehn Stunden bis zum verabredeten Landepunkt. Falls nichts dazwischenkommt.« Der Zwerg/das Flugzeug lachte. »Keine Panik, die Yellowjackets an der Grenze zur Sioux-Nation hänge ich locker ab. Wenn sie uns überhaupt bemerken.«

Und die Boden-Luft-Raketen, du Ass? Quickshot löschte kopfschüttelnd die Datei und schaltete den Taschensekretär aus. *Schwätzer!* Er ließ den Computer in seiner Jackentasche verschwinden. Nur für alle Fälle.

»Mein Maschinchen ist zwar nicht das schnellste auf dem Markt, aber wir sind unauffällig. Entspannt euch und genießt den Flug. Ich melde mich, wenn wir entweder den Landeplatz erreicht haben oder Ärger auf uns zukommt.«

Quickshots Blick glitt über die Sitze zu Tinkerbell. Die Runnerin hatte die Einzelteile ihres Ares auf ihrem Schoß ausgebreitet und säuberte gerade den Lauf der Pistole. Über das Trid zu ihren Füßen flackerte eine billige Seifenoper. Er musterte Mainframe, der in sein Cyberdeck versunken war und sehr appetitlich vor sich hinsabberte. Lieber keinen Gedanken an den Rigger verschwenden, der sich in einem ähnlich vertrauenerweckenden Zustand befand und diese Ansammlung von Nieten und Blech trotzdem in der Luft hielt.

Quickshot streckte sich. Die letzten Nächte waren nicht gerade mit viel Schlaf gesegnet gewesen. Durch das kleine Intermezzo hinter dem *Alabaster Maiden* hatte sich seine Abneigung gegen Krankenhäuser weiter verstärkt. Ständig öffnete sich die Zimmertür und irgendwelche Schwestern erkundigten sich nach dem werten Wohlbefinden. Nachts bekam man kein Auge zu, morgens wurde man um 06:00 Uhr geweckt und das Essen war furchtbar.

Er machte es sich so bequem wie möglich und schloss die Augen. Die Aussicht, einige Stunden Schlaf zu bekommen, behagte ihm enorm.

Ein leichtes Ruckeln riss Quickshot aus seinen Träumen. Schlaftrunken blickte er sich um. Für einen Moment hatte er vergessen, wo er war. So ging es ihm immer dann, wenn er das Gefühl hatte, dass ihm eine Sache heillos über den Kopf wuchs. Wenn er die Befürchtung hatte, die Kontrolle über etwas zu verlieren. Es war das erste Warnsignal seines Körpers, dass der Stresspegel langsam in den roten Bereich stieg. Als Nächstes merkte er, dass seine Sonnenbrille verrutscht war. Er schob sie auf die Nase zurück und kratzte sich an der Schulter.

Auf dem Sitz neben ihm reckte und streckte sich Tinkerbell und wünschte ihm gähnend einen guten Morgen. Quickshot nickte ihr zu und gab seinem Körper Gelegenheit, vollends aufzuwachen. Er rieb sich müde das Gesicht, um die Blutzirkulation anzuregen, und versuchte das Kribbeln in seinen Beinen zu ignorieren. Ein Blick aus dem Fenster verriet ihm, dass der Morgen bereits angebrochen war. Er hatte tatsächlich den Flug samt Zwischenlandung komplett verschlafen.

»Guten Morgen allerseits.« Der Rigger klang erschöpft und müde. »Wir befinden uns direkt über dem Landeplatz und werden in wenigen Sekunden aufsetzen. Dank meiner Flugkünste sind wir knapp einer Katastrophe entgangen, aber was erzähl ich euch das, Leute, ihr habt es ja vorgezogen, die Sache zu verpennen.«

Das muss ich mir merken. Quickshot bewegte den Kopf hin und her und hörte das leise Knacken, als die obersten Nackenwirbel widerwillig ihre angestammten Plätze einnahmen. *Wenn ich das nächste Mal in der Klemme sitze, schlafe ich einfach ein.* Er schaute auf seine Armbanduhr. Es war kurz nach sieben. Fasziniert betrachtete er die Wipfel der Bäume, die stetig näher kamen, an den Tragflächen der Fokker vorbeizogen und über der Maschine verschwanden. Ihm war, als hätten sie die Wälder von Fort Lewis nie verlassen. Ein merkwürdiges, unwirkliches Gefühl.

Die Maschine setzte butterweich auf und die Motoren wurden abgeschaltet. Auf das laute Dröhnen folgte absolute Stille. Der bärtige Kopf des Riggers erschien in der Cockpittür. »Da wären wir. Ich hoffe, alles war zu Ihrer Zufriedenheit, Kekse werden am Ausgang serviert. Und vergesst nicht, eure Uhren umzustellen«, fügte er ernst hinzu. »Washington ist Seattle um drei Stunden voraus.«

Tinkerbell klopfte ihm freundschaftlich auf die Schulter und öffnete die Einstiegsluke. Kühle Morgenluft strömte in das Innere des Flugzeugs. Quickshot atmete tief ein und spürte, das seine Sinne endgültig erwachten. Er erhob sich und reckte seine verspannten Glieder.

Keine hundert Meter von der Cloud Nine entfernt konnte er einen alten Flugzeughangar entdecken. Sie befanden sich am Rande des Davis Airport, einem kleinen Flugfeld etwa sieben Meilen von Gaithersburg, dem nördlichsten Teil von DeeCee, entfernt. Wenn wie verabredet im Hangar ein Wagen auf sie wartete, war das der erste Schritt zu einem gelungenen Tag.

Hinter ihm lehnte sich Tinkerbell gegen das Flugzeug, schloss für einige Sekunden die Augen und nickte schließlich. »Alles sauber, wir sind allein.«

Quickshot nahm den Satz zum Anlass, mit dem Ausladen des Gepäcks zu beginnen. Er genoss die unglaubliche Stille, die im krassen Gegensatz zu der Geräuschkulisse des Metroplex stand. Nur im Hintergrund, weit entfernt, war das dumpfe Rauschen einer Schnellstraße zu hören.

Die Elfe schien sich allerdings weniger wohl in ihrer Haut zu fühlen. Die Maschine stand am Rand eines kleinen Wäldchens, ansonsten gab es ringsumher nur Felder und Wiesen. Aus der Luft war die Gruppe leicht auszumachen. Das Davis-Flugfeld wurde seit Jahren nicht mehr benutzt, ein Flugzeug würde schnell Verdacht erregen. Sie schaute misstrauisch in alle Himmelsrichtungen. »Das gefällt mir nicht.«

»Warum so nervös? Du hast selbst gesagt, dass alles sauber ist.«

»Ich habe ein ungutes Gefühl.«

»Okay, was hältst du davon, wenn du Mainframe weckst und ich schon mal den Wagen hole?«

Der Decker schlief noch immer, zusammengesackt in seinem Sessel, das Cyberdeck wie ein Baby im Arm.

»Die Karre könnt ihr irgendwo abstellen.« Sendram verließ das Cockpit zum ersten Mal seit ihrer kurzen Bekanntschaft und überreichte ihm den Zündschlüssel. »Ist eh geklaut.« Er lachte krächzend. »Wir sehen uns in drei Tagen.«

»Genau darüber wollte ich mit dir reden.« Quickshot steckte den Schlüssel in die rechte Jackentasche und ließ die Hand in der Nähe des Tarnhalfters. »Wer garantiert uns, dass du wirklich kommst?« Er musterte den Zwerg beinah feindselig. »Du könntest die Kohle einstreichen und uns hier versauern lassen.«

Sendram ließ sich nicht einschüchtern. »Nenn mir einen vernünftigen Grund, warum ich das tun sollte. Wir kommen beide aus Seattle, es dürfte nicht so schwierig für dich sein, mich zu finden.« Er stellte sich auf die Zehenspitzen und machte sich so groß wie möglich. »Ich wäre doch schön dämlich, einen Typ wie dich zu bescheißen!«

Quickshot, der das belustigte Funkeln in den Augen des Zwerges richtig deutete, machte einen Schritt auf ihn zu. »Verarsch mich nicht, Kleiner!«

»Es wird keine Schwierigkeiten geben.« Tinkerbell packte sein Handgelenk mit erstaunlicher Kraft. »Nicht wahr ...?«

»Du kennst mich, Mädchen.« Mehr brauchte Sendram nicht zu sagen. Die Elfe nickte grimmig, ließ das Handgelenk ihres Partners los und schob ihn unsanft zur Seite. »Warum holst du nicht endlich den Wagen?«

Quickshot wandte sich wortlos ab und stapfte in Richtung Hangar. Mit seinem Vertrauen in Tinkerbells Freunde war es anscheinend doch nicht so weit her, wie er gedacht hatte. Verdammt, wem traute er eigentlich? Er hielt nur nicht sonderlich viel von der Vorstellung, 4000 Meilen von Seattle entfernt zu stranden. Schließlich hatte er noch andere Verpflichtungen. Wenn der Zwerg es wagen sollte, sein Vertrauen – Vertrauen? Okay, Tinkerbells Vertrauen – zu missbrauchen, konnte er was erleben! Vielleicht war es auch keine gute Idee gewesen, den Run kurzfristig zwischen das Konzert und das Interview zu schieben. Wenn ihm während des Runs irgendwas zustieß ...

Aber Geld stank bekanntlich nicht und als Sänger verdiente er nicht unbedingt die nötigen Nuyen, um seinen

Lebensstil zu finanzieren. Jedenfalls noch nicht. Was wiederum auch nicht der eigentliche Grund für diesen gefährlichen Spagat zwischen Licht und Schatten war. Doch was war der Grund? In letzter Zeit ertappte er sich ungewöhnlich häufig bei dieser Frage.

»Nimm's nicht persönlich.« Tinkerbell überreichte dem Rigger einen Credstick und weckte Mainframe mit einem kräftigen Klaps auf die Schulter. Der Decker schreckte hoch. »Sind wir schon da?«

»Seit ein paar Minuten.«

»Wenn ich alles ernst nehmen würde, was mir Leute vom Kaliber deines Freundes an den Kopf werfen«, nahm Sendram das Gespräch wieder auf, »hätte ich schon lange 'n Magengeschwür.« Er drückte ihr einen Chip in die Hand. »Darauf sind Karten von DeeCee und Umgebung gespeichert. Für den Fall, dass ihr euch verirrt oder etwas Unvorhergesehenes passiert. Der Landeplatz ist rot markiert. Sollte tatsächlich irgendwas schief gehen, ist auf dem Chip eine Nummer gespeichert. Ich werde meine Zelte in einer der umliegenden Städte aufschlagen. Ruft einfach an, wenn euch der Arsch auf Grundeis geht.«

»Danke. Wir sehen uns in drei Tagen.«

»Viel Glück.« Der Zwerg nickte ihr zum Abschied zu und verschwand in seiner Maschine. Als er sicher war, dass die Elfe und der Decker genügend Abstand zum Flugzeug hatten, startete er die Motoren, und die Cloud Nine hob ab. Die beiden Runner blickten ihr einige Sekunden hinterher und machten sich dann auf den Weg zum Hangar.

Quickshot hatte inzwischen das breite Haupttor des Flugzeughangars aufgeschoben und den dunkelgrünen EMC Carrona vorgefahren. Eine unauffällige Familienkutsche, die nach einem ersten Check anscheinend in gutem Zustand war. Jemand hatte die übergroße Ablagefläche auf der Beifahrerseite zugunsten eines kleineren Modells ausgebaut und ein geübter Blick unter die Motorhaube des Benziners sagte ihm, dass der Motor deutlich mehr hergab als die üblichen 105 Km/h Höchstgeschwindigkeit. Ein professionell eingebautes Sonnendach rundete den zufrieden stellenden Eindruck ab.

Quickshot lehnte sich gegen den Wagen und sah Tinkerbell entgegen, die sichtlich verärgert auf ihn zukam. Für eine Elfe hatte sie ihre Gefühle erstaunlich schlecht unter Kontrolle. Was den Umgang mit ihr um einiges angenehmer machte als mit anderen Exemplaren ihrer Spezies. Brooks zum Beispiel. Aber das war ein anderes Thema.

»Was ist los mit dir?« Sie widerstand dem Verlangen, ihn mit beiden Händen am Kragen zu packen und zu schütteln. »Wozu tischst du mir die Geschichte mit dem ›großen‹ Vertrauen in meine Connections auf, wenn du dann diese Schau abziehst?«

Er nahm der Elfe die Taschen ab und verstaute sie wortlos im Kofferraum. Als hätte er nichts gehört. Leider ließ sie sich nicht auf diese Art abfertigen.

»Behandle meine Freunde gefälligst nicht, als wären sie der letzte Abschaum. Das kannst du mit *deinen* Freunden machen, verstanden?«

Der Runner schlug den Kofferraum des Carrona zu und ging zur Beifahrerseite. »Wenn ich Freunde hätte, täte ich das vielleicht sogar.« Er verzog die Mundwinkel zu einem schiefen Grinsen und stieg ein.

Kopfschüttelnd nahm sie neben ihm auf dem Fahrersitz Platz, flüsterte verärgert einige Worte auf Sperethiel und wartete, bis Mainframe es sich auf der Rückbank bequem gemacht hatte. Schweigend startete sie den Wagen und fuhr in Richtung DeeCee los.

Quickshot nutzte die Gelegenheit, um das Mobiltelekom aus der in das Armaturenbrett integrierten Station zu nehmen und die erste Nummer zu wählen. Eine Stimme meldete sich und fragte ihn ohne Begrüßung nach seinem Namen. Auf seine Antwort hin wurde ihm das *Thunderheads* genannt, ein Nachtclub am Nordrand der Anacostia Barrens. Die Stimme gab ihnen zwei Stunden, um den Treffpunkt zu erreichen, und legte auf.

»Es war mir ein Vergnügen, mit Ihnen zu sprechen.« Belustigt legte er auf und steckte das Telekom zurück in die Station. »Das war mit Abstand das kürzeste Gespräch meiner Laufbahn.«

»Wo soll´s hingehen?«, erkundigte sich die Elfe mit geschäftlicher Miene. War wohl noch sauer auf ihn.

»Zum *Thunderheads*, Anacostia Barrens. Keine Ahnung, wo das ist.«

»Kein Problem.« Sie griff in ihre Innentasche, klemmte Sendrams Chip zwischen Zeige- und Mittelfinger ein und hielt ihn hoch. Tinkerbell lächelte verschmitzt und mit dem angenehmen Gefühl des Triumphs, als Quickshot ihn kommentarlos in die Einbuchtung an seinem Taschensekretär steckte und das Suchprogramm startete.

Sie erreichten die Anacostia Barrens ohne Schwierigkeiten. Da sie nicht über eine der sechs Brücken in die Stadt fuhren, entgingen sie lästigen Straßensperren und waren nach knapp einer Dreiviertelstunde am Ziel. Das *Thunderheads* gehörte nicht gerade zu den Etablissements am oberen Ende der Skala. Der Stadtführer, der ebenfalls auf Sendrams Chip gespeichert war, wies den Laden jedoch als ganz passabel aus. Für den Runner mit der bescheidenen Geldbörse und einem Geschmack für ausgeflippte Live-Musik. Was Quickshot weniger behagte, waren die Gang-Farben, die einen Teil der Front zierten.

»Die Zobel.« Tinkerbell hatte auf der gegenüberliegenden Straßenseite gehalten und musterte den Nachtclub mit ausdruckslosem Gesicht. Auch an einem Samstag war das *Thunderheads* zu dieser frühen Stunde geschlossen wie wahrscheinlich jede andere Bar in DeeCee.

»Wer, bitte?«

»Die Zobel«, wiederholte sie mit einem Kopfnicken in Richtung *Thunderheads*. »Grün und Schwarz sind ihre Farben. Der Laden steht unter ihrem Schutz. Die Jungs sind gut organisiert und solange wir ihnen nicht auf die Füße treten, dürfte es keine Schwierigkeiten geben.«

Quickshot studierte den goldenen Löwenkopf, der unter einem der Fenster prangte, und unterdrückte den Wunsch, die Elfe zu fragen, woher sie so viel über die Gang wusste.

»Wir sind früh dran, was hältst du davon, wenn wir uns erst mal eine Bleibe suchen und später wiederkommen?«

Sie nickte. »Ich erinnere mich an ein Hotel, ein paar Straßen weiter. Nichts Teures, Redmond-Standard.«

Der Runner schwieg einige Sekunden, während Tinkerbell den Carrona ruhig durch den dichten Verkehr lenkte.

»Hast du früher hier gearbeitet?«

»Zwei Jahre, bevor ich mich nach Seattle abgesetzt habe.«

»Abgesetzt? Hört sich nach Ärger an.«

»Nichts, womit ich nicht fertig geworden wäre.« Die Elfe konzentrierte sich auf die Straße.

Willst wohl nicht darüber reden, was? Bin anscheinend nicht der einzige Mensch mit Geheimnissen in diesem Wagen.

Quickshot drehte sich zu Mainframe um, der die Fahrt bis jetzt schweigend verbracht hatte. Der Decker blickte kurz auf und sah danach weiter aus dem Fenster. Okay, dann eben nicht.

Sie hielten vor einem fünfstöckigen Haus mit halb verfallener Front. »Wir sind da.«

»Ach ja, Redmond-Standard. Wo du auch bist, die Bruchbuden sehen auf der ganzen Welt gleich aus.« Mit einem skeptischen Blick auf das Hotel stieg er aus und öffnete im Vorbeigehen die hintere Autotür. Während er das Gepäck auslud, verschwand Tinkerbell im Innern des Gebäudes. Nach einigen Minuten erschien sie im Eingang und winkte die beiden Männer heran.

»Ich parke die Karre nur kurz.« Quickshot stellte den Carrona in der nächsten Seitenstraße ab und warf bei der Gelegenheit einen prüfenden Blick in den Hinterhof der Absteige. Eine marode Feuerleiter lief an der Rückwand des Gebäudes herunter und endete gut zwei Meter über dem Boden. Sie war von jedem Stockwerk über eine Tür zu erreichen. Er würde zur Sicherheit überprüfen, ob die Türen verschlossen waren. Bewahrte einen vor unangenehmen Überraschungen.

Das Hotel war nicht ausgebucht und sie hatten keinerlei Schwierigkeiten, drei nebeneinander liegende Zimmer zu bekommen. Diese erwiesen sich wie erwartet als sehr spartanisch eingerichtet. Ein Bett füllte jeweils gut ein Drittel der Zimmer aus, was nicht an der Größe der Betten lag, und ließ kaum Platz für andere Möbel. In der Mitte standen ein kleiner, wackliger Tisch und ein Stuhl, die Wand neben der Tür wurde von einem schmalen Schrank eingenommen. Als Mainframe seinen öffnete, fand er zwei Kleiderbügel und eine tote Ratte, die er mit angeekeltem Gesichtsausdruck und spitzen Fingern in der Unendlichkeit der Kanalisation versenkte. Dem folgte eine ausgiebige Lüftungsaktion, um den widerlichen Verwesungsgestank aus dem Raum zu kriegen. Quickshots Witze über mutierte Ratten, die nachts aus der Toilette krochen und über schlafende Hotelgäste herfielen, fand er überhaupt nicht komisch.

Tinkerbells Zimmer bot als einziges einen perfekten, wenn auch dreckverschmierten Blick auf die Hauptstraße und wurde daher zum Besprechungsraum und Treffpunkt ernannt.

Quickshot machte sich gleich auf die Suche nach dem Zugang zur Feuerleiter und fand ihn am Ende des Korridors. Angenehmerweise war die Tür offen. Ein verrostetes Vorhängeschloss lag nutzlos auf dem abgewetzten Teppich. Während Tinkerbell und Mainframe weiter ihre Zimmer inspizierten, wagte Quickshot probeweise eine Klettertour, die ihn absolut nicht beruhigte. Ihre Fluchtmöglichkeit erwies sich als wackelig, verrostet und instabil. Jeder Schritt wurde von beängstigendem Knarren begleitet, was ihn dazu veranlasste, seine Klettergeschwindigkeit derjenigen einer Schnecke anzupassen. Keine optimalen Bedingungen für eine Flucht, doch mit ein wenig Glück brachen sich ihre potenziellen Verfolger den Hals und nicht sein Team. Auf dem Rückweg in den dritten Stock überprüfte er die Notausgänge in der ersten und zweiten Etage und stellte fest, dass auch diese unverschlossen waren. Als er zu den anderen zurückkehrte, unterrichtete er sie von seinen Entdeckungen, wobei er, was den katastrophalen Zustand der Feuerleiter anging, ein wenig übertrieb. Aber nur ein wenig.

Die nächste halbe Stunde verbrachten die Runner damit, ihre Ausrüstung zu überprüfen und sich im Trid über die neusten Nachrichten zu informieren. Als sie fertig waren, verabschiedete sich Quickshot, um das Hotel und die Fluchtmöglichkeiten noch einmal genauer unter die Lupe zu nehmen. Was er eigentlich brauchte, war ein Moment ganz für sich allein. Zum einen war er nicht daran gewöhnt, mit mehreren Runnern lange auf engem Raum zusammen zu sein. Was merkwürdig war, denn normalerweise gab ihm die Anwesenheit vieler Menschen ein gutes Gefühl. Zum anderen musste er einen dringenden Anruf erledigen. Als er weit genug von den Zimmern entfernt war, wählte er die Nummer eines Auftragsdienstes in San Francisco. Dort hinterließ er eine Nachricht, die zu angemessener Zeit an Mikeys Mailbox weitergeleitet würde. Sein Manager würde erfahren, dass er sicher in San Francisco angekommen war, ausgeschlafen hatte und sich auf einen faulen Tag freute.

Quickshot vermutete zu Recht, dass er in den nächsten Tagen weder Zeit noch Gelegenheit haben würde, sich in Seattle zu melden. Was dazu führen mochte, dass seine Bandkollegen sich ganz unnötig Sorgen machten. Was wiederum ungünstig für ihn wäre. Und so weiter und so fort.

Nachdem er seiner Tarnung auf diesem Wege den letzten Schliff gegeben hatte, machte er sich auf den Rückweg.

Tinkerbell und Mainframe warteten bereits vor dem Hotelzimmer auf ihn. Gemeinsam machten sie sich auf den Weg zum Treffpunkt.

Bei ihrer Ankunft parkte bereits eine schwarze Limousine vor dem *Thunderheads*. Die Fensterscheiben waren dunkel getönt und verwehrten jeglichen Blick ins Innere. Tinkerbell passierte den Mitsubishi Nightsky im Schritttempo und hielt einige Meter entfernt an. Kaum stand ihr Wagen, als sich eine der beiden hinteren Türen des Nightsky wie von Geisterhand öffnete.

»Dann wollen wir mal.« Die Elfe löste ihren Sicherheitsgurt und stieg aus.

Quickshots Augen folgten der jungen Frau wachsam. Er hatte die Linke fest um den Griff der Predator geschlossen. Sie allein in die Höhle des Löwen gehen zu lassen, behagte ihm überhaupt nicht. Falls es eine Falle war, konnte er ihr von draußen nicht helfen. »Sie wird das Kind schon schaukeln«, beruhigte er sich leise.

Einen Meter vor der Limousine blieb Tinkerbell stehen, warf einen letzten Blick zurück und stieg ein. Der Wagen setzte sich in Bewegung. Blitzschnell wechselte Quickshot auf den Fahrersitz und folgte dem Nightsky in sicherer Entfernung.

»Kein Grund zur Beunruhigung, ich habe nicht vor, Ihnen Schwierigkeiten zu machen. Wir drehen nur eine Runde um den Block. Sie können sich entspannen.«

Ihr gegenüber saß ein Norm mit kurzen blonden Haaren, zwischen fünfundzwanzig und dreißig Jahre alt. Seine Gesichtshaut war fettig und von unzähligen Aknenarben übersät. Er war von Mutter Natur nicht gerade mit Schönheit gesegnet worden. Nach kurzem Schweigen überreichte er der Elfe ein kleines Kästchen.

»Auf diesem Chip sind alle wichtigen Daten gespeichert. Die Adresse des Gebäudes, Sicherheitsvorkehrungen, Anzahl des Wachpersonals, Wachwechsel. Sie müssen nur reingehen und die Daten aus dem System holen.«

»Hört sich an wie ein Spaziergang.« Sie musterte den Mann spöttisch. »Wonach suchen wir?«

»Auch diese Informationen befinden sich auf dem Chip. Die Daten befinden sich in einem isolierten Knoten im System. Der Zugang ist nur von einem einzigen Punkt möglich, Ihr Decker muss sich daher im Gebäude befinden. Ich hoffe, Sie haben dieses Problem bedacht.«

Tinkerbell konnte sich nicht entscheiden, ob ihr Gegenüber sie gerade auf elegante Art und Weise beleidigt hatte oder sich einfach nur von ihrer Weitsicht überzeugen wollte. Das ausdruckslose Gesicht des Execs half ihr dabei wenig weiter und so nickte sie kaum merklich. »Wo befindet sich dieser Punkt?«

»In einem Büro im zweiten Stock. Genauere Angaben entnehmen Sie den Plänen. Falls Ihr Decker etwas von seiner Arbeit versteht, dürfte es ihm ohne Mühe gelingen, den Zugangscode zu knacken. Er soll die Daten kopieren und danach sämtliche Dateien, die das Projekt betreffen, aus dem System löschen. Weitere Unterlagen befinden sich im Schreibtisch und in einem Tresor.« Mit einer eleganten Bewegung reichte ihr der Exec einen kleinen Zettel, auf dem sieben Zahlen standen. »Der Tresor ist hinter einem Gemälde von Vincent van Gogh versteckt. Auf den ersten Blick mag es wie das Original erscheinen, aber lassen sie sich nicht täuschen.« Ein öliges Lächeln umspielte seine Lippen. »Es ist nur eine billige Kopie. Und noch etwas«, fügte er hinzu. «Es bietet sich nur diese Gelegenheit, die Daten zu beschaffen. Sollten Sie scheitern, wären meine Auftraggeber sehr verärgert.«

Innerlich schmunzelte Tinkerbell über diese alberne Drohung, äußerlich verzog sie keine Miene.

Anscheinend hatte ihr Gegenüber seinen Vortrag noch nicht beendet, denn er blickte sie von oben herab an und fuhr fort: »Sie werden verstehen, dass ich Ihnen für weitere

Fragen nicht mehr zur Verfügung stehe. Sobald Sie aussteigen, wird meine Telekomnummer ungültig und Sie und Ihr Team sind auf sich allein gestellt. Sollte Ihnen Ihr zweiter Kontaktmann durch unvorhergesehene Umstände nicht mehr zur Verfügung stehen, wenden Sie sich bitte an diese Nummer.« Der Mann reichte ihr eine weiße Visitenkarte und drückte auf einen unscheinbaren Knopf neben seinem Sitz. »Ich wünsche Ihnen viel Erfolg.«

Die Limousine hielt zwei Minuten später. »Bevor ich es vergesse, meinen Auftraggebern wäre es mehr als lieb, wenn sie davon absähen, ortsansässige Runner als Verstärkung zu engagieren. Strengste Geheimhaltung ist unsere einzige Bedingung. Ansonsten lassen wir Ihnen völlige Handlungsfreiheit. Wenn Sie jemanden umbringen müssen, tun Sie es leise, unauffällig und ohne Spuren zu hinterlassen. In spätestens zwei Tagen muss der Run beendet sein.«

Tinkerbell öffnete wortlos die Tür und stieg aus. Der Nightsky parkte exakt an der Stelle, wo sie zuvor eingestiegen war.

Quickshot hatte ebenfalls angehalten und beobachtete misstrauisch den Wagen, der sich wieder in Bewegung setzte und um die nächste Ecke verschwand. Er entspannte sich erst, als seine Partnerin neben ihm auf dem Beifahrersitz Platz genommen hatte. »Und?« Quickshot lenkte den Carrona zurück in Richtung Hotel.

»Von denen können wir keine Hilfe mehr erwarten. Unser Kontaktmann hat sich soeben zurückgezogen und uns das Feld überlassen. Wir dürfen niemanden aus der Stadt anheuern und haben zwei Tage Zeit, um die Daten zu besorgen. Außerdem hat er mir eine weitere Telekomnummer gegeben, falls unserem zweiten Kontaktmann etwas zustößt. Ich weiß nicht, wie es euch geht, aber dieser enorme Grad von Paranoia seitens unserer Auftraggeber kommt mir verdächtig vor. Die scheinen ernsthaft damit zu rechnen, dass irgendwas schief geht.«

»Rechnen wir vorsichtshalber mit dem Schlimmsten, dann kann uns nichts passieren.« Diese Herangehensweise an den Auftrag erschien ihm am sichersten. *Unterschätze niemals deine Gegner.*

Dass der Johnson Sicherheitsvorkehrungen für den Fall traf, dass jemand seinen Kollegen geekte, war allerdings reichlich merkwürdig!

In diesem Moment hielt die Elfe den Chip hoch. »Mr. J. hat mir ein kleines Andenken mitgegeben.«

»Darf ich mir den mal ansehen?« Zum zweiten Mal seit ihrer Ankunft meldete sich Mainframe zu Wort. Mit unverhohlenem Interesse betrachtete er den Chip in Tinkerbells Hand.

»Tu dir keinen Zwang an.«

Gierig griff der Decker nach dem kleinen Teil und steckte es in das Laufwerk an seinem Deck. Wieselflink glitten seine Finger über die Tastatur. »Die Firma, bei der wir einsteigen sollen, nennt sich ›McGregor Industries‹ und hat ihren Sitz im Stadtteil Prince Georges. Kein sonderlich großes Unternehmen. Wenig brauchbare Informationen«, meinte er schließlich enttäuscht. »Wird 'ne Weile dauern, die Daten zu finden.«

»Irgendwelche Anhaltspunkte, worum es sich handeln könnte?« Quickshot setzte den Blinker und bog in eine Querstraße ein.

»Eine Waffe. Soweit ich das beurteilen kann, geht's um Lasertechnologie. Die Jungs gehen mit ihren Infos nicht gerade hausieren. Oh ...« Er stockte. »Die Sicherheit im Greenbelt ist ziemlich hoch. Es gibt nur drei Viertel, die besser gesichert sind. Und natürlich das Pentagon und die Flughäfen. Dürfte schwierig werden, unbemerkt rein und wieder raus zu kommen.«

»Da geht's einem doch gleich viel besser.« Der Runner bog in den Hinterhof ihres Hotels ein und stellte den Wagen direkt neben der Einfahrt ab. Somit war ein weiterer Anruf bei Nemo fällig.

Kapitel 7

Hinterzimmer von Whigfields Lebensmittelhandel, Innenstadt

Als Taurus den Warteraum betrat, schlug ihm der beißende Geruch von Desinfektionsmitteln entgegen. Er schnaufte angewidert, um den Gestank aus seiner Nase zu vertreiben. Am anderen Ende des Zimmers stand eine Reihe von Sesseln. Der Troll nahm in einem von ihnen Platz und sah sich unbehaglich um. Die Wände des Raums waren kahl und in einem blässlichen Grün gestrichen. Krankenhausatmosphäre. Er befand sich in einer Schattenklinik, deren Räumlichkeiten ganz auf die Bedürfnisse des Homo sapiens robustus und ingentis zugeschnitten waren. Es war nicht sein erster Besuch.

Nach längerem Warten betrat Belinda den Raum. Ihr Vater war der behandelnde Arzt und sie half an den Wochenenden hin und wieder in der Praxis und im vorderen Laden. Sie musterte Taurus verstohlen. Irgendwoher kannte sie den Troll. Nachdenklich runzelte sie die Stirn und stieß plötzlich ein erstauntes Keuchen aus. Erst jetzt bemerkte Taurus ihre Anwesenheit. Er murmelte eine Begrüßung und erhob sich. Er passierte das Mädchen, das ihn, aus welchem Grund auch immer, unentwegt anstarrte. »Is´ was?«

Belinda schüttelte erschrocken den Kopf, drückte sich an ihm vorbei, und huschte die schmale Treppe hinauf, die in den ersten Stock führte.

Hatte Taurus beim Betreten der Klinik noch den Kopf einziehen müssen, konnte er nun bequem durch die vergrößerte Tür gehen. Im Behandlungszimmer legte er seinen schweren, gepanzerten Mantel ab und verbarg die Black Mamba, die in seinen Händen wie ein Spielzeug wirkte, geschickt zwischen den Falten des Stoffs. Dr. Ramirez schätzte es nicht, wenn Patienten Waffen in seine Praxis mitbrachten. Es war schon öfter zu unschönen Szenen gekommen und ein Lebensmittelladen eignete sich seiner Meinung nach nicht als Leichenhalle. Abgesehen davon, dass die Cops es wohl etwas merkwürdig fänden, wenn Körperteile zwischen dem Gemüse herumlägen.

»Wie geht es Ihnen?« Der Arzt betrat den Raum durch eine zweite Tür.

»Wie soll es mir schon gehen?«

»Ich verstehe. Entschuldigen Sie die Frage, sie war wohl wenig taktvoll.« Der Ork nahm auf der anderen Seite des Schreibtisches Platz, betrachtete die Krankendatei des Trolls, die über die Monate einen beachtlichen Umfang angenommen hatte, lehnte sich zurück und verschränkte die Arme vor der Brust. »Wie schlimm ist es?«

»Woher wollen Sie wissen, dass es schlimmer geworden ist?«, brummte Taurus als Antwort.

»Sie waren vor drei Monaten zum letzten Mal bei mir. Ich bin davon ausgegangen, dass sich Ihr Zustand bessern oder zumindest stabilisieren würde. Anscheinend ist dies nicht der Fall, sonst wären Sie nicht hier.«

»Sie haben verdammt Recht!« Taurus ergriff das Wasserglas, das vor ihm auf dem Tisch stand und hielt es am ausgestreckten Arm in die Höhe. Er starrte auf seine Finger. Nach zehn Sekunden setzte ein schwaches Vibrieren ein, das sich bald zu einem unkontrollierbaren Zittern steigerte. Er drückte fester zu und das Glas zersprang in seiner Hand. »Reicht das als Antwort, Doc? Oder soll ich Ihnen zeigen, wie zuverlässig meine Cyberware neuerdings ist?«

Der Arzt blickte ihn besorgt an. »Es ist zu Fehlfunktionen gekommen? Das ist sehr beunruhigend und sehr gefährlich.«

»Als wenn ich das nicht wüsste. Ich bin ein beschissenes Wrack, so sieht's aus!«

»Ich hatte schon Patienten mit ähnlichen Symptomen.« Dr. Ramirez erhob sich und wanderte nachdenklich im

Raum auf und ab. »Ich kann nur wiederholen, was ich Ihnen bei Ihrem letzten Besuch geraten habe ...« Der Ork stemmte die Hände in die Hüften und blickte Taurus entschlossen an. »Das Zeug muss raus aus Ihrem Körper, das ist das Einzige, was Ihnen helfen wird. Metamenschliches Fleisch kann nur einen bestimmten Prozentsatz an körperfremden Substanzen verkraften. Sie haben Ihren Körper gnadenlos mit Metall voll gestopft und jetzt präsentiert er Ihnen die Rechnung. Sie haben Ihn kaputt gemacht, mein Freund, das ist es. Ganz einfach.« Er holte tief Luft und trat einen Schritt zurück.

Der Troll starrte ihn mit zornigen Augen an, während der Arzt nervös seine Brille mit einer Ecke seines Kittels putzte. Eine einzige Frage brannte Taurus auf der Zunge. »Wie konnte das passieren?«

Der Ork seufzte und setzte sich wieder. Anscheinend war sein Gegenüber endlich bereit zu begreifen, worum es eigentlich ging. Er räusperte sich. »Im Allgemeinen macht Cyberware ihrem Besitzer selten diese Art von Problemen. Wenn man sie pfleglich behandelt, regelmäßig zu Kontrolluntersuchungen geht und es nicht übertreibt. Bei Ihnen ist es ein wenig anders.« Er überflog auf seinem Computer eine Seite von Taurus' Krankendatei und schüttelte den Kopf. »Sie haben sich Ihre ersten Verbesserungen vor sechs Jahren einbauen lassen. Kunstmuskeln, Reflexbooster, Smartgunverbindung, Sporne, alles aus diesem Zeitraum. Bei einem Gefecht wurde Ihnen die linke Hand abgetrennt und musste durch eine Prothese ersetzt werden. Ebenfalls Cyberware.«

»Was anderes war nich'drin.«

»Sie brauchen sich nicht zu rechtfertigen. Nur, genau hier liegt Ihr Problem. Sie laufen seit sechs Jahren mit denselben Komponenten rum. Sie sind hoffnungslos veraltet oder wie man heutzutage sagt: Sie sind nicht mehr State-of-the-Art.« Der Doc betonte jede Silbe. »Ferner haben Sie es in den letzten Jahren sträflich vernachlässigt, Ihre Cyberware in

Schuss zu halten. Hinzu kommt, dass die Cybertechnologie vor sechs Jahren noch in den Kinderschuhen steckte und viele der damaligen Produkte alles andere als ausgereift waren – was Sie nun leider zu spüren bekommen.«

»Ich kann mir keine Operation leisten. Und ich kann es mir nicht leisten, ohne Cyberware zu arbeiten.«

»An genau diesem Punkt haben wir vor drei Monaten unsere Unterhaltung beendet.« Der Ork deutete auf die Tür. »Sie können jetzt wieder wutentbrannt aus dem Zimmer stürmen und drei weitere Monate warten, bis Sie das Wasserglas nicht mehr greifen können.«

Taurus erhob sich und war damit doppelt so groß wie der Arzt. »Beleidigen Sie mich nicht, Weißkittel!« Er griff nach seinem Mantel und für einen Augenblick wurde der Lauf der Black Mamba sichtbar.

Dr. Ramirez ließ sich nichts anmerken. »Ich habe Sie nicht beleidigt. Ich möchte nur, dass Sie endlich aufwachen und den Tatsachen ins Gesicht sehen.«

Der Troll öffnete die Tür des Behandlungszimmers, drehte sich vor dem Gehen jedoch noch einmal um. »Was würde mich der Spaß kosten?«

»Über den Daumen...« Der Blick des Arztes glitt ins Leere, als er sich konzentrierte. » Die Operation allein kostet etwa zwanzigtausend Nuyen.«

»Und wenn ich mich neu aufrüsten lasse?«

»Wenn Sie auf dem neusten Stand sein wollen, kostet das Austauschen aller Komponenten mindestens hunderttausend Nuyen. Plus Krankenhauskosten. Wovon ich Ihnen dringend abraten möchte.«

»Ihre Meinung interessiert mich einen Drek!« Taurus schlug die Tür geräuschvoll zu und ging mit großen Schritten in Richtung Ausgang.

Das Orkmädchen, das nun am Verkauftresen im vorderen Laden stand, wich ihm erschrocken aus und lief besorgt ins Behandlungszimmer. »Alles okay, Dad?«

»Sicher, Schatz, mach dir keine Sorgen.« Er blickte seiner

Tochter nach, die erleichtert das Zimmer verließ. Im letzten Augenblick fiel ihm etwas ein. »Belinda?«

»Ja?« Das Mädchen steckte den Kopf durch die Tür.

»Bringst du mir bitte Handfeger und Eimer? Ich hatte einen kleinen Unfall mit meinem Glas.«

»Wo, zur Hölle, krieg'ich hundert Riesen her?« Die Frage spukte in Taurus' Kopf herum. Drehte in einer Endlosschleife unermüdlich ihre Runden. Er besaß kaum mehr als 5000 Nuyen. Mit seinem lächerlichen Gehalt war nicht im Traum daran zu denken, eine teure Operation zu bezahlen. Von einer Bank bekam er sowieso keinen Kredit. Zu wenig Sicherheiten.

Vielleicht ein Banküberfall ...

... musste interessant aussehen, wenn er nicht mal die Waffe richtig halten konnte.

Bei seinem bisherigen Job war das Problem mit der Cyberhand nie aufgefallen. Während eines Konzerts achtete niemand darauf, ob seine Hände zitterten. Und bei seiner Arbeit als Leibwächter hatte er dieses unbedeutende Handicap geschickt zu verbergen gewusst.

Doch ewig den Leibwächter für eine Rock-Band zu spielen, war keine befriedigende Vorstellung von einem erfüllten Leben. Zu wenig Kohle, zu wenig Aufregung, zu wenig Action, kurz: zu wenig Spaß. Den Punk in der Gasse aufzumischen, hatte sich gut angefühlt. Irgendwie lebendig. Vielleicht sollte er darüber nachdenken, in seinen alten Job zurückzukehren. Konnte ja nicht so schwer sein.

Taurus steuerte auf den hellbraunen Westwind zu, der auf der anderen Straßenseite parkte. Er hatte ihn sich von einem alten Freund geliehen, der ihm einen Gefallen schuldete. Für einen neuen Wagen fehlte ihm momentan das nötige Kleingeld.

Auf dem Weg zurück zu seiner Wohnung machte der Troll sich mit dem Gedanken vertraut, einen seiner alten Schieber anzurufen und sich einen Auftrag zu organisieren.

Er hatte seit zwei Jahren keinen Run mehr durchgezogen, was in den Schatten eine Ewigkeit war, und die meisten seiner alten Connections existierten wahrscheinlich nicht mehr. Doch es war einen Versuch wert.

Hundert Riesen! Nicht mal Ash besaß so viel Geld. Oder?

»Ich werde nicht betteln gehen! Eher jage ich mir 'ne Kugel in den Kopf«, brummte er vor sich hin.

Ash war in Ordnung, er mochte ihn irgendwie. Der Junge hatte Verstand unter dem Pony, auch wenn man es ihm auf den ersten Blick nicht ansah. Zu viel Verstand für seinen Geschmack. Er würde unangenehme Fragen stellen und früher oder später hinter sein Geheimnis kommen. Und ihn in der Hand haben! Die Vorstellung, von einem Norm abhängig zu sein, widerte ihn an. Was hatten die Typen jemals für ihn getan? Seine eigene Familie hatte ihn nach seiner Verwandlung verstoßen, Freunde hatten sich von ihm abgewendet. Er sah keinen Grund, einem Norm sein Leben anzuvertrauen.

Er würde das Problem auf seine Art lösen.

Zuerst musste er herausfinden, ob Kellan noch im Geschäft war. Von der Auskunft erhielt er die Telefonnummer des *Siren*, einer Strip-Bar in der Innenstadt, in der der Schieber vor zwei Jahren praktisch gewohnt hatte. Obwohl es verhältnismäßig früh war, erreichte er den Geschäftsführer und, einige Erklärungen später, seinen alten Chummer.

»Hey, dich gibt's noch?«, war Kellans erstaunte Reaktion. »Hab seit Ewigkeiten nichts mehr von dir gehört.«

»War 'ne Weile aus 'm Geschäft, aber jetzt bin ich wieder voll dabei.«

»Aha.« Belustigung schwang in der Stimme des Mannes mit. »Gut zu wissen. Wenn ich den nächsten Jahrhundert-Run am Start habe, werde ich an dich denken.«

»Danke, Chummer.« Taurus kam in diesem Moment eine weitere Idee. »Ich brauch 'n paar Infos über 'ne Sache, die vor vier Nächten beim *Alabaster Maiden* abgegangen ist.«

»Meinst du die kleine Explosion?«

»Genau. Bist gut informiert.«

»Hat die Schatten für satte drei Sekunden erschüttert, danach hat sich keiner mehr darum gekümmert. Nicht unser Problem, wenn irgendein Verrücker einen Möchtegern-Rockstar in die Luft jagen will. Passiert hin und wieder. Was hast du damit zu tun?«

»Der Möchtegern-Rockstar ist zufällig ein guter Chummer.« Es war ihm peinlich zuzugeben, dass Ash seine Brötchen bezahlte.

»Das wirft natürlich ein ganz anderes Licht auf die Sache. Werd' mal meine Fühler ausstrecken. Wie erreich' ich dich?«

Taurus gab ihm seine Nummer, erinnerte ihn noch mal daran, ihm einen guten Job zu verschaffen, und legte auf. Dass es so einfach sein würde, wieder ins Geschäft einzusteigen, hätte er nicht gedacht.

Bei drei, vier guten Aufträgen würde er die hundert K locker in zwei Monaten zusammen haben!

Kapitel 8

DeeCee, Bezirk Greenbelt

»Wie kommen wir rein?« Das war die Preisfrage, um die Quickshots Gedanken kreisten.

Tinkerbell hatte es sich auf ihrem Bett bequem gemacht und starrte, beide Arme hinter dem Kopf verschränkt, nachdenklich die fleckige Decke an. Zwei große, rostbraune Verfärbungen befanden sich direkt über ihr, eine weitere über dem Schrank. Entweder waren sie das Werk eines sehr eigenwilligen Malers oder in dem Zimmer über ihnen hatte ein wahres Gemetzel stattgefunden. Der Farbe nach zu urteilen waren die Blutflecken einige Tage alt, wenn nicht sogar Wochen. *Ich würde zu gern mal einen Blick in das Zimmer werfen. Was immer die dort oben umgebracht haben, es muss groß gewesen sein. Oder es waren mehrere Menschen. Vielleicht ein Runnerteam ...* Sie zügelte ihre Phantasie und ihre Augen wanderten weiter zu Quickshot, der sich von seinem Platz neben dem Fenster löste, den er seit ihrer Ankunft vor einer Stunde nicht verlassen hatte. Er warf ihr einen kurzen Blick zu und schaute Mainframe über die Schulter. Der Decker saß am Tisch und brütete über dem Taschensekretär. »Welche Optionen haben wir?«

»Es gibt einen Haupteingang, einen Lieferanteneingang, einen Notausgang und«, – Mainframe zeigte mit dem Finger auf einen kleinen Punkt am oberen Rand des Grundrisses – »eine nette kleine Dachluke, die lediglich elektronisch gesichert ist.«

»Da haben wir unser potenzielles Schlupfloch.« Quickshot beugte sich weiter vor, um den Plan genauer zu studieren. »Irgendwelche Kameras?«

»Eine an jedem Eingang, Fehlanzeige auf dem Dach.«

»Was ist mit dem Notausgang?« Tinkerbell hatte sich aufgerichtet und saß nun auf der Bettkante.

»Liegt direkt gegenüber der Rezeption. Wir würden nicht weniger auffallen, wenn wir durch den Haupteingang kämen.«

»Vielleicht sollten wir erst mal überlegen, wie wir an den Kasten rankommen.« Die Elfe nahm sich einen zweiten Stuhl, den der Decker umsichtigerweise mitgebracht hatte, und setzte sich neben ihn. »Und um welche Tageszeit.«

»Ich ziehe die Nacht vor«, erwiderte Quickshot. »Schutz der Dunkelheit, weniger Zeugen ...«

»... und erhöhte Sicherheit«, vollendete sie den Satz. »Gibt es Aufnahmen vom Grundstück?«

»Nein, keine einzige.« Mainframe blätterte die Dateien zur Sicherheit ein weiteres Mal durch. »Weder bei Tag noch bei Nacht, nichts.«

Sie sah auf. »Ich bin dafür, dass wir uns das Gebäude in natura anschauen, dann werden sich einige Fragen von allein klären.«

Das Klingeln von Quickshots Handy ließ die drei Runner aufhorchen. Er zuckte entschuldigend die Achseln und nahm den Anruf entgegen.

»Ich bin's«, antwortete ihm Nemos metallische Stimme.

»Hast du was rausgefunden?« Er aktivierte die Freisprechfunktion und legte das Gerät auf den Tisch. Tinkerbell und Mainframe beugten sich interessiert vor.

»Ich bin die Marktanalysen und Wirtschaftsberichte der letzten Zeit durchgegangen und hab alles über deine Firma gesammelt, was mir unter die Finger gekommen ist. McGregor Industries forscht im Bereich Waffentechnologie. Geleitet wird der Konzern von einem gewissen Hamish McGregor, einem der beiden Gründer. Er hat seinen Sitz in Edinburgh, Schottland, und führt von dort aus die Geschäfte. Das Firmenmotto lautet ›Aggressiv, aber erfolglos‹. Bis vor einigen Tagen konnte der Konzern keinerlei Ergebnisse vorweisen. Von einem Tag auf den anderen wurden vier neue Wissenschaftler eingestellt, enorme Forschungsgelder bewilligt ... Ziemlich viel Aktivität für einen erfolglosen Kon. Anscheinend ist irgendwas passiert, das dem Konzern enormen Aufwind gegeben hat. Und ... Moment ...« Sekundenlang war nur statisches Rauschen in der Leitung zu hören und das geschäftige Klappern einer Tastatur, dann meldete sich Nemo zurück. »Der Konzern ist gerade dabei, ein neues Labor in der Nähe von Edinburgh aufzubauen. Die haben sich ein paar echt fiese Sachen bestellt. Die Liste ist so lang wie mein Unterarm und wenn die erst mal fertig sind, möchte ich nicht in die Nähe des Gebäudes kommen!«

»Hm.« Stück für Stück fügte sich das Puzzle in Quickshots Kopf zu einem Bild zusammen. Ob die Daten geklaut waren oder auf konzerninterne Entwicklungen zurückgingen, die Filiale in DeeCee diente lediglich als Zwischenlager. Während die Daten dort in irgendeinem System lagerten, arbeitete man in Edinburgh auf Hochtouren an einem Hochsicherheitslabor. *Die Idioten haben zu lange gewartet. Wenn wir Pech haben, schaffen sie die Daten direkt unter unserer Nase weg.*

»Darf ich aus deinem Schweigen schließen, dass dir diese Information weiterhilft?«

»Langsam wird einiges klarer.«

»Kann ich noch was für dich tun, Chummer?«

»Nein, das war's erst mal. Was bekommst du?«

»Ich schick dir meine Rechnung. Ruf mich an, wenn du es überlebt hast.« Die Computerstimme produzierte das elektronische Äquivalent eines Lachens. »Rein berufliches Interesse.«

»Klar, danke. Bis dann.« Quickshot legte auf und sah die anderen erwartungsvoll an.

»Scheint ein netter Kerl zu sein«, sagte Mainframe, dem im Augenblick nichts Besseres einfiel.

»Hatte dir der Johnson nicht verboten, mit anderen Runnern in Kontakt zu treten?«, erkundigte sich Tinkerbell spitz.

»Das galt nur für DeeCee. Außerdem lasse ich mir von keinem vorschreiben, wie ich meinen Job zu erledigen habe.«

Die Elfe warf Mainframe einen vielsagenden Blick zu. Der Decker verbarg sein Lächeln unauffällig hinter einer Hand und musterte Quickshot, der sich ungerührt einen Soykaf einschenkte.

Das Team einigte sich darauf, einen kurzen Ausflug nach Greenbelt zu wagen, um sich mit der Gegend vertraut zu machen. Am Tage würde es niemandem auffallen, wenn ihr Wagen ein wenig länger vor dem Gebäude stand als nötig. Es war sicherlich sinnvoller, sich bei Tageslicht einen Überblick zu verschaffen, als in der Dunkelheit.

»Ich habe noch einiges zu tun, wenn ihr also eine Weile auf meine Anwesenheit verzichten könntet ...« Mainframe griff nach seinem Deck, das er keine Sekunde aus den Augen gelassen hatte. Die beiden Runner warfen sich amüsierte Blicke zu.

»Hast du eine Waffe?«, erkundigte sich Tinkerbell.

Mainframe hielt grinsend sein Cyberdeck hoch. »Und was für eine!«

Sie griff in ihre Reisetasche und warf ihm eine Ares Predator II zu. »Für den Fall, dass du ungebetenen Besuch bekommst. Vierzehn Kugeln im Magazin, eine im Lauf.« Der irritierte Blick des Deckers ließ sie stutzen. »Du weißt, wie man mit 'ner Knarre umgeht, oder?«

»Klar, aber die Dinger gehören eigentlich nicht zu meinem Job.«

»Ist wie Autofahren.« Quickshot setzte seine Sonnenbrille auf und erhob sich. »Man verlernt es nie.«

Der Verkehr auf der Interstate 295 floss nur zäh dahin. Halb DeeCee schien sich auf den Weg nach Greenbelt gemacht zu haben. Die Straße schlängelte sich hoch in den Nordosten bis rauf nach Baltimore und führte quer durch Hyattsville, einem Wohnviertel der Mittel- und Unterschicht. Quickshot betrachtete die schmutzigen Fassaden der Gebäude, den Putz und die alte Farbe und fühlte sich an einen Ort versetzt, der weit in seiner Vergangenheit lag. Er schüttelte den Gedanken ab und konzentrierte sich auf den Verkehr.

Auch Tinkerbell beobachtete die Umgebung sehr genau, doch aus einem anderen Grund. Die Interstate 295 war die nächtliche Spielwiese der Halblinge, einer Go-Gang, deren Gefährlichkeit durchaus mit der der Spikes zu vergleichen war. Jetzt, bei Tage, war kaum mit ihrem Auftauchen zu rechnen, doch nach Einbruch der Dämmerung war es besser, sich einen anderen Heimweg zu suchen. Schlagartig wurde die Umgebung grüner. Die Straße führte nun durch einen riesigen Park, der den Greenbelt ankündigte. Über eine Strecke von drei Kilometern sahen sie nur Bäume und Sträucher, kein einziges Gebäude. Gerade als die Runner begannen, die Umgebung zu genießen, öffnete sich das Gelände und die Straße spuckte sie hinaus in eine neue Welt.

Die Veränderung hätte nicht drastischer sein können. Links und rechts von ihnen türmten sich Konzerngebäude auf. Die verfallenen Gesichter der Unter- und Mittelschicht-Wohnbunker wurden von High-Tech-Fassaden aus Glas, Stahl und Plastikbeton verdrängt. Bunte Häuserfronten wichen einheitlichem Grau in Grau.

»Hübsche Gegend, ich fühl'mich gleich wie zu Hause.« Die Elfe warf einen letzten Blick auf den Stadtplan. »Die dritte Querstraße rechts.«

»Ups.« Quickshot verlangsamte die Geschwindigkeit, als vor ihm ein Polizeiwagen ausscherte, wendete und mit heulenden Sirenen in die andere Richtung jagte. »Nett.« Er bog in die besagte Querstraße ein und rollte in gemächlichem Tempo an den Gebäuden vorbei.

Der Carrona war das einzige fahrende Auto in der Straße. Vor einem der Gebäude parkten zwei Wagen, davon abgesehen schienen die meisten Firmen einen privaten Parkplatz auf dem Gelände zu haben. »Wie viele Polizeiwagen hast du gezählt?«

»Mit dem ersten waren es drei. Der Stadtteil scheint seinen privaten Sicherheitsdienst zu haben.«

»Wir sollten ein Auge auf die Jungs haben und uns beim Checken nicht allzu viel Zeit lassen.«

Das Forschungslabor von McGregor Industries stand fast am Ende der Straße. Es hatte sechs Etagen und war damit vier Stockwerke niedriger als die meisten anderen Konzernbunker. Links grenzte das Gebäude fast unmittelbar an ein anderes Haus, lediglich ein schmaler Weg führte zum Notausgang. Aus Rücksicht auf die Angestellten hatte man beim Bau des wesentlich jüngeren McGregor-Gebäudes an dieser Seite auf Fenster verzichtet. Dafür zierten unzählige Ranken von wildem Wein die raue Fassade. Auf der rechten Seite waren gut zehn Meter freie Rasenfläche. Das Gelände war von der Straße aus frei zugänglich und bot abgesehen von zwei niedrigen Büschen keinerlei Schutz für neugierige Augen. Und deren Besitzer.

Rechts führte ein Weg zum Parkplatz, der hinter dem Gebäude lag. Eine breite Schranke stellte sicher, dass er nur von den Mitarbeitern der Firma genutzt wurde und niemand ohne Codekarte Zutritt erhielt. Bis auf das Erdgeschoss hatten alle Stockwerke verspiegelte Fensterscheiben, die den Blick in die Arbeits- und Forschungsräume verwehrten. Quickshot musterte die Wache, die in der Eingangshalle hinter einem halbmondförmigen Tresen hockte und regungslos auf einen Punkt vor sich starrte. »Die scheinen nicht mit Ärger zu rechnen.« Er wendete am Ende der Straße und passierte das Gebäude ein zweites Mal. »Mainframe sollte bei Gelegenheit versuchen, die Reaktionszeit des Sicherheitsdienstes herauszufinden.«

Etwas vor dem Gebäude erregte seine Aufmerksamkeit. Gut versteckt zwischen den Büschen lagen mehrere schwarze Gegenstände. Automatisch ging er vom Gas und aktivierte die Zoom-Funktion seiner Smartbrille. »Sind das Selbstschussanlagen oder Scheinwerfer?« Selbst aus der Nähe konnte er es nicht genau erkennen.

»Wo?« Tinkerbells Augen folgten irritiert seinem ausgestreckten Finger und entdeckten schließlich die Erhebungen im Rasen. »Könnte sein ...«

Aus einem Gebäude auf der anderen Straßenseite kamen mehrere Personen in Bürokleidung. Er wartete einen Augenblick, beschleunigte den Carrona auf ein annehmbares Tempo und überholte die kleine Gruppe.

»Sieht so aus, als wäre jetzt Mittagspause.« Tinkerbell blickte auf ihre Uhr. »Machen wir uns besser aus dem Staub.«

Er nickte stumm und bog in die nächste Querstraße ein. Ein blau-silbern lackierter Wagen tauchte aus einer der anderen Straßen auf und setzte sich hinter sie. Der Sicherheitsdienst.

Ohne die Geschwindigkeit zu verändern fuhr er weiter und warf immer wieder kurze Blicke in den Rückspiegel. Der Polizeiwagen blieb hinter ihnen und machte keinerlei Anstalten zu überholen. Tinkerbell atmete merklich flacher. Ihre Finger spielten unruhig mit dem Sicherheitsgurt. Nach einigen Sekunden jaulten die Sirenen des Polizeiwagens auf und der Fahrer signalisierte ihnen durch ein kurzes Aufflackern der Scheinwerfer anzuhalten.

Quickshot verbiss sich einen Fluch, setzte den Blinker und stoppte. Der Streifenwagen überholte den Carrona und hielt ebenfalls. Der Beifahrer stieg aus und kam mit ernstem Gesicht auf sie zu. Tinkerbell klappte den Taschencomputer mit einer ruhigen, aber trotzdem schnellen Bewegung zusammen und ließ ihn unauffällig unter ihrem Sitz verschwinden. Währenddessen ließ Quickshot das Fahrerfenster herunter und versuchte ein möglichst freundliches Gesicht aufzusetzen.

»Stellen Sie bitte den Motor ab, Sir«, forderte ihn der Polizist auf.

Er tat, wie ihm geheißen.

»Kann ich Ihnen helfen, Sir?« Der Polizist beugte sich zum Fenster herab und nickte der Elfe höflich zu. »Ma´am.«

Seine Augen ruhten einen Augenblick länger auf Quickshots Gesicht, der ihn über die Ränder seiner Brille fröhlich ansah.

»Ja, wir haben tatsächlich ein Problem.« Sie erwiderte das Lächeln und gewann die Aufmerksamkeit des Mannes zurück. »Es sieht so aus, als hätten wir uns verfahren.« Sie beugte sich zur Seite und legte Quickshot in einer liebevollen und gleichzeitig entschuldigenden Geste eine Hand auf den rechten Oberschenkel. Es war eine kurze, leichte Berührung, doch der Runner hatte das Gefühl, einen elektrischen Schlag zu bekommen. Die Energie jagte durch seinen Körper, stellte die Härchen im Nacken auf und hinterließ eine feine Gänsehaut auf den Armen. Einen Atemzug später war das Gefühl verschwunden.

Was war das denn? Quickshot blinzelte irritiert und konzentrierte sich wieder auf den Streifenpolizist.

»Wir kommen aus Falls Springs«, erklärte die Elfe. »Und sind zum ersten Mal in Washington.«

»Da haben Sie aber einen langen Weg hinter sich, Ma´am. Wohin soll es denn gehen?«

»Moment, ich hab's irgendwo notiert.« Tinkerbell durchsuchte hektisch die Taschen ihrer Jacke. »Liebling, wo ist der Taschensekretär?«

»Ups.« Quickshot lächelte verlegen, als hätte sie ihn als vergesslichen Trottel entlarvt. »Der liegt wohl im Hotel.« Seine Wangen röteten sich leicht und sein Gesicht wurde heiß. Er hatte sich schon immer für einen hervorragenden Schauspieler gehalten und auch diesmal war das Glück auf seiner Seite. Entweder war sein Gegenüber ein ähnlicher Trottel oder er hatte einfach Mitleid. Was es auch war, er ließ es sich nicht anmerken, sondern beobachtete die Elfe schweigend bei ihrer Suche.

»War es nicht die Brickleystreet?« Er erinnerte sich plötzlich, den Namen auf der Fahrt hierher gelesen zu haben.

»Oh, so verkehrt sind Sie gar nicht, Sir.« Der Officer zeigte in die Richtung, aus der sie gekommen waren. »Sie müssen nur auf dieser Straße zurückfahren, durch den Park und dann gleich links. Eigentlich nicht schwer zu finden.« Er blickte Quickshot an, der das Grinsen dümmlich erwiderte. »Wenn man fremd in einer Stadt ist, kann das schon mal passieren.«

»Vielen Dank für Ihre Hilfe, Officer.« Der Runner startete den Carrona und unterdrückte das Verlangen, das Gaspedal durchzutreten und den Cop umzufahren. Stattdessen wartete er geduldig, bis der Mann ein Stück zur Seite gegangen war. Tinkerbell nickte dem Polizist zum Abschied freundlich zu, dann hatten sie das Blickfeld der Streife verlassen.

»Puh.« Sie lehnte sich zurück. »In diesem Viertel findet man die Cops wohl an jeder Ecke.«

»Genau wie Mülltonnen und Ratten. Und heute Nacht wird's nicht besser aussehen.«

»War jedenfalls ein überzeugender Auftritt.«

»Ja, wir geben wirklich ein schönes Pärchen ab.« Er grinste breit. »Wo liegt eigentlich Falls Springs?«

»Keine Ahnung, aber unser Freund schien es auch nicht zu wissen.« Sie lachte kurz. »Wir sollten Mainframe nicht länger warten lassen.«

Quickshot schaute hinauf zum Himmel, der fast wolkenlos war, spürte einen Hauch von Sonnenwärme auf dem Gesicht und schauderte bei dem Gedanken, den Rest des Tages in einem muffigen Hotelzimmer zu verbringen. »Ich hab 'ne bessere Idee. Lassen wir den Kleinen 'ne Weile allein mit seinem Deck und suchen uns ein gemütliches Café.«

Sie musterte ihn eindringlich und er befürchtete, dass sie ablehnen würde. Dann stimmte die Elfe zu.

Das herrliche Wetter animierte sie zu einer kleinen Stadtrundfahrt, die vor einem Restaurant endete. Bei Steak, Salat und Eis genossen sie den Ausflug und unterhielten sich über Gott und die Welt. Wobei Tinkerbell diejenige war, die redete. Quickshot schwieg die meiste Zeit, löffelte entspannt sein Eis und hörte zu. Er erfuhr von Reisen nach Tir Tairngire, wunderschönen Gartenanlagen und Wäldern und, als Kontrast, den Erlebnissen in den Großstädten der CAS. Blitzlichter vergangener Begegnungen und Runs. Die beiläufige Frage, warum und mit wem sie all diese Orte besucht hatte, schien der Elfe nicht zu behagen. Sie brach ihre Erzählungen mit einem gehauchten »Ist nicht so wichtig«, und einem entschuldigenden Lächeln ab und stocherte verlegen in ihrem Salat herum.

Quickshot nickte verständnisvoll und überbrückte die unangenehme Pause geschickt mit einer Bemerkung zu einem anderen Thema. Sein eigenes Leben war auf einem Gerüst von Geheimnissen und Lügen aufgebaut und es lag ihm fern, Tinkerbell in irgendeiner Weise zu bedrängen. Die Elfe griff die angebotene Gelegenheit dankbar auf. Es entwickelte sich ein angeregtes Gespräch über die neusten politischen Entwicklungen in den UCAS und beide stellten erfreut fest, dass sie auch über Dinge sprechen konnten, die rein gar nichts mit ihrem Job zu tun hatten.

Am frühen Abend kehrten sie gut gelaunt und entspannt ins Hotel zurück. Als sie ihr Zimmer betraten, blickte Mainframe sie mit hochgezogenen Augenbrauen an und sah demonstrativ auf die Uhr. »Ihr müsst euch das Zielgebiet aber sehr genau angesehen haben!« Der spöttische Unterton in seiner Stimme war kaum zu überhören. »Hoffentlich hat euch niemand bemerkt.«

»Keine Bange.« Tinkerbell hing ihre Jacke über einen der Stühle und streckte sich auf ihrem Bett aus. »Wir waren ganz vorsichtig.«

»Wir haben einen kleinen Auftrag für dich.« Quickshot reichte dem Decker eine Tüte mit Fast-Food. »Finde mal raus, wie die Reaktionszeit der Cops im Green Belt ist.«

Mainframe packte erfreut einen der Soyburger aus. »Klar, kein Problem, Chummer. Sonst noch Wünsche?«

»Hm ... nein, im Moment nicht. Und guten Appetit.« Er zwinkerte dem Decker über seine Sonnenbrille hinweg zu und ging zur Tür. »Bis später, ich geh 'ne Runde duschen.«

Gedämpft hörte er, wie die Elfe dem Decker von ihren Beobachtungen berichtete, dann schlenderte er den Flur entlang, öffnete die Tür zu seinem Zimmer und schloss hinter sich ab. Mit schnellen Schritten ging er ins Badezimmer, griff im Vorbeigehen die Reisetasche und verriegelte auch diese Tür.

Während sich die Badewanne mit warmem Wasser füllte, betrachtete er die ehemals weißen, von Schmutz und Nikotin braun gefärbten Kacheln, die Toilette, die wohl seit Ewigkeiten nicht mehr geputzt worden war, und den Wannenrand, auf dem sich eine braune, verkrustete Schmutzschicht gebildet hatte. Die mit weißem Kalk überzogenen Wasserhähne eingerechnet, war dies das lausigste Loch, das er seit Jahren zu Gesicht bekommen hatte. Von der Ruine in San Francisco mal abgesehen, aber auf Tournee erwartete er nichts anderes. Wenigstens stank es hier nicht so penetrant nach Urin und Exkrementen. Höchstens nach toter Ratte, aber damit konnte er leben. Er zog sich aus, platzierte eine Ares Predator II in Griffweite und stieg in die Badewanne. Mit einem wohligen Seufzen ließ er sich in das warme Wasser gleiten.

Die Zeit bis zum Aufbruch vertrieb sich jedes Mitglied des Teams auf seine eigene Art. Tinkerbell beschäftigte sich mit einem Roman, den sie auf ihrem Taschencomputer gespeichert hatte, Mainframe überflog eine Reihe von Einsatzberichten, die er aus dem System des Sicherheitsdienstes heruntergeladen hatte, und verfolgte nebenbei irgendeine billige Action-Serie im Trid. Versuchsweise hatte er den Alarm in einem Bürohaus in der Nähe ihres Ziels, aber nicht zu nah, ausgelöst und die Zeit vom Eingehen der Meldung bis zur Rückmeldung des Sicherheitsdienstes gestoppt. Es dauerte fünf Minuten, bis die Sicherheitsleute vor Ort waren. Was ziemlich schnell war. Zu schnell für seinen Geschmack.

Als er seinen Teamkameraden die Ergebnisse seiner Nachforschungen mitteilte, zuckten die kommentarlos die Achseln. Quickshot erklärte lapidar, er habe schon mit so etwas gerechnet, und verschwand in seinem Zimmer. Plötzlich ohne Aufgabe, legte Mainframe sein Deck zur Seite, schnappte sich einen Schokoriegel und widmete sich vollkommen der drittklassigen Serie. Tinkerbell schien es nicht zu stören, dass er sich kurzerhand bei ihr einquartiert hatte. Der Gedanke, dass eventuell irgendwo in seinem Zimmer eine zweite tote Ratte lag, trieb dem Decker den Schweiß auf die Stirn. Tinkerbell war er ein willkommener Gast. Wenn auch wenig gesprochen wurde, war ihr die Anwesenheit eines anderen Menschen sehr angenehm.

Quickshot überprüfte währenddessen in seinem Zimmer die erfolgreiche Heilung seines rechten Arms mit diversen Liegestützen und anderen Übungen und war mit dem Ergebnis mehr als zufrieden. Die heutige Medizin war ein Wunder. Mit Grausen dachte er an frühere Zeiten, in denen ein simpler Streifschuss einen Menschen tagelang lahm gelegt hatte. Das hätte das sichere Ende für sein kleines Doppelspiel bedeutet!

Gegen halb zwei in der Nacht verließen Tinkerbell und Quickshot das Hotel und machten sich ein zweites Mal auf den Weg zum Green Belt. Mainframe zog es vor, im Hotel zu bleiben und weiter an seinen Programmen zu arbeiten. Außerdem fand er es übertrieben, das Gebäude mit drei Mann zu beobachten. Ein Pärchen fiel weniger auf als drei Personen, von denen eine rasch als Decker zu identifizieren war. Die Datenbuchse wurde zwar von seinen Haaren hinreichend verdeckt, doch er wollte kein unnötiges Risiko eingehen.

Die Fahrt nach Green Belt dauerte diesmal eine halbe Stunde länger, da die Elfe eine alternative Route gewählt hatte, um den Halblingen aus dem Weg zu gehen. Sie steuerte den Carrona über die Interstate 201 an der nordwestlichen Seite des Greenbelt-Parks vorbei. Die Straße war um diese Uhrzeit leer gefegt und im Zwielicht der Laternen glänzte der dunkle Asphalt feucht. Von der Interstate 295 drangen die Motorengeräusche schwerer Maschinen zu ihnen herüber und gaben der Szenerie einen traumartigen, irrealen Touch.

Diesmal näherten sie sich dem McGregor-Gebäude vom anderen Ende der Straße. Schon beim Einbiegen konnte sie erkennen, dass der Rasen rings um das Gebäude hell erleuchtet war.

»Drek!« Quickshot richtete sich höher auf. »Dabei sah es so schön einfach aus.« Gespielte Enttäuschung schwang in seiner Stimme mit und er verzog die Lippen zu einem Schmollmund. Er war nicht wirklich enttäuscht. Im Gegenteil, das machte die Sache weitaus interessanter!

Sie passierten das Gebäude in zügigem Tempo und parkten gut fünfzig Meter entfernt mit laufendem Motor. Nachdem Tinkerbell die Scheinwerfer ausgeschaltet hatte, saßen die beiden Runner einige Minuten schweigend im Dunkeln und beobachteten das Gebäude. Zwei Wachen, die anscheinend in diesem Moment ihre Runde beendeten, gingen gemächlichen Schrittes an der Schranke vorbei und verschwanden im Eingang des Gebäudes. Sie unterhielten sich und sahen dabei weder nach links noch nach rechts.

Die Runner waren tiefer in ihre Sitze gerutscht und Tinkerbell, die sich als Erste wieder aufrichtete, sah noch einen der Männer in einem kleinen Raum jenseits des Tresens verschwinden. Aha, eine Pinkelpause.

»Wir haben wohl ein winziges Problemchen.« Ihre Augen wanderten suchend über das Gebäude. »Andererseits ...« Sie unterbrach sich, und deutete zum Dach, das in vollkommener Dunkelheit lag.

Quickshots Augen folgten ihrem Zeigefinger und ein feines Lächeln umspielte seine Lippen. »Hm, entweder ist das die Chance des Jahrhunderts oder jemand versucht uns einen kapitalen Bären aufzubinden!« Seine Augen huschten von einem Gebäude zum anderen. Sie konnten versuchen, auf das Dach des Nachbargebäudes zu gelangen und sich an der Fassade abzuseilen. Im Nebengebäude waren alle Räume dunkel und es schien, als würde bei dieser Firma niemand Überstunden machen. Die Kluft zwischen den beiden Dächern würde sich ohne Schwierigkeiten überwinden lassen.

Der Einstieg konnte von oben erfolgen. Rein theoretisch sollte es Mainframe gelingen, ins System zu decken und die Elektronik der Dachluke außer Gefecht zu setzen.

Sie warteten einige Minuten und machten sich auf den Rückweg. Während Tinkerbell den Wagen zurück zum Hotel lenkte, teilte Quickshot Mainframe telefonisch mit, dass sie Pläne für das Nachbargebäude benötigten. Der Decker versprach, sich augenblicklich darum zu kümmern.

Es war bereits halb vier, als sich die Runner abermals um den Tisch in Tinkerbells Zimmer versammelten, um einen vorläufigen Einstiegsplan auszuarbeiten. Mainframe hatte die Grundrisspläne ohne besondere Mühe aus der Matrix gezogen und dabei gleich die Systemadressen des Johnson auf ihre Echtheit geprüft. Es war ihm problemlos gelungen, in das McGregor-System einzudringen und sich umzuschauen. Der Zugang war durch einen orangenen, die Knoten hauptsächlich durch grüne Sicherheitscodes gesichert. Nur in der direkten Umgebung des isolierten Systems war er auf rote Knoten und graues Ice gestoßen. Aus Sicherheitsgründen hatte er sich sofort ausgeloggt, bevor ihm das Ice zu nah kommen konnte. Keine schwarzen ICs, jedenfalls nicht auf den ersten Blick.

So gut die Gebäudepläne auch waren, entpuppten sie sich rasch als Enttäuschung. Es fand sich keine Möglichkeit, auf das Nebengebäude zu gelangen, da der Architekt es für unnötig gehalten hatte, eine Feuerleiter einzuplanen.

Bei einem Brand hatten die Mitarbeiter in den oberen Stockwerken ein ziemliches Problem.

»Aber ...« Mit unverhohlenem Stolz drückte Mainframe auf eine Taste seines Decks und rief einen zweiten Grundriss auf. »Ein Gebäude in der nächsten Querstraße grenzt direkt an das Objekt unserer Begierde. Es wird momentan saniert und die meisten Büros stehen leer. Es wird niemanden stören, wenn wir kurz die Feuerleiter benutzen und einen kleinen Spaziergang über das Dach machen.« Der Decker lehnte sich zurück und verschränkte zufrieden die Arme vor der Brust. »Na?«

Quickshot nickte anerkennend. »Gar nicht mal schlecht.« Ein leichtes Zittern kroch von seinen Fußspitzen allmählich bis in die Haarwurzeln und ermahnte ihn, in Zukunft weniger Kaffee zu trinken. Er schob den halb vollen Becher vor sich mit einem angewiderten Blick zur Seite und streckte sich. Wenigstens ein paar Stunden Schlafen sollte er seinem Körper gönnen. Und ihn nicht mit Unmengen von Koffein zusätzlich aufputschen. In den Fingerspitzen spürte er bereits das angenehme Kribbeln der Euphorie, das vor einem Konzert sehr willkommen, hier jedoch völlig fehl am Platz war. *Wer sich für unschlagbar hält, macht Fehler, also komm wieder zurück auf den Boden.* Leider änderten diese Gedanken nichts an der Tatsache, dass er sich wie ein kleines Kind auf den bevorstehenden Run freute. Er wurde allmählich zu einem richtigen Adrenalin-Junkie!

Tinkerbells Augen zierten inzwischen zwei hübsche, schwarze Ringe, die ihr Gesicht noch blasser erscheinen ließen. Alles in allem sah sie mehr tot als lebendig aus. Als wolle die Elfe das Gegenteil beweisen, räusperte sie sich. »Wir wissen in etwa, wie wir reinkommen, aber wie kommen wir wieder raus?«

»Wenn alles glatt geht, auf demselben Weg, oder?« Mainframe blickte fragend in die Runde. »Entweder über den Fahrstuhlschacht oder das Treppenhaus zurück zur Dachluke. Alle anderen Ausgänge werden überwacht.«

Tinkerbell streckte ihre müden Glieder. »Geht es nur mir so, oder habt ihr auch dieses komische Gefühl in der Magengegend?«

Quickshot sah sie aus kleinen Augen an. »Das nennt man Hunger.«

»Ich glaube nicht, dass sie das gemeint hat«, erwiderte der Decker mit Unschuldsmiene.

Quickshot unterdrückte ein albernes Kichern. »Oh, Mann, wir sollten wirklich Schluss machen! Unterhalten wir uns morgen weiter über miese Gefühle, okay?« Er sah die Zustimmung in den Augen seiner Teamkollegen und erhob sich.

Schwankend machte er sich auf den Weg zu seinem Zimmer, schloss die Tür hinter sich und blockierte die Klinke mit dem Stuhl. Nachdem er sich Jacke und Schuhen entledigt hatte, fiel er wie ein Stein ins Bett. Es gelang ihm noch, die Decke über seinen Körper zu ziehen und nach der Waffe unter dem Kopfkissen zu tasten, dann sank er in eine willkommene Schwärze.

Kapitel 9

Seattle, Innenstadt, 02:35 Uhr

Das Klingeln des Telekoms riss Taurus aus unruhigen Schlaf. Mit einem gemurmelten Fluch stemmte er sich aus dem Sessel hoch, in dem er eingenickt war, und schlurfte auf das nervtötende Geräusch zu. Er stolperte über ein halbes Dutzend leerer Whiskeyflaschen, die auf dem Teppich verstreut lagen, und trat sie wütend quer durch den Raum. Mit lautem Klirren zersprangen zwei der Flaschen an einer Wand. Er hatte zu viel getrunken und sein benebeltes Gehirn hatte eine nicht enden wollende Flut von Albtraumbildern produziert. Das grelle Licht des eingeschalteten Trids schmerzte ihm in den Augen. Gerade flackerten die letzten Minuten eines billigen Horrorstreifens über den Bildschirm. Wahrscheinlich die Erklärung für seine angenehmen Träume. Der Troll hämmerte auf einen Knopf am Telekom und die Leitung wurde geöffnet. Durch einen Schleier erkannte er das Gesicht seines Schiebers. Kellan begrüßte ihn mit einem schmierigen Grinsen. »Deinen Schlaf möchte ich haben. Das nächste Mal zünde ich eine Atombombe neben deinem Bett.«

»Wär mal was anderes. Hast du was für mich?« Er hatte Schwierigkeiten, die Worte klar zu artikulieren. Seine Stimmbänder schienen ihre eigene Vorstellung von Konsonanten und Vokalen zu haben.

»Einen guten Rat: Lass die Finger von der Sache! Wer auch immer deinen Chummer geeken wollte, ist 'ne Nummer zu groß für dich. Ich hab 'n paar Leuten auf den Zahn gefühlt. Waren drei Ganger, die 'ner unbedeutenden Zweigstelle der Night Hunters angehörten. Du weißt ja, dass an dem Abend zwei von ihnen draufgegangen sind. Den dritten hat man am nächsten Tag in einer Mülltonne gefunden. Kein schöner Anblick, kann ich dir sagen. Wie auch immer, keine meiner Connections wollte mir Genaueres sagen. Der freundliche Begriff ›Policlub‹ fiel des Öfteren, ansonsten betretenes Schweigen im Walde. Schlag dir das besser aus dem Kopf. Du willst doch nicht, dass dir jemand 'n Loch in den Pelz brennt, weil du den Babysitter spielst.«

»Wenn du mir nich helfen willst, muss ich mich eben selbst drum kümmern.«

Der Schieber gab es auf, kluge Ratschläge an Leute zu verteilen, die sie nicht hören wollten. »Is' dein Leben, Chummer. Bei deiner raffinierten Vorgehensweise wirst du die Leute sofort auf dich aufmerksam machen. Viel Spaß, war nett, dich gekannt zu haben!«

»Schon klar, hab's kapiert. Ich bin vorsichtig. Was is mit 'm Job?«

»Hey, ich bin kein Magier, der Aufträge aus dem Hut zieht wie andere Hasen. Das braucht Zeit. Willst doch an die richtig dicke Kohle, oder?«

Taurus nickte entschlossen.

»Spitzenjobs gibt's nich wie Sand am Meer, die sind rar. Sobald ich was habe, melde ich mich.«

»Bis dann.« Der Troll schaltete das Telekom ab und wankte zurück zum Sessel. Auf dem Weg dorthin entdeckte er eine halb volle Whiskeyflasche auf dem Wohnzimmertisch und leerte sie in einem Zug. Mit einem lang gezogenen Rülpser fiel er auf den Sessel. Wenig später erfüllte lautes Schnarchen die Wohnung.

Washington, der nächste Morgen

»Einen wunderschönen guten Morgen.« Der Geruch von frischem Soykaf umwehte Quickshots Nase, als er Tinkerbells Zimmer betrat.

Die Elfe hatte es sich auf der Fensterbank bequem gemacht, in den Händen eine Tasse dampfenden Kaffees und auf dem Schoß einen Teller mit belegten Brötchen. Ein Handtuch um den Kopf gewickelt, blickte sie genüsslich kauend auf die Straße.

»Bedien' dich.« Sie beschrieb eine vage Geste in Richtung Tisch, auf dem ein Korb mit Brötchen, Margarine, verschiedene Aufstriche, eine Thermoskanne und zwei Tassen standen. Er konnte sich nicht erinnern, Geschirr in seinem Zimmer gesehen zu haben, demnach hatte die Elfe wohl eine geheime Quelle aufgetan. Dem Bäcker einen Besuch abzustatten, war jedenfalls eine hervorragende Idee gewesen. Sein knurrender Magen erinnerte ihn daran, dass seine letzte Mahlzeit eine Weile zurücklag. Er schmierte sich ein Brötchen, füllt eine der Tassen mit Soykaf und trat neben Tinkerbell ans Fenster. Auf der Straße unter ihnen herrschte mäßiger Verkehr, Autos passierten in einschläferndem Rhythmus das Hotel.

»Immer noch das komische Gefühl?«, erkundigte er sich nach einer Weile.

»Geht so.« Sie musterte ihn. »Wir sind ein gutes Team, ich denke, wir kriegen das hin.«

Wir? Meinte die Elfe nur sich selbst und ihn, oder schloss sie Mainframe in die Aussage mit ein?

»Ja, wir sind ein gutes Team«, erwiderte Quickshot, selbst nicht hundertprozentig sicher, wen er damit meinte.

Als Mainframe eintraf, mit geröteten Augen, sein Deck locker unter den Arm geklemmt, saß Quickshot am Tisch, und machte sich gerade über das zweite Brötchen her. Er deutete kauend auf den freien Stuhl. Der Decker ließ sich auf den angebotenen Platz fallen, stellte das Deck vorsichtig neben sich auf den Boden und goss sich eine Tasse Soykaf ein. Erst als er sie zur Hälfte geleert hatte, öffneten sich seine Augen vollständig und er lehnte sich zufrieden zurück. »Das hab' ich gebraucht!«

»Fragt sich, ob dein Magen dasselbe denkt.« Tinkerbell schnippte die letzten Krümel ihres Frühstücks von der Hose und erhob sich aus dem Schneidersitz. Sie zog das

Handtuch von ihrem Kopf, wuschelte mit der freien Hand über ihre streichholzkurzen, weißblonden Haare und die Frisur saß perfekt. Mainframe musste seine Bürste in Seattle vergessen haben. Seine Frisur glich an diesem Morgen einem explodierten Kissen.

Nachdem sie ihren Hunger gestillt hatten, machten sie sich an den letzten Teil der Planung. Mainframe erhielt den Auftrag, ein weiteres Mal in das McGregor-System zu decken und den Mechanismus der Dachluke mit einer Zeitschaltung zu versehen. Pünktlich um zwei Uhr nachts sollte das Schloss deaktiviert werden und ihnen den Zugang zum Gebäude freigeben. Um das Risiko gering zu halten, entschieden sie, die Dauer der Deaktivierung auf fünfzehn Minuten zu beschränken. Dieses enge Zeitfenster musste ausreichen, um von einem Dach zum anderen und durch die Luke ins Gebäude zu gelangen. Waren sie erst einmal im Haus, durfte es für Mainframe kein Problem sein, die Dachluke von innen zu öffnen.

Als kleines, aber feines Problem erwiesen sich die zahlreichen Kameras, die im Gebäudeinnern angebracht waren. Die einfachste Lösung war ein Decker, der sie von außerhalb steuern und auf alles Ungewöhnliche automatisch reagieren konnte.

Da Mainframe im Gebäude gebraucht wurde und es ihnen ausdrücklich untersagt worden war, Runner aus FDC anzuheuern, musste auch hier ein Smartframe aushelfen.

Der Decker konnte es kaum erwarten, endlich in die Matrix zu kommen. Hastig bestrich er sich ein Brötchen, stopfte es in sich hinein, trank den letzten Rest Soykaf und machte sich mit seinem Deck auf den Weg zu Tinkerbells Telekom. Die beiden Runner beobachteten gespannt, wie er sich einstöpselte und sein Körper erschlaffte, während seine Finger sich über die Tastatur bewegten.

Mainframe tauchte neben dem Telekomanschluss auf, hängte sich an einen heranrasenden Datenstrom und jagte mit wahnwitziger Geschwindigkeit durch das Netz. Wenige Sekundenbruchteile später ragte das verschlungene, rot und grün leuchtende Logo des McGregor-Konzerns vor ihm auf.

Mainframe näherte sich vorsichtig dem pulsierenden Konstrukt und gab wie bei seinem ersten Besuch die LTG-Nummer ein, die ihnen der Johnson besorgt hatte. Nach wenigen Nanosekunden der Überprüfung, die sich zu einer Ewigkeit dehnten, akzeptierte das System den Code und er durfte passieren.

Der Decker fand sich in der Eingangshalle eines Bürogebäudes wieder, das ein perfektes Abbild des real existierenden McGregor-Buildings war. Ringsumher herrschte geschäftiges Treiben. Abermillionen von Daten rasten durch Abermillionen transparenter Leitungen, die in Böden und Wände eingelassen waren, und tauchten das Innere des Gebäudes in die schönsten Farben des Regenbogens. Hier wurde der alltägliche Kundenverkehr abgewickelt und Telekomgespräche, Faxe, Nachrichten und Bestellungen an die richtigen Stellen verteilt.

Der Bereich, der für Mainframe von Interesse war, lag ein gutes Stück entfernt und führte durch zahlreiche Systemknoten. Er sah sich mit Dutzenden von Türen konfrontiert, die alle in einen anderen Bereich des Systems führten. Vor jeder Tür stand reglos ein in schottische Nationaltracht gekleideter Wächter. Er musste sich wohl oder übel in die Nähe des weißen Ice begeben. Mainframe, der seiner Persona für diesen Auftritt das Aussehen eines seriösen Geschäftsmannes im grauen Anzug gegeben hatte, fuhr das Maskenprogramm hoch, an dem er in den letzten Tagen gearbeitet hatte, und spazierte direkt auf die gegenüberliegende Tür zu. Das Ice forderte ihn höflich auf, sich zu identifizieren, und nachdem der Decker ihm erfolgreich vorgegaukelt hatte, ein eingehendes Fax zu sein, wurde ihm der Zugang gestattet. Mainframe jagte durch die anschließende Datenleitung, durchquerte drei weitere

Knoten und fand sich endlich in einem langen Korridor wieder, von dem auf beiden Seiten unzählige Türen abgingen. Sein Lieblings-Suchprogramm, dem er das Aussehen eines winzigen, braun-weiß gescheckten Hündchens mit schwarzen, wuscheligen Schlappohren gegeben hatte, fand nach wenigen Augenblicken den Zugang zur Gebäudesicherheit. Mainframes Icon musterte das Karten-Schloss am Türrahmen und startete ein Identifizierungsprogramm. Nachdem er die benötigte Information erhalten hatte, griff er in seine Hosentasche und zauberte ein orangefarbenes Plastikkärtchen hervor. Er ließ es eine Weile zwischen den Fingern kreisen, atmete tief durch und zog es mit einem Ruck durch den Schlitz.

Hoffentlich hatte er die Zugangserlaubnis richtig konfiguriert! Das grüne Lämpchen am Gehäuse blinkte ihn freundlich an und mit einem leisen Summen öffnete sich die Tür. Erleichtert betrat er den schmalen Raum, dessen Wände mit Dutzenden flackernder Monitore bedeckt waren. An der gegenüberliegenden Wand war zusätzlich eine Reihe von Sicherungskästen angebracht. Zielsicher ging Mainframe auf sie zu und öffnete die Klappe des mittleren Kastens.

Greenbelt, am Abend

Die Augen der Wachen glitten träge über Büsche und Wege. Einer der beiden Männer unterdrückte ein Gähnen und rieb sich müde die Augen. Diese ewigen Nachtschichten würden ihn eines Tages umbringen!

In der nächsten Sekunde war er hellwach. Hatte er gerade einen Schatten gesehen, irgendwo dort oben auf dem Dach des anderen Gebäudes? Seine rechte Hand schnellte nach oben und der kräftige Strahl seiner Stabtaschenlampe wanderte die Hauswand empor. Er war jedoch zu schwach, um bis zum Dachrand zu reichen. Wahrscheinlich nur ein Vogel, den der Wind aufgescheut hatte. Oder was auch immer. Jedenfalls stand ihm nicht der Sinn danach, um zwei Uhr in der Nacht auf Gespensterjagd zu gehen.

»Is' was?« Sein Kollege hielt ungeduldig die Eingangstür auf. Er konnte den frischen Soykaf riechen und freute sich auf den kleinen Imbiss, der in der Sicherheitszentrale auf ihn wartete.

»Alles in Ordnung.« Der andere Wachmann legte noch einmal den Kopf in den Nacken und gab gleichzeitig die Hoffnung auf, etwas zu entdecken. Nach einigen Sekunden folgte er seinem Kollegen ins Innere des McGregor-Buildings.

Suchend tastete eine Hand über den Dachrand und zog vorsichtig das durchsichtige Kabel hinauf, das lautlos im Wind hin und her schwang. Auf dem Bauch liegend prüfte Tinkerbell erneut den festen Sitz ihrer Kletterausrüstung und des Seils, das sie an einer eigens für diesen Zweck ins Mauerwerk getriebenen Öse befestigt hatte. Die Wachmänner waren lautlos und unerwartet aufgetaucht und nur das beherzte Zugreifen ihrer Teamkollegen hatte die Elfe vor der Entdeckung bewahrt.
Entweder waren die Infos ihres Mr. J. einen Drek wert oder die Wachen hatten spontan beschlossen, sich die Beine zu vertreten. Auf jeden Fall waren sie zehn Minuten zu früh dran.

Ich habe jede Ecke des Grundstücks abgesucht! Woher sind die bloß gekommen?

Es wurmte sie, dass sie sich bereits am Anfang des Runs einen derartigen Schnitzer erlaubt hatte.

»Sagtest du nicht, du wärst eine Magierin?« Mainframe sah sie erstaunt an.

Ihre Stimme nahm einen gereizten Tonfall an. »Ich bin magisch aktiv, das ist ein kleiner Unterschied.« Sie schloss die Augen und konzentrierte sich. »Okay, die beiden Idioten sind in einem Raum hinter der Eingangshalle verschwunden. Die dürften uns fürs Erste nicht mehr stören.«

Nach einem letzten Sicherheitscheck schwang sich die Elfe behände über die Brüstung und verschwand aus ihrem Blickfeld.

»Gut gemacht, Mainframe.« Der Decker hielt das Mikro seines Headsets mit einer Hand zu und schaute drein wie ein unglücklicher Dackel. »Voll ins Fettnäpfchen getreten!«

»War eher der klassische Kopfsprung.« Quickshot klopfte ihm aufmunternd auf die Schulter und lehnte sich über die Dachkante. »Mach dir nichts draus, sie wird's überleben.«

Beide Füße fest gegen die Hauswand gestemmt, lief die Elfe scheinbar mühelos die Fassade hinab. Das Seil glitt mit leisem Surren durch ihre behandschuhten Hände, während sie darauf bedacht war, nicht auf die Fensterscheiben zu treten. Den Run durch das Auslösen eines simplen Einbruchalarms in den Sand zu setzen, wäre zu peinlich.

Als Tinkerbell sich knapp einen Meter über dem Dach des McGregor-Building befand, bremste sie ab und verknotete das Seil geübt an einem unbenutzten Karabinerhaken.

Frei in der Luft schwebend hielt sie sich mit einer Hand fest und löste mit der anderen die Verstärkerbrille von ihrem Gurt. Ihre Augen konnten dank des Restlichts der Rasenbeleuchtung die dunkle Umgebung wie im Dämmerlicht wahrnehmen, doch sie wollte das Dach genauer unter die Lupe nehmen. Sie zoomte heran und untersuchte das Dach auf Drähte, kleine Kästen oder was immer sich der Konzern an unangenehmen Überraschungen ausgedacht haben mochte. Was sie entdeckte, war eine Luke in der Mitte des Dachs. Sonst nichts.

»Alles sauber«, flüsterte sie in ihr Headset. »Ich schwinge jetzt rüber.«

»Keine Bewegungsmelder, keine Drähte?« Quickshots Stimme klang leise und doch glasklar in ihren Ohren.

»Die müssten ihre Fallen verdammt gut versteckt haben.

Falls es Drucksensoren sind, werde ich es in einer Minute wissen.«

»Sehr witzig!«

Sie befestigte die Brille wieder an ihrem Gurt, fixierte den gegenüberliegenden Dachrand, tastete nach dem Karabinerhaken, der ihre Kletterausrüstung mit dem Seil verband, und löste ihn. Lediglich durch ihre Muskelkraft gehalten, stieß sie sich mit den Beinen kräftig von der Fassade ab und schwang auf das Gebäude zu. Als sie über dem Dach war, ließ sie das Seil los und bereitete sich auf die Landung vor. Im Fallen sah sie etwas aufblitzen. Ein Gewirr von durchsichtigen Drähten, das sich über die gesamte Länge und Breite des Daches erstreckte. Mit einem leisen Fluch gelang es ihr, das Gewicht zu verlagern und genau zwischen mehreren Drähten zu landen. Eine Hand in der Luft, die andere auf den Boden aufgestützt, atmete sie vorsichtig aus.

Das nenne ich Punktlandung! Tinkerbell blickte mit klopfendem Herzen auf die haarfeinen Drähte, die wenige Zentimeter von ihren Füßen entfernt verliefen. Sie waren etwa zehn Zentimeter über dem Boden angebracht. Vom gegenüberliegenden Dach aus unmöglich zu erkennen. Diesmal brauchte sie sich keine Vorwürfe zu machen. »Das Dach ist verdrahtet.«

»Was?« Quickshot, der gerade dabei war, das Seil einzuholen, glaubte sich verhört zu haben. Er blickte zu Mainframe, der ihn mit großen Augen ansah. »Monodraht?«

»Warte mal 'ne Sekunde.« Die Elfe brachte ihren Kopf auf Höhe des Drahtes und begutachtete ihn von allen Seiten. Dann ließ sie ihre Augen an ihm entlanglaufen, bis zu der Stelle, an der er im Dach verankert war. »Stolperdraht. An jedem Ende sitzt ein hübscher Bewegungsmelder.« Sie ließ den Blick über das Dach wandern, um sich einen Überblick zu verschaffen. »Das Dreckszeug ist überall.«

»Du hast gesagt, da wären keine Fallen«, ertönte Mainframes vorwurfsvolle Stimme in ihren Ohren.

»Ich habe lediglich gesagt, dass sie ihre Fallen verdammt gut versteckt haben müssen, mehr nicht«, zischte die Elfe giftig.

»Machen wir das Problem nicht größer als es ist, okay?«, mischte sich Quickshot ein. »Du musst uns bloß einen sicheren Landeplatz markieren.«

Er ignorierte hartnäckig den gigantischen Knoten, der sich in seinem Magen gebildet hatte und auf die letzte Mahlzeit drückte. *Es wird schon gut gehen!*

»Bist du irre?« Der Decker packte ihn am Arm und deutete nach unten. »Wenn nur einer von uns falsch aufkommt, haben wir den gesamten Sicherheitsapparat dieses Stadtteils auf dem Hals!«

»Dann kommen wir eben nicht falsch auf«, entgegnete er trocken. »Wir haben nicht ewig Zeit zu diskutieren.« Er tippte auf die Anzeige seiner Uhr. »In zehn Minuten wird die Luke deaktiviert, dann sollten wir da sein.«

»Hört endlich auf zu quatschen und setzt eure Ärsche in Bewegung!«

»Ist ja gut. Wer geht zuerst?«

Quickshot hielt Mainframe mit einem verschlagenen Grinsen das Seil entgegen. »Der Schlaukopf, der fragt.«

Er reichte dem Decker zur Unterstützung eine Hand, als dieser sich zögernd in den Abgrund herunterließ, sein geliebtes Deck in einer Tasche auf den Rücken geschnallt. »Du machst das schon.«

Mainframe nickte, dankbar für die Aufmunterung, doch keinesfalls beruhigt. Unsicher und weniger elegant als die Elfe seilte er sich ab. Wie immer war ihm viel zu spät eingefallen, wie sehr er Insider-Jobs hasste!

Tinkerbell hatte inzwischen eine günstige Stelle gesucht und mit einem Nachtleuchtstift vier Quadrate von knapp dreißig mal dreißig Zentimetern aufgezeichnet, in deren Mitte jeweils ein großes Kreuz war.

»Kannst du die Markierungen sehen?« Als Mainframe bestätigte, trat sie nach einem kurzen Kontrollblick vorsichtig einen Schritt zurück. »Lass noch mehr Seil nach. Okay, das reicht. Stoß dich ab und klinke dich über dem Kreuz aus. Du musst nur innerhalb der Felder landen, das ist alles.«

»Vergiss es.« Der Decker schüttelte entschieden den Kopf. »Ich bin kein Athlet, okay? Mein Gleichgewichtsgefühl is´n Drek wert!«

»Ich könnte versuchen, dich zu levitieren.« Tinkerbell verschränkte die Arme vor der Brust. »Allerdings habe ich damals in der Schule gefehlt, als der Zauber durchgenommen wurde. Könnte also sein, dass ich dich fallen lasse.« Sie hob die rechte Hand und beschrieb einen Halbkreis.

»Nein. Stopp!« Der Decker klammerte sich ängstlich am Seil fest. »Ich werde mich auch nie wieder über deine magischen Fähigkeiten lustig machen, versprochen!«

»Tinkerbell, hör auf, ihm Angst zu machen«, schaltete sich Quickshot ein. »Wir machen es jetzt anders. Mainframe, schwing rüber und halt dich an der Dachkante fest. Tinkerbell wird dir helfen.« Den letzten Satz sagte er mit Nachdruck.

Mainframe murmelte sich undefinierbare Worte in den nicht vorhandenen Bart, ließ sich einen Meter weiter hinab und stieß sich ab. Es gelang ihm, die Dachkante zu greifen, ohne in einen der Drähte zu fassen. Er stemmte sich hoch und ergriff dankbar Tinkerbells Hand. Sie half ihm, sich auszuklinken, und ließ das Seil zurückschwingen.

Während die beiden durch das Drahtgewirr zur Luke gingen, zog Quickshot das Seil hoch, verstaute es in seinem Rucksack und befestigte den Haken seiner Enterpistole an der Öse. Als mache er so etwas jeden Tag, ließ er sich an der Fassade herab, schwang herüber und landete punktgenau mit den Füßen in zwei Feldern. Mit einem Katalysatorstift löste er das Seil auf und folgte seinen Teamkollegen.

Drei Minuten später ertönte ein leises Summen von der Innenseite der Luke und sie ließ sich ohne Schwierigkeiten öffnen. Der darunter verlaufende Korridor war hell erleuchtet und vollkommen leer. Am seinem Ende war eine Kamera fest angebracht, welche die gesamte Länge des Ganges überblicken konnte.

»Ich hab ein Smartframe ins Sicherheitssystem eingeschmuggelt, das um Punkt zwei Uhr alle Kameras in den oberen fünf Stockwerken für fünfzig Minuten auf Standbild schaltet. Die Wachen machen laut unseren Infos um drei Uhr ihre nächste Runde. Ich hab mir gedacht, dass die zehn Minuten ein gutes Zeitpolster sind, falls sie früher losgehen.«

Quickshot nickte anerkennend und verschwand mit den Beinen voran im Innern des Gebäudes.

Lautlos machten sich die drei Runner auf die Suche nach einem Weg in die unteren Stockwerke. Wie so oft blieb ihnen die Wahl zwischen Fahrstuhl und Treppe. Sie entschieden sich für das Treppenhaus und gelangten ohne Schwierigkeiten in den zweiten Stock. Oder besser gesagt, bis vor die Tür.

Als Mainframe die Klinke berührte, wurde zwei Etagen unter ihnen eine Tür geöffnet. Seine Hand zuckte zurück und er erstarrte, während Quickshot zur Narcoject griff, die in einem Halfter an seinem Gürtel hing. Vorsichtig trat er an das Geländer und schaute nach unten. Unter ihnen bewegte sich ein Schatten, dessen Ursprung von der Treppe verdeckt wurde. Im nächsten Moment hörten die Runner ein feines Knistern, gefolgt von einem hellen Klicken. Quickshot legte wissend zwei Finger an die Lippen, in denen er eine imaginäre Zigarette hielt.

»Alles ruhig im Erdgeschoss.« Die Wache inhalierte genüsslich und blies den Zigarettenrauch durch die Nase aus. Als der Mann fortfuhr, klang er gelangweilt. »Ich geh jetzt rauf in den Ersten. Bis später.«

Die Runner sahen sich beunruhigt an und warteten reglos auf das erlösende Klacken der Treppenhaustür.

»Das Smartframe muss deaktiviert werden, bevor der Typ hierher kommt!« Mainframes Stimme wurde hektisch. »Besorgt mir 'nen Zugang, und zwar pronto!«

»Entspann dich«, zischte Tinkerbell und drückte lautlos die Klinke herunter. Schnell überblickte sie den leeren Vorraum, der dahinter lag, und schlüpfte durch die Tür. Ohne auf die Kamera zu achten, die an der gegenüberliegenden Wand angebracht war, huschten die Runner in den nächsten Korridor. Dort verschwanden sie in einem der zahlreichen Büros.

Hastig rutschte Mainframe unter den Schreibtisch, packte sein Fuchi aus und löste geübt die Abdeckung des Telekoms. Er rupfte brutal einige Drähte heraus, stöpselte sich über den Telekomanschluss ein und deckte in das System. Während Tinkerbell den Decker bewachte, suchte Quickshot mit seinem Headset nach der Frequenz der Wachmänner.

Mainframes Persona materialisierte an einem der zentraler gelegenen I/O-Ports des Systems. Nach einem kurzen Moment der Orientierung steuerte er den nächsten Knoten an. Er bewältigte die Strecke bis zur Schaltzentrale ohne Zwischenfälle. Sofort klinkte er sich in die Kameras im ersten Stock ein und suchte den Wachmann. Der hatte seine Runde eben beendet und schlenderte in Richtung Treppenhaus. Mainframes Persona eilte zu dem mittleren Schaltkasten, öffnete ihn behutsam und deaktivierte das Smartframe. Mit einem erleichterten Seufzen warf er einen weiteren Blick durch die Kameras.

Wenige Minuten später schwang die Tür im zweiten Stock weit auf und ein in eine schlichte schwarze Uniform gekleideter Norm um die Fünfzig sah sich mit müden Augen um. Von Mainframe gespannt beobachtet, begann der Wachmann seine Runde. Öffnete hier und da eine Tür, schaltete das Licht ein und sah sich kurz in den Räumen dahinter um. Ein Vorgang, der nur wenige Sekunden pro

Raum in Anspruch nahm. Kurz bevor er ihr Büro erreicht hatte, schickte Mainframe seinen Teamkollegen eine Warnung.

Tinkerbell, die angestrengt auf das winzige Display in der rechten Ecke des Cyberdecks starrte, gab Quickshot ein Zeichen. Der nickte stumm und zog sich tiefer in den Schatten des Aktenschranks zurück, hinter dem er sich versteckt hatte. Er hatte inzwischen die Frequenz des Wachmanns gefunden und hörte, wie der sich mit seinen Kollegen in der Zentrale unterhielt. Das leise Klappern der Tastatur verstummte urplötzlich und Mainframes Finger verharrten reglos über dem Deck. Die Runner hielten gleichzeitig die Luft an und erstarrten.

Der weiche Teppich bremste den Schwung der Tür und die grelle Deckenbeleuchtung erhellte das Büro. Sekundenlang hörten sie nichts, dann das gelangweilte Schnaufen des Wachmannes, ein Räuspern und das Licht erlosch. Leise schloss sich die Tür und sie waren wieder allein. Keiner der Runner wagte es, sich zu bewegen. Nach einigen Sekunden setzte fast lautlos das Klappern der Tastatur ein, als Mainframe die Kameras in ihrem Stockwerk erneut deaktivierte, die Schaltzentrale verließ und in einen anderen Knoten wechselte.

»Sie haben die Dienstpläne heute Morgen geändert«, war das Erste, was sie von dem Decker hörten, nachdem er sich ausgeloggt hatte. »Anordnung von oberster Stelle. Die Wachen sind aufgefordert worden, ab heute alle zwei Stunden ihre Runde zu drehen. Irgendwer oder irgendwas hat die Jungs ziemlich nervös gemacht«

»Dann sollten wir die Daten holen und uns schnellstmöglich verziehen!« Tinkerbell kam aus ihrem Versteck hervor und lehnte sich in sicherer Entfernung vom Fenster an die Wand. »Wer weiß, was denen sonst noch eingefallen ist.«

»Ich hab den Einstieg ins isolierte System bereits lokalisiert. Das Büro gehört dem Geschäftsführer, einem gewissen Lance Jameson, und befindet sich einen Korridor weiter.«

»Unser Mr. Jameson macht nicht zufällig Überstunden?«, wollte die Elfe wissen.

Nach einer kurzen Überprüfung schüttelte der Decker den Kopf. »Nein, er hat die Firma um viertel nach zehn verlassen. Und bevor ihr fragt, die anderen hohen Tiere sind ebenfalls ausgeflogen. Hier übernachtet keiner hinter seinem Schreibtisch.«

»Wär' auch zu schön gewesen.« Quickshot hatte den rechten Handschuh ausgezogen und kaute nachdenklich an einem eingerissenen Fingernagel. »Am besten warten wir, bis der Wachmann seine Runde beendet hat, und beschäftigen uns dann eingehender mit dem Schloss an Mr. Jamesons Bürotür.«

»Tata!« Quickshot gab der Tür einen sanften Stoß und beobachtete zufrieden, wie sie lautlos aufschwang. Mit einer Geste bedeutete er seinen Teamkollegen einzutreten. Ohne ein Wort zu verlieren ließ sich Mainframe unter dem Schreibtisch im Schneidersitz nieder, legte das Deck auf seinen Knien ab und loggte sich über den Computeranschluss in das System ein.

Er tauchte am Ende eines langen Korridors auf, direkt vor einer Backsteinwand, die in einem gelblich-weißen Licht pulsierte. Ein leises Summen erfüllte den Gang, das stärker wurde, je näher der Decker der Barriere kam. Er streckte die Hand aus und konnte sie deutlich fühlen, mächtige Energie, welche die Luft knistern ließ und auf seiner Handfläche kribbelte.

Noch zögerte der Decker.

Er konnte es förmlich riechen. Das schwarze Ice, das jenseits der Barriere auf der Lauer lag. Auf ihn wartete. Jederzeit bereit, sein Gehirn wie einen Toast zu rösten. Mainframe spürte, wie sich seine Nackenhaare aufstellten und sein Herz schneller schlug. Er hatte noch nie gegen schwarzes Ice gekämpft, warum sollte er ausgerechnet heute Nacht damit anfangen?

Seine Finger zitterten, als er das Schleicherprogramm aktivierte und anfing zu beten. Zu welchem Gott auch immer. Solange der nur gut zuhörte und seinen kleinen Decker-Hintern heil aus diesem System brachte!

Was dann geschah, ließ ihn all seine Sorgen vergessen. Sein großartiges Schleicherprogramm wurde von der Barriere mit verblüffender Leichtigkeit geschlagen. Das Summen wurde lauter, zu einem fast unerträglichen Dröhnen, als er mit Nachdruck aufgefordert wurde, sich abermals zu identifizieren. Mainframe fackelte nicht lange. Noch im selben Augenblick fuhr er eine Kampfutility hoch und attackierte die Barriere mit allem was er hatte. Der Angriff dauerte nicht lange. Bevor das Ice zu aktivem Alarm übergehen und damit jedes graue und schwarze Ice im System wecken konnte, wurde es von Mainframes Programm ausgelöscht. Die Backsteinwand fiel wie ein Kartenhaus in sich zusammen und löste sich auf.

Ohne eine Verschnaufpause einzulegen, machte sich der Decker auf die Suche nach dem Datenspeicher. Er hatte gerade erfolgreich einen weiteren Knoten durchquert, als aus einem der zahllosen Seitengänge vor ihm eine Drohne heranschwebte. Ein hastig aktiviertes Analyseprogramm identifizierte sie als patrouillierendes Killer-Ice. Patrouillierendes Killer-Ice ... gab es so etwas überhaupt?

Der obere Teil der Drohne drehte sich unermüdlich um sich selbst und suchte die Umgebung nach unerwünschten Besuchern ab. Mainframes Persona rettete sich mit einem beherzten Sprung in den nächsten Flur und presste sich flach gegen die Wand. Nach Sekunden, die ihm wie Jahre vorkamen, entfernte sich das leise Surren. Als er einen vorsichtigen Blick in den Hauptkorridor warf, war das Killer-Ice verschwunden. Leider hatte er keinen blassen Schimmer, wohin. Konnte er es riskieren, ein Suchprogramm loszuschicken, um die Daten schneller zu finden?

»Wer nicht wagt, der nicht gewinnt«, flüsterte er und einen Augenblick später tappte ein kleines geflecktes Hündchen schwanzwedelnd den Gang entlang. Es blieb einige Meter entfernt vor einer Tür stehen und wechselte erwartungsvoll von einer Vorderpfote auf die andere. Der Decker tätschelte ihm zufrieden über den zotteligen Kopf und ließ das Programm in der Hosentasche verschwinden.

Jetzt war absolute Konzentration angesagt. Der Decker unterzog die Tür einer genauen Untersuchung und sah sich mit einer weiteren Barriere konfrontiert, die weit unauffälliger war als die Barriere am Zugang zu diesem System. Kein Summen, kein Pulsieren. Wer es nicht besser wusste, konnte sie leicht mit einer stinknormalen Tür verwechseln und einfach durchspazieren. Und gegrillt werden. Wovon auch immer.

Von dem gefürchteten schwarzen Ice war er bisher verschont geblieben. Doch die Vorstellung, dass irgendwo in dem Gewirr aus Gängen eine kleine, fiese Drohne patrouillierte und nur darauf wartete, ihn zu erwischen, bereitete ihm Magenschmerzen. Seine rege Phantasie ließ es sich nicht nehmen, ihm sein schmerzhaftes Ende in den detailliertesten Bildern zu beschreiben.

In der Realität war Quickshot damit beschäftigt, das Büro nach Ausdrucken der Unterlagen zu durchsuchen, während Tinkerbell sich um den Tresor kümmerte. An den Wänden hingen zahlreiche Gemälde, doch ihr Kunstverstand ließ sie den Van Gogh sofort erkennen. *Der Exec hatte Recht*, stellte sie mit gerunzelter Stirn fest. Es war die haarsträubend schlechte Kopie eines Landschaftsbildes aus der impressionistischen Phase des Malers. Das Original hing ihres Wissens nach in irgendeinem Museum in Europa.

»Kunstbanause.« Sie leuchtete das Gemälde auf der Suche nach Drucksensoren und anderen Überraschungen gründlich ab, wurde jedoch nicht fündig. Vorsichtig hob sie den schweren Rahmen leicht an und blickte dahinter. Zwei feine Drähte führten von der Rückseite des Gemäldes zum Tresor. Mit einer Hand öffnete sie die kleine Tasche, die an ihrem Gürtel hing und holte zwei lange Kabel hervor, an deren Enden jeweils eine Krokodilklemme befestigt war. Sie überbrückte die Drähte, knipste sie mit einem Seitenschneider durch und nahm das Bild vorsichtig vom Haken. Mit einem leisen »Pst« winkte sie Quickshot heran und drückte ihm das Gemälde in die Hände. »Festhalten.« Sie fixierte die zwanzig mal zwanzig Zentimeter große Tür des Wandtresors und wühlte in ihrer Tasche nach dem Zettel mit der Kombination. Behutsam drehte sie das Ziffernrad mal in die eine, mal in die andere Richtung und der Safe öffnete sich mit einem leisen Klicken. Im oberen Fach lagen ein Kästchen mit mehreren beglaubigten Credsticks, eine Halskette in einem durchsichtigen Etui sowie ein Bündel Nuyenscheine. Das untere Fach war leer.

Erst bei genauerem Hinsehen entdeckte die Elfe eine winzige Erhebung in der hinteren linken Ecke unter dem Zwischenboden. Anscheinend waren die Wertgegenstände in oberen Fach dazu gedacht, den Blick vom unteren Fach abzulenken.

»Ganz schön gewitzt.« Sie betastete die Erhebung und stellte fest, dass jemand dort einen flachen Gegenstand mit Klebeband befestigt hatte. Sie zog den rechten Handschuh aus, löste mit dem Fingernagel des Zeigefingers eine Ecke und zog es ab. An dem Klebeband war ein einzelner, in Folie eingeschweißter Datenchip befestigt. Triumphierend hielt sie ihn hoch.

Mainframe, der das Vertrauen in das Schleicherprogramm trotz des letzten Missgeschicks nicht verloren hatte, startete es erneut und näherte sich vorsichtig der Türklinke. Die Barriere ließ ihn ohne Beanstandung passieren und er fand sich in einem riesigen Raum aus pulsierendem Licht und umgeben von Datenblöcken und wirbelnden, sich ständig verändernden Zahlen- und Buchstaben-Strängen wieder. Der gesuchte Datenblock befand sich in der Mitte des

Raums und war von einer Schlange umwickelt, deren Schuppen in den leuchtendsten Farben schillerten. In Sekundenabständen zerfiel sie wie ein lebendiges Puzzle und setzte sich wieder neu zusammen. Eine faszinierende Verpackung für einen ordinären, jedoch keinesfalls zu unterschätzende Wirbel-IC.

Als Mainframe sich der Schlange näherte, vernahm er ein hohes, feines Summen, das ihm in den Ohren schmerzte. Er hatte drei Möglichkeiten, um an die Informationen zu gelangen: Er konnte versuchen, das Programm zu täuschen, zu entschlüsseln oder zu vernichten.

Keine der Lösungen war wirklich befriedigend, aber wenn er die Daten nach dem Kopieren löschen sollte, war ihm nicht damit geholfen, sie samt Wirbel in den Speicher des Decks zu kopieren und sich anschließend in aller Ruhe mit dem Problem zu beschäftigen. Eine Kopie der Daten, ohne die Originaldaten vernichtet zu haben, würde ihrem Auftraggeber nicht genügen. Er musste den Angriff innerhalb des Systems ausführen.

Eine Weile drehte seine Persona nachdenklich eine Runde nach der anderen um den Wirbel. Schaffen konnte er es, keine Frage. Nur die Methode war ihm noch nicht ganz klar. Nach einer weiteren Runde hatte er sich entschieden. Wie aus dem Nichts zauberte seine Persona ein mächtiges Breitschwert hervor, holte weit aus und schlug der Schlange in einer flüssigen Bewegung den Kopf ab. In einer lautlosen Explosion verteilten sich ihre schillernden Schuppen im Raum und hinterließen eine glitzernde Schicht auf seinem Anzug. Fast beiläufig blies der Exec den feinen Staub von seinen Schultern und ließ die Waffe verschwinden. Seine Augen leuchteten vor Stolz, als er damit begann, die Datei herunterzuladen. Mit einem triumphierenden Lächeln löschte Mainframe die Originaldaten und verließ den Raum. Noch ein kurzer Ausflug zur Gebäudesicherheit, dann war er fertig.

Das Erste, was der Decker hörte, nachdem er sich ausgestöpselt hatte, war das leise Bersten von Holz, als Quickshot die oberste Schublade des Schreibtisches aufhebelte. Er legte den Schraubenzieher, der ihm als Werkzeug gedient hatte, auf der Arbeitsfläche ab, klemmte eine schmale Taschenlampe zwischen den Zähnen ein, und durchblätterte den Stapel von Unterlagen, der sich in der Schublade befand. Alles, was auf den ersten Blick nützlich sein konnte, sortierte er aus, den Rest stopfte er achtlos zurück und wandte sich der nächsten Schublade zu. So hatte sich bald ein ansehnlicher Haufen aus Notizzetteln, Akten und anderen Blättern angesammelt.
Tinkerbell beschäftigte sich währenddessen damit, hinter jedes der drei anderen Gemälde zu schauen, jedes Buch aus dem Regal zu nehmen und alles zu überprüfen, was nicht niet- und nagelfest war.

»Hoffentlich hat sich Mr. Jameson keine Arbeit mit nach Hause genommen.«

»Nicht unser Problem«, flüsterte Quickshot ihr zu, die Taschenlampe fest zwischen die Zähne geklemmt. »Wir sind nur für diesen Job angeworben worden.«

Mainframe hielt den Augenblick für angebracht, um sich bemerkbar zu machen. »Ich hab'die Daten!«

»Ach, hallo ...« Quickshot beugte sich zu ihm herunter. »Fast hätten wir unseren Wunderknaben vergessen.« Dank der Taschenlampe nuschelte er ein wenig, trotzdem konnte Mainframe die Erleichterung in seiner Stimme hören. Auch Tinkerbells Miene hellte sich merklich auf. Je länger der Run dauerte, desto unwohler fühlte sie sich in ihrer Haut. Ein Blick auf die Uhr bestätigte ihr, dass es höchste Zeit war, sich auf dem Staub zu machen.

»Wir können nachher feiern«, trieb sie ihre Teamkollegen an. »Lasst uns erst mal von hier verschwinden.«

»Keine Panik.« Quickshot schob den Papierhaufen vor sich zusammen und verstaute die Unterlagen in seinem Rucksack. »Schon fertig.« Er bot Mainframe eine Hand an und half dem Decker auf die Beine. »Hast du wirklich alle Daten aus dem System geholt?«

Sein Gegenüber klopfte müde, aber mit einem zufriedenen Lächeln auf den Lippen auf die Abdeckung seines Cyberdecks. »Alles hier drin. Da wird jemand einen ultramiesen Tag haben, das kann ich euch sagen!«

»Was ist mit den Kameras?«

»Stehen für die nächste halbe Stunde auf Standbild.« Er legte das Deck zurück in die Tasche und schulterte sie. »Falls uns keine der Wachen dazwischenfunkt, sollten wir es ohne Schwierigkeiten nach draußen schaffen.«

Quickshot griff nach dem Schraubenzieher und hielt inne. Erst jetzt fiel dem Runner das Bild auf, das neben dem flachen Monitor stand. Es war eine Fotografie in einem Rahmen aus dunkelbraunem Holz. *Garantiert echt,* schoss es ihm durch den Kopf. Das Foto war vor einem kleinen Blockhaus aufgenommen worden und zeigte eine Gruppe von Wanderern, die auf Holzbänken vor der Eingangstür saßen und aßen. Jacken und Rucksäcke waren im Hintergrund achtlos auf einen Haufen geworfen. Diejenigen in den vorderen Reihen, welche den Fotograf bemerkt hatten, hielten wie zum Gruß ihr Glas hoch. Ein schwarzhaariger Mann um die Vierzig, der weiter hinten saß, machte lachend ein V-Zeichen mit Zeige- und Mittelfinger der rechten Hand. Ein netter Schnappschuss, der wohl eine Erinnerung an einen gelungenen Betriebsausflug war.

»Komm endlich.« Tinkerbell hatte die Bürotür bereits einen kleinen Spalt geöffnet und schielte in den erleuchteten Flur hinaus. »Ich will hier nicht übernachten.«

Sie gelangten ohne Zwischenfälle in den sechsten Stock. Mainframe hatte die Sicherung der Dachluke bereits außer Gefecht gesetzt und es blieb nur noch der Spaziergang über das Dach.

Ein zweites Mal bahnten sie sich einen Weg durch das Gewirr der Fäden und Tinkerbell dachte mit Grausen an den Sprung zurück. Nur ein paar Zentimeter weiter nach rechts ...

... und der Run wäre Geschichte gewesen. Sie machten sich nicht die Mühe, die Markierungen zu entfernen. Erstens waren sie bei Tage schwer zu erkennen und zweitens sollten diese arroganten Wichser ruhig wissen, wohin sie sich ihre tolle Konstruktion stecken konnten!

Mit Hilfe ihrer Enterpistolen gelangten sie auf das Dach des Nachbargebäudes und von dort aus in die Seitenstraße. Der Carrona parkte einen Block entfernt. Sie hatten fast die Hälfte der Strecke zurückgelegt, als das Jaulen von Polizeisirenen an ihre Ohren drang. Das Heulen schien von allen Seiten zu kommen und sich ziemlich genau ihrer Position zu nähern. Fast gleichzeitig sahen sie auf die Uhr.

»Viel zu früh.« Mainframes Stimme vibrierte vor Nervosität. »Da hat wohl jemand meine kleine Manipulation entdeckt!«

»Abwarten. Vielleicht gilt das nicht uns.«

»Besser, wir finden das nicht heraus.« Quickshot sah sich nach allen Seiten nach einem geeigneten Versteck um. Im Gegensatz zu anderen Stadtteilen funktionierten in diesem die Laternen tadellos. Sie tauchten die Straßen nahtlos in helles Licht, kein Schatten war zu sehen. Was ihnen auf dem Hinweg schon Schwierigkeiten bereitet hatte, erwies sich unter Stress als nahezu unüberwindliche Barriere. *Wie sollen wir jemals in einem Stück hier rauskommen?* Quickshot versuchte, ein möglichst optimistisches Gesicht zu machen. Und als er auf der anderen Straßenseite einen Gang entdeckte, der hinter eines der Gebäude führte, fühlte er sich wie neugeboren. Er packte Mainframe und Tinkerbell links und rechts am Arm und schob sie mit sanfter Gewalt über die Straße.

Es war ein schmaler Weg, der zwischen zwei Häusern hindurch zur nächsten Querstraße führte. Die Runner verschmolzen mit den Schatten und warteten, den Rücken fest gegen die Hauswand gepresst. Wenig später schoss ein silber-blauer Polizeiwagen an ihnen vorbei, dicht gefolgt von einem zweiten. Von ihrer Position konnte die Elfe sehen, wie die beiden Fahrzeuge in die Gasse einbogen, aus der das Team erst vor wenigen Minuten gekommen war. Ohne den Blick von der Straße zu nehmen, teilte sie es ihren Teamkameraden mit. Mainframe hielt hörbar die Luft an, während von Quickshot keinerlei Reaktion kam.

»Verschwinden wir.« Er bewegte sich lautlos zum anderen Ende des Weges. Seine Eingeweide zogen sich vor Anspannung zusammen, als er vorsichtig um die Ecke lugte. Erleichtert stellte Quickshot fest, dass niemand zu sehen war, und winkte die anderen heran. Sie überquerten eilig die breite Hauptstraße und verschwanden in der nächsten Nebenstraße. Über zahlreiche Umwege gelangten sie zurück zu ihrem Wagen.

»Lass mich fahren.« Tinkerbell hielt Quickshot die geöffnete Hand hin. »Ich kenne mich besser aus.«

Der Runner warf ihr den Schlüssel zu und nahm auf dem Beifahrersitz Platz. Mainframe schlüpfte auf die Rückbank und legte hastig den Sicherheitsgurt an. Der Gedanke, sich eine wilde Verfolgungsjagd mit dem Sicherheitsdienst zu liefern, behagte ihm ganz und gar nicht. Das war zu realistisch für seinen Geschmack!

Als Tinkerbell anfuhr, packte er sein Deck wieder aus und begann damit, die gestohlenen Informationen auf einen Datenchip zu überspielen. Quickshot beobachtete unauffällig jede seiner Bewegungen durch den Rückspiegel.

»Was soll das werden?«, fragte er schließlich mit einem drohenden Unterton.

Mainframe sah ihn erschrocken an und kam sich vor wie ein ertappter Dieb. »Falls meinem Deck bei unserer kleinen Flucht irgendwas zustößt. Ich hielt das für eine gute Idee.« Sein Blick huschte Hilfe suchend zu Tinkerbells Hinterkopf.

Sie nickte zustimmend. »Hast Recht. Man kann nie wissen.«

Sichtlich erleichtert wartete der Decker, bis der Speichervorgang beendet war, und zog den Chip mit einem sanften Ruck aus dem Laufwerk. »Hier.« Er reichte ihn zwischen den beiden Vordersitzen hindurch an Quickshot weiter. »Ist wohl besser, wenn du ihn nimmst.« Dachte der Typ wirklich, er würde die Daten hier im Wagen kopieren, um sie an einen anderen Interessenten zu verkaufen? *Wofür hält der mich? Wahrscheinlich würde er es selbst tun, wenn er könnte. Deshalb ist er so misstrauisch. Hat Angst, dass ihm ein paar Nuyen durch die Lappen gehen könnten.*

Welche Route die Elfe auch nahm, sie schafften es nicht, den Green Belt zu verlassen. Der Sicherheitsdienst hatte systematisch alle Zugangsstraßen abgeriegelt und nachdem Tinkerbell der dritten Straßensperre ausgewichen war, gingen ihr allmählich die Fluchtmöglichkeiten aus. Frustriert parkte sie den Carrona am Straßenrand und legte mit Karacho den ersten Gang ein.

»Drek!«

»Und nun?« Mainframes Augen huschten rastlos von Gebäude zu Gebäude, als vermute er hinter jedem Fenster eine Hundertschaft Polizisten.

»Wir kommen hier nicht raus.« Tinkerbell zuckte ratlos die Achseln. »Wir fahren seit Minuten im Kreis, es ist ein Wunder, dass die Cops uns noch nicht erwischt haben.«

Quickshots Gesichtszüge verhärteten sich, während er angespannt in den Rückspiegel starrte. »Haben sie gerade.«

Mainframe fuhr aus seinem Sitz hoch und stieß sich beinahe den Kopf am Wagendach.

»Keine Panik!« Tinkerbells Augen saugten sich förmlich am Innenspiegel fest. Von hinten rollte lautlos ein Streifenwagen heran, der in diesem Augenblick das Blaulicht einschaltete.

»Wahrscheinlich wundern sie sich, dass wir ohne Beleuchtung durch ihren schönen Stadtteil fahren.« Tinkerbell ließ die rechte Hand auf den Schaltknüppel sinken und sah Quickshot halb fragend, halb fordernd an. Der nickte stumm und öffnete die Seitentasche seines Rucksacks. Da hatte die Elfe bereits das Gaspedal durchgetreten und der Carrona schoss nach vorne. Die Runner wurden unsanft in die Sitze gepresst.

»Ihr wollt doch nicht ...« Mainframes Stimme stockte, als er beobachtete, wie Quickshot eine Ares Predator II hervorholte und das Magazin überprüfte. »O nein!« Der Decker umklammerte seine Tasche und rutschte tiefer in den Sitz.

»Haben wir einen Plan?« Quickshot legte die Predator auf dem Armaturenbrett ab und machte eine zweite Waffe bereit.

»Wir hängen die Bullen ab, fliegen zurück nach Seattle und kassieren eine fette Zulage.«

»Toller Plan.«

Die Elfe riss urplötzlich das Steuer herum und der Wagen legte sich schleudernd in eine Linkskurve. Die Predator schlitterte über das Armaturenbrett und landete zwischen Quickshots Füßen. Fluchend beugte er sich so langsam nach vorn, dass der Sicherheitsgurt unter seinem Gewicht nachgab, und tastete nach der Waffe.

Tinkerbell beschleunigte den Carrona weiter, als hinter ihnen der Streifenwagen aus der Straße geschossen kam, und fand endlich Gelegenheit, die Scheinwerfer einzuschalten.

»Die holen uns bald ein«, flötete sie in einem nervösen Singsang und nahm die nächste Kurve haarsträubend schnell. Die Aussichten, ihren Verfolgern zu entkommen, waren nicht gerade rosig. Inzwischen beteiligte sich ein weiterer Wagen an der nächtlichen Jagd und aus der Querstraße vor ihnen kam ein dritter, der offensichtlich die Absicht hatte, sich vor sie zu setzen. Die Elfe ließ ihm keine Gelegenheit dazu, sondern drängte den silber-blauen Wagen gekonnt von der Straße.

»Autsch!« Ein roter Fleck auf Quickshots Stirn markierte

die Stelle, an der er Sekunden zuvor unangenehmen Kontakt mit dem Armaturenbrett gehabt hatte. »Etwas vorsichtiger, bitte.«

»Wichser!« Tinkerbell ignorierte seine Beschwerde und schnitt einen unbeteiligten Mercedes, der das Pech hatte, zur falschen Zeit am falschen Ort zu sein. Der bedauernswerte Fahrer würgte vor Schreck den Motor ab und der schwere Wagen rollte gemächlich gegen den Randstein.

»Diese Nachtwächter werden uns nicht erwischen! Sekunde ...« Ihr Gesicht leuchtete förmlich auf, als ihr Gedächtnis alte Erinnerungen hervorkramte. »Festhalten!«

Quickshot packte automatisch den Haltegriff, der oberhalb des Fensters angebracht war. Hinter ihnen schnallte sich Mainframe in diesem Augenblick los und verschwand im Fußraum.

Quickshot schaute abwechselnd nach vorn und in die verschiedenen Rückspiegel, um seiner Partnerin wenigstens irgendeine Art von Hilfe zu sein. Mit Grauen sah er, dass die Cops aufholten und erste Anstalten machten, den Carrona zu überholen.

»Was immer du dir ausgedacht hast, du solltest dich besser beeilen.« Sein Puls machte ernsthafte Anstalten, ihren Wagen noch vor den Cops zu überholen.

»Hetz' mich nicht«, fauchte sie zurück.

»Schon gut.« Er wurde von einem unförmigen Gebilde abgelenkt, das in der Ferne auftauchte und über die gesamte Breite der Straße reichte. Als sie näher kamen, verwandelte sich das unförmige Gebilde in zwei Polizeiwagen, die Schnauze an Schnauze die Straße versperrten. Er blickte zu Tinkerbell, die verzweifelt versuchte, die letzten Kilowatt aus der Familienkutsche herauszuholen, und den Motor des Carrona dabei an seine Grenzen trieb.

»Ich hoffe, du hast einen sehr guten Grund, das jetzt zu tun.«

»Vertrau mir!« Die Elfe konnte sich die Gesichter der Polizisten vorstellen, ihre Augen, die immer größer wurden, als sie begriffen, dass die Flüchtigen nicht anhalten würden. Sie biss die Zähne zusammen und nickte grimmig, als ihr etwas an der Straßensperre auffiel. »Anfänger«, zischte sie triumphierend.

Keine Sekunde später fanden auch Quickshots Augen die Lücke in der Straßensperre. Auf der rechten Straßenseite blockierten zwei schwere Betonklötze den Gehsteig, doch die linke Seite war frei. Die beiden Klötze, die hier die Barrikade verstärken sollten, standen ungenutzt in einem Hauseingang. Vielleicht waren die Polizisten von den Flüchtigen überrascht worden und hatten keine Zeit mehr gehabt, ihre Arbeit zu beenden. Vielleicht hatten sie die zusätzlichen Barrikaden einfach vergessen. Jedenfalls schien ihnen ihr Fehler in dem Augenblick aufzufallen, als Tinkerbell auf den linken Gehsteig steuerte.

Die vier Männer, die mit gezogenen Waffen hinter ihren Wagen in Deckung gegangen waren, schrien sich hektische Befehle zu und gestikulierten wild mit ihren Pistolen. Einer von ihnen feuerte auf den Carrona, zwei andere sprangen in dem hoffnungslosen Vorhaben auf, den linken Wagen zurückzusetzen, um den Runnern den Weg zu versperren. Der Carrona schoss an ihnen vorbei, bevor sie eine der Türen geöffnet hatten. Der nachfolgende Streifenwagen tat es Tinkerbell nach und passierte ebenfalls die Lücke. Sein Hintermann besaß ein weniger gutes Augenmaß und rammte das Heck des linken Streifenwagen. Der drehte sich wie ein Kreisel und fegte den armen Kerl von den Beinen, der gerade auf der Beifahrerseite einsteigen wollte. Als es den Polizisten endlich gelang, den verbliebenen Wagen flott zu machen, waren der Carrona und sein Verfolger längst in der Dunkelheit verschwunden.

»Wir müssen uns langsam etwas ausdenken.« Tinkerbell wandte kurz den Kopf und musterte Quickshot, der auf den Bildschirm seines Taschencomputers starrte und die verschiedenen Straßenkarten auf Sendrams Chip durchging.

»Bin gleich so weit.«

Sie fuhren seit einigen Minuten auf einer Landstraße in nordöstlicher Richtung. Die Straße lag dunkel und ausgestorben vor ihnen und bis jetzt war ihnen kein anderer Wagen entgegen gekommen. Der verbliebene Streifenwagen folgte ihnen hartnäckig, hielt jedoch gebührenden Abstand. Inzwischen hatten die Sicherheitsleute es aufgegeben, die Flüchtigen überholen zu wollen und begnügten sich mit einem Platz in der zweiten Reihe.

»Sie kommen gar nicht näher.« Mainframe hatte sich aus seinem Versteck getraut und saß schräg auf der Rückbank, den Rücken an das linke Fenster gelehnt. Ratlos blickte er zu Quickshot, der sich in diesem Augenblick umdrehte.

»Sie wollen uns nicht verlieren.« Er legte einen Arm auf die Kopfstütze seines Sitzes und schmiegte nachdenklich die linke Wange an den rauen Stoff. »Ich denke, sie warten auf Verstärkung.« Er ignorierte den erschrockenen Blick des Deckers und deutete mit dem Zeigefinger auf eine Reihe zuckender Lichter, die sich ihnen von Westen her näherten.

»Hm, die müssten auf der 95 sein.« Er schnappte sich den Taschencomputer und legte ihn auf das Armaturenbrett. »Wir sind irgendwo zwischen der Baltimore und der 95. Wahrscheinlich wollen sie uns auf der nächsten Brücke erwischen ...«

»Tja, leider haben wir gar keine andere Möglichkeit, als die Brücke zu nehmen«, erwiderte die Elfe. »Jedenfalls nicht, solange diese Schmeißfliegen an unserem Auspuff kleben.«

»Soll ich die Jungs ein wenig erschrecken?« Ein böses Grinsen umspielte Quickshots Lippen. Die Aussicht, endlich etwas Sinnvolles tun zu können, gab ihm das Gefühl von Kontrolle zurück, das er seit Beginn der Verfolgungsjagd vermisst hatte.

»Wie in Memphis?« Die Elfe schien zu ahnen, welcher Gedanke in seinem Kopf herumspukte.

»Wie in Memphis.«

Sie berührte einen Knopf am Armaturenbrett und er sah zufrieden zu, wie sich das Schiebedach öffnete.

»Ich liebe diese hübschen Extras.« Eine Weile kramte Quickshot in seinem Rucksack herum, bis er gefunden hatte, was er suchte. Dann hockte er sich entgegen der Fahrtrichtung auf seinen Sitz und zwinkerte Mainframe zu, der ihn vollkommen verwirrt anstarrte.

»Was habt ihr vor?«

»Pst.« Der Runner legte einen Finger an die Lippen und stand auf. »Und immer schön festhalten.«

Instinktiv tastete der Decker nach seinem Sicherheitsgurt.

Geduldig wog Quickshot den hufeisenförmigen Gegenstand in der linken Hand und legte einen kleinen Schalter um, der auf der Oberseite befestigt war. Eine rote Diode leuchtete auf und begann hektisch zu blinken. Er bemerkte, wie die Elfe bereits das Tempo verlangsamte und dem Streifenwagen erlaubt, weiter aufzuschließen. Mit der flachen Hand schlug er zwei Mal auf das Dach und stemmte sich gegen den Rand der Öffnung.

Nach einem letzten Blick in den Rückspiegel trat Tinkerbell in die Eisen und bremste den Carrona urplötzlich von 120 auf 60 ab. Geübt steuerte sie gegen, um nicht die Kontrolle zu verlieren. Die Reifen des nachfolgenden Wagens kreischten, als sich der Fahrer bemühte, die drohende Kollision zu verhindern. Sekundenlang waren die beiden Wagen nicht mehr als fünf Meter auseinander und Quickshot konnte die verblüfften Gesichter der Sicherheitsleute erkennen. Mit einem Lächeln und einem freundlichen Winken warf er den Gegenstand auf die Motorhaube des Streifenfahrzeugs.

Mit einem lauten ›Plock‹ blieb das Hufeisen auf dem Blech haften und den beiden Männern traten fast die Augen aus den Höhlen. Während Tinkerbell beschleunigte, sah Quickshot, wie die Polizisten ihr Fahrzeug am Straßenrand stoppten und in wilder Hast das Weite suchten. Mit einem äußerst zufriedenen Gesichtsausdruck rutschte er zurück auf seinen Sitz.

»Mein Held.« Tinkerbell schloss das Schiebedach und schaltete die Scheinwerfer aus. Manchmal war Quickshot wirklich ein Kindskopf! Allerdings ein amüsanter Kindskopf, das musste sie zugeben.

»Was war das?«, platzte es aus Mainframe, der die Aktion mit offenem Mund verfolgt hatte.

»Ein harmloser Magnet mit einer Batterie und einer winzigen Leuchtdiode«, erklärte Quickshot stolz. »Eine meiner kleinen Erfindungen. Das ungeübte Auge könnte dieses kleine Spielzeug allerdings leicht für eine Haftmine halten.«

Mainframes Respekt vor ihm stieg in diesem Augenblick um ein Vielfaches. Welch ein Teufelskerl!

Frechheit siegt, war Tinkerbells bescheidene Meinung zu dem Thema.

In der Dunkelheit tauchten die Umrisse der Brücke auf, die über die Interstate 95 führte. Die blinkenden Blaulichter der Polizeiwagen waren zu weit entfernt, um ihnen gefährlich zu werden. Was die Runner beunruhigte, waren die beiden Silhouetten, die sich über Washington D.C. in den Nachthimmel erhoben und rasend schnell näher kamen.

Quickshot rutschte beim Anblick der aufleuchtenden Suchscheinwerfer das Herz in die Hose. Jenseits der Brücke verließen sie die Landstraße und fuhren querfeldein über die Felder und Wiesen, bis sie auf eine weitere Landstraße trafen, die sie ebenfalls überquerten. Die Hubschrauber näherten sich stetig ihrer Position, jedoch weniger gezielt als zuvor.

Es schien, als hätten sie ihre Spur in der Dunkelheit verloren. Wenige Minuten später ließen sie den Verwaltungsbezirk Prince Georges hinter sich und befanden sich nun im Verwaltungsbezirk Montgomery. Erleichtert wischte Quickshot seine schweißnassen Hände an der Hose ab und schloss für einen Moment die Augen.

Geschafft!

»Lass dich von ihm nicht einschüchtern, er ist eigentlich ein ganz netter Kerl.«

»Aha.« Man konnte Mainframes Stimme anhören, dass er Tinkerbells Meinung nicht teilte. Der Decker schob sich den Rest eines Schokoriegels in den Mund und kaute genüsslich. »Seit ich in den Schatten laufe, bin ich noch keinem Runner begegnet, der mich in diesem Moment wie seinen besten Freund und im nächsten wie seinen ärgsten Feind behandelt.« Er schluckte die klebrige Schokoladen-Karamel-Masse herunter und entfernte mit der Zunge die Reste seiner Mahlzeit aus den Mundwinkeln. »Das waren alles entweder klasse Typen oder komplette Idioten. Wenigstens wusste ich bei denen, woran ich war.« Mit einem schüchternen Lächeln griff er nach der Saftflasche, die zwischen ihnen stand. »Ich muss zugeben, dass er auf seine Art ziemlich cool ist.«

»Er ist ein großes Kind.« Tinkerbell gab sich große Mühe, es wie einen Scherz und nicht wie eine Feststellung klingen zu lassen. Es ging niemanden etwas an, wie sie über ihren Partner dachte.

Mainframe schnaubte belustigt und trank einen weiteren Schluck. Er reichte Tinkerbell die Flasche, die dankend ablehnte.

Schweigend sahen sie in die Dunkelheit.

»Wie lang kennst du ihn schon?« Mainframe deutete auf die einsame Gestalt, die am Ufer des Sees stand und scheinbar gedankenverloren Steine über die Wasseroberfläche hüpfen ließ. Sie hatten sich im Waldgebiet eines ehemaligen Reservoirs versteckt und mussten wohl oder übel die Nacht im Wagen verbringen.

»Ach, kennen ist zu viel gesagt.« Tinkerbell legte den Kopf in den Nacken und betrachtete die Sterne durch das offene Schiebedach. »Heute Nacht scheinen sie wirklich hell.«

Die Augen des Deckers folgten ihrem Blick und weiteten sich vor Staunen. »Wow! Ist mir gar nicht aufgefallen.«

»Zum ersten Mal habe ich ihn vor drei Jahren getroffen«, fuhr die Elfe fort. »Nein, warte ...« Sie legte eine Hand an die Stirn und rechnete im Kopf die Jahre zurück. »Nein, es war vor zwei Jahren. Kommt mir viel länger vor. Ein Johnson suchte damals Runner für einen Job. Kunstraub. Auf einer Auktion hatte ihm jemand ein Gemälde vor der Nase weggeschnappt und wollte es ihm um keinen Preis verkaufen. Es war ein seltener Renoir, ein wirklich schönes Gemälde von einer jungen Frau. Wir wurden losgeschickt, um es zu besorgen. «

Der Decker nickte verstehend und griff gespannt nach einem weiteren Schokoriegel.

»Sollte ein leichter Auftrag sein. Leider erwies sich die Sache als haariger als angenommen. In der Eingangshalle der Villa überraschte uns die Privatarmee des Besitzers und der Run geriet vollkommen außer Kontrolle. Während des Feuergefechts verloren wir unseren dritten Mann. Bei der anschließenden Flucht stellten Quickshot und ich fest, dass wir ziemlich gut zusammenarbeiteten. Unsere Aktionen griffen nahezu perfekt ineinander. Ganz nebenbei haben wir auch noch das Gemälde abgeliefert, was eine ziemliche Leistung war.« Sie zuckte die Achseln. »Seitdem decken wir uns hin und wieder den Rücken.«

»Dann wollen wir mal.« Quickshot warf den letzten Stein ins Wasser, zog ein Handy aus der Innentasche seiner Jacke und drückte in rascher Reihenfolge einige Tasten. Das Klingeln am anderen Ende wurde augenblicklich beantwortet.

»Sie sind Ihren Verfolgern entkommen, meinen Glückwunsch«, begrüßte ihn eine tiefe, männliche Stimme.

»War unsere leichteste Übung.« Quickshot wunderte es nicht im Geringsten, dass ihr Auftraggeber so gut über den Verlauf des Runs informiert war.

»Was ist schief gelaufen?«

»Die Infos waren veraltet, das ist schief gelaufen.« Er klemmte das Handy zwischen Schulter und Ohr ein, verschränkte die Arme vor der Brust und lehnte sich gegen einen der zahlreichen Bäume. »Der Wachdienst war bei unserem Eintreffen bereits in Alarmbereitschaft. Dadurch wurde der Diebstahl vorzeitig entdeckt. Wir hatten einige Mühe, die Cops abzuschütteln. Es war reines Glück, dass die ihre Vögel nicht früher in die Luft bekommen haben. Sonst könnten Sie Ihre Daten jetzt vergessen!«

»Trotzdem sind Sie Ihrem exzellenten Ruf gerecht geworden und haben den Auftrag erfolgreich beendet.«

»Vielen Dank für die Blumen. Mein exzellenter Ruf wird Sie 30 K zusätzlich kosten.«

»Man hat mich gewarnt, dass Sie ein unverschämter Dreckskerl sind.«

»Mit Komplimenten kommen Sie bei mir nicht weit. Wenn Sie die Daten haben wollen, zahlen Sie 30 K mehr oder der Chip ist Geschichte.«

»Mein Wagen wartet heute Nachmittag um Punkt sechzehn Uhr vor dem *Thunderheads* ...«

»Vergessen Sie's«, unterbrach ihn der Runner. »Ist mir viel zu unsicher! Wir machen die gute, alte, klassische Übergabe.«

»Welcher Treffpunkt schwebt Ihnen vor?« Die Stimme klang eisig.

»Wir denken uns was Hübsches aus und geben Ihnen Bescheid.«

»Wie Sie meinen. Unter welchem Stein sich Ihr Team auch verkrochen hat, bleiben Sie dort und lassen Sie sich nicht sehen. Taucht bei unserem Treffen ein Cop auf, selbst wenn es sich um einen Streifenpolizist handelt, der zufällig vorbeikommt, können Sie Ihre Zulage vergessen!«

»Machen Sie sich nicht ins Hemd, wir gehören zu den Besten in diesem Geschäft.«

Ohne ein weiteres Wort unterbrach Quickshot die Verbindung. Eine Weile blickte er auf die stille Wasserfläche, die sich von Zeit zu Zeit träge kräuselte, schlenderte am Ufer des Sees entlang und versuchte seine Gedanken zu ordnen. Nach einigen Minuten kehrte er zum Wagen zurück.

Als er die linke Hintertür des Carrona öffnete, sah er in zwei erwartungsvolle Gesichter. »Ich habe ein neues Treffen vereinbart. Wir bestimmen Zeit und Ort und informieren Mr. J zu gegebener Zeit.« Er ließ sich auf die Rückbank fallen und verbarg so gut es ging seine miese Stimmung, während Tinkerbell Mainframe einen vielsagenden Blick zuwarf. Um die Mundwinkel des Deckers zuckte es amüsiert. Wenige Augenblicke zuvor hatte die Elfe mit ihm eine Wette abgeschlossen, dass Quickshot genau das sagen würde. Unauffällig schob der Decker ihr einen seiner Schokoriegel zu, den sie ebenso unauffällig in ihrer Hosentasche verschwinden ließ.

»Ich hab´ dem Johnson 30 K extra aus den Rippen geleiert.« In Quickshots Augen blitzte es zufrieden. »Als kleine Aufwandsentschädigung.«

Mainframe entschied, seine Meinung ein weiteres Mal zu revidieren. Sein Teamkollege war kein paranoider Kontrollfreak, sondern hatte den totalen Überblick und auf seine ganz persönliche Art und Weise alles im Griff. 30 K. Das bedeutete 10 K mehr für ihn! Der junge Decker gratulierte Quickshot begeistert und konnte seine Bewunderung kaum verbergen. Tinkerbell verdrehte kopfschüttelnd die Augen. *Willkommen in seinem Fan-Club, Chummer.*

Sie verbrachten den Rest der Nacht im Wagen, versuchten zu schlafen oder unterhielten sich über den vergangenen Run. Während Quickshot den Papierberg durchging, den er hatte mitgehen lassen, stellte Mainframe wilde Spekulationen an, was er mit seinem Geld alles kaufen wollte. Dabei variierten seine Vorstellungen von einem Jahresvorrat an Schokoriegeln über ein neues Auto, am besten einen Mitsubishi Nightsky, bis zu einem nagelneuen Fairlight

Excalibur. Ja, das war's. Ein Fairlight, nur für ihn. Er besaß zwar nicht annähernd genug Nuyen für eine derartige Anschaffung, doch träumen war ja wohl erlaubt. Der Decker redete sich den Kopf heiß, was man mit diesem Deck alles machen konnte. Höher, schneller, weiter, besser!

Mit einem mitleidigen Lächeln stopfte Quickshot die Papiere zurück in seinen Rucksack. Stand sowieso nur Schrott drauf. Tinkerbell, die Mainframes Begeisterung anfangs belächelte, ließ sich schließlich anstecken und flüsternd tauschten die beiden Runner die verrücktesten Ideen aus. Quickshot gelang es nicht, sich zu entspannen und an ihrem Gespräch teilzuhaben. Nach einer Weile legte er sich auf die Rückbank, den Blick nach innen gerichtet, die Arme hinter dem Kopf verschränkt und die Füße gegen die gegenüberliegende Tür gestemmt. Normalerweise war das Gefühl der Anspannung und Unruhe nach jedem Run verschwunden, doch diesmal hielt es an. Hatte sich sogar verschlimmert. Er hatte das Gefühl, jeden Moment explodiere sein Schädel! Plötzlich schienen sich seine beiden Leben gegen ihn verschworen zu haben. Fast zeitgleich passierte ein Unglück nach dem anderen. *Murphys Gesetz,* schoss es ihm durch den Kopf. *Du bist bis jetzt nur davon verschont geblieben, mein Freund.* Dabei war es eigentlich ganz einfach. Er musste lediglich diese Policlub-Wichser loswerden, aufpassen, dass die Typen von McGregor nicht dahinter kamen, wer ihren Laden beklaut hatte, und nebenbei seine Tarnung aufrechterhalten.

Klar, kein Problem. Ist meine leichteste Übung!

Irgendwann musste er über seinen Sorgen eingenickt sein. Als er die Augen aufschlug, graute bereits der Morgen. Tinkerbell stand am Heck des Wagens und machte ausgiebige Dehnübungen. Bei ihrer Größe musste die Nacht auf dem Fahrersitz ein Albtraum gewesen sein. Sie hätte ihn ja wecken können, dann hätte er bereitwillig auf den Vordersitz gewechselt. Mainframe hatte seine Sitzlehne so weit heruntergekurbelt, dass sie fast waagerecht lag. Zusammengerollt und fest in seine Jacke gewickelt, träumte er wohl von einem goldenen Fairlight Excalibur. Der Junge hatte einen gesegneten Schlaf.

So leise wie möglich öffnete Quickshot die Autotür. Die Elfe nickte ihm schweigend zu und widmete sich wieder ihrem Training. Er erwiderte ihren Gruß und entfernte sich einige Schritte. Mit geschlossenen Augen sog er die kühle Waldluft ein und augenblicklich wurde sein Kopf klar. Zwischen den Bäumen lag dünner Bodennebel und vom See stieg träge Dunst empor. Jenseits der Baumwipfel konnte er die Morgensonne entdecken, die sich unaufhaltsam ihren Weg durch den grauen Wolkenteppich bahnte. Wie vor wenigen Tagen in den Wäldern von Fort Lewis breitete sich in ihm ein Gefühl von Ehrfurcht und Frieden aus, unendlichem Frieden. Er atmete die Stille ein und eine seltsame Ruhe erfasste ihn.

Gegen zehn Uhr brachen sie auf. Allen hing der Magen in den Kniekehlen und das Verlangen nach Nahrung wurde immer stärker. Tinkerbell umfuhr die Stadt nördlich in einem großen Bogen und lenkte den Wagen erst auf der Interstate 270 wieder in südöstliche Richtung.

Quickshot hatte das Radio eingeschaltet und lauschte aufmerksam der Stimme des Nachrichtensprechers. Kein Wort von ihrem nächtlichen Einsatz, auf keinem der Kanäle. Offenbar war es der Geschäftsleitung von McGregor Industries lieber, wenn niemand von ihrem kleinen Missgeschick erfuhr. Trotzdem beäugten die drei misstrauisch jeden Polizeiwagen, der in ihrem Blickfeld auftauchte. Bald einigten sie sich darauf, den Wagen in einer Seitenstraße stehen zu lassen und zu Fuß weiterzugehen. Das Risiko, zufällig entdeckt zu werden, war ihnen zu groß. Wenig später waren sie im Besitz eines alten, rostroten Ford Americar, den Quickshot günstig bei einem Gebrauchtwagenhändler erstanden hatte. Bei der näheren Betrachtung des Wagens fragte Mainframe scherzhaft, was Rost und was

Farbe war, bekam jedoch keine adäquate Antwort. Ihr nächster Halt war ein Schnellimbiss. Diverse Soyburger, Soft Drinks und Eisportionen später machten sie sich wieder auf den Weg. Tinkerbell klingelte ihren Rigger aus dem Bett und Sendram versprach, sich auf Abruf bereit zu halten. Von seinem gegenwärtigen Aufenthaltsort würde er ab Startbefehl etwa zwanzig Minuten nach Dee Cee brauchen.

Nun ging es darum, einen passenden Treffpunkt für ihr kleines Tauschgeschäft auszusuchen. Es sollte ein öffentlicher Platz sein, ein Ort, an dem es einen steten Passantenstrom gab. Zuschauer hielten die meisten Menschen in ihrem Berufszweig davon ab, Dummheiten zu begehen. Was sicherlich auch im Sinne des Johnson war.

Nachdem sie sich erfolglos den Kopf zerbrochen hatten, schlug Tinkerbell den Zoologischen Garten vor. An einem sonnigen und klaren Samstag wie diesem war der Tierpark das perfekte Ausflugsziel. Die Besuchermassen würden sich durch den beliebten Zoo schieben und ihnen unabsichtlich Rückendeckung geben. Laut der Elfe gab es keine Waffenkontrolle. In einem Zoo erwartete niemand schwere Artillerie. Quickshot war einmal mehr froh, sie auf diesen Run mitgenommen zu haben.

Er bestellte ihren Mr. J. um fünfzehn Uhr zum *Thunderheads*. Die Bar schien ihm geeignet als Ausgangspunkt und der Johnson hatte keine Zeit, sich irgendwelche Hinterhältigkeiten auszudenken. Danach machten sie einen Ausflug zum Zoologischen Garten, der bereits gut besucht war. Quickshot mit dem Rucksack und der Decker mit seiner Tasche auf dem Rücken, schlenderten sie durch den Tierpark. Vorbei an kreischenden Kleinkindern und tobenden Halbwüchsigen verharrten sie mal länger und mal kürzer vor den verschiedenen Gehegen und kamen sich fast vor wie auf einem Familienausflug. Tinkerbell spielte die Führerin und brachte sie zielsicher zu den interessantesten Tieren. Bald mussten sie ernüchtert feststellen, das der Park zu weitläufig war, um sich die gesamte Anlage anzusehen. Es sollte ein Gehege in der Nähe von einem der Seiteneingänge sein und nicht zu weit im Park gelegen. Schließlich entschieden sie sich für das Tigergehege. Eigentlich entschied sich Quickshot für die Tiger. Er war dermaßen fasziniert von den geschmeidigen Bewegungen der Tiere, dass es weder Mainframe noch Tinkerbell gelang, ihn von dem Anblick loszureißen. Leise murmelte er die erklärenden Worte vor sich hin, die auf einer Tafel neben dem Gehege standen, und blickte immer wieder verzückt über die niedrige Steinmauer zu den beiden Tieren herunter, die sich fünf Meter unter ihm bewegten. Tinkerbell schob ihn schließlich mit sanfter Gewalt zu einer nahen Bank. So niedlich sie seine Begeisterung auch fand, jetzt war der falsche Zeitpunkt dafür.

»Wir sind hier nicht zum Spaß, Chummer!« Sie wartete, bis Mainframe sich zu ihnen gesellt hatte. »Was haltet ihr von diesem Plan ...?« Sie deutete auf den Decker. »Er lotst unseren Mr. J hierher und mischt sich danach unter die Parkbesucher, ohne sich zu weit zu entfernen. Ich warte mit dem Chip auf dieser Bank. Du versteckst dich irgendwo hinter uns zwischen den Bäumen und gibst mir Rückendeckung.« Sie wusste, wie ungern er selbst in Erscheinung trat. »Sollte der Johnson wissen, dass wir zu dritt sind, hält ihn das hoffentlich davon ab, schlauer sein zu wollen als wir.«

Ihr Plan hörte sich ziemlich gut an. Nicht perfekt, aber ausbaufähig. Quickshots Blick wanderte über die künstliche Steilwand, die beim Bau des Geheges als hintere Begrenzung gewählt worden war. Am ihrem Fuß befanden sich drei kleine Höhlen und über diverse, großzügig angelegte Vorsprünge konnten die Tiger mehrere Meter hoch klettern.

Eines der stattlichen Tiere hatte es sich in der Zwischenzeit auf dem obersten Vorsprung bequem gemacht und döste träge in der Sonne. Die Steilwand war an die zwanzig

Meter hoch, der perfekte Aussichtspunkt. Mit einem Kopfnicken deutete er in ihre Richtung.

»Ich könnte mich da oben positionieren.«

»Ist das nicht ein bisschen weit weg?«

»Für die Predator schon. Mit 'ner Ingram müsste es gehen. Hätte ich das gewusst, hätte ich das passende Spielzeug mitgebracht.« Er schenkte ihr ein wölfisches Grinsen und legte nachdenklich den Kopf in den Nacken. Als er die Smartbrille ein Stückchen in Richtung Nasenspitze schob, zeigte sich über ihm der Himmel in seinem strahlendsten Blau.

»Streich den Vorschlag«, murmelte er nach einer Weile. »Ist zu umständlich und zu auffällig, da überhaupt raufzukommen. Falls etwas schief geht, würde ich viel zu lange brauchen, um runterzukommen. Und wenn mich da oben einer erwischt, mache ich vielleicht 'nen Satz zu den Jungs mit den scharfen Krallen.« Seine Augen verengten sich hinter den Gläsern der Smartbrille zu Schlitzen, als er den schlafenden Tiger fixierte. Neben ihm malte sich Mainframe das beschriebene Szenario aus und schüttelte sich bei der Vorstellung. Tinkerbell quittierte seine Reaktion mit einem belustigten Klaps auf die Schulter.

»Bleiben wir bei dem ursprünglichen Plan?«

Quickshot nickte wortlos. Etwas Besseres fiel ihm nicht ein.

Wenig später machte sich Mainframe auf den Weg zum Ausgang. Quickshot wartete, bis eine größere Reisegruppe genug von den Tigern gesehen hatte und laut schnatternd und fotografierend ihren Weg durch den Park fortsetzte. Als niemand in der Nähe war, hechtete er elegant über den hüfthohen Zaun, der den Weg von dem kleinen Wäldchen trennte. Zwischen Bäumen und dichtem Gestrüpp suchte er sich eine günstige Schussposition, von wo er die Bank und ein gutes Stück der Umgebung im Blick hatte. Er setzte sein Headset auf und wartete, bis die Elfe den winzigen Empfänger ins Ohr gesteckt und das Mikro an der Innenseite ihrer Jacke befestigt hatte. Zusätzlich hatten sie eine Reihe von Handzeichen vereinbart. Falls ihr Auftraggeber auf die Idee kam, einen Stillezauber zu wirken oder einen White-Noise-Generator einsetzte. Nach einem kurzen Test schwiegen beide.

Im Schneidersitz zwischen den Büschen sitzend, brach Quickshot zum Zeitvertreib einen Ast ab, zupfte ihm die spitzen Dornen ab und warf hin und wieder einen Blick auf die Szenerie vor sich. Seine Aufmerksamkeit erhöhte sich schlagartig, als Tinkerbells Handgelenktelekon klingelte. Mainframe hatte den Johnson wie geplant am Haken und war auf dem Weg zu ihnen. Scheinbar achtlos ließ die Elfe den linken Arm über die Rückenlehne der Bank hängen. Er zoomte heran und konnte deutlich ihren nach oben gestreckten Daumen erkennen.

So weit, so gut. Quickshot ließ den Ast fallen und veränderte lautlos seine Position. Ein Knie fest in den weichen Erdboden gestemmt, das andere Bein aufgestellt, schraubte er den Schalldämpfer auf die Waffe und entsicherte sie. Auf der Innenseite der Smartbrille erschien die Bestandsanzeige der Predator. Sie war voll geladen und einsatzbereit. Er spürte das vertraute Gewicht der schweren Pistole in der Hand und das warme Kribbeln der Vorfreude.

Schon von weitem konnte Tinkerbell den Decker an seiner wilden Frisur und dem schlaksigen Gang erkennen. Er hatte die Daumen lässig in die Gürtelschlaufen seiner Jeans eingehakt. Mit einem kurzen Seitenblick passierte er die Elfe und streckte dabei unauffällig drei Finger aus. Sie gab die Geste augenblicklich an Quickshot weiter.

Der Johnson und zwei Aufpasser. Quickshot richtete sich auf und suchte aufmerksam die Umgebung ab. Einige Besucher schlenderten gemächlich an den Tigern vorbei, blieben hier und da stehen, um die Tiere zu bewundern und Fotos zu machen. Sein Team ausgenommen, zählte er fünf

Personen und fragte sich insgeheim, ob einer der Fünf zu ihrem Auftraggeber gehörte. Er konnte es sich nicht vorstellen, doch er hatte in den vergangenen Jahren schmerzhaft gelernt, dass in seinem Job alles möglich war.

Da traten sie auch schon in sein Blickfeld. Ein schwarzhaariger Exec um die Vierzig in einem edlen Nadelstreifenanzug und mit einem Gorilla im Schlepptau. War es nicht ein wenig zu warm für einen langen Mantel? Quickshot starrte auf die Ausbuchtung auf Höhe der linken Hüfte des Leibwächters. Ingram oder Uzi, das war hier die Frage. Von dem angeblichen dritten Mann war nichts zu sehen. Unwillkürlich wandte er sich um und suchte das Wäldchen ab.

Vor ihm gab Tinkerbell ein weiteres Zeichen, indem sie den linken Ellbogen auf die Rückenlehne stützte und sich durch das Haar fuhr. Das bedeutete, dass keiner der beiden magisch aktiv war. Was ihn beruhigen sollte. Tat es aber nicht. Irgendwas an dem Exec brachte seine Alarmglocken zum Schrillen. Quickshots Herzschlag beschleunigte sich, während er gleichzeitig nach Mainframe und dem dritten Mann Ausschau hielt. Der Decker hatte zehn Meter links von ihnen Position bezogen und sich zu einem älteren Ehepaar gesellt, das zusammen mit seinen beiden Enkelkindern am Ende des Geheges stand. Die Mädchen sprangen jauchzend auf und ab, während ihre Großeltern mehr Freude an ihnen als an den Tigern zu haben schienen. Mainframe lehnte einen Meter neben ihnen an der Steinmauer, die Hände locker hinter dem Rücken verschränkt. Seine Rechte, davon war Quickshot überzeugt, hielt Tinkerbells Predator fest umschlossen. Mainframe musterte scheinbar unbeteiligt die beiden Mädchen, blickte jedoch immer wieder zurück zur Bank.

»Der Dritte muss irgendwo hier rumschleichen«, flüsterte Quickshot in das Mikro seines Headsets. »Sei wachsam.«

Der Decker senkte den Kopf, pustete einen imaginären Staubfussel von seiner Schuhspitze und sah wieder auf.

Vor Quickshot hatte die Übergabe inzwischen begonnen. Der Johnson saß neben Tinkerbell auf der Bank, sein Begleiter stand an der Mauer zum Tigergehege und durchbohrte abwechselnd Mainframe und die Elfe mit grimmigen Blicken. Ob er sich in diesem Moment dieselbe Frage stellte wie Quickshot?

Wo steckt der dritte Mann?

Der Runner konnte jetzt die Stimme des Execs hören. Belangloses Gequatsche, Alltagsfloskeln. Der Mann klang heiser, als habe er eine Erkältung. Oder lag es an dem schlechten Mikro? Er widerstand der Versuchung, die Augen zu schließen, um sich besser konzentrieren und genauer hinhören zu können. Wahrscheinlich spielte ihm bloß seine Paranoia einen Streich. Der Stimme nach zu urteilen war es der Mann, mit dem er telefoniert hatte. Andererseits wusste er ziemlich genau, was man mit einer Stimme alles anstellen konnte, um sie zu verfremden. Auch schien es den Johnson in keiner Weise zu irritieren, dass er eine Frau vor sich hatte und nicht seinen männlichen Gesprächspartner. *Er hat sich mit keinem Wort nach mir erkundigt.*

Quickshot wurde das Gefühl nicht los, dass ihn jemand beobachtete. Unauffällig blickte er sich erneut um. Niemand zu sehen. Was nicht bedeutete, dass niemand da war.

»Kommen wir zum Wesentlichen«, unterbrach Tinkerbell seine Gedanken. In Zeitlupentempo, um den Gorilla nicht zu reizen, glitt ihre rechte Hand in ihre Hosentasche. Zeitgleich öffnete der Exec seinen Aktenkoffer. Quickshot verfluchte die Bank, deren Rückenlehne den Kofferinhalt verdeckte. Vorsichtshalber legte er mit der Predator auf den Hinterkopf des Johnson an. *Wage es ja nicht, Wichser!*

Woher kannte er nur dieses Gesicht?

Der Mann schloss den Koffer wieder und wartete, bis ein vorbeischlenderndes Pärchen außer Hörweite war. Dann reichte er der Elfe einen beglaubigten Credstick. »95 K, wie abgemacht. Könnte ich jetzt die Ware haben?«

Sekunde, von wegen wie abgemacht. Du vergisst unsere Zulage, Drekhead! In die Verwirrung mischte sich kalte Wut.

»Der Typ will uns bescheißen!« Er konnte nicht sehen, wie Mainframes Halsmuskeln vor Anspannung hervortraten und seine Augen beunruhigt zwischen der Familie vor ihm, zwei weiteren Besuchern und der Gruppe auf der Bank hin und her huschten.

»Wie abgemacht«, erwiderte Tinkerbell trocken. Hoffentlich war dem Johnson ihr Zögern nicht aufgefallen.

Hätte ich bloß die Klappe gehalten, ärgerte sich Quickshot in seinem Versteck.

Unauffällig tauschten sie die beiden Objekte aus. Der Exec reichte Tinkerbell zum Abschluss des Geschäfts die Hand und wandte Quickshot für einen kurzen Augenblick das Profil zu. Für den Runner blieb in diesem Moment die Zeit stehen.

Unbewusst zoomte er mit der Smartbrille näher heran, während sein Gehirn in atemberaubendem Tempo die Gesichter vergangener Begegnungen durchforstete. Aus dem Blitzgewitter alter Erinnerungen formte sich das Bild einer Reisegruppe vor einer Berghütte. Ein zweites Mal studierte er die Fotografie auf dem Schreibtisch von Lance Jameson und entdeckte den gut gelaunten Mann, der dem Fotografen die Finger zum Victory-Zeichen entgegenstreckte.

Unter der Wucht der Erkenntnis zuckte er zusammen. Panik überkam ihn. Er wollte tausend Dinge gleichzeitig tun. Den Gorilla erschießen, Tinkerbell mit einem Fingerschnippen von dieser verfluchten Bank zaubern, aufspringen, eine Warnung rufen ...

... doch seine Stimme versagte ihren Dienst.

Was er schließlich hervorbrachte, war ein schlichtes »Falle«. Sein Zeigefinger krümmte sich um den Abzug der Predator und drückte ab. Blut spritzte, als die Kugel lautlos in die linke Schläfe des Execs eindrang und den Kopf des Mannes zur Seite schleuderte. Er wollte eben den Leibwächter ins Visier nehmen, als ihn ein Rascheln herumwirbeln ließ.

Mit ausdruckslosem Gesicht sah Tinkerbell dem Exec und seinem Leibwächter entgegen. Einen dritten Mann konnte sie nirgendwo entdecken. Wahrscheinlich hatte er sich abgesetzt und war auf die Suche nach einer geeigneten Schussposition gegangen. Oder einem geeigneten Versteck, um in Ruhe seine Zauber wirken zu können. Vorsichtshalber warf sie einen astralen Blick auf die beiden. Der Muskelberg war um einiges stärker vercybert als sein Geldgeber. Natürlich. Keine Spur von magischer Aktivität.

Sie gab Quickshot das verabredete Zeichen und wartete ab. Die Zeit reichte nicht aus, um ein zweites Mal in die Astralwelt zu tauchen und nach dem Magier zu suchen. Ihr Team hatte den Vorteil der Ortswahl auf ihrer Seite und dem Johnson kaum Zeit gelassen, seine Leute zu organisieren. Trotzdem war er ihnen anscheinend einen Schritt voraus und das ärgerte sie.

Der Exec verlangsamte seinen Schritt und setzte ein dünnes Lächeln auf. Höflich erkundigte er sich, ob der Platz neben ihr noch frei sei. Nach einem kurzen Nicken ihrerseits gab er seinem Begleiter ein Zeichen, woraufhin sich dieser mit finsterer Miene außer Hörweite begab, strich seinen Anzug glatt und musterte kritisch die dunkelgrüne Sitzfläche der Bank. Als er sich setzte, stieg ihr der schwache Duft von teurem Rasierwasser und süßlichem Parfüm in die Nase. Die Elfe unterdrückte ein angewidertes Schnaufen. Die drei Sekunden des ersten Einschätzens waren verstrichen und dieser Kerl war ihr eindeutig unsympathisch! Je länger der Johnson neben ihr saß, desto unangenehmer wurde er ihr. Es war dieses unbestimmte Kribbeln in der Magengegend, das die feinen Härchen auf ihren Armen zum Vibrieren brachte. Sie hatte den Gedanken kaum zu Ende geführt, als die böse Vorahnung Gestalt annahm. Vorsichtig holte sie den Datenchip aus der Hosentasche und hielt die freie Hand auf. Der Exec drückte ihr einen Credstick in die Hand, auf dem exakt 30 K zu wenig waren. Ohne mit der Wimper zu zucken. Anscheinend vollkommen ahnungslos, dass es eine neue Vereinbarung gab.

Derartig kaltschnäuzig konnte niemand sein. Als sie einen Augenblick verwirrt zögerte, flackerte Furcht in seinen Augen auf. Furcht wovor? Vor ihr? Sie beschloss, das Spiel mitzuspielen, obwohl ihr in diesem Moment Quickshots Satz in den Ohren dröhnte.

»Der Typ will uns bescheißen!«

Da war etwas in seiner Stimme, das sie zutiefst beunruhigte. Sie warf einen schnellen Blick in die Runde. Das ältere Ehepaar bestaunte mit seinen Enkelkindern immer noch die Tiger. Gab es für die nichts anderes auf der Welt? Zwei ältere Damen verschwanden in dieser Sekunde um die Wegbiegung und vom Affenhaus näherten sich die Stimmen weiterer Besucher. Die ersten bogen gerade um die Ecke, waren noch fünfzig Meter entfernt. Mit einem gekünstelten Lächeln, das vollkommen fehl am Platz war, reichte ihr der Exec zum Abschied die Hand. Durch den dünnen Stoff ihrer Handschuhe spürte sie die eisige Kälte seiner Haut. Dann hörte sie Quickshots Warnung. »Falle«.

Bevor sie reagieren konnte, wurde der Exec von einem lautlosen Schlag getroffen. Tinkerbell spürte, wie ihr etwas Warmes die Wange herunterlief, während der Mann leblos von der Bank sackte und sich sein Gehirn über den hellen Sand verteilte. Im gleichen Atemzug aktivierte sie ihren Zauberspeicher.

Keine Sekunde zu früh. Mit einem wütenden Aufbrüllen griff der Leibwächter unter seinen Mantel und riss seine Uzi III hoch. Die Geschossbarriere flackerte bläulich auf, als die Kugeln von ihr abprallten und wirkungslos zu Boden fielen. Die Elfe sammelte ihre Kräfte und schleuderte ihm einen Manablitz entgegen. Ihr Gegner zuckte wie unter einem Stromschlag und taumelte benommen zurück. Die umstehenden Besucher, die plötzlich begriffen, dass ihr Wochenendausflug anders verlief, als sie sich vorgestellt hatten, warfen sich kreischend zu Boden. Nur der alte Mann blickte Mainframe verständnislos an, der in dieser Sekunde seine Waffe zog und auf den Leibwächter schoss. Zwei Kugeln trafen den Gorilla in den Rücken und er fiel um wie ein nasser Sack. Das triumphierende Lächeln wurde von Mainframes Gesicht gewischt, als der Kopf des alten Mannes in einem Regen von Blut, Knochen und Gehirnmasse zerplatzte. Ein heftiger Schlag gegen seine rechte Schulter ließ ihn zurücktaumeln. Verblüfft fand sich der Decker auf dem Hintern sitzend wieder. Hektisch tastete er seinen Oberkörper nach Wunden ab, doch die Kugel war von der Panzerweste abgeprallt, die er unter dem Hemd trug. Er konnte sein Glück kaum fassen. Im schlimmsten Fall würde er mit einem fetten Bluterguss nach Hause fliegen. Ein hohes, atemloses Quieken ließ seine Augen nach links rucken. Die alte Frau hockte neben ihm auf dem Erdboden, die Hände vor der Brust verkrampft, das Gesicht zu einer Maske stummen Schmerzes erstarrt. Als sich ihre Blicke trafen, gefror Mainframe das Blut in den Adern. So viel Schmerz und Verzweiflung. Was hatten sie bloß angerichtet? Die Umgebung verschwamm vor seinen Augen. Tinkerbell rief ihm irgendwas zu und sein Körper reagierte ein weiteres Mal, bevor sein Verstand dazu in der Lage war. Als sein Blick sich wieder klärte, hockte er dicht an die Mauer gepresst, die Predator fest umklammert. Die beiden Mädchen kauerten einen Meter neben ihm, die Knie an die Brust gezogen, und starrten ihn mit großen, verständnislosen Augen stumm an.

Ein angsterfüllter Schrei ließ Tinkerbell aufblicken. Sie entdeckte den alten Mann, der blutüberströmt am Boden lag, und Mainframe, der auf dem Boden saß und ins Nichts starrte.

»Bring deinen Hintern in Sicherheit«, brüllte sie. Er schaute in ihre Richtung und krabbelte wieselflink in den Schutz der Mauer, als habe sie eine unsichtbare Barriere in seinem Kopf durchbrochen. Sand und Erde spritzten auf, als ein lautloser Schuss die Elfe verfehlte und ein zweiter an ihrer Barriere abprallte. Irritiert hielt Tinkerbell nach dem Schützen Ausschau. Auf der anderen Seite des Tigergeheges huschte ein Schatten an der künstlichen Steilwand entlang. *Natürlich.*

»Hab ihn schon!« Die Elfe stieg achtlos über den Leibwächter hinweg und konzentrierte sich. Ein schriller Schrei bestätigte ihren Erfolg, als der Schütze zu schweben begann und sich plötzlich über dem Gehege wiederfand. Die beiden Tiger hoben neugierig den Kopf und streckten der vermeintlichen Beute die riesigen Pranken entgegen. Als der Mann voller Panik seine Ingram Smartgun auf eines der Tiere richtete, hob Tinkerbell den Zauber mit einer verächtlichen Handbewegung auf. Das Geschrei des Mannes verstummte, als er hart auf den Boden schlug. Sofort stürzten sich die Raubtiere auf ihn. Aus einer der Höhlen kam mit geschmeidigen Sprüngen ein dritter Tiger und ein verbissener Kampf um die Beute entbrannte. Lautes Fauchen und Knurren erfüllte die Luft und hallte von den Steinwänden wider.

Vom Entzug geschwächt, stützte die Elfe sich zitternd auf den Zaun. So intensiv hatte sie seit Monaten nicht mehr gezaubert! Nicht zum ersten Mal in ihrem Runnerleben wünschte sie sich, sie hätte ihre Zauberkünste vertieft, als Gelegenheit dazu war.

»Quickshot?«, keuchte sie in ihr Mikro.

Leises Rauschen war die einzige Antwort.

Der Zauber traf Quickshot wie ein Dampfhammer. Ein gewaltiger Stromstoß fegte ihn von den Beinen und katapultierte ihn mit Wucht gegen einen Baum. Der Aufprall presste ihm die Luft aus der Lunge und tauchte die Umgebung kurzzeitig in tiefe Schwärze. Als sein Blick wieder klar war, lag er mit dem Geschmack von Eisen, Blut und feuchter Erde auf der Zunge und dem Geruch von angesengten Haaren in der Nase auf dem Boden. Die Predator lag vor ihm und schien ihn auszulachen. *Voll erwischt, du Anfänger!*

Benommen tastete er mit den Fingerspitzen an seinen Mund und stellte fest, dass er sich die Unterlippe blutig gebissen hatte. Als er sich aufrichten wollte, jagte ein stechender Schmerz durch seinen Hinterkopf. Stöhnend blieb er liegen und spielte ›Toter Mann‹. Kampfgeräusche drangen an seine Ohren. Ob das Team seine Hilfe brauchte? Sein Headset lag außer Reichweite, irgendwo zwischen dem alten Laub vom letzten Herbst.

Unter gewaltiger Anstrengung aktivierte er seine Cyberware und unterdrückte das aufkommende Gefühl der Übelkeit. Die Geräuschfilter verbannten die Hintergrundgeräusche aus seiner Wahrnehmung. Nur seine Augen bewegten sich hinter der Smartbrille, als er die Umgebung absuchte. Er konzentrierte sich auf jedes Rascheln und Knacken. Seine Sinne waren aufs Äußerste gespannt. Vor ihm, wenige Meter entfernt, wurde der weiche Erdboden von unsichtbaren Füßen eingedrückt.

Zuerst glaubte er, seine Nerven spielten ihm einen Streich, doch als einer der dornigen Äste wie von Geisterhand zurückgebogen wurde und in der Luft verharrte, war er seiner Sache sicher.

Mit einer für unmodifizierte Muskeln atemberaubenden Schnelligkeit zog er im Liegen die zweite Predator, richtete die Waffe auf einen entfernten Busch und drückte zweimal ab. Ein überraschter Schmerzensschrei ertönte und sein Gegner verlor für einen Moment die Konzentration. Der Unsichtbarkeitszauber flackerte auf wie ein kaputtes Trid und verpuffte.

Eine junge Frau, die einen mit zahlreichen Fetischen behangenen Sicherheitsmantel trug, erschien vor ihm und funkelte ihn mit schmerzverzerrtem Gesicht an. Blut sickerte aus einer Stelle an ihrem Oberkörper, an der die panzerbrechende Munition ihre Rüstung durchschlagen hatte. Sie war offensichtlich zu unerfahren, um seine kleine Vorführung zu durchschauen. Ein Fehler, für den sie bezahlen musste.

Sichtlich geschwächt beschrieb die Magierin mit der freien Hand eine Geste. Quickshot spürte, wie sich die feinen Härchen an seinem Körper aufstellten, als sich die Luft erneut mit Energie auflud. Adrenalin jagte durch seine Adern, als er die Augen schloss und sich mit zusammengebissenen Zähnen auf den nächsten Einschlag vorbereitete. Doch der Zauber entfaltete nicht seine volle Wirkung. Er fühlte ein scharfes Brennen auf der Haut, als reiße ihm jemand ein riesiges Pflaster von Rücken, und kalter Schweiß lief in dünnen Rinnsalen seinen Oberkörper hinab. Die Magierin starrte erschrocken und ungläubig auf ihre Hände.

Mit einem grimmigen Lächeln wischte sich Quickshot das Blut vom Kinn und stemmte sich hoch.

»Jetzt bin ich dran, Zaubermaus.«

Kapitel 11

»Seid ihr verletzt?«, erkundigte sich Mainframe besorgt. Die beiden Mädchen schüttelten synchron den Kopf und blickten an ihm vorbei zu ihrem Großvater. »Hey!« Mit einer Geste lenkte er ihre Aufmerksamkeit auf die alte Frau, die mit leichenblassem, ausdruckslosem Gesicht neben ihm saß und ins Leere starrte.

»Kümmert euch um eure Oma. Die braucht euch jetzt dringender.« Schweigend krochen sie zu der alten Frau, die sie mit einem Schluchzen in die Arme schloss und so fest an sich drückte, als wolle sie die Mädchen nie wieder loslassen.

»Die Parkwache kommt«, ertönte Tinkerbells Stimme in seinem linken Ohr. Vorsichtig hob er den Kopf und lugte über die Mauer. Da rückten sie auch schon von der gegenüberliegenden Seite des Geheges an. Zwei Männer und eine Frau in dunkelgrüner Uniform liefen den kurvenreichen Weg entlang. Er fluchte laut, drückte sich hoch, sodass er halb auf der Mauer lag, und richtete seine Waffe auf sie.

»Quickshot, es wird langsam Zeit, dass du dich meldest.« Ohne die Augen von den Parkwachen zu nehmen, lief die Elfe ein Stück die kleine Anhöhe hinauf, die zum Wäldchen führte. Der Runner kam ihr auf halbem Weg entgegengestolpert, eine Hand an der Schläfe, in der anderen eine Predator. Sein Headset hatte er achtlos in den Gürtel eingehakt. Sie wollte ihn stützen, doch er winkte gereizt ab.

»Stopp!« Einer der Wachmänner war einige Meter entfernt zum Stehen gekommen und bedrohte sie mit seiner Dienstwaffe. Der Mann war so ängstlich, dass seine Hände wie Espenlaub zitterten. Sein Blick huschte über die Szenerie, entdeckte die Leichen des Leibwächters und des alten Mannes und die drei Besucher, die sich hinter eine Bank geworfen hatten und ängstlich die Geschehnisse verfolgten. »Was geht hier vor?«

Mit genervtem Gesichtsausdruck richtete Quickshot seine Predator auf den Mann. Diese Clowns hatten ihm gerade noch gefehlt! »Verpisst euch!«

»O mein Gott!« Die Parkwächterin hatte die zerfetzte Leiche des Schützen im Tigergehege entdeckt und schlug entsetzt eine Hand vor den Mund, während sie einen Würgereiz unterdrückte.

Mainframe hielt den Moment für geeignet, um sich bemerkbar zu machen. Er stand langsam auf, die Frau im Visier. Es dauerte eine Weile, bis sie ihn bemerkte. Dann weiteten sich ihre Augen. »Bitte, tun Sie den Kleinen nichts!« In einer beschwichtigenden Geste legte sie ihre Waffe auf den Boden und trat einen Schritt zurück.

»Was?« Der Decker starrte sie verständnislos an. Von ihm unbemerkt hatten sich die beiden Mädchen erhoben und standen Hand in Hand neben ihm. Mit gemischten Gefühlen sah er sie an und strich dem Mädchen, das ihm am nächsten war, über den Kopf. Wie kam diese blöde Kuh auf die Idee, er könne unschuldige Kinder als Geiseln nehmen?

»Waffen weg und auf den Boden.« Quickshots Stimme war ruhig, doch bestimmt. »Gesichter in den Dreck, dann passiert den beiden nichts.« Eine Waffe wanderte zu den beiden Mädchen, während er die zweite auf die Wachen richtete. Die Drei gehorchten sofort. Langsam, mit hoch erhobenen Händen, gingen sie in die Knie und legten sich auf den Bauch, die Arme weiter vom Körper gestreckt. Dachten die wirklich, er würde kleine Kinder verletzen?

Tinkerbell glaubte eine Spur der Erleichterung in den Augen der Wachen zu lesen. Sie waren einer direkten Konfrontation mit den Irren entgangen und kamen mit dem Leben davon!

»Machen wir uns aus dem Staub, bevor mehr von der Sorte auftauchen.« Noch im Sprechen steckte Quickshot eine seiner Waffe ein und schnappte sich den Koffer des toten Execs.

»Da lang.« Die Elfe zeigte nach links und damit in die entgegengesetzte Richtung, aus der die Wachen gekommen waren. »Es gibt einen Seitenausgang.«

»Sie werden wissen, dass wir dorthin wollen.«

»Dann müssen wir eben laufen.«

Die beiden rannten los. Bei jedem Schritt verstärkte sich das Pochen in Quickshots Kopf. Er ignorierte es, so gut er konnte, und legte noch Tempo zu. Mainframe warf einen letzten mitfühlenden Blick auf die beiden Mädchen und ihre Großmutter und folgte ihnen.

Die Besucher, die ihnen nicht automatisch auswichen, schubsten und stießen die Runner zur Seite. Vom Hauptweg wechselten sie auf die verschlungenen, dicht bewachsenen Nebenpfade, die ihnen ausreichend Deckung vor den Blicken der Parkwächter boten. Nach einem Kilometer und mit der Befürchtung im Nacken, bald Bekanntschaft mit der städtischen Polizei zu machen, entschlossen sie sich, den Tierpark zu verlassen. Mainframe war bereits nach vierhundert Metern die Puste ausgegangen und er stolperte atemlos hinter seinen Teamkollegen her. Die Gesichter der beiden Mädchen hatten sich in sein Gedächtnis eingebrannt. Ihm wurde schlecht bei dem Gedanken, was dieser Tag in ihnen anrichten würde! Außerdem schmerzte seine Schulter, er hatte mörderische Seitenstiche und die Schnauze gestrichen voll von diesem Run!

Tinkerbell lotste sie mit untrüglichem Instinkt zur östlichen Außenmauer, hinter der die 16. Straße verlief. Auf der anderen Seite der Straße befand sich eine Reihe von Wohnhäusern, in denen sie Schutz finden konnten. Von der Sicherheit trennten sie lediglich zwei Meter glatte Steinmauer und eineinhalb Meter ordinärer Maschendrahtzaun. Quickshot, der inzwischen hinreichend Erfahrung im Erklettern hoher Mauern gesammelt hatte, machte den Anfang. Er drückte Mainframe den Koffer des Execs in die Hand, schob Schwindelgefühl und Übelkeit beiseite und war mit einem eleganten Satz auf der Mauer. Mit einem zweiten Satz war er auf der anderen Seite des Zauns und sprang auf den Gehweg.

Mainframe starrte ihm noch mit großen Augen und offenem Mund nach, während der Runner bereits die Straße nach Polizeiwagen absuchte. Wortlos nahm ihm Tinkerbell den Koffer aus der Hand, verschränkte die Finger und bildete so eine Trittleiter mit den Händen. Nachdem sie einen sicheren Stand gefunden hatte, nickte sie ihm zu. Der Decker warf einen zweifelnden Blick auf die obere Umrandung des Zauns und zog den Gurt seiner Tasche fester. Danach stellte er den rechten Fuß auf die Hände der Elfe und ließ sich von ihr nach oben drücken. Als er auf dem schmalen Mauervorsprung stand, krallte er die Finger in den Zaun und kletterte auf die andere Seite. Weit weniger elegant als Quickshot, doch nicht weniger stolz, blickte er in die Runde.

Neben ihm landete Tinkerbell lautlos auf den Füßen, den Koffer in der linken Hand. Umso lauter war der Fluch, den sie ausstieß, als in der Ferne Sirenengeheul ertönte und Blaulichter blinkten. Ohne zu zögern stürzten sich die drei in den dichten Autoverkehr. Ohrenbetäubendes Hupen und quietschende Bremsen begleiteten ihren Spurt quer über die Schnellstraße.

Mainframe konnte nicht sagen, wie viele Beinah-Unfälle sie hatten und wie viele Autos ineinander gefahren waren. Sie suchten sich einen Hinterhof, gelangten über eine Feuerleiter in eines der Wohnhäuser und von dort aus auf eine weitere Straße und waren nach zehn Minuten endlich sicher, ihre Spuren ausreichend verwischt zu haben. In einer kleinen Nebenstraße beendeten sie ihre Flucht. Schwer atmend ließ Quickshot sich gegen eine Hauswand sinken. Er verweigerte sich den Luxus, an der Wand herunterzurutschen, bis er auf dem Hintern saß, und dann bewusstlos zu werden. Oder sich zu übergeben. Keine Schwäche vor den anderen zeigen. Neben ihm keuchte sich Mainframe die Lunge aus dem Leib und schraubte mit zitternden Fingern an einer Wasserflasche herum. Ihm war es egal, ob er Schwäche zeigte, er wollte nur ruhig dastehen und nicht mehr laufen.

»Siehst blass aus.« Tinkerbell legte Quickshot eine Hand auf die Schulter, deren Gewicht ihn fast in die Knie zwang.

»Geht schon.« Er wischte sich mit dem Handrücken über den Mund und richtete sich vorsichtig auf. »Hab nur 'n bisschen Kopfschmerzen.«

Zwei Gehirnerschütterungen in zwei Wochen konnten einfach nicht gut sein.

»Ein vierter Mann?« Sie deutete mit einem Kopfnicken auf die Wunde an seiner Unterlippe.

»Frau.« Quickshot nahm dem verdutzten Decker die Flasche weg und spülte sich gründlich den Mund aus. Er wollte diesen widerlichen Geschmack von Blut und Erde loswerden. »Sie muss unsichtbar im Wagen mitgefahren sein. Hat mir ganz schön eins übergebraten.« Quickshot trank einen großen Schluck und reichte Mainframe die Flasche zurück. »Wird sie nie wieder tun.«

»Du hast ganz allein eine Magierin ausgeschaltet?« Mainframe war so beeindruckt, dass er fast umfiel. »Das ist irre!«

»Sie war keine große Nummer«, versuchte Quickshot, seine Leistung abzumildern, obwohl ihn sein breites Grinsen Lügen strafte. »Trotzdem nicht zur Nachahmung empfohlen.« Er betastete vorsichtig die dicke Beule an seinem Hinterkopf. »Wenn man sie nicht beim ersten Mal erwischt, werden die Typen ziemlich sauer.«

Tinkerbell stemmte kopfschüttelnd die Rückseite des Koffers gegen die Mauer und öffnete die Schlösser. Der Chip lag unter einem Stapel von Papieren versteckt. Sie reichte ihn Quickshot und überflog die einzelnen Blätter. Unwichtige Notizen von Vorstandssitzungen, die mit ihrem Auftrag nichts zu tun hatten. Nur, um sicherzugehen und seine eigene Neugier zu befriedigen, überprüfte Quickshot den Credstick.

»Ist nichts drauf.« Er ließ ihn achtlos in einen Gully fallen

»Woher wusstest du, dass es eine Falle ist?« Die Elfe musterte ihn wachsam aus hellblauen Augen.

»Der Exec war auf dem Foto im Büro von diesem Jameson.«

Sie hob anerkennend die Augenbrauen. »Gutes Gedächtnis.«

»Mal sehen, wie lange noch«, murmelte er in schmerzhafter Erinnerung an den Sturz auf den Müllcontainer und den Zusammenstoß mit dem Baumstamm. »Ich schlage vor, wir schnappen uns den Johnson in dem schicken Nightsky und blasen ihm gehörig den Marsch. Bin in der richtigen Stimmung dafür.«

»Unsere Karre steht noch am Zoo«, gab Mainframe zu bedenken. »Da sind alle unsere Sachen drin.«

Tinkerbell ließ die Schlösser des Aktenkoffers einrasten. »Tja, gehen wir mal wieder unser Leben riskieren.« Im Vorbeigehen stopfte sie den Koffer achtlos in eine Mülltonne.

An den Ford zu kommen, erwies sich dank Mainframes Weitsicht als relativ leicht. Der Decker hatte den Wagen nicht auf dem Besucherparkplatz abgestellt, sondern in der Nähe des Eingangs geparkt. Obwohl vor dem riesigen, gusseisernen Flügeltor zwei Streifenwagen und der Van eines örtlichen Nachrichtensenders parkten, wagte sich Mainframe aus der Deckung heraus, schlenderte an den Polizisten vorbei und startete den rostroten Americar. Das er dabei tausend Tode starb, sich vor Angst beinahe in die Hose machte und seine Pulsfrequenz in astronomische Höhen schoss, war ihm nicht anzusehen. Lediglich seine Wangen glühten rötlich und seine Finger spielten nervös mit dem Schlüsselbund.

Quickshot war jedenfalls von seinem Mut beeindruckt und teilte dies Tinkerbell flüsternd mit. Die Elfe nickte bestätigend. Es steckte mehr in dem zerzausten Straßenköter, als sie vermutet hatten! Und es gefiel ihr, dass Quickshot das freiwillig zugab.

Zwei Querstraßen weiter trafen sie auf den Decker und zogen sich in das nächste Hotel zurück, wo Quickshot sofort die Nummer anrief, die Tinkerbell von dem Johnson im Nightsky bekommen hatte. Es interessierte ihn nicht, ob es ein herrlicher Samstagnachmittag war und sein Gesprächspartner vielleicht gerade im gemütlichen Kreis seiner Familie saß oder eine Rede vor der Hauptversammlung hielt. Wenn er ihn dabei störte, war es ihm nur recht.

Als am anderen Ende der Leitung abgehoben wurde, bekam der Runner ein trockenes »Ich habe bereits mit Ihrem Anruf gerechnet«, zu hören. Quickshot, der gerade tief Luft geholt hatte, um den Exec nach allen Regeln der Kunst zusammenzufalten, überlegte es sich anders. »Wir sind gespannt auf Ihre Erklärung«, entgegnete er kühl.

»Anscheinend ist die andere Partei hinter unser Vorhaben gekommen. Vor einer Stunde hat man die Leiche Ihres Kontaktmanns aus dem Fluss gezogen.« Ein Unterton geheuchelten Bedauerns schlich sich in die Stimme des Mannes. »Es gab keine Möglichkeit, Ihnen eine Warnung zukommen zu lassen.«

Vielleicht sagst du sogar die Wahrheit, Drekhead... Nur mit Mühe gelang es Quickshot, seine Wut zu zügeln.

»Sie sind dem falschen Kontaktmann also auf die Schliche gekommen? Darf man fragen, wodurch er sich verraten hat?«

»Fragen dürfen Sie alles, aber antworten werde ich Ihnen nicht.« Quickshot ließ seinen Gesprächspartner drei Sekunde warten, bevor er fortfuhr. »Es wird eine zweite Übergabe stattfinden. Heute Abend um zweiundzwanzig Uhr auf dem Parkplatz an der Alston Avenue. Wir übergeben die Daten nur unserem ersten Kontaktmann, dem Schlipsträger im Nightsky. Ich will kein unbekanntes Gesicht mehr sehen! Seinen Fahrer darf er mitbringen, sonst niemanden. Ist das angekommen?«

»Wie Sie wünschen.«

»Hört sich schon besser an. Sollten wir auch nur den vagen Verdacht haben, dass man uns verarscht, verteilen wir seine Einzelteile über die ganze Stadt.«

»Nun, das wird sich gewiss verhindern lassen.«

Später, am selben Tag

»Bist du sicher, dass alles in Ordnung ist?«

Quickshot stopfte sich schweigend ein Aspirin in den Mund und spülte es mit einem kräftigen Schluck Wasser herunter. Seitdem die Elfe sich seiner Gehirnerschütterung angenommen hatte, waren Übelkeit und Schwindelgefühl wie weggeblasen. Ein leichter Druck auf den Schläfen war das einzige Überbleibsel seines unfreiwilligen Zusammenstoßes mit dem Baum. Und ein flaues Gefühl im Magen. Magie nötigte ihm stets von neuem den größten Respekt ab. Eine faszinierende Gabe, die er nie besitzen, geschweige denn auch nur im Ansatz verstehen würde. Faszinierend und Furcht einflößend zugleich, wenn man daran dachte, welche verheerenden Auswirkungen ein einziger Blick haben konnte.

Tinkerbells Augen folgten seinem Weg zum Fenster. »Mal darüber nachgedacht, dich für zehn Minuten hinzusetzen?«

»Später vielleicht.« Ohne den Blick von der dunklen Straße zu nehmen, zerknautschte er den Plastikbecher und warf ihn in den Abfalleimer unter der Fensterbank. Das Kribbeln in seinen Fingerspitzen verstärkte sich bei dem Gedanken an das bevorstehende Treffen und ein innerer Zwang trieb ihn aus dem Hotel. Er atmete tief durch und hoffte inständig, dass diesmal alles glatt laufen würde.

Je tiefer die Runner in die Barrens vordrangen, desto heimischer fühlten sie sich. Dieselben finsteren Gassen wie in Seattle, in denen sich die Abfälle der letzten Dekade türmten, dasselbe Rascheln unter alten Zeitungen und Trippeln winziger Füßchen, das Mainframe unbewusst näher zu den anderen aufschließen ließ. Mit einem Gesichtsausdruck, der sich nicht zwischen Ekel und Furcht entscheiden konnte, registrierte er jeden Schatten, der auch nur im Entferntesten einer Ratte ähnelte.

Während Quickshot ihn belustigt beobachtete, blickte Tinkerbell hinauf zu den Häusern, deren schwarze Fenster sie wie tote Augen belauerten. Mit einem Frösteln, das nicht von der milden Nachtluft herrühren konnte, zog sie den Reißverschluss ihrer Jacke bis zum Hals zu. Ob es klug gewesen war, den Wagen zwei Blocks entfernt abzustellen? Ein schneller Rückzug war dadurch unmöglich, andererseits erhöhte sich die Wahrscheinlichkeit, dass der Ford bei ihrer Rückkehr noch an seinem Platz stand.

Ihre Schritte erzeugten ein leises Klacken auf dem feuchten Asphalt, das hohl von den Mauern widerhallte. Keine Menschenseele begegnete der kleinen Gruppe auf ihrem einsamen Marsch durch die dunklen Straßen.

Dann lag der Parkplatz schwarz und leer vor ihnen. Die Bewohner der Anacostia Barrens zogen es offenbar vor, ihre Autos nach Einbruch der Dunkelheit an anderen Orten abzustellen als auf öffentlichen Parkplätzen. Dem ausgeschlachteten Wrack eines Jackrabbit nach zu urteilen, das sie passiert hatten, lagen sie mit dieser Vorsichtsmaßnahme goldrichtig.

Die Runner entschieden sich für eines der leer stehenden Häuser auf der gegenüberliegenden Straßenseite und zogen sich in den Schutz des Treppenhauses zurück. Diesmal war ihr Plan bestechend einfach: Tinkerbell würde die astrale Überwachung übernehmen, Mainframe auf die Elfe aufpassen und dabei die Umgebung im Auge behalten und Quickshot ein Schwätzchen mit dem Exec halten. Er setzte sein Headset auf, überprüfte seine Waffen und wünschte den beiden viel Spaß. Dann suchte er sich eine geeignete Stellung in der Nähe des Parkplatzes. Tinkerbell ließ sich auf dem Treppenabsatz nieder, während Mainframe nun seinerseits die Waffe der Elfe aus dem Seitenfach seiner Tasche holte und das Magazin zum siebten Mal kontrollierte.

Nach dem Feuergefecht im Zoo betrachtete der Decker die Predator in seiner Hand mit Abscheu. Die Kälte des Metalls schien durch seine Haut direkt in seinen Verstand zu kriechen und sich dort wie eine Krankheit auszubreiten. Ein Schauder lief ihm über den Rücken, während er die Waffe in den Hosenbund steckte. Er wünschte sich in ein warmes Hotelzimmer und das vertraute Gefühl einer Tastatur unter den Fingern zurück und ganz weit weg zu sein von so lästigen Dingen wie Leichen, Kugeln, Ratten oder 10-minütigen Wettrennen durch verfallene Hinterhöfe.

Fünfzehn Minuten später rollte lautlos ein schwarzer Nightsky mit abgeblendeten Scheinwerfern auf den Parkplatz, drehte gemächlich eine Runde und blieb mit der Motorhaube zur Straße stehen. Vorsichtig näherte sich die Elfe in der Astralwelt dem Fahrzeug, konnte jedoch nichts entdecken, das auf irgendeine Weise verdächtig wirkte. Eine Person saß auf der Rückbank. Der Fahrer war kaum vercybert, was sie ungemein beruhigte. Der Exec schien sich an ihre Anweisungen gehalten zu haben. Zur Sicherheit suchte sie die nähere Umgebung ab. Das Ergebnis war negativ. Keine magisch aktiven Personen, keine auffällig vercyberten Penner.

Nachdem sie Quickshot ihre Beobachtungen mitgeteilt hatte, löste sich der Runner aus dem Schatten eines Hauseinganges und schlenderte auf das Heck der Limousine zu. Als er die Hälfte der Strecke zurückgelegt hatte, öffnete sich die Tür hinter der Fahrertür und ein junger Mann in einem maßgeschneiderten Nadelstreifenanzug stieg aus. Mit einer geübten Bewegung strich er den teuren Stoff glatt und blickte ihm emotionslos entgegen.

»In Ordnung, das ist er«, hörte Quickshot die Stimme der Elfe im Ohr. Er näherte sich dem Exec bis auf drei Meter und blieb stehen. Die Männer musterten sich stumm, bis Quickshot mit der rechten Hand langsam in seine linke Hosentasche griff. Sein Gegenüber versteifte sich kaum merklich und entspannte sich wieder, als der Runner einen kleinen Chip in einem durchsichtigen Kästchen hochhielt.

»Woher soll ich wissen, dass der Chip die gewünschten Daten enthält?«

»Ihr Problem.« Quickshot schnippte das Kästchen durch die Luft. Der Exec fing es unbeeindruckt mit einer Hand auf und warf ihm ein Kästchen mit fünf Credsticks zu.

»Vertrauen gegen Vertrauen.«

Mit einem amüsierten Lächeln und ohne die Augen von seinem Gegenüber zu nehmen fingerte der Runner seinen Taschencomputer aus der Innentasche seiner Jacke und überprüfte die Credsticks einen nach dem anderen. Der Miene des Exec nach zu urteilen reagierte er damit wie erwartet. Auf den ersten vier Credsticks war die verabredete Bezahlung für jedes Teammitglied gespeichert, auf dem letzten befand sich die Zulage. Quickshot salutierte lässig zum Abschied und trat drei Schritte zurück. Der Johnson deutete die Geste richtig und verabschiedete sich mit einem Kopfnicken. Als die Limousine den Parkplatz verlassen hatte, trabte Quickshot zu seinen Teamkollegen zurück.

Das Leben konnte so einfach sein.

Manchmal ...

Nachdem sie Sendram benachrichtigt hatten, teilten sie das Geld unter sich auf. Der Run war beendet, sie konnten sich auf den Heimweg machen, jeder mit einem hübschen Sümmchen auf dem Konto. Trotzdem fiel die Anspannung der letzten Stunden nicht gänzlich von ihnen ab.

Quickshot beäugte misstrauisch jeden Schatten am Straßenrand, jedes Auto, das ihnen länger als fünf Minuten folgte. Als sie die Stadt auf der 97 in Richtung Davis Airport verließen, wurde er allmählich ruhiger. Seine Gedanken schweiften ab, während er in die Dunkelheit starrte und schwarze Felder und noch schwärzere Schatten von Bäumen an ihnen vorbeizogen. Einzelne Worte bildeten sich in seinem Kopf, wirbelten umher und formten sich zu einem halben Satz: *When darkness falls ...*

Das Fragment schwirrte herum, suchte andere Worte, die vielleicht zu ihm passten. Lockte stattdessen Töne an, die zu einer Melodie wurden. Wie elektrisiert griff Quickshot nach seinem Taschencomputer und riss Tinkerbell aus deren Gedanken.

Ihr Adrenalinspiegel stieg raketenhaft an, bis sie realisierte, dass ihnen keine Gefahr drohte. Mit einem leisen Seufzer lockerte sie die Nackenmuskeln, nahm die rechte Hand vom Steuer und ließ sie auf den Oberschenkel sinken. Bald war das Wageninnere vom leisen Klappern einer Tastatur erfüllt.

Kapitel 12

Schottland, 20 Kilometer südlich von Edinburgh

Der alte Mann saß mit grimmiger Miene auf der Veranda seiner Villa. Bekleidet mit einer dunkelbraunen Cordhose und einem braun-rot gemusterten Morgenmantel betrachtete er den riesigen Teich in der Mitte des Gartens. Ein leises Plätschern von Zeit zu Zeit, begleitet von sich träge ausbreitenden Ringen auf der Wasseroberfläche, ließ auf zahlreiche Bewohner schließen.

Mit einem Seufzen hob er die Tasse, die neben ihm auf dem runden Tisch aus dunklem Mahagoniholz stand, und trank einen Schluck. Das Frühstück, bestehend aus Toast, Aufschnitt und einem gekochten Ei, hatte er nicht angerührt, seit es die Haushälterin vor einer Stunde gebracht hatte. Aus einem bestimmten Grund war ihm heute nicht nach Essen zu Mute. Während er einen weiteren Schluck Tee trank, leuchtete der Bildschirm des kleinen Telekoms auf, das ebenfalls auf dem Tisch stand. Das Gesicht eines Mannes um die Vierzig erschien, das von kurzen schwarzen Haaren umrandet war und von einem gequälten Lächeln dominiert wurde.

Der alte Mann ließ mit keiner Bewegung erkennen, ob er den Anruf zur Kenntnis genommen hatte. Schweigend sah er in die Ferne. Die Sonne hatte sich kaum über die Southern Uplands erhoben und es war ein klarer, kühler Morgen, der Hoffnung auf einen raren Sonnentag machte.

»Die Berge sind wundervoll um diese Jahreszeit. Respekt einflößend und wunderschön zugleich.« Seine Stimme klang hohl und kratzig, als seien die Stimmbänder nach 73 Jahren ihrer Arbeit überdrüssig geworden. »Es ist weit nach Mitternacht, Lance. Ein Familienvater sollte um diese Uhrzeit in den Armen seiner liebenden Frau liegen.«

»Besondere Umstände verlangen besonderen Einsatz.«

»Sie waren seit jeher einer meiner engagiertesten Mitarbeiter.« Zwei kalte, graue Kiesel richteten sich auf den Bildschirm. »Sie haben die Daten verloren?«

Das Lächeln des Mannes fiel in sich zusammen wie ein Kartenhaus. »Sie sind wie immer gut informiert, Mr. McGregor.«

»Ich habe meine Quellen.«

Kleine Schweißtropfen bildeten sich auf der Stirn des Mannes. »Sie sind entkommen.«

»Lance, Sie sind intelligent genug, den Kontaktmann aufzuspüren und auszuschalten, aber nicht in der Lage, die Übergabe zu verhindern?« Der Tee in seiner Tasse begann bedrohlich zu schwappen, als Hamish McGregor mit der geballten Faust auf den Tisch hämmerte. »Er hat Ihnen jedes schmutzige Detail dieser Schweinerei verraten, Sie brauchten die Daten lediglich zurückzuholen.«

»Er muss uns eine wichtige Information verschwiegen haben. Sie sind irgendwie hinter unsere kleine Scharade gekommen.«

»Offensichtlich.« Hamish McGregor schloss für einen Moment die Augen. »Sie haben einen guten Freund verloren, mein Beileid!«

»Darren wusste, was er tut. Ich habe ihn gewarnt, aber er wollte es auf seine Art machen. Er hat mal wieder nicht nachgedacht.« In Lance Jamesons braunen Augen blitzte es auf und der Schmerz in seiner Stimme wich blankem Zorn. »Sie hätten auf das Angebot eingehen sollen. Das wäre für uns alle besser gewesen. Und Darren wäre nicht wie ein wildes Tier abgeschlachtet worden!«

»Sie vergessen sich, Lance. Ich lasse mich nicht erpressen. Von niemandem!« Hamish McGregor richtete sich auf, während er sich in Rage redete und die Adern an seinem Hals gefährlich anschwollen. »Diese Bluthunde wollen mein Lebenswerk zerstören! Fünfzig Jahre habe ich gebraucht, um McGregor Industries aufzubauen. Tag und Nacht habe ich gearbeitet und auf einmal kommt so ein dahergelaufener Haufen und will mir meinen Traum wegnehmen. Das kann und werde ich nicht zulassen!«

Lance Jameson trat näher an das Telekom heran und sein Gesicht füllte den gesamten Bildschirm aus. »Der Einbruch war eine Warnung. Sie haben zwar die Daten kopiert und die Originaldatei gelöscht, doch den Prototyp nicht angetastet. Sie wollten uns zeigen, wie leicht sie uns loswerden können.« Seine Stimme wurde eindringlicher. »Sie sollten über neue Gespräche nachdenken, bevor es weitere Opfer gibt.«

»Ich werde meinen Konzern nicht aufgeben!« Mit verschlossener Miene blickte der Alte in die Ferne. »Lassen Sie die Sicherheitsvorkehrungen in sämtlichen Filialen verstärken. Ich will Decker, die rund um die Uhr unser System überwachen, ich will Magier, die im Astralraum patrouillieren, damit es keine weiteren Übergriffe dieser Art mehr gibt!«

»Ich fürchte, für derartige Maßnahmen ist es ein wenig zu spät.«

»Ihre Meinung interessiert mich nicht. Ich werde diesen Halsabschneidern zeigen, was es heißt, sich mit einem McGregor anzulegen. Lance ...« Die Augen des Mannes richteten sich wieder auf den Bildschirm. In ihnen brannte das kalte Feuer der Rache. »Ich möchte, dass Sie jemanden engagieren, der meinem alten Freund einen kleinen Besuch abstattet.«

Entsetzen spiegelte sich auf Lance Jamesons Gesicht wieder. »Sir, das kann nicht Ihr Ernst sein!«

»Ich will diesen Bastard tot sehen!«

»Sie wollen sich mit einem der größten Konzerne der Welt anlegen?«

Hamish McGregor lehnte sich müde zurück und erlaubte seinen Gedanken, weit in die Vergangenheit zu schweifen. »Vor fünfzig Jahren habe ich zusammen mit Stanley Donovan eine kleine Firma gegründet, die sich mit dem Vertrieb von Waffen beschäftigte. Wir waren vier Mann und saßen in einem engen, schmierigen Büro im Norden von Edinburgh. Nach einem Jahr waren es bereits zwanzig Mitarbeiter, zehn Jahre später zweihundert, die in Tochtergesellschaften auf der ganzen Welt arbeiteten. Vor zehn Jahren bauten wir unser erstes Forschungslabor in Washington D.C. und entwickelten eigene Waffen. McGregor Industries gehörte nie zu den großen Spielern, trotzdem haben wir uns recht gut gehalten. Heute, nach fünfzig Jahren harter Arbeit, haben wir einen Erfolg erzielt, der uns groß machen könnte, größer als alle anderen. Wie kann ich im Augenblick des Triumphs zulassen, dass diese Kakerlake Cantarelli alles zerstört, wofür ich gelebt habe?« Erschöpft von seinen Ausführungen sank Hamish McGregor auf seinen Stuhl zurück. »Sie sollten mich verstehen, Lance. Sie wissen, was es bedeutet, wenn einem das Liebste genommen wird. Sie haben Ihren Freund verloren ... ist es nicht Ihr größter Wunsch, seinen Mörder zu finden? Führen Sie meinen Befehl aus, Lance. Unterstützen Sie mich bei meinem Rachefeldzug und ich werde mit allen mir möglichen Mitteln nach dem Mörder Ihres Freundes suchen!«

Lance Jameson starrte seinen Arbeitgeber mit offenem Mund sprachlos an. Dann nickte er stumm.

Fort Lewis

Fast lautlos setzte die Fokker im nächtlichen Wald von Fort Lewis auf. Der Rückflug war ruhig verlaufen und jeder von ihnen war in Gedanken bereits in seinem warmen Bett. Sie hatten vereinbart, sich nach den Vorfällen im Zoo erst mal bedeckt zu halten.

Es war nicht auszuschließen, dass irgendwo eine Beschreibung von ihnen existierte, die ihren Weg vielleicht in die Hände der falschen Leute fand. Quickshot versprach, seinen besten Decker auf die Sache anzusetzen, um diesem dummen Zufall vorzugreifen. Was immer in den Polizeiakten zu finden war, Nemo würde es aufspüren und löschen. Die Runner tauschten Telefonnummern aus und verabschiedeten sich.

Mainframe flog mit Sendram weiter nach Snohomish, um von dort aus sonstwohin zu kommen. Nachdem die Maschine wieder abgehoben hatte, standen Quickshot und Tinkerbell allein in der Dunkelheit. Die Runner blickten sich an, zuckten synchron belustigt die Achseln, da keiner von ihnen den Anfang machen wollte, und verabschiedeten sich mit einem kräftigen Händedruck. Sie wussten, dass sie sich früher oder später wieder über den Weg laufen würden. Und sei es nur durch Zufall in einer der Bars in der Innenstadt. Quickshots Angebot, sie ein Stück mitzunehmen, lehnte die Elfe dankend ab und verschwand zwischen den Bäumen.

Mit einem Schulterzucken schnappte er sich seine Reisetasche und machte sich auf den Weg zu seinem Wagen. Er hätte sie gern zu einem Drink eingeladen, um den erfolgreichen Run zu feiern.

Kapitel 13

Gähnend kramte Ash seinen Schlüssel aus der Hosentasche und stocherte mit halb geschlossenen Augen in Richtung Türschloss. Zwei Versuche später traf er es und mit einem leisen Klicken öffnete sich die Tür. Er trat ein und tastete nach dem Lichtschalter, der irgendwo links an der Wand angebracht war, sich seinen Fingern jedoch auf heimtückische Weise entzog. Seufzend gab er es auf, schob die Tür hinter sich zu und schlurfte durch die dunkle Wohnung. Die Reisetasche schleifte er am Tragegurt hinter sich her. Im Flur entledigte er sich seiner Schuhe und der Jacke, wankte ins Schlafzimmer und beförderte die Tasche mit einem Tritt in eine Ecke. Ohne einen weiteren Blick auf die Umgebung zu verschwenden, brach er auf dem Bett zusammen, schaffte es gerade, sich in die Bettdecke einzuwickeln, und schlief ein.

Als er aufwachte, war es dunkel im Zimmer. Vage erinnerte er sich, dass die Vorhänge nicht zugezogen waren, demnach konnten höchstens zwei oder drei Stunden vergangen sein. Seine Augen suchten nach der Uhr auf dem Nachttisch, was schwierig war, da er mit dem Kopf am Fußende lag. Seine Bemühungen, sich umzudrehen, wurden mit einem stechenden Schmerz belohnt, der von seiner rechten Schläfe gemächlich zur linken und wieder zurück kroch. Stöhnend gab Ash sein Vorhaben auf, blieb liegen wo er gerade war und beschloss, ein wenig mehr zu schlafen, um seinem Gehirn Gelegenheit zu geben, sich auf die nächste Runde Pingpong besser vorzubereiten.

Strahlender Sonnenschein weckte ihn am nächsten Morgen, begrüßte ihn höflich und bohrte sich schmerzhaft in seine Augen. Vollkommen zerschlagen, mit dem widerlichen Geschmack von alten Socken im Mund und einem Brummschädel, der durch keine Tür passte, schälte er sich aus der Bettdecke. Seine Kleidung, die er gestern anbehalten hatte, verstreute er auf dem Weg ins Badezimmer auf dem Teppich. Vorausschauend ignorierte er den Spiegel über dem Waschbecken, griff im Vorbeigehen nach Zahnbürste und Zahnpasta und drehte die Dusche auf.

Eine Dreiviertelstunde später war er frisch geduscht, trug saubere Kleidung und war bereit für den Tag. Mit schnellen Bewegungen kämmte er sich die Haare und warf seinem Spiegelbild einen frechen Blick zu. »Na, Ash, alter Kumpel, wieder im Lande?« Sein Spiegelbild grinste dämlich zurück und entdeckte einen kleinen Kratzer am Hals, in der Nähe des Adamsapfels.

»Hallo, wo kommst du denn her?« Wahrscheinlich ein Überbleibsel der unschönen Begegnung mit der Magierin. Seine gute Laune änderte sich schlagartig, als er das Chaos entdeckte, welches er bei seiner nächtlichen Ankunft hinterlassen hatte. Brummend machte er sich ans Aufräumen. Im Vorbeigehen warf er einen Blick auf das Telekom, dessen Display ihm mitteilte, dass drei Anrufe eingegangen seien. *Scheinst ja plötzlich enorm beliebt zu sein.*

Er drückte den Knopf, um die Nachrichten entgegenzunehmen, und widmete sich erneut der Wäsche auf dem Boden. Der erste Anruf war von Mikey, der ihn höflich an ein gewisses Interview und daran erinnerte, dass er ihn bei Nichterscheinen umbringen würde. Der zweite Anruf war ebenfalls von dem rundlichen Manager und teilte ihm mit, dass sich das Treffen zeitlich verschoben habe und erst um siebzehn Uhr stattfinde. Was nichts daran ändere, dass er bitte pünktlich kommen möge ... blablabla.

Der nächste Anrufer war Quinn, der für einen kranken Arbeitskollegen einspringen musste und keine Zeit hatte, seine Gitarre aus der Werkstatt zu holen. Als er Namen und Adresse des Ladens nannte, horchte Ash auf. *Second Sounds,* diesen Namen gab es garantiert kein zweites Mal in Seattle!

Sein Herz schlug plötzlich schneller und in seinem Magen breitete sich ein dumpfes Gefühl aus. Ausgerechnet.

Von allen Läden in der Stadt suchte der Junge sich gerade diesen aus!

Ash starrte eine geschlagene halbe Stunde auf das Display des Telekoms. Würde schwierig sein, Quinn zu erklären, warum er die Gitarre nicht abholen konnte. Er konnte Keiko oder Evan anrufen und den Auftrag an sie weitergeben. Hatte er eben keine Zeit, basta. Doch etwas in ihm wollte zu diesem Laden gehen, wollte sich der Vergangenheit stellen, mit all ihren schmerzhaften Erinnerungen. Fluchend zog er seine Jacke aus dem Wäscheberg hervor, knallte die Wohnungstür hinter sich zu und lief durch den Korridor zum Fahrstuhl. Je eher er die Sache hinter sich brachte, desto besser.

Je näher er Puyallup kam, desto unruhiger wurde er. Wie es wohl war, den Laden nach so langer Zeit wiederzusehen? Dass er überhaupt noch existierte!

Second Sounds befand sich in einer kleinen Seitenstraße am Rande der Puyallup-Barrens. Das Geschäft war eine Mischung aus Reparaturwerkstatt und Second-Hand-Laden für alles, worauf sich Saiten ziehen ließen, ob elektrisch oder nicht. Von außen war es nicht von den anderen heruntergekommenen Läden in der Gegend zu unterscheiden. Was *Second Sounds* ausmachte, was das Innere. Die hinteren Räume, in die kaum ein Sterblicher eingelassen wurde. Dort hingen die wahren Schmuckstücke. Uralte Stratocaster, Telecaster und Gibsons, Konzertgitarren aus echtem Holz, antike, unbezahlbare Stücke. Dort befand sich auch die Werkstatt, wo der Inhaber noch aus dem jämmerlichsten Stück Sperrholz eine wunderbare Gitarre zauberte. Ash war klar, warum Quinn diesen Laden gewählt hatte, obwohl er am anderen Ende der Stadt lag. Hier war seine geliebte Gitarre in den besten Händen.

Er parkte den Wagen auf der anderen Straßenseite und stellte den Motor ab. Zehn Minuten später war er bereit auszusteigen. Seine Knie hatten sich inzwischen in Pudding verwandelt, was das Gehen nicht einfacher machte. Die feuchten Hände an der Hose abstreifend, überquerte er die Straße und musterte das Schaufenster, dessen Auslage sich seit einer Ewigkeit nicht verändert zu haben schien. Zögernd drückte er die Klinke der Eingangstür herunter und trat ein. Das Schellen der Türglocke erklang und ein Schwall vertrauter Gerüche und Erinnerungen überrollte ihn. Sekundenlang waren seine sämtlichen Sinne wie betäubt. Wie ein Schlafwandler drehte er sich im Kreis, nahm die Bilder in sich auf und sog die Luft ein. Der metallische Geschmack abgegriffener Saiten lag auf seiner Zunge und der staubig-modrige Geruch von altem Papier und Holz kribbelte in seiner Nase. Wie früher war der kleine Laden bis unter die Decke voll gestellt mit Regalen, in denen Unmengen Notenbücher, Unterrichtshefte, Ersatzteile, Kabel und Gitarrensaiten lagen. Auf dem Boden standen Verstärker und Boxen in jeder Größe, an den Wänden hingen E-Gitarren, Bässe und Konzertgitarren verschiedener Preisklassen. Ash fuhr sich mit der Linken durchs Haar und atmete langsam aus.

Unbemerkt betrat ein braunhaariger Mann den Verkaufsraum. Er war Mitte Vierzig, einen Kopf größer als Ash und um Bauch und Hüften deutlich aus der Form geraten. Seine kinnlangen Haare, die von grauen Strähnen durchzogen waren, hatte er im Nacken zu einem dünnen Zopf gebunden. Als er Ash entdeckte, zog er lautlos den roten Vorhang zu, der den Hauptraum von der Werkstatt trennte. Mit einem breiten Grinsen, das von einem Ohr zum anderen reichte, legte er den schmutzigen Lappen zur Seite, an dem er sich eben die fettigen Hände abgewischt hatte und verschränkte die Arme vor der Brust.

»Sieh mal an, wen mir der Wind hereingeweht hat.«

Ash fuhr herum, gefangen zwischen Wiedersehensfreude und Schrecken. Sein Herz machte einen Sprung und schlug in doppelter Geschwindigkeit weiter. Schließlich brachte er ein schüchternes Lächeln zuwege. »Hi, Ben. Ein

Kumpel von mir hat seine Gitarre bei dir in Reparatur und ich soll sie für ihn abholen.« *Ist das meine Stimme oder die des neunzehnjährige Jungen, der vor vier Jahren gegangen ist? Ich habe das Gefühl, als wäre ich nie weg gewesen.*

»Und ich dachte, du willst den alten Ben besuchen.«

»Was soll ich sagen?« Ash hob in einer verlegenen Geste die Schultern und ließ sie wieder fallen. »Hat sich irgendwie nie ergeben.«

Bens Grinsen verschwand und ein Ausdruck alter Trauer färbte seine braunen Augen dunkler. »Ich weiß.« In diesen beiden Worten lag so viel Verständnis, dass es Ash die Kehle zuschnürte. Ben zog den Vorhang zur Seite und winkte ihn heran. »Komm, dein Freund hat bereits angekündigt, dass er jemanden vorbeischickt. Er hat nur vergessen, deinen Namen zu erwähnen.«

Ash betrat den Nebenraum und wieder meldeten sich die Erinnerungen. Stärker und intensiver als zuvor. Nichts hatte sich in den vier Jahren verändert, nur die Werkbank hatte einige Kerben mehr. Der Raum strahlte dieselbe Ruhe aus wie damals. Eine fast meditative Stimmung umgab die beiden Männer.

»Ich muss mich setzen.« Überwältigt ließ er sich auf den Stuhl fallen, auf dem er früher immer gesessen und Ben bei seiner Arbeit an den Instrumenten zugesehen hatte. Er stand an derselben Stelle wie damals.

»Ich muss noch zwei Kleinigkeiten erledigen, dann kannst du sie mitnehmen.«

Ash nickte stumm und sah zu, wie der Mann das Griffbrett polierte und die Saiten aufzog. Dann reichte er ihm die Gitarre. »Hier, als professioneller Musiker solltest du wissen, wie man dieses Prachtstück stimmt.«

Ashs Lächeln schien den Raum zu erleuchten. »Du weißt von der Band?«

Sein Gegenüber stemmte entrüstet die Hände in die Hüften. »Lebe ich auf dem Mond? Ich hab jeden Zeitungsschnipsel und Fernsehbericht über dich aufgehoben!«

Ash senkte geschmeichelt den Kopf und kratzte sich verlegen am Kinn.

Ben wurde ernst. »Diese Sache vor einigen Tagen. Was ist da passiert?« Die Sorge in seiner Stimme ließ Ash aufsehen.

»Anscheinend will uns einer der Policlubs das Leben schwer machen. Keine Ahnung, warum die sich gerade uns ausgesucht haben. Werden sich bald beruhigen und anderen Leuten auf die Nerven gehen.«

»Du solltest die Sache ernster nehmen. Das ist kein Spaß!« Ben klopfte mit den Knöcheln auf die Oberfläche der Werkbank und schüttelte den Kopf. »O Mann, hallo Herr Oberlehrer. Hör dir den Unsinn an.«

»Manche Dinge ändern sich nie.« Ash hatte inzwischen die Gitarre an einen kleinen Verstärker angeschlossen, der in einer Ecke des Raums stand. Er schaltete ihn ein und justierte die Lautstärke. Dann schloss er die Augen, legte den Kopf auf die Seite und begann die Gitarre zu stimmen.

»Du warst noch nie groß darin, deine Probleme mit anderen zu teilen«, murmelte Ben und holte eine rote Fender Telecaster von einem der Regale. »Sei nur vorsichtig, okay? Ich möchte nicht an einem weiteren Grab stehen müssen, nur weil du nicht erkennst, wann die Zeit gekommen ist aufzuhören.«

Ash schluckte hart. Gott, tat das weh! »Klar.« Er holte tief Luft und konzentrierte sich ganz auf seine Aufgabe. Ben ließ ihn gewähren. Warum alte Wunden aufreißen? Manche Dinge änderten sich eben nie. Egal, was passierte.

Als Ash die letzte Saite gestimmt hatte, spielte er eine Reihe von Akkorden und nickte zufrieden. »Klingt wie neu, Quinn wird begeistert sein.« Seine Augen huschten unruhig durch den Raum, als er die Gitarre zurück in ihren Koffer legte. »Muss mich erst mal akklimatisieren.« Er lächelte unsicher. »Fühl mich nach der langen Zeit richtig fremd hier.«

»Ich mach uns was zu essen.« Ben legte den Schraubenzieher zur Seite. »Man kann deinen Magen ja bis auf die Straße knurren hören.«

»Ich wusste, ich habe vorhin was vergessen.«

Als Ben in der kleinen Küche verschwunden war, blickte Ash verstohlen auf die Uhr. Es war kurz nach zwölf. Er stellte den Alarm auf halb fünf ein und ließ den Blick erneut über Instrumente und Werkzeuge wandern. Wie konnte man sich gleichzeitig verloren und daheim fühlen?

Stunden später erhob er sich widerwillig von dem staubigschwarzen Linoleumboden und streckte die Beine aus, die vom langen Verharren im Schneidersitz vollkommen taub waren. Er freute sich auf das schmerzhafte Kribbeln, wenn sie irgendwann im nächsten Monat wieder aufwachen würden. Behutsam legte er die hellbraune Konzertgitarre auf der Werkbank ab, deren Hals er mit einem Spezialkleber neu verklebt und mit mehreren Holzplättchen und Klebeband fixiert hatte.

Ben musterte ihn anerkennend. »Hast es nicht verlernt.« Kopfschüttelnd betrachtete er das Chaos aus Werkzeugen und Klebetuben, das der Sänger um sich herum auf dem Boden verteilt hatte. »Weißt du, einige Leute benutzen diese komischen Bretter auf vier Beinen, wenn sie arbeiten. Eignen sich hervorragend zum Abstellen von Dingen.«

»Hmm, Tische, hab davon gehört.« Ash klopfte sich Staub und feine Sägespäne von der Hose. »Glaube nicht, dass die sich durchsetzen.«

»Spinner.« Ben fuhr ihm ruppig mit der Hand über den Kopf.

Ash drehte sich lachend weg und boxte ihm spielerisch gegen den rechten Oberarm. »Hey.« Er schob eine vorwitzige Strähne hinter das linke Ohr und musterte sein Gegenüber mit einer Mischung aus Wehmut und Wärme. »Ich hab dich wirklich vermisst!«

»Wenn es bis zu deinem nächsten Besuch wieder vier

Jahre dauert«, – Ben hob drohend den Zeigefinger – »bringe ich dich um, mein Freund.«

Ash schulterte schmunzelnd Quinns Gitarrenkoffer und Ben folgte ihm zurück in den Verkaufsraum.

»Eine Sache würde mich interessieren.« Der Mann lehnte sich gegen den Tresen und verschränkte die Arme vor der Brust. »Mir ist klar, dass du die Angelegenheit am liebsten vergessen möchtest, aber zwei Wochen nachdem du weggezogen bist, hat sich jemand die Ganger vorgenommen, die Dillon ermordet haben. Angeblich drei Leute. Haben die komplette Gang ausgelöscht und ihr Clubhaus niedergebrannt. Nicht, dass denen irgendjemand im Viertel eine Träne nachgeweint hätte nach allem, was die Bastarde mit euch angestellt haben. Aber für mich sah das verflucht nach einem Racheakt aus.«

»Ich hatte nichts damit zu tun.« Ashs Stimme klang tonlos, während seine Augen einen Punkt jenseits der Ladentür fixierten. »Auch wenn ich liebend gern jedem von denen eine Kugel in den Schädel gejagt hätte. Ist mir wohl jemand zuvorgekommen.« Er wandte sich zum Gehen, doch Ben hielt ihn an der Schulter zurück.

»Hey, nichts für ungut, okay? Ich war einfach neugierig.«

»Ist schon okay, irgendwann muss ich darüber hinwegkommen.«

Die Männer umarmten sich zum Abschied und Ash verließ *Second Sounds* mit einem Kloß im Hals. Ohne sich umzudrehen ging er zu seinem Wagen.

Nachdem er die Gitarre auf dem Rücksitz abgelegt hatte, verharrte Ash eine Weile reglos auf dem Fahrersitz. Er fühlte sich elender als je zuvor. Die Narbe an seiner linken Schulter juckte und pochte unter seiner Kleidung. Die Narbe von der Kugel, die einer der Ganger auf ihn abgefeuert hatte. Die ihn fast umgebracht hatte. Nur weil sie zur falschen Zeit am falschen Ort gewesen waren. Bis heute verstand Ash nicht, was sie in jener Nacht dazu gebracht hatte, sich mit einem Haufen Punks anzulegen. Sie waren auf dem Weg zu Ben gewesen, Dillon und er. Angetrunken, übermütig, auf dem Rückweg von der Geburtstagsfeier eines Freundes. Die Punks hatten in einem Hauseingang herumgelungert und nur darauf gewartet, dass jemand vorbeikam, der ihnen nicht gefiel. Ash und Dillon gefielen ihnen nicht. Weil sie lange Haare hatten und Lederjacken trugen. Was für ein Grund! Ein Wort gab das andere und am Ende war Dillon tot und er selbst schwer verletzt. Drei Tage hatte er im Koma gelegen, auf der Schwelle zwischen Leben und Tod. Nur um aufzuwachen und zu erfahren, dass sein bester Freund, der Mensch, mit dem er zehn Jahre seines Lebens verbracht hatte, nie wieder bei ihm sein würde. Es hatte ihn fast zerrissen.

Die Zeit nach Dillons Tod bestand in Ashs Erinnerung aus dumpfem Schmerz und rasender Wut. Er hatte mühsam gelernt, diese Emotionen in kreative Bahnen zu lenken. Und versucht, die Vergangenheit zu vergessen.

Heute trafen ihn Schmerz und Einsamkeit wie ein Vorschlaghammer. Er hatte das Gefühl, in einem Strudel aus Lügen, Halbwahrheiten und Geheimnissen zu ertrinken. Wie ein Verrückter schwamm er gegen den Strom, doch der Sog riss ihn unabwendbar in die Tiefe. *Wenn ich nichts unternehme, verliere ich den Verstand!* Wie ein Zombie steuerte er den Jackrabbit durch den Verkehr. In der vagen Hoffnung, das bevorstehende Interview werde ihn auf andere Gedanken bringen.

Obwohl Ash das Studio pünktlich erreichte, traf er als Letzter ein. Er blieb einen Moment im Türrahmen stehen und ließ die Szene auf sich wirken. Die beiden Journalisten, eine Frau und ein Mann, hatten es sich auf der schwarzen Ledercouch im Vorraum bequem gemacht und wurden von einem überfreundlichen Mikey mit frischem Kaffee versorgt. Der Rest der Band umschwirrte sie nervös. Spannung lag in der Luft. Eine Atmosphäre, die ihn normalerweise vollkommen wahnsinnig machte. Die Musiker waren sich der Tatsache bewusst, dass ein negativer Bericht im Metal-Guide das schnelle Aus bedeuten konnte, und die Journalisten wussten, dass die Musiker es wussten. Ein falsches Wort konnte die Band ruinieren. Heute störte Ash die Stimmung nicht, sondern lenkte ihn von seinen Problemen ab. Brooks, der an einer Wand lehnte und das Treiben ruhig beobachtete, entdeckte ihn schließlich. Er neigte zur Begrüßung leicht den Kopf.

Als wäre er ein elfischer Lord. Typisch Brooks. Ash trat ein und drückte als erstes Quinn dessen Gitarre in die Hand. Die musste umgehend ausprobiert werden und plötzlich waren die Journalisten nur noch von untergeordneter Bedeutung. Mit großem Hallo wurde Ash von Mikey und den anderen Bandmitgliedern begrüßt.

Die beiden Journalisten stellten sich als Norman Carter und Valerie Zabrisky vor. Er kannte Norman von der monatlichen Lektüre des Metal-Guide, traf ihn jedoch zum ersten Mal persönlich. Norman war vier Jahre älter als er und der Star-Kolumnist des Verlags, der noch zwei weitere Musikzeitschriften veröffentlichte. Schon sein Vater war Journalist gewesen und hatte ihm das Schreiben praktisch in die Wiege gelegt. Norman steckte seit seinem vierzehnten Lebensjahr fest in der Szene. Er hatte für Schülerzeitungen Konzertberichte geschrieben und später als freischaffender Journalist gearbeitet. Auf seinem Gebiet war er ein absoluter Experte. Rein äußerlich entsprach er mit seinen langen mittelbraunen Haaren und den weichen, weiblichen Gesichtszügen einer der zahlreichen Klischeevorstellungen über Metal-Fans. Amüsiert bemerkte Ash, dass sein Gegenüber eines der T-Shirts trug, die *Devil's Playground* auf ihrem Konzert vor einigen Tagen verkauft hatten. Anscheinend ein echter Fan.

Sein Blick schweifte zu Valerie, die ihn neugierig aus wachen, braunen Augen musterte. In ihrem schlichten, schwarzen Kostüm, das hervorragend mit ihrem kinnlangen, kupferroten Pagenkopf harmonierte, und den hochhackigen

Pumps passte sie nicht recht ins Bild. Was daran lag, dass sie normalerweise für die Modezeitschriften im Programm des Herold-Verlags arbeitete und, wie sie rasch erklärte, für einen kranken Kollegen eingesprungen war. Daher auch die zeitliche Verschiebung. Quinn und Evan zeigten sich durchaus erfreut über diesen unglücklichen Zufall.

Norman erklärte knapp, dass er das Interview mit einem internen Recorder aufnehmen würde, während Valeries Hauptaufgabe darin bestand, die Band zu filmen und optisch ins rechte Licht zu rücken. So konnten die Herausgeber des Metal-Guide das Material später alternativ als Audio- oder Videodatei anbieten.

Auf Evans Frage, wo Valerie denn ihre Kamera versteckt habe, deutete diese auf ihre linke Schläfe.

»Alles hier drin. Eine Opticam und ausreichend Speicher für drei Stunden.« Sie schmunzelte über Evans erstaunten Gesichtsausdruck. »Sie können Sich also ruhig ausführlich zu den Fragen äußern.«

»Möchte wissen, was Sie noch alles in ihrem hübschen Kopf versteckt haben, Ms. Zabrisky.« Quinn bedachte sie mit einem anzüglichen Blick, der Mikey den Schweiß auf die Stirn trieb. »Gehört alles zum Image«, gab der Manager hastig zu verstehen. »Nehmen Sie die Jungs bitte nicht ernst, die machen nur Spaß.«

»Keine Sorge«, erwiderte Valerie locker. »Für ein Kompliment bin ich immer zu haben.« Sie fuhr sich durchs Haar, und für Sekundenbruchteile sah Ash eine Datenbuchse hinter ihrem linken Ohr aufblitzen.

»Wir haben für ausreichend Getränke gesorgt.« Mikey deutete auf die Tür zum Aufnahmestudio. »Wenn alle so weit wären, könnten wir langsam anfangen.«

Nach einem ausgiebigen Begrüßungstrunk, verbunden mit der ersten allgemeinen Fragerunde, verteilten sich die Musiker im Studio, um Valerie Gelegenheit zu geben, diverse Aufnahmen von der Einrichtung und der Band zu machen. Vorher hatten sie ihre Arbeitsräume nie in dieser ausführlichen Art präsentiert, doch hielt Mikey es für angebracht, dem Metal-Guide und den Fans etwas Besonderes zu bieten.

Ash und Brooks posierten für Valerie rings um den alten Billardtisch, der in einer Ecke des Vorraumes stand, und wagten ein kleines Spielchen. Brooks war recht gut, während Ash an diesem Tag keine einzige Kugel versenkte. Wahrscheinlich lag es an der extremen Albernheit, die seine Melancholie vertrieben hatte. Man erwartete von ihm, dass er gut gelaunt war, also hatte er gute Laune. Und gab sich dabei dermaßen überdreht, dass alles witzig und amüsant war und er Schwierigkeiten hatte, die Fragen ernsthaft zu beantworten. Bald verdrehte der Elf nur noch die Augen und schüttelte wortlos den Kopf. Norman und besonders Valerie waren begeistert von dem Sänger und amüsierten sich königlich über seine Scherze.

»Ash, eine Frage hätte ich noch an dich«, wandte sich Norman an ihn.

»Klar, schieß los.« Ash visierte mit der Spitze des Queues die weiße Kugel an.

»Es gibt unzählige junge, unbekannte Bands dort draußen, die darauf warten, so erfolgreich zu werden wie *Devil's Playground*. Was würdest du ihnen raten? Gibt es den ultimativen Tipp zum Erfolg?«

»Hm.« Ash setzte das Queue ab und fixierte nachdenklich das dunkelgrüne Filztuch auf dem Billardtisch. Schließlich zuckte er die Achseln. »Eine ultimative Regel gibt es nicht. Ich kann nur erzählen, wie wir es gemacht haben.« Er gab der weißen Kugel einen Stoß, die wiederum auf die volle gelbe traf. Die gelbe Kugel verfehlte knapp das gegenüberliegende Loch und rollte in der Mitte des Tisches aus. »Wir haben unsere erste Single damals auf blauen Dunst auf einer dieser freien Musiktauschbörsen in der Matrix angeboten.« Er trat einen Schritt zur Seite, um Brooks Platz zu machen, der erneut an der Reihe war.

»Danach haben wir in sämtlichen Chatrooms und Gästebüchern erzählt, wie toll diese neue Band sei, die wir letztens gehört hätten. Die Leute wurden neugierig und fingen an, die Single runterzuladen. Schließlich mussten sie nichts dafür bezahlen«, fügte er hinzu. »Und wer sagt schon nein, wenn er etwas umsonst bekommt?«

Neben ihm versenkte Brooks ohne Mühe eine Kugel nach der anderen. Ash kratzte sich frustriert an der Schulter und wandte sich wieder Norman zu.

»Als wir genug Aufmerksamkeit erregt hatten, machten wir eine Liste mit allen Plattenfirmen, die Heavy-Metal-Bands unter Vertrag hatten, und terrorisierten sie mit Anrufen, Mails und Kostproben unserer Songs. Nuclear Blast hat sich schließlich erbarmt und uns zu einem persönlichen Gespräch eingeladen. Tja, und das war's.« Er sah Valerie an, die seinen Blick aus wunderschönen Rehaugen erwiderte. »Probiert es aus, schaden kann es nicht. Geht den Leuten so lange auf die Nerven, bis sie euch zuhören müssen. Zwingt sie, sich mit euch zu beschäftigen. Bei uns hat es funktioniert. Aber erzählt mir hinterher nicht, es wäre meine Schuld, dass aus euch nichts geworden ist.« Er hob drohend den Zeigefinger, was ein amüsiertes Lächeln auf Valeries Gesicht zauberte.

»Brooks«, lenkte Norman die Aufmerksamkeit des Elfs auf sich, »mit deinen 35 Jahren bist du zehn Jahre älter als die übrigen Bandmitglieder. Fühlst du dich da nicht manchmal wie der große Bruder?«

Auf der anderen Seite des Billardtisches prustete Ash bei den Worten ›großer Bruder‹ los und verschwand vor Lachen fast unter dem Tisch.

Der Elf beugte sich ungerührt vor und versenkte mit einem kräftigen Stoß die Zehn im linken Eckloch. »Eher wie ein Kindergärtner.« Über das Queue hinweg visierte er die nächste Kugel an. Auch sie verschwand in einem der Löcher. »Ich mag älter sein als Keiko, Evan, Quinn und Ash.« Er musterte den Sänger, der sich mit hochrotem Kopf kichernd die Tränen aus den Augen wischte und sich allmählich von seinem Lachanfall erholte, und zog skeptisch eine Augenbraue hoch. »Trotzdem haben Quinn und Evan weit mehr Erfahrung im Geschäft. Die beiden haben mit fünfzehn ihre erste gemeinsame Band gegründet und hatten mit neunzehn den ersten Vertrag in der Tasche. Ich bin erst vor drei Jahren fest eingestiegen und muss noch einiges lernen.«

»Ziemlich bescheiden für einen Mann, der zu *der* aufstrebenden Band der letzten Jahre gehört.«

»Ich denke, dass wir gute Chancen haben, ganz nach oben zu kommen. Falls uns niemand einen Strich durch die Rechnung macht.«

»Brooks.« Mikey meldete sich mit einem Räuspern zu Wort. »Wir haben etwas ausgemacht.«

»Ja, natürlich, ich vergaß.« Der Elf konzentrierte sich auf die nächste Kugel, während sich Keiko, Quinn und Evan vielsagende Blicke zuwarfen.

Ash, der sich angesprochen fühlte, bedachte Brooks mit einem bitterbösen Seitenblick. Das gefährliche Funkeln in seinen Augen verschwand, als ihn Valerie zu Einzelaufnahmen ans Mischpult bat. Der Sänger knipste sein schönstes Lächeln an, stellte sein Queue ab und folgte ihr.

Gegen 22:00 Uhr war der Spuk vorbei. Norman und Valerie hatten alle Fragen gestellt und ausreichend Material gesammelt und verabschiedeten sich gut gelaunt.

Kaum waren die beiden Journalisten in ihren Wagen gestiegen und abgefahren, verfiel Ash wieder in seine Depressionen. Die anschließende Besprechung des Treffens erlebte er wie durch einen dichten Nebel. Das Lob des Managers prallte von ihm ab und entlockte ihm lediglich ein flüchtiges Lächeln. Sein Gehirn konnte gerade noch aufnehmen, dass sie sich am folgenden Abend ein weiteres Mal treffen wollten, um irgendwas zu besprechen. Das Interview, die Tournee ... er hatte es in dem Moment vergessen, in dem Mikey es sagte. Als sich die Bandmitglieder voneinander verabschiedeten und Ash aus dem Studio schlurfte, hielt ihn Keiko sanft am Arm zurück und zog ihn in eine Ecke.

»Was ist los mit dir?«, flüsterte sie.

»Ich weiß nicht, was du meinst.« Er blickte in ihre großen, besorgten Augen und versuchte einen positiven Ausdruck auf sein Gesicht zu zaubern. Funktionierte nicht.

»Den anderen kannst du was vormachen.« Mit einem Kopfnicken deutete sie auf Mikey, der eben in seinen Wagen stieg. »Aber ich spüre, dass irgendwas nicht stimmt. Du hast allen so richtig was vorgemacht, wie toll das Leben ist, wie glücklich du bist und wie viel Spaß dir dieses Interview macht, aber das warst nicht du.« Sie nahm seine rechte Hand in ihre und drückte sie fast flehentlich. »Ich weiß nicht, was es ist, aber wenn du darüber reden möchtest ...«

Ach, Keiko, liebe Keiko. Wenn ich in meiner momentanen Verfassung anfange zu reden, höre ich nicht wieder auf. Und das wäre für keinen von uns gut. Trotzdem spürte er das brennende Verlangen, sich jemandem mitzuteilen.

»Du passt immer auf mich auf, nicht wahr?« Er umarmte Keiko, gerührt von ihrer Besorgnis, und spürte wieder diesen Kloß im Hals.

Die Japanerin erwiderte erleichtert seine Umarmung und hauchte ihm einen Kuss auf die linke Wange. »Komm.« Sie ergriff seine Hand und zog ihn zu seinem Wagen. »Toshi ist geschäftlich in Tokio und kommt erst übermorgen zurück. Wir fahren zu mir und kochen was Leckeres und dann erzählst du mir, was dich bedrückt.«

»Wird dein Freund nicht eifersüchtig?«

»Quatsch. Außerdem haben wir ein Abkommen. Ich halte ihn nicht davon ab, sechs Monate im Jahr Häuser in Tokio zu bauen, und er erlaubt mir, jeden jungen, gut aussehenden Mann abzuschleppen, dem ich in seiner Abwesenheit begegne.« Sie warf ihm einen anzüglichen Seitenblick zu.

»Würd´ mich interessieren, ob er vom zweiten Teil der Abmachung weiß.« Ash holte seinen Autoschlüssel aus der Hosentasche. »Vielleicht sollte ich ihn bei Gelegenheit mal fragen.«

»Das wirst du nicht tun«, protestierte Keiko lachend.

Kapitel 14

Schottland, in der Nähe von Edinburgh

»Sir, wir haben eine erste Spur!«

»Sie sind einen weiten Weg geflogen, um mir das sagen.« Hamish McGregor musterte sein Gegenüber. »Ein Telefonat hätte es auch getan.«

»Ich wollte es Ihnen persönlich mitteilen. Ich habe die letzten vierundzwanzig Stunden damit verbracht, das Material zu sichten, das unsere Decker zusammengetragen haben. Zeugenaussagen, Beschreibungen, Polizeiberichte ... Sie glauben gar nicht, wie viele Menschen sich plötzlich an die absurdesten Details erinnern, wenn man sie nur intensiv genug befragt.« Lance Jameson lief erregt von einer Ecke der Veranda zur anderen. Der Blick des Alten folgte ihm beständig.

»Offensichtlich sind Sie wieder einmal mit der Ihnen eigenen Sensibilität vorgegangen. Hoffentlich ohne den Ruf des Konzerns zu gefährden.«

»Kein Grund zur Sorge, Sir. Ich bin nicht persönlich aufgetreten. Außerdem neigen Menschen dazu, Dinge ebenso schnell wieder zu vergessen, wenn man ihnen eine entsprechende Entschädigung in Aussicht stellt.«

»Ich habe Ihre Hartnäckigkeit stets zu schätzen gewusst.« Der alte Mann trank einen Schluck Tee aus der dünnwandigen, mit filigranen Ranken verzierten Porzellantasse, die auf dem Verandatisch stand. »Setzen Sie sich.« Er deutete auf den freien Stuhl zu seiner Linken. »Sie machen mich wahnsinnig.«

»Entschuldigung.« Lance Jameson zog in einer verlegenen Geste die Hände aus den Hosentaschen und sank in den Korbstuhl. Mit unruhig zuckenden Augenlidern betrachtete er seine Kaffeetasse, deren Inhalt inzwischen eiskalt sein musste. »Sie wurden nicht in Washington angeworben, das steht fest. Keiner unserer Leute hat jemals etwas von den dreien gehört.« Lance Jameson kaute nachdenklich auf seiner Unterlippe herum. »Wenn Sie nach guten Runnern suchten, wo würden Sie anfangen?«

Hamish McGregor schnaubte entrüstet. »Ich habe wirklich keine Ahnung von derartigen Unterweltaktivitäten!«

»Mit allem gebührenden Respekt, Sir ... denken Sie nach. Sie haben Ihren Sitz in Washington und brauchen jemanden, der die Drecksarbeit für Sie erledigt. Er darf nicht von der Ostküste kommen, da Sie die Gefahr minimieren wollen, dass man den Auftrag zu Ihnen zurückverfolgen kann. Sie haben Kontakte in sämtlichen Städten der Territorien. In welcher Stadt würden Sie anfangen zu suchen? Wo gibt es Runner wie Sand am Meer?«

Der alte Mann stützte nachdenklich das Kinn auf und man konnte ihm ansehen, wie es in seinem Kopf arbeitete. Nach einigen Sekunden breitete sich ein Lächeln des Begreifens auf seinem Gesicht aus.

Lance Jameson beugte sich langsam vor, den Ausdruck eines Jägers in den Augen, der seine Beute gewittert hat.

»Geben Sie mir eine Woche. Dann habe ich sie.«

Seattle

Ash konnte nicht definieren, wie er sich fühlte. Erschöpft, ausgelaugt, erleichtert, glücklich, benebelt, empfindungslos. Alle Emotionen waren durcheinandergewirbelt.

Er hatte mies geschlafen, im ganzen vielleicht zwei Stunden, und fröstelte vor Müdigkeit, obwohl es in der Wohnung kuschelig warm war.

Das Gespräch mit Keiko hatte ihm gut getan. Es war eine Grundreinigung der Seele gewesen. Irgendwann, er wusste gar nicht mehr warum, hatte er ihr von Dillon erzählt und seinem Besuch bei Ben. Er hatte angefangen zu weinen. Einfach so. Hatte geheult wie ein Schlosshund, zum ersten Mal seit Dillons Tod. Hatte einfach nicht aufhören können. Alles war aus ihm herausgebrochen, als hätte jemand einen Damm gesprengt. Die Tränen, die sich seit dem Verlust seines besten Freundes aufgestaut hatten, der Stress, die ständige Belastung durch sein Doppelleben, die ständige Sorge, etwas zu sagen oder zu tun, das jemand aus dem einen oder anderen Leben misstrauisch machen konnte.

Er hatte schweigend geweint. Und Keiko hatte ihn in den Armen gehalten wie ein Baby, keine Fragen gestellt, nur abgewartet, bis es vorbei war. Sie war immer für ihn da, ihr vertraute er wie nie einem Menschen zuvor.

Sie stellte nie Fragen, doch er wusste, dass sie vieles erahnte, ihr viele Dinge merkwürdig vorkamen. Sie war zu intelligent, um sich ewig von seinem Versteckspiel täuschen zu lassen. Irgendwann würde sie fragen. Und er wusste, was er ihr antworten würde.

Jetzt saß er auf der Fensterbank in seinem Wohnzimmer, in eine Wolldecke gewickelt und einen großen Becher mit heißem Kakao in den Händen, und genoss die Musik, die aus den Lautsprechern der Anlage kam. Wahrscheinlich einen Tick zu laut für diese Uhrzeit, doch das war ihm egal. Sollten sich die Nachbarn bei ihm beschweren.

Lange nichts mehr von Taurus gehört. Muss ihn bei Gelegenheit mal anrufen. Sein letzter Auftritt war ziemlich merkwürdig. Aber nicht um halb acht Uhr morgens, schließlich möchte ich meinen vierundzwanzigsten Geburtstag in einem Stück erleben.

Die Gelegenheit bot sich vier Stunden später. Ash ließ das Telekom zwanzig Mal klingeln und wollte schon aufgeben, als der Troll endlich abhob.

Sein Freund starrte ihn aus glasigen, blutunterlaufenen Augen an und schien ernsthafte Probleme damit zu haben, seinen Blick zu fokussieren. Als er Ash erkannte, produzierte sein Mund ein betrunkenes Lächeln. »Hey, Chummer, alles locker?« Taurus klang wie jemand, der seit Tagen in denselben Klamotten geschlafen und zu viel getrunken hatte. Er lallte so stark, dass Ash ihn kaum verstand.

»Hallo, Großer. Hab ich dich geweckt?« Der Sänger bedachte seinen Freund mit einem skeptischen Blick.

»Fang gar nich erst an, bin nich in Stimmung für so was.«

»Offensichtlich. Wie geht es dir? Ich hab seit Tagen nichts von dir gehört.«

»Muss daran liegen, dass du nich in Seattle warst.«

»Du weißt, was ich meine.«

»Ach so.« Taurus zog seine mächtige Stirn in Falten, als versuche er sich an etwas zu erinnern. »Bin beschäftigt. Hab 'n neuen Job in Aussicht.«

»Aha?« Ash stemmte überrascht die Hände in die Hüften. »Ich dachte, du hast schon einen.«

»Bringt nich genug ein.«

»Okay ...« Ash dehnte das Wort wie ein Kaugummi. »Wenn das für dich so einfach ist.« Er gab sich keine Mühe, seine Enttäuschung zu verbergen. »Und in welche Richtung möchtest du dich neu orientieren?«

»Hm?« Taurus starrte ihn verständnislos an. »Wie war das?«

War mir entfallen. Besoffenen Trollen soll man nicht mit kompliziertem Satzbau kommen. »Was für einen Job hast du denn?« Er betonte jedes Wort überdeutlich.

»Noch keinen, aber ich hab da was laufen. Hab 'nen alten Chummer angerufen ...«

Ash fiel vor Verblüffung die Kinnlade herunter. »Das ist nicht dein Ernst, oder? Du bist seit einer Ewigkeit raus aus dem Geschäft!«

»Ich bin immer noch fit, kapiert?«, grunzte Taurus mit einer Heftigkeit, die den Sänger zusammenzucken ließ.

Ash betrachtete sein Gegenüber mit wachsender Besorgnis. »Ich bekomme allmählich das Gefühl, dass du dich in eine Richtung bewegst, die nicht gut für dich ist.«

»Bemuttere mich nicht, du abgebrochener Zwerg!« Taurus' Speichel spritzte auf die Linse der Videokamera seines Telekoms. »Ich bin drei Mal besser als du, kapiert?«

Wow, was ist denn jetzt los? Ash blinzelte verwirrt und strich sich langsam eine Haarsträhne aus dem Gesicht.

Taurus war von seinem Ausbruch offensichtlich genauso überrascht wie er. »Sorry, Chummer, bin wohl nich ganz bei mir.«

»Kein Problem.« Er produzierte ein verkrampftes Lächeln. »Schlaf dich erst mal aus, okay? Wir können später telefonieren.«

»Is wohl besser. Bis dann.«

Ashs Finger bewegte sich bereits in Richtung Ausschaltknopf, als der Troll ihn unterbrach.

»Wart mal, mir is noch was eingefallen.« Er grinste entschuldigend. »Hätt' ich fast vergessen. 'n Chummer hat sich mal umgehört, was mit den Pennern passiert ist, die dich angegriffen haben. Hat nich viel rausgefunden, nur dass auch der Dritte ins Gras gebissen hat. Und Tote kann man nich fragen.« Ein kehliges Lachen ging in einen Hustenanfall über. »Drek.« Taurus kniff die Augen zusammen. »Hab ich 'n Schädel! Wenn du willst, bohr ich noch mal nach.«

»Lieber nicht.« Ash hob abwehrend die Hand. »Lass die Sache auf sich beruhen, okay? Sollen die Cops das regeln, dafür werden sie bezahlt.« *Würde nicht so gut aussehen, wenn der unschuldige Sänger plötzlich zwielichtige Straßenkontakte spielen ließ.*

»Schon verstanden, wollt dir nur 'n Gefallen tun.«

»Weiß ich zu schätzen.« Er musterte sein Gegenüber. »Schlaf dich aus, bis später.«

Als Taurus aufgelegt hatte, fuhr Ash sich ratlos durch die Haare. Sein Freund hatte anscheinend allen Ernstes vor, zurück in die Schatten zu gehen. *Schwachsinnige Idee!* In seinem momentanen Zustand konnte das nur mit einer Katastrophe enden.

Bringt nicht genug ein ... genug wofür? Taurus hatte sich noch nie über die Bezahlung beschwert, warum also jetzt?

Hörten die Probleme denn nie auf?

»Der dritte Ganger ist also auch tot«, murmelte er in Richtung Telekom. Das war äußerst merkwürdig. Vielleicht ein dummer Zufall ...

... oder jemand, der seine Spuren sehr gründlich verwischen wollte. Letzteres erschien ihm logischer. *Bin ich sicher? Sind wir sicher? Muss ich jeden Tag damit rechnen, dass etwas passiert?* Gerade jetzt konnte er einen Leibwächter gebrauchen, der körperlich präsent war. Und geistig. Der die Augen offen hielt und sich nicht voll laufen ließ.

Quickshot konnte ihm bei der Sache nicht helfen, ohne seine Tarnung zu gefährden. Würde einige Leute schwer wundern, was ein Runner mit einer Metal-Band zu schaffen hatte. *Die kämen bloß auf ganz dumme Ideen.*

»Ich lass' mich von diesem Drek nicht verrückt machen.« Sollten die Wichser nur kommen, denen würde er zeigen, was er drauf hatte!

Kapitel 15

Seattles Innenstadt, zwei Wochen später, Nacht

Taurus zog sich weiter in den Schatten des Hauseingangs zurück und klappte den Kragen seines Mantels hoch. Die Gestalt auf der anderen Straßenseite blickte sich unbehaglich um und ging dann mit kleinen, schnellen Schritten weiter. Der Troll löste sich aus seinem Versteck und folgte ihr unauffällig. Leichter Nieselregen setzte ein, als die junge Frau um die nächste Ecke bog und aus seinem Blickfeld verschwand. Er überlegte kurz, ließ seinen Blick schweifen und setzte sich schließlich mit gesenktem Kopf in Bewegung. Er passierte die Querstraße ohne sich umzusehen, und bog in die nächste ein. Seine Schritte wurden länger, während er sich ausrechnete, wie weit sie inzwischen gekommen sein konnte. Nach fünfzig Metern bog er abermals ab und hielt am Ende der Gasse inne.

Seine Ohren verrieten ihm, dass die Frau die Straßenseite gewechselt hatte und in wenigen Sekunden an ihm vorbeikommen musste. Als ihre Silhouette vor ihm auftauchte, packte er sie am Arm und zerrte sie zu sich in die Gasse. Die junge Frau kreischte erschrocken auf, stolperte und fiel unsanft auf den feuchten Asphalt. Mit angsterfüllten Augen nestelte sie am Magnetverschluss ihrer Handtasche herum, doch ihre Finger wollten ihr nicht gehorchen. Taurus machte einen Schritt vorwärts, hob die um sich schlagende und tretende Frau wie eine Puppe in die Luft und klatschte sie gegen die Hauswand, dass ihr die Luft wegblieb.

»Hallo Kitty.« Er bleckte seine mächtigen Hauer. »Ich hätte da einige Fragen an dich.«

Energisches Klingeln riss Ash aus dem ersten Schlaf. Ohne das Licht anzuschalten stolperte er zum Telekom und schaltete es ein. Als nur das Freizeichen erklang, legte er entnervt auf und begriff einen Augenblick später, dass sich sein Mobiltelekom gemeldet hatte. Die Rufumleitung aus dem Van. Er gab den Geheimcode ein und nahm den Anruf entgegen.

»Ja?« Seine Stimmbänder produzierten nur ein müdes Krächzen. Er räusperte sich. »Tschuldigung. Wer spricht?«

»Du hast Probleme, Cowboy.«

»Hallo Nemo, stets eine Freude, von dir zu hören.« Ash rieb sich verschlafen das Gesicht und setzte sich auf die Bettkante. Sein Blick glitt zur Trideokonsole. 01:27 Uhr. O Mann, wenn das nicht wichtig war! »Weißt du, auch Menschen aus unserem Gewerbe schlafen um diese Zeit.« Er wickelte sich in die warme Bettdecke ein.

»Jemand sucht nach dir.«

Schlagartig war er wach. »Wer?«

»Kitty hatte vor drei Stunden eine Begegnung der unangenehmen Art. Ein Troll hat sich auf die harte Tour nach dir erkundigt.«

»Wie geht es ihr?« *Und woher weißt du das überhaupt?*

»Den Umständen entsprechend. Dem Mistkerl war zum Glück klar, dass sie ihm nichts erzählen kann, wenn er ihr alle Knochen bricht.«

»Gut für sie.« Ash ließ sich nach hinten sinken und starrte die Decke an. »Irgendeine Ahnung, wer es ist und was er von mir will?«

Er konnte Nemos Schmunzeln beinah hören. »Sonst hätte ich nicht angerufen, Chummer. Der Typ wusste, dass sie bei einem deiner letzten Aufträge mitgemacht hat, und wollte wissen, wo er dich finden kann.«

Wird Kitty hoffentlich eine Lehre sein, in Zukunft ihre große Klappe zu halten.

»Die Kleine konnte ihm nicht viel sagen«, fuhr der Decker fort. »Dafür hast du deine Spuren zu gut verwischt. Allerdings hat er jetzt eine grobe Beschreibung von dir und weiß, dass du manchmal im *Dante's Inferno* rumhängst. So alle zwei Monate. Reicht wahrscheinlich als Anhaltspunkt. Wird sich wohl dort auf die Lauer legen, also such dir für die nächste Zeit 'ne neue Bar.«

»Mal sehen ... Wie sieht der Kerl aus?«

»Tja, nun wird's schwierig. Nachts ist es bekanntlich ziemlich dunkel. Die Kleine hat sich mächtig erschreckt und er trug einen Mantel mit hochgeschlagenem Kragen. Seine Augen sahen allerdings nicht sonderlich gut aus. Blutunterlaufen, verquollen, als hätte der Typ ein ernstes Alkoholproblem. Kommt nicht von mir«, ergänzte Nemo. »Kitty hat anscheinend ein spezielles Auge dafür. Hat ziemlich nach Fusel gestunken. Ach ja, er trug eine Gürtelschnalle mit einem ›T‹ in der Mitte.«

Ash kam so schnell hoch, dass ihm schwindelig wurde. »Ein ›T‹?«

»Klingelt´s?«

»Eine ovale Gürtelschnalle aus Gold mit einem silbernen ›T‹ in der Mitte?«

»Scheinst das Ding besser zu kennen als unser Kätzchen.«

»Ich fass' es nicht!« Ash stieß ein erstauntes Keuchen aus.

»Ein alter Bekannter von dir?«

»Kann man so sagen.« Er hielt sich mit der freien Hand die Augen zu, um besser nachdenken zu können. »Ich muss erst mal 'ne Runde grübeln.«

»Klingst ziemlich durch den Wind, Cowboy.«

Ash lachte auf. »Du hast ja keine Ahnung!« Er legte auf, und hielt das Handy nachdenklich in der Hand.

Komisches Gefühl, plötzlich auf der anderen Seite des Gewehrlaufs zu stehen.

Ist Taurus komplett durchgedreht? Seit einer geschlagenen Stunde tigerte Ash durch die Wohnung und versuchte seine Gedanken zu ordnen.

Von allen Jobs dieser Welt suchte der Idiot sich ausgerechnet den aus, bei dem er auf die Jagd nach Quickshot gehen sollte! »Glückwunsch, Chummer.« Er hielt abrupt inne und betrachtete sein Spiegelbild im Trid. »Ich bin schwer zu kriegen.«

Sekunde. Er fasste sich an den Kopf. *Ganz ruhig bleiben, Chummer. Du redest hier von einem guten Freund!*

»Wer mich auch umlegen will, wird 'ne ganz schöne Stange Geld dafür hinblättern müssen.« Er ging zum Wohnzimmerfenster und sah auf die leere Straße. *Und Taurus wird einen guten Grund haben, den Auftrag anzunehmen. Er ist seit zwei Jahren raus aus dem Spiel und garantiert nicht mehr so gut in Form wie früher. Wenn er sich ausreichend informiert hat, muss er wissen, dass Quickshot ein gefährlicher Bursche ist. Im Augenblick mindestens eine Liga über ihm.*

»Warum tut er das?«, fragte er die Dunkelheit. Die Antwort war langes, quälendes Schweigen. Eigentlich sollte er sich damit beschäftigen, wer ihm das Licht ausblasen wollte. Woher der Auftrag kam. Wie viele Jobs hatte er in der letzten Zeit erledigt? In den letzten sechs Monaten? *Vier. Die Band hat mich ziemlich in Atem gehalten.* Er wanderte in die Küche und holte sich einen Rest Schokoladenpudding aus dem Kühlschrank. Mit der Schüssel in der einen und einem Löffel in der anderen Hand setzte er sich im Schneidersitz auf sein Bett und konzentrierte sich. *Die Sache in Oklahoma City, der Exec, der Knight-Errant-Mitarbeiter, der Run in Dee Cee ...*

Irgendwelche alten Feinde, die er vergessen hatte? Einer saß bis zum Jüngsten Gericht in einem vergitterten Loch irgendwo in Oregon. Oder? Ein Anruf bei Nemo würde das sofort klären. Er stand auf und holte sich Notizblock und Schreiber. Ein ausgedehntes Brainstorming konnte nie schaden.

Eine Stunde später hatte er die verschiedenen Runs soweit aussortiert, dass nur einer übrig blieb: derjenige in Dee Cee. Es war so viel schief gelaufen, dass diese Möglichkeit als einzige logisch erschien. Wie viele Menschen hatten sie im Zoo gesehen? Die Wahrscheinlichkeit war groß, dass zumindest einer von denen eine ordentlich

Beschreibung hinbekommen hatte. Sicherlich eine der Parkwachen. Trotzdem hatte man ihn erstaunlich schnell aufgespürt. Vielleicht der Exec, dessen Büro sie ausgeräumt hatten ... *Bei meinem Glück war es sein bester Freund ...*

Persönliche Rachegelüste waren seit jeher ein mächtiger Antrieb, das wusste er aus eigener Erfahrung. Wenn er richtig lag, würde der Mann alles daran setzen, ihn zu finden. Und eine entsprechende Summe locker machen, um jede Straßenratte zu motivieren. Es war kein Problem für Quickshot, einige Monate zu verschwinden. Hatte er früher auch gemacht. *Devil's Playground* nahmen ihn momentan dermaßen in Anspruch, dass er gar keine Zeit für Jobs hatte. Die Band verlangte stetig mehr Aufmerksamkeit. Eine Tatsache, die ihm nicht gerade Kopfschmerzen bereitete. Anders als dieser Drek.

Ash ließ den Kopf kreisen und lockerte seine verspannten Schultern, was von einem vielfachen Knacken begleitet wurde. Jetzt eine heiße Dusche. Er starrte finster auf die leere Puddingschüssel neben sich. Sein Magen schmerzte von dem ungewöhnlichen Nachtimbiss und in seinen Schläfen pochte die Müdigkeit.

Als der Morgen graute, saß er noch immer auf dem Bett. Seine Augen hatten sich am unteren Scharnier der Tür festgesaugt, das Einzige, was ihn davon abhielt, vor Müdigkeit umzufallen. Sein Hals fühlte sich trocken und wund an, wie bei einer beginnenden Erkältung. Seine Augen waren bleischwer und zu winzigen Schlitzen zusammengeschrumpft. Er war selbst zum Gähnen zu müde, doch er hatte eine Entscheidung getroffen. Mit einem Seufzen wählte er die Nummer seines Schiebers. Jester meldete sich persönlich, was selten vorkam.

»So spät noch auf?« Ashs Stimme klang dumpf.

»Quickshot.« Jester war viel zu fröhlich für seinen Geschmack. Seine helle Stimme schmerzte in Ashs empfindlichen Ohren. »Schon wieder. Meine Uhren gehen eben anders.«

»Spitze. Du musst mir einen Gefallen tun.« Er rieb sich die Augen, die inzwischen wie Feuer brannten. »Ich brauche jemanden, der mein Versteck verrät.«

»Hast du getrunken? Du klingst nämlich wie ein besoffener Runner, der im Begriff ist, etwas ziemlich Absurdes zu tun.«

»Ich bin vollkommen nüchtern und das Letzte, was ich brauche, sind gut gemeinte Ratschläge.«

»Hey, kein Grund, zickig zu werden.«

»Sorry. Bin hundemüde und hab einen Haufen Probleme am Hals!«

»Akzeptiert. Ich soll dir also einen Singvogel organisieren? Wem soll er denn sein Liedchen vorträllern?«

»Einem Troll. Heißt Taurus. Hängt häufig im *Alabaster Maiden* rum. Trägt einen grauen Sicherheitsmantel und hat 'ne goldene Gürtelschnalle mit einem silbernen ›T‹ in der Mitte.«

»Okay. Und was soll der Typ zu hören kriegen?«

»Dass er mich in einem verlassenen Lagerhaus in der Elliott Avenue Ecke Cedar Street in der Nähe der Pier 69 finden kann. Über dem Haupteingang hängt ein Schild mit einer römischen Vier. Nicht zu verfehlen. Ist mein Versteck in Zeiten, wenn kein Job ansteht. Ich rechne nicht mit Besuch, daher sind die Sicherheitsvorkehrungen alles andere als gut. Sollte kein Problem sein, sich reinzuschleichen und mich zu überraschen.«

»Du spielst ein ziemlich heißes Spiel!«

»Wie heißt es so treffend? Jeder Mann braucht ein Hobby.«

»Ich an deiner Stelle würde die Wahl noch mal überdenken. Wäre ärgerlich, einen meiner besten Kunden zu verlieren.«

»Ich bin zu Tränen gerührt. Ruf an, wenn der Fisch am Haken hängt.«

»*So ka*. Rück die Kohle vor dem Treffen mit dem Troll rüber, okay?«

»Klar, sicher, danke für dein Vertrauen.« Ash unterbrach die Leitung und ließ sich wie ein Stein auf den Rücken fallen. Im nächsten Moment war er eingeschlafen.

Ein Lagerhaus in der Elliott Avenue, Ecke Cedar Street

Quickshot hatte sich auf das Dach der Lagerhalle zurückgezogen. Die Nacht war kühl und er fröstelte trotz der Sicherheitsweste und des zusätzlichen T-Shirts, die er unter der gefütterten Jacke trug. Seine Hände steckten in schwarzen Lederhandschuhen und auf dem Kopf saß eine dunkelblaue Wollmütze, die farblich exakt zum dicken Schal um seinen Hals passte. Er lag bäuchlings auf einer dünnen Isomatte, die ihn vor der Kälte des Dachs schützen sollte, und warf hin und wieder einen Blick auf den kleinen Monitor, der vor ihm stand.

Der Bildschirm war in vier Felder aufgeteilt und zeigte das Innere und Äußere der Halle, jeweils von zwei Kamerapositionen aus. Eine Kamera hatte er in einem ausgeschlachteten Americar auf der anderen Straßenseite versteckt, die andere war am Nachbargebäude angebracht und auf den Hintereingang gerichtet. Sie waren kaum größer als ein Credstick und unmöglich zu entdecken. Kamera 3 und 4 zeigten ihm aus zwei unterschiedlichen Winkeln einen Gesamtüberblick über die Halle. Es war ihm möglich, nahezu jeden Punkt einzusehen. Und die Ecken, die im toten Winkel lagen, waren zu klein für einen ausgewachsenen Troll, um sich darin zu verbergen.

Quickshot ging davon aus, dass sein Besucher den Hintereingang wählen würde. Nach der Lügengeschichte, die ihm Jesters Mann aufgetischt hatte, würde sein Freund der Versuchung nicht widerstehen können. Vorsorglich hatte er die Bewegungssensoren entfernt und die Scharniere der Tür geölt. Die Kamera am Haupttor und der Fingerabdruckscanner blieben, weil es nicht zu einfach aussehen sollte. Es war die perfekte Falle und er war stolz auf seine Arbeit. Die Vorbereitungen hatten ihn den halben Tag und einige Nuyen gekostet.

Irgendwie hatte Jesters Mann Taurus dazu gebracht, sich seine Zielperson, sprich ihn, in dieser Nacht vorzunehmen. Leider wusste Quickshot nicht, zu welcher Uhrzeit er sich blicken lassen würde.

Er verbrachte die Wartezeit damit, die Nachrichten der letzten Tage abzurufen, die auf seinem Taschencomputer gespeichert waren. Er huschte mehr oder weniger aufmerksam durch die Einträge, bis er an einer Nachricht hängen blieb. Vor zwei Tagen hatte jemand versucht, Guido Cantarelli, den Abteilungsleiter von Ares Waffentechnik, auf unsanfte Art ins nächste Leben zu befördern. Es war bei dem Versuch geblieben. Der Schütze war vorzeitig von Cantarellis Leibwächtern entdeckt und ausgeschaltet worden.

Ob dieser Cantarelli noch zählte, wie oft man versucht hatte, ihn umzubringen? Wahrscheinlich trug er ein Notizheft mit sich herum, in das er bei jedem gescheiterten Versuch einen kleinen Strich machte ...

Eine eisige Windbö fegte über das Dach und lähmte jede seiner Bewegungen. Quickshot kniff hinter der Smartbrille die Augen zusammen und hielt den Atem an, während die Kälte durch die Öffnungen seiner Kleidung drang und wie gefrorene Nadeln in seine Haut stach. Als sich der Wind legte, zitterte er wie Espenlaub. Eine Erkältung hatte ihm gerade noch gefehlt!

Mit einem Keuchen griff er nach der silbernen Thermoskanne, die hinter dem Monitor stand. Er füllte den Deckel mit Soykaf und schlürfte vorsichtig das heiße Getränk. Eine angenehme Wärme breitete sich in seinem Körper aus und vertrieb für einige Minuten das klamme Gefühl aus seinen Knochen. Es war inzwischen kurz nach Mitternacht. Sein Besucher ließ sich Zeit.

Einen halben Block entfernt löste sich ein mächtiger Körper aus dem Schatten eines LKWs, sah sich um und ging mit entschlossenen Schritten die Straße entlang. Der Stadtteil war um diese Zeit wie ausgestorben und die Gestalt gab sich alle Mühe, sich lautlos und unauffällig zu bewegen. Der Wind, der böig durch die Häuserschluchten heulte und Papier und Abfall durcheinander wirbelte, machte es ihr leicht. Sich dicht im Schatten der Häuser haltend, steuerte die Gestalt ein kleines Lagerhaus am Ende der Straße an.

Das Gebäude war lediglich drei Etagen hoch und kauerte gedrungen zwischen zwei anderen Lagerhallen, die es, jede für sich, um ganze drei Stockwerke überragten. Der Troll fixierte seinen Zielort mit gerunzelter Stirn. Leises Knacken war zu hören, als er die Finger lockerte. Als er sicher war, dass ihn niemand beobachtete, überquerte er eilig die Straße, warf einen prüfenden Blick auf das verschlossene Haupttor, und schlich um das Gebäude herum zum Hintereingang. Es war alles genau wie sein Informant beschrieben hatte. Er konnte weder Kameras noch Lichtschranken oder andere Sensoren entdecken. Der Eingang an der Rückseite des Lagerhauses war lediglich mit einem durchschnittlichen Magnetschloss gesichert, das er in Sekundenschnelle knackte. Die Tür sah alt und verrostet aus, doch bei genauerem Hinsehen entpuppten sich die Scharniere als tadellos in Ordnung und gut geölt.

Offensichtlich war dieser Quickshot nicht so toll, wie alle glaubten. Diese Kitty, die er sich vor zwei Nächten vorgeknöpft hatte, war ziemlich ahnungslos und hatte ihm praktisch nichts über den Burschen sagen können. Was nicht daran lag, dass sie es als Ehrensache betrachtete, ihre ehemaligen Partner nicht zu verpfeifen. Das Mädel hatte geredet wie ein Wasserfall und ihm trotzdem keine brauchbaren Informationen gegeben. Wahrscheinlich hatte Kitty sich anschließend bei einem ihrer Möchtegern-Runner ausgeheult. Anders konnte er sich nicht erklären, dass ihn dieser zwielichtige Typ in der Bar angelabert und genau gewusst hatte, wen er suchte. Und wo er ihn finden konnte. Glück musste man haben. Besonders, da dieser Quickshot manchmal wochenlang von der Bildfläche verschwand. Er tauchte auf, zog einen Job durch und verschwand. Puff ... Wie ein Geist.

Wahrscheinlich zog er am laufenden Band Runs im Ausland durch und verdiente sich dabei eine goldene Nase.

»Ab heute nicht mehr, Chummer«, knurrte Taurus, drückte behutsam die Klinke herunter und schob die Tür sanft auf. Sie schwang geräuschlos in den Raum und gab den Blick auf eine etwa 20 x 30 Meter große, nahezu leere Lagerhalle frei. Während er eintrat, zog er die Black Mamba aus dem Tarnhalfter. In der Mitte der Halle parkte einsam ein ramponierter Van. Eine Ecke der Halle war mit alten Pappkartons und Holzkisten zugemüllt. Der Kerl hatte offenbar einen Hang zum Schrott. Taurus legte den Kopf in den Nacken und entdeckte den Laufsteg, der dicht unter der Decke einmal ringsherum verlief. Niemand zu sehen. Wahrscheinlich schlief der Typ selig in seinem warmen Bettchen.

Würde mich interessieren, was der anstellen musste, damit jemand so viel Kohle springen lässt, um ihn tot zu sehen. Nein, bei genauem Nachdenken interessierte es ihn doch nicht. Ihn interessierten die Nuyen, die seine Operation finanzieren würden.

Vom Hallendach aus beobachtete Quickshot, wie Taurus sich an der Hintertür zu schaffen machte. Das Schloss bereitete ihm wie erwartet keine Schwierigkeiten. Als der Troll eintrat, griff er unter den Mantel und zog eine ziemlich große Waffe. *Black Mamba,* dachte Quickshot und zog gleichzeitig eine streichholzschachtelgroße Fernbedienung aus der Jackentasche. *Gleich wird sich jemand ziemlich erschrecken.* Mit der freien Hand setzte er ein Headset auf und starrte missmutig auf den Monitor. Taurus benahm sich wie ein blutiger Anfänger. Zugegeben, er war aus der Übung, aber gerade das hätte für ihn der beste Grund sein müssen, vorsichtiger zu agieren. Wenn er früher derartig stümperhaft vorgegangen war, konnte man sich nur wundern, dass er noch lebte.

Intensivere Nachforschungen wären ratsam gewesen, mein Freund. Dann wäre dir aufgefallen, dass ich normalerweise nicht so leicht zu finden bin. Hätte dich misstrauisch gemacht und du wärst nicht blind in den Hinterhalt gelaufen. Kannst froh sein, dass ich dein Freund bin. Deshalb bleibt es bei dieser kleinen Lektion.

Der Gedanke, sich mit Taurus anzulegen, reizte ihn. Es war eine Herausforderung. Bevor er den Troll vor zwei Jahren als Leibwächter angestellt hatte, war er von seinen Connections ausreichend über ihn informiert worden. Taurus hatte in seinen goldenen Zeiten einiges zu bieten gehabt. Abgesehen von den Spornen und einem explosiven Temperament ...

Mal sehen, wer von uns besser ist.

Er behielt den Troll im Auge, der sich langsam dem Van näherte, ohne vorher einen genaueren Blick auf den Kartonstapel in der Ecke geworfen zu haben. *Bin gespannt, wo das endet.* Quickshot drückte auf einen Knopf der Fernbedienung und in der Halle wurde es plötzlich taghell. Rings um Taurus sprangen die acht Flutscheinwerfer an, die unter dem Laufsteg hingen. Mit schmerzverzerrtem Gesicht versuchte der Troll, die Augen vor dem gleißenden Licht abzuschirmen.

»Willkommen.« Der Lautsprecher, der unter dem Van angebracht war, ließ Quickshots Stimme durch das Lagerhaus hallen. Er bewegte sich rückwärts auf eine kleine Dachluke zu, durch die er ins Innere der Halle kam. »Ich wäre dir sehr verbunden, wenn du die Knarre fallen ließest.«

Anstelle einer Antwort hob Taurus die Waffe und richtete sie auf den Van.

»Das würde ich nicht tun!« Quickshot drehte sich um und schlüpfte mit den Beinen zuerst durch die Luke, die gerade groß genug für ihn war. Lautlos landete er auf dem schmalen Laufsteg zwei Meter tiefer und stützte sich mit den Händen auf das Geländer.

»Wo steckst du?« Taurus drehte sich um die eigene Achse. Sah verdammt danach aus, als sei er von seinem Informant verpfiffen worden und voll in den Drek geschlittert. Die Scheinwerfer machten ihn fast blind. Und das brachte ihn zur Weißglut! Wo konnte sich der Typ verstecken? Im Wagen? Warum nicht. Taurus zog den Abzug der Black Mamba durch und jagte eine Kugel in die Seite des Vans.

Auf dem Laufsteg zuckte Quickshot verblüfft zusammen. »Hey! Ich wäre dir sehr dankbar, wenn du meine Wohnung nicht in die Luft jagen würdest.«

»Dann komm raus, du feige Ratte, und zeig dich!«

Ts, für wie bescheuert hält der mich? »Nein danke, ich ziehe unsere momentane Gesprächssituation vor.«

Allmählich gewöhnten sich Taurus' Augen an das Licht und die Schmerzen ließen nach. Schemenhaft konnte er den Kartonstapel jenseits der Scheinwerfer erkennen. Vielleicht dort? Nein, das erschien ihm zu offensichtlich. Seine Augen wanderten hoch zur Hallendecke. Jetzt, da er sich in einem Ring aus grellem Licht befand, erschien die Dunkelheit dahinter undurchdringlich wie ein schwarzes Tuch. In seiner Wut riss der Troll die Waffe hoch, drehte sich im Kreis und feuerte blind das halbe Magazin in die Decke.

Quickshots Augen weiteten sich, als ihm die Kugeln um die Ohren flogen. Er warf sich auf den Steg, der bedrohlich schwankte, und kroch auf allen vieren in Deckung. War der Typ komplett durchgeknallt?

»Hab noch genug Kugeln, um dich wie eine Tontaube runterzuholen«, brüllte ihm Taurus hinterher.

»Glaub ich dir sogar, Großer.« Quickshot biss sich verärgert auf die Unterlippe. *Drek, verquatscht!*

Der Troll stockte. »Was?« Niemand nannte ihn bei diesem Namen. Außer Ash.

»Vielleicht verrätst du mir, warum du mich umlegen willst«, lenkte ihn Quickshot ab. Er hatte sich in eine Ecke des Stegs zurückgezogen und lauerte auf die Antwort. Ob sein Freund etwas gemerkt hatte?

»Schalt die Scheinwerfer aus und wir quatschen.«

»Okay, steck die Waffe weg und wir benehmen uns wie erwachsene Männer.« Anscheinend kriegte er mit Ach und Krach die Kurve. Leider stand ihm seine Neugier im Weg. Es musste wissen, wofür Taurus das Geld brauchte. Und wie viel er für den Job bekam.

Taurus hielt es in der momentanen Lage für besser, auf Diplomatie zu setzen und mitzuspielen. Langsam steckte er die Black Mamba zurück ins Tarnhalfter und hob die Hände. *Komm nur runter zu mir, dann brech ich dir das Genick.*

Zwei Sekunden später wurden die Scheinwerfer abgedunkelt. Die Halle war jetzt von schummrigem Dämmerlicht erfüllt. Ausreichend, um die Umgebung für ihn taghell zu erleuchten. Wären da nicht die bunten Punkte und Linien gewesen, die vor seinen Augen flackerten und tanzten und seine Sicht beeinträchtigten.

Leise erhob sich Quickshot und schlich zu der schmalen Leiter, die ins Erdgeschoss führte. Er hatte das Headset abgenommen und in der rechten Jackentasche verstaut. Adrenalin raste durch seine Adern, als er die oberste Sprosse ergriff und nach unten kletterte. Er behielt Taurus fest im Auge, um auch die kleinste Bewegung erkennen zu können. Doch der Troll stand still. Nur sein Brustkorb hob und senkte sich regelmäßig.

»Fang an zu reden.« Sein Freund zuckte kaum sichtbar zusammen, als er Quickshots Stimme schräg hinter sich hörte. »Warum willst du mich umlegen?«

»Nichts Persönliches, stinknormaler Auftrag.« Taurus legte den Kopf leicht schief und lockerte seine Finger. »Anscheinend hat mich mein Informant verpfiffen.« Aus den Augenwinkeln fixierte er seinen Kontrahent. Ziemlich klein für einen Runner.

»Vielleicht warst du nicht vorsichtig genug ...« Quickshot verschränkte die Arme vor der Brust und lehnte sich gegen die Leiter. »Wenn man sich zu dämlich anstellt, wird man erwischt.«

Er konnte hören, wie der Troll vor Wut mit den Zähnen knirschte. »Du hältst dich wohl für den Größten, was?«

Der aggressive Unterton in seiner Stimme jagte Quickshot einen kalten Schauder über den Rücken. Ihm fiel Taurus' Ausraster hinter dem *Alabaster Maiden* ein und seine Linke rutschte in Richtung Tarnhalfter.

Sofort veränderte sich Taurus' Körperhaltung. Er richtete sich vollends auf und wirkte mit seinen fast drei Metern Körpergröße plötzlich wie ein Riese. Quickshots Hand verharrte neben der Waffe. »Wie viel kriegst du für den Job?«

»Willste wissen, was dein armseliges Leben wert ist?« Taurus schien sich die Summe auf der Zunge zergehen zu lassen. »Hundert K.«

Quickshot fiel die Kinnlade herunter und für ein paar Augenblicke sah er ziemlich dämlich aus. Bei dem Betrag wäre er auch schwach geworden. »Schon Pläne, was du mit der Kohle machst?«

»Geht dich 'n feuchten Drek an!«

Er kam einen Schritt näher. »Hey, ich bin schließlich so 'ne Art Sponsor für dich.«

Taurus knurrte einen Fluch. *Elender Schwätzer.* »Persönliche Angelegenheit, geht dich nichts an.«

»Sicher?« Quickshot zog unglaublich langsam seine Waffe und hielt sie locker neben dem Oberschenkel. Er kam näher. »Vielleicht können wir diese missglückte Unterhaltung noch mal von vorn beginnen. Ich sterbe nämlich nur ungern.« Er hob die Ares Predator und richtete sie auf Taurus'Kopf. »Andererseits töte ich ungern andere Leute.

Außer ich werde dafür bezahlt«, fügte er mit einem wölfischen Grinsen hinzu.

Bevor er reagieren konnte, zog der Troll die Black Mamba. Er hatte vergessen, wie schnell vercyberte Reflexe waren.

»Mit deiner Spielzeugpistole kannst du mir nicht gefährlich werden, Chummer.« Taurus bleckte grimmig die Hauer.

»Panzerbrechende Muni wird jedem gefährlich«, entgegnete Quickshot trocken. Und verfluchte sich im nächsten Augenblick für seine große Klappe. *Was zur Hölle tue ich hier? Ich wollte ihm nur eine Lektion erteilen, und jetzt sind wir kurz davor, uns gegenseitig umzubringen!*

Der Zeigefinger des Trolls krümmte sich um den Abzug.

Wenn ich nichts unternehme, legt er mich um. Oder ich ihn.

Was vollkommen absurd war. Er würde doch nicht seinen Chummer töten! Jedenfalls nicht, wenn er es verhindern konnte. Nach einer raschen Analyse der Situation sah er nur eine Möglichkeit.

»Okay, entspann dich!« Quickshot ließ den Lauf der Predator nach vorn kippen und hielt die Waffe am Kolben in Schulterhöhe. In Taurus' Augen zuckte es verwirrt. »Du brauchst mich nicht umzulegen, ich kann dir das Geld auch so geben.«

»Was?« Taurus ließ seine Waffe einige Zentimeter sinken und starrte ihn verdutzt an. »Willst du mich verarschen?«

Ein nervöses Lächeln huschte über Quickshots Lippen. »Du lässt mich am Leben und ich gebe dir die hundert K. Ist 'n fairer Deal.«

»Damit du rumlaufen und jedem erzählen kannst, dass ich den Job vermasselt hab?« Er trat unruhig von einem Fuß auf den anderen. »Vergiss es!«

Ich bin fast zu ihm durchgedrungen. Mit etwas Glück kommen wir heil aus der Sache raus. »Sag deinem Auftraggeber, du hättest mich nicht gefunden. Ich pack meine Sachen, verschwinde für die nächsten sechs Monate von der Bildfläche und du bist aus dem Schneider.«

»Und dann?«

Und dann? Berechtigte Frage. Quickshot zuckte ratlos die Achseln.

»Hab ich mir gedacht.« Der Lauf von Taurus' Waffe richtete sich wieder auf seinen Kopf. »Netter Versuch, funktioniert aber nich.«

»Doch, funktioniert.« Um die Situation zu retten, musste er alles auf eine Karte setzen. *Ich hätte nie gedacht, dass ich das einmal tue!* Quickshot schloss für einen Moment die Augen und aktivierte den Stimmenmodulator. »Sonst müssen sich *Devil's Playground* einen neuen Sänger suchen.«

»Du ...« Taurus' Waffenarm fiel wie ein Stein nach unten, während er seinen Freund mit aufgerissenen Augen anstarrte. »Wie ...« Verwirrt machte er einen Schritt rückwärts. »Du bist ...«

Ash versuchte erst gar nicht, sich zu erklären. Stattdessen nahm er schweigend die Mütze und die Smartbrille ab. Hoffentlich beging Taurus keine Dummheit.

»Du bist ein Runner?« Der Troll hatte die Sprache wiedergefunden. Und er erinnerte sich an die Waffe in seiner Hand. »Was ist das für ein Scheißspiel?«

»Ich laufe seit über zwei Jahren in den Schatten«, erklärte Ash mit ruhiger Stimme. »Man hat dich auf mich angesetzt, weil ich jemanden umgelegt habe. Aber das ist im Moment nicht so wichtig«, fuhr er hastig fort. »Wenn du mich am Leben lässt, gehen dir hundert K durch die Lappen. Ich weiß nicht, wofür du sie brauchst, ist mir auch egal, aber ich kann dir das Geld leihen. Verdammt, ich schenk's dir sogar!«

Während er redete, fing Taurus' rechte Hand ganz leicht an zu vibrieren. Bis das Zittern so stark wurde, dass er die Mamba nicht mehr ruhig halten konnte.

»Siehst du das?«, brüllte er Ash an, der erschrocken zurückwich. »Deshalb brauche ich das verdammte Geld!« Er streckte ihm die Hände entgegen. »Weil der ganze Drek in meinem Körper nich mehr richtig funktioniert. Weil das

Zittern von Woche zu Woche schlimmer wird und ich die Cyberware kaum noch kontrollieren kann.«

»Taurus ...ich wusste ja nicht ...« Ash fühlte sich auf einmal hundeelend. Weil er diese dämliche Schau abgezogen hatte. Weil er sich einen Spaß damit gemacht hatte, seinen Freund nach allen Regeln der Kunst vorzuführen. *Warum habe ich das nicht gemerkt?* »Sag mir, was ich tun kann.« Er konnte den Blick nicht von Taurus' zitternder Hand abwenden.

Der Troll folgte seinem Blick und sein Gesicht verzerrte sich zu einer zornigen Maske. »Nichts kannst du tun, gar nichts! Und ich will deine verdammte Kohle nicht, kapiert?« Speicheltropfen liefen sein Kinn hinunter, als er herumfuhr und auf das große Haupttor zustapfte. Mit einer Hand zog er es scheinbar mühelos auf und verschwand in der Nacht.

Ich würde an deiner Stelle auch nichts von mir annehmen. Verdammter Drek! Schockiert und voller Mitgefühl blickte Ash ihm nach. Er kannte die Horrorgeschichten, die man sich in den Schatten erzählte. Von Runnern, deren Cyberware im entscheidenden Moment versagte und die dafür mit ihrem Leben bezahlten. Er wusste, welche Auswirkungen fehlerhafte oder veraltete Cyberware auf den Körper haben konnte. Heute hatte er es zum ersten Mal gesehen und fühlte sich vollkommen hilflos. Es musste einen Weg geben, Taurus zu helfen.

Leider hatte er mit seinem schwachsinnigen Auftritt wohl sämtliche Sympathien verspielt, die der Troll für ihn gehegt hatte. Anstatt sich mit Taurus in einer ruhigen Minute zusammenzusetzen und die Sache mit einem klärenden Gespräch aus der Welt zu schaffen, war ihm nichts Besseres eingefallen, als den Troll gegen sich aufzubringen.

»Als hätte ich nicht genug Probleme.« Ash steckte die Waffe zurück ins Tarnhalfter. »Ich bin wirklich ein Meister darin, mich in Schwierigkeiten zu bringen.« *Und ein egoistischer, selbstherrlicher Dreckskerl,* fügte eine Stimme in seinem Kopf hinzu. »Übertreib's nicht gleich«, murmelte er schuldbewusst und schloss mit einiger Muskelanstrengung das Haupttor.

Augen und Ohren in höchster Alarmbereitschaft, machte er sich daran, die Lagerhalle wieder auf Vordermann zu bringen. Jedes winzige Geräusch ließ ihn aufhorchen, doch sein Freund kehrte nicht zurück. Ihm war in keiner Weise klar, wie Taurus mit dem frisch erworbenen Wissen umgehen würde. Der Troll war plötzlich zu einer unberechenbaren Größe geworden und Ash fühlte sich bedroht. Der Mordauftrag gegen sein Alter Ego löste sich nicht einfach in Luft auf. Wenn Taurus es nicht tat, würde sich jemand anders finden. Und falls Taurus es trotzdem versuchen sollte ...

Es irritierte Ash, dass er diese Möglichkeit nicht hundertprozentig ausschließen konnte. Komisch, wie relativ der Begriff ›Freundschaft‹ plötzlich geworden war.

Morgen suche ich mir ein neues Versteck, war sein letzter Gedanke, bevor er die Alarmanlage wieder aktivierte und nachschaute, was von der Inneneinrichtung des Vans übrig war.

Kapitel 16

The Sentinel, eine schmierige Kneipe in der Innenstadt

Mit finsterer Miene brütete Taurus über einem leeren Whiskeyglas. Er nahm das Gewirr aus Stimmen und Musik in der Kneipe kaum wahr. Zwei Tage waren seit seinem Zusammentreffen mit Quickshot vergangen.

Mit Ash.

Wie auch immer. Es war Samstagabend und er hatte gerade mit einem alten Ritual begonnen: »Wie viele Drinks schaffe ich, bis der Laden morgen früh dichtmacht?« Auf einen Wink füllte der Barkeeper sein Glas wieder auf und Taurus kippte das Getränk runter.

Sein Auftraggeber war nicht gerade erfreut über die Nachricht gewesen, dass er Quickshot knapp verpasst hatte. Künstlerpech. Wie sollte man einen Geist fangen? Das hatte er geantwortet. Und sich wie ein Versager gefühlt. Der Johnson hatte verständnisvoll reagiert. Es ging ihm nicht darum, dass der Auftrag sofort ausgeführt wurde, sondern dass er überhaupt ausgeführt wurde. Taurus hatte alle Zeit der Welt, Quickshot zu finden, und nicht den Schimmer einer Ahnung, was er tun sollte. Dieser Drek überstieg bei weitem seine geistigen Fähigkeiten. Er war durcheinander und das passte ihm nicht. 100 K für einen simplen Wetwork-Job, es hatte sich so leicht angehört. Hingehen, umlegen, kassieren. Dann stellte sich heraus, dass sein kleiner, harmloser Chummer, diese halbe Portion, ein professioneller Runner war. Und sein Traum vom schnellen Geld war zerplatzt wie eine Seifenblase.

Seit mehr als zwei Jahren. Ohne ihm ein Wort zu sagen. *Ich war eine halbe Ewigkeit im Geschäft und Ash trickst mich aus. Spielt den braven Jungen und gehört in Wirklichkeit zu den harten Kerlen!* »Wichser«, knurrte Taurus und erntete einen erstaunten Seitenblick von einem Ork, der sich gerade neben ihn an die Bar setzen wollte. »Was is?«, blaffte der Troll ihn an. »Willste 'n paar aufs Maul?«

Der Ork schien abzuschätzen, wie betrunken sein Gegenüber war, und entschied, es lieber nicht auf eine Schlägerei ankommen zu lassen. Er wechselte mit einem abfälligen Blick auf einen anderen Platz und Taurus verfiel wieder ins Grübeln. Es nagte an ihm, dass er den Sänger insgeheim für dessen Kaltschnäuzigkeit bewunderte. Und im selben Atemzug fragte er sich, wie Ash es mit seinem Gewissen vereinbaren konnte, einerseits seine Fans wie Gold zu behandeln und andererseits beim nächsten Job vielleicht einen von ihnen umzupusten. Wenigstens hatte er endlich eine plausible Erklärung für Ashs Gabe, immer in dem Moment von irgendwoher Geld aufzutreiben, wenn die Band kurz vor der Pleite stand. Besonders in den Anfängen war er häufig der Retter in der Not gewesen. Ohne seine Finanzspritze hätten sie die erste Single nie so früh aufnehmen können. *Warum habe ich nichts gemerkt?* Von allen Dingen traf Taurus am härtesten, dass er es nicht gesehen hatte. Spätestens nach der Sache hinter dem *Alabaster Maiden* hätte er etwas ahnen müssen. Er hätte sich wundern müssen, wie, zum Teufel, Ash aus dem Hinterhof und an den Gangern vorbei gekommen war. Warum er beim Anblick der Handgranate nicht in Panik geraten war. Jeder normale Mensch wäre an diesem Abend schwer verletzt oder sogar getötet worden.

Und ich hab in den letzten Jahren den Kasper für ihn gespielt. Ash hatte ihn nie wirklich gebraucht, konnte wunderbar auf sich selbst aufpassen. *Und macht mir noch 'n schlechtes Gewissen, weil ich ihn damals nicht beschützen konnte. Seine Tarnung wollte er aufrechterhalten. Billiges Mittel zum Zweck, das war ich für ihn!*

»Arroganter kleiner Wichser«, murmelte er in sein Glas und knallte es auf den Tresen. »Drink!«

Der Barkeeper füllte das Glas erneut und wechselte kurze Blicke mit dem Türsteher. Der muskelbepackte Troll drehte sich weiter in den Raum, um den möglichen Störenfried besser überwachen zu können.

»Hast 'ne super Nummer abgezogen.« Taurus starrte auf seine Hände. »Und ich Idiot dachte, du wärst mein Chummer. Du bist nicht anders als Brooks. Derselbe Drek.« Er drehte den Kopf von einer Seite zur anderen und mehrere Nackenwirbel schnappten in ihre normale Lage zurück. »Selbst wenn ich dich nich geeke, kassierst du dafür eine gehörige Tracht Prügel!«

Eine Woche später, am frühen Abend in einem Bunker in der Mercer Street

»Sitzt doch wie 'ne Eins.« Ash schaute zufrieden in die Runde. »Machen wir eine kurze Pause?«

Die anderen Bandmitglieder nickten zustimmend und stellten ihre Instrumente zur Seite. Evan kam hinter dem Schlagzeug hervor und stürzte sich auf eine offene Chipstüte. »Hab' ich einen Kohldampf!«

Sie waren seit drei Stunden dabei, das gesamte Set rauf und runter zu spielen und das Ergebnis machte ihnen Mut. Ash hatte seine Stimme perfekt im Griff und die anderen Bandmitglieder beherrschten ihre Instrumente praktisch im Schlaf. Was konnte jetzt noch schief gehen?

Der Sänger öffnete eine der zahlreichen Cola-Dosen, die auf einer der Boxen aufgereiht waren, und spülte sich mit einem großen Schluck die beginnende Heiserkeit aus der Kehle. »Bin gleich wieder da.« Er stopfte sich eine Hand voll Chips in den Mund, drückte Brooks die Dose in die Hand und verschwand. Um zu den Toiletten zu kommen, musste er ein gutes Stück laufen. In dem Bunker gab es insgesamt sechs Proberäume, von denen zurzeit vier belegt waren. Die restliche Fläche des dreistöckigen Gebäudes wurde von diversen Firmen als Lagerraum genutzt. In jedem Stockwerk gab es Gemeinschaftstoiletten, Duschen und sogar eine kleine Küche. Was nichts daran änderte, dass sich die Band von billigem Soyfraß ernährte, weil sie zu faul zum Kochen waren.

Ash gab der Klotür einen Schubs mit dem Fuß und trat ein. Der vertraute Geruch nach Desinfektionsmittel und Urin drang in seine Nase. Dieselben Graffiti an den Wänden und Türen. Ergänzt durch einige neue, pubertäre Schmierereien. Ash schüttelte schmunzelnd den Kopf und ging in eine der beiden Kabinen. Nachdem er sein Geschäft verrichtet hatte, schlenderte er zum Waschbecken. Der Papierspender an der rechten Wand war natürlich leer. Mit einem Schulterzucken wischte er sich die nassen Hände an der Jeans ab und betrachtete sich in dem verschmierten Spiegel. Er war zur Abwechslung komplett in Schwarz gekleidet, von den Schuhen bis zur Jeansjacke, und er fühlte sich fantastisch. Heute war einer dieser Tage, an denen er in den Spiegel schauen konnte und zufrieden war mit dem, was er sah. Er schnippte einige Chipskrümel von seinem T-Shirt und trabte zum Proberaum zurück. Als er um eine Ecke bog, prallte er gegen einen massigen Körper. Ash machte erstaunt einen Satz rückwärts und stammelte eine Entschuldigung. Dann erkannte er, wer vor ihm stand.

Taurus musterte ihn mit einem undefinierbaren Gesichtsausdruck. »Hi Ash.« Er trug seinen langen dunkelgrauen Sicherheitsmantel, hatte ihn jedoch geschlossen. Offenbar wollte er es zuerst mit Reden versuchen.

»Hi.« Ash blickte sich hastig um. Erst als sicher war, dass sie niemand hören konnte, entspannte er sich ein wenig. »Wie bist du reingekommen?« Die Eingangstür des Bunkers war seit jeher mit einem fünfstelligen Zahlencode gesichert.

»Hab gewartet, bis jemand rauskam.« Taurus deutete ein schiefes Grinsen an. »Man kennt mich hier.«

»Hatte ich vergessen.« Der Gedanke, dass der Troll rein- und rausspazieren konnte, wie er wollte, bereitete ihm zum ersten Mal Unbehagen. Er sah sich noch einmal um. Der lange Korridor war leer. Das einzige Geräusch, das an seine

Ohren drang, war das ferne Wummern dumpfer Bässe aus einem der Proberäume. Er hakte locker die Daumen in die Gürtelschlaufen der Jeans und lehnte sich mit der Schulter gegen die Wand. »Was hast du ihnen erzählt?«

Taurus schien kurzzeitig nicht zu wissen, worauf er anspielte, dann verschwand der fragende Ausdruck in seinen Augen. »War zu spät und hab dich knapp verpasst.« Er vermied jeglichen Blickkontakt. »Sind geduldige Leute, ich hab so viel Zeit wie ich brauche.«

Ash, der innerlich aufgeatmet hatte, glaubte eine unterschwellige Drohung zu hören. Andererseits machte ihn inzwischen jedes Wort des Trolls nervös. Er hoffte trotzdem auf eine friedliche Lösung. Ihre Freundschaft konnte die Sache überleben, wenn sie sich beide Mühe gaben.

»Ich möchte dir immer noch helfen.«

Taurus legte die Stirn in Falten und schnaufte amüsiert. »Ja, sicher.«

»Mein Angebot gilt.« Seine Stimme wurde zu einem eindringlichen Flüstern. »Sag deinen Auftraggebern, dass du den Job nicht mehr willst. Sollen die jemand anderen schicken, damit werde ich fertig. Du bekommst die hundert K von mir. Ohne Verpflichtungen. Unsere Wege können sich danach für immer trennen, das ist mir egal!«

Der Troll nahm eine ablehnende Haltung an. »Und ich stehe mein Leben lang in deiner Schuld? Vergiss es, Chummer!«

»Okay, formulieren wir es anders.« Ash blies sich eine Haarsträhne aus dem Gesicht. Redete er gegen eine Wand? »Ich bezahle dir Schweigegeld. Du behältst dein Wissen für dich und ich gebe dir die hundert K. Vertrauen gegen Vertrauen. Ich vertraue dir, dass du niemandem von meinem Zweitjob erzählst, und du vertraust mir, dass ich niemals eine Gegenleistung für das Geld verlangen werde. Für mich steht weit mehr auf dem Spiel als für dich.«

Er konnte förmlich sehen, wie es in Taurus' Gehirn arbeitete.

»Niemand schenkt einem anderen hundert K, ohne eine Gegenleistung zu verlangen.« Aus seinem Mund klang es wie eine Feststellung. »Das is 'n verdammtes Vermögen. Ich wette, du hast Leute für weniger gegeekt.«

In Ashs Augen blitzte es wütend auf. Dieses Gespräch war dermaßen frustrierend. »Es ist nicht so, dass die hundert K ein riesiges Loch in meine Ersparnisse reißen würden.« Seine Stimme wurde schärfer. »Und selbst wenn. Kapierst du nicht, dass mich die Kohle nicht interessiert?« Er breitete in einer verzweifelten Geste die Arme aus.

»Wie soll ich dir noch irgendwas glauben?« Der Troll klang fast traurig. »Du hast in den letzten zwei Jahren jeden Menschen in deiner Umgebung belogen. Und du verlangst allen Ernstes, dass ich dir den Drek abkaufe? Von euch hat es noch nie jemand ehrlich mit mir gemeint. Irgendwie habt ihr mich jedes Mal verarscht. Warum solltest du anders sein?«

Wer, ›ihr‹? Musiker? Freunde? Menschen? »Das ist nicht dein Ernst.« Ash versuchte ruhig zu bleiben, obwohl er innerlich kochte. »Bist du zu dämlich, um Hilfe von einem Norm anzunehmen? Oder bist du zu hochnäsig?«

Taurus' rechter Arm schnellte vor und seine riesige Hand packte Ash am Kragen. Mit einem Ruck wurde er in die Luft gerissen und gegen die gegenüberliegende Wand gedrückt. Reflexartig hielt er sich an dem breiten Handgelenk fest und glotzte den Troll verdutzt an.

»Du hast noch 'ne Tracht Prügel bei mir gut!« Taurus fixierte den Sänger, der beträchtlich an Gesichtsfarbe verloren hatte. Als er ausholte, blitzten für den Bruchteil einer Sekunde drei kleinen Erhebungen auf seinem Handrücken auf.

O Gott, die Sporne! Ash sah eine massige Faust auf sich zukommen und kniff in Erwartung großer Schmerzen die Augen zusammen. Es gab einen dumpfen Schlag, als Taurus seine Faust wenige Millimeter neben seinem Kopf in die Wand hämmerte. Schwer atmend kämpfte er gegen die Versuchung an, Ashs Gesicht in einen blutigen Brei zu verwandeln.

»Hey!« Eine schneidende Stimme ließ seinen Kopf herumrucken. Evan kam mit Quinn in seinem Kielwasser den Korridor entlanggelaufen. »Was wird das hier?«

Die beiden blieben in sicherer Entfernung unschlüssig stehen, da sie nicht wussten, worum es eigentlich ging.

Ein tiefes Knurren kam aus Taurus' Kehle. »Verpisst euch!«

Quinn musterte ihn finster. »Erst, wenn du ihn losgelassen hast!«

Taurus' stechender Blick richtete sich wieder auf Ash, der vor Angst nicht zu atmen wagte. Der Troll bleckte die Hauer und zog abrupt die linke Hand zurück. Evan und Quinn machten gleichzeitig einen Schritt vorwärts. Ohne ein weiteres Wort ließ Taurus Ash fallen. Der Sänger landete unsanft auf dem Hintern und blieb vorsichtshalber still sitzen.

»Wir sprechen uns noch, Kleiner.« Dann war er um die nächste Ecke verschwunden. Die beiden Männer atmeten gleichzeitig aus.

»Alles in Ordnung?« Quinn musterte Ash, der mechanisch nickte. Seine Knie fühlten sich an wie Pudding, als die beiden ihn auf die Beine zogen und mit ihm in den Proberaum zurückkehrten.

»Wie geht's dir?« Keiko ließ sich neben Ash nieder, der mit untergeschlagenen Beinen auf dem schwarzen Ledersofa im Vorraum saß.

»Ich versteh das nicht.« Er legte einen Arm um sie und zog sie dichter zu sich heran. Ihre Nähe tat ihm gut.

Die Japanerin schob einen Arm hinter seinem Rücken durch und lehnte mitfühlend den Kopf an seine Schulter. »Manchmal passiert es, dass Menschen, die einmal Freunde waren, sich voneinander entfernen. Wir alle verändern uns und hin und wieder hält eine Freundschaft diesen

Veränderungen nicht stand.« Sie sah zu ihm hoch. »Ich habe es selbst erlebt und es hat sehr wehgetan.«

Ash hauchte ihr einen zärtlichen Kuss auf die Stirn. »Weiß Toshi, dass er der glücklichste Mann dieses Planeten ist?«

Ein Schwall von Musik schwappte aus dem Proberaum, als Brooks die isolierte Tür öffnete. »Wir sind so weit.«

»Okay.« Ash erhob sich mit einem Seufzen und schüttelte seine eingeschlafenen Beine aus. »No Prayer for the Dying.« Er zwinkerte Keiko zu und schob sich an dem Elf vorbei in den Raum. Evan brüllte ihm ein fröhliches »Hey« entgegen und hämmerte das Intro des Songs in die Felle.

Am selben Abend

»Ich will wissen, was er tut, mit wem er spricht und welche Jobs er annimmt.« Während er sprach, zerlegte Quickshot geübt das Barret in seine Einzelteile. Er hatte seinen Stützpunkt in ein anderes Lagerhaus in der Nähe des Hafens verlegt. Sicher fühlte er sich trotzdem nicht.

»Wo liegt das Problem?« Jester klang amüsiert. »Vor zwei Wochen hättest du den Typ eiskalt ausgeknipst.«

»Glaub' mir, ich denke an nichts anderes.« Er verteilte Bürsten, Waffenöl und Lappen auf dem Boden des Vans und griff nach einer langen, dünnen Flaschenbürste.

»Was hält dich ab?«

Quickshot hielt in der Bewegung inne. »Ist was Persönliches.«

»Oh, verstehe. Na dann, viel Glück.«

»Kann ich brauchen. Gib mir Bescheid, okay?«

»Sobald dein Freund in Aktion tritt, wirst du es wissen.«

»Danke.« Er nahm das Headset ab und warf es auf das Klappbett. Nach einigen Sekunden reglosen Grübelns schaltete er die Stereoanlage ein und setzte sich ein Paar High-Tech Kopfhörer auf. Ein entspannter Ausdruck breitete sich auf seinem Gesicht aus, als er auf Play drückte und den Lautstärkeregler aufdrehte.

Kapitel 17

Seit einer Ewigkeit hatte Ash weder von Taurus noch von Jester gehört. Für den Moment genoss er die Feuerpause, obwohl ihm klar war, dass es sich höchstwahrscheinlich um die Ruhe vor dem Sturm handelte. Ob sich der Sturm zu einem ausgewachsenen Hurrikan entwickelte, konnte nur die Zukunft zeigen. Seine Tage verrannen mit Proben und Vorbereitungen, die Sorge wegen Taurus nächstem Schritt ständig im Hinterkopf. Der Troll gefährdete alles, was er sich aufgebaut hatte. Die Band, sein Leben in den Schatten, alles war plötzlich unsicher geworden. Ash war seit dem ersten Run klar gewesen, dass es eines Tages dazu kommen würde. Nur warum musste es ausgerechnet ein Freund sein? Jede andere Bedrohung hätte er ausgelöscht, ohne mit der Wimper zu zucken. Es bereitete ihm keine Probleme, jemanden zu töten, den er nicht kannte, zu dem er keine persönliche Beziehung hatte.
Bei Taurus war es anders. Er mochte den Troll, sie waren Chummer und er wollte ihm, verdammt noch mal, helfen! Insgeheim sehnte Ash sich danach, dass die Tournee endlich anfing und er sich für einen Monat aus diesem Chaos befreien konnte.

Der Bericht im Metal-Guide war bei den Fans sehr gut angekommen und hatte den Kartenvorverkauf kräftig angekurbelt. Zwei Drittel der Städte meldeten ausverkaufte Hallen und Mikey schaute sich bereits nach weiteren Spielmöglichkeiten in den CAS um. Es sah ganz danach aus, als werde sich die Tournee um mindestens zwei Wochen verlängern. Das gab der Band mächtig Auftrieb und je näher der Abfahrtstermin rückte, desto aufgeregter wurden sie.

Fünf Nächte vor der Abreise konnte Ash vor Nervosität kaum noch schlafen. Stundenlang wälzte er sich im Bett von einer Seite auf die andere, sah sich billige Filme und

Serien im Trideo an, schlug die Zeit in dem 24-Stunden-Fitnesscenter um die Ecke tot oder stromerte durch die zahlreichen Discotheken der Stadt. Versuchte die Unmengen Energie loszuwerden, die sich in seinem Körper wie in einem Akku ansammelten. Dazwischen quetschte er die drei bis vier Stunden Schlaf, die er mindestens brauchte. Am Ende war er topfit und perfekt vorbereitet, um die Tournee körperlich und stimmlich zu meistern. Todmüde, aber in besserer Form als je zuvor. Irgendwann auf dem Weg dahin fragte er sich, ob er dieses Tempo ewig durchhalten konnte. Wahrscheinlich nicht. Aber wer oder was sollte ihn aufhalten?

Quinn und Evan bekämpften die Nervosität auf ihre eigene Art. Mit ausgedehnten Kneipengängen und Discobesuchen »lebten sie schon mal vorsorglich den Rock 'n' Roll«, wie sie es ausdrückten. Keiko genoss die seltenen Momente mit Toshi. Und Brooks? Ash war zu beschäftigt mit sich selbst, um sich ernsthaft Gedanken zu machen, aber ihm fiel auf, dass der Elf neuerdings nachdenklicher und stiller war als früher. Was auch in den Augen der anderen durchaus von Vorteil war, da die verbalen Auseinandersetzungen zwischen dem Sänger und dem Bassisten merklich weniger wurden.

Endlich war der Tag der Abreise gekommen. An einem Dienstagmorgen fanden sich die Musiker am Flughafen ein. Ihre Vorgruppe würde erst in Washington D.C. zu ihnen stoßen und alle waren gespannt auf die Band, mit der sie die nächsten Wochen verbringen würden. Bis jetzt hatten sie von *Calgary* nicht viel gehört und dass sie zusammen auf Tour gingen, lag lediglich daran, dass sie bei demselben Label unter Vertrag standen und stilistisch einigermaßen zusammenpassten.

Keiko, die lange Abschiede hasste, hatte Toshi trotzdem nicht davon abhalten können, sie zu begleiten. Jetzt, wo sie aneinander gekuschelt in einem der weichen Sessel saßen, war sie glücklich darüber. Sie saß quer auf Toshis Schoß, ließ die Beine über eine der Lehnen baumeln und schmiegte sich eng an ihren Freund. Toshi, der beide Arme um sie gelegt hatte, stupste ihre Wange verspielt mit der Nase an. »Du bist das schönste Wesen, dem ich jemals begegnet bin.« Er küsste sie zärtlich und ein seliges Lächeln breitete sich auf Keikos Gesicht aus. »Ich wüsste nicht, wie ich ohne dich leben sollte!«

Die Japanerin kicherte. »Warte bis nach der Tour, wenn ich jeden Abend in einer stickigen, verräucherten Halle zugebracht habe und unter chronischem Schlafmangel leide. Wenn du mich dann immer noch für schön hältst, glaube ich dir vielleicht.«

»Ich liebe dich, auch wenn du morgens manchmal aussiehst wie ein alter Wischmop.«

»Hey!« Sie scheiterte an dem Bemühen, ihrem Gesicht einen bösen Ausdruck zu verleihen, und biss ihm stattdessen in die Hand.

»Au.« Entrüstet zog ihr Freund die Hand zurück. »Kleines Ungeheuer.« Dann küsste er sie erneut und besänftigte damit ihren Zorn.

So sehr sich Keiko auch darüber freute, mit der Band auf Tournee gehen zu können, stimmte es sie dennoch traurig, schon wieder für lange Zeit von Toshi getrennt zu sein. Und wenn er sie wie gerade eben fest in seine starken Arme nahm, sie an sich drückte, und ihr sagte, wie sehr er sie liebte, kam es ihr unerträglich vor. Darum wäre es ihr lieber gewesen, er hätte sie nicht begleitet. Eine Notiz am Kühlschrank hätte ihr genügt. »Ich bin weg, wir sehen uns in einigen Wochen.« Kurz und knapp, keine unnötigen Emotionen, kein quälendes Lebewohl. Wie lange würde sie diese ständigen Trennungen noch ertragen?

Keiko seufzte leise in der Hoffnung, er werde es nicht hören. Doch Toshi nahm jede Regung ihres Körpers wahr. Dieses sanfte Heben des Brustkorbs mit dem anschließenden jähen Senken kannte er und ein Schatten huschte über seine Miene.

»Wir werden eine Lösung finden«, flüsterte er gerade so laut, dass sie es hörte. Keiko nickte stumm und tastete nach seiner Hand. Ja, sie würden, sie *mussten* eine Lösung finden. Nur welche?

Ihr Blick glitt sinnend durch die Halle und traf auf Ash, der damit beschäftigt war, das Gepäck auf die Waage neben dem Ticketschalter zu stellen. Links von ihm standen Evan und Quinn, die mit dem wehrlosen Mädchen am Ticketschalter flirteten und versuchten, sich gegenseitig auszustechen. Selbst wenn die beiden bemerkten, dass sie keine Chance bei der Kleinen hatten, hielt es sie nicht davon ab, ihr auf die Nerven zu gehen. Mikey beobachtete die Szene amüsiert und reichte ihrer älteren Kollegin die Flugtickets. Dann war die Zeit für den Abschied endgültig gekommen.

Keiko machte Anstalten, sich aus der Umarmung zu lösen, doch Toshi war schneller. Er schob seine Arme unter ihren Beinen und Achseln durch, hob sie hoch und stand auf. Ihr entfuhr ein erschrockenes Kieksen und sie schlug verschämt eine Hand vor den Mund. Mit einem breiten Grinsen trug Toshi seine Freundin zu ihren Bandkollegen und setzte sie sanft ab. Keiko ignorierte deren amüsierte Mienen und boxte ihrem Freund liebevoll gegen die Brust. Dann stellte sie sich auf die Zehenspitzen, um mit Toshi auf Augenhöhe zu sein, strich ihm über die kurzen tiefschwarzen Haare und küsste ihn leidenschaftlich.

»Ich melde mich, wenn wir in Dee Cee angekommen sind.«

»Ich werde auf dich warten.«

Nach einem letzten hastigen Kuss, einer letzten zärtlichen Berührung, drehte sie sich um und folgte ihren Freunden. Als sie sich kurz umsah, stand Toshi noch immer an derselben Stelle und schaute ihr nach. Keiko warf ihm eine Kusshand zu und beeilte sich, den Anschluss an die Band nicht zu verlieren.

Der Flug nach Washington verlief ruhig und entspannt. Die Stadt wieder zu betreten, löste in Ash eine Flut von Erinnerungen aus. Auf dem Weg zum Hotel erkannte er einige Straßenzüge wieder, durch die er damals mit dem Team gefahren war. Seine Magenwände zogen sich zusammen, als in einiger Entfernung das große Eingangstor des Zoologischen Gartens auftauchte, und in seinen Fingerspitzen kribbelte es. Ihr Fahrer lenkte den Minivan westlich am Zoo vorbei und setzte sie vor einem mittelklassigen Hotel ab. Auf der anderen Straßenseite parkten bereits zwei Reisebusse. *Devil's Playground* sollten in dem einen, *Calgary* zusammen mit der Tour-Crew in dem zweiten Bus fahren. Die Roadies waren vor ihnen eingetroffen und damit beschäftigt, die Instrumente in die Fahrzeuge zu verladen. Die P.A. wurde in jeder Stadt angemietet, was auf die gesamte Tour berechnet weniger kostenaufwendig war. Weder *Devil's Playground* noch ihre Vorgruppe besaßen eine eigene P.A., die qualitativ den Ansprüchen einer Tournee gerecht wurde. Die meisten Konzerthallen auf ihrem Fahrplan waren mit festen Anlagen ausgestattet, die auf die jeweiligen Räumlichkeiten zugeschnitten waren. Da ihr Plattenlabel nicht unendlich viel Geld springen lassen wollte, hatte man diese ausgesprochen platz- und zeitsparende Variante gewählt.

Mit offenen Mündern und großen Augen blieben die Mitglieder von *Devil's Playground* vor dem Bus stehen, der in den folgenden Wochen ihre Heimat sein sollte. Er war schwarz angestrichen und trug auf beiden Seiten in geschwungenen, leuchtend roten Lettern den Namenszug der Band. Evan kramte hektisch eine Videokamera aus dem Rucksack und filmte das Gefährt von allen Seiten. Wie eine aufgeregte Schulklasse inspizierten sie den Bus von innen. Im hinteren Teil lagen acht Schlafkojen, jeweils vier auf einer Seite, und immer zwei übereinander. Sie waren zwei Meter lang, einen Meter breit und eineinhalb Meter hoch. Jede hatte einen kleinen Vorhang, den man vorziehen konnte, um das Treiben im Bus auszusperren, eine Lampe und eine Steckdose. Ganz hinten im Heck gab es eine winzige Küche, mit Kühlschrank, Mikrowelle, Kochgelegenheit und Geschirrschrank. Zwischen Küche und Schlafgelegenheiten befand sich das Chemieklo und hinter dem Fahrer gab es auf beiden Seiten sechs Reihen mit verstellbaren Doppelsitzen. Der pure Luxus! Obwohl das Gefährt seine besten Jahre lange hinter sich hatte und ein miefig-staubiger Geruch von den Sitzen und Betten ausging, war er für die Band der Traum eines Tourbusses. Mit einem zufriedenen Grinsen in seinem runden Gesicht trieb Mikey die aufgeregte Bande in die Lobby. Dort warteten bereits die Mitglieder von *Calgary*. Man begrüßte sich und nachdem alle ihr Gepäck auf die Zimmer gebracht hatten, entschloss man sich zu einem gemeinsamen Stadtbummel, um sich zu beschnuppern.

Im Gegensatz zu *Devil's Playground* bestanden *Calgary* aus drei Musikern. Caleb, dem orkischen Sänger und Bassist, Garret, dem Gitarrist, und Rye, dem Drummer. Sie kamen alle aus Washington und waren zwischen fünfundzwanzig und achtundzwanzig Jahre alt. Was Ash zum Jüngsten der Truppe machte. Er ließ ihre Sticheleien und Witze über sich ergehen und nahm die Sache mit Humor.

Erleichtert stellten die beiden Bands fest, dass sie hervorragend miteinander auskamen. Die nächsten vier Wochen würden anstrengend genug, da war es von Vorteil für alle Beteiligten, wenn sich die Musiker untereinander verstanden. Es verhinderte lästige Grabenkämpfe um P.A., Instrumente und Länge des Soundchecks.

Weit nach Mitternacht kehrten sie ziemlich angeschlagen und bester Laune ins Hotel zurück. Ash hatte bald aufgehört die Lokale zu zählen, in denen sie auf ihre ›Brüderschaft‹ anstießen. Aus beruflichen Gründen war er dem Alkohol weniger stark zugeneigt und hielt sich lieber an die leichten Drinks. Nicht nur Quickshot zog es vor, sich im Ernstfall auf seine Sinne verlassen zu können. Außerdem vertrug seine Stimme keine ausgiebigen Sauftouren. Während sich die anderen lautstark zum Schlafen auf ihre Zimmer verzogen, schlenderte er noch einmal zu ihrem Tourbus, der inzwischen auf dem Platz hinter dem Hotel parkte. Schweigend betrachtete er das Gefährt und trat schließlich näher. Sanft fuhren seine Finger über den unteren Teil des Schriftzugs und er glaubte, sich in einem fernen Märchenland zu befinden. Es war atemberaubend und überwältigend. Er hätte schreien können vor Glück.

»Ist das dein Traum?«, flüsterte eine Stimme hinter ihm.

Ohne sich umzudrehen wusste er, dass es Brooks war. Er nickte stumm.

»Dann lass ihn nicht los.«

Ash sah sich erstaunt um, doch der Elf war verschwunden. Lautlos, wie ein Blatt im Wind.

Der nächste Tag verging wie im Fluge, und ehe sich die Bandmitglieder versahen, hatten sie den Soundcheck hinter sich gebracht und wuselten aufgeregt im Backstagebereich der Konzerthalle herum. Evan und Quinn tranken sich mit ihren Widerparts von *Calgary* Mut an beziehungsweise vertrieben ihren Kater mit einem neuen. Ash rannte alle zehn Minuten zur Toilette und Keiko saß auf einem der beiden Sofas und faltete konzentriert kleine Kraniche aus Notizpapier. Sie war der ruhende Pol in dem Chaos.

Brooks lehnte seit einer Ewigkeit neben dem Vorhang, der den Backstagebereich vom Bühnenaufgang trennte. Hin und wieder schob er ihn ein Stück zur Seite und warf einen ruhigen Blick in die Halle, die sich langsam füllte.

»Na, haste genauso viel Schiss wie ich?« Caleb, der Sänger von *Calgary* schlug ihm mit einem rauen Lachen auf die Schulter.

Brooks neigte leicht den Kopf. »Etwas mulmig ist mir schon.«

Der Ork musterte ihn von oben bis unten und verzog den Mund zu einem breiten Grinsen. »Nee, Chummer, du bist kalt wie Eis.« Er gab ihm noch einen Klaps und stiefelte den Korridor entlang in Richtung Backstagebereich. Der Bassist schaute ihm eine Weile nach, dann wandte er sich wieder der Bühne zu.

Aus den Katakomben der Halle tauchte Norman Carter vom Metal-Guide auf, der sich bereits bei Mikey angekündigt hatte. Das Magazin präsentierte die beiden Bands auf der UCAS-Tournee und wollte verständlicherweise über alles informiert sein. Im Schlepptau hatte Norman einen Kameramann, der eine Sony CB5000 Cybercam auf der Schulter trug. Die war über ein Glasfaserkabel mit einem Trideolink-Adapter verbunden, der seinerseits in die Datenbuchse an der rechten Schläfe des Mannes eingestöpselt war. Norman winkte zwei Fans heran, ein Mädchen und einen Jungen, die verschüchtert einige Meter entfernt warteten. Die beiden waren um die achtzehn und die Gewinner eines Preisausschreibens, bei dem der Metal-Guide zwei Backstage-Pässe verlost hatte. Stolz trugen sie ihre Pässe an einem Band um den Hals und beobachteten mit großen Augen das Treiben. Norman gab seinem Kameramann ein Zeichen und erklärte den Umstehenden, dass alles live auf einer Leinwand neben der Bühne übertragen wurde. Im selben Augenblick hörte Brooks begeisterten Jubel aus der Halle. Ein amüsiertes Lächeln umspielte seine Lippen.

Ash, der eben von einem erneuten Toilettengang zurückkam, begrüßte die beiden stürmisch. Das Mädchen lief knallrot an und unterdrückte mit größter Anstrengung einen Kreischanfall, während ihr Begleiter unzusammenhängendes Gestammel von sich gab. Widerstandslos ließen sie sich von dem Sänger an die Hand nehmen und herumführen. Als die Zeit gekommen war und Caleb und seine Jungs in Richtung Bühne gingen, führte Ash die beiden durch einen schmalen Gang hinter dem Schlagzeug auf die andere Seite. Von dort aus hatten sie freien Blick auf das Geschehen und ihre Sicht wurde nicht von der Leinwand behindert. Er wünschte ihnen viel Spaß und trabte zurück zum Backstagebereich. Im Vorbeigehen erhaschte er einen kurzen Blick auf die Halle. Auch wenn es bereits dunkel war, konnte er die Masse erahnen, die gespannt auf den Beginn des Konzerts wartete. Der Countdown lief.

Calgary heizten den musikhungrigen Fans ordentlich ein. Fünfundvierzig Minuten lang peitschten sie die Menschen in der Halle nach vorn, ohne ihnen oder sich eine Pause zu gönnen. Schweißüberströmt und außer Atem taumelten sie nach dem letzten Song von stürmischem Applaus begleitet die kleine Treppe hinunter.

Applaus empfing sie auch Backstage, wo ihnen *Devil's Playground* und die Roadies zu einem gelungenen Tourauftakt gratulierten.

»Ich glaube, die sind jetzt warm.« Caleb wischte sich mit einem Handtuch das nasse Gesicht ab und warf es über eine Stuhllehne. Ash reichte ihm schmunzelnd eine Wasserflasche. »Gute Arbeit.«

Er hatte sich inzwischen umgezogen und steckte in einer schwarz-roten Lederkluft. Die linke Seite seiner Haare war schwarz gefärbt und er trug durchsichtige Kontaktlinsen mit einem roten Fadenkreuz in der Mitte.

»Cooles Kostüm.« Der Ork trank einen großen Schluck.

»War Keikos Idee.« Ash deutete auf die Japanerin, die zwischen Evan und Quinn auf einem der Sofas saß. Alle drei trugen schwarze Lederkleidung, die an unterschiedlichen Stellen mit roten Flicken übernäht worden war. »Sie ist die Hobby-Designerin der Band.«

Nach einer zwanzigminütigen Umbaupause war es endlich so weit. Ash winkte die anderen Bandmitglieder zu sich heran. Auf sein Zeichen stellten sie sich im Kreis auf und legten dem linken und rechten Nachbarn jeweils einen Arm auf die Schulter.

»Wer sind die Besten?«, rief Ash in die Runde.

Ein lautes »Wir!« aus vier Kehlen war die Antwort. Selbst Brooks machte den Spaß mit.

»Werden wir es ihnen zeigen?« Zustimmendes Brüllen war die Antwort. Im Hintergrund konnten sie hören, wie die Fans den Namen der Band riefen. Immer lauter, immer ungeduldiger. Mit einem Aufschrei trennten sie sich und bewegten sich im Laufschritt in Richtung Bühne.

»Ash, eine letzte Frage.« Norman und der Kameramann konnten kaum Schritt halten. Der Sänger verlangsamte sein Tempo, um sie aufschließen zu lassen. »Schieß los.« Im Vorbeigehen ergriff er das Headset, das ihm einer der Roadies hinhielt.

»Wie fühlst du dich während eines Konzerts?«

Er blieb stehen und spielte nervös am Mikro des Headsets herum. »Wie soll ich es beschreiben ...?« Er blickte mit einem entwaffnenden Lächeln in die Kamera und registrierte verblüfft das infernalische Kreischen in der Halle. Dann erinnerte er sich daran, dass das Interview simultan übertragen wurde und Verlegenheit färbte seine Wangen rot. »Es ist, als würde ich die Musik atmen.« Vergeblich suchte er nach einem Vergleich, der seinen Gefühlen annähernd gerecht wurde. »Als würde ich die Töne mit jeder Pore meiner Haut in mich aufsaugen.« Das Glänzen in seinen Augen wurde zu einem überwältigenden Funkeln. Im Hintergrund erklangen die ersten Noten des Intros und das Publikum rief seinen Namen. Ash schien plötzlich Zentimeter über dem Boden zu schweben. »Tausend Menschen sehen dir zu und fühlen genau wie du.« Aus seiner Stimme floss pure, ungezügelte Leidenschaft. »Das ist wie Sex!« Mit einem euphorischen Jauchzen rannte er den Korridor entlang, riss den Vorhang zur Seite und hechtete auf die Bühne.

Die Tournee lief gut. Sie lief so gut, dass keiner der Beteiligten es glauben konnte. Sie spielten nahezu jeden Abend vor ausverkauften Häusern und sowohl *Calgary* als auch

Devil's Playground verbesserten sich von Auftritt zu Auftritt. Sie schwammen auf einer nicht enden wollenden Welle der Euphorie, gaben unzählige Interviews, feierten bis in die Morgenstunden, wenn der Tourplan es erlaubte, oder verlegten die Geselligkeiten in die Busse. Nach vier Tagen konnte keiner mehr mit Sicherheit sagen, wer in welchen Bus gehörte. Oder wer die blonde Mieze abgeschleppt hatte, die sich nach einer ausgelassenen Party in einer der Schlafkojen räkelte. Ash hielt sich zumindest bei den Sauforgien zurück. Er ließ die anderen feiern und blieb lieber nüchtern. Seine Stimmbänder litten schon genug unter der stickigen Hallenluft.

Der Spaß hielt an bis St. Louis. Ash hatte sich in die Umkleidekabine zurückgezogen, um seine Stimmbänder für den Soundcheck aufzuwärmen, und lief mit geschlossenen Augen leise summend durch den Raum. Das unbestimmte Gefühl, dass er beobachtet wurde, ließ ihn aufblicken. Einer der Roadies von Calebs Truppe stand im Türrahmen und musterte ihn. Ash hob einen Finger zum Zeichen, dass er gleich kommen werde, und wandte sich ab. Als der Mann nicht verschwand, strich er sich irritiert eine Haarsträhne aus dem Gesicht. »Kann ich dir helfen?«

»Ich war neugierig auf den jungen Mann, der im Begriff ist, seine Zukunft wegzuwerfen.« Der Roadie betrat den Raum und schloss die Tür hinter sich. Die unheimliche Ruhe, die er ausstrahlte, jagte Ash einen kalten Schauder über den Rücken.

»Ich verstehe nicht ganz ...« Wie kam der Kerl überhaupt dazu, so mit ihm zu reden?

»Keine Angst, das werden Sie.« Der Magier hob mit einer Geste seine Maskerade auf. Er hatte streichholzkurze schwarze Haare und trug einen langen, schwarzen Sicherheitsmantel über seinem dunkelblauen Nadelstreifenanzug. An jedem seiner Finger saß ein fein gearbeiteter, extravaganter Ring. Jeder der zehn Ringe war aus einem anderen Material gefertigt und trug in seiner Mitte einen winzigen Stein.

Ash vergaß vor Überraschung den Mund zu schließen. Er konnte plötzlich das Rauschen des Bluts in seinen Ohren hören und spürte seinen Herzschlag bis in den Hals. Für den Bruchteil einer Sekunde geriet er in Panik. Doch ebenso schnell breitete sich eine beängstigende Klarheit in ihm aus. Er saß in der Falle. Magie hatte er nichts entgegenzusetzen. Wenn sein Gegenüber ihn umlegen wollte, hatte er die perfekte Gelegenheit. Allerdings sah es nicht danach aus. Der Magier bestätigte seine Vermutung.

»Man hat mich nicht geschickt, um Sie zu töten, sondern um Ihnen eine gut gemeinte Warnung zu übermitteln. Einigen Leuten gefällt die Art und Weise nicht, wie Sie bestimmte Gegebenheiten darstellen«, fuhr der Mann mit einem Blick auf seine Fingernägel fort. »Sie fühlen sich ungerecht behandelt und wüssten es sehr zu schätzen, wenn Sie in Zukunft von gewissen Aussagen absehen würden. Ansonsten sehen wir uns leider gezwungen, unsere Interessen massiv zu vertreten.«

»Was?« Ash lachte auf. »Ihr seid dermaßen selbstherrlich und arrogant, dass ich kotzen könnte!« Er baute sich vor dem Mann auf, der ihn um knapp einen Kopf überragte, und stemmte entrüstet die Hände in die Hüften. Es scherte ihn einen feuchten Drek, ob seine Reaktion unüberlegt war. »Was fällt euch eigentlich ein, hierher zu kommen und mich zu bedrohen? Wer seid ihr überhaupt?« Die plötzliche Erkenntnis ließ ihn verblüfft zwinkern. »Wart ihr das? Habt ihr mir die drei Irren auf den Hals gehetzt?«

Sein Gegenüber schnippte belustigt ein Staubkorn von seinem Mantel. »Ich weiß wirklich nicht, wovon Sie sprechen.«

»Hinter dem *Alabaster Maiden*. Das habt ihr veranlasst.« Nur mit Mühe widerstand er dem Verlangen, auf den Magier loszugehen und die Namen der Hintermänner aus ihm rauszuprügeln.

»Denken Sie über meine Worte nach.« Der Mann öffnete die Tür. »Seien Sie nicht dumm.« Er trat auf den Flur und verschwand. Wortwörtlich.

Evan blickte ernst in die Runde, die sich um den Tisch im Raum hinter der Bühne versammelt hatte. Ihr Manager und der Rest der Crew waren vor die Tür verbannt worden. Das war eine Sache, die nur die Band anging.

»Ich spreche wohl für alle, wenn ich sage, dass mir das alles allmählich unheimlich wird.« Er erntete zustimmendes Nicken.

»Vielleicht sollten wir das Konzert absagen ...«, gab Quinn kleinlaut zu bedenken. »Bevor etwas passiert.«

Vier Augenpaare richteten sich auf Ash, der mit finsterer Miene auf seine Hände starrte. Mit einem Ruck, der sie zusammenfahren ließ, schob er seinen Stuhl zurück und sprang auf. »Ich lasse mich von diesen Wichsern nicht einschüchtern! Diese Menschen ...«, sein Zeigefinger deutete auf einen Punkt jenseits der Tür, »... sind gekommen, um *uns* zu sehen. Sie wollen *unsere* Musik hören, weil sie ihnen etwas gibt, das in ihrem Leben fehlt.« Das Blut schoss ihm in den Kopf und seine Stimme wurde lauter, während er sich in Rage redete. »Unsere Lieder bedeuten ihnen etwas und das werde ich ihnen nicht wegnehmen, nur weil sich ein Haufen wertloser Kriecher persönlich beleidigt fühlt. Ich kusche nicht vor diesem rassistischen Dreckspack!« Seine Augen hefteten sich auf Quinn, der unter seinem stechenden Blick zu einem Häufchen Elend zusammenschmolz. »Wenn wir dieses Konzert absagen, können wir gleich die ganze Tour zum Teufel jagen.«

Brooks, der bis zu diesem Zeitpunkt geschwiegen hatte, erhob sich.

»Was ist?«, brüllte Ash ihn an. »Hast du irgendwas an mir auszusetzen?«

»Lasst uns allein.« Aus den Augenwinkeln beobachtete der Elf, wie die anderen Musiker mit besorgter Miene den

Raum verließen. Die spannungsgeladene Luft schien Funken zu schlagen, als sich die beiden Männer über den Tisch hinweg taxierten. »Leg schon los.« Ashs Stimme war ein gefährliches Zischen. Seit Beginn der Tournee hatte er auf diesen Moment gewartet. Endlich kam Brooks aus seinem Schneckenhaus und machte das Maul auf.

Der Bassist musterte ihn eindringlich, bis Ash vor Ungeduld und Wut explodierte. Mit einem Aufbrüllen schnappte er sich seinen Stuhl und feuerte ihn gegen die nächste Wand. Das Splittern von Holz hallte durch den Raum, als der Stuhl in seine Einzelteile zerbrach. »Drek, was ist dein Problem?«

Brooks zuckte kurz mit den Augenlidern und setzte sich. Ash, der schwer atmend vor ihm stand, fühlte sich plötzlich wie ein kleiner dummer Schuljunge.

»Ist dir klar, was du damit anrichten kannst?« Brooks schlug abwartend die Beine übereinander und lehnte sich zurück. »Sie werden tun, was du ihnen sagst.« Er deutete mit einem Kopfnicken in Richtung Tür. »Auch wenn es sie umbringt.«

Ash sah ihn verwirrt an. »Wen meinst du?«

»Die Band, Mikey ... das Publikum ... such's dir aus. Mit einem Fingerschnippen kannst du sie dazu bringen, dir blind zu folgen. Ich weiß, wie sie über dich reden, wenn du nicht in der Nähe bist.« Ein nicht zu deutender Ausdruck trat in seine wasserblauen Augen. »Quinn und Evan sehen zu dir auf, obwohl sie älter sind und viel mehr Erfahrung im Geschäft haben. Uns allen ist klar, dass du die Band zu dem gemacht hast, was sie heute ist. Bevor du zu uns gekommen bist, waren wir nichts.«

»Deshalb muss ich dafür sorgen, dass es nicht wieder so wird.«

»Es ist gefährlich, Verantwortung mit Egoismus zu verwechseln.«

»Du kannst mich auf den Tod nicht leiden, was?« Ash stützte die Arme auf die Tischplatte und durchbohrte den

Elf mit einem herausfordernden Blick. Jede Faser seines Körpers war zum Zerreißen gespannt. Er war bereit, in der nächsten Sekunde über den Tisch zu hechten und ihm an die Kehle zu springen.

Brooks versteifte sich kaum merklich. »Es geht nicht darum, was ich von dir halte«, erwiderte er mit fester Stimme. »Du bist dreiundzwanzig. Sieh dir an, wo du heute stehst. Und versuch dir vorzustellen, wo du eines Tages sein wirst. Ich lebe vielleicht zweihundert Jahre, aber ich werde die Massen niemals so im Griff haben wie du.« Er breitete die Arme aus. »Das Publikum jubelt dir zu, weil du es mitreißt. Du glühst vor Leidenschaft und Energie. Aber diesmal lenkt uns deine Leidenschaft in eine Richtung, die allen gefährlich werden kann.« Die Stimme des Elfs wurde eindringlich. »Du solltest die Entschlossenheit dieser Leute nicht unterschätzen. Sie kämpfen für eine Welt, die ihren Idealen entspricht. Du sabotierst ihren Kampf, indem du den Menschen zeigst, dass es sehr wohl anders geht. Dazu brauchst du nicht mal deine Texte. Die Art, wie du mit Metamenschen umgehst, sagt alles.«

Es hatte fast den Anschein, als wolle Ash sein Gegenüber hypnotisieren. Äußerlich wirkte er gefasst und ruhig, doch in seinem Inneren kämpften unterschiedliche Emotionen um die Vorherrschaft.

Er fühlte sich klein und unbedeutend vor den Worten des Bassisten, der so viel mehr zu wissen schien als er. Der viel mehr erlebt hatte. Der alles durchschaute. Gleichzeitig war Ash so wütend auf den Elf, dass er kaum atmen konnte. Geschweige denn klar denken.

»Du solltest dir klar darüber werden, was du mit deinem Tun heraufbeschwörst. Du kannst mit deinem Leben spielen, bitte sehr. Doch ich werde nicht zulassen, dass du die Band oder die Menschen, die zu dir aufsehen, in Gefahr bringst!«

»Glaubst du, ich will das hier?« Ash umschrieb mit einer ausladenden Geste die gesamte Situation. »Ich will singen, ich will Erfolg haben und ich will, dass die Leute Spaß an unserer Musik haben, das ist alles.«

»Dann pass auf, dass du nicht eines Tages aufwachst und alles in Trümmern liegt.«

An diesem Abend spielte die Band den schlechtesten Gig der bisherigen Tournee. Ihre düstere Stimmung griff auf das Publikum über und alle waren froh, als das Konzert endlich vorbei war. Nach der Verabschiedung der Fans und der anschließenden Dusche zog sich Ash in den Bus zurück, ohne ein einziges Autogramm zu schreiben, und rollte sich in seiner Schlafkoje zusammen. Er wollte nichts hören, nichts sehen und mit niemandem sprechen. Mikey und der Rest der Band respektierten seinen Wunsch und machten mit den Jungs von *Calgary* die Bars und Discotheken der Stadt unsicher.

Ash hatte den gesamten Bus für sich allein und niemand störte ihn. Eine Stunde später zog er den Vorhang zur Seite, der seinen Schlafplatz abtrennte und erhob sich schwerfällig. Nachdem er seinen Hunger mit einer Fertig-Lasagne aus der Mikrowelle gestillt hatte und sicher sein konnte, dass niemand in der Nähe war, rief er Nemo an. Er gab dem Decker die Beschreibung des Magiers durch in der Hoffnung, er werde irgendwas über seinen ungebetenen Besucher herausfinden. Nemo verabschiedete sich mit den üblichen Scherzen, die Ash diesmal überhaupt nicht komisch fand, und versprach, sich zu melden.

Am nächsten Tag fand Ash eine Nachricht auf seiner Mailbox. Der Magier war in den Schatten nicht zu finden, es musste sich entweder um einen Freischaffenden oder um einen Konzernmagier handeln. Um das herauszufinden, brauchte der Decker mehr Zeit.

Während eines entspannten Spaziergangs durch die Stadt entfernte sich Ash in einem günstigen Moment von der Gruppe und hinterließ seinerseits eine Nachricht auf

Nemos Anrufbeantworter. Der Decker sollte weitersuchen, wie lange es auch dauern mochte.

Die Band hatte zwei freie Tage vor sich, die sie zur Entspannung nutzen wollte. Keine Autogrammstunden, keine Interviews. In dieser Zeit konnten sie wohl kaum Anlass zu weiteren Besuchen des Magiers geben und er hoffte, dass Nemo bis zu ihrer Abfahrt in Richtung Kansas City neue Infos für ihn hatte.

Die Pause tat allen gut und die Stimmung wurde merklich besser. Am Abend des ersten Tages setzten sich die Musiker zusammen und besprachen den weiteren Tourverlauf. Nachdem jeder seine Ängste und Sorgen zum Ausdruck gebracht hatte, einigten sie sich darauf, die Setliste zu ändern. ›Hateseeker‹ und ›No Prayer for the Dying‹ wurden aussortiert, auch wenn allen klar war, dass die Fans nach diesen Songs verlangen würden. Ash erinnerte sich daran, wie der Ganger hinter dem *Alabaster Maiden* einige Zeilen aus ›Hateseeker‹ zitiert hatte. Der Song wirkte wie ein rotes Tuch auf diese Leute. Er zog es vor, sich lieber bei einigen Fans unbeliebt zu machen, als zu riskieren, die gespannte Atmosphäre weiter anzuheizen. Von Brooks erntete er dafür ein anerkennendes Heben der rechten Augenbraue. Später, als die meisten bereits im Bett lagen – in einem richtigen Hotelbett, wohlgemerkt –, gingen Ash und Caleb noch einmal an den Pool. Der Ork hatte etwas auf dem Herzen, das er nicht vor den anderen mit ihm besprechen wollte. Sie machten es sich in den Liegestühlen bequem, jeder eine Flasche Bier in der Hand, und sahen hoch zu den Sternen. Der Himmel war fast wolkenlos und der abnehmende Mond näherte sich seinem höchsten Stand. Das leise Brummen einer fernen Hauptstraße drang an ihre Ohren und wirkte beruhigend und einschläfernd auf die beiden Männer.

»Okay, du Geheimniskrämer.« Ash trank einen Schluck und stellte die Flasche neben sich auf den Boden. »Was ist los?«

Caleb druckste einen Moment herum und gab sich schließlich einen Ruck. »Ist 'ne schwierige Sache für mich.« Er warf ihm einen unsicheren Blick zu. »Du bist nicht irgendwer und ich ...«

»Wow, Sekunde.« Ash rollte sich auf die Seite und sah den Ork direkt an. »Vergiss mal ganz schnell diesen Mist. Ich bin dein Chummer, mehr nicht. Wenn ich irgendwas für dich tun kann, spuck's aus!«

Sein Gegenüber lächelte dankbar und atmete tief durch. »Am ersten Juli findet in Atlanta ein Open Air statt. Ist 'ne Art Benefiz-Vorstellung, gibt also keine Kohle. Die Jungs und ich werden da auftreten. Einer der Organisatoren ist der Verlobte meiner Cousine. Er hat mich angerufen und gefragt, ob ich mal mit dir reden kann. Weißt du, ihr geht ab wie 'ne Rakete und 'n bisschen Publicity könnte der Sache nicht schaden.«

»Was ist das für ein Open Air?« Ash ahnte, dass das dicke Ende noch kommen würde.

»Nennt sich ›One World – One People‹. Die Veranstaltung soll für mehr Verständnis zwischen Menschen und Metamenschen werben.« Caleb hörte, wie der Sänger die Luft scharf einsog, und wandte sich enttäuscht ab. »Schon klar, war 'ne blöde Idee. Ich weiß, dass ihr Probleme habt, und hätte nicht fragen sollen.«

Betretenes Schweigen folgte und schließlich rollte er sich aus dem Liegestuhl und stand auf. »Gute Nacht.«

Mit einem ergebenen Seufzen streckte Ash ihm eine Hand entgegen. »Ich rede mit den anderen, okay?«

Der Ork nickte erleichtert. »Danke.« Er ergriff seine Hand und zog ihn mit Leichtigkeit hoch. »Vergess ich dir nie.«

Kapitel 18

»Nein. Auf keinen Fall!« Brooks schüttelte entschlossen den Kopf. Der Elf funkelte Ash wütend an. »Genau das ist der Mist, vor dem ich dich gewarnt habe.«

»War nicht meine Idee.« Der Sänger hob abwehrend die Hände. »Ich habe ihm versprochen, euch zu fragen, mehr nicht.«

»Wir werden nicht auf diesem verfluchten Open Air auftreten, kapiert?«

»Wieso denn nicht?« Quinn sah verständnislos von einem zum anderen.

Die Band hatte sich einen freien Sitzungsraum im Hotel gesucht und saß an einem großen runden Holztisch. Diese Treffen wurden langsam zu einer lästigen Angewohnheit.

Mikey lief aufgeregt auf und ab und raufte sich die spärlichen Haare.

»Das ist eine politische Veranstaltung«, pflaumte Brooks den Gitarrist an. »Der Name sagt doch alles. Es geht darum zu zeigen, dass Menschen und Metamenschen zusammen leben und Spaß haben können. Dass wir alle gleich sind und niemand das Recht hat, einen anderen zu diskriminieren.«

»Aber das ist doch gut.« Quinn sah den Gesichtsausdruck des Elfs und runzelte verwirrt die Stirn. »Oder?«

Brooks zeigte ein grimmiges Lächeln. Quinn besaß an manchen Tagen den Verstand einer Erbse. »In unserer gegenwärtigen Lage brauchen wir die damit verbundene Publicity so nötig wie einen Kropf!«

»Du kapierst auch gar nichts!« Evan warf Quinn scherzhaft ein zusammengeknülltes Papierstückchen an den Kopf.

»Hey.« Der Gitarrist pflückte das Geschoss aus seinen braunen Haaren und warf es zurück.

»Hört auf mit dem Kinderkram«, fuhr ihr Manager sie

entnervt an. Die beiden Freunde wechselten betretene Blicke und schwiegen vorsichtshalber.

»Ich versteh euch nicht. Was spricht dagegen, vor fünfzigtausend Leuten aufzutreten? Vor *Fünfzigtausend*!« Mikey nestelte aufgeregt an seinem Schlips. »Diese Chance bekommt ihr vielleicht nie wieder! Die Verkaufszahlen von ›Devil's Playground‹ und ›Shadowchaser‹ haben sich seit Tourbeginn verdoppelt. Wenn ihr so weitermacht, werden sie sich locker verdreifachen. MTV hat euch in die Top Ten der besten Newcomer-Bands aufgenommen. Auf Platz fünf! Wenn ihr auf dem Open Air spielt, könnt ihr es an die Spitze schaffen. Das Fernsehen wird da sein, wichtige Leute aus der Szene, die Sache wird live auf zwei Kanälen und in der Matrix übertragen. Wenn alles richtig läuft, werden euch Millionen sehen.«

»Darum geht es ja«, gab der Bassist zurück. »Jedermann wird uns sehen. Wir werden nicht umhin können, ›Hateseeker‹ zu spielen. Ash wird sich seine Ansagen nicht verkneifen können ...« Er deutete auf den Sänger, der säuerlich auf seiner Unterlippe herumkaute, sich jedoch jeglichen Kommentar verkniff. »Sie werden uns in der Luft zerreißen.«

»Er hat Recht.« Alle Augen richteten sich auf Keiko, die bisher geschwiegen hatte. »Das könnte der berühmte letzte Tropfen sein.«

»Ich finde, dass Ash entscheiden sollte.« Evan deutete auf den Sänger, der ihn mit großen Augen ansah. Brooks warf ihm einen ›Ich-hab's-dir-doch-gesagt‹-Blick zu und schwieg gespannt. Quinn nickte zustimmend. »Finde ich auch.«

»Das ist unfair«, entgegnete Keiko. »Falls tatsächlich etwas passiert, wird jeder ihm die Schuld geben. Wir sollten das zusammen entscheiden.«

Ash legte ihr dankbar eine Hand auf die Schulter.

Mikey ergriff als Erster das Wort. »Finanziell gesehen«, – er ignorierte die missbilligenden Blicke der anderen –

»würde uns das Konzert selbst überhaupt nichts bringen. Aber die Publicity, Kinder, die Publicity! Und was unser kleines Problem mit diesen unangenehmen Leuten angeht, bin ich sicher, dass die Sicherheitsvorkehrungen ausreichend sein werden. Bei dieser Art von Konzert muss man schon im Vorfeld mit Ärger rechnen, wir sollten uns also nicht verrückt machen.«

»Ich denke, du machst es dir etwas zu leicht.« Brooks trommelte ungeduldig mit den Fingern auf die Tischplatte. »Wahrscheinlich bin ich für euch jetzt der große Miesmacher, aber ich halte es für zu gefährlich. Und der Erfolg« – er deutete mit einem Kopfnicken auf Ash – »ist uns auch ohne dieses Konzert sicher.« Brooks Worte verfehlten ihre Wirkung nicht. Ash verstand plötzlich gar nichts mehr. Der Elf war ein Meister darin, ihn zu verwirren, aber was er im Augenblick von sich gab, kapierte der Sänger nicht mal im Ansatz. Erst machte der Bassist ihn vor versammelter Mannschaft nieder, danach baute er ihn mit Lob wieder auf. Was hatte er vor?

Evan und Quinn sahen Ash mit einem Ausdruck an, den er sonst nur von seinen feurigsten Fans kannte. Was wohl gerade in ihren Köpfen vorging? Nicht zum ersten Mal wurde er sich seiner Befehlsgewalt innerhalb der Band bewusst. An diesem Tag schüchterte sie ihn ein.

»Ich bin dafür, dass wir hinfahren.« Keiko untersuchte angestrengt ihre Fingernägel. »Ich gebe zu, dass mir dieser Typ ziemliche Angst eingejagt hat, aber genau deshalb möchte ich auf der Veranstaltung spielen.« Sie sah Ash durchdringend an. »Ich werde mir von diesen Leuten nicht verbieten lassen, meine Meinung zu sagen. Das ist unsere Chance, uns einen Namen zu machen. Die sollten wir uns nicht nehmen lassen.«

»Genau.« Evan und Quinn nickten synchron.

Ash sah von einem zum anderen. »Damit ist die Sache klar.« Was blieb ihm anderes übrig, als so zu entscheiden?

Für einen Augenblick verlor Brooks die Kontrolle über

seine Gesichtszüge. Dann fasste er sich. »Gut, wie ihr wollt. Ich beuge mich der Mehrheit.« Ohne ein weiteres Wort verließ er den Raum.

Die Nachricht sprach sich herum wie ein Lauffeuer. Norman informierte seine Arbeitgeber und Mikey trat mit dem Veranstalter in Kontakt, um die Details des Auftritts abzuklären. Es war klar, dass die Band dem Publikum etwas Besonderes bieten musste. Es dauerte keine zehn Minuten und das Stichwort ›Hateseeker‹ fiel. Wieder setzten sie sich zusammen, wieder wogen sie Vor- und Nachteile gegeneinander ab und wieder entschieden sie sich für die Fans und gegen die Vorsicht. Sie waren die endlosen Diskussionen leid. Was rings um sie passierte, hatte nichts mehr mit Musik zu tun. Es war nicht die Aufgabe von *Devil's Playground*, sich mit Policlubs auseinander zu setzen. Es gab andere Menschen, deren Job es war, sich um ihre Sicherheit zu kümmern.

Ash, der das ähnlich sah, nutzte einen ungestörten Moment für ein Telefonat mit einer alten Freundin.

Tinkerbell war überrascht, so schnell wieder etwas von Quickshot zu hören. Sie lauschte aufmerksam seinen Schilderungen und nahm den Job schließlich an. Allerdings konnte sie ihm erst in einigen Tagen zur Verfügung stehen, da sie vorher noch einen anderen Run zu erledigen hatte.

Als Ash auflegte, fühlte er sich besser. Als sei eine schwere Last von ihm abgefallen. Blieb nur das Problem, dass Nemo sich nicht meldete. Der Junge ließ sich ungewöhnlich viel Zeit.

Am Abend setzte sich Ash noch einmal mit Caleb zusammen. Er hatte eine Idee, von der er dem Ork unbedingt erzählen wollte. Denn mit Caleb bot sich endlich die Gelegenheit, seinen Traum zu verwirklichen. ›Hateseeker‹ auf die Art zu singen, wie er den Song gedacht hatte: als Wortgefecht zwischen einem Ork und einem Norm.

Normalerweise teilte er sich die Gesangsparts mit Quinn, aber die Wirkung würde unvergleichlich intensiver sein, wenn er den Song zusammen mit Caleb sang. Der Ork war von der Idee begeistert und somit war es beschlossene Sache. Zusammen gingen sie in den freien Minuten den Text durch und probten ihr Duett, wenn nach dem regulären Soundcheck noch genug Zeit blieb. Der Plan war, als krönenden Abschluss ihres Auftritts in Atlanta beide Bands auf die Bühne zu holen und den Song gemeinsam zu spielen. Ein deutlicheres Zeichen der Solidarität konnte sich keiner der Beteiligten vorstellen. Brooks äußerte sich mit keinem Wort zu ihrer Entscheidung. Er behandelte sie weiterhin mit Respekt und war beim Soundcheck und auf der Bühne konzentriert dabei und wären die undefinierbaren Seitenblicke nicht gewesen, die er Ash von Zeit zu Zeit zuwarf, hätte niemand bemerkt, dass die Harmonie in der Band langsam aber sicher zum Teufel ging. Zumindest waren die fünf Musiker professionell genug, ihre Differenzen in der Umkleidekabine zu lassen und nicht auf der Bühne auszutragen.

Sie suchten sich Sioux Falls aus, um die neue Version von ›Hateseeker‹ einer ersten Probe zu unterziehen. Norman, in dem sie alle einen guten Freund gefunden hatten, würde sie am nächsten Tag verlassen, um den Tourbericht rechtzeitig für die nächste Ausgabe vom Metal-Guide fertig zu haben. Auf diese Art wollten sie seinen Abschied gebührend feiern.

Zu dem üblichen Lampenfieber, das Ash vor jedem Auftritt verspürte, kam an diesem Abend eine gehörige Portion Nervosität. Was einerseits an ihrem kleinen musikalischen Experiment und andererseits an einem speziellen Gast lag, der sich in der Halle aufhalten würde. Tinkerbell hatte sich für diesen Abend angekündigt und die Vorstellung, dass sie ihm zusehen würde, war beunruhigend und aufregend zugleich. In der Verkleidung – mit Schminke, gefärbten

Haaren und Kontaktlinsen – konnte sie ihn gar nicht erkennen. Jedenfalls versuchte er sich das einzureden. Er war gespannt, wie ihr das Konzert gefiel. Ob sie mit der Musik überhaupt etwas anfangen konnte? Es war Ash auf merkwürdige Weise wichtig, was sie dazu sagte. Er würde sie hinterher fragen. Okay, Quickshot würde sie fragen, beiläufig, ganz unauffällig. Damit umging er gleichzeitig die unangenehme Situation, dass sie ihn anlog, um ihn nicht zu kränken. Ash hasste es, wenn Leute das taten.

»Ash, du bist dran.« Keiko kam aus dem kleinen Raum, in dem ein improvisiertes Schminkzimmer eingerichtet worden war. Sie trug ein knappes Lederkostüm, das ihre weiblichen Rundungen äußerst vorteilhaft betonte, und hatte Augen und Lippen in grellem Rot geschminkt.

»Wow!« Ash machte einen Schritt rückwärts. Er war sprachlos, so gut sah sie aus.

»Danke.« Keiko errötete und lächelte geschmeichelt. »Mal sehen, was Sandra heute aus dir macht.«

»Mal sehen.« Er betrat den Raum und begrüßte die junge Frau, die auf einen Stuhl deutete, der vor einem Spiegel stand.

Sandra war ein Fan der ersten Stunde. Sie hatte die Band schon unterstützt, bevor Ash als Sänger überhaupt im Gespräch war, und gehörte zu der Art Fan, die sich jeder Musiker wünschte: freundlich, unaufdringlich und im gesunden Maße an der Band und ihren Mitgliedern interessiert. Kein Gekreische, keine aufdringlichen Anrufe oder Besuche, kein verlegenes Schweigen in der Nähe der Band. Sandra hatte all das nicht nötig. Sie wusste, dass die Musiker sie mochten, und musste sich nicht verstellen. Von ihr würde Ash nie die anstrengende, nervtötende Flut an ständig wiederkehrenden Komplimenten zu hören bekommen, die andere Fans über ihm ausschütteten. Bei Sandra konnte er sicher sein, dass sie meinte, was sie sagte, und ihn nicht absichtlich vollschleimte. Zusätzlich war sie gelernte Visagistin, was wirklich praktisch war. Wenn Sandra es arrangieren konnte, nahm sie sich zu den Konzerten frei, und brachte die Band optisch auf Vordermann.

»Na, aufgeregt?« Sie drückte ihm einen fingerlangen Zylinder in die Hand, an dessen einem Ende ein daumengroßes Loch war, und begann seine Haare zu kämmen.

»Höllisch.« Ash steckte seinen Daumen in das Loch im Zylinder, drückte einen winzigen Knopf am anderen Ende, und ein leises Surren erklang.

Sandra, die gerade durchsichtige Einmal-Handschuhe anzog, lächelte. »Passt doch hervorragend.« Sie nahm eine schwarze Tube und einen Kamm vom Tisch neben sich und wickelte eine seiner Haarsträhnen um den Zeigefinger.

»Wenn du meinst.« Der Zylinder hörte auf zu surren und Ash zog seinen Daumen heraus. Der Nagel war tiefschwarz gefärbt. Er pustete drüber, wischte mit einem Tuch die Lackreste von der Haut und wiederholte den Vorgang mit dem Zeigefinger.

Zehn Minuten später waren alle Fingernägel und diverse Haarsträhnen schwarz. Jetzt ging es darum, die richtigen Kontaktlinsen zu finden. Ash entschied sich für ein Paar milchig-weißer Linsen, die einen roten Punkt anstelle der Iris hatten. Es setzte sie ein, blickte in den Spiegel und erschrak. Ihm starrte ein Dämon aus der Unterwelt entgegen.

»Das ist ja widerlich.«

»Dann sind die Dinger genau richtig«, merkte Sandra vergnügt an. »Die Leute sollen sich zu Tode erschrecken!«

Ash musterte sie skeptisch aus weiß-roten Augen. »Manchmal machst du mir Angst.«

Sie grinste. »Sag Quinn, dass er reinkommen soll.«

Mit einiger Mühe bahnte sich Tinkerbell einen Weg durch die hüpfende und singende Menge. Sie war der Band seit der letzten Stadt auf den Fersen, ihnen über die Highways und quer durch Sioux Falls bis zur Konzerthalle gefolgt. Hatte die Roadies beim Ausladen der Instrumente beobachtet, sich jeden genau angesehen, auch astral, sich ihre

Gesichter gemerkt, das volle Programm. Quickshot hatte ihr ein Zimmer in einem guten Hotel besorgt und an der Rezeption eine Eintrittskarte für das ausverkaufte Konzert hinterlegen lassen. Es war beinah wie bezahlter Urlaub. Wäre da nicht diese Dringlichkeit in seiner Stimme gewesen. Und eine Besorgnis, die ihr bei ihm vollkommen neu war.

Es war warm und stickig in der Halle, stank nach Schweiß und Alkohol. Zigarettenrauch kratzte in ihrem Hals und ließ ihre Augen tränen. Seit Jahren war sie auf keinem Konzert gewesen und nach diesem Abend würde sie es sich dreimal überlegen, bevor sie es überhaupt wieder in Erwägung zog. Die Vorgruppe hatte ihre Ohren trotz der Ohrenstöpsel bis zur Schmerzgrenze strapaziert, aber das Trommelfeuer, das seit einigen Minuten über sie hereinbrach, war unglaublich. Der Boden vibrierte unter ihren Füßen. Der Bass dröhnte dumpf in ihrem Magen und wollte ihrem Herzschlag seinen Rhythmus aufzwingen. Rote und gelbe Scheinwerfer zeichneten Pentagramme auf Bühne und Hallenwände, die sich unaufhörlich im Kreis drehten. Davon konnte einem ganz schlecht werden. Fasziniert und gleichzeitig belustigt beobachtete sie das ausgelassene Treiben ringsumher. Eine große, glückliche Familie von Verrückten. Und der blonde Springball auf der Bühne schien der ungekrönte König dieser durchgeknallten Bande zu sein. Wie ein Irrwisch wirbelte er von einer Seite der kleinen Bühne zur anderen und heizte die Fans in den ersten Reihen weiter an. Zwar sagte ihr die Musikrichtung nicht hundertprozentig zu, aber seine Stimme gefiel ihr. Rau wie Sandpapier, mit Ecken und Kanten. Dabei klar und trotz des breiigen Sounds gut zu verstehen. Sie gab sich sogar Mühe, die Texte herauszufiltern, die der Sänger voller Energie in die Halle brüllte. Sie hatte schon schwachsinnigeres Zeug gehört.

Die Elfe schob sich weiter nach vorn, musste jedoch nach wenigen Metern aufgeben. Es gab kein Durchkommen.

Eingezwängt auf halber Strecke, blieb ihr nichts anderes übrig, als ohne Aussicht auf Atemluft an Ort und Stelle stehen zu bleiben oder sich direkt durch den Windkanal der riesigen Lautsprecher an den Rand zurückzuziehen. Zähneknirschend entschied sie sich für Letzteres.

Zu ihrem großen Erstaunen war die Lautstärke von der Seite aus weit besser zu ertragen. Hier standen die ruhigeren Fans, meist kleine, zierlich gebaute Mädchen, die das Konzert optisch genießen wollten, ohne ihre Gesundheit zu gefährden. Und wie Tinkerbell feststellte, war die Sicht auf den Sänger hervorragend. Er war ziemlich jung und auf eine spezielle Art gut aussehend. Ihr gefiel sein Outfit. Offensichtlich wusste er sehr genau, wie er seine Vorzüge betonen konnte. Ash trug schwarze Sportschuhe und eine Hose aus einem schwarz glänzendem Stoff, die an den Außennähten mit silbernen Schnallen besetzt war, welche bei jedem Schritt klirrten. Sie waren von einem matten Film überzogen, der verhinderte, dass sie das Licht der Scheinwerfer zu stark reflektierten und die Fans blendeten. Sein Oberkörper steckte in einem weiten weinroten Hemd, dessen Ärmel bis über die Fingerknöchel reichten. Die Farbe harmonierte hervorragend mit seinen schwarz-blonden Haaren. Lecker. Für einen Norm. Und eine plausible Erklärung für den ungewöhnlich hohen Anteil an kreischenden weiblichen Teenagern im Publikum. Schade, dass ihr Job darin bestand, ein Auge auf die Menschen in der Halle zu haben und nicht auf die Bühne.

Sie suchte sich eine freie Stelle, lehnte sich gegen die Wand und ließ einen astralen Blick schweifen. Keine aktiven Magier im Publikum, lediglich einige schwach leuchtende Auren, die sie vernachlässigen konnte. Keine menschlichen Ersatzteillager, nur einige unbedeutende Verbesserungen.

Als sie die Augen wieder öffnete, musterten sie drei Mädchen mit besorgter Miene. Für sie musste es aussehen, als sei die Elfe erschöpft gegen die Wand gesunken. Ein junges Orkmädchen in einem *Devil's Playground*-T-Shirt reichte ihr schüchtern einen mit Wasser gefüllten Plastikbecher. Tinkerbell nickte dankbar und fächelte sich übertrieben Luft zu. »Ganz schön heiß hier«, brüllte sie über die Musik hinweg. Das Mädchen lächelte verständnisvoll und wandte sich wieder der Bühne zu.

Na super, jetzt hält die mich für eine von diesen hormongestörten Teeniegören. Sie trank einen Schluck Wasser und sah wieder nach vorn. Irgendwas an diesem Typ ließ sie nicht los. Nur was? *Ich bin doch kein Groupie. Warum spielt mein Kopf derartig verrückt?*

Seit Quickshots Anruf fragte sie sich, was er mit dieser Band zu tun hatte. Nein, sie brannte vor Neugier. Warum beauftragte er gerade sie, diese Leute zu beschützen? Natürlich schmeichelte es ihr, da es sich offensichtlich um einen Auftrag handelte, der ihm sehr am Herzen lag. Aber um professionellen Personenschutz zu gewährleisten, bedurfte es einiges mehr als einer leidlich begabten Magierin, die mit einer Waffe besser umgehen konnte als mit ihren Kräften. Vielleicht war sie nicht die Einzige hier, die er angeworben hatte. Oder die Sache war so heiß und persönlich, dass es zu gefährlich war, Außenstehende einzuschalten. *Geben wir hier ein Stück Privatleben preis, Mr. Top Secret?*

Die Band beendete ihr Lied. Frenetischer Applaus toste durch die Halle, während der Sänger sich mit einem Handtuch den Schweiß von der Stirn wischte und sein durchgeschwitztes Hemd auszog. Darunter trug er eine kurze schwarze Weste, die über und über mit silbernen Sechsen bedruckt war. Jeweils drei Sechsen waren kreisförmig angeordnet, mit den offenen Bögen nach innen. Der Junge nahm den Pakt mit dem Teufel offenbar sehr ernst. Ashs Arme glänzten feucht vom Schweiß und seine Muskeln waren von der körperlichen Anstrengung aufgepumpt. Die Publikumsreaktionen auf seinen kleinen Strip waren anzügliche Pfiffe und obszöne Kommentare der Männer und verzücktes Kreischen der Frauen. Mit einem schelmischen

Grinsen trat Ash an den Bühnenrand und knöpfte aufreizend langsam drei der sechs Knöpfe seiner Weste auf. Dann fing er an zu lachen, griff nach einer der Wasserflaschen und trank in aller Ruhe einen Schluck Mineralwasser. Ein entrüsteter Aufschrei ging durch die Menge und er sah sich gespielt irritiert um.

»Was denn, Leute? Hab ich irgendwas verpasst?«

Tinkerbell konnte sich das Grinsen kaum verkneifen. *So ein fieses Arschloch.* Sie hob den Becher an die Lippen. *Ich kenne jemanden, mit dem du dich hervorragend verstehen würdest.* Ihre Hand verharrte auf halbem Wege. *Moment mal.* Sie kniff die Augen zusammen und starrte den Sänger an, der in diesem Augenblick die Arme über den Kopf hob und in die Hände klatschte. Das Publikum fiel in den Rhythmus ein, der vom Drummer übernommen wurde und sich auf sämtliche Instrumente ausbreitete. »Nein, das ist nicht wahr!« Die Fans, die ihr am nächsten standen, musterten sie irritiert. *Die Bewegungen, die Gestik ...*

Der Drummer hämmerte ein ohrenbetäubendes Solo in sein Schlagzeug, die beiden Gitarristen fielen in das Spiel ein und Ash sang die ersten Zeilen von ›Shadowchaser‹:

»There was a time not long ago
When light was shining on my path
Without a scar and innocent I was
Then night approached so suddenly
And took my innocence away
And left me shattered in its dark embrace«

Tinkerbell hatte die Welt um sich herum vollkommen vergessen. Sie hörte die Musik wie durch einen Filter und bemerkte den Ellbogen nicht, den ihr ein unaufmerksamer Fan in den Rücken rammte. Er klopfte ihr entschuldigend auf die Schulter und sie nickte abwesend.

Die Stimme war anders. Und die Körpersprache. Lebendiger, heller. Ihm fehlte dieses düstere, schwermütige Element. Wie der Gegenpol zu Quickshot. *Yin und Yang,* schoss es ihr durch den Kopf. »Sein jüngerer Bruder.« Ihre Lippen bewegten sich stumm. »Er lässt mich seinen kleinen Bruder beschützen!« Ihr wurde abwechselnd heiß und kalt. Ein Chaos aus Emotionen rauschte durch ihren Körper. Sie war stolz und gerührt von dieser Geste des Vertrauens. Eine feine Gänsehaut bildete sich auf ihren Armen, als sie den Blick abermals auf Ash richtete.

Quickshot hatte ihr nicht alles erzählt. Natürlich nicht, das tat er nie. Sie wusste, dass die Band von einem Poliсlub bedroht wurde und der Sänger bereits zwei unangenehme Begegnungen mit den Leuten hinter sich hatte. *Das muss Quickshot dermaßen beunruhigt haben, dass er keinen anderen Ausweg wusste. Anscheinend vertraut er dem Sicherheitsdienst nicht besonders. Vielleicht steckt er selbst irgendwo in der Masse.* Ihr Kopf ruckte unwillkürlich herum und die Elfe schmunzelte über ihre Reaktion. *Selbst wenn er hier wäre, würde ich ihn wohl kaum entdecken.* Sie schaute auf ihre Armbanduhr, deren Zifferblatt schwach leuchtete. *Devil's Playground* spielten seit einer halben Stunde. Blieb mindestens eine weitere Stunde, in der sie die Augen offen halten musste. Und um ihr Gehör bangen.

Wie ein Gockel stolzierte Mikey vor den verschwitzten Musikern auf und ab und überschüttete sie mit überschwänglichem Lob. Der Hauptteil des Auftritts war zu Ende, die erste Zugabe gelaufen und die Band hatte sich vor dem ultimativen Schlag hinter der Bühne versammelt. Aus der Halle drangen die Rufe nach einer weiteren Zugabe. Stetig lauter und fordernder. Das ewige Ritual. Die Fans wussten, dass die Band auf jeden Fall weiterspielen würde, und die Musiker ließen die Fans einige Minuten zappeln, um die Stimmung ein letztes Mal anzuheizen. Quinn hockte rittlings auf einem Stuhl und kühlte mit einem nassen Handtuch den wundgescheuerten, knallroten Streifen, der von der linken Schulter aus quer über seinen

Rücken verlief. Er hatte seit dem vierten Song mit nacktem Oberkörper gespielt und durch das Gewicht und das ständige Zurechtrücken der Gitarre war die Hautpartie unter dem Gitarrengurt praktisch abgehobelt worden. Der Schweiß, der in die Wunde gelaufen waren, ließ seinen Rücken wie Feuer brennen. Einer der Roadies kam eben mit einem Kühlakku zurück, den er aus einem Kühlschrank irgendwo in der Halle organisiert hatte. Im Vorbeigehen schnappte er sich ein dünnes Tuch, wickelte es um den Akku und drückte ihn auf die gerötete Stelle. Quinn, der das Handtuch kurz zuvor weggenommen hatte, zuckte unter der plötzlichen Kälte zusammen. Dann breitete sich selige Erleichterung auf seinem Gesicht aus. Der Mann nickte ihm aufmunternd zu und steuerte einen Tisch mit Getränken an. Mit einem strafenden Blick warf Evan Quinn ein schwarzes Muscle-Shirt zu. Der Gitarrist fing es locker auf und hängte es vor sich über die Stuhllehne. Er würde es wohl nie lernen!

Ash saß vorgebeugt auf einer leeren Getränkekiste und hielt sich eine Sauerstoffmaske vor Mund und Nase. Hinter den Kontaktlinsen waren seine Augen glasig vor Erschöpfung und sein Atem ging stoßweise. Als Mikey besorgt zu ihm rübersah, reckte er den linken Daumen in die Höhe und rappelte sich auf. Er hustete, spülte Schleim und Zigarettenrauch mit einem Schluck Wasser von seinen Stimmbändern und sah Caleb an. »Bereit für den großen Auftritt?«

Der Ork knetete nervös die Hände. »Glaub schon.«

»Okay.« Ash reichte einem der Roadies die Sauerstoffflasche und schälte sich aus seiner Weste, die ihm wie ein zweite Haut am Oberkörper klebte. Er schlüpfte erneut in das weinrote Hemd und füllte seine Lungen ein letztes Mal mit dem Luftgemisch aus der Sauerstoffflasche. Dann trabte er zurück in Richtung Bühne.

Caleb und die anderen folgten ihm. »Und wenn ich meinen Einsatz verpasse?«, raunte ihm der Ork im Laufen zu.

»Keine Angst, du wirst es wissen.«

»Und wenn ich den Text vergesse?«

»Die Roadies haben ein halbes Dutzend Stichwortzettel auf der Bühne verteilt, du musst sie nur rechtzeitig finden.« Ash boxte ihm freundschaftlich gegen den Oberarm. »Bist doch 'n großer Junge. Lass dich von dem Mob da draußen nicht einschüchtern.«

In einigen Sätzen erklärte Ash den Fans, was sie vorhatten. Die Reaktion war frenetischer Jubel. Aus Platzmangel hatte man kein zweites Schlagzeug aufgebaut und auch Garret würde erst zu einem späteren Zeitpunkt Gelegenheit zu seinem Duett mit Quinn bekommen. Zwischen Winnipeg und dem nächsten Konzert in Oklahoma City hatten sie sechs Tage Zeit, den Song perfekt einzuüben. Es war die Generalprobe und deshalb bat der Sänger das Publikum um Nachsicht.

Die Scheinwerfer erloschen und Dunkelheit legte sich über die Halle. Ash und Caleb standen sich im Abstand von zwei Metern gegenüber, die Augen fest auf den anderen gerichtet. Ein einzelner Scheinwerfer erfasste sie, Keikos Gitarre setzte ein und Caleb flüsterte die ersten Zeilen des Liedes in sein Mikro:

»We appeared on mother earth
Her children, oh she gave us birth
A brand new world of mystery
A fairytale come true
What would it be?«

Ash schloss für einen Moment die Augen, hörte nur Calebs Stimme zu. Genoss jede Sekunde, in der sein Traum wahr wurde.

Als die Zeit für seinen Einsatz gekommen war, atmete er tief ein und antwortete dem Ork ebenso leise:

»A virus spread, a cruel disease
Changed our kind
Forevermore
Left us with another breed
Brought suffering to our homes
And misery«

Caleb sang die nächste Strophe, während die Musik lauter wurde. Bedrohlicher, treibender. Diesmal fiel Ashs Antwort heftiger aus. Das Lied wandelte sich von einer Ballade zu einem erbitterten Wortgefecht. Ash versuchte die Abscheu und den Ekel im Herzen eines Menschen auszudrücken, der nichts mehr fürchtete als das Fremde. Dessen Wut sich in einer Nacht des Zorns entladen hatte, der getötet hatte, um das auszuradieren, was ihn am meisten ängstigte.

Die Blicke der beiden Sänger trafen sich und gleichzeitig brüllten sie den Refrain des Liedes in ihre Mikrofone:

»Hateseeker
Souleater
Let blood decide
Who lives or dies

Hateseeker
Souleater
Give strength to those
Who serve with pride«

Die Worte hallten von den Wänden wider, verstärkt durch tausend weitere Stimmen. Eine Gänsehaut bildete sich auf Ashs Armen und sein Puls schoss wie eine Rakete in die Höhe. Es war unglaublich!

»We'll cause the flames to burn sky-high
While streams of blood will fill our streets
Within the blink of an eye

You'll be no more
Than an
Unpleasant dream«

Ash sang die Zeilen, die der Punk hinter dem *Alabaster Maiden* zitiert hatte, und die Vorstellung, dass Menschen diese Botschaft aus seinen Texten zogen, seine Lieder benutzten, um ihre perversen Vorstellungen einer besseren Welt zu rechtfertigen, machte ihn krank. Gleichzeitig tauchte er tiefer in die Musik ein. Ließ sich von den Tönen in eine Welt ziehen, die er verachtete. Und etwas geschah mit ihm. Etwas, das er nicht beschreiben konnte.

Die beiden Sänger umschlichen sich wie Raubtiere, schleuderten sich Hass und Verachtung entgegen. Steigerten sich immer weiter in ihre Rollen hinein, bis die Realität verwischte. Ashs Wahrnehmung kippte plötzlich. Die Musik wurde leiser und er hörte nur noch seine eigene Stimme. Die Halle schrumpfte zusammen, fokussierte sich auf Caleb. Ein Film aus rotem Zorn verschleierte seine Augen. Zwischen zwei Atemzügen realisierte er, dass er kurz davor war, auf den Ork loszugehen. Der Raum drehte sich wie ein Kreisel um ihn und er schüttelte irritiert den Kopf. Wie ein böser Traum fiel seine Rolle von ihm ab. Die Musik wurde schlagartig lauter. So laut, dass sie ihm in den Ohren schmerzte. Unbemerkt war der Ork bis auf einen halben Meter herangekommen. Hass blitzte in seinen Augen auf. Realer, greifbarer Hass, der sich immer weiter steigerte, bis er kurz vor dem Ausbruch war.

»With hate you force us
To fight back
In hate will our answer lie
A reckless war is what you've got
Yet alike
Both struggling to survive«

Calebs Gesicht verzog sich zu einer Furcht einflößenden Grimasse, während er die Worte förmlich ausspie.

Er verliert die Kontrolle! Ash wich vor dem Ork zurück, bis die Fersen seiner Sportschuhe den Bühnenrand berührten. Ein Jubelschrei ging durch das Publikum, das alles für eine gut geplante Show hielt. Dass der ängstliche Ausdruck auf Ashs Gesicht nicht gespielt war, fiel nur wenigen Fans in den ersten Reihen auf.

Tinkerbell beobachtete das Schauspiel mit gemischten Gefühlen. Ihr war nicht ganz klar, was zehn Meter vor ihr passierte. Und was mit den Menschen ringsumher geschah. Die Atmosphäre war in den vergangenen Minuten radikal umgeschlagen. Die dunkle, alles verschlingende Aggression, die von den beiden Sängern ausging, hatte sich auf die Fans übertragen. Ihr Hüpfen und Tanzen war brutaler geworden. Sie rempelten sich gegenseitig an und die Stärkeren schubsten die Schwächeren rücksichtslos aus dem Weg. Alle waren erschöpft und müde, voll gepumpt mit Adrenalin, Alkohol oder beidem. Eine gefährliche Mischung. Tinkerbell fing erstaunt ein junges Mädchen auf, das sich mit panischer Miene aus der wogenden Masse frei kämpfte. Sie hielt sich den rechten Unterarm und war den Tränen nah. Die Elfe schob sie vorsichtig in eine ruhigere Ecke. Sie kochte vor Wut. Diese verantwortungslosen Idioten! Hatten sie keine Ahnung, welche Wirkung dieser Song hatte? Wenn das so weiter ging, brachten sich erst die beiden Sänger auf der Bühne um und danach legen die Fans die Halle in Schutt und Asche.

Ein ähnlicher Gedanke durchfuhr Ash wenige Sekunden später. Aus den Augenwinkeln erhaschte er einen Blick auf die tobende Menge zu seinen Füßen. Diese Menschen strahlten pure, animalische Gewalt aus. Das Sicherheitsteam hatte alle Hände voll damit zu tun, sie davon abzuhalten, die Absperrungen niederzureißen. Sie gingen dabei nicht gerade zimperlich vor. Ein halb voller Bierbecher kam auf die Bühne geflogen und prallte gegen eine der Boxen.

Sein Inhalt verteilte sich spritzend über die Bühne. Vor Schreck verschluckte Ash fast seinen nächsten Satz. Quinn, Keiko und Brooks tauschten beunruhigte Blicke aus, während Evan ungerührt weiterspielte. Ihm fehlte hinter den Aufbauten seines Schlagzeugs die richtige Sicht, um irgendwas mitzubekommen.

Der Song dauerte zwölf Minuten. Zwölf Minuten, die Ash wie eine Ewigkeit vorkamen. Sein Verstand, sein ganzer Körper sträubte sich gegen die Hasstiraden, mit denen er Caleb bombardierte. Die Worte, die aus seinem Mund kamen, *seine* Worte, die *er* geschrieben hatte, bereiteten ihm Übelkeit.

Als die letzte Note verklang und ›Hateseeker‹ mit einem Paukenschlag endete, herrschte Totenstille in der Halle. Schwer atmend standen sich die beiden Sänger gegenüber, während ihnen der Schweiß in Strömen am Körper hinunterlief. Zweitausend Augenpaare waren auf die beiden Männer geheftet.

Beobachteten jede Bewegung. Abwartend, gespannt. Auf eine Eskalation der Situation hoffend.

Langsam löste sich Ash aus seiner Erstarrung, vorsichtig, um den Ork nicht zu reizen. Das unsichtbare Band, das die Zuschauer gelähmt hatte, zerriss. Zaghafter Applaus setzte ein, pflanzte sich wie eine Kettenreaktion durch die Halle fort. Wurde lauter und lauter, zu einem Orkan. Unverständliche Wortfetzen formten sich zu einem gigantischen Sprechchor, der den Namen der Band skandierte. Ash wandte sich angewidert ab. Im Gehen zog er sich das Headset vom Kopf und feuerte es achtlos über die Bühne. Ihm war schlecht. Ohne ein Wort stolperte er an Mikey und den Jungs von *Calgary* vorbei, taumelte durch den Korridor, schlug die Tür der dunklen Umkleidekabine hinter sich zu und verkroch sich in eine Ecke. Sein Körper zitterte unkontrolliert. Schweißtropfen rannen sein Gesicht und seine Arme herab, tropften von den Ellbogen, und bildeten winzige Seen auf dem Linoleum. Wie sehr er diesen verfluchten Song hasste! *Dieses Lied macht mich krank.* Er gab dem Spind vor sich einen Fußtritt. *Nie wieder!*

Ash wusste nicht, wie lange er in dem dunklen Raum gesessen hatte, besaß kein Zeitgefühl mehr. Plötzlich wurde die Tür aufgestoßen und die Deckenbeleuchtung eingeschaltet. Mit einem unwilligen Knurren hob er eine Hand vor die Augen. »Verschwinde. Ich will allein sein.«

Wer es auch war, er hatte keine Lust auf Gesellschaft!

»Ist mir egal.« Keiko schloss die Tür hinter sich, die Arme voll mit einem Bündel aus Kleidung und Wasserflaschen. »Raus aus den nassen Klamotten, bevor du dir den Tod holst.« Sie warf einen grauen Jogginganzug in seine Richtung und drehte sich zur Wand, als Ash sich hochquälte und aus seinen Kleidern schälte. War sie wütend auf ihn oder besorgt? Es interessierte ihn nicht wirklich. Er wollte ihre Gesellschaft nicht. Er wollte allein sein.

Der Jogginganzug war innen aus weichem Flies, das sich angenehm warm an seine Haut schmiegte. Als er sich umgezogen hatte, schob ihn die Japanerin zu einer der Bänke und reichte ihm eine der Flaschen. »Trink das.«

Ash tat, wie ihm geheißen, obwohl seine Hände so stark zitterten, dass er den Verschluss kaum öffnen konnte. In kleinen Schlückchen leerte er die Flasche und widerstand der Versuchung, ihren Inhalt in einem Zug in sich hineinzuschütten.

»Was ist da draußen passiert?« Sie setzte sich neben ihn auf die Bank. Besorgt, nicht wütend. Und mit ausreichend Abstand, um ihm Raum zum Atmen zu lassen.

»Wir haben die Kontrolle verloren. Es war auf einmal real. Zu real.« Er unterbrach sich und Keiko wartete gespannt darauf, dass er fortfuhr. »Ich habe selten diesen immensen Hass empfunden. Als würde die Welt um mich herum schwarz und in einem Meer aus Blut versinken.« Er wischte sich die nassen, klebrigen Haare aus der Stirn und schlug die Hände vors Gesicht. »Ich werde diesen verdammten

Song nie wieder singen!« Er sagte es mit so viel Nachdruck wie sein geschwächter Körper hergab.

Keiko blickte ihn bestürzt an. »Aber das Open Air ...«

»Ich kann es nicht«, flüsterte er ohne aufzusehen. »Frag mich in drei Tagen noch mal, aber nach diesem Abend ... Ich war kurz davor, Caleb anzugreifen. Du hast das Publikum gesehen. Stell dir vor, wir spielen ›Hateseeker‹ vor fünfzigtausend Leuten. Ich möchte nicht dafür verantwortlich sein, dass Unschuldige verletzt werden!«

»Denk darüber nach. Ich werde den anderen erst mal nichts davon erzählen.« Keiko erhob sich und ging langsam zur Tür. »Wir brauchen dich draußen auf dem Parkplatz. Die Fans verlangen nach dir.«

»Okay.« Ash rutschte auf der Bank so weit nach hinten, dass er sich gegen einen der Spinde lehnen konnte. »Hab ich Zeit zum Duschen?«

»Wir werden ihnen sagen, dass du in zwanzig Minuten so weit bist. Und Caleb will mit dir reden.«

Ash schloss für einen Moment die Augen und drückte die kühle Flasche an seine Stirn. *Soviel zum Thema Duschen.* Schließlich nickte er. »In Ordnung, schick ihn rein.«

Wenig später betrat ein kleinlauter Ork die Umkleidekabine, der vor Verlegenheit nicht wusste, wohin er schauen sollte. Caleb hatte in der Zwischenzeit geduscht und sich von den Auswirkungen des Auftritts erholt. Ashs Augen folgten ihm träge, als er sich auf die gegenüberliegende Bank setzte und stumm auf seine Finger starrte.

»War 'ne gute Schau, was?«, meinte der Ork nach einer Weile.

Der Satz entlockte Ash nur ein müdes Schnaufen. Die beiden Männer schwiegen sich verlegen an. Keiner von ihnen fand die richtigen Worte, um zu erklären, was geschehen war.

Schließlich machte Caleb den ersten Schritt. »Mein älterer Bruder ist in der Nacht des Zorns gestorben.« Er sah Ash direkt an, in dessen Gesicht sich Entsetzen und Verständnis widerspiegelten. »Er ist losgefahren, um die Familie meiner Tante in Sicherheit zu bringen, und nicht wiedergekommen. Sie haben seine Leiche zwei Tage später in einem der Hafenbecken gefunden. Ertrunken. Nachdem ihm jemand den Schädel mit einer Axt eingeschlagen hat.« Calebs Mundwinkel zuckten unkontrolliert. »Ich dachte, ich wäre drüber weg. Sieht nicht so aus, was?«

»Warum hast du mir das nicht gesagt?« Ash sah ihn vorwurfsvoll an.

»Weil ich wusste, dass du ›Hateseeker‹ dann nie mit mir zusammen gesungen hättest.«

»Stimmt.« Er ließ den Kopf hängen und schabte mit dem linken Fuß über eine Verfärbung auf dem grauen Linoleum. »Hätte ich nicht gemacht.«

»Wir werden den Song in Atlanta nicht spielen, oder?« Es war mehr eine Feststellung als eine Frage.

»Ich weiß es nicht. Momentan weiß ich gar nichts.« Ash erhob sich steif. Jeder Knochen in seinem Körper schmerzte und seine Muskeln protestierten gegen die unerwartete Bewegung. »Ich geh erst mal duschen. Danach hab ich noch 'ne Pflichtvorstellung zu absolvieren. Willst du mir tapfer zur Seite stehen?«

Ein erleichtertes Lächeln huschte über die Lippen des Orks. »Wird mir eine Ehre sein.« Er stand ebenfalls auf und öffnete die Tür. Ash humpelte auf ihn zu, blieb dicht vor ihm stehen und musterte sein Gegenüber voller Mitgefühl.

»Es tut mir Leid!«

Caleb nickte stumm und legte ihm in einer freundschaftlichen Geste die Hand auf die Schulter. »Danke.«

Ungeduldig trat Tinkerbell von einem Fuß auf den anderen. Seit geschlagenen vierzig Minuten wartete sie mit gut fünfzig anderen Hardcore-Fans am Hintereingang der Halle. Die Musiker der beiden Bands hatten sich bereits sehen lassen, das Blitzlichtgewitter ertragen und fleißig

Autogramme geschrieben. Nun warteten die Versammelten auf den Sänger von *Calgary* und das Erscheinen des Einzig Wahren. Die Elfe warf einen genervten Blick auf die Uhr. Der Junge strapazierte ihre Geduld enorm! Allerdings war sie allein mit ihrer Meinung. Das schloss sie aus dem aufgeregten Geschnatter, das von allen Seiten auf sie eindrang. Endlich war es so weit. Die Hintertür öffnete sich und die beiden Sänger traten ins Freie. Applaus kam auf, Kameras und Stifte wurden gezückt. Harmonisch Seite an Seite stehend, demonstrierten die beiden Männer Freundschaft. Scherzten mit den Fans, während sie über die hüfthohe Absperrung hinweg ihre Unterschriften auf Tickets, CD-Cover, T-Shirts und nackte Haut setzten. Nichts mehr davon zu spüren, dass sie sich vor knapp einer Stunde fast umgebracht hatten.

Tinkerbell schob sich mit sanfter Gewalt nach vorn und kramte ihre Eintrittskarte aus der Hosentasche hervor. Ash unterhielt sich gerade mit einem jungen Mädchen in einem knappen Top, das ihn mit gierigen Blicken verschlang. Ihre Körpersprache war eindeutig. Und ihre Worte offensichtlich auch. Sie musste dem Sänger ein unmoralisches Angebot gemacht haben, denn er musterte sie eingehend und schüttelte dann den Kopf. Offenbar war ihm heute nicht nach einem Abenteuer zu Mute. Den eingefallenen Wangen nach zu urteilen war der Abend sehr anstrengend gewesen. Er trug noch sein Bühnenoutfit, die schwarze Schminke um die Augen herum war verlaufen und die schwarzblonden Haare wirr. Sein abrupter Bühnenabgang nach dem letzten Song hatte ihm sicher 'ne Menge Ärger eingebracht.

Eine Gestalt schob sich von hinten an ihr vorbei und sie erkannte die Kleine aus der Halle wieder. Das Orkmädchen drückte sich dicht an die Absperrung und rief Ash etwas zu. Der Sänger schaute sich irritiert um und entdeckte sie schließlich. Tinkerbell studierte aufmerksam sein Mienenspiel. Anscheinend kannte er das Mädchen und versuchte angestrengt, sich zu erinnern. Sie musste ihm einen Tipp gegeben haben, denn sein Gesicht hellte sich auf. Die beiden wechselten angeregt einige Worte und er schrieb einen ziemlich langen Text auf ein Poster, das sie ihm gereicht hatte. Dafür benutzte er Calebs breiten Rücken als Schreibunterlage. Bevor das Mädchen verschwand, drückte es ihm hastig einen Umschlag in die Hand. Er blickte ihr gerührt nach und steckte den Brief in seine linke Hosentasche. Die Kleine war anscheinend ein besonderer Fan.

Tinkerbell atmete tief durch und machte sich bereit für ihren Einsatz. »Krieg ich auch eins?« Sie hielt Ash das zerknüllte Ticket entgegen und wartete gespannt auf seine Reaktion.

»Klar.« Er wandte sich ihr zu und erstarrte für einen Augenblick. Dann hatte er sich wieder im Griff und knipste sein schönstes Lächeln an. »Sorry, aber du erinnerst mich an jemanden.« Dummer Spruch, aber er rettete die Situation.

»Ach, wirklich?«, zwitscherte Tinkerbell zuckersüß. »Hab schon bessere Anmachen gehört.«

»Autsch.« Caleb stieß dem Sänger grinsend den Ellbogen in die Seite. »Megamäßig abgeblitzt!«

»Okay, das habe ich verdient.« Diesmal war sein Lachen echt. »Für wen soll es sein?«

»Isabelle.«

Ash kämpfte gegen das breite Grinsen an, das sich auf seine Lippen schleichen wollte. »Isabelle? Hübscher Name.« Er schmierte ein ›Für Isabelle‹ auf das Ticket und setzte seinen Namen darunter. »Hoffe, das Konzert hat dir gefallen.«

»Fürs erste Mal war's gar nicht so übel.« Sie zupfte ihm die Eintrittskarte aus der Hand und rauschte davon.

Ash ignorierte Calebs begleitenden Spruch und sah ihr mit gerunzelter Stirn hinterher. Ob sie etwas gemerkt hatte?

»Ganz süßes Kerlchen.« Tinkerbell saß im Schneidersitz auf

ihrem Hotelbett, eine Schüssel mit dampfenden Nudeln vor sich, und verfolgte nebenbei eine Combat-Bike-Übertragung im Trid. Die beiden Runner hatten die Bewachung der Band in zwei Schichten aufgeteilt. Sie übernahm die Schicht bis zum Ende des Konzerts, er die Schicht nach dem Konzert bis zur Abfahrt in die nächste Stadt. Fliegender Wechsel, Informationsaustausch auf Telekomanrufe beschränkt. Das alte Quickshot-Versteckspiel.

Süß? Sie findet mich süß? Das aus ihrem Munde zu hören, brachte Ash aus dem Konzept. Nicht, dass er damit ein Problem hatte, es kam nur unerwartet.

»Du sollst die Band beschützen und nicht mit dem Sänger anbandeln«, war seine entrüstete Antwort.

Amüsiert schaufelte sie sich eine Portion Nudeln in den Mund. »Ich hab dich durchschaut, mein Lieber.« Sie leckte die restliche Soße von der Gabel und lauschte gespannt in die Stille hinein. Nach einigen Sekunden hob die Elfe fragend die Augenbrauen. »Bist du noch dran?«

»Was meinst du damit?« Seine Stimme klang lauernd, gefährlich. Sie räusperte sich unbehaglich. Da hatte sie sich was Schönes eingebrockt! Ihr Herz schlug schneller, als sie sich unbewusst aufrichtete.

»Gib mir dein Wort, dass du mich nicht umbringst!«

»Was?« Am anderen Ende der Leitung starrte Ash verblüfft sein Handy an. »Wiederhol das.«

»Es ist mir verdammt ernst. Schwör es!«

»Ich schwöre, dass ich dich nicht umbringen werde, was immer du jetzt sagst.« Ash sah die Gasse hinunter, an deren Ende die Kneipe lag, in der sie ihren heutigen Auftritt feierten. Er versuchte den Kloß zu ignorieren, der sich in seinem Hals gebildet hatte.

»Ash ist dein Bruder, oder?«

Er verbarg sein erleichtertes Lachen unter einem heftigen Hustenanfall. »O Mann, du hast wirklich zu viel Freizeit!« Ash lehnte seine Stirn an die kühlen Steine einer Hauswand. *Irgendwann krieg ich noch 'nen Herzinfarkt.*

»Dann habe ich also Recht.« In einer triumphierenden Geste rammte Tinkerbell die Gabel in die Matratze. »Er ist dein Bruder.«

»Glaub, was du willst.« Er schlenderte zurück zur Kneipe. »Sonst noch was oder war das alles, was du mir mitteilen wolltest?«

»Irgendwann könnte es jemandem auffallen, dass ich der Band folge.« Sie verlieh ihrer Stimme einen geschäftsmäßigen Unterton. »Ich muss Abstand halten, wenn ich das verhindern will.«

Ash verlangsamte seinen Schritt. »Ich werde dafür sorgen, dass jemand einen Sender im Bus versteckt. Ich lasse dir den Empfänger in der nächsten Stadt zukommen.«

»Vielleicht wäre es gut, wenn er auch einen trägt ... nur zur Sicherheit.«

»Es geht hier nicht um Ash«, erwiderte er nachdrücklich. »Du sollst auf alle gleichermaßen aufpassen.«

»Okay.« *Selbst deiner Familie gegenüber bist du gnadenlos.* »Arbeitet außer uns beiden sonst noch jemand an der Sache?«

»Nein. Wir zwei werden das Kind schon schaukeln.«

Ein warmes, sicheres Gefühl breitete sich in ihrer Magengegend aus. »Hört sich gut an.«

»Ich gebe dir jetzt eine Telekomnummer, unter der du mich im äußersten Notfall erreichen kannst. Benutze sie nur, wenn dir gar nichts anderes übrig bleibt. Das ist sozusagen mein Privatanschluss.«

Tinkerbell schluckte. »Verstanden.« Sie tippte eine Zahlenreihe in den Taschencomputer, der neben dem Telekom lag.

»Danke für deine Hilfe.«

»Mach ich doch gern. Quickshot?«

»Ja?«

Sie hörte, wie er gespannt die Luft anhielt. »Dein Geheimnis ist bei mir sicher.«

»Ich weiß.«

Kapitel 19

Seattle, eine Villa in Bellevue

Gemessenen Schrittes durchquerte Amanda Pierce den großzügigen Wohnraum ihrer Villa und passierte dabei unbezahlbare Gemälde, chinesische Vasen und wertvollen Möbeln aus seltenen Hölzern. Ihre Schritte wurden von dem dichten Perserteppich verschluckt. Schwere dunkelblaue Samtvorhänge verdeckten die drei bis zur Decke reichenden Fenster und sperrten das Tageslicht aus. Ein ausladender Kronleuchter tauchte die Szenerie in weiches gelbes Licht.

Die sechsköpfige Gruppe hatte es sich auf der großen Ledergarnitur in einer Ecke des Raums bequem gemacht und unterhielt sich im Flüsterton. Es waren dieselben sechs, die sich Wochen zuvor versammelt hatten. Sie verstummten, als Amanda Pierce sich in den freien Sessel sinken ließ und die Beine übereinander schlug.

Die Frau sah abwartend in die Runde, legte ihre gefalteten Hände in den Schoß und lehnte sich zurück. Normalerweise hielten die Stadtteilführer ihre wöchentliche Versammlung nicht in privaten Räumen ab. Sie hatte dieses außerordentliche Treffen einberufen, um der neuen Situation gerecht zu werden.

»Wie haben Sie entschieden?« Alan stellte seinen Cognac-Schwenker vorsichtig auf dem Untersetzer ab, der auf dem kleinen Glastisch neben dem Sofa lag.

»Sie haben mir volle Entscheidungsfreiheit zugebilligt«, antwortete die Frau mit einem selbstzufriedenen Gesichtsausdruck. »Wer nicht hören will, muss fühlen.«

»Und was werden Sie tun?« Jeffreys Stimme zitterte vor Aufregung.

»Ich werde das Richtige tun. Ich werde dafür sorgen, dass dieses lästige Ärgernis endgültig verschwindet.«

»Ist das nicht ein wenig zu drastisch? Gibt es keine andere Möglichkeit?«

»Mein lieber Jeffrey ...« Amanda Pierce ließ sich zu einem gönnerhaften Halblächeln herab. »Sie werden mir diesen dramatischen Vergleich verzeihen, aber man muss den Schößling ausrupfen, bevor ein mächtiger Baum daraus wächst.« Auf einen Wink trat Mr. Six aus dem Schatten links neben der gläsernen Flügeltür, die den Wohnraum mit dem Wintergarten verband. Er beugte sich zu ihr herunter und die beiden tauschten flüsternd einige Sätze aus. Mit einer Verbeugung zog er sich zurück und verschwand. Wenig später konnte man den Motor eines Wagens hören, der die Auffahrt entlangfuhr.

»Spannen Sie uns nicht länger auf die Folter, Amanda.« Alan rieb sich genüsslich die Hände. »Wie wird es sich abspielen?«

»Geduld, mein Lieber, Sie werden es früh genug erfahren. Nur so viel ...« Ihre Stimme senkte sich zu einem verschwörerischen Flüstern. »Wir haben jemanden gefunden, der uns mit Freuden bei unserem kleinen Vorhaben unterstützen wird.«

»Sind Sie verrückt, mich hier anzurufen?« Brooks sah sich hektisch um, doch die anderen Bandmitglieder waren mit anderen Dingen beschäftigt, als ihm zuzuhören. Er befand sich in der winzigen Küche im hintersten Teil des Reisebusses und war dabei, sich ein Käsesandwich zu machen. »Ich denke, ich kann selbst am besten beurteilen, wann der richtige Zeitpunkt gekommen ist.« Er klemmte das Handy zwischen Schulter und Ohr ein und öffnete den Minikühlschrank. Brooks nahm eine Milchtüte heraus und füllte sein Glas. »Auf keinen Fall, so funktioniert das nicht!«

»Was?« Evan schob sich an ihm vorbei, um an den Geschirrschrank zu kommen.

Brooks zuckte zusammen und die Tüte glitt ihm aus der Hand. Ein halber Liter Milch verteilte sich über die Ablage.

»Drek! Wir unterhalten uns später.« Er legte auf und stopfte das Handy in seine rechte Gesäßtasche, während die weiße Flüssigkeit bereits auf den Boden tropfte.

»Tut mir Leid.« Evan reichte ihm einen Berg Küchentücher. »Wusste nicht, dass du so schreckhaft bist.«

»Kein Problem.« Der Elf konzentrierte sich verbissen auf das Wegwischen der Milch.

»Okay.« Evan musterte ihn stirnrunzelnd, holte eine Schüssel aus dem Geschirrschrank über der Spüle und ging wieder nach vorn.

»Brooks ist komisch drauf.« Er reichte Quinn das Gefäß, der den Inhalt einer Chipstüte hineinschüttete.

»Brooks ist sein ganzes Leben lang komisch drauf.« Der Gitarrist stopfte sich eine Hand voll Chips in den Mund, spülte mit einem Schluck Orangensaft nach und wandte sich Keiko und Ash zu. Die beiden hockten im Schneidersitz vor einer Spielekonsole, die sie auf der Liegefläche der vordersten Schlafkoje aufgebaut hatten, und starrten konzentriert auf den kleinen Bildschirm. Ihre Finger flogen über die Tasten der Steuerpads, welche die Befehle weiter an die Konsole gaben. Das Resultat war der ziemlich unschöne Tod von Keikos Spielfigur, als Ashs Karatekämpfer ihr mit einem gekonnten Drehkick das Genick brach. Blut spritzte, die Szene wurde in Zeitlupe wiederholt und die Worte ›Game Over‹ formte sich auf dem Bildschirm.

»Tada!« Der Sänger reckte triumphierend die Arme in die Luft. Keikos Faust traf ihn in der Magengrube und er sackte kichernd in sich zusammen. »Wir sollten aufhören, das färbt langsam ab.«

»Ich hab keine Lust mehr.« Sie warf ihr Steuerpad vor sich auf den Boden und verschränkte schmollend die Arme vor der Brust. »Wo steht eigentlich geschrieben, dass Kerle bei Prügelspielen grundsätzlich gewinnen?«

»Nur wenn es gut aussehende Jungs sind.« Quinn stieg mit einem großen Schritt über Ashs Beine und quetschte sich in die Lücke zwischen den beiden. »Weshalb ich unseren Singvogel jetzt standesgemäß in den Erdboden rammen werde.«

»Ach ja? Das werden wir sehen, Großmaul.« Ash drückte den Startknopf und entfachte eine neue Schlacht um den Titel des besten Kämpfers im Universum.

Sie hatten Sioux Falls vor drei Stunden verlassen und waren auf dem Weg nach Winnipeg, der letzten Station auf ihrer UCAS-Tournee. Kilometer für Kilometer atemberaubender Landschaft zog an dem Konvoi vorbei, die Sonne strahlte hell und freundlich und zarte Schäfchenwolken trieben träge über den blauen Himmel.

Mikey fuhr heute ausnahmsweise im Bus von *Calgary* mit. Deren Tourmanager war erst seit kurzem im Geschäft und hatte ihn um einige Tipps bezüglich des Managements gebeten. Die beiden Männer nutzten die Zeit, um Ideen und Erfahrungen auszutauschen. Als es dämmerte, legte der Konvoi an einer Raststätte den letzten Stopp des Tages ein. Es war eine dieser Großtankstellen mit Einkaufszentrum, Hotels, Restaurants und sogar einem Kino. Der Tross parkte auf dem Parkplatz für Busse und Trucks, abseits der hektischen Betriebsamkeit, die an den Zapfsäulen herrschte. Im Pulk fielen die Musiker in das Einkaufszentrum ein, ergänzten ihre Vorräte an Süßigkeiten, Getränken und Zeitschriften und unterhielten sämtliche Kunden. Ihre Opfer ertrugen die überdreht-aufdringliche Bande amüsiert, genervt oder ignorierten sie hartnäckig. Der höflichen Bitte des Geschäftsführers, die Lautstärke etwas zu senken und in den breiten Gängen keine Rennen mit den Einkaufswagen zu veranstalten, kamen sie nur schleppend nach.

Tinkerbell traf kurz nach dem Konvoi ein. Sie war ihm mit so viel Abstand gefolgt, wie es der Sender im Bus gestattete. Quickshot hatte ganz Arbeit geleistet und ihr den Empfänger wie versprochen hinterlegen lassen. Sie wollte gar nicht wissen, auf welchem mysteriösen Pfad der Sender seinen Weg in das Fahrzeug gefunden hatte.

Die Elfe parkte den schwarzen Americar auf dem Teil des Parkplatzes, der für PKW reserviert war und machte einen kleinen Spaziergang. Die frische Luft und die Bewegung taten ihr gut. Es war wirklich eine merkwürdige Aufgabe, der Schutzengel einer Band zu sein. Sie quer durch die UCAS zu begleiten, ohne jemals bemerkt zu werden. Jedenfalls hoffte sie das. Die Hände in den Hosentaschen, schlenderte sie an einer Reihe von Trucks vorbei, passierte den Bus von *Devil's Playground* und stockte. Leise Stimmen drangen an ihre Ohren, Wortfetzen, die vom Heck des Tourbusses kamen. Männliche Stimmen. Sie überzeugte sich, dass niemand sonst in der Nähe war, ging lautlos in die Hocke und legte sich flach auf den Boden. Zwei Beinpaare in ausgewaschenen Blue Jeans knieten neben dem hinteren linken Zwillingsreifen. Etwas weiter entfernt lag ein aufgeklappter schwarzer Werkzeugkoffer auf dem Asphalt. Das feine Kratzen von Metall auf Metall war zu hören. Ein unterarmlanger Schraubenschlüssel fiel klirrend auf den Boden und einer der Männer erhob sich. »Das hätten wir.« Er gab dem Reifen einen Tritt. »Gut, dass wir die Schrottkiste bald los sind.«

Tinkerbell hörte, wie sie das Werkzeug einsammelten, den Werkzeugkoffer zurück in den Bus stellten und sich entfernten. Die Elfe folgte ihnen leise, den Rücken dicht an den Bus gepresst, und lugte vorsichtig um das Fahrzeug. Sie erhaschte einen Blick auf zwei der Roadies von *Devil's Playground*, die auf dem Weg zur Tankstelle waren. Um sicher zu sein, warf die Elfe einen astralen Blick auf die beiden. Sie waren weder vercybert noch magisch aktiv. Als sie den Hinterreifen untersuchen wollte, kamen Evan und Quinn gerade von ihrem Einkaufsbummel zurück. Die Arme voll mit Chipstüten und Sixpacks, unterhielten sie sich angeregt und, soweit es ihre Einkäufe erlaubten, wild gestikulierend. Sie nickten den Roadies zu, die ihnen entgegenkamen, und tauschten einige Informationen über das Angebot des Supermarkts aus.

Tinkerbell warf einen sehnsüchtigen Blick auf den Hinterreifen und zog sich widerwillig zurück. *Wahrscheinlich haben sie den Reifen kontrolliert oder ausgebessert und ich brauche mir keine Sorgen zu machen. Die beiden gehören schließlich zur Crew.* Sie konnte nicht auf Verdacht zu diesem Mikey gehen und ihm von ihren Beobachtungen erzählen. Ihre Tarnung wäre zum Teufel und falls die beiden wirklich nur den Reifen überprüft hatten, würde sie ziemlich dumm dastehen. Quickshots Notfallnummer anzurufen kam nicht in Frage. Das war kein Notfall, sondern ein kaputter Reifen. Sie respektierte seine Anweisungen. Außerdem war sie durchaus in der Lage, allein mit dieser Kleinigkeit fertig zu werden. Nachdenklich auf ihrer Unterlippe kauend, machte sie sich auf den Rückweg zu ihrem Wagen. Andererseits hielt sie niemand davon ab, eine Nachricht auf Quickshots Mailbox zu hinterlassen. Sollte er sie bei Gelegenheit abrufen, wäre er informiert, ohne dass sie sich zum Narren machte. Die Elfe zückte ihr Handy.

Allmählich fanden sich die Musiker und Roadies wieder bei den Bussen ein. Ash war mal wieder der Letzte. Er hatte Quickshots Mailbox abgehört und war danach zum Einkaufen gegangen. Womit er Tinkerbells Anruf knapp verpasste.

Die Mailbox hatte eine kurze Nachricht von Nemo enthalten. Jetzt hatte er wenigstens einen Namen: Mr. Six. Seines Zeichens Magier und freischaffender Leibwächter. Sagte ihm rein gar nichts. Musste neu in den Seattler Schatten sein. Für wen der Mann zurzeit arbeitete, hatte der Decker noch nicht herausgefunden. Aber Nemo war weiter an der Sache dran.

Eine leichte Brise kam auf und strich sanft über Ashs Kleidung und durch seine Haare. Er breitete die Arme aus und ging mit geschlossenen Augen weiter. Der Wind wurde stärker, als wolle er ihn hoch in den Himmel tragen. Ein überwältigendes Glücksgefühl breitete sich in seinem Körper aus. Sein Leben lief wie eine Lokomotive, nein, wie ein Schnellzug. Immer geradeaus, nach vorn, weiter, als er je zu hoffen gewagt hatte.

Ihm kamen Brooks' Worte in den Sinn: »Ist das dein Traum? Dann lass ihn nicht los.«

Werde ich nicht. Ich werde diesen Traum leben und ihn durch nichts und niemanden mehr gefährden! Quickshot würde sich damit abfinden müssen, in Zukunft erheblich kürzer zu treten. Es blieb abzuwarten, ob er dieser Entscheidung folgen konnte, doch wenn er stark genug war, hatte er mit dem Job in Dee Cee seinen letzten Run erledigt. *Wird dem Jungen nicht gefallen, plötzlich in Rente geschickt zu werden.*

Ash fing lässig einen Football auf, den ihm Evan nach einem Zuruf zuwarf. Die beiden Bands hatten sich spontan zu einem Spiel entschlossen und auf einer Wiese zwei Mannschaften gebildet. Ash trabte auf seinen Platz und das Gerangel um das Leder-Ei begann. Ihm war, als hätte seine Entscheidung zusätzliche Energien in ihm freigesetzt. Es war der richtige Weg. Das war es, was er wollte.

Zwanzig Minuten später setzte der Tross seinen Weg fort. Tinkerbell wartete einige Augenblicke, bevor sie ihm folgte. In der Ferne näherte sich die Sonne unaufhaltsam dem Horizont und tauchte den Himmel in blasses Rosarot. Ein friedliches, romantisches Bild.

Auch Keiko und Ash warteten gespannt auf eines der schönsten Naturschauspiele der Welt. Sie saßen auf der vorderen rechten Sitzreihe, die Arme auf das schmale Geländer vor sich gestützt, und beobachteten geduldig, wie die Sonne ihre Bahn beendete. Der Rest der Band hatte sich in den hinteren Teil des Busses zurückgezogen. Quinn und Brooks saßen auf der Kante ihrer Schlafkojen und übten konzentriert komplizierte Griffabfolgen auf ihren Instrumenten. Evan, der in eine Kinozeitschrift vertieft war, gab hin und wieder einen beiläufigen Kommentar ab und strapazierte ihre Geduld mit ›witzigen‹ Zitaten von irgendwelchen Schauspielern.

Als das dunkle Orange der Sonne in ein tiefes Rot überging, holte Keiko ein flaches schwarzes Etui aus ihrer Reisetasche. Voller Vorfreude überreichte sie es Ash.

»Was ist das?« Er musterte das Geschenk verwundert. »Ich hab erst in vier Monaten Geburtstag.«

»Ich weiß.« Ihre Augen glänzten. »Mach es auf.«

Neugierig löste er die feine Papierschleife. »Hey!« Begeistert schob er zwei Finger unter die filigrane Silberkette und zog sie vorsichtig aus dem Etui. »Wow!« Er hielt sie vor sich in die Luft und betrachtete fasziniert den Anhänger in Form eines japanischen Schriftzeichens. »Was bedeutet es?«

»Stärke.« Sie strahlte ihn an. »Ich fand, es passt zu dir.«

»Ich weiß nicht, was ich sagen soll.«

Sie drehte ihn sanft zur Seite. »Ich will sie dir umlegen.«

Ash wartete ungeduldig, bis Keiko den Verschluss geschlossen hatte. Dann wandte er sich um und präsentierte ihr stolz das Geschenk. Sie nickte zufrieden. »Sieht toll aus.«

»Komm mal her.« Er umarmte sie gerührt. Vor ihnen versank die Sonne mit einem letzten majestätischen Strahlen hinter dem Horizont.

Gefangen in dem magischen Moment, der die feine Grenze zwischen Schlaf und Aufwachen bildete, wusste Ash zuerst nicht, was ihn geweckt hatte. Dann bemerkte er erstaunt, dass der Bus stand. Waren sie schon angekommen? Er rieb sich verwundert den Schlaf aus den Augen und zog den Vorhang zur Seite. Im Bus war es dunkel und er konnte leises Schnarchen aus Evans Schlafkoje hören. Warum hatten sie gehalten? Im Dunkeln tastete er nach seiner Jeans, die zusammengefaltet am Fußende lag, und schlüpfte hinein. Sein T-Shirt konnte er in dem Knäuel aus Bettdecke und Laken nicht finden. Da er kein Licht anmachen wollte, gab er die Suche auf. Vorsichtig, um die anderen nicht zu wecken, kletterte er aus dem Bett und griff nach seiner Jacke, die an einem Haken neben der Schlafkoje hing. Auf Zehenspitzen schlich er nach vorn. Die Bustür war offen und der Fahrersitz verlassen. Ein kalter Hauch wehte in den Bus und ließ ihn frösteln. Hastig zog er die schwarze Jeansjacke über und knöpfte sie bis zum Hals zu. Von draußen drang entferntes Gemurmel an seine Ohren. Er legte den Kopf leicht schräg und lauschte, konnte aber nichts Genaues verstehen. Selbst für seine Geräuschfilter war es zu leise. Kurz entschlossen stieg er die vier Stufen hinunter und ging um den Tourbus. Der Asphalt fühlte sich kalt und feucht unter seinen nackten Füßen an und er wünschte sich zurück in sein warmes Bett. Das Licht einer Taschenlampe blendete ihn plötzlich und er hob eine Hand vor die Augen.

»Ach, du bist es.« Brooks senkte die Lampe und strahlte den linken Hinterreifen an, an dem sich der Fahrer zu schaffen gemacht hatte.

»Wie lange stehen wir schon?«, erkundigte sich Ash leise. Sein Verstand schaltete gerade in einen höheren Gang und das feine Kribbeln in seinen Fingerspitzen behagte ihm gar nicht.

»Halbe Stunde«, brummte Miles, ihr Fahrer, dessen halber Oberkörper unter dem Bus lag. »Hab den anderen gesagt, dass wir nachkommen, sobald die Dreckskiste wieder läuft.«

Ash trat neugierig einen Schritt näher. »Was ist den kaputt?«

»Der Reifen macht mir Sorgen.« Miles schob sich unter dem Bus hervor, reichte Brooks einen großen Schraubenschlüssel und nahm ihm die Taschenlampe ab. »Danke. Hab das Gefühl, er eiert. Konnte aber nix am Fahrgestell finden. Hab zur Sicherheit die Muttern noch mal fest gezogen.« Er klopfte sich den Dreck von der Hose. »Müsste bis Winnipeg halten.«

In der Ferne tauchten helle Lichter auf, die sich schnell näherten: zwei Scheinwerferpaare, vielleicht zwei Meter übereinander angebracht, dazu unzählige kleine Lämpchen. Es war ein Truck, beleuchtet wie ein Karussell auf dem Jahrmarkt. Das Gefährt passierte sie dröhnend und verschwand in der Dunkelheit.

Unschlüssig beobachtete Tinkerbell durchs Fernglas, wie sich die beiden Männer am Hinterrad des Busses zu schaffen machten. Der Fahrer fummelte am Fahrgestell herum, während ihm dieser Brooks mit einer Taschenlampe leuchtete. Offensichtlich stimmte wirklich etwas nicht mit dem Reifen.

Als der blinkende rote Punkt auf dem Display ihres Taschensekretärs stehen geblieben war, hatte sie aufgeschlossen, bis sie die Rücklichter des Konvois sehen konnte. Da die Straße eben und schnurgerade verlief, lagen vielleicht fünfhundert Meter zwischen ihr und dem Bus. Sie hatte den Ford auf dem Seitenstreifen abgestellt und gewartet. Nach einer kurzen Diskussion der Fahrer hatte der andere Bus seinen Weg fortgesetzt. Nachvollziehbar, trotzdem hätte sie den Bus nie mitten im Nirgendwo seinem Schicksal überlassen. Misstrauisch war sie ausgestiegen und hatte sich bis auf fünfzig Meter angeschlichen. Zum Glück führte dieser Teil der Strecke durch bewaldetes Gebiet, das hin und wieder von Wiesen unterbrochen wurde, und sie fand ausreichend Deckung. Die Elfe überlegte noch, ob sie es riskieren konnte, sich weiter zu nähern, als Ash ausstieg. Die drei unterhielten sich flüsternd und Tinkerbell konzentrierte sich vollkommen auf das Gespräch. Sie zuckte erschrocken zusammen, als der riesige Truck aus dem Nichts auftauchte und an ihr vorbeidonnerte. Mit klopfendem Herzen stützte sie sich an einem Baumstamm ab. Vor ihr hatte sich der Tourbus wieder in Bewegung gesetzt. Mit einem Fluch rannte sie zurück zu ihrem Wagen.

»Wir müssen reden.« Ash legte Brooks eine Hand auf die Schulter, der es sich vier Reihen hinter dem Fahrer bequem gemacht hatte. Er sah nicht aus, als wolle er bald ins Bett gehen, und Ash hielt den Zeitpunkt für günstig. Die anderen schliefen und Miles war in den Bus eingeloggt. Der Elf nickte, wenn auch mit einem unbehaglichen Gesichtsausdruck.

»Ich zieh mir nur was an die Füße.« Ash schlich zurück zu seiner Schlafkoje. Während er ging, hatte er das Gefühl, dass der Bus schneller wurde. Er schwankte, als Miles mit Tempo eine Ausfahrt nahm, die Kurve viel zu schnell durchfuhr und auf eine andere Straße wechselte. Brooks war aufgestanden und schüttelte missbilligend den Kopf. So eilig hatten sie es auch wieder nicht, die anderen einzuholen.

Ash streifte Socken und Schuhe über und öffnete leise die Kühlschranktür. Er holte eine Flasche Cola heraus und suchte in der Dunkelheit des Geschirrschranks nach Gläsern. Mit der Flasche und zwei Gläsern in der Hand marschierte er zurück zu Brooks.

Der Fahrer steuerte eine weitere, ausladende Rechtskurve an und der Elf hielt sich vorsichtshalber am Vordersitz fest. Mit einem Schulterzucken drehte er sich zu Ash um, der wie hypnotisiert an ihm vorbeistarrte. Langsam glitt die Colaflasche aus seiner linken Hand und fiel zu Boden. Brooks wandte sich irritiert um und entdeckte den Truck, der eben an ihnen vorbeigefahren war und nun ohne Beleuchtung am Ende der Kurve quer zur Straße stand. Ohne nachzudenken ließ er sich zwischen die Sitze fallen.

Der Aufprall erfolgte einen Atemzug später. Der Bus raste frontal in den Truck, schob ihn über die Straße, zerteilte ihn fast in zwei Hälften. Die Front des Busses wurde wie eine Ziehharmonika eingedrückt, während die Fliehkraft das Heck aus der Kurve schleuderte. In einer gewaltigen Explosion aus Metall und Glas wurde der hintere Teil des Tourbusses förmlich zerfetzt. Die Wucht katapultiert das

Heck in die Luft und riss es beinah ab. Der Bus überschlug sich halb, drehte sich in die aufgerissene Flanke des Trucks, löste sich kreischend von ihm und kippte krachend auf die linke Seite. Das glühende Metall schnitt tiefe Wunden in den Asphalt, als das Wrack auf eine flache Böschung zuschlitterte, hinunterrutschte und endlich auf einer Wiese zum Stehen kam.

Schmerzen. Unglaubliche Schmerzen.

Warme Flüssigkeit. In seinem Mund, in seiner Nase, in seinen Ohren. Überall auf seinem Körper.

Hitze. Gestank.

Stille. Quälende Stille. Kein Geschrei, nichts Menschliches in dem Inferno. Bilder, wie Blitzlichter. In seinem Kopf? Hatte er die Augen geöffnet?

Bin ich tot? Warum kann ich nichts hören?

Ash wusste nicht, wo oben und unten war. Lag er auf dem Rücken, auf dem Bauch, auf der Seite? Auf welcher Seite? Sein ganzer Körper war eine taube Masse. *Ich muss aufstehen. Keiko sucht ihre roten Haarspangen.*

Absurde, sinnlose Gedanken, die sein Gehirn dazu brachten, Signale an seine Muskeln auszusenden. Feine Glassplitter rieselten zu Boden, als Ash sich bewegte. Mit einer gewaltigen Anstrengung öffnete er die Augen. Verschwommen, unwirklich. Er sah alles durch einen roten Film. Blut, überall war Blut. Herausgerissene Sitze, Kleidungstücke, Musikinstrumente. Schwarze Perücken? Hatten sie Perücken mitgenommen? Er erinnerte sich nicht mehr. Mechanisch robbte er vorwärts, durch ein Meer von Glassplittern. Sie schnitten in seine Arme und Beine, ohne dass er es spürte. Ash streckte die linke Hand aus, drehte den blutigen Schopf zur Seite und blickte in die Überreste eines menschlichen Gesichtes. *Keiko?* Seine Stimmbänder bewegten sich, doch er hörte das leise Wimmern nicht. Seine Augen wanderten weiter. Über verstümmelte, furchtbar entstellte Körper. *Evan, Quinn ... Brooks?*

Eine Hand packte ihn an den Haaren und zerrte ihn brutal zurück. Er wurde durch den Bus geschleift, versuchte vergeblich, auf die Beine zu kommen. Dann wurde es schlagartig kühler, der Boden weicher. Die Hand verschwand, das Einzige, was ihn gehalten hatte, und er brach zusammen.

Gras, feuchtes Gras. Ash registrierte, wie ihn jemand von hinten packte und auf die Knie zog. Etwas Kaltes bohrte sich in seinen Nacken. Ein Geräusch, ein leises ›Plop‹, und er wurde fallen gelassen. Etwas Schweres drückte ihn zu Boden und er fiel in eine gnädige Schwärze.

Mit emotionslosem Gesicht zerrte Tinkerbell den leblosen Körper des Mannes von Ash herunter und ließ ihn achtlos fallen. Sie war gerade rechtzeitig gekommen, um zu sehen, wie er den Sänger aus dem Bus schleifte. Sie hatte ihm eine Kugel verpasst. Kopfschuss, präzise ausgeführt. Die Kugel seines Chummers war an ihrer Barriere abgeprallt. Ihn mit einem Manablitz zu rösten, war ein beiläufiges Fingerschnippen gewesen. Die beiden waren offensichtlich allein. Hatten nicht damit gerechnet, auf Widerstand zu stoßen. Allerdings musste sie damit rechnen, dass jemand die beiden abholen kam oder auf ihren Anruf wartete. Sie musste sich beeilen, bevor Verstärkung kam. Behutsam schob die Elfe zwei Finger unter Ashs Kinn und drückte sie gegen seinen Hals. Erleichtert atmete sie auf. Ein schwacher Puls. Er lebte. Noch.

Sie ließ ihn liegen, wie er gefallen war, den rechten Arm unter dem Körper eingeklemmt, halb auf dem Bauch, die Beine angewinkelt, und warf einen Blick zurück zu dem Wrack, das kaum mehr Ähnlichkeit mit dem Tourbus von *Devil's Playground* hatte.

Der Bus war ein rauchender Sarg. Zögernd erhob sie sich und näherte sich dem Wrack. Der Gestank von verbranntem Fleisch und geschmolzenem Plastik stieg ihr in die Nase. Ohne es zu wollen wechselte sie auf Astralsicht. Der

Wald strahlte auf einmal wie ein Leuchtfeuer. Lebendig, atmend. Jeder Grashalm auf der Wiese war von einer hellen Aura umgeben. Nur vor ihr herrschte Dunkelheit. Eine schwarze Masse umwaberte den Bus. Zäh wie Teer. Kein Lebenszeichen. Nur Tod. Sinnloser, brutaler Tod.

Ihr Verstand heulte auf, als sie die Schreie der Musiker zu hören glaubte, die durch den Aufprall aus dem Schlaf gerissen wurden. Ihre Schmerzen spürte, als sie von der Explosion zerfetzt und ihre Körper von den Flammen verschlungen wurden. Sie unterdrückte den Brechreiz und wandte sich entsetzt ab. Taumelte zurück zu Ash und ließ sich neben ihn auf die Knie fallen. Hastig öffnete sie ihr Medkit und durchwühlte es auf der Suche nach einem Traumapflaster. Sie fand es nach endlosen Sekunden und knöpfte mit zitternden Händen seine Jacke auf.

»Schön bei mir bleiben, hörst du?« Sie schob ihre Hand unter seinem linken Arm durch, klebte ihm das Pflaster auf die linke Brustseite und machte sich daran, seinen Körper nach Brüchen zu untersuchen. Der linke Unterarm, zwei Rippen auf der linken Seite, Kleiner- und Ringfinger der rechten Hand ... und das war nur eine grobe Schätzung. Von den inneren Verletzungen, die er höchstwahrscheinlich davongetragen hatte, ganz zu schweigen. Ihre medizinischen Kenntnisse reichten nicht für eine hundertprozentige Diagnose. Es war zu lange her und sie hatte zu viel vergessen.

Sie schloss die Augen, legte ihm eine Hand auf die Brust und konzentrierte sich. Doch ihr Zauber war nicht stark genug. Nach zwei weiteren Versuchen gab sie auf. Ashs Verletzungen waren zu schwer und ihre Kräfte zu wenig ausgebildet. Sie konnte ihn nicht heilen, sie konnte ihn nur verbinden. Und hoffen, das er ihr nicht unter den Händen starb.

Wie aus dem Nichts taumelte ein Schatten in Tinkerbells Sichtfeld. Adrenalin wurde freigesetzt, als sie ihre Predator hochriss und auf die Gestalt anlegte. Brooks sah sie aus großen, schockgeweiteten Augen an. Blut lief aus einer Platzwunde über seiner rechten Schläfe und sein rechter Arm baumelte schlaff an seiner Seite. Wahrscheinlich gebrochen.

Wie in Zeitlupe ging der Elf in die Knie und setzte sich auf die Wiese. Saß einfach nur da, drei Meter von ihr entfernt, die Beine dicht an den Körper gezogen, und starrte sie an. Ganz langsam sicherte Tinkerbell ihre Waffe und legte sie neben sich auf den Boden. Irgendwas musste sie sagen, um der Situation das Absurde zu nehmen.

»Er wird schon wieder, keine Angst.« Die Augen des Bassisten folgten träge der Bewegung ihrer Hand und sein Blick verlor sich in Ashs Gesicht. Wie ein Cyberzombie, der beim Anblick einer Blume das Atmen vergaß. Sie wusste, dass es der Schock war, der ihn so agieren ließ. Trotzdem war das Verhalten des Elfs gespenstisch. Da er anscheinend keine lebensgefährlichen Verletzungen davongetragen hatte, begann sie die größeren Schnittwunden an Ashs Armen und Beinen notdürftig zu verbinden. Ohne ihn zu viel zu bewegen, was die Prozedur quälend in die Länge zog. Und ohne den Elf aus den Augen zu lassen. Wohin konnten sie gehen? Wer konnte ihnen helfen? Ihre Gedanken rasten, während sie einen sterilen Verband nach dem anderen aus dem Medkit holte.

Quickshot bringt mich um, wenn er davon erfährt! Verzweifelt stützte sie die Hände auf die Oberschenkel und sah hoch zu den Sternen. Schweigend zog sie ihr Handy aus der Jackentasche und wählte eine Nummer. Es musste sein. Das hier war definitiv ein absoluter Notfall. Als ihr Gerät die Nummer gewählt hatte, ertönte ein leises Klingeln. Zuerst registrierte sie es nicht, dann sah sie sich irritiert um. Schließlich identifizierte sie die Richtung, aus der das Geräusch kam. Von einer Sekunde auf die andere wurde ihr Gesicht schneeweiß.

Brooks blinzelte zwei Mal hintereinander. »Ash, dein Handy klingelt.« Als der Sänger nicht antwortete, hob der

Elf die linke Hand an den Kopf und begann langsam vor und zurück zu schaukeln.

Tinkerbells Hand zitterte wie Espenlaub, als sie in die Innentasche von Ashs Jacke griff und das Handy herauszog. Auf dem Display blinkte eine dreistellige Zahl: 911. Die Elfe unterdrückte ein hysterisches Kichern und öffnete die Leitung. Sie hielt sich ein Handy an jedes Ohr und konnte ihren Atem plötzlich doppelt hören.

Sie erinnerte sich an Quickshots Worte und ihr war, als werde der Boden unter ihren Füßen weggezogen. *Das ist sozusagen mein Privatanschluss.*

Die Handys entglitten ihren kraftlosen Händen und sie sackte in sich zusammen. Sekundenlang starrte sie wie betäubt auf den blutenden, leblosen Körper vor sich. *Was geschieht hier?* Sie rappelte sich auf. Stolperte einige Schritte in Richtung Bus. Quickshot und Ash, Ash und Quickshot, Quickshot, Ash ...

Was soll ich bloß tun? Sie hielt eine blutverschmierte Hand an ihren Mund und kämpfte verbissen die Panik nieder, die sich wie eine Woge in ihr ausbreitete. *Ich muss mir etwas einfallen lassen. Ich kann nicht zulassen, dass er stirbt. Ich will nicht, dass er stirbt!* Sie wandte sich um. *Wie kann ich fünf Menschen beschützen, wenn ich vollkommen allein bin?* Heiße Wut stieg in ihr auf. *Du verlogener Dreckskerl!* »Du kannst sterben, wenn ich mit dir fertig bin, mein Freund. Aber nicht heute Nacht!«

Entschlossen löste sie den Zauberspeicher von ihrem Gürtel und befestigte ihn an seinem Hosenbund. Jede Energiereserve, die ihr Körper hergab, legte sie in den Spruch. Konzentrierte sich, bis ihr Kopf zu platzen drohte. Wenn sie ihn nicht heilen konnte, würde sie ihn am Leben halten, bis sie jemanden fand, der es konnte.

Als sie schweißgebadet auf die Astralebene wechselte, hatte der Zauber eine sanft leuchtende, schützende Hülle um seinen Körper gelegt. Ash befand sich in einem künstlichen Winterschlaf, alle Körperfunktionen waren unendlich verlangsamt. Auch die Wirkung der Medikamente aus dem Traumapflaster.

Dafür hatte sie Zeit gewonnen. Hoffentlich genug Zeit, um an den Ort zu kommen, der ihr vorschwebte. Ein sicherer Hafen, der nicht mehr als zwei Stunden entfernt lag.

Die Elfe sammelte die beiden Handys ein und erhob sich. Brooks beobachtete sie stumm. Er schien unschlüssig zu sein, ob sie Freund oder Feind war. Die Wunde an seinem Kopf hatte inzwischen aufgehört zu bluten, trotzdem musste sie versorgt werden. Seufzend suchte Tinkerbell den letzten Verband, tränkte ihn mit dem Rest des Desinfektionsmittels und näherte sich Brooks. Der Elf zuckte bei ihrer Berührung zurück.

»Shhh. Alles in Ordnung.« Sie flüsterte sanft, als rede sie mit einem verängstigten Kind. »Lass mich das mal sehen.«

Er musterte sie unsicher, ließ die Elfe jedoch gewähren. Ein scharfes Pfeifen kam aus seinem Mund, als das Desinfektionsmittel auf die offene Wunde traf. Sie hielt kurz inne, doch er rührte sich nicht. Vorsichtig verband sie seine Wunde. Ob er etwas mit dem Anschlag zu tun hatte? Wie durch ein Wunder war Brooks nahezu unverletzt geblieben. Ein gebrochener Arm, eine Platzwunde, sicherlich diverse Prellungen und blaue Flecken, aber verglichen mit Ash und den anderen ging es ihm verdächtig gut. Vielleicht hatte er einfach Glück gehabt. Aber vielleicht hatte er sich auch auf den Unfall vorbereitet. Weil er genau gewusst hatte, was geschehen würde. Und wann. Sie würde ihn nicht für eine Sekunde aus den Augen lassen. Sobald er eine verdächtige Bewegung machte, war er fällig.

»Komm mit.« Sie deutete in die Richtung ihres Wagens. »Hier bist du nicht sicher.« Um seinen Arm konnte man sich später kümmern. Sie waren schon viel zu lange an diesem Ort. Inzwischen konnten wer weiß wie viele Leute unterwegs sein, um sich von der erfolgreichen Durchführung des Anschlags zu überzeugen.

Der Elf stand unbeholfen auf, wartete aber auf sie. Seinem Blick nach zu urteilen wollte er sichergehen, dass sie Ash nicht zurückließ. Komisches Verhalten für den Hauptverdächtigen.

Tinkerbell wandte sich wieder dem Häuflein Mensch zu, das sie als einen zähen Straßenkämpfer kannte. Ihre Kraftreserven reichten für einen letzten Zauber. Um ihn nicht bewegen zu müssen und keine weiteren Verletzungen zu riskieren, levitierte sie ihn die Böschung hinauf zu ihrem Wagen. Brooks folgte ihr mit schleppenden Schritten und offenbar von ihren Fähigkeiten unbeeindruckt. Sie verfrachtete Ash auf die Rückbank, fixierte vorsichtshalber seinen Kopf mit dem Klebeband, das sie im Kofferraum fand, und schob den Elf auf den Beifahrersitz. Nach einem Blick zum Abschied in Richtung Tourbus und einem letzten Gedanken an die Toten legte Tinkerbell den Rückwärtsgang ein. Sie widerstand der Versuchung, zum Handy zu greifen und die nächste Polizeistation von dem Unfall zu unterrichten. Die Cops würden unangenehme Fragen stellen, auf die sie keine passenden Antworten hatte. Man würde den Bus früh genug finden.

Außerdem gab es niemanden, dem man noch helfen konnte.

Kapitel 20

Eine Holzhütte im Wald, in der Nähe des Birch Lake

Mit einer dünnen Eisenstange fachte Tinkerbell die Glut des Kamins an und legte einen weiteren Holzscheit auf. Nachdenklich studierte sie die Flammen, die sich gierig in ihre Beute fraßen. Das leise Knacken und Knistern klang in ihren Ohren wie Musik. Eine faltige, von einem Meer hellbrauner Altersflecken bedeckte Hand legte sich sanft auf ihre Schulter. In einer zärtlichen Geste bedeckte sie die Hand mit ihrer.

»Er wird die Nacht überstehen.« Die Stimme des Mannes war ein tiefes, beruhigendes Brummen. »Ich habe seine Wunden geheilt. Und die seines Freundes.«

Sie nickte müde. »Fast wie damals.« Sie löste ihre Augen von der Schönheit des Feuers und erhob sich aus dem Schneidersitz. »Nur dass diesmal *ich* es bin, die Schutz in deiner Hütte sucht.«

»Und ihn findet.« Der Mann überragte sie trotz seines Alters um einige Zentimeter. Er trug ein verschlissenes, rotschwarz kariertes Holzfällerhemd und dunkelbraune Kordhosen. Seine Füße steckten in schweren Stiefeln. Die Haare fielen silbergrau über seine breiten Schultern und seine dunkelbraunen, mit silbernen Sprenkeln durchsetzten Augen funkelten sie lebensfroh an. Er hatte ein rundes, gutmütiges Gesicht, das von Wind und Wetter gegerbt war, und zahllose Fältchen um Augen und Mund. Unzählige Altersfalten und winzigen Lachfältchen verliehen seinem Gesicht das Aussehen eines zerknautschten Kissens. Sein Rücken war leicht gebeugt und seine Schultern nach vorn gesunken. In seiner Jugend musste er ein Riese gewesen sein.

Als sie ihn kennen gelernt hatte, war er Anfang Sechzig gewesen. Vor sieben Jahren. An einer Universität in einer medizinischen Vorlesung, in einem anderen Leben. Er war Gastdozent gewesen, sie Studentin. Wissbegierig, eifrig, ambitioniert. Sie hatte das Medizinstudium zugunsten eines anderen Lebens aufgegeben, er sich zur Ruhe gesetzt. Ihre Wege hatten sich getrennt, doch nur für kurze Zeit.

Mit einer einladenden Geste deutete der Alte auf zwei Stühle, die um den massiven Holztisch in der Mitte des Raums standen. Auf dem Tisch entdeckte die Elfe zwei tiefe Teller und einen Topf mit dampfendem Inhalt.

»Iss etwas, du bist viel zu dünn.« Trotz der Anstrengungen der vergangenen Stunden und des fehlenden Schlafs wirkte ihr Gegenüber frisch und ausgeruht.

Sie wusste, dass Widerworte nutzlos waren und humpelte steifbeinig auf einen der Holzstühle zu. Mit geschlossenen Augen sog sie den würzigen Geruch der Gemüsesuppe ein. Das Wasser lief ihr im Mund zusammen und in freudiger Erwartung einer Mahlzeit knurrte ihr Magen deutlich hörbar. Mit einem zufriedenen Brummen drehte sich der alte Mann um und ging gemessenen Schrittes zu einem Geschirrschrank, der wie alle Möbel in dem Raum aus dicker, nachgedunkelter Eiche waren.

»Bear?«

»Ja, mein Kind?« Der Schamane öffnete eine der beiden Schubladen und holte eine große Kelle und zwei Löffel heraus.

»Wenn du gewusst hättest, was aus mir wird, hättest du ihnen trotzdem geholfen?«

Sein Gesicht verzog sich bei der Erinnerung an vergangene Geschehnisse. »Wenn ich das damals geahnt hätte, ich hätte ihn und seine ganze Bande zum Teufel gejagt.«

Es lag beinah fünf Jahre zurück, dass mitten in der Nacht drei Runner in seine Hütte gestolpert waren. Verwundet, müde, auf der Suche nach einem sicheren Ort. Bear hatte die Männer vor ihren Verfolgern versteckt und ihre Wunden geheilt. Am nächsten Tag war Tinkerbell zu ihm gekommen, um sich einige Ratschläge für ihre Hausarbeit zu holen. Wie verblüfft war sie gewesen, anstelle von Bear einen jungen Mann in der Hütte anzutreffen. Mercury, den Anführer des Teams. Sie hatten sich Hals über Kopf ineinander verliebt und ein halbes Jahr später war Tinkerbell ihm in die Schatten gefolgt. Mercury war inzwischen aus ihrem Leben verschwunden. Die Schatten nicht.

Tinkerbell beobachtete mit ernster Miene, wie Bear ihren Teller mit dem heißen Essen füllte. »Nein, du würdest niemanden abweisen, der deine Hilfe braucht.«

Schweigend nahmen sie ihre Mahlzeit ein.

Der Tag hatte bereits begonnen, als die Elfe den letzten Teller abtrocknete und zurück in den Schrank stellte. Mit einem unterdrückten Gähnen streckte sie sich und hing das feuchte Handtuch über eine der Stuhllehnen. Bear saß mit halb geschlossenen Augen in einem Schaukelstuhl neben dem Kamin und kaute gedankenverloren am Mundstück seiner Pfeife. »Du solltest nach ihm sehen.«

Die Elfe verharrte in der Bewegung. »Vielleicht später.« Ihr Blick suchte und fand die Hintertür, die zu der separaten Medizinhütte führte. Brooks schlief in einem der beiden Nebenräume der Hütte, der eigentlich Bear als Schlafraum diente. Von ihm ging im Augenblick keine Gefahr aus.

Mit einem sanften, verständnisvollen Lächeln erhob sich der Schamane aus dem Schaukelstuhl und öffnete die Hintertür. Kalte, feuchte Waldluft strömte in die Hütte und auf Tinkerbells Armen bildete sich eine leichte Gänsehaut. Doch es war nicht nur die Kälte. Sie betrachtete zweifelnd die runde, aus Lehm geformte Medizinhütte.

»Er schläft tief und fest.« Seine Hand legte sich aufmunternd auf ihrer Schulter. »Er wird nicht merken, dass du da bist.«

Mit einem ergebenen Seufzer trat sie hinaus ins Freie.

In der Medizinhütte war es angenehm warm. Der schwere Geruch von Kräutern lag in der Luft und lullte sämtliche

Sinne ein. Durch zahlreiche runde Öffnungen in Kopfhöhe fiel fahles Dämmerlicht ins Innere. Die Hütte maß geschätzte fünf Meter im Durchmesser. Die Decke war hoch genug, dass Bear bequem stehen konnte. Weiche Matten in erdigen Tönen bedeckten jeden Millimeter Boden und an den Wänden standen überall kleine Regale und Kisten. Sie waren gefüllt mit Flaschen und Dosen, deren Inhalt sie nur erahnen konnte. Die Wände selbst waren mit fremdartigen Zeichen und Bildern bemalt.

In der Mitte des Raums lag Ash ausgestreckt auf einem riesigen Fell, die Decke bis zu den Achselhöhlen hochgezogen. An Kopf- und Fußende seines Krankenlagers hatte Bear je eine flache Schüssel platziert, aus denen feiner Dampf aufstieg. Die Kräuter. Zögernd trat sie näher. Das dunkle Braun des Fells ließ seine Hautfarbe wie Milch erscheinen und hob die tiefen Ringe unter seinen Augen stärker hervor. Sein rechter Arm lag an seiner Seite. Die Linke ruhte auf seinem Brustkorb, den Anhänger seiner Halskette fest umschlossen. Wie ein Ertrinkender, der sich verzweifelt an einen Rettungsanker klammerte.

Lautlos ließ sie sich auf dem Boden nieder und studierte seine Gesichtszüge. Wie er da lag. Flach, doch regelmäßig atmend. Friedlich. Das sollte derselbe Mann sein, den sie seit zwei Jahren als Quickshot kannte? Sie hatte ihn erst gestern auf der Konzertbühne erlebt. Schien eine Ewigkeit her zu sein. Und sie erinnerte sich an Washington.

Versuchte die unterschiedlichen Bilder in ihrem Kopf übereinander zu legen. Zwei, drei Verhaltensweisen und Eigenarten waren identisch, aber der Rest ...

Wie hatte er sein Doppelleben all die Jahre vor seinen Freunden verstecken können? Dieses Risiko eingehen können, von einem Run nicht zurückzukehren? War er sich seiner Verantwortung nicht bewusst gewesen?

All das würde sie ihn eines Tages fragen. Sie pflückte nachdenklich einige Glassplitter aus seinen blonden Haaren. Ihre Augen wanderten tiefer und entdeckten die runde, gleichmäßige Narbe unter dem linken Schlüsselbein. Sie fiel ihr auf, weil sie eine Spur heller als die übrige Haut war. Irgendwann in seinem Leben war es für Quickshot verdammt eng gewesen. Oder für Ash?

Die Elfe seufzte. Ein Teil von ihr wollte für ihn da sein, wenn er aufwachte und nach seinen Freunden fragte. Und ihm jemand erklären musste, dass sie tot waren. Dass die Band nicht mehr existierte.

Und Brooks? Sie massierte erschöpft ihre Schläfen. Darum würde sie sich später kümmern. Erst mal brauchte sie Schlaf. Und musste mit dem anderen Teil in ihr fertig werden, der ihn am liebsten umbringen wollte. Weil dieser elende Scheißkerl sie belogen hatte! Weil er sie in Gefahr gebracht hatte. *Von wegen seinen Bruder beschützen.* Sie hasste sich für ihre Gefühle. Für die Rührung, die sie in der Konzerthalle empfunden hatte. Für den Stolz und das tiefe, warme Gefühl der Freundschaft. Freundschaft? Nein, es war mehr, dessen war sie sich endlich sicher. Sie war verliebt in Quickshot, wie sehr sie sich auch dagegen sträubte. Und gleichgültig, was er tat oder getan hatte, sie fühlte sich zu ihm hingezogen. Ob es ihm ähnlich ging?

Auch das würde sie herausfinden. Irgendwann.

Tinkerbell erhob sich, schlug den dicken Fellvorhang zur Seite und ging zurück in die Blockhütte. Sie brauchte Zeit, um nachzudenken. Zeit, um sich über einige Dinge klar zu werden.

Seattle

Ein lang gezogener Schrei riss Joaquin Ramirez aus dem Schlaf. Mit klopfendem Herzen schlug er die Bettdecke zur Seite und setzte sich auf. Noch halb im Traum gefangen tastete er unkoordiniert nach seiner Brille und wischte sie dabei vom Nachttisch. Mit einem leisen Fluch hob er sie auf und polierte die beiden Gläser. Er war nicht mehr sicher, ob er wirklich etwas gehört hatte. Nachdem er die

Brille auf seine Nase geschoben hatte, trat er hinaus in den Flur. Sich die Müdigkeit aus den Augen reibend, lauschte er in die Dunkelheit hinein. Undeutliche Geräusche drangen an seine Ohren. Der entfernte Ton eines laufenden Trids. Wie spät war es? Oder wie früh?

Auf Zehenspitzen schlich er den Flur entlang bis zum Wohnzimmer. Die Tür war angelehnt und er konnte das flackernde Trid dahinter erkennen. Comicfiguren mit piepsig-quäkenden Stimmchen huschten über den Bildschirm und bewarfen sich mit irgendwelchen Gegenständen. Werbung für den Kinderkanal. Auf dem Teppich vor dem Trid lag jemand. Ein Lächeln des Begreifens erschien in seinen Augen und wanderte zu seinen Mundwinkeln. Sein kleines Mädchen war wirklich eine Frühaufsteherin! Dann hörte er das Schluchzen, Belindas Schluchzen, und gab der Tür einen Stoß.

»Schätzchen?« Herzzerreißendes Wimmern war die einzige Antwort. Dr. Ramirez hastete über den blanken Parkettboden und kniete auf dem dunkelgrünen Teppich nieder, um seine weinende Tochter in die Arme zu nehmen. Sie zitterte und endlose Tränenströme liefen ihre Wangen hinunter. Besorgt fragte er sie, was los sei, doch sie stammelte zwischen immer neuen Weinkrämpfen nur unzusammenhängende Worte. Irgendetwas hatte sie tief erschüttert, das konnte er sehen. Nur was? Vor ihm wurde die Werbung beendet und das Gesicht eines Nachrichtensprechers erschien auf dem Bildschirm. Der Nachrichtenkanal. Das Neuste aus aller Welt, rund um die Uhr, ungeschnitten, unzensiert.

Es dauerte fünfzehn Minuten, bis der Nachrichtenblock wiederholt wurde. Fünfzehn Minuten, in denen sich Belinda allmählich beruhigte.

Uninteressante Kurzmeldungen huschten über den Bildschirm, Nachrichten aus Ländern, die weit weg lagen und deren Namen er kaum kannte. Dann sprang das Bild um und zeigte Aufnahmen eines Verkehrsunfalls. Ein Reisebus war hinter einer Kurve in einen Truck gerast. Beide Fahrzeuge hatte es in ihre Einzelteile zerlegt. Der Truck war zu einem unförmigen Metallknäuel zusammengedrückt worden und das rauchende Wrack des Reisebusses lag auf einer Lichtung.

Den Mienen der Retter und den weißen Laken nach zu urteilen hatte es zahlreiche Tote gegeben. Ziemlich üble Sache. Belindas Augen weiteten sich beim Anblick der Bilder und ein weiterer Weinkrampf schüttelte ihren Körper.

»Ist es das?« Sein Herz begann vor Aufregung schneller zu schlagen. Joaquin war den Worten des Sprechers nicht gefolgt, wusste nicht, wer verunglückt war. Fieberhaft suchte er nach einem Anhaltspunkt. Seine Augen entdeckten die Überreste eines roten Schriftzugs, der an der Seite des Busses prangte.

›Devil's Pla‹.

Mit einem Schlag verstand er, formten sich die unzusammenhängenden Worte seiner Tochter zu logischen Sätzen. Mit versteinertem Gesicht schaltete er das Trideo aus und drückte sie fest an sich.

Kapitel 21

Minuten dehnten sich zu endlosen Stunden, in denen Ash um sein Bewusstsein kämpfte. Ähnlich einem Schwimmer, der verzweifelt versuchte, aus der Tiefe an die Wasseroberfläche zu kommen. Nur dass das Wasser aus zähem, klebrigen Sirup bestand, der ihn festhielt, in die unendliche Schwärze zurückziehen wollte. Zuerst roch er die Kräuter. Betäubend intensiv. Bemerkte erstaunt, dass er auf dem Rücken lag. Seine rechte Hand ertastete etwas Weiches. Nicht seine Schlafkoje im Bus. Anders.

Das Schwere, das auf seiner Brust lag, identifizierte er träge als seine linke Hand. Seine Finger berührten etwas, das zu filigran für seinen Tastsinn war. In seinem Mund war der Geschmack von Blut, Metall und Rauch. In seiner Nase hing noch ein anderer Geruch, der sich allmählich in den Vordergrund drängte: der Geruch von angesengten Haaren und verbranntem Fleisch. Er versuchte vergeblich, sich zu erinnern. Stille umfing ihn. Seltsames, unnatürliches Schweigen. Sein linkes Ohr nahm dumpfe Geräusche war, leises Klirren von Glas. Jemand war in der Nähe. Irrationale Furcht flackerte in ihm auf und verebbte wieder. Vorsichtig öffnete er die Augen. Es war anstrengender als er erwartet hatte. Irgendetwas war mit ihm geschehen, das er sich nicht erklären konnte. Durch einen trüben Schleier sah er eine Bewegung zu seiner Rechten, konnte seine Pupillen jedoch nicht dazu überreden, sich zu fokussieren.

»Wo bin ich?« Seine Stimmbänder bewegten sich, aber er hörte keinen Ton. Ash sammelte all seine Kraft und probierte es erneut. »Wo bin ich?« Ein schwaches kaum vernehmbares Kratzen. Besser als nichts.

»Du bist in Sicherheit, mein Sohn.«

Seine Augen folgten träge der verschwommenen Gestalt, die sich gemächlich auf seine linke Seite bewegte. Die Stimme klang nun lauter. »Hier wird dir niemand etwas tun.«

Das tiefe Brummen beruhigte ihn auf eine merkwürdige Weise und er entspannte sich. »Trink dies.« Eine flache Schüssel wurde an seine Lippen gehalten. Die Flüssigkeit war lauwarm und schmeckte nach Kräutern. In dieser Welt schien alles aus Kräutern zu bestehen. »Schlaf. Du musst dich ausruhen.«

Ash hielt den Vorschlag für eine gute Idee. Seine Augen fielen zu, bevor er den nächsten Atemzug getan hatte.

Am nächsten Abend

Tinkerbell kehrte von ihrem Ausflug nach Duluth zurück. Bear besaß weder Trideo noch Radio oder Telekom. Er lehnte die moderne Technik ab und war der festen Überzeugung, dass die Menschen zu ihm kommen würden, wenn sie etwas von ihm wollten. Dass sie dafür zehn Kilometer durch den Wald laufen oder fahren mussten, erschütterte ihn nicht im Geringsten. Weshalb die Elfe sich die Informationen in der nah gelegenen Großstadt holen musste. Was sie erfahren hatte, war traurig und erleichternd zugleich.

In der Nacht waren wilde Tiere von der Unfallstelle angelockt worden und hatten sich über das unerwartete Mahl hergemacht. Von den beiden Attentätern war nicht genug übrig geblieben, um sie zu identifizieren. Die Polizei ging davon aus, dass es sich bei den Überresten um zwei Mitglieder der Band handelte. Somit war es offiziell. *Devil's Playground* war bei dem furchtbaren Unfall komplett ausgelöscht worden. Der Zufall hatte ihnen geholfen. Niemand würde nach Ash und Brooks suchen. Jedenfalls fürs Erste nicht.

Und was das Wort Unfall anbelangte: Anscheinend waren sich die Behörden nicht hundertprozentig sicher, ob es sich tatsächlich um eine tragische Verkettung von Zufällen handelte. Man war sich uneins, ob der Tank des Tourbusses durch den Aufprall explodiert oder ob ein wenig nachgeholfen worden war. Was einen üblen Beigeschmack auf Tinkerbells Zunge hinterließ. Sie hätte sich den verdammten Hinterreifen ansehen sollen. Ihr Instinkt hatte sie gewarnt und sie hatte ihn ignoriert. Doch jetzt war es noch zu früh, um sich Gedanken darüber zu machen. Sie würde sich nicht mit Schuldgefühlen belasten, bevor die Ermittlungen abgeschlossen waren und der Verdacht sich bestätigt hatte. Noch war alles möglich und es wurde in alle Richtungen nach den Tätern gefahndet. Für Tinkerbell war die Richtung klar. Und auch der Manager der Band, der sich in einem der anderen Busse befunden hatte, war fest davon überzeugt, dass es sich um einen rassistisch motivierten Mordanschlag handelte. Das hatte sie den Nachrichten entnommen. Es blieb abzuwarten, wie fähig und bereit die Cops waren, in den Policlub-Sumpf einzutauchen. Und ob es irgendwas bewirken würde. Sie bezweifelte es ernsthaft.

Die Elfe traf Bear vor der Hütte an. Der Schamane kniete über zahlreichen Leinenbeuteln verschiedenster Größen und faltete einen nach dem anderen sorgfältig zusammen, um sie in einen einzelnen großen Beutel zu stecken. Offenbar wollte er in den Wald gehen, um seine Kräutervorräte aufzufrischen. Das Geräusch des Motors schmerzte in seinen Ohren und er verzog missbilligend das Gesicht. »Ihr Stadtmenschen und eure stinkenden Autos«, begrüßte er die Elfe, die mit einem Schmunzeln die Fahrertür des Americar zuschlug und den Wagen abschloss.

»An diesem Ort wird niemand deine Höllenmaschine stehlen«, kommentierte der Alte ihre Vorsichtsmaßnahme.

»Kann man nie wissen«, entgegnete sie mit einem Blick auf die Hütte.

»Ach ja,« erinnerte sich Bear. »Dein elfischer Freund ist aufgewacht.«

Sie seufzte. »Was hast du ihm erzählt?«

»So viel wie nötig und so wenig wie möglich.« Der Schamane hängte den gefüllten Leinenbeutel über seine rechte

Schulter und wandte sich in Richtung Wald. »Er hat kaum Fragen gestellt. Ich habe den Eindruck, er will gar nicht wissen, wie er hierher gekommen ist oder warum du in jener Nacht in der Nähe warst. Ein rätselhafter Mann.« Der Alte setzte sich in Bewegung. »Er ahnt, dass einige Dinge nicht so sind, wie sie auf den ersten Blick scheinen. Besonders was deinen Freund anbelangt.«

»Ist sein Verstand klar genug, damit ich ihm einige Fragen stellen kann?«

»Ich denke schon. Sei nicht zu hart mit ihm, er hat viel durchgemacht.«

Brooks saß an dem schweren Holztisch, einen Becher mit dampfendem Kaffee in beiden Händen. Echtem Kaffee, Bear trank nie Soykaf. Der Elf war tief in Gedanken versunken und blickte nur kurz auf, als sie leise die Eingangstür schloss. Sein Gesicht war selbst für einen Elf blass. Die Haare hingen strähnig über den Ohren, dunkle Ringe zierten seine geröteten Augen und seine langen Finger wirkten zerbrechlich wie dünne Zweige. Brooks wischte sich hastig über die Augen und räusperte sich leise. Anscheinend hatte er geweint und wollte nicht, dass sie es bemerkte.

Ohne ein Wort goss Tinkerbell sich einen Becher Kaffee ein und setzte sich ihm gegenüber an den Tisch. Er musterte sie interessiert und wartete offensichtlich darauf, dass sie den Anfang machte. Sie trank einen Schluck und genoss den puren, herben Geschmack der Kaffeebohnen. »Woran erinnerst du dich?«

»Ist das ein Verhör?« Er verzog das Gesicht. »Oder ein Gespräch?«

»Kommt darauf an.« Sie stellte den Becher ab, stützte ihre Ellenbogen auf die Tischplatte und faltete die Hände unter dem Kinn. »Ich will einige Antworten von dir. Zum Beispiel, was du und der Fahrer in der Nacht am Hinterreifen des Busses zu schaffen hattet!« *Oder die beiden Roadies*, aber das sagte sie nicht. Diese Spur konnte sie später verfolgen.

Brooks zog irritiert die Augenbrauen kraus. Sie konnte deutlich sehen, wie es hinter seiner Stirn arbeitete. »Wir waren auf dem Weg nach Winnipeg ...«, begann er schleppend, während sich Bruchstücke von Erinnerungen zusammensetzten. »Ich musste mir über einige Dinge klar werden und konnte nicht schlafen. Irgendwann haben wir angehalten und Miles ist ausgestiegen, um irgendwas hinten am Bus zu kontrollieren. Ich dachte, ich könnte ihm behilflich sein, und bin ihm gefolgt. Dann ist ein großer Truck vorbeigefahren. Plötzlich war Ash da und wollte mit mir reden. Und dann stand der Truck mitten auf der Straße. Dann weiß ich nur noch, dass ich auf einer Wiese lag.« Er schüttelte frustriert den Kopf. »Ich fürchte, ich bin keine große Hilfe. Ich weiß es einfach nicht!«

Entweder war seine Frustration echt oder vor ihr saß der beste Schauspieler der Welt. Auf jeden Fall war er ein Meister darin, seine wahren Gefühle zu verbergen. Wie sehr er auch unter dem Tod seiner Freunde leiden mochte, nach außen drang nur wenig. Half nicht gerade, den Verdacht von ihm abzuwenden. »Worüber wolltest du dir klar werden?«, hakte sie nach. Vielleicht stieß sie auf diese Weise zu einer verschütteten Erinnerung vor.

Brooks kratzte sich mit einem unbehaglichen Gesichtsausdruck an der Schläfe und starrte sekundenlang in seinen Becher. Sein linker Mundwinkel zuckte, während er mit sich rang. Ein wunder Punkt?

»Ich wollte die Band verlassen«, flüsterte er ohne aufzusehen. »Ich habe Verhandlungen mit dem Manager einer anderen Band geführt und wollte nach der Tournee aussteigen. Ich wusste nur nicht, wie ich es den anderen sagen sollte.« Er stützte den Kopf in die Hände und schloss die Augen. »Jetzt ist es sowieso egal. Ich bin tot, wen kümmert es noch?« Er hustete, um die Tränen zurückzudrängen. So viel zu ihrer Theorie des kaltblütigen Mörders.

Tinkerbell rückte ihren Stuhl näher an den Elf heran und sah ihn eindringlich an. »Warum wolltest du aussteigen?«

»Ash und ich sind nie besonders gut miteinander ausgekommen. Die Chemie hat von Anfang an nicht gestimmt. Ständig gab es Diskussionen und Streitereien. Auf die Dauer wäre ich der Band im Weg gewesen. Deshalb wollte ich gehen.« Er blickte auf, die Augen rot und getrübt. »Hätte ich die Band vor der Tournee verlassen, wie ich es eigentlich wollte, wäre mein Leben in bester Ordnung. Aber ich musste bis zur letzten Sekunde warten.«

Sie unterdrückte den Drang, den Elf in den Arm zu nehmen und zu trösten. Je länger er sprach, desto mehr begriff sie die Tragödie, die sich hinter den Kulissen abgespielt hatte. »Was wirst du jetzt tun?«

»Sag du es mir.« Brooks erhob sich müde und ließ den halb vollen Becher auf dem Tisch stehen. »Ihr habt schließlich eure speziellen Methoden, um mit derartigen Problemen fertig zu werden.« Ihr verblüffter Gesichtsausdruck bestärkte ihn in seiner Vermutung. Er warf ihr einen abschätzenden Blick zu, wischte sich mit dem Ärmel die Nase und verschwand im Nebenraum.

Nachdem sich die Elfe von der Überraschung erholt hatte, folgte sie ihm. »Woher weißt du es?«

Brooks stand vor dem Fenster, die Arme vor der Brust verschränkt, und sah hinaus zur Medizinhütte.

»Der Schamane, die Waffen, die Fetische, dein plötzliches Erscheinen am Unfallort ... Warum uns in eine abgelegene Holzhütte im Wald bringen, wenn die nächste Großstadt und damit das nächste Krankenhaus keine Stunde entfernt ist?«

»Um euch zu beschützen. In einem Krankenhaus wärt ihr nicht sicher!«

»Was ist mit ihm?« Brooks deutete mit einem Kopfnicken in Richtung Medizinhütte. »Gehört er auch zu euch?«

›Euch‹. Er sprach es aus, als wären sie eine andere Rasse.

»Ash hat mich engagiert. Er wollte, dass ich während der Tournee auf euch aufpasse.« Das war alles, was sie ihm sagen konnte, und sie hoffte, dass der Elf ihr glaubte.

»Hat erstklassig funktioniert!«

Wem sagst du das! Sie schluckte hart. »Ich weiß, dass es herzlos klingt, aber ich kann dir eine neue Identität beschaffen. Du kannst untertauchen, ein neues Leben beginnen. Ich habe Kontakte, die dich innerhalb weniger Stunden an jeden Ort der Welt bringen können.«

»Wie soll ich das bezahlen? Ihr wollt doch immer für alles Geld haben.«

Der Spott in seiner Stimme beleidigte sie, aber sie ließ es sich nicht anmerken. »Wir finden einen Weg.« Tinkerbell schloss die Tür und ließ ihn mit seinen Gedanken allein.

Vorsichtig schob Ash die weiche Decke von seinem Oberkörper und richtete sich auf. Sofort begann sich der Raum um ihn zu drehen. Er würgte und kämpfte gegen den Brechreiz an. Sein Gleichgewichtssinn war vollkommen durcheinander. Kalter Schweiß brach ihm aus und jeder Knochen in seinem Körper schmerzte wie nach einem vierstündigen Fitness-Marathon.

Ash bemerkte erstaunt, dass er bis auf die Unterhose vollkommen nackt war. Er sah sich im Halbdunkel nach seinen Kleidern um. Auf einem Stuhl neben dem Eingang konnte er vage einen Wäschestapel erkennen. Was war das für ein merkwürdiger Raum? Wie kam er hierher? Das Letzte, woran er sich erinnerte, war der wunderschöne Sonnenuntergang. Seine linke Hand zuckte zu seinem Hals und berührte den silbernen Kettenanhänger.

»Stärke. Ich fand, es passt zu dir.« Keikos Stimme hallte in seinem Kopf wider. Sein Herz vergaß einen Schlag, bevor es mit doppelter Geschwindigkeit weiterpochte. In das fröhliche Vogelgezwitscher, das durch die Löcher in den Wänden drang, und den herben Duft der Kräuter mischte sich der Geruch nach versengten Haaren und verbranntem Fleisch. Menschlichem Fleisch. Mit Wucht stürzten die Erinnerungen auf ihn ein. Wie Salven aus einem Schnellfeuergewehr schossen ihm Bilder des Unfalls durch den Kopf.

Blut, Schmerz, Feuer, Angst und Tod mischten sich zu einem überwältigenden Albtraum, der ihn aufschreien ließ. Ihr Gesicht. Was war mit ihrem Gesicht passiert?

Das Fell vor dem Eingang wurde plötzlich zur Seite geschlagen und Tinkerbell stürzte in die Medizinhütte.

Sie fand ihn auf dem Fell liegend. Schluchzend, zusammengekrümmt zu einer Kugel, den Kopf in den Armen verborgen, als versuche er sich gegen die Erinnerungen zu schützen.

»Es ist okay, ich bin bei dir.« Sie ließ sich auf dem Fell nieder, ergriff seine Hand und hielt sie ganz fest.

»Wie hat er es verkraftet?«

»Ich habe keine Ahnung.« Tinkerbell lehnte an der offenen Eingangstür und suchte zweifelnd den Wald ab. »Als ich zurückkam, war er verschwunden.«

»Er braucht Zeit zum Nachdenken«, kam Bears Antwort aus der Hütte. Der Schamane saß in seinem Schaukelstuhl und wippte langsam vor und zurück. »Er ist zu schwach und zu durcheinander, um weit zu kommen. Außerdem habe ich ihm einen kleinen Wächter geschickt.«

Die Elfe schaute erleichtert über ihre Schulter. *Das ist der einzige Grund, warum ich nicht in Panik gerate.* Sie ging zurück in die Hütte und schloss die Tür. »Wo steckt Brooks?«

»Er ist vor einer halben Stunde zu einem Spaziergang aufgebrochen. Auch er hat einige Dinge, über die er sich Gedanken machen muss.«

Plötzlich war die Panik da. »Hast du irgendwelche Waffen im Haus?« Sie stürzte zum Geschirrschrank und riss die beiden Besteckschubladen auf. Die Stelle, an der sonst das große Fleischmesser lag, war leer. Ohne ein weiteres Wort sprintete sie in Richtung Tür.

»Warte«, donnerte Bears Stimme. Sie wirbelt erstaunt herum. »Er wird ihm nichts tun!«

»Woher weißt du das?«, fauchte Tinkerbell. »Er weiß, dass ich ein Runner bin. Er weiß, dass Ash mich engagiert hat.

Er wird die falschen Schlüsse ziehen und ihn dafür verantwortlich machen.«

»Er wird das Richtige tun, vertrau mir.«

Regungslos saß Ash auf dem umgestürzten Baum. In sich zusammengesunken, die Augen starr in den Wald gerichtet. Ringsumher tobte das Leben. Vögel zwitscherten fröhlich ihre Lieder, Eichhörnchen jagten durch die Zweige der Bäume.

Er nahm es nicht wahr. In ihm war Leere. Finstere, unendliche, betäubende Leere. Er konnte es nicht begreifen. Er wollte schreien, doch ihm fehlte die Kraft.

Tot ... alle tot. Seinetwegen. Weil er die Kontrolle verloren hatte. *Ich wollte alles, ohne Rücksicht auf Verluste. Ich wollte leben und habe sie damit getötet. Ich habe nicht nachgedacht. Es ist meine Schuld!*

Er schlug sich mit den Fäusten gegen die Stirn, bis sein Kopf vor Schmerzen zu zerspringen drohte. Es geschah immer wieder. Alles um ihn herum starb. Seine Freunde starben. Jeder Mensch in seinem Leben, der ihm nahe stand, wurde ihm weggenommen. Und er überlebte. Jedes Mal. Warum? Warum durfte er leben, wenn alle anderen sterben mussten?

Ash zwinkerte, und eine einsame Träne rollte seine Wange hinunter. Er sehnte sich nach jemandem, der ihn in den Arm nahm und ihm zuflüsterte, dass alles gut werde. Dass er es schaffen werde. Dass er keine Angst haben brauche. Seine Fingernägel bohrten sich tief in das faule Holz. Nichts würde gut. Was würde geschehen, wenn die Öffentlichkeit erfuhr, dass er ein Krimineller war?

Ash wusste, wie diese Dinge abliefen. Plötzlich war jeder ein Verbrecher, der mit ihm in Kontakt gestanden hatte. Mikey, Keiko, Brooks, Evan, Quinn ... Die Presse würde Mikeys Leben zerstören und das Andenken an die Band, an seine Freunde, in den Dreck ziehen. Das durfte er nicht zulassen. Es war besser so. Am besten wäre es gewesen, wenn die Männer ihn wirklich getötet hätten. Am besten für alle!

Wie einsam und verloren konnte ein Mensch sein? Allmählich bekam er eine Vorstellung davon. Er fühlte sich, als habe ihm das Leben jeden einzelnen Knochen im Leib gebrochen und stehe nun lächelnd neben ihm und warte gespannt ab, ob er an seinen Verletzungen krepierte. Er wusste nicht, ob er ihm den Gefallen tun sollte oder nicht.

Ash spürte ein warnendes Kribbeln in den Fingerspitzen und konzentrierte sich auf das Laub zu seinen Füßen. Leises Rascheln bestätigte seinen Instinkt. Jemand näherte sich von schräg hinten. Wohl in der Hoffnung, er werde den Besucher erst bemerken, wenn es zu spät war. Die Gestalt hielt inne und er spürte ihre Körperwärme im Rücken. Näher, als er angenommen hatte.

Das kratzende Geräusch von Leder auf Metall erklang. Ein vertrautes Geräusch. Das Kribbeln in seinen Fingerspitzen verwandelte sich in ein schmerzhaftes Ziehen. Ash machte einen Atemzug, von dem er glaubte, nein, hoffte, dass es sein letzter sein werde, und schloss die Augen. Endlose, quälende Sekunden folgten.

Dann, wie ein leiser Wind, war die Gestalt verschwunden. Ash sah sich nicht um. Seine Augen blieben geschlossen, als er lautlos ausatmete. War er erleichtert? Nein. Er fragte sich nur, warum Brooks es nicht getan hatte.

Mit verschlossenem Gesicht trat Tinkerbell hinter einem Baum hervor und beobachtete, wie der Elf sich zurückzog. Nach einem letzten Blick auf Ash folgte sie ihm.

Als sie zurück in die Hütte kam, lag das Messer wieder an seinem Platz und Brooks war in seinem Zimmer verschwunden. Bear saß im Schaukelstuhl, die Hände auf die Armlehnen gelegt, und sah sie wissend an. Brooks musste die Waffe vor seinen Augen zurückgelegt haben.

Sie versuchte gar nicht erst, es zu verstehen. Bear war offenbar ein Meister darin, die Absichten und Gefühle anderer Menschen zu erraten. Seine Art der Weisheit? Wahrscheinlich musste sie älter als sechzig werden, um das zu begreifen.

Mit einem trotzigen »Pft«, das gleichzeitig die Bestätigung war, dass der Schamane Recht gehabt hatte, setzte sie sich an den Tisch. Und wartete.

Darauf, dass Ash zurückkam.

Sie musste sich sehr lange gedulden.

Kapitel 22

Bears Hütte

Fünf Tage waren vergangen, in denen niemand ein Wort über die Sache im Wald verloren hatte. Tinkerbell wollte den Elf zur Rede stellen, wovon ihr Bear aus undurchschaubaren Gründen abriet. Sie beugte sich seinem Wunsch. Auf ihr Drängen stellte der Schamane wenigstens einen Watcher-Geist ab, der den Elf Tag und Nacht überwachte. Zur Sicherheit. Falls Brooks es sich überraschend anders überlegen sollte.

Doch er schien seinen Frieden mit Ash gemacht zu haben. Die beiden vermieden möglichst jeden Kontakt und sprachen nur das Nötigste miteinander. Ein Stillhalteabkommen, das bis zu Brooks' Abreise galt. An Ashs Verhalten hatte sich nicht viel verändert. Er aß kaum, schlief selten und blieb die meiste Zeit für sich allein. Saß in dem Zimmer, das er in der Hütte bezogen hatte, oder wanderte stundenlang im Wald umher. Tinkerbell nutzte einen dieser Spaziergänge, um sich ihm anzuschließen. Sie mussten endlich miteinander reden, sonst würde sie noch wahnsinnig. Er konnte sich nicht ewig vor ihr verstecken. Eine Weile gingen die beiden schweigend nebeneinander her, lauschten den zwitschernden Vögeln und ihren gedämpften Schritten auf dem schmalen Trampelpfad, der sich wie eine Schlange durch den Wald wand.

Ash ergriff zuerst das Wort. »Danke.« Er riss ein Blatt von einem Busch am Wegrand ab und ließ es achtlos zu Boden fallen. »Danke, dass du Brooks und mich gerettet hast.« Es kostete ihn einige Überwindung, denn in seinen Ohren klangen die Worte albern. Er wollte ihr viel mehr sagen als diesen einen, lächerlichen Satz.

Die Elfe schluckte. Das war ein Anfang und mehr, als sie erwartet hatte.

»Ich weiß nicht, wie ich das jemals gutmachen kann«, fuhr er fort. »Wahrscheinlich möchtest du mir am liebsten den Kopf abreißen für den Drek, den ich gebaut habe.«

Tinkerbell schnaufte amüsiert. Das kam ihren Gefühlen ziemlich nah. »Hast du wirklich geglaubt, dieses Spiel geht ewig gut?«, fragte sie schließlich. »Dass du beides haben kannst?«

»Anfangs ja. Bevor alles aus dem Ruder lief.«

»Und als du dich entscheiden musstest, hast du die Augen zugemacht und dich geweigert, es zu akzeptieren.«

Autsch. Ash warf der Elfe einen gekränkten Seitenblick zu. Tief drinnen wusste er leider, dass Tinkerbell mit der Einschätzung goldrichtig lag.

»Ich hatte mir fest vorgenommen, nach der Tournee aus den Schatten auszusteigen.« Er produzierte ein unsicheres Lächeln. »Hört sich ziemlich billig an, oder?«

Nein, bei genauerem Nachdenken nicht. Sie hatte sich vor dem Job ausreichend über *Devil's Playground* informiert, um zu wissen, dass der Band eine große Zukunft vorausgesagt wurde. Vorausgesagt worden war. Seine Entscheidung war nachvollziehbar und vernünftig. Die Elfe zuckte die Achseln. »Bei all der Publicity wäre es schwierig gewesen, ungestört einen Schattenjob zu erledigen. Die Fans, zusätzliche Verpflichtungen, Terminprobleme ...«

Für einen Moment beschlich ihn der Eindruck, sie wolle ihn verspotten, doch das Gesicht der Elfe war todernst.

»Gibst du den Schatten die Schuld für ihren Tod?« Sie verlangsamte ihren Schritt.

»Ja. Nein.« Ash schüttelte den Kopf. »Ich weiß nicht. Was denkst du? Wäre es anders gekommen, wenn ich ...?«

»Nein«, erwiderte sie nachdrücklich. »Nur aus diesem Grund seid ihr am Leben. Der Anschlag des Policlubs hat nichts mit deinen Schattenaktivitäten zu tun. Früher oder später hätten diese Leute versucht, euch umzubringen.« Sie legte ihm eine Hand auf die Schulter. »Hättest du mich nicht angerufen, wäre niemand dagewesen, um euch zu helfen. Dann hätten sie Erfolg gehabt und sechs Menschen wären in dem Bus gestorben. Die Schatten haben euch das Leben gerettet, so widersinnig es dir auch erscheinen mag.«

Ihre Worte trösteten ihn. Zum ersten Mal seit dem Unfall hatte er das Gefühl, einmal im Leben etwas richtig gemacht zu haben.

Sie setzten ihren Weg eine Weile schweigend fort.

»Was wirst du jetzt tun?«, fragte Tinkerbell in die Stille.

»Keine Ahnung.«

Die Art, wie Ash es sagte, ließ sie vermuten, dass er sehr wohl eine Ahnung hatte.

Seattle, am selben Tag

Es war ein schöner milder Sommertag. Der Himmel über Seattle war blau, fast wolkenlos. Vereinzelt trieben weiße Wattebäusche träge vor sich hin und die Sonne schien warm auf die Stadt hinunter. Ihre Strahlen spiegelten sich auf den blank polierten Dächern der zehn schwarzen Limousinen, die in gemächlichem Tempo durch das Tor des Seattler Hauptfriedhofs rollten. Die Motorhauben waren mit weißen Lilien geschmückt und an den Außenspiegeln wehten schwarze Stoffstreifen im leichten Fahrtwind.

Ihnen folgte in gebührendem Abstand ein zweiter, bunt zusammengewürfelter Konvoi. Pick-Ups, Kombis und Cabrios in allen erdenklichen Farben. Ebenfalls mit Blumen geschmückt, ebenfalls im Schrittempo. Es schien, als ließen sich die Fahrer absichtlich Zeit.

Eine unheimliche Stille ging von der Prozession aus, die sich langsam ihren Weg suchte und schließlich auf einem Parkplatz im nördlichen, neueren Teil des Friedhofs zum Stehen kam. Autotüren wurden geöffnet und geschlossen und allmählich versammelte sich die Trauergemeinde. Schweigend standen sie beieinander, die Angehörigen, Freunde und Bekannten der Toten und die engsten Fans der Band, die durch den Fanclub über den Beisetzungstermin unterrichtet worden waren. Alle anderen, Schaulustige, Reporter und Fotografen, mussten draußen vor dem Friedhof oder auf dem Parkplatz warten, bis die Zeremonie zu Ende war. Das hatten sich die Familien der Opfer erbeten. Natürlich konnte niemand davon abgehalten werden, über eine der Mauern zu klettern und aus der Entfernung Aufnahmen zu machen. Man hoffte auf das Verständnis und die Zurückhaltung der Menschen. Und wie es aussah, war diese Hoffnung nicht vergebens.

Mikey Rutherford stand in der Mitte des Parkplatzes, von Menschen umgeben, und fühlte sich trotzdem, als sei er allein auf der Welt. Ihm war unwohl in dem schwarzen Anzug mit der dunklen Krawatte, und er versuchte angestrengt, nicht an das zu denken, was ihm bevorstand. Sein Blick streifte auf der Suche nach vertrauten Gesichtern verloren über die Anwesenden.

Er entdeckte Sandra, die zusammen mit einigen anderen Fans im Hintergrund wartete. Toshi war gekommen und Keikos Familie und Freunde aus Japan waren ebenfalls angereist. Ihre stoischen Gesichter ließen jegliches Mienenspiel vermissen. Auch diejenigen der beiden Kinder, die rechts und links neben einer der Frauen standen. Ruhig und gefasst, man konnte es fast gleichgültig nennen, standen die acht Personen reglos beieinander. Eine Höchstleistung an japanischer Zurückhaltung. Und sie sahen alle gleich aus. Schwarze, strenge Kleidung, schwarze Krawatten oder Schleifen, schwarze Schuhe, dunkle Augen und schwarze Haare. Nur die Haare der alten Frau waren schlohweiß.

Eine Woge aus leuchtendem Rot schob sich von links in sein Blickfeld. Evans jüngere Schwester, die ihm wie aus dem Gesicht geschnitten war. Mit dem feinen Unterschied, dass Serena dichte schwarze Haare hatte, die ihr fast bis zum Hintern reichten. Sie trug einen schwarzen Rock, unter dem rote Halbschuhe hervorlugten, und eine feuerrote Bluse mit wallenden Trompetenärmeln. Im ersten Moment war Mikey entsetzt. Das war wirklich keine passende Kleidung für diesen Anlass. Das entrüstete Raunen und Kopfschütteln der anderen Trauergäste bestätigte seine Reaktion.

Dann erinnerte er sich an Evan, der jede Gelegenheit wahrgenommen hatte, andere mit seinem Verhalten vor den Kopf zu stoßen, und musste unwillkürlich lächeln. Serena war genauso verrückt wie ihr Bruder. Und er stellte sich Evan vor, der seine Schwester beobachtete und in diesem Moment Quinn grinsend in die Seite stieß. Gemeinsam machten sich die beiden über die anderen Gäste lustig und klatschten ihr laut Beifall. Ein wunderbarer Gedanke. Serena gesellte sich zu ihren Eltern, die im Kreise von Quinns Familie standen. Quinns Eltern, seine beiden Brüder, die ältere Schwester, sein Onkel und seine Tante, alle waren sie gekommen. Zu sehen, wie vielen Menschen er etwas bedeutete, war schön und traurig zugleich.

Caleb, Garret und Rye waren zusammen mit Ben gekommen. Caleb und er würden einige Worte sagen und sie gingen ein letztes Mal gemeinsam ihre Notizen durch.

Taurus stand abseits und unterhielt sich gedämpft mit drei Männern, die Mikey nie zuvor gesehen hatte. Er war froh, dass der Troll gekommen war, und seine Anwesenheit vermittelte ihm ein merkwürdiges Gefühl der Sicherheit. Falls jemand versuchte, die Beerdigung zu stören, und es hatte diverse Ankündigungen von unterschiedlichen Policlubs gegeben, würde derjenige an ihm vorbei müssen.

Mikeys Augen suchten nach Brooks' Familie. Keine Elfen, nur Norms und drei Orks. Brooks' Eltern lebten in Tir Tairngire und hatten nicht im Traum daran gedacht, ihren Sohn zu unterstützen. Im Gegenteil hatten sie ihm sehr genau zu verstehen gegeben, wie wenig sie von seiner Karriere hielten. Und jetzt schafften sie es nicht mal, zur Beerdigung ihres einzigen Kindes zu kommen. Ohnmächtige Wut stieg in ihm auf. Dieses arrogante, selbstgefällige Pack! Sie verdienten es gar nicht, hier zu sein. Brooks hätte es sowieso nicht gewollt.

Und Ashs Eltern? Sein Vater war gestorben, als er noch ein kleiner Junge war, und seine Mutter befand sich zur Zeit auf Reisen, irgendwo in Indien, und wusste wahrscheinlich nichts vom Tod ihres Sohns. Vor zwei Monaten war sie in Richtung Bombay abgeflogen und seitdem hatte keiner ihrer Freunde oder Bekannten etwas von ihr gehört. Allmählich begann man sich Sorgen zu machen. Eine allein stehende Frau auf der Suche nach sich selbst in einem Land, das sie nicht kannte. Hoffentlich war ihr nichts zugestoßen. Ash hatte nie viel von seiner Mutter gesprochen und auch in seiner Wohnung hatte Mikey nichts gefunden. Keine Fotos, keine Telekomnummer, keine Adresse. Irgendwann war Ben an ihn herangetreten, um zu erfahren, was Ash in den vergangenen Jahren gemacht hatte. Mehr zufällig war das Gespräch auf Ashs Eltern gekommen und Ben war zumindest der Namen der Stadt eingefallen, in die Ashs Mutter vor einigen Jahren gezogen war. Geholfen hatte es nichts, weil er sie nicht erreicht hatte. Wahrscheinlich würde sie es irgendwann aus dem Trid oder der Zeitung erfahren. Eine schreckliche Vorstellung.

Aus einem Gebäude neben dem Parkplatz trat eine Mitarbeiterin des Beerdigungsinstituts, das gemeinsam mit den Angehörigen die Beisetzung vorbereitet hatte, und die Trauergemeinde setzte sich schweigend in Bewegung. Die Frau wechselte im Gehen einige Worte mit Serena, die maßgeblich an der Planung beteiligt gewesen war. Sie hatte als Erste den Wunsch geäußert, die fünf Toten nebeneinander zu beerdigen. Als eine Einheit, die sie auch in den letzten Jahren ihres Lebens gewesen waren. Nach und nach hatten die anderen Familien zugestimmt und damit, jede für sich, ein großes Opfer gebracht. Mikey bewunderte die Angehörigen, die ihre eigenen Wünsche und

Vorstellungen einer angemessenen Beisetzung, eines bestimmten Platzes auf dem Friedhof aufgegeben und sich für eine gemeinsame Zeremonie entschieden hatten. Keikos Familie war die Entscheidung am schwersten gefallen, wohnte sie doch im fernen Kyoto. Toshi war es gelungen, ihnen in einem langen Gespräch zu vermitteln, wie viel die Band Keiko bedeutet hatte, und endlich waren sie einverstanden gewesen. Als Geste der Dankbarkeit hatten die anderen Familien zusammengelegt und einen Grabstein gekauft, der auf das Familiengrab auf dem Friedhof von Kyoto gesetzt werden sollte.

Die Trauergemeinde passierte auf ihrem Weg alte und neue Gräber mit polierten Steinen, die mit Blumen und klein wachsenden Büschen bepflanzt waren, und ging auf eine flache Anhöhe zu. Schon von weitem konnte man die fünf blumenbedeckten Särge erkennen. Die Leiche von Miles, dem Fahrer, war nach Washington D.C. überführt worden, um dort im Kreise der Familie beigesetzt zu werden. Mikeys Augen, die verzweifelt nach einem Fixpunkt suchten, der ihn von dem Bild vor ihm ablenken sollte, wurden in Gestalt von Taurus fündig. Der Troll begleitete die Prozession in einigem Seitenabstand, den Kopf ständig in Bewegung, offenbar auf der Suche nach etwas. Oder jemand.

Die Gruppe hatte ihr Ziel fast erreicht. Zwei bewaffnete Beamte von Lone Star und diverse schwarz gekleidete Sargträger erwarteten sie bereits. Die Beamten zogen sich bei ihrem Erscheinen dezent zurück. In ihren Uniformen und mit den Pistolen und Schlagstöcken schienen sie sich fehl am Platz zu fühlen.

Zwei Meter vor den Särgen standen acht Reihen schwarze gepolsterte Klappstühle im Halbkreis. Platz für achtzig Menschen. Und die Reihen füllten sich schnell. Wer keinen freien Stuhl mehr fand, musste sich mit einem Stehplatz zufrieden geben. Mikey setzte sich in die erste Reihe, zwischen Toshi und Serena.

Die Deckel der fünf Särge waren bereits geschlossen, da man den Angehörigen den Anblick der stark verstümmelten und verbrannten Leichen ersparen wollte. Die Überreste von Ash und Brooks füllten nicht einmal einen Gitarrenkoffer.

Hinter den Särgen war ein Stehpult mit Mikrofon aufgestellt worden. Die Särge selbst thronten auf dicken Brettern. Schwarzer Stoff verwehrte den Blick auf die tiefen Gruben unter ihnen.

Alles war mit roten, weißen, gelben und rosafarbenen Rosen und Tulpen bedeckt. Ein Blumenmeer. Unzählige Kränze und Gebinde schmückten die Särge und zeigten in überwältigendem Maße, wie viele Menschen Anteil nahmen.

Taurus stand jetzt schräg rechts von der Trauergemeinde. Seine Hauer waren auf Hochglanz poliert und seine Haare frisch frisiert. Unter dem grauen Sicherheitsmantel trug er einen schwarzen Maßanzug und seine Füße steckten in sonderangefertigten schwarzen Lackschuhen, die ihm Höllenqualen bereiteten. An einen Baum gelehnt, die Rechte unter dem Mantel, die Linke locker neben dem Körper, ließ der Troll seinen aufmerksamen Blick über die Anwesenden schweifen. In seinem linken Ohr steckte ein kleiner Empfänger und im Revers seines Anzug war ein winziges Mikro verborgen. Von Zeit zu Zeit suchten und fanden seine Augen die drei Männer, die sich unter die Trauernden gemischt hatten. Ein kurzes Nicken, alles war in Ordnung. Zwei Policlubs hatten in der Matrix ihren Besuch angekündigt, um der Beerdigung den richtigen Schwung zu geben. Vorsichtshalber hatte Lone Star einige Beamte abgestellt, die in der Umgebung patrouillieren und die Zeremonie überwachen sollten. Die Demütigung, nach Waffen durchsucht zu werden, hatte man den Trauergästen erspart. Obwohl es Taurus' Ansicht nach das einzig Richtige gewesen wäre.

Auch erwies sich der Friedhof als zu weitläufig, um jeden Besucher zu überprüfen und jeden auf dem Areal im Auge zu behalten. Also hatte Taurus seine persönlichen Vorkehrungen getroffen und einige alte Gefallen eingefordert. Das war das Mindeste, was er tun konnte. Offiziell hatte ihn die Band nie entlassen und war er immer noch ihr Leibwächter. Also würde er seiner Arbeit nachkommen und nach ihrem Tod wenigstens dafür sorgen, dass sie eine friedliche Beerdigung bekamen. Der Einsatzleiter von Lone Star war informiert und hatte der doppelten Sicherheit zähneknirschend zugestimmt. Solange jeder der Leibwächter eine Lizenz für seine Waffe vorweisen konnte, und das konnten sie, bekam Taurus' Team grünes Licht. Und der Troll fühlte sich nach langer Zeit wieder in seinem Element. Wenn man Taurus beobachtete, den Rücken gerade, jede Faser seines Körpers angespannt und zum Sprung bereit, erahnte man den Mann, der er früher einmal gewesen war. Ein wenig schlanker, durchtrainierter, das Gesicht nicht aufgedunsen von zu viel Alkohol und schlechtem Essen.

Taurus versucht vergeblich, seine Anwesenheit als puren Job zu sehen, als Gefallen für ein paar Freunde. Ein paar tote Freunde. Fünf tote Freunde, um genau zu sein. Die besten, die er je gehabt hatte. Er hörte ein leises Knacken und stellte erstaunt fest, dass es seine Finger gewesen waren, die sich wie Schraubzwingen um den Kolben der Black Mamba geschlossen hatten. Wind kam auf und wirbelte kleine Blättchen durch die Luft. Eines schlich sich unter die Sonnenbrille und brachte seine Augen zum Tränen. Unwirsch wischte er sich mit dem Ärmel über die Wange und nahm wieder seine vorherige Position ein.

Die Zeremonie begann und Ben trat ans Pult. Er wirkte erstaunlich ruhig und gefasst, obwohl mehr als hundert Augenpaare auf ihn gerichtet waren. Schweigend breitete er seine Notizen vor sich aus, starrte die Zettel an und steckte sie zurück in seine Hosentasche. Dann blickte er auf und räusperte sich.

»Vor einiger Zeit hat Ash mich besucht. Ich war überrascht, denn wir hatten uns über zwei Jahre nicht gesehen. Nicht seit Dillon Warwicks Beerdigung.« Ben legte den Kopf leicht schräg, als denke er nach. Tatsächlich kämpfte er mit den Tränen, die sich plötzlich und überraschend ihren Weg bahnen wollten. Denn eigentlich hatte er sich für gefasst genug gehalten, die Rede von Anfang bis Ende ohne Unterbrechung halten zu können.

»Die meisten von euch werden Dillon nicht kennen. Ash und er waren während ihrer Schulzeit und auch danach sehr enge Freunde, beinah wie Brüder. Sie kamen häufig zu mir, um im Laden zu helfen oder beim Reparieren der Instrumente zuzusehen.« Ein flüchtiges Lächeln huschte über seine Lippen. »Ash hatte ein Händchen für Gitarren.« Die Schönheit der Erinnerung verging und die Trauer kehrte zurück. »Auch Dillon ist gewaltsam ums Leben gekommen und ich denke, damals ist etwas in Ash zerbrochen. Deshalb ist er aus dem alten Stadtteil gezogen und hat jeglichen Kontakt zu seiner alten Heimat abgebrochen. Das hat verdammt wehgetan und ich kann es bis heute nicht verstehen. Aber es gibt viele Dinge, die ich an ihm nie verstanden habe. Als er vor einigen Wochen zu mir kam, spürte ich, dass ihn etwas bedrückte. Wenige Tage zuvor hatte man versucht, ihn im Hinterhof des *Alabaster Maiden* umzubringen. Er hatte den Schock noch nicht verarbeitet, aber auch diesmal wollte er nicht reden.« Enttäuschung schwang in der Stimme des Mannes mit.

»Ash kam nie zu mir, um zu reden. Obwohl ich es mir manchmal wünschte, weil es viele Dinge leichter gemacht hätte. Ich hätte ihn gern verstanden, gewusst, was ihn antrieb, woher er diese unglaubliche Energie schöpfte. Ash war ein faszinierender Junge, der es zu Hause nie leicht hatte. Sein Vater, den er über alles liebte, starb viel zu früh, und seine Mutter, die heute leider nicht bei uns sein kann, hat den Verlust ihres Mannes nie verwunden. Sie hat Ash keine Gelegenheit gegeben, erwachsen und selbständig zu werden. Und etwas weniger wie der Vater zu sein, dem er in jungen Jahren wie aus dem Gesicht geschnitten war. Vermutlich war das ein weiterer Grund, der Ash dazu bewegt hat wegzuziehen. Um endlich sein eigenes Leben führen zu können. Ich habe mit zahlreichen Fans gesprochen, die mir erzählt haben, wie offen, interessiert und freundlich er im Umgang mit ihnen gewesen ist. Nie zu beschäftigt, um nicht einige Minuten Zeit für sie zu haben.«

Bens Augen glitten zum Bereich hinter den Stühlen, wo die dreißig zumeist jungen Menschen stumm die Zeremonie verfolgten. Alle trugen T-Shirts mit dem Band-Logo oder selbst gemalten Entwürfen. Ein junges Orkmädchen stand etwas abseits, in Tränen aufgelöst, eine einzelne, schneeweiße Rose in den zitternden Händen. Hinter ihm stand ein älterer Mann, offenbar der Vater des Mädchens, der tröstend die Arme um es gelegt hatte. Als könne er seine Tochter dadurch vor dem Schmerz und dem Übel der Welt beschützen.

»Als er ging«, fuhr Ben leise fort, »habe ich ihn gebeten, vorsichtig zu sein. Ich erinnere mich daran, als sei es gestern gewesen. ›Ich möchte nicht an einem weiteren Grab stehen müssen‹, habe ich zu ihm gesagt, ›nur weil du nicht erkennst, wann die Zeit gekommen ist aufzuhören.‹ Und jetzt ...« Er zog die Nase hoch und fuhr sich mit dem Ärmel über die Augen. »... sind wir hier. Und trauern um ihn und seine Freunde. Trauern um geliebte Menschen, die einen furchtbaren Tod gestorben sind. Doch wir werden uns an sie erinnern. Und wenn wir das tun, werden wir an ihr Lachen, an ihre Liebe und an ihre Musik denken. Denn dafür haben sie gelebt. Ihre Lieder haben sie unsterblich gemacht. Was sie uns allen gegeben haben, wird ewig währen.«

Leises Schluchzen aus den Reihen der Trauergäste begleitete Bens Abgang. Als er Platz genommen hatte, erhob sich ein blasser, nervöser Caleb von einem Stuhl in den hinteren Reihen und legte die wenigen Meter bis zum Pult zurück. Sie erschienen ihm endlos und die Augen der Trauergäste bohrten sich voller Erwartung und Neugier in seinen Rücken. Das war schlimmer als die Aufregung vor einem Konzert. Die meisten der Menschen kannte er nicht. Er hatte Ash, Keiko und die anderen kaum gekannt und trotzdem hatten sich die Angehörigen gewünscht, dass er etwas über sie sagte. Warum gerade er? Die Antwort war leicht zu finden: weil er ein Ork war. Weil er das präsentierte, wofür die Mitglieder von *Devil's Playground* gekämpft hatten. Und gestorben waren. Sollte er sich geehrt fühlen? Caleb war nicht sicher.

Er ging langsam weiter, an den Särgen vorbei, und stellte sich hinter das Pult.

»Die Familien der Toten haben mich gebeten, einige Worte zu sagen.« Seine Stimme, die normalerweise kräftig und tief klang, war so leise, dass man ihn kaum verstehen konnte. Er musste näher an das Mikro treten und räusperte sich verlegen.

»Für *Devil's Playground* spielte es keine Rolle, ob man Norm, Zwerg, Elf oder Troll war ...« Caleb machte eine winzige Pause. »Oder ein Ork. Ash, Keiko, Brooks, Evan und Quinn dachten in anderen Kategorien. Sie haben in die Herzen der Leute gesehen, nicht auf ihr Äußeres. Das hat sie zu etwas Besonderem gemacht. Sie wurden nie müde, für uns zu kämpfen. Erst im Kleinen, mit den wenigen Mitteln, die ihnen zur Verfügung standen, dann, als sie bekannter wurden, in größerem Umfang. Wo andere mit wachsendem Erfolg ihre Einstellung und Musik immer mehr der gängigen Meinung anpassten, blieben sie unbeirrbar auf ihrem Weg. Sie haben sich gemeinsam für diesen Weg entschieden, alle Zweifel und Ängste zur Seite geräumt und sich nicht einschüchtern lassen. Auch als sie feststellten, dass sie mit ihren Liedern nicht nur Begeisterungsstürme auslösten. Im Gegenteil, je massiver die Drohungen wurden, desto deutlicher wollten sie ein Zeichen setzen. Und die Menschen haben ihnen zugehört. Manche von euch werden denken, dass das ein unglaublich dummer, tödlicher Fehler war. Dass sie noch leben würden, wenn sie den Mund gehalten hätten. Und ihr habt Recht. Aber wir brauchen Menschen wie sie. Menschen, die etwas verändern wollen, wie groß ihre Opfer auch sein mögen.« Der Ork blickte einige Atemzüge lang schweigend in die Runde, während er versuchte, sich zu fassen und das Zittern aus seiner Stimme zu bekommen. »Ich versuche mir manchmal vorzustellen, wo sie in einem Jahr gewesen wären. Was geschehen wäre, wenn die fünfzigtausend Leute beim Open Air ihre Musik gehört hätten. Was *Devil's Playground* für uns alle erreicht hätten. Und ich bin sicher nicht der Einzige. Und aus diesem Grund ...« Seine Augen füllten sich mit Tränen und die Stimme des massigen Orks begann vor Wut und Trauer zu beben. »... aus diesem Grund sind wir heute hier. Um Abschied zu nehmen von fünf Freunden, die feige ermordet wurden für etwas, woran sie glaubten.«

Mikey zuckte bei Calebs Worten zusammen und verlor zum ersten Mal an diesem Tag die Fassung. Tränen rannen seine Wangen hinunter und er zog hastig das Einstecktuch aus der Brusttasche des Jacketts.

»Wir werden weiterkämpfen«, fuhr der Ork fort. »Ihr Tod war nicht vergebens. Er hat die Menschen aufgerüttelt und zum Nachdenken gebracht. Denn auch wenn einige Leute behaupten, es sei ein Unfall gewesen, kennen wir doch alle die schmutzige Wahrheit. Wahrscheinlich werden die Täter niemals gefasst, werden wir nie erfahren, wer ihren Tod auf dem Gewissen hat. Und das macht mich wütend. Und auch mit dieser Wut bin ich nicht allein. Hoffen wir, dass aus unserer gemeinsamen Wut etwas Neues, Besseres entsteht. Zeigen wir den Schweinen, dass sie mit ihrer abscheulichen Tat genau das Gegenteil erreicht haben.« Caleb ballte seine Linke zur Faust und hob sie für alle sichtbar auf Schulterhöhe. »Dass wir durch diesen Verlust nur stärker geworden sind.«

Aus den Reihen der Fans waren zustimmende Rufe zu hören und auch einige der Familienangehörigen nickten mit entschlossener Miene. Der Ork fragte sich unwillkürlich, wie groß ihre Entschlossenheit am nächsten Morgen oder in einem Monat sein würde. Er wusste jedenfalls, wohin sein weiterer Weg führte. Er hatte sich entschlossen zu kämpfen, das Erbe von *Devil's Playground* anzutreten. Doch was er anfangen sollte – und wie –, war ihm noch nicht klar.

»Wir haben eine kleine Feier arrangiert«, fuhr Caleb fort, wieder Herr seiner Gefühle. »Die Räume des *Van Sand´s* stehen uns für die nächsten vierundzwanzig Stunden zur Verfügung. Verwandte, Bekannte, Freunde und Fans, ihr seid alle herzlich eingeladen, mit uns zu feiern. Es gibt Musik, Getränke und Essen und auf einer Leinwand zeigen wir das gesamte Filmmaterial, das wir über *Devil's Playground* auftreiben konnten.« Ein schmales Lächeln zeichnete sich auf Calebs Lippen ab. »Lasst uns Spaß haben, während wir uns an sie erinnern. Ich denke, das hätte ihnen gefallen.«

Dann verließ er das Pult und setzte sich wieder auf seinen Platz zwischen Garrett und Rye. Die beiden klopften ihrem Freund aufmunternd und stolz auf die Schultern. Musik setzte ein, ein japanisches Trauerlied, das sich Keikos Familie gewünscht hatte, und die Anwesenden senkten die Köpfe. Bis auf Taurus und seine Männer, die ihre Aufmerksamkeit erhöhten, falls das noch möglich war.

Als die letzten Töne des Liedes verklungen waren, entfernten die Sargträger die schwarzen Tücher unter den Särgen. Mikey beobachtete mit zitternder Unterlippe, wie sie sich langsam in die Gruben absenkten. Er kämpfte verzweifelt gegen die Schuldgefühle, die ihn seit dem Tod der Band verfolgten. Weil er sie gedrängt hatte, zu dem Open Air zu fahren. Mit Verkaufszahlen, Top-Ten-Positionen und

Trideoauftritten. Wäre er weniger auf Ruhm und Erfolg aus gewesen und hätte eine Sekunde länger nachgedacht, könnten sie noch leben. Er hatte die Gefahr sträflich unterschätzt und das würde ihn ein Leben lang verfolgen. Und als wäre das nicht genug, fühlte Mikey sich aus irgendeinem unerfindlichen Grund schuldig, weil er am Leben war. Und nicht tot in einem Eichensarg lag. Normalerweise wäre er in dem Bus gewesen, wäre mit ihnen gestorben. Bei dem Gedanken legte sich ihm eine eisige Klaue ums Herz und ein kalter Schauder lief ihm über den Rücken.

Er hatte sich zufällig anders entschieden und war jeden Tag von neuem dankbar, dass er lebte. Und dafür schämte er sich. Dass er im Angesicht des Todes Dankbarkeit empfinden konnte. Nur, was sollte er tun? Ewig trauern, sein Leben verpfuschen, weil er den Verlust nicht verkraftete, mit der Schuld nicht fertig wurde? Das hätten sie nicht gewollt, keiner von ihnen. Er konnte sich dieses Geschenks nur würdig erweisen, indem er weitermachte, sich nicht unterkriegen ließ. Wie schwer das auch sein mochte.

Kapitel 23

Bears Hütte, zwei Tage später

»Ein Freund von mir wartet mit seiner Maschine in der Nähe von Duluth.« Tinkerbell reichte Brooks ein kleines Kästchen. In ihm befanden sich die neue Identität des Elfs und ein Credstick mit 20 K. Ein bescheidenes Startkapital, aber besser als gar nichts.

Der Elf wog das Kästchen wie einen Goldschatz in den Händen und legte es zuoberst in die Reisetasche, die Tinkerbell besorgt hatte. Zusammen mit etwas Kleidung, Toilettenartikeln und Lebensmitteln. »Danke.«

Die Elfe nickte stumm. »Irgendein Ziel?«

Er stemmte die Hände in die Hüften und starrte zweifelnd auf die Reisetasche. »Nicht wirklich. Irgendwohin, wo mich niemand erkennt.«

Sie setzte sich auf einen der beiden Stühle. »Wirst du wieder Musik machen?«

»Vielleicht, eines Tages.« Schwache Hoffnung klang in seiner Stimme mit. »Menschen vergessen. In zwanzig Jahren wird sich niemand mehr an mich erinnern. Ich kann so lange warten.« Er deutete mit einem Kopfnicken auf die Tür, hinter der sich Ash seit dem Morgen versteckte. »Er kann es nicht. Und daran wird er zerbrechen.«

Tinkerbells Augen folgten der Bewegung. »Ash wird damit fertig. Er braucht Zeit, um es zu verkraften.«

»Ha!« Brooks lachte auf. »Musik ist sein Leben. Wenn er nicht mehr singen darf, kannst du ihn gleich umbringen!« Er räusperte sich verlegen, als ihm die Bedeutung der Worte aufging, zog den Reißverschluss der Reisetasche zu und marschierte in Richtung Tür. »Ich denke, er fühlt sich ziemlich wohl in diesem Koma-ähnlichen Zustand. Hält ihn vom Nachdenken ab.«.

Sie sah ihm nach. Und befürchtete, dass er vielleicht

Recht hatte. Tinkerbell lehnte sich zurück und spürte einen weichen Widerstand im Rücken. Mit einem Seufzer zog die Elfe die blaue Stoffjacke von der Rückenlehne und stand auf.

Die Tür von Ashs Zimmer öffnete sich leise und er betrat den Hauptraum. Sein Zögern bei ihrem Anblick ließ darauf schließen, dass er damit gerechnet hatte, einen leeren Raum vorzufinden. Er vergrub die Hände in den Hosentaschen und deutete mit einer Schulterbewegung nach draußen. »Er geht?«

»Ja.« Sie legte sich die Jacke über den Arm. »Ich hab ihm eine neue Identität besorgt. Sendram wird ihn bringen, wohin er will.«

»Oh, gut. Du bekommst das Geld in Seattle zurück.«

»Du wirst nicht zurück nach Seattle gehen.« Sie legte die Jacke auf den Tisch und stützte sich auf eine der Stuhllehnen. »Das ist zu gefährlich!«

Ash zuckte gleichgültig die Achseln. »Ich hab nicht vor, lange zu bleiben.«

»Willst du dich an ihnen rächen? Denkst du, das bringt deine Freunde zurück?«

»Nein. Aber es wird ein verdammt gutes Gefühl sein, die Bastarde umzulegen!«

»Und dabei selbst zu sterben.« Tinkerbells Augen verengten sich zu Schlitzen. »Ich fahre gern für dich nach Seattle, um deine Sachen zu holen, aber du setzt keinen Fuß mehr in diese Stadt! Nicht für die nächsten zehn Jahre.«

»Ich werde sie nicht davonkommen lassen.«

Sie starrte ihn fassungslos an. »Diese Leute haben eindrucksvoll bewiesen, dass sie mächtig genug sind, um jeden umzubringen, der ihnen im Weg steht. Denkst du allen Ernstes, du könntest dich an ihnen rächen? Allein, ohne Hilfe?«

Brooks, der in diesem Augenblick die Hütte betrat, um seine Jacke zu holen, hielt verwundert inne. Es war das erste Mal, dass die Elfe in seiner Gegenwart laut wurde.

Tinkerbell machte eine frustrierte Handbewegung und rauschte wutentbrannt an dem Elf vorbei. Sie passierte Bear, der schwer atmend große Holzscheite an der Außenwand stapelte und garantiert jedes Wort gehört hatte, riss die Fahrertür ihres Wagens auf und setzte sich ans Steuer. Der Schamane fuhr ungerührt in seiner Arbeit fort.

»Falls du vorhast, auch deine letzten Freunde zu vergraulen, muss ich dir gratulieren.« Brooks streifte in einer beiläufigen Bewegung die Jacke über und setzte sich mit unvergleichlicher Eleganz auf einen der Holzstühle. »Du bist auf der Zielgeraden. Noch ein, zwei Tage und du bist endgültig allein.«

»Wer sagt dir, dass ich nicht genau das will?« Ash verzog die Lippen zu einem trotzigen Schmollmund.

»Keiko wäre begeistert von dir. Ihr würde dein Verhalten bestimmt gefallen.«

»Halt die Klappe!« In Ash regte sich etwas, das er seit Tagen nicht empfunden hatte. Ein Gefühl. Heiße Wut stieg in ihm auf. Weil Brooks es wagte, in seiner Gegenwart Keikos Namen zu erwähnen. Dazu hatte er kein Recht!

»Das meine ich ernst.« Der Elf sah auf seine Schuhspitzen und blickte wieder auf. »Ist schon toll, wie du vor Selbstmitleid vergehst.«

»Du arroganter Wichser!« Ash stieß sich von der Wand ab und machte einen Schritt auf ihn zu. Brooks quittierte seine Bewegung mit einem herausfordernden Lächeln. Reizte ihn, bis Ash es hasste, dieselbe Luft atmen zu müssen wie er. »Du hast natürlich alles vorher gewusst. Jede Katastrophe, die du vorausgesagt hast, ist eingetreten. Was ist das für ein Gefühl, der größte Hellseher im Land zu sein?«

Die Worte verfehlten ihre Wirkung nicht. Das Lächeln des Elfs gefror. »Was denkst du denn? Es ist wunderbar, jede Nacht ihre Gesichter vor mir zu sehen. Eine tolle Erfahrung, die ich nicht missen möchte!« Brooks wirkte für den Bruchteil einer Sekunde tief erschüttert. Dann holte er zum Gegenschlag aus. »Wenigstens habe ich sie nicht auf dem Gewissen. Ich habe dir gesagt, dass es verrückt ist, zu diesem Open-Air zu fahren. Aber du musstest mal wieder dein Ego pflegen. Mal wieder der Größte und Beste sein, was?«

»Wie bitte?« Ash glaubte sich, verhört zu haben. Die Worte des Elfs trafen genau in die schwärende, eiternde Wunde in ihm. Brooks hatte in Worte gefasst, was er sich seit dem Unfall vorwarf. Trotzdem kam es Ash aus seinem Mund so ungeheuerlich vor, dass es ihm die Sprache verschlug.

»Ich habe Recht, oder?« Der Elf schob langsam seinen Stuhl zurück und erhob sich. »Du warst der Einzige, auf den sie gehört hätten. Du hättest sie aufhalten können und hast nichts getan!« Den letzten Satz spuckte er ihm förmlich vor die Füße.

Ashs Kehle war plötzlich staubtrocken. »Du redest Drek«, quetschte er schließlich heraus. Seine Stimme vibrierte vor Zorn. »Ich hätte alles getan, um sie zu retten!« Die Flamme, die seit dem Unfall in ihm geschlummert hatte, loderte hell auf und ihr Feuer verdampfte den dichten Nebel um seinen Verstand. »Woher hätte ich wissen sollen, dass diese Leute so weit gehen? Wir haben zusammen entschieden, zu dem Open-Air zu fahren. Was hätte ich denn tun sollen? Über ihre Köpfe hinweg entscheiden? Den Diktator spielen? Diese Rolle stand mir nicht zu. Verdammt, das waren erwachsene Menschen. Jeder in diesem beschissenen Raum war älter als ich! Sie konnten für sich selbst entscheiden und das haben sie getan. Sie haben uns beide überstimmt. Und was du auch sagst, ich bin nicht schuld an ihrem Tod!« Er starrte Brooks mit offenem Mund an. Erstaunt über seine eigenen Worte. Und er glaubte sie. Jedes einzelne ergab Sinn. Es war, als habe jemand eine Decke von seinem Kopf gezogen und er könne das Sonnenlicht sehen.

»Hast du es endlich kapiert?« Der Elf warf Ash einen letzten, beinah freundschaftlichen Blick zu und verließ die

Hütte. Ließ ihn mit offenem Mund zurück und verschwand aus seinem Leben.

Wahrscheinlich für immer. Bevor er ihm die Möglichkeit gegeben hatte, ihn wenigstens im Ansatz zu verstehen. Glaubte der Elf, was er gesagt hatte, oder waren die Worte nur Mittel zum Zweck gewesen, um ihn wachzurütteln? Ash sah ihm lange nach.

Auch als der Wagen mit Tinkerbell und Brooks längst zwischen den Bäumen verschwunden war.

Kapitel 24

Schweigend sah Tinkerbell aus dem Bullaugenfenster der Cessna C750. Unter ihr lag eine dichte Wolkenschicht, die aus der Entfernung wie weiche Watte wirkte. Plötzlich brach die Wolkendecke auf und Felder und Wiesen krochen im Schneckentempo unter ihnen her. Obwohl sie sich mit etwa 500 Stundenkilometern fortbewegten. Ihre Gedanken wanderten weiter zu Ash, der auf dem Sitz neben ihr saß, die Rückenlehne zurückgestellt hatte und mit halb geschlossenen Augen vor sich hin döste. Käppi und Sonnenbrille, die er in Gegenwart der Riggerin getragen hatte, steckten in dem kleinen Gepäcknetz vor ihm.

Das letzte Gespräch mit Brooks hatte etwas in ihm bewirkt. Sie wusste nicht, was gesagt worden war, doch es hatte Ash aufgerüttelt. Er war aufgewacht aus dieser Lethargie, die sie fast in den Wahnsinn getrieben hatte, und lebte wieder. Und nichts konnte ihn mehr davon abhalten, nach Seattle zurückzukehren. Auch Tinkerbell nicht. Wie auch? Sollte sie ihn einsperren und den Schlüssel im Wald vergraben? Er würde einen Weg finden, um sich zu rächen. Er würde es auf eigene Faust versuchen. Und er würde dabei draufgehen.

Sie war zu dem Schluss gekommen, dass jemand auf ihn aufpassen musste, damit er diese Sache heil überstand. Da das Angebot an Schutzengeln in der Umgebung rar war, übernahm sie die Rolle. Sie konnte ihn verstehen. O ja, das konnte sie. Wenn jemand ihr Leben genommen und es vor ihren Augen in tausend Teile zerfetzt hätte, würde sie Himmel und Hölle in Bewegung setzen, um die Dreckschweine zu erwischen. Warum nicht der Gerechtigkeit etwas nachhelfen? Die Cops bohrten in der Nase und drehten sich im Kreis. Klar, am Tank des Busses waren Spuren von C12 gefunden worden. Hatte sie aus den Nachrichten erfahren. Es stand fest, dass jemand beim Ableben der

Band nachgeholfen hatte, aber was nützte die Erkenntnis? Nichts.

Und die wilden Tiere, die beide Attentäter mit Haut und Haar verspeist hatten? Es kam Tinkerbell von Tag zu Tag merkwürdiger vor und sie vermutete, dass jemand bei der Vernichtung der Beweise nachgeholfen hatte. Wusste der Policlub, dass Ash und Brooks lebten? Oder wollten sie lediglich die Spuren ihrer Tat verwischen? Wo es keine Leichen gab, gab es keine Anhaltspunkte. Keinen Punkt, wo man den Hebel ansetzen und gründlicher nachforschen konnte. Jedenfalls nicht mit legalen Methoden.

Dieser Nemo, den Ash – *Quickshot*, korrigierte sie sich in Gedanken – engagiert hatte, war definitiv ein Genie auf seinem Gebiet. Quickshots Mailbox hatte eine Nachricht enthalten, worin der Decker ihm mitteilte, er sei nach längerem Suchen auf eine extrem heiße Spur gestoßen. Auch ihre eigene Nachricht, die sie auf dem Parkplatz hinterlassen hatte, war gespeichert gewesen. Ash hatte sie abgehört und war leichenblass geworden. Minutenlang war er nicht in der Lage gewesen, ein einziges Wort zu sagen. Sie fragte sich, wie sie sich in seiner Situation verhalten würde. Unmöglich einzuschätzen.

Tinkerbell sah nachdenklich aus dem Fenster. Jedenfalls hatte Ash bei seinem Rückruf von dem Decker erfahren, dass dieser Magier, dieser Mr. Six, zurzeit für die leitende Angestellte eines Chemiekonzerns arbeitete. Eine gewisse Amanda Pierce. Der Konzern besaß diverse Gebäude und Grundstücke im Seattler Raum. Nemo hatte ihnen die Unterlagen und Grundrisse über ein öffentliches Telekom geschickt und sie waren die Pläne gründlich durchgegangen.

Die St. Patrick´s Church in der Emerald Street passte nicht recht ins Bild eines Chemiekonzerns. Dort würden sie ansetzen, sobald sie in Seattle waren. Ob es eine gute Idee war, Ash zurück in die Stadt zu bringen, in der ihn so viele Menschen kannten? In der Erinnerungen an jeder

Straßenecke lauerten? Himmel, wenn ihn irgendjemand erkannte!

Ihr Blick glitt zu Ash, der inzwischen eingenickt war. Es war der Elfe ein Rätsel, wie die dröhnenden Motoren der Cessna beruhigend auf ihn wirken konnten. Sie nervte das stetige Brummen, das jeden Gegenstand im Flugzeug vibrieren ließ. Andererseits hatte er in letzter Zeit schlecht geschlafen. Albträume. Auch wenn er es nicht zugeben wollte. Tinkerbell wandte den Kopf und schaute auf die Landschaft hinunter. Sie hatten vor einer Stunde die Grenze zum Stammesland passiert. Welche Identität die Riggerin auch benutzte, sie garantierte ihnen ein Freiflugticket über Sioux Nation und Salish-Shidhe Council. Die einzigen Auflagen lauteten, brav Kontakt zur Bodenkontrolle zu halten und keine unerwünschten Kursänderungen durchzuführen. Die Begrüßung in Form von vier Yellowjackets, die hinter der Grenze aufgestiegen waren und sie bis vor kurzem begleitet hatten, brachte ihre Nerven trotzdem ganz schön zum Flattern. Ihr Magen rumorte beim Gedanken an Raketen und Flugzeuge, die in einem brennenden Feuerball zur Erde stürzten. Doch wenn man schnell nach Seattle kommen wollte, war das die beste Möglichkeit. Unverschämt teuer, aber schnell. Minutenlang verlor sie sich in Grübeleien und starrte auf die Rückenlehne des Vordersitzes.

Ash konnte das alles nicht schockieren. Er schlief seelenruhig. Seelenruhig? Ein leises Stöhnen lenkte ihre Aufmerksamkeit auf ihren Chummer. Sein Gesicht hatte einen angestrengten Ausdruck angenommen. Die Augenbrauen zucken in kurzen Abständen und die Augen bewegten sich hektisch hinter den Lidern. REM-Phase. Er träumte. Und der Traum schien alles andere als angenehm zu sein. Schweißtropfen bildeten sich auf seiner Stirn und sie konnte Furcht riechen. Unter seinen Achselhöhlen bildeten sich dunkle Flecken. Er schwitzte, obwohl die Klimaanlage die Innentemperatur angenehm kühl hielt. Ihr Blick glitt an seinen Armen hinab. Seine Hände umklammerten fest die Armlehnen. So fest, dass sich die Knöchel vor Anstrengung weiß färbten. Als er im Schlaf keuchte, rüttelte sie kurz entschlossen an seiner Schulter. Ash schreckte hoch. Verstört sah er sich um, wischte die feuchten Handflächen an der Hose ab und fuhr sich über den schweißnassen Haaransatz. Sein Herz hämmerte wie wild und sein Atem ging schnell. Die Elfe, die scheinbar unbeteiligt die Lüftungsschlitze an der Decke studiert hatte, musterte ihn fragend. »Schlecht geträumt?«

»Sieht so aus.« Ash sah an sich hinunter. »War irgendwie gruselig ...« Ihr Gesichtsausdruck verriet ihm, dass sie wusste, wovon er geträumt hatte. Ash rätselte, ob es ihm unangenehm war oder willkommen. Er hatte keine Ahnung. Er gab seinem Atem Zeit, sich zu beruhigen, und erhob sich mit einem entschuldigenden Lächeln.

»Bin gleich wieder da.« Ash schnappte sich die dunkelblaue Reisetasche, die auf dem Nachbarsitz lag, und verschwand in Richtung Heck.

Schüchtern oder was? Amüsiert beobachtete die Elfe, wie er sein T-Shirt auszog und ein frisches aus der Tasche holte. Sein Oberkörper glänzte feucht und die Muskeln an seinen Oberarmen waren angespannt von der Anstrengung. Unwillkürlich dachte sie an die Nacht zurück, in der sie ihn gefunden hatte. Mit gebrochenen Knochen, Arme und Beine übersät mit tiefen Schnittwunden, innere Verletzungen, dem Tode nahe. Ihr Zauber hatte in den ersten Stunden sein zerbrechliches Leben gerettet. Und was hätte sie getan, wenn Bear nicht gewesen wäre?

Der Magie verdankte es Ash, dass sein Körper wieder nahezu makellos war. Abgesehen von dieser einen Narbe, die er schon vorher gehabt hatte. Mehr als alles andere in ihrem Leben wollte Tinkerbell richtig zaubern können. Magie wirken, tun, was ihr vorbestimmt war. Seit sie zum ersten Mal diese prickelnde Energie in sich gespürt hatte, war ihr die Magie fremd und Furcht einflößend vorgekommen. Es war in der Schule passiert, mitten im Geschichtsunterricht. Sie hatte vom staubtrockenen Vortrag des Lehrers angeödet aus dem Fenster gesehen und sich in den Balzritualen eines Vogelpärchens verloren. Auf einmal waren die Pflanzen und Bäume vor dem Fenster in einem grünlichen Licht erstrahlt.

Und plötzlich war es passiert. Ehe sie sich versah, hatte ihr Astralkörper ihren weltlichen Körper verlassen und schwebte unter der Decke. Zuerst hatte sie das Gefühl zu fliegen genossen, sich in einem wunderbaren Tagtraum gewähnt. Dann war ihr aufgefallen, dass etwas nicht stimmte. Dass die Einrichtungsgegenstände und Menschen im Klassenraum sich verändert hatten. Ihre Mitschüler und der Lehrer hatten sich in wabernde, leuchtende Auren verwandelt. Die Aura von Billy, ein Junge, mit dem sie sich häufiger unterhielt und den sie eigentlich ganz süß fand, war schwächer als die seiner Mitschüler. Tinkerbell erinnerte sich an die unerklärliche Besorgnis, die sie überkommen hatte. Dann hatte sie die aufkeimende Unruhe in der Klasse bemerkt und gesehen, wie sich Mr. Danson, ihr Lehrer, über einen Schüler beugte, der reglos auf dem Boden lag. Sie selbst. Verwirrt hatte sie nur starren können und nicht gewusst, was sie tun sollte.

Was geschehen war. Wieso sie hier schwebte. War sie tot? Das musste es sein. Sie hatte in Büchern davon gelesen, dass Menschen, die gestorben, aber rechtzeitig wiederbelebt worden waren, über ihrem eigenen Körper schwebten. Sie wollte nicht tot sein! Sie war doch erst sechzehn.

Panik hatte sie erfasst und sie hatte sich in einer verzweifelten Geste auf ihren Körper gestürzt. Sie war wie ein Stein abgestürzt, hatte wild um sich schlagend die Augen geöffnet, geschrien, geweint, gezittert. Im Krankenhaus hatte einer der Ärzte, selbst ein Magier, ihr zu erklären versucht, was geschehen war. Sie wollte es nicht hören. Sie wollte nur, dass es nie wieder passierte. Von diesem Augenblick an hatte sie so viel Angst vor ihren eigenen Fähigkeiten und davor gehabt, was sie mit ihren Kräften anrichten konnte, dass sie es nicht gewagt hatte, ihre Gabe tiefer zu ergründen. Sie sah nur die negativen, Furcht einflößenden Seiten der Magie, nicht die positiven, wunderbaren dieser unglaublichen Kunst.

Und ihr Umfeld hatte wenig dazu beigetragen, ihr die Angst vor der Veränderung zu nehmen, die sie in sich spürte. Ihre Eltern waren beide nicht magisch aktiv. Sie besaßen ein kleines Häuschen mit Vorgarten in Minneapolis, arbeiteten in normalen Berufen und ärgerten sich über die Steuern, die Politik, das Wetter. Konservative, einfach Leute, mit einfachen Wünschen und Vorstellungen, in deren Weltbild übersinnliche, unbegreifliche Dinge keinen Platz hatten. Und Tinkerbell hatte gespürt, dass sie Angst vor ihr hatten.

Die eigenen Eltern hatten Angst vor ihrer Tochter. Als könne sie ihnen jemals etwas Böses antun. Ihre Mitschüler waren ihr mit Misstrauen und Furcht begegnet und ihr aus dem Weg gegangen. Einige ganz Mutige löcherten sie mit unverschämten Fragen oder beleidigten sie im Vorbeigehen. Raunten ihr gemeine Namen zu, nannten sie ›Hexe‹ und klebten Zettel an ihren Spind. Drei Tage nachdem Tinkerbell die nur schwach leuchtende Aura ihres Klassenkameraden gesehen hatte, erkrankte Billy an Masern. Damals konnte sie sich keinen Reim darauf machen, den Zusammenhang zwischen Aura und Gesundheit eines Menschen noch nicht verstehen. Wollte es auch nicht.

Zwei Monate nach dem Vorfall hatte sie die Schule gewechselt und in den Augen ihrer Eltern war damit alles wieder gut. In ihren auch. Sie dachte nicht mehr an die Magie und da es niemanden gab, der ihr etwas Positives, Brauchbares über ihre Fähigkeiten erzählt hätte, ›vergaß‹ Tinkerbell sie einfach. Bis zu dem Tag, an dem sie Bear an der Universität traf. Das war drei Jahre später. Sie hatte Medizin studiert, er war einer der Dozenten. Ein aufmerksamer Beobachter, geduldiger Zuhörer und behutsamer

Frager. Und wenn er ihr auch nicht viel beibringen konnte, da er dem Totem Bär folgte und sie offensichtlich eine Hermetikerin war, zeigte er ihr einen Weg, sich mit der Magie vertraut zu machen. Sie anzunehmen, sie zu achten. Sie als Geschenk und nicht als Strafe zu betrachten.

Ihre Eltern zogen irgendwann nach Tir Tairngire und ließen sie auf eigenen Wunsch zurück. Und Bear wurde für vier Jahre ihr Mentor und Ziehvater.

Tinkerbell kaute sinnend an einem Fingernagel. Ja, ›zurückgelassen‹ war die richtige Bezeichnung. Sollten die beiden bleiben, wo der Pfeffer wächst! Bear hatte sich in den vier Jahren besser um sie gekümmert als ihre Eltern in den neunzehn Jahren davor. Und sie hatte keine Angst mehr vor der Magie. Zweifel und Unklarheit waren auf wundersame Weise verschwunden und Entschlossenheit an ihre Stelle getreten. Sie würde es lernen. Sobald die Policlub-Schweine unter der Erde waren, würde sie sich einen Lehrmeister suchen. Der ihr beibrachte, wie man Magie wirkte. Eins wurde mit der Magie. Damit dieses elende Gefühl der Nutzlosigkeit endlich verschwand.

»Alles okay?« Ash musterte die Elfe fragend, während er seine schmerzenden Finger massierte.

Sie nickte. Ja, sie war okay. Sehr sogar.

SeaTac-International Airport

»Bist du ganz sicher?« Das Handy in der einen und seine Tasche in der anderen Hand, sprang Ash die kurze Gangway des Flugzeugs hinunter.

Der Decker klang fast gekränkt. »Hey, hab ich dich jemals mit schlechten Infos versorgt?«

Ein Strahlen breitete sich auf Ashs Miene aus. »Du bist der Maulwurf unter den Maulwürfen, Chummer!«

»Na danke, das ist mal ein kreatives Kompliment. Viel Glück.«

»Kann ich brauchen.«

Ash legte auf, setzte die Reisetasche auf dem Flugfeld ab, und sah hinauf zu dem grauen, wolkenverhangenen Himmel. Endlose Erleichterung breitete sich in ihm aus und schenkte ihm Hoffnung. Hoffnung, dass es wirklich wahr wurde. Dass er seine Freunde rächen konnte.

Er ließ das Handy in die Innentasche gleiten und blieb dabei mit den Fingern an einem Stück Papier hängen. Nach verwundertem Tasten zog er es heraus und hielt plötzlich Belindas Brief in den Händen. Erstaunt und fast ängstlich betrachtete er ihn. Er hatte an jenem Abend keine Zeit gehabt, ihn zu öffnen, und den Brief, nachdem sich die Ereignisse sprichwörtlich überschlagen hatten, einfach vergessen. Als er seine zerfetzten, blutverschmierten Sachen gegen neue getauscht hatte, musste Tinkerbell den Brief in seiner Hose gefunden und ihn unbemerkt in seine Jacke gesteckt haben. Als er die Schritte der Elfe auf der Gangway hörte, schob er ihn hastig zurück in die Innentasche.

Hinter ihm kam Tinkerbell, die eben die Riggerin bezahlt hatte, gemächlich die drei Stufen hinunter.

»Gute Nachrichten?«

»O ja!« In Ashs Augen blitzte eine Energie auf, die sie längst verloren geglaubt hatte. »Jemand hat gequatscht. Hat die Drecksbande nach Strich und Faden verpfiffen. Ich weiß, wie viele es sind, wo sie sich treffen und wann sie sich wieder versammeln.« Er widerstand der Versuchung, die Elfe in den Arm zu nehmen und vor Freude zu erdrücken. »Wir haben sie!«

»Gut.« Ihr Lächeln war warm und voller Sympathie. »Sorgen wir dafür, dass sie uns nicht entwischen.«

Ein Lagerhaus in der Nähe des Pier 56

»Willkommen in meinem bescheidenen Heim.« Mit Schwung schob Ash die Seitentür des Vans auf.

Tinkerbell registrierte den zynischen Unterton in seiner Stimme. Sie hob abschätzend eine Augenbraue und zog sich am Türrahmen hoch. Der Van war zweckmäßig eingerichtet. Feldbett, Minikühlschrank, eine kleine Stereoanlage, Elektrokocher, Trid und Telekom auf einer großen Kiste an der linken Seite. »Gemütlich.« Sie kroch auf den Beifahrersitz, während Ash sich auf dem Feldbett niederließ. Er stellte Trid und Telekom auf den Boden und öffnete die Kiste. Mit beiden Händen schaufelte er Klamotten in eine schwarze Reisetasche, die er unter dem Bett hervorgeholt hatte.

»Ungebetene Besucher?«

»Hä?« Ash hob den Kopf und sah, dass die Elfe auf das beachtliche Einschussloch rechts von ihm deutete. Taurus' bescheidenes Werk. »Klimaanlage«, gab er zurück und brachte sie ungewollt zum Schmunzeln. Eine Melodie pfeifend, riss er den doppelten Boden heraus und packte zwei Ares Predator II, zwei Schalldämpfer und diverse Ersatzmagazine mit unterschiedlicher Munition auf die Kleidung. Aus der hintersten Ecke klaubte er einen Credstick und warf ihn der Elfe wortlos zu. Sie fing ihn locker mit einer Hand auf und drehte ihn fragend zwischen den Fingern.

»Fünfzig K«, erklärte Ash, klappte die Kiste zu und stellte Trid und Telekom zurück auf den Deckel. »Den Rest gebe ich dir später, okay?«

Sie nickte und schob den Credstick in eine Jackentasche. Seine restlichen Sachen lagen über die ganze Stadt verteilt in verschiedenen Schließfächern. Verschiedene Identitäten, Geld, diverse größere Kaliber und das Barret. Die würden sie nachher holen. Mit gerunzelter Stirn sah sich Ash um, bis sein Blick dem der Elfe begegnete. Sie las Abschied darin. Und eine Vielzahl anderer Emotionen, die sie nicht deuten konnte.

»Dann wollen wir das Baby mal entsorgen.« Ruckartig zog er den Reißverschluss der Tasche zu und stieg aus. Sie folgte ihm in eine Ecke der Halle, in der unter einer grünbraunen Plane ein dunkelblauer Mitsubishi Runabout parkte. Er schloss den Wagen auf und verstaute die Tasche unter den Sitzen. Dann wandte er sich um und ging zum Haupttor. Nachdem er es aufgezogen hatte, setzte er sich ans Steuer des Vans, startete den Wagen und gab Gas. Genoss ein letztes Mal den satten, blubbernden Klang des Motors. Mit versteinertem Gesicht legte er den Rückwärtsgang ein und fuhr mit quietschenden Reifen aus der Halle. Tinkerbell folgte ihm neugierig. Ash wendete den Wagen und steuerte ihn ans Ende der Pier 56. Er stoppte, kuppelte aus und zog die Handbremse an. Atmete langsam ein und aus. Seine Hände ruhten auf dem Lenkrad und sein abwesender Blick war auf die andere Seite des Ufers gerichtet. Im Seitenspiegel tauchte Tinkerbells Silhouette auf.

Ein Gedanke durchzuckte ihn und er öffnete das Handschuhfach. Ganz hinten lag ein schwarzer Kasten. Seine komplette Musiksammlung. Gut, dass er daran gedacht hatte. Würde schwierig sein, kurz zu Hause vorbeizuschauen und die Originale mitzunehmen. Um seine Mundwinkel zuckte es. Jetzt gab es kein Zurück mehr. Er würde diese Sache hinter sich bringen und danach verschwinden. Irgendwohin. Neu anfangen. Womit auch immer.

Er fühlte einen Hauch von Endgültigkeit, als er ausstieg, die Handbremse löste und sich gegen das Gewicht des Vans stemmte. Langsam kam der Wagen auf der leicht abschüssigen Pier ins Rollen. Neigte sich dem Wasser zu, begrüßte sein kaltes, nasses Grab. Mit einem lauten Klatschen versank er in den Fluten der Elliot Bay.

Minutenlang sah Ash schweigend auf den Fluss, kämpfte gegen die Versuchung an hinterherzuspringen und rief sich ins Gedächtnis, warum er nach Seattle gekommen war. Er wollte Rache, nicht mehr und nicht weniger. Er wollte die Menschen töten, die seine Freunde ermordet hatten. Danach konnte er weitersehen.

Seine linke Hand ballte sich zur Faust, als er sich abrupt umdrehte und an der Elfe vorbeistürmte, die respektvollen Abstand gehalten hatte. Sie konnte kaum Schritt halten.

»Wir werden Hilfe brauchen«, sprach sie aus, was ihr seit ihrer Ankunft auf der Seele brannte.

»Ich wüsste jemanden. Allerdings würde er mich wohl eher umbringen als mir zu helfen.«

»Na super«, gab die Elfe zurück. »Das ist doch genau, was du willst.«

Im Gehen wandte Ash den Kopf und schenkte ihr ein ätzendes Grinsen. »Zynismus steht dir nicht, meine Liebe.«

Tinkerbell durchbohrte seinen Rücken mit einem eiskalten Blick. Wenn dieser mysteriöse Chummer den Mistkerl nicht umbrachte, tat *sie* es irgendwann!

Seit über einer Stunde beobachteten die beiden Runner das heruntergekommene Haus, in dem Taurus sein Appartement hatte. Inzwischen war es dunkel geworden und Ash konnte sich einfach nicht entscheiden, ob sie den Troll in seiner Wohnung besuchen sollten oder an einem weniger persönlichen Ort. Taurus war zu Hause, das entnahmen sie dem einzigen erleuchteten Fenster im vierten Stock, wo sich seine Wohnung befand. Ash versuchte auf dem schmalen harten Sitz des Mitsubishi eine bequemere Sitzposition zu finden und griff nach einem Pappteller mit kalten Pommes Frites, der auf der Ablage über dem Handschuhfach lag. In diesem Augenblick ging in der Wohnung das Licht aus. Er hielt in der Bewegung inne und wartete angespannt ab. Keine Minute später kam der Troll aus der Eingangstür des Wohnhauses.

Er trug seinen langen grauen Kevlarmantel, dessen Kragen hochgeschlagen war, und machte alles in allem einen müden, abgerissenen Eindruck.

»Da ist er.« Ash beendete seine Handbewegung und stopfte sich eine Hand voll Fritten in den Mund. Sie schmeckten ekelhaft, nach kaltem, abgestandenen Fett.

Tinkerbells Augen folgten dem Troll zu seinem Wagen, der ein ganzes Stück entfernt am Straßenrand parkte. Der Typ sah definitiv nach Ärger aus. Einer der mit wenig

Aufwand ziemlich viel Schaden anrichten konnte. Sie schluckte. Musste der Junge sich ausgerechnet dieses Kaliber zum Chummer machen? Allerdings eine hervorragende Wahl für den Posten eines Leibwächters, das musste sie zugeben. Abgesehen von diesen unbedeutenden Fehlfunktionen seiner Cyberware. Ash hatte ihr in knappen Worten einen kurzen Abriss seiner Beziehung mit Taurus gegeben. Angespannt war noch höflich ausgedrückt. Inzwischen verstand sie seine Befürchtung, dass der Troll ihn eher umbringen würde, als ihm zuzuhören. Besonders, wenn sie daran dachte, was Ash vorhatte. Sie warf ihrem Chummer einen strafenden Seitenblick zu.

Der verdrehte genervt die Augen. »Ich zieh das durch, egal wie dämlich du die Idee findest.«

»Nicht dämlich, gefährlich.«

»Du bist doch dabei, was soll mir da schon passieren?«

In einer anderen Situation hätte sie es als Kompliment aufgefasst, heute klang es in ihren Ohren nach einer ziemlich lausigen Begründung.

Ash, der die ewigen Diskussionen satt hatte, widmete sich wieder seinen Fritten. Okay, es war gefährlich und vielleicht bezog er diesmal wirklich eine Tracht Prügel, aber er wollte sich über eine wichtige Sache klar werden, bevor er sein Vorhaben weiter verfolgen konnte. Er musste sichergehen, dass er nach dem Showdown nicht plötzlich einem Chummer gegenüberstand. Einem ziemlich großen, kräftigen Chummer.

Ash hatte in den Tagen bei Bear Zeit gehabt, um über viele Dinge nachzudenken. Auf der Suche nach den möglichen Tätern war er die Ereignisse der letzten Monate systematisch durchgegangen und hatte versucht, die losen Enden zu verknüpfen. Die Schnipsel zu einem vollständigen Bild zusammenzusetzen, das ihm zeigte, wer hinter dem Anschlag steckte. Er war nicht sehr weit gekommen. Zu viele Puzzleteile fehlten und aus unerfindlichen Gründen endeten seine Überlegungen stets bei derselben Person: Taurus. Der Troll brauchte dringend Geld. Eine Menge Geld. Das war noch kein Grund, ihn mit dem Tod seiner Freunde in Verbindung zu bringen. Aber ... Taurus wusste als Einziger von seinem Doppelleben. Und er hatte eine Stinkwut auf ihn.

Berechtigterweise, wie Ash eingestehen musste. Wäre ihm sein Ego nicht davongelaufen, hätten sie die Sache höchstwahrscheinlich in Ruhe klären können. Die Erinnerung an ihre Begegnung im Lagerhaus spulte wie ein Film vor seinem inneren Auge ab. Hatte sein Freund ihn deshalb verraten? Aus gekränktem Stolz? Die komplette Band ausgelöscht, weil er sich betrogen fühlte? Nein, das konnte Ash sich einfach nicht vorstellen. Gut, der Troll gehörte nicht zu den hellsten Köpfen und war häufig ein Opfer seiner Emotionen, aber fünffacher Mord ...?

Ganz objektiv betrachtet hatte die Sache andererseits durchaus ihren Reiz. Taurus plaudert die Fahrtroute der Tournee aus, kassiert dafür von irgendeinem Policlub ein nettes Sümmchen, liefert gleichzeitig Quickshot ans Messer und kassiert das Kopfgeld. Er müsste zwar den Tod des Runners glaubhaft beweisen, doch bei so viel Kohle dürfte dies das geringste Problem sein.

In diesem Moment verging Ash endgültig der Appetit. Mit angeekeltem Gesichtsausdruck schob er die Pappschale mit den restlichen Pommes Frites zurück auf die Ablage und wischte sich die Hände an der schwarzen Jeans ab. Der Gedanke war widerlich und absurd. Es war totaler Schwachsinn und mit Sicherheit machte er sich komplett lächerlich. Das traute er seinem Freund einfach nicht zu. Punkt. Aus.

Oder?

Die beiden warteten, bis Taurus in den Wagen gestiegen war und der Motor des alten Eurocar knatternd zum Leben erwachte. Eine schwarze Wolke wurde aus dem Auspuff geblasen und Taurus fuhr in Richtung Innenstadt davon.

»Bin gespannt, wo der hin will.« Ashs Augen klebten an

dem Eurocar, während die Elfe den Runabout aus der Parklücke steuerte.

Sie verfolgten Taurus bis zu Whigfields Lebensmittelhandel in der Innenstadt. Ohne sich umzusehen stapfte der Troll in den Laden und kam erst dreißig Minuten später wieder heraus. Allerdings sah es nicht danach aus, als habe er etwas gekauft. Seine Miene und die Art, auf die er aus dem Geschäft rauschte, ließen darauf schließen, dass er ziemlich verärgert war. Er wirkte geradezu verstört. Merkwürdig. Und keine gute Ausgangsbasis für ein Gespräch unter Chummern. Mit misstrauisch gerunzelter Stirn starrte Ash auf die Eingangstür des Ladens, während Taurus in Richtung Westwind ging.

»Quickshot«, drängte ihn Tinkerbell zur Eile. Obwohl sie jetzt seine wirkliche Identität kannte, nannte sie ihn nicht bei seinem richtigen Namen. Daran musste sie sich erst mal gewöhnen.

In einer spontanen Reaktion öffnete Ash die Fahrertür und stieg aus. »Ich seh mir das mal an. Häng dich an Taurus und finde heraus, wohin er fährt. Wenn irgendwas Ungewöhnliches passiert, rufst du mich an, okay?« Er schlug die Autotür zu, bevor sie antworten konnte.

»Klar.« Tinkerbell wechselte auf den Fahrersitz. »Hab ja deine Nummern.« Die Elfe wendete den Runabout und folgte Taurus.

Ein helles Klingeln ertönte, als Ash den Laden betrat. Whigfields Lebensmittelhandel war klein und gleich auf den ersten Blick gut sortiert. Vor einem der Regale stand ein Ork in einer blauen Schürze und sortierte Dosenpfirsiche ein, die er aus dem Karton in seiner linken Hand holte. Der Mann wandte sich um und musterte ihn eindringlich. Nur für eine Sekunde, doch Ash kannte diesen abschätzenden Blick. Sein Gegenüber war mit Sicherheit kein simpler Ladenbesitzer! Der Ork nickte ihm freundlich zu und stellte den Pappkarton auf dem Boden ab.

»Kann ich Ihnen helfen?« Er wischte seine Hände an der Schürze ab und ging an Ash vorbei hinter die Ladentheke.

»Sind Sie der Inhaber?« Als der Mann seine Frage bejahte, griff Ash beiläufig in seine Jacke und legte eine Predator auf den Tresen. Seine Finger trommelten einen kurzen Rhythmus auf der Ablagefläche, während sein Gegenüber erst die Waffe und dann ihn musterte. Ash bedachte ihn mit einem finsteren, entschlossenen Blick, der den Ork überzeugen sollte, dass er es sehr ernst meinte. Die Reaktion des Mannes ließ ihn zweifeln, ob er erfolgreich war.

»Was wollen Sie?« Sein Gegenüber rückte scheinbar ungerührt eine Reihe Kaugummipackungen zurecht, die rechts neben der Kasse lagen. Falls er Angst vor ihm hatte, konnte er sie hervorragend überspielen.

Bevor Ash antwortete, warf er einen schnellen Blick durch die Tür, die links von dem Ork lag und in die hinteren Räume führte. Der Mann bemerkte es und zog ohne Hast einen dünnen, hellblauen Vorhang zu. Okay, das war sein Revier. Ash war nicht hier, um in seinem Privatleben herumzuschnüffeln.

»Der Troll, der eben Ihren Laden verlassen hat ...«, flüsterte er für den Fall, dass jemand sein Kommen bemerkt hatte. »Was wollte er bei Ihnen?«

»Einkaufen. Das ist ein Lebensmittelgeschäft.«

Ashs Blick wanderte zu seiner Waffe und zurück zum Gesicht des Orks. Sie teilten einen Moment stummer Abschätzung, in dem jeder die Fähigkeiten des anderen zu erraten versuchte. Aus welchem Grund auch immer begann der Ork plötzlich zu reden. »Er ist einer meiner Patienten.«

Das überraschte Ash. »Sie sind Arzt?«

Sein Gegenüber setzte sich unter Ashs wachsamem Blick in Bewegung und drehte das ›Geschlossen‹-Schild an der Eingangstür nach außen. Anschließend schob er den Vorhang hinter dem Tresen mit einer Hand zur Seite und zog mit der anderen die Verbindungstür zu. »Falls Sie auf der

Suche nach ein paar Muskeln für einen Job sind, vergessen Sie's. Er wird Ihnen keine große Hilfe sein.«

»Was?«, war das Schlauste, was Ash einfiel. »Ich verstehe nicht ganz.« Das hörte sich gar nicht gut an. Sah so aus, als habe er in den letzten Wochen einiges verpasst. Und gerade den Großteil seiner Bedrohlichkeit eingebüßt.

Dem Ork fiel es nicht schwer, in der Miene seines Gegenüber zu lesen. »Sie kennen ihn persönlich?«

Ash legte fragend den Kopf auf die Seite. »Wie kommen Sie darauf?«

»Sie wirken überrascht und, wenn ich mir die Offenheit erlauben darf, über Gebühr besorgt. Daraus schließe ich, dass Sie von Taurus' Problemen wissen, aber nicht auf dem neusten Stand sind.«

»Wir haben uns eine Weile nicht gesehen«, erwiderte Ash automatisch. Dann stockte er, erstaunt über die Leichtigkeit, mit der er neuerdings Informationen preisgab. »Sie sind ein scharfer Beobachter, Doc.« Woher der lauernde Unterton in seine Stimme kam, wusste er selbst nicht. Wahrscheinlich alte Gewohnheit.

»Ich besitze die Arroganz, mich für einen guten Menschenkenner zu halten. Und Sie machen auf mich keineswegs den Eindruck, als wollten Sie mir schaden.« Er unterstützte seine Aussage mit einem kurzen Lächeln, holte einen Lappen unter der Theke hervor und wischte über die weiße Oberfläche. »Sie sind auf der Suche nach Informationen, ich kann Ihnen weiterhelfen.« Er näherte sich mit kreisenden Handbewegungen der Predator, die Ash eilig zurück ins Tarnhalfter schob. Er sah keinen Grund für weitere Drohgebärden. »Wie schlecht geht es ihm?«

»Oh, schlecht geht es ihm schon seit einer Weile. Die Tatsachen akzeptiert hat er erst vor kurzem und, soweit ich es überblicken kann, keine Sekunde zu früh. Ihr Freund ist ein ziemlicher Sturkopf.«

»Sie haben ja keine Ahnung!« Ash kratzte sich amüsiert am rechten Nasenflügel.

»Ich habe ihm eine sehr gute Schattenklinik empfohlen«, fuhr der Arzt schulterzuckend fort. »Doch ich fürchte, dass die finanzielle Seite dieser Unternehmung Taurus davon abhalten wird, sich in ärztliche Behandlung zu begeben. Außerdem sieht er sich immer noch als unbesiegbarer Shadowrunner und kann sich ein Leben ohne Cyberware nicht vorstellen. *Das* werden auch Sie ihm nicht austreiben können. Er muss von allein erkennen, dass seine Zeit in den Schatten vorbei ist.«

»Wie viel kostet die Operation?« Ash hatte nach dem zweiten Satz aufgehört zuzuhören. Er sah seine furchtbarsten Vermutungen plötzlich bestätigt.

»Um die hundert K, je nachdem, wie es läuft.«

»Taurus hat als Leibwächter für eine Metal-Band gearbeitet, die vor einigen Wochen unter mysteriösen Umständen ums Leben gekommen ist. Würden Sie ihm zutrauen, dass er etwas damit zu tun hat?«

Das Gesicht des Orks war plötzlich wie versteinert und in seiner Stimme lag offene Abscheu. »Ich glaube, ich habe mich in Ihnen getäuscht. Würden Sie ihn wirklich kennen, hätten Sie diese Frage niemals gestellt!«

»Es interessiert mich einen Drek, was Sie glauben, Doc«, zischte Ash und in seinen Augen brannte ein ungeduldiges Feuer. »Jemand hat eine Menge Kohle springen lassen, um sie sterben zu sehen, und Taurus braucht ziemlich schnell ziemlich viel Geld. Ich will wissen, ob Sie es ihm zutrauen, das ist alles.«

Der entrüstete, angewiderte Blick des Arztes wurde nachdenklich. Schließlich schüttelte er entschieden den Kopf. »Nein, dazu wäre er nicht in der Lage. Diese Menschen waren seine einzigen echten Freunde. Er hätte sie nie verraten.«

In Ash spulte sich eine Reihe von Gedanken und Gefühlen ab, die er kaum beschreiben konnte. Es war, als werde ihm eine tonnenschwere Last von den Schultern genommen. Ein Gefühl überwog alle anderen: Hoffnung. Zu gern wollte er glauben, was er hörte. Dann mischte sich Neugier unter die Erleichterung. »Wie können Sie so sicher sein?«

»Manchmal übernehme ich zusätzlich zu meiner Funktion als Arzt auch die Rolle des Zuhörers. Das eine geht selten ohne das andere«, fügte der Ork hinzu. »Taurus hat mir einiges über die Band erzählt. Besonders über den Sänger, diesen Ash. Die beiden müssen sehr gute Freunde gewesen sein.«

In Ash zog sich alles zusammen und sein Instinkt befahl ihm zu gehen. Jetzt, sofort, in dieser Sekunde. Doch seine Füße blieben wie angenagelt stehen und ein kleiner, masochistischer Teil in ihm lechzte danach, mehr zu hören. Also nickte er stumm und ermunterte sein Gegenüber damit weiterzureden.

»Die Band hatte viele Anhänger, besonders unter den Metamenschen. Sie sind nicht der Einzige, der nicht an diesen ›Unfall‹ glaubt. Diese armen Menschen haben jemanden gestört. Jemanden, der mächtig genug ist, um ihnen das anzutun. Wissen Sie, diese Band hätte eine Menge bewirkt, wenn sie nicht vorzeitig aus dem Weg geräumt worden wäre.« Der Ork hatte sich richtig in Rage geredet und schien froh darüber zu sein, seinem Ärger ungezügelt Luft machen zu können.

Die Worte seines Gegenüber berührten Ash, schmeichelten ihm und brannten gleichzeitig wie Säure auf seiner Haut.

»Vielleicht sind sie doch nicht umsonst gestorben«, flüsterte er, weil seine Stimme einfach nicht lauter werden wollte. »Vielleicht wachen die Menschen endlich auf und erkennen, was rings um sie geschieht.«

Der Ork runzelte verwundert die Stirn und studierte eindringlich Ashs Züge, in denen dessen Emotionen offen lagen wie in einem Buch.

Ash wollte sich zusammenreißen, wollte sein Pokerface wahren, doch seine Gefühle schlugen ihm ein Schnippchen. Die wachen, dunklen Augen seines Gegenüber blinkten wissend. »Sie müssen sehr enge Freunde gewesen sein.«

»Nein!« Die Antwort fiel heftiger aus als Ash beabsichtigte. »Wir kannten uns nur flüchtig«, fügte er hastig hinzu, aber der Schaden war bereits angerichtet. Der Miene des Mannes nach zu urteilen, hatte er nur dessen Vermutung bestätigt.

»Meine Tochter ist ein großer Fan der Band. Besonders von diesem Ash. Sie hat ihn in Sioux Falls getroffen, in der Nacht, bevor sie starben. Der Flug und die Konzertkarte waren ein Geburtstagsgeschenk«, fuhr der Arzt fort. »Sie hatte es sich so sehr gewünscht.« Trauer und Erschöpfung mischten sich in seine Stimme. »Seit dem Tod der Band ist sie nicht mehr dieselbe.«

Eine Erinnerung bahnte sich ihren Weg aus dem hintersten Winkel von Ashs Gedächtnis. Viele Ereignisse vor dem Unfall lagen unter dichtem Nebel und fanden nur schleppend ihren Weg zurück.

»Wie heißt ihre Tochter?« Er erwartete nicht, dass sein Gegenüber antwortete.

Der Ork bedachte ihn mit einem langen, prüfenden Blick. »Belinda.«

»Tut mir Leid für sie.« Plötzlich hatte Ash es sehr eilig, das Geschäft zu verlassen. »Danke für Ihre Hilfe«, stammelte er und wandte sich abrupt um. Öffnete die Eingangstür so schwungvoll, dass sie gegen eines der Regale schlug, und verschwand in der Nacht.

Joaquin Ramirez sah ihm verdutzt hinterher. »Komischer Typ«, murmelte er und drehte das ›Geschlossen‹-Schild zurück auf ›Geöffnet‹. Erwog kurz, Taurus anzurufen und ihm von dem geheimnisvollen Besucher zu erzählen. Dann fiel ihm ein, dass er die Telekomnummer des Trolls nirgendwo notiert hatte. Sein Patient meldete sich, wenn er etwas von ihm wollte. Dumm für ihn. Unerreichbarkeit konnte auch ihre Tücken haben. Dr. Ramirez hob achselzuckend den Pappkarton auf und stellte die restlichen

Dosen in das Regal. Der merkwürdige Besucher beschäftigte ihn noch eine ganze Weile.

Taurus war zwei Blocks weit gekommen. Er hatte den Eurocar vor einer Kneipe namens *The Sentinel* abgestellt und war darin verschwunden.

»Wie lange lässt er sich schon voll laufen?« Ash war die Strecke von Whigfields aus zu Fuß gelaufen und saß nun auf dem Beifahrersitz. Die kühle Nachtluft hatte seinen Kopf freigeblasen und ihm Gelegenheit gegeben, seine Gefühle unter Kontrolle zu bekommen. Zum Glück war die Kleine nicht überraschend im Laden aufgetaucht. Sie hätte ihn mit hundertprozentiger Sicherheit erkannt.

Tinkerbell sah auf die Uhr am Armaturenbrett. »Zwanzig Minuten.«

»Wir müssen ihn da irgendwie rausholen. Besoffen ist er unberechenbar.«

»Tja, dann werde ich mich ihm mal vorstellen.« Sie packte den Türgriff.

»Aha? Und was willst du ihm erzählen?«

»Oh, mir fällt schon das Passende ein.« Sie gab ihrer Stimme einen anzüglichen Klang. »Euch Kerle kriegt man alle mit derselben Masche.«

»Ach ja?« Ash leierte wie ein uraltes Tonband.

Tinkerbell genoss eine Weile sein dümmlich-verwirrtes Gesicht, bevor sie ihn aufklärte. »Ich biete ihm 'nen Job an, was denkst du denn?«

Er wurde rot und wandte sich verlegen ab. »Frag nicht.«

Die Elfe lachte leise. »Warte in der Gasse dort drüben auf uns. Wenn's Probleme gibt, schreie ich.«

The Sentinel war eine Kneipe wie es Hunderte in der Stadt gab: eng, muffig und stickig. Der Gestank nach schalem Bier und hochprozentigeren Getränken hing schwer in der rauchgeschwängerten Luft. Die Sohlen ihrer Schuhe schmatzten, als sie über den mit verschüttetem Alkohol getränkten Linoleumboden lief. Ein Örtchen, das das Herz erwärmt. Die etwa zwanzig Gäste hatten sich auf die Tische an der rechten Wand und die Theke verteilt. Taurus saß am Tresen, auf dem der Tür am nächsten befindlichen Platz. Der riesige Hocker schien extra für Trolle gemacht zu sein. In der Rechten hielt er ein großes, halb leeres Bierglas. Sein Blick war missmutig auf die Flaschenreihe hinter dem Barkeeper gerichtet. Die Elfe näherte sich ihm von der Seite, um dem Troll Gelegenheit zu geben, sie rechtzeitig zu sehen. Er warf ihr einen genervten Blick zu und knurrte: »Verpiss dich!« Sympathisch.

»Ich hab 'nen Job für dich.« Sie lehnte sich an den Tresen und musterte ihn. »Steckt 'ne Menge Kohle drin.«

»Du hast 'nen Job für mich«, stellte er gelangweilt fest. »Wie viel?«

»Frag den Johnson.«

»Worum geht's?«

»Wetwork.«

»Okay.« Er rollte einen Credstick in Richtung Barkeeper, wartete, bis der Mann den fälligen Betrag abgebucht hatte, und steckte ihn wieder ein. Dann erhob er sich schwerfällig und Tinkerbell wich unwillkürlich zurück. Himmel, war der Typ groß!

»Wo is dein Mr. J.?«

»Wartet draußen.« Sie öffnete die Tür und trat ins Freie.

Von weitem konnte Ash sehen, wie die beiden auf seine Gasse zukamen. Das war für seinen Geschmack viel zu schnell gegangen! Er hatte sich nicht einmal zurechtgelegt, was er sagen sollte! Sein Herz rutschte eine Etage tiefer und er fragte sich, ob die Idee wirklich gut gewesen war. Andererseits war Taurus sein Chummer und mit der Band befreundet gewesen. Er verdiente die Chance, sich an den Mördern zu rächen. Und er verdiente die Chance, seine Weste reinzuwaschen. Wenn der ehemalige Leibwächter der Band loszog und die Leute umlegte, die seine Arbeitgeber auf dem Gewissen hatten, machte sich das auf der

Straße weitaus besser. Außerdem gab sein schlechter Ruf Taurus die winzige Extraportion an Motivation, die er brauchen würde, um die Sache zu überleben.

Tinkerbell machte einige Schritte in die Gasse, während Taurus in der Einmündung stehen blieb und sich misstrauisch umsah. »Wo isser denn, dein toller Johnson?«

Ash aktivierte den Stimmenmodulator. »Ich bin hier.«

Er trat aus dem Schatten und baute sich in sicherer Entfernung vor dem Troll auf.

Für einen Augenblick entglitten Taurus die Gesichtszüge und er glotzte ihn zum Gotterbarmen dämlich an. Doch er überwand seine Verblüffung erstaunlich schnell. »Du bist tot!« Taurus' rechte Hand zuckte mit atemberaubender Geschwindigkeit zum Tarnhalfter und zog die Black Mamba.

Mit einer unauffälligen Bewegung aktivierte Tinkerbell einen ihrer beiden Zauberspeicher und eine Kugelbarriere legte sich um Ash und sie.

Taurus' Gehirnzellen arbeiteten auf Hochtouren, während er versuchte, die neue Situation zu erfassen. Und zu verstehen. Zu verstehen, dass der Mann, auf dessen Beerdigung er gewesen war, der in einem Sarg auf dem Seattler Friedhof liegen sollte, plötzlich quicklebendig vor ihm stand.

»Was willste?« Die Augen des Trolls huschten unsicher zwischen Tinkerbell und ihm hin und her.

»Rache, Vergeltung, Gerechtigkeit.« Ash hob die Schultern. »Such's dir aus.«

Der Troll blinzelte irritiert.

»Wie geht's der Cyberware?«, wechselte Ash abrupt das Thema. »Schon eine Geldquelle aufgetan?«

»Quickshot«, kam ein mahnendes Zischen von der Elfe. Ash hob wortlos die Hand und brachte mit dieser Geste Tinkerbells Mundwinkel zum Zucken. Ihr verständnisloser Blick durchbohrte ihn und kehrte dann zu Taurus zurück.

»Geht dich nichts an«, grollte der Troll, dem das Thema unangenehm war.

Er verarbeitete gerade mühsam die Überraschung und hatte nicht den blassesten Schimmer, in welche Richtung sich dieses Gespräch entwickeln würde. Was machte Ash in Seattle, wenn ihn alle für mausetot hielten? Das war ziemlich dämlich! Wenn ihn jemand erkannte, würde er eine Menge Antworten geben müssen. Antworten auf Fragen, die auch Taurus brennend interessierten. Offenbar war der Zwerg doch nicht der Schlaukopf, für den er ihn immer gehalten hatte. Und was meinte er mit Rache? Zögernd suchte sich die Bedeutung der drei Worte Rache, Gerechtigkeit, Vergeltung ihren Weg in Taurus Verstand. Und plötzlich breitete sich ein ganz mieses Gefühl in seiner Magengegend aus.

Die beiden wollten ihn aus irgendeinem Grund fertig machen, das spürte er. Nun gut, er würde sich nicht kampflos ergeben. Doch bevor er sie umlegte, wollte er seine Neugier befriedigen.

»Wenn du tot bist, Chummer ...« Er gab dem letzten Wort einen Klang, der an eine rostige Kettensäge erinnerte. »Was machste dann in Seattle?«

»Ich bin auf der Suche nach den Mördern meiner Freunde«, erwiderte Ash, als würde er eine Pizza mit extra Käse bestellen. »Irgendeine Idee, wer es war?«

Es dauerte einige Sekunden, bis sein Gegenüber die Frage richtig interpretiert hatte. Sekunden, in denen sich die beiden Männer schweigend anstarrten.

Schließlich suchte sich ein tiefes, bedrohliches Grollen einen Weg aus Taurus' Kehle.

»Glaubste, ich hätte was mit der Sache zu tun? Ich hätte sie gegeekt?« Sein Zeigefinger zuckte in Richtung Abzug.

Tinkerbells schneidende Stimme stoppte ihn. »Das würde ich nicht tun. Steck die Knarre weg oder ich brate dein Hirn wie ein Spiegelei!« Beim Reden öffnete sie den Reißverschluss ihrer Jacke und offenbarte ihm mehrere bunte

Fetische, die an schmalen Lederbändern um ihren Hals hingen.

Mit einem kehligen, aggressiven Knurren stopfte Taurus die Black Mamba zurück in das Halfter. Gegen eine Magierschnalle hatte er keine Chance.

»Sag du's mir«, nahm Ash den Faden auf. Seine Augen verengten sich zu schmalen Schlitzen. »Wenn's um ihre ›gute‹ Sache geht, können diese Leute ziemlich überzeugend sein. Und du brauchst dringend eine Menge Geld. Deinen letzten Auftrag hast du nicht ausgeführt, wofür ich dir nebenbei wirklich dankbar bin, aber leider ist dir damit eine fette Belohnung durch die Lappen gegangen.« Er stieß seinen Zeigefinger in Richtung von Taurus' Nase. »Du hast genau gewusst, welche Route wir nehmen und wann wir in welcher Stadt ankommen. Vielleicht war das Angebot zu verlockend, um es auszuschlagen.«

Brooks hatte ihm gezeigt, dass Worte stärker verletzen konnten als jede Waffe. Wenn er eine ehrliche Antwort von Taurus wollte, musste er den Troll wütend machen. Irgendwann würde er ihm die Wahrheit sagen. Entweder um sich zu verteidigen, oder um ihn seinerseits zu verletzen. *Danke Brooks*, dachte Ash grimmig, *wenn ich eins von dir gelernt habe, war es das.*

Mit einem metallischen ›Tschink‹ fuhr der Troll die Sporne seiner linken Hand aus. Der mittlere Sporn war eine Idee länger als die anderen beiden, was Ash zum ersten Mal auffiel. Andererseits hatte er sie nie aus dieser Nähe gesehen. Im Hintergrund machte sich Tinkerbell bereit, im Notfall einzugreifen. Ob ein gepfefferter Manablitz einen wütenden Troll aufhalten konnte?

»Du kleiner, mieser Wichser!« Taurus erinnerte an einen wütenden Stier, als er auf Ash zugestampft kam, der vorsichtshalber den Rückzug antrat. Und unbeabsichtigt die schützende Barriere verließ. Der Troll trieb ihn tiefer in die Gasse, weg von der Hauptstraße. Was immer er vorhatte, er wollte es fernab von unerwünschten Zaungästen tun. Ein Blick an dem Troll vorbei zeigte Ash, dass die Elfe ihnen folgte, sich jedoch zurückhielt. Noch. Dann spürte er die Stoßstange eines Autos in den Kniekehlen, verlor das Gleichgewicht und saß plötzlich halb auf der Motorhaube des Wagens. *Ende der Fahnenstange. Er wird mich in winzige Stückchen schneiden und an die Ratten verfüttern!* Der Abstand zwischen Taurus und ihm schrumpfte Meter um Meter und Ash verfluchte sich für seine große Klappe. Er bemerkte die Einschläge immer erst, wenn er bereits mitten im Drek saß. Diese Erkenntnis würde er wohl mit ins Grab nehmen.

Dann geschah etwas wirklich Beunruhigendes: Die Sporne des Trolls schnackten in den Handrücken zurück, nur um sofort wieder hervorzuschießen. Auf halber Strecke verharrten sie, um sich schließlich vollends auszufahren. Er hatte offensichtlich keine Möglichkeit gefunden, eine ordentliche Schattenklinik aufzusuchen und den Mist loszuwerden, der ihn kaputt machte. Taurus schenkte dem Vorfall kaum Beachtung, während Ash daran zweifelte, ob er richtig gesehen hatte. Es war so schnell geschehen, dass seine Augen nur eine vage Andeutung von Bewegung wahrgenommen hatte.

Der Troll blieb drei Meter entfernt stehen, schwer atmend, mühsam seine Wut zügelnd. Ein brodelnder Vulkan, der kurz vor dem Ausbruch stand. »Ich hätte dich damals erledigen sollen, dann wären alle noch am Leben!« Der Berserker in ihm schrie nach Blut. In seinem ganzen Leben war er noch nie so beleidigt worden! Und das von einem dreckigen Norm. Einem Norm, den er mal für seinen Chummer gehalten hatte. Der Zwerg war keinen Deut besser als die anderen. Taurus schluckte die bittere Erkenntnis herunter. Wenigstens wusste er jetzt, woran er war. Und zur Belohnung würde er Ash ganz genüsslich in Streifen schneiden.

»Du hast Recht.« Es überraschte Ash, dass ihn die Anschuldigung so kalt ließ. »Wär vielleicht besser gewesen.«

»Vielleicht sollte ich es nachholen«, knurrte Taurus zurück und streckte langsam seine spornbewehrte Hand aus. Ash musterte beinah fasziniert das glänzende Metall und stieß sich von der Motorhaube ab.

»Vielleicht ...« Mit hochkonzentriertem Gesichtsausdruck näherte er sich Taurus, von Tinkerbells ungläubigem Blick begleitet, bis die Spitze des längsten Sporns seine rechte Halsseite berührte. Innerlich bebte er vor Furcht, doch er musste sicher sein. Musste es wissen. Er jagte die Vorsichtsmaßnahmen der Elfe zum Teufel und lieferte sich der Gnade seines ehemaligen Chummers aus. Ehemalig? Oder noch immer? Die Wut, die er in den Augen des Trolls las, war echt. Es war nicht der unstete, zitternde Blick des Lügners, der verzweifelt seinen Verrat zu verbergen suchte. Es war die Wut eines zutiefst gekränkten Mannes, der sich keiner Schuld bewusst war. Und er glaubte Trauer zu erkennen. Ja, Taurus trauerte um die Band. Auch um ihn. Jedenfalls bis vor fünf Minuten. Jetzt mischte sich Verwirrung in die zahlreichen Emotionen. Mit allem hatte Taurus gerechnet, aber nicht mit dieser Reaktion. Die Cyberware in seiner Hand, die der Belastung kaum gewachsen war, vibrierte leicht. Das Zittern wurde stärker und Ash spürte, wie der Sporn über seine Haut kratzte. Ein kurzer Stich und warme Flüssigkeit rann seinen Hals hinunter. Wenn es Blut war, das Taurus wollte, konnte er es haben. Ein leises ›Tschink‹ erklang und die Sporne verschwanden im Handrücken des Trolls. Unschlüssig musterte Taurus sein Gegenüber. Ash strahlte eine abgeklärte mörderische Ruhe aus, die ihm fast unheimlich war. »Was willst du?«, wiederholte der Troll misstrauisch.

»Deine Hilfe.«

Eine billige Absteige am Rande der Barrens

Zwanzig Minuten später saß Ash im Schneidersitz auf dem Bett im Hotelzimmer, ein Taschentuch mit Desinfektionsmittel gegen den Hals gepresst. Brannte höllisch, das Zeug. Die Wunde sah gefährlicher aus als sie war. Okay, sie blutete stark, aber der Schnitt selbst war höchstens zwei Zentimeter lang. Die Narbe würde fein und kaum zu sehen sein. Er mochte Narben. Jede für sich erzählte eine Geschichte. Ohne Worte. Berichtete vom Leben. Vom Überleben. Es belastete ihn, dass er keine Narben vom Unfall zurückbehalten hatte. Dass die Magie sie weggewischt und niemand sehen konnte, was er überlebt hatte. Doch vielleicht war es besser so. Vielleicht konnte er es dadurch eines Tages vergessen. Wenn ihn nicht jeder Blick in den Spiegel an den Tod erinnerte. Aber wollte er das? Vergaß er damit nicht auch seine Freunde? Er würde Taurus' Narbe behalten. Um sie wenigstens einen Teil der Geschichte erzählen zu lassen.

Der Troll lehnte an der gegenüberliegenden Wand, die Daumen lässig in den Hosenbund gehakt, und beobachtete mit finsterer Miene, wie die Elfe ein passendes Pflaster zurechtschnitt. Ash weigerte sich beharrlich, den Schnitt von der Magierin heilen zu lassen. Würde 'ne schöne Narbe geben. Anscheinend gehörte der Junge zu der Sorte, die Narben als eine Art körperliches Tagebuch betrachtete. Er schnaubte verächtlich. Schwachsinn. Und es tat ihm nicht im geringsten Leid, dass sein Chummer auf ewig seine Handschrift trug. Selbst Schuld. Nachdem die Wunde von Tinkerbell verarztet worden war, erhob sich Ash und ging zu dem Tisch, der links vom Bett stand. Auf dem Tisch lagen seine beiden Predator II und eine Hand voll panzerbrechende Kugeln.

»Bring mich in diese Kirche.« Ash nahm eine der Kugeln zwischen Daumen und Zeigefinger und hielt sie hoch. »Ein Schuss, mehr verlange ich nicht.«

Taurus rümpfte die Nase und musterte sein Gegenüber eindringlich. Wog ein weiteres Mal Für und Wider des Vorhabens ab. Obwohl er sich schon in der Gasse entschieden hatte, wollte er Ash zappeln lassen. Seine persönliche Art der Rache. »Wird dich 'ne Menge kosten, Chummer.«

»Wahrscheinlich das Leben.« Mit der anderen Hand griff Ash in eine Jackentasche. »Deshalb bezahle ich dich im voraus.« Er öffnete die Hand und präsentierte ihm einen kleinen Credstick.

Der Blick des Trolls sog sich an dem Credstick fest und Ash hielt gespannt den Atem an. Wortlos hielt Taurus die Hand auf. Ash warf ihm den fingerlangen Zylinder zu und er fing ihn locker auf. Verstaute ihn in der Innentasche seines Sicherheitsmantels, ohne ihn zu überprüfen. Er kannte den Betrag.

»Deal.« Der Troll öffnete die Zimmertür. »Ruf mich an, wenn's losgeht.«

Kapitel 25

Am Mittag des nächsten Tages, am Rande der Barrens

Sie hatten den Runabout eine Querstraße entfernt von der St. Patrick's Church geparkt. Tinkerbell tastete sich in diesem Moment auf der Astralebene vorsichtig an die Kirche heran, während Ash ihren Körper bewachte. Er betrachtete ihr gelöstes, friedliches Gesicht und fragte sich zum tausendsten Mal, wie es wohl war. Wie es sich anfühlte. Ob sie überhaupt etwas fühlte.

Unerwartet öffnete die Elfe die Augen und teilte ihm mit, dass das gesamte Gebäude von einem Hüter umgeben sei und es keine Möglichkeit gebe, astral ins Innere vorzudringen. Ash strich sich nachdenklich eine Haarsträhne aus dem Gesicht. »Die haben entweder eine Menge Knete oder einen extrem guten Hausmagier.«

Tinkerbell überhörte geflissentlich seine Bemerkung. »Müssen wir uns die Sache eben persönlich ansehen.« Sie griff nach der Kamera, die unter ihrem Sitz lag, hängte sie sich um den Hals und stieg aus. Kopfschüttelnd schob sich Ash die Smartbrille auf die Nase, die bis dahin auf seinem Kopf gethront hatte, und folgte ihr. Die Elfe hakte sich bei ihm unter und gemeinsam schlenderten sie den Gehweg entlang. Die altbewährte Touristenmasche.

Als die beiden um die Ecke bogen und die Kirche in Sicht kam, legte sich Ashs freie Hand auf Tinkerbells linken Unterarm. Die Kälte seiner Finger drang durch den Stoff ihrer dünnen Bluse und sie fröstelte. Eine innere Stimme sagte ihr, dass er kurz davor war, die Nerven zu verlieren. Äußerlich nahm er die Sache enorm locker.

In dem Gebäude, das sie ausspionierten, würden sich morgen die Mörder seiner Freunde versammeln. Reichte seine Professionalität, um seine Gefühle auszusperren? Schwer vorstellbar.

Als wolle er ihre Gedanken bestätigen, schlossen sich seine Finger plötzlich wie Stahlklauen um ihren Unterarm. Sie spürte, wie sich die Fingernägel in ihre Haut krallten. Wenn er nur ein wenig kräftiger drückte, würde er ihr den Arm brechen. Kurz bevor der Schmerz unerträglich wurde, zischte sie ein leises »Aua«. Mit einer gemurmelten Entschuldigung lockerte er seinen Schraubstockgriff.

Die Kirche war ein zwei Stockwerke hoher, schnörkelloser viereckiger Bau mit einem niedrigen Glockenturm. Die roten und grauen Backsteine, die sich alle drei Steinreihen abwechselten, waren alt und verwittert. Einige der schwarzen Dachschindeln fehlten und unterstrichen den verwahrlosten Eindruck. Der Zahn der Zeit machte auch vor Gotteshäusern nicht Halt und hatte das Gebäude allmählich seiner Umgebung angepasst.

Die St. Patrick's Church grenzte links an ein vierstöckiges Wohngebäude, das dem schleichenden Verfall bereits einige Jahre länger ausgesetzt war und wirkte, als werde es jeden Moment einstürzen. Auf der rechten Seite war Raum genug für einen drei Meter breiten Weg, der zum Parkplatz hinter der Kirche führte. Dann folgte ein ebenfalls vierstöckiges Wohnhaus. Es war verlassen, die Fenster und Türen mit Brettern vernagelt. Ein Schild an der Straße wies darauf hin, dass es demnächst abgerissen werde. Perfekter Standort für eine Kirche. Geistlicher Zuspruch würde den Menschen in diesem Stadtteil garantiert helfen.

Obwohl niemand zu sehen war, spielten sie ihre Rollen unbeirrt weiter. In den Barrens gab es viele neugierige Augen, deren Besitzer lieber im Verborgenen blieben. Hoffentlich kam niemand auf die Idee, sie zu überfallen. Das passte nun wirklich nicht in ihr Programm. Andererseits befanden sie sich am äußersten Rand der Barrens und es war Tag. Würde schon irgendwie funktionieren.

Arm in Arm schlenderten sie auf den Parkplatz und studierten interessiert die Rückfront der Kirche. Dort lag der Hinterausgang, den sie sich genauer ansehen wollten.

Tinkerbell fotografierte fleißig, ohne übertrieben zu wirken, und hatte sogar einen echten Film eingelegt. Für den Notfall. Falls es jemand wirklich wissen wollte.

Nach einem gründlichen Sicherheitscheck der astralen und weltlichen Umgebung knackte Tinkerbell geübt das Magnetschloss der Hintertür. Dahinter lag ein Raum mit einer weiterführenden Tür. Die Elfe durchquerte ihn und drückte probeweise die Klinke hinunter. Diese Tür war unverschlossen und führte zu einem Flur, von dessen Ende leise Orgelmusik an ihre Ohren drang. Ein möglicher Fluchtweg.

Die beiden nickten sich zufrieden zu und machten sich draußen auf die Suche nach weiteren Türen. Von Nemos Informant wussten sie, dass es insgesamt zwei Geheimtüren gab. Eine innerhalb und die andere außerhalb des Gebäudes. Diese aufzuspüren, blieb der Feinheit ihrer Nasen und der Schärfe ihrer Augen überlassen. Wenigstens hatten sie eine vage Vorstellung, wonach sie suchten. Ständig die drei parkenden Wagen und die Auffahrt zum Parkplatz im Auge, teilten sie die Rückfront unter sich auf. In einer Ecke, zwei Meter von der Mauer des linken Wohnhauses entfernt, entdeckte Ash einen hauchdünnen Riss in der Mauer, der für seinen Geschmack etwas zu regelmäßig war. Mit dem Zeigefinger folgte er seinem Verlauf und fand die Umrisse einer schmalen, knapp hüfthohen Geheimtür. Sie schloss nicht direkt mit dem Erdboden ab, sondern endete etwa zehn Zentimeter darüber. Die Typen hatten wohl Angst, dass es hereinregnete.

Keine Fluchtmöglichkeit für einen Troll, notierte er in Gedanken und machte Tinkerbell auf die Entdeckung aufmerksam. Die Elfe zog einen Taschencomputer aus der Hosentasche, machte auf dem Grundriss ein Kreuz an der entsprechenden Stelle und fügte einen kurzen Vermerk hinsichtlich der Proportionen hinzu. Nachdem die beiden sich gründlich umgesehen und keine weiteren Überraschungen gefunden hatten, steuerten sie den Haupteingang des Gebäudes an. Da es sich um eine öffentliche Kirche handelte, brauchten sie sich im Hauptraum wegen Kameras keine Sorgen zu machen. Sie konnten hineinspazieren und sich in aller Ruhe umsehen. Ein Nachteil waren die unbeteiligten Zuschauer. Erstens waren sie ungeliebte Zeugen, zweitens unschuldig und drittens gut als Geiseln zu missbrauchen. Nicht von ihrer Seite aus, jedenfalls hatten sie das nicht vor, aber die Rassenfanatiker hatten mit Sicherheit weniger Skrupel, wenn es um ihre dreckige Haut ging.

Die Eingangstür öffnete sich geräuschlos, obwohl sie lautes Quietschen oder Knarren erwartet hatten. In der Kirche war es angenehm kühl. Es roch muffig, nach altem Holz und abgegriffenem Papier. Ash schob das Kaleidoskop der Emotionen, das sich in ihm drehte, beiseite und schaltete Quickshots scharfen, sachlichen Verstand ein. Er brauchte bei diese Sache einen klarem Kopf. Vertraute Ruhe breitete sich in ihm aus und er atmete auf.

Erfreulicherweise waren sie die einzigen Besucher. Ihre Schritte klangen laut auf dem sandfarbenen Steinboden, während sie die Reihen der dunkelbraunen Holzbänke abschritten. Am Rücken jeder Bank war eine schmale Ablage angebracht, auf der vier Bibeln lagen.

Tinkerbell schaute sich interessiert um. Die friedliche, tief religiöse Atmosphäre in Gotteshäusern berührte sie auf eine seltsame Art. Vor dem Altar hing ein großes, eisenfarbenes Kreuz. Die riesige Orgel, die über dem Altar aufragte, war wunderschön gearbeitet und mit Heiligenfiguren bemalt. Die Elfe wandte den Kopf, um einen Rundblick auf die Buntglasfenster zu werfen, die ebenfalls Heilige oder wichtige Bibelszenen darstellten. Über dem Eingang war eine weiße Taube direkt auf die Steine gemalt worden. Unter der Empore auf der rechten Seite hing ein Schild, das mit einer Reihe von Buchstaben und Zahlen beklebt war, die Psalmen und Kapitel des letzten Gottesdienstes.

Nun galt es herauszufinden, wo der verborgene Zugang zum Versteck der Geheimbundler lag. Nemos geheimnisvoller Informant war mit solchen Details überaus sparsam gewesen. Die Elfe setzte sich auf eine der Bänke und wechselte unter Ashs wachsamen Blicken in den Astralraum. Sie entdeckte weder Watcher oder Elementare noch Hinweise auf versteckte Türen oder Räume. Bevor die Elfe einen astralen Spaziergang unternahm, wählten die beiden versuchsweise die traditionelle, weniger anstrengende Art der Suche: Sie benutzten ihre Augen. Wurden sie wider Erwarten nicht fündig, konnte Tinkerbell später zum Hilfsmittel der astralen Projektion greifen.

In der hintersten linken Ecke, in angemessener Entfernung zu den beiden Beichtstühlen, stieß Tinkerbell auf einen schweren, in Farbe und Muster der Wand perfekt angepassten Vorhang. Im Halbdunkeln war er kaum von den Mauersteinen zu unterscheiden. Als sie ihn behutsam zur Seite schob, offenbarte sich ihr eine schlichte Holztür, in deren Rahmen auf der rechten Seite ein Tastenfeld eingelassen war. Unterhalb des Tastenfelds befand sich ein Fingerabdruckscanner. Sie winkte Ash heran.

Die Geheimtür hatten sie gefunden. Blieb die Frage, ob der Abdruck von jedem der sieben Mitglieder gespeichert war oder es eine Art menschlichen Torwächter gab, der ihnen die Tür öffnete. Beides hatte seine Vor- und Nachteile. Sieben Fingerabdrücke bedeuteten sieben Möglichkeiten, in die Räumlichkeiten einzudringen. Ein Abdruck bedeutete eine Möglichkeit, war jedoch ziemlich riskant, falls dem Torwächter etwas zustieß. Morgen würde sich zeigen, welche Version die Geheimbundler gewählt hatten. Irgendwie würden sie durch die Tür kommen. Zur Not mit Gewalt. Tinkerbell konnte der Vorstellung von gesprengten Geheimtüren und wilden Feuergefechten nicht viel abgewinnen. Es war eine Kirche, ein Gebäude, das man mit Respekt und Ehrfurcht betreten sollte. Menschen kamen dorthin um zu beten, um Frieden zu finden. Nicht Leichen vor dem Altar.

Auf der Rückfahrt zum Hotel grübelte Ash parallel über zwei verschiedene Dinge nach. Zum einen, wie man die Geheimtür hinter der Kirche versperren konnte. Es musste eine Möglichkeit geben. Primär ging es ihm darum, die Dreckschweine in dem Gebäude zu halten. Auch wenn er dadurch einen potenziellen Fluchtweg versperrte. Abgesehen davon, dass Taurus nie durch die Tür passen würde. Ein roter Mercedes ER350 überholte sie und reihte sich vor ihnen ein. Ziemlich große Kiste. Ziemlich schwere Kiste. Eine Idee schoss ihm durch den Kopf und in seinen Augen blitzte es hinterhältig auf. Ein Problem war gelöst. Das zweite Problem war Mr. Six. Nein, eigentlich war es Tinkerbell. Ash rechnete fest damit, dass sie in den Gewölben des Policlubs auf den Magier treffen würden. Nemo hatte ihm einige Info über den Mann zugeschickt. Er war gut, er war gefährlich und er ging erbarmungslos mit seinen Gegnern um. Kaum ein Runner, der auf der falschen, sprich nicht Mr. Six' Seite gestanden hatte, war mit heiler Haut davongekommen. Ob Tinkerbell sich der Gefahr bewusst war, in die sie sich begab? Er hatte mehrfach versucht, es ihr begreiflich zu machen. Sie hörte ihm nicht einmal zu. Wollte unbedingt dabei sein. Um auf ihn aufzupassen. Was ihn einerseits rührte, ihm andererseits höllische Angst einjagte. Denn wer würde auf sie Acht geben? Weder Taurus noch er konnten es mit einem Magier aufnehmen. Im Falle des sicheren Kampfes war sie auf sich allein gestellt. Und das schmeckte ihm überhaupt nicht.

Am frühen Abend des nächsten Tages

Tinkerbell lehnte im Rahmen der offenen Badezimmertür und beobachtete Ash beim Rasieren. Er trug eine dunkelrote, kevlarverstärkte Jeans und schwarze Turnschuhe. Das schwarze T-Shirt, das er später anziehen wollte, hing in einer Gürtelschlaufe an seiner linken Seite. Sie kam nicht umhin, seinen durchtrainierten Oberkörper zu studieren. Das geschmeidige Spiel der Muskeln und Sehnen unter der Haut, während er mit sparsamen, geübten Bewegungen die Klinge über seine Wangen führte. In ihr wuchs das Verlangen, ihn anzufassen. Die Elfe drängte das Gefühl mit aller Macht zur Seite. Es war definitiv der falsche Zeitpunkt, sich in emotionale Verwicklungen zu stürzen. Das lenkte sie bloß von dem bevorstehenden Einsatz ab. Die silberne Kette, die Ash um den Hals trug und nie ablegte, stand ihm gut. Sie passte zu ihm. Als er sich ein wenig nach rechts drehte, um auch die letzten Bartstoppeln zu erwischen, entdeckte sie die Narbe der Austrittswunde unterhalb des linken Schulterblatts.

»Woher stammt die?«

Durch den Spiegel folgte er ihrem Zeigefinger und setzte den Rasierer ab. »Von früher«, lautete seine knappe Antwort. »Bevor ich in die Schatten gegangen bin.«

Obwohl sie spürte, dass er kaum in der Stimmung für ein Gespräch über die Vergangenheit war, wagte sie einen Vorstoß. »Warum hast du mich belogen?«

Ashs linke Hand sank auf den Waschbeckenrand. »Was meinst du?«

Stell dich nicht dumm. »Du hättest mir sagen müssen, dass ich auf mich allein gestellt bin. Das mir im Ernstfall niemand helfen kann!« Die lange Ader an ihrer rechten Schläfe trat deutlich hervor, obwohl sie äußerlich ruhig wirkte. »Ich hätte mich um andere Runner gekümmert, die mich unterstützen. Der Auftrag wäre über mich gelaufen und niemand hätte von dir erfahren.«

»Ich hatte zu viel um die Ohren. Die Tour, dieser Magier, die Band ...« Er versenkte den Einmalrasierer im Abfalleimer und ließ das schaumige Wasser aus dem Waschbecken. »Ich wollte, dass sie in Sicherheit sind. Dass jemand auf sie aufpasst.« Ash regulierte warmes und kaltes Wasser zu seiner Zufriedenheit und spritzte sich einen Schwall ins Gesicht. Beim Reden griff er nach einem Handtuch. »Wäre mir vor der Tournee klar gewesen, was auf uns zukommt, glaub mir, ich hätte ein professionelles Team zusammengestellt. Egal, was es mich gekostet hätte. Ich habe diese Leute unterschätzt«, fügte er leise hinzu. »Und damit muss ich leben.«

Sie trat neben ihn und studierte seine Reflexion im Spiegel. »Es wäre tausendmal sicherer gewesen, echte Leibwächter zu engagieren. Niemand hätte es euch verdenken können. Niemand hätte Fragen gestellt. Warum hast du mich angerufen? Ein astraler Blick hätte genügt, um mich misstrauisch zu machen.« Ein Gedanke durchzuckte sie, der ihr bis zu diesem Augenblick nicht gekommen war. Der sie zutiefst kränkte. »Oder hast du darauf spekuliert, dass ich mir nicht die Mühe mache, dich oder die Band zu astral anzusehen? Weil du weißt, wie anstrengend das für mich ist?«

Seine Augen wurden groß und sein erschrockener Gesichtsausdruck besänftigte ihre Wut. »Nicht eine Sekunde«, stammelte er hastig. »Bitte, denk das nicht von mir!« Er klang ehrlich und fast tat es ihr Leid, den Gedanken ausgesprochen zu haben.

»Warum hast du mich angerufen?«, fragte sie ein zweites Mal.

Ash fixierte angestrengt den verkalkten Wasserhahn. »Ich wollte die Möglichkeit ausschließen, von anderen Runnern erkannt zu werden. Versuch dir auszumalen, was passiert wäre, wenn jemand meine zweite Identität aufgedeckt hätte. Der daraus entstehende Wirbel hätte alles zerstört! Nicht nur mein Leben, sondern auch die Band, die Fans ...!«

Kleiner dummer Junge. Spielst mit dem Feuer, ohne zu wissen, wie heiß es ist! Doch allmählich näherten sie sich der Antwort auf ihre Frage. »Du hast mich angerufen, weil du gehofft hast, dein Geheimnis sei bei mir sicher, falls ich es entdecke. Dass ich nichts verrate ...« Er nickte stumm. »Damit du in aller Ruhe dein Doppelleben weiterführen kannst.«

»Nein!« Ash schüttelte entschieden den Kopf. Jetzt musste es raus. Jetzt war der Zeitpunkt gekommen, um reinen Tisch zu machen. »Ich habe dich angerufen, weil ich wusste, dass ich dir vertrauen kann. Und ...«, Seine Stimme wurde leiser. »Und weil ich dich dabeihaben wollte. Ich wollte, dass du siehst, was ich tue, und habe gehofft, dass es dir wenigstens ein bisschen gefällt. Es war mir wichtig, auch wenn du wahrscheinlich nie erfahren hättest, dass ich auf der Bühne stehe. Tinkerbell, ich ...« Er stockte, als ihm plötzlich die Worte fehlten, um seine Gefühle zu beschreiben. Gefühle, deren er selbst nicht sicher war.

Sie starrte ihn an, sprachlos und durcheinander. Was versuchte er ihr zu sagen? War es das, was sie vermutete? Ein Glühen breitete sich in ihrer Magengegend aus und stieg allmählich zu den Wangen hoch. Sie wartete gespannt, doch er machte keinerlei Anstalten, den Satz zu beenden.

»Würdest du mich kurz entschuldigen?« Ash deutete auf die Toilette.

»Klar.« Sie nickte mechanisch, irritiert durch das abrupte Ende des Gesprächs.

Ash wartete, bis sie gegangen war, und schloss die Tür. Die Art, wie sie ihn ansah, hatte mit einem Schlag alle seine Fragen beantwortet. Plötzlich war er sicher, dass sie mehr für ihn empfand als reine Freundschaft. *Und was mache ich jetzt?* Nachdenklich streifte er das T-Shirt über.

Zehn Minuten später waren sie bereit. Ash rief Taurus an und teilte ihm mit, dass sie zum Treffpunkt kommen würden. Vor ihrem Einsatz mussten sie noch ein Auto abholen, das Taurus bei einem befreundeten Rigger bestellt hatte. Um Ashs fiese Idee auszuführen, bei der Tinkerbell sich nicht entscheiden konnte, ob sie genial, unmenschlich oder lebensgefährlich war. Sie reichte ihm seine Jacke und kontrollierte den Sitz ihres Tarnhalfters, bevor sie ihre schloss.

»Bist du sicher, dass du das wirklich tun willst?«, fragte Ash in die Stille hinein.

Ihre Blicke trafen sich und Tinkerbell verzog gereizt das Gesicht. »Wir haben das bereits besprochen. Ich begleite dich, ob du willst oder nicht.«

Beide hatten, jeder für sich, beschlossen, das Gespräch im Bad bis auf weiteres aus ihren Gedanken zu verdrängen. Jetzt war Professionalität gefragt und kein gefühlsduseliges Gequatsche. Später war ausreichend Zeit, um sich mit ihren Emotionen zu befassen.

»Mit dem Kerl ist nicht zu spaßen«, gab Ash zu bedenken. »Nemos Info war eindeutig. Du setzt dein Leben aufs Spiel für etwas, das dich nicht betrifft.«

»Dafür sind Freunde da«, lautete ihre lapidare Antwort. Sie weigerte sich, ihn allein gehen zu lassen, wie sehr er sich auch sträuben mochte. Die Wahrscheinlichkeit, dass er heute getötet wurde, war groß und deshalb musste sie ihn begleiten, um auf ihn Acht zu geben. Sie wollte ihn nicht verlieren. Nicht jetzt, wo sich gerade etwas zwischen ihnen entwickelte.

Ash seufzte frustriert und gab es auf. »Wie du meinst.« Er streifte die schwarze Lederjacke mit den eingenähten Tarnhalftern über seine Sicherheitsweste und folgte der Elfe zur Tür. Ihre Hand lag schon auf der Klinke, als er sie von hinten an der Schulter berührte.

Tinkerbell spürte einen feinen Stich und die Welt verschwamm vor ihren Augen. Vorsichtig fing Ash ihren schlaffen Körper auf und ließ sie zu Boden gleiten. Von einem der Betten schnappte er sich ein Kissen, drehte die Elfe auf die Seite, damit sie nicht an ihrer eigenen Zunge erstickte, und schob es sanft unter ihren Kopf. Dann zog er den Narcoject-Pfeil aus ihrer Schulter und warf ihn achtlos in den Mülleimer.

»Ich kann das leider nicht zulassen.« Er musterte ihr entspanntes, ruhiges Gesicht. »Es ist zu gefährlich.«

Seine Fingerspitzen strichen leicht über ihre Wange. Dann wandte er sich abrupt ab und verließ das Hotelzimmer.

Taurus wartete zwei Straßen weiter auf ihn, einen hoch gewachsenen Schwarzen mit stechendem Blick aus braunen Augen im Schlepptau. Die magische Unterstützung für ihren Ausflug. Der Mann nannte sich Mind Twister. Widerlicher Name, widerlicher Typ. Spezialisiert auf Manipulations- und Kampfzauber. Unter normalen Umständen hätte Ash den Kerl nicht mit der Zange angefasst. Er kannte den Ruf des Magiers und wusste, dass sein Gegenüber eine andere Person mit einem Fingerschnippen dazu bringen konnte zu tun, was er wollte. Alles.

Die Vorstellung löste Wut in ihm aus. Niemand hatte das Recht, ungestraft anderen Menschen seinen Willen aufzuzwingen. Doch er wollte in diese Kirche. Er wollte an diese Amanda Pierce herankommen. Und dazu war ihm jedes Mittel recht. Auch wenn er gegen seine Prinzipien verstieß. Der Magier schien seine Gedanken zu erahnen, denn ein öliges Lächeln umspielte seine Lippen. Ashs Finger zuckten, als er kurz an die geladenen Predator II an seiner rechten Seite dachte, dann drehte er sich wortlos um und ging zu Taurus' Wagen. Der Magier war von Taurus ausreichend instruiert worden, wozu also unnötige Worte verlieren?

Die Fahrt zum Treffen mit dem Rigger verlief schweigend. Jeder hing seinen eigenen Gedanken nach. Ash hoffte inständig, dass Tinkerbell ihm den hinterhältigen Trick verzeihen würde.

Falls er die Nacht überlebte.

Was Nemo ihm über den Leibwächter dieser Pierce erzählt hatte, sorgte kaum dafür, dass er sich besser fühlte. Dieser Mr. Six war verdammt gut. Zu gut für Tinkerbell.

Deshalb der andere Magier. Sie sollte nicht bei einem persönlichen Feldzug draufgehen, mit dem sie nichts zu tun hatte. Der Kragen der Jacke scheuerte auf der Wunde an seinem Hals und er zog den Reißverschluss ein Stück hinunter. Mit Zeige- und Mittelfinger der rechten Hand überzeugte er sich, dass das Pflaster an der richtigen Stelle saß und sah nachdenklich aus dem Fenster.

Taurus hoffte, dass seine Cyberware den bevorstehenden Kampf überstand. Es war schlimmer geworden. Deshalb hatte er die Kohle von Ash angenommen. Weil er nicht zu einem unkontrolliert zuckenden Wrack werden wollte. Dr. Ramirez hatte ihm bei seinem gestrigen Besuch von Beispielfällen erzählt, die ihm noch im Nachhinein den Magen umdrehten. Der Doc hatte keine Namen genannt, doch zumindest einen seiner früheren Chummer glaubte er wiederzuerkennen. Der Plan, in die Schatten zurückzukehren, war aus seinem Kopf verschwunden. Er wollte den Drek einfach loswerden und seine verbleibenden Jahre in Ruhe verbringen.

Taurus sah unauffällig zu Ash und konzentrierte sich dann wieder auf den Verkehr. Die Worte, die Ash ihm in der Gasse an den Kopf geworfen hatte, waren unglaublich verletzend gewesen und Taurus bezweifelte, dass das tiefe Gefühl der Kränkung jemals nachlassen würde. Ash vertraute ihm nicht mehr, hatte es vielleicht nie getan. Und er selbst? Wie sollte er jemandem vertrauen, der ihn die ganze Zeit belogen hatte? Ein gemeinsames Ziel schweißte sie zusammen, brachte sie dazu, ihre Kräfte zu vereinen. Ansonsten blieb nicht mehr viel zu sagen.

Falls sie diese Nacht überlebten, würden sich ihre Wege trennen. Und ein Teil von Taurus bedauerte es zutiefst. Es wäre gut gewesen, einen Chummer zu haben, mit dem man alles teilen konnte. Runs durchziehen, Erfolge feiern, das gemeinsame Überleben sichern. Nach der Breitseite, die ihm der Kleine in der Lagerhalle verpasst und den Informationen, die sein Schieber über Quickshot ausgegraben hatte, vertraute er voll auf Ashs Fähigkeiten. Quickshots Fähigkeiten. Mann, das verwirrte ihn wirklich! Und faszinierte ihn zugleich.

Ash wäre der erste Norm gewesen, mit dem er gern zusammengearbeitet hätte. Doch das war vorher gewesen. Ihre Begegnung im Lagerhaus hätte er locker weggesteckt. Ash die verdiente Abreibung für seine große Klappe verpasst und die Sache vergessen. Aber nach der Nacht in der Gasse ...

Ohne gegenseitiges Vertrauen konnte es nicht funktionieren. Und leise Zweifel würde es immer geben. Die Ereignisse der Vergangenheit würde keiner von ihnen abschütteln können, dessen war er sich sicher.

Taurus dankte Ash für die Chance, sich an den Mördern der Menschen zu rächen, die sein Leben zwei Jahre lang beeinflusst hatten. Allein hätte er nie den Mut aufgebracht, gegen den Policlub vorzugehen. Geschweige denn die Möglichkeiten gehabt herauszufinden, wer hinter dem Anschlag steckte. Er wollte es sich zuerst nicht eingestehen, doch seine Kontakte in der Schattenwelt waren über die Jahre eingeschlafen. Es gab niemanden, der ungeduldig auf seine Rückkehr wartete, um ihn mit offenen Armen zu empfangen und ihm einen Jahrhundertjob nach dem anderen zu besorgen. So lief es einfach nicht. Traurig, frustrierend, aber wahr.

Ob er Ash von der Beerdigung erzählen sollte? Sein Chummer hatte ihn nicht danach gefragt. Ash gehörte neuerdings zu den schweigsamen Zeitgenossen und eigentlich war es auch nicht sein Bier. Sollte der Junge tun und lassen, was er wollte, das war ihm doch egal!

Wenige Minuten später waren sie beim Treffpunkt angelangt, einer mittelgroßen Garage, deren Front von Graffiti und Gang-Schmierereien übersät war. Der Rigger präsentierte ihnen stolz einen mattschwarzen Mercedes E160. Komplett gepanzert und mit einem Eigengewicht, das knapp unter 3 Tonnen lag. Der Wagen besaß getönte Scheiben und war tiefer gelegt. Nicht übermäßig, aber tief genug, dass kein Erwachsener unter ihm durchkriechen konnte. Genau das, was Ash vorschwebte. Eigentlich war der Mercedes zur Verschrottung vorgesehen. Im Laufe seines letzten Einsatzes hatte er einiges abbekommen und war für den Personenschutz nicht mehr zu gebrauchen. Die Spuren hatte der Rigger notdürftig ausgebessert und überlackiert, sodass man Einschusslöcher und Explosionsspuren erst bei genauerem Hinsehen entdeckte. Der Wagen entsprach keinesfalls den geltenden Sicherheitsvorschriften.

Was blieb, war sein Gewicht. Darauf kam es an. Und der Preis war kaum der Rede wert. Gegen die abgemachte Bezahlung händigte der Rigger Ash die Schlüssel aus und wünschte ihm viel Vergnügen.

Sie erreichten die Kirche gegen 18:00 Uhr. Die Versammlung war für 20:00 Uhr anberaumt, sie hatten also genügend Zeit, um Vorbereitungen zu treffen. Ash fuhr den gepanzerten Mercedes auf den Parkplatz hinter das Gebäude und stellte ihn vor der Geheimtür ab. Ein flacher Kantstein grenzte einen zwei Meter breiten Kiesweg zwischen Kirchenmauer und den parkenden Fahrzeugen ab und verhinderte auf diese Weise, dass ein Wagen die Hintertür blockierte. Und natürlich die Geheimtür.

Sobald alle Mitglieder anwesend waren und das Treffen lief, würde er den Wagen quer vor die Geheimtür setzten. Ein kritischer Blick bestätigte ihm, dass ausreichend Platz war, um den Mercedes bequem zu rangieren. Außer ihm parkten ein blauer Renault und eine schwarze Edelkarosse unbekannter Marke auf dem Platz. Vermutlich war einer der Gäste bereits eingetroffen.

Ash schlenderte zu Taurus' Westwind, der auf der gegenüberliegenden Straßenseite parkte. Auf ein Zeichen ließ der Troll das Fahrerfenster hinunter.

»Ich gehe rein und sehe mich um. Ihr wartet in der Nähe und gebt mir Bescheid, wenn die ersten Wagen anrollen.«

»Geht klar.« Taurus legte den ersten Gang ein und machte Anstalten loszufahren.

»Gut.« Ash klopfte dem Troll zum Abschied auf die Schulter. »Bis später.« Er wandte sich zum Gehen. Hinter sich konnte er das Aufbrummen des Eurocar hören. Die Frequenz seines Herzschlags erhöhte sich, während er die Eingangstür öffnete und das Gebäude betrat. Um keine Aufmerksamkeit zu erregen, nahm er die Smartbrille ab und verstaute sie in der Innentasche seiner Jacke.

Außer ihm waren drei weitere Besucher zu sehen. Er taxierte jeden einzelnen verstohlen. Einer von ihnen war ein Squatter, der sich auf einer der hinteren Bänke ausgestreckt hatte und schlief. Er strömte einen betäubenden Gestank nach Alkohol, altem Schweiß, Erbrochenem und Exkrementen aus. Ash hielt angewidert die Luft an und beschleunigte seinen Schritt. Die beiden anderen Besucher saßen in entfernten Ecken und waren in Gebete oder Gedanken vertieft. Ein braunhaariger Mann mittleren Alters betrat in diesem Moment den Raum von der gegenüberliegenden Seite. Er trug Freizeitkleidung: Jeans, Turnschuhe und eine rote Sportjacke. Der Mann setzte sich auf die vorderste linke Bank keine drei Meter von der Geheimtür entfernt und blätterte in einer Bibel. Die Art, wie er das tat, kam Ash merkwürdig vor.

Er hatte den Gedanken kaum zu Ende geführt, als seine Fingerspitzen zu kribbeln anfingen. Ohne Hast schritt er die Reihen der Holzbänke ab und steuerte auf die Ecke rechts neben dem Altar zu, in der auf einem Metallgestell zahlreiche Gedenkkerzen brannten. Als der Mann aufsah, nickte er ihm höflich zu und der andere erwiderte die Geste. Sein abschätzender, fast feindseliger Blick, der im krassen Gegensatz zum freundlichen Lächeln des Mannes stand, gefiel Ash nicht. Er holte eine lange, dünne Kerze aus dem Karton, der auf einem Tischchen links von dem

Gestell stand, und zündete sie an einer bereits brennenden an. Drehte sich so, dass er den Mann im Auge behalten konnte, während er sie in eine der runden Halterungen auf den stufenförmig angeordneten Streben steckte.

Ash griff zu einer zweite Kerze. Zu gern hätte er gewusst, ob sich die Augen des Mannes beim Lesen bewegten oder er nur stumpf auf die Seiten starrte. Auf die Entfernung ließ sich das leider nicht erkennen. Cyberaugen müsste man haben. Er zündete die zweite Kerze an und stellte sie neben die erste. Lautlos schlug der Typ die Seite um. In Gedanken zählte Ash die Sekunden, bis er abermals umblätterte. Zehn. Ein wahrer Schnellleser. Oder extrem vertraut mit der Lektüre. Er schaute abermals auf das Gestell, und seine Pupillen weiteten sich erstaunt. In der untersten Reihe brannten inzwischen drei Kerzen. Er konnte sich nicht erinnern, die letzte angezündet zu haben. Unwillkürlich blickte er sich in der Kirche um. Ob ihn die religiöse Atmosphäre angesteckt hatte? Wie sollte er sich sonst erklären, dass ihm sein Unterbewusstsein derart sonderbare Streiche spielte?

In seiner rechten Gesäßtasche vibrierte das Handy und er zog sich tiefer in den Schatten zurück. Verdrängte die irrationalen Gedanken an höhere Mächte, Vorsehung und Vergebung und drückte die Sprechtaste. Taurus teilte ihm mit, dass gerade ein gelber Sportwagen auf den Parkplatz gefahren sei. Keine zwanzig Sekunden später betrat ein blonder Exec-Verschnitt den Hauptraum durch die Hintertür. Ohne zu zögern steuerte er die Geheimtür an. Der Torwächter klappte die Bibel lautlos zu, legte sie neben sich auf die Bank und erhob sich. Die beiden Männer tauschten flüsternd einige Worte, wobei der Neuankömmling misstrauisch jeden der Anwesenden musterte, Ash eingeschlossen, der ihm einen freundlichen Blick zuwarf. Der Mann ignorierte ihn und verschwand durch die Geheimtür, nachdem der andere den Vorhang zur Seite geschlagen, eine Zahlenfolge in das Tastenfeld eingegeben und diese mit seinem Daumenabdruck bestätigt hatte. Bingo. Der Torwächter kehrte zu seinem Platz zurück, schlug die Bibel an einer beliebigen Stelle erneut auf und fuhr mit der Lektüre fort.

Ash wandte sich wieder den Kerzen zu. Verlor sich sekundenlang in ihren hellen Flammen und vergaß alles ringsumher. Eine Bewegung, vielleicht ein Geräusch eines der Anwesenden, riss ihn aus dem trance-ähnlichen Zustand. Widerwillig löste er sich vom Anblick der Kerzen und verließ die Kirche.

Nach und nach trafen vier weitere Wagen ein, deren Fahrer das Gebäude allesamt durch den Hintereingang betraten. Es musste so sein, da keiner von ihnen jemals an der Vorderseite der Kirche auftauchte.

Ashs Finger spielten nervös mit dem Anhänger seiner Halskette. In einem der Fahrzeuge war sie gewesen. Oder bereits in der Kirche. Zum Greifen nah. Er zwang sich zur Ruhe, mäßigte seinen Zorn und all die anderen Gefühle, die ihn allmählich zerfraßen.

Es war kurz nach 20:00 Uhr, als er Mind Twister auf einen letzten astralen Erkundungsgang schickte. Es war schwer vorstellbar, dass jemand die vielen Edelschlitten, die auf dem Parkplatz standen, unbewacht ließ. Und tatsächlich: Der Magier entdeckte eine Gestalt, die an einem der Fahrzeuge lehnte. Ash holte wortlos die Narcoject aus dem Handschuhfach, die er ursprünglich im Auto lassen wollte, und machte sich auf den Weg zur Kirche. Lautlos näherte er sich der Auffahrt zum Parkplatz. Seine Augenbrauen zogen sich missbilligend zusammen, als er sich an den groben Kies erinnerte, den irgendein Idiot über den Sandboden gestreut hatte. Es gab keinen Zentimeter, der nicht von dem Zeug bedeckt war.

Er setzte versuchsweise einen Fuß auf den Weg, was von einem leisen Knirschen begleitet wurde. Lautlos fluchend machte er den nächsten Schritt. Und schaute verdutzt auf seine Turnschuhe. Kein Geräusch. Irritiert wandte er den Kopf und entdeckte Mind Twister, der auf der anderen Straßenseite stand und ihn breit angrinste. Okay, der Junge war doch zu etwas zu gebrauchen.

Ash ging locker bis zum Ende der Auffahrt, lehnte sich gegen die Kirchenmauer und spähte um die Ecke. Ein junger Punk in den Farben der Night Hunters lungerte zwischen den Fahrzeugen herum, schaute mal in das eine Fenster, mal in das andere und wünschte sich wahrscheinlich sehnlichst, einen dieser teuren Schlitten zu besitzen. Zumindest finanziell ging es den Mitgliedern dieser illustren Runde ausgezeichnet.

Ash schätzte die Entfernung ab, legte auf den Jungen an und erinnerte sich dunkel an die Alarmanlagen, die in Fahrzeuge dieser Preisklasse gewöhnlich eingebaut wurden. Die kleinste Erschütterung brachte sie zum Heulen. Und ein Körper, der gegen die Wagenseite fiel, war definitiv eine Erschütterung. Er bückte sich, griff eine Hand voll Steinchen und schleuderte sie in Richtung des gelben Cabrios. Der Punk sah irritiert auf und kam zwischen den Autos hervor. Sich nachdenklich am Kopf kratzend, latschte er zu der Stelle, wo er den Ursprung des Geräuschs vermutete, und suchte den Boden ab. Ash wartete, bis der Punk ihm den Rücken zudrehte und jagte ihm einen Pfeil in den Hintern. Sein Gegenüber fasste sich erstaunt an den Hosenboden und fiel um. Nach einem raschen Rundblick löste sich Ash aus seiner Position, packte den Bewusstlosen und schleifte ihn hinter den gelben Sportwagen. Dann lief er an den Nobelkarossen vorbei zum Mercedes.

In ihm keimte der Wunsch auf, jedem Auto einen feinen, mit der Zündung verbundenen Sprengsatz anzuheften. Für den Fall, dass einer der Bastarde den Abend überlebte. Was er ernsthaft bezweifelte. Er ließ sich auf den Fahrersitz des E160 fallen und setzte ihn quer vor die Geheimtür. Die rechte Seite des Mercedes verdeckte die Umrisse der Tür vollständig. Zufrieden aktivierte er die Zentralverriegelung des Wagens und gesellte sich zu Taurus und Mind Twister, die an der Ausfahrt auf ihn warteten.

Im Hauptraum der Kirche befanden sich zu dieser Zeit der Squatter und der Bibelleser. Ihre Zielperson saß unverändert auf seinem Platz, den Kopf leicht geneigt. Musste ein verdammt öder Job sein.

Mit einem Kopfnicken deutete Ash in seine Richtung. Mind Twister fixierte den Mann und hob eine Hand. Hinter ihnen beendete der Squatter in diesem Augenblick sein kleines Schläfchen und richtete sich steif auf. Er musterte sie neugierig aus trüben, blutunterlaufenen Augen. Ash legte Mind Twister eine Hand auf die Schulter, ehe der Magier einen Zauber wirken konnte.

»Schaff zuerst den Penner hier raus«, zischte er. Es war mehr ein Befehl denn eine freundliche Bitte. Er hatte nicht die Absicht, unschuldige Leben zu gefährden. Sein Gegenüber musterte ihn überrascht. Da Ash keinerlei Anstalten machte, seine Meinung zu ändern, seufzte er ergeben. Mit einer gelangweilten Geste deutete er auf den Squatter, der sich scheinbar freiwillig erhob und schlurfend den Ausgang ansteuerte.

Ash beobachtete die gespenstische Szene mit gemischten Gefühlen und nahm gebührenden Abstand zu dem Magier. Wie leicht beeinflussbar der menschliche Geist war ... Erneut wurde ihm bewusst, dass die Magie, so faszinierend sie sein mochte, ihm eine Heidenangst einjagte.

Die Eingangstür schloss sich geräuschvoll, was den Mann vorne veranlasste, sich umzusehen. Seine Augen wurden beim Anblick der Gruppe groß und seine rechte Hand zuckte in Richtung seines linken Handgelenks. Sie erstarrte in der Bewegung. Verwundert blickten Ash und Taurus zu Mind Twister, der ebenfalls eine Hand gehoben hatte. Ein zufriedenes Lächeln auf den Lippen, drehte er die Handfläche nach oben und hob den Unterarm etwas höher. Vor ihnen kam der Mann wie von Geisterhand auf die Füße und steuerte auf die Geheimtür zu. Am Ende der Bank blieb er stehen und rührte sich nicht mehr von der Stelle. Die Stirn des Magiers legte sich in verärgerte Falten, als er den Zauber verstärkte. Offenbar hatte er die Willenskraft des Torwächters unterschätzt. Der Mann würde seine Arbeitgeber nicht leichtfertig verraten. Nach kurzem Kampf siegte Magie über Willenskraft und der Torwächter öffnete die Geheimtür.

»Taurus, die Eingangstür«, murmelte Ash, bereits halb unterwegs. Hinter sich hörte er ein Schleifen von Holz auf Stein, als der Troll scheinbar mühelos eine der Kirchenbänke vor die Eingangstür schleppte und diese verbarrikadierte. Mit schnellen Schritten übernahm Ash die Führung. Ungeduld brachte seine Nerven zum Flattern und vor Aufregung zogen sich seine Magenwände schmerzhaft zusammen. Interessiert musterte er den reglosen Mann, der in der Bewegung erstarrt war. Gruselig. Ob er in diesem Moment irgendetwas dachte oder fühlte? Sich seiner Lage bewusst war?

Jenseits der Tür lag ein kurzer Gang, an dessen Ende eine schmale Wendeltreppe hinunter in den Keller führte. Mit dem rechten Fuß drückte Ash gegen die Tür und zog seine Narcoject. Er verpasste dem Mann einen Pfeil und durchsuchte ihn rasch nach Handys, Codekarten und anderen nützlichen Dingen. Er wurde nicht fündig und deutete nach der Leibesvisitation mit einem Kopfnicken auf einen der beiden Beichtstühle. Taurus packte kommentarlos den schlaffen Körper des Mannes und beförderte ihn unsanft in den rechten Beichtstuhl.

Nachdem Ash die Schalldämpfer auf seine Waffen geschraubt hatte, um wenigstens anfangs lautlos zu sein, betraten sie den winzigen Vorraum. Mind Twister tastete sich auf der Astralebene vorsichtig ins Innere der Katakomben vor, stieß jedoch schon bald auf zwei Personen, die vor einer undurchdringlichen Tür standen. Leicht vercybert, nicht magisch aktiv. Der Magier schlüpfte zurück in seinen Körper und informierte seine Teamkollegen über die Entdeckung. Es folgte ein kurzer Gedankenaustausch, dann machten sich die drei auf den Weg. Ash ging als Erster, gefolgt von dem Troll. Mind Twister bildete die Nachhut. So hatten sie den schwerfälligen, in der Enge der Räumlichkeiten stark eingeschränkten Troll in der Mitte und konnten nach allen Seiten agieren. Unter wüsten Flüchen und Verwünschungen des Architekten, der diese unzumutbar schmalen Gänge entworfen hatte, quetschte Taurus seinen massigen Körper seitlich die Stufen hinunter. Die Treppe endete in einem hell erleuchteten Korridor, von dem zwei Türen abgingen. Dahinter lagen leere Räume, kaum größer als zehn Quadratmeter. Am Ende knickte der Gang nach rechts ab. Hier fanden sie drei Türen. Zwei von ihnen führten in Abstellkammern, die dritte offenbarte einen dunklen Raum, in dessen Mitte ein Stuhl stand.

Ash riss seine Predator hoch, als er eine Bewegung am anderen Ende des Raums wahrnahm. Es dauerte einige Sekunden, bis ihm klar wurde, dass an der gegenüberliegenden Wand ein Spiegel hing und er sich vor seinem eigenen Spiegelbild erschreckt hatte. Unter den amüsierten Blicken seiner Kollegen setzten sie ihren Weg fort.

Sie kamen ihrem Ziel mit jedem Meter näher, das spürte Ash. Und da war sie wieder. Die heiße, schwarze, alles verschlingende Wut. Die er verdrängt, in sich verschlossen hatte, um klar denken zu können. Pläne zu machen, hierher zu kommen. Jetzt brauchte er sie nicht mehr zurückzuhalten. Brauchte nicht mehr zu denken.

Hass und Wut brodelten in ihm, brachten sein Blut zum Kochen. Drängten Vernunft und Verstand zur Seite und weckten das Tier. Brannten sich durch seine Gedanken, bis er nur noch eines wollte: Rache. Amanda Pierce langsam und genussvoll töten.

Sie leiden, winseln lassen, bis sie ihn anflehte, sterben zu dürfen. Ihr geben, wovon er selbst genug besaß: Leid.

Ihr Blut auf seiner Zunge schmecken, ihr wertloses Leben unter den Sohlen seiner Schuhe zerquetschen. Und anschließend jeden umbringen, der sich in diesem Raum befand. Der nur im Entferntesten etwas mit dem Anschlag zu tun hatte. Sie alle auslöschen. Ohne Gnade, ohne Reue. Ash wusste, dass er es konnte. Er hatte es schon einmal getan. Der Kreis schloss sich.

Auch vor vier Jahren war er auf der Suche gewesen. Auf der Suche nach Dillons Mördern. Er war fündig geworden. Und sie hatten bezahlen müssen für das, was sie ihnen angetan hatten. Alle.

Auch damals waren sie zu dritt gewesen. Er und die beiden Runner, die er engagiert hatte. Weil er es nicht allein tun konnte. Weil er da noch nicht gewusst hatte, woher man eine Waffe bekam und wie man sie benutzte. Die beiden hatten es ihm gezeigt. Und einiges mehr ...

Würde er in vier Jahren erneut auf der Jagd nach den Mördern geliebter Menschen sein? War das sein Schicksal? Nun gut, heute Abend würde er es erfüllen.

Ash konzentrierte sich, kanalisierte die dunklen Energien und lenkte sie auf sein Ziel. Wut, Trauer und blinder Hass wichen Zielstrebigkeit und kalter Entschlossenheit. Mit ausgreifenden Schritten lief er den Korridor entlang. Den Magier hinter sich, Taurus jetzt als Nachhut. Der Troll passte kaum in den engen Gang und hatte seine liebe Mühe, sich nicht bei jeder Bewegung den Kopf an der Decke zu stoßen. Entfernte Stimmen drangen an ihre Ohren. Das erste menschliche Hindernis. Ash hob die rechte Hand und die Gruppe stoppte. Leise schlich er bis zur nächsten Ecke und warf einen verstohlenen Blick in den nächsten Gang. Vor einer Holztür hielten zwei Männer Wache. Oder was sie darunter verstanden. Der eine lehnte an der Tür und blätterte gelangweilt in einem Pornomagazin, der andere drehte sich eine Zigarette. Sie trugen gepanzerte Jacken, aber keinen Helm. Einer von ihnen hatte eine weiße Schirmmütze mit dem Aufnäher irgendeiner Baseballmannschaft auf dem Kopf. Ash zog lautlos die zweite Predator, atmete tief ein, spürte das Gewicht der Waffen in den Händen und trat in den Korridor. Die beiden Wachen starrten ihn verblüfft an. Sie starben, ehe sie begriffen, dass der Mann, der ihnen Sekundenbruchteile später eine Kugel in den Kopf jagte, wirklich existierte. Die Hand der einen Wache zuckte in Richtung Sturmgewehr, während ihr Gehirn bereits die glänzende Holztür hinunterlief. Der andere gurgelte überrascht, sank auf die Knie und kippte vornüber wie ein Sack Kartoffeln. Die weiße Schirmmütze mit dem hübschen Aufnäher, in dessen Mitte nun ein Loch prangte, rutschte ihm vom Kopf und drehte sich träge um 180 Grad. Ash registrierte beiläufig, dass Taurus sich mit gezogener Black Mamba hinter ihm aufgebaut hatte. In einem anderen Leben wären sie ein verdammt gutes Team gewesen!

»Sehr subtil.« Mind Twister schob sich an ihnen vorbei, schnappte sich die Codekarte, die am Gürtel des einen Mannes hing, und deutete auf die Tür. »Wenn wir so weit wären ...?«

Ash und Taurus tauschten genervte Blicke und folgten ihm. Wie viele Hindernisse sie wohl überwinden mussten, bis sie endlich am Ziel waren? Nicht, dass Ash ungeduldig wurde. Er wollte schlicht zum Zuge kommen, ehe sich ihnen jemand in den Weg stellte. Denn irgendwo in den Kellergewölben wartete Mr. Six auf sie, dessen war er sicher. Mind Twister zog die Codekarte durch das Magnetschloss und die Tür öffnete sich mit einem leisem Klicken. Dahinter lag ein weiterer Korridor, der vor einer weiteren Tür endete. Einer unbewachten. Jedenfalls auf ihrer Seite. Mind Twister wechselte abermals in den Astralraum, kam jedoch sofort zurück. Leise fluchend berichtete er ihnen von dem patrouillierenden Watcher, der ihn entdeckt hatte. Spätestens jetzt war Mr. Six über ihre Anwesenheit informiert.

Im Sitzungsraum war das Treffen der Policlub-Mitglieder bereits in vollem Gange. Sechs der sieben Personen waren um den großen Eichentisch versammelt und unterhielten sich über die Ereignisse der vergangenen Woche. Obwohl in der Mitte des Tisches ein runder White-Noise-Generator stand, sprachen die Anwesenden mit gedämpfter Stimme. Mr. Six hatte sich neben der großen Flügeltür aufgebaut und beobachtete schweigend das Treiben.

Plötzlich huschte ein Schatten der Irritation über seine ansonsten ausdruckslose Miene. Er setzte sich in Bewegung, ging zu Amanda Pierce und flüsterte ihr etwas ins Ohr. Auf ein Nicken öffnete der Magier einen Flügel der Tür und verschwand in dem Raum dahinter. Die fünf Männer blickten ihm verwundert nach.

Amanda beruhigte sie, ehe jemand auf die Idee kam, sich Sorgen zu machen, und eröffnete den offiziellen Teil der Versammlung.

Keine zwanzig Meter entfernt wanderte Mind Twister verärgert auf und ab. Er hatte sich irgendwie an Taurus vorbeigequetscht und lief unter ständigem Fluchen zwischen dem Troll und der Tür am Ende des Ganges hin und her. Ash lehnte an der rechten Wand, die Hände mit den Pistolen locker an den Seiten, und beobachtete ihn amüsiert. Der Typ hatte eindeutig zu schlechte Nerven für dieses Geschäft. Wenn ihn jedes Missgeschick, jeder Fehler dermaßen aus der Fassung brachte, dann gute Nacht. Der Watcher hatte ihn entdeckt, schön, das passierte eben. War rein menschlich. Worin wahrscheinlich Mind Twisters Problem lag.

»Und nu?«, brachte es Taurus auf den Punkt. »Hocken wir hier, bis uns einer abholen kommt, oder legen wir endlich los?«

»Ach, der Schlaukopf meldet sich«, pflaumte ihn der Magier an. »Hat unser Genie auch mal was Gescheites beizutragen? Vielleicht einen Vorschlag, wie wir diesen Schlamassel lebend überstehen und nicht wie Tontauben abgeknallt werden?«

Taurus machte Anstalten, ihm eine saftige Ohrfeige zu verpassen, wurde jedoch von Ash daran gehindert, der ihm mit seiner Reaktion zuvorkam.

Der Runner baute sich vor Mind Twister auf. »Wir werden diese Tür jetzt aufmachen und uns überraschen lassen«, erklärte er ruhig und sachlich. »Falls eine halbe Armee auf uns wartet, werden Taurus und ich uns ihrer annehmen. Falls Mr. Six sich zeigt, bist du dran, kapiert? Dafür wirst du bezahlt.«

Der Magier nickte widerwillig, bemüht, seine Wut zu zügeln, und bedeutete ihm vorzugehen. Ash, der noch nicht ganz fertig war, taxierte sein Gegenüber finster und trat näher, bis ihre Gesichter nur wenige Zentimeter voneinander entfernt waren. »Beleidige meinen Chummer noch mal und du verlässt diese Gänge nicht lebend! *So ka*?«

Die Antwort war eine kurze Bewegung, mit der Mind Twister zwei seiner Zauberspeicher aktivierte. Sowohl eine Kugel- als auch eine Manabarriere formierten sich vor den drei Männern zu einer unsichtbaren Mauer.

Hinter ihnen grunzte Taurus belustigt und hob seine Black Mamba. »Showtime.«

Nach einem letzten eisigen Blickwechsel marschierte Ash zur Tür, zählte laut bis drei und riss sie abrupt auf.

Mehrere Salven aus Maschinenpistolen begrüßten sie und brachten die Kugelbarriere gefährlich zum Flackern. Ash und Taurus feuerten blind zurück, während Mind Twister einem ihrer Gegner einen Manablitz verpasste. Der Mann zuckte unkontrolliert und fiel leblos zu Boden. Endlich konnten sie einen Blick in den Bereich hinter der Tür werfen. Es war eine Art Warteraum, der mit je einem Sofa an den beiden Seitenwänden und einem niedrigen Tisch ausgestattet war. Den Toten eingeschlossen, sahen sie drei Männer vor sich. Die beiden anderen hatten Deckung hinter den Sofas gesucht und beharkten sie mit einem nicht enden wollenden Bleihagel. Diesmal kam Taurus seine Größe zugute. Er konnte den oberen Bereich hinter dem rechten Sofa einsehen und feuerte zwei Kugeln in den Raum zwischen Wand und Möbelstück. Der erste Schuss traf die Rückenlehne und die Explosivmunition spaltete sie beinah in der Mitte. Der zweite erwischte den rechten Schützen direkt am Halsansatz und riss dem Mann den halben Kopf weg. Ash kümmerte sich in der Zwischenzeit um den zweiten Schützen, erwischte ihn jedoch nicht. Er nagelte ihn lediglich in seiner Position fest und verhinderte, dass er zurückschoss.

Mind Twister schuf schnelle Abhilfe für sein Problem. Der Magier bedeutete Ash, das Feuer einzustellen, und wartete geduldig, bis der Mann sich für die nächste Salve etwas aufrichtete und ein Teil seines Kopfes und des rechten Arms zum Vorschein kam. Dann jagte er ihm einen Manablitz in den Körper und beobachtete zufrieden, wie sein Gegenüber gegen die Wand katapultiert wurde und ohnmächtig zu Boden sank.

Sei vorsichtig, etwas fehlt noch, flüsterte die Stimme in Ashs Kopf. »Mr. Six«, murmelte er und hatte den Namen kaum ausgesprochen, als die gegenüberliegende Tür aufgestoßen wurde. Mit wehendem Mantel betrat der Magier den Raum, registrierte blitzschnell die Gesichter der Anwesenden und blieb an Mind Twisters hängen. Ohne zu zögern ballte er seine beringten Hände zu Fäusten, richtete diese auf sein Gegenüber und öffnete sie ruckartig. Ein mächtiger Zauber traf Mind Twisters Manabarriere. Zerstörte sie fast. Hinter Mr. Six tauchten zwei Wachen auf und Ash fragte sich allmählich, ob es hier irgendwo ein Nest gab. Die Kugeln aus Taurus' Black Mamba rauschten über ihn hinweg und brachten seine Ohren zum Klingeln. Er ließ sich auf das rechte Knie nieder, um den Männern das Wechseln des Ziels zu erschweren und sie zu zwingen, sich auf einen Gegner zu konzentrieren. Taurus grunzte erstaunt, als eine Kugel seinen rechten Arm streifte, dank des Sicherheitsmantels jedoch keinen Schaden anrichtete. Offenbar hatte Mind Twisters Kugelbarriere den Geist aufgegeben. Der Magier schien es nicht zu bemerken. Oder er konnte nichts dagegen unternehmen. Nun gut, sie würden ein Feuergefecht auch ohne magische Unterstützung überleben. Einer der beiden Schützen wurde von dem Troll in die Brust getroffen und zurück in den Korridor katapultiert, aus dem er gekommen war. Ash erwischte wenig später den anderen und der Weg war praktisch frei. Mr. Six stand etwas links von der Tür, konnte ihnen jedoch mit einem großen Schritt zur Seite den Durchgang versperren. Ash blickte zu Mind Twister. Die beiden Magier konzentrierten sich vollkommen auf ihre stumme Schlacht.

»Twister ...« Ash war nicht sicher, ob der Mann ihn gehört hatte, und startete einen zweiten Versuch. Der Magier hob wortlos eine Hand. Ein unsichtbarer Schlag schleuderte Mr. Six gegen die linke Wand, weit weg von der Tür.

»Jetzt«, zischte er, ohne den Blick von seinem Kontrahent zu nehmen.

Ash und Taurus sprinteten los, durchquerten den Raum und schlugen die massive Holztür hinter sich zu.

Dann waren sie allein. Und hatten den Magier seinem Schicksal überlassen. Die beiden wechselten unbehagliche Blicke und setzten sich in Bewegung. Der Korridor beschrieb nach wenigen Metern einen Linksknick. Am Ende des Gangs lag eine große hölzerne Flügeltür. Noch eine. Doch das feine Kribbeln in Ashs Fingerspitzen verriet ihm, dass sie ihr Ziel erreicht hatten. Vorsichtshalber tauschten sie die Magazine ihrer Waffen gegen volle aus. Wer wusste, wie viele Gegner in diesem Raum waren?

Links neben der Flügeltür standen ein Tisch und zwei Stühle. Verstreut auf der Tischplatte lagen zwei Kartenstapel. Zwei leere Gläser, eine halb volle Wasserflasche und ein gefüllter Aschenbecher standen in der Mitte. Jetzt nahm er auch den widerlichen Gestank von kaltem Zigarettenrauch wahr. Offenbar hatten sie die Wachen bei einem

Spielchen gestört. Unverzeihlich. Er lud die beiden Predator II durch und schraubte die Schalldämpfer ab. Zum Teufel mit der Verstohlenheit, man wusste inzwischen, dass sie im Gebäude waren. Dann nickte er Taurus zu und deutete auf die Tür.

»Nach dir, Chummer.«

»Kein Grund, nervös zu werden«, kommentierte Amanda Pierce die entfernten Geräusche des Feuergefechts. »Mr. Six und seine Mitarbeiter haben sich der Sache bereits angenommen.«

»Es klingt, als würden die Eindringlinge bereits vor der Tür stehen.« Alan, der blonde Exec-Verschnitt, griff unter die Tischplatte und holte einen Colt Manhunter hervor. Unter den erstaunten und leicht entsetzten Augen der vier anderen Männer lud er die Waffe durch und machte Anstalten aufzustehen.

»Mein lieber Junge«, hielt Amanda ihn zurück, ein anerkennendes Lächeln auf den Lippen. »Ihre Entschlossenheit und Ihren Mut in allen Ehren, aber ich habe Männer engagiert, deren Beruf es ist, ihr Leben für ihren Arbeitgeber zu riskieren. Wollen Sie ihnen den Job streitig machen?«

Alan musterte sie eindringlich und lächelte dann ebenfalls. »Sie haben Recht. Wie immer, muss ich hinzufügen.« Unter ihren wohlwollenden Blicken ließ er die Waffe unter dem Tisch verschwinden und zupfte eine Fussel von seiner rechten Schulter. »Außerdem wäre es ein Verbrechen, einen Zweitausend-Nuyen-Anzug durch vorschnelles Handeln zu ruinieren.«

Allgemeines Gelächter erfüllte den Raum.

Amandas Blick glitt über die Gesichter der Anwesenden und verharrt auf dem einzigen leeren Stuhl. »Jeffrey kann aus geschäftlichen Gründen leider nicht bei uns sein«, begann sie. »Nutzen wir die Gelegenheit, um sein Verhalten in den letzten Wochen einer intensiven Überprüfung zu unterziehen.«

Alan versteifte sich merklich. »Denken Sie, dass er unsere Sache gefährdet?«

»Seit dem Tod dieser Band schien er unseren Zielen sehr kritisch, nahezu ablehnend gegenüberzustehen. Ich befürchte, dass er ...« Sie kam nicht dazu, den Satz zu beenden. Die Flügeltüren wurden schwungvoll aufgestoßen und schlugen mit einem lauten Knall gegen die hölzerne Vertäfelung. Taurus streckte die Arme aus und hinderte die Türen mühelos daran zurückzufedern. Die Hauer zu einem zufriedenen Grinsen gebleckt, stand er da und studierte die Anwesenden. Die ihn wiederum erschrocken und gleichzeitig angewidert anstarrten.

»Wer hat dieses Tier eingelassen?«, tönte Amandas schneidende Stimme. Verärgert suchte sie nach einer Spur ihres Leibwächters.

»Keine Sorge ...« Ash, der von Taurus' mächtigem Rücken verdeckt wurde, tauchte unter dessen linkem Arm durch und baute sich vor ihm auf. »Er gehört zu mir.«

Das erklärte natürlich alles.

Hinter ihm duckte sich der Troll, machte einen Schritt in den Raum und richtete sich zu voller Größe auf. Seine imposante Erscheinung ließ einen der Männer angstvoll schlucken.

Ashs Blicke huschten über die Gesichter der sechs, auf der Suche nach einem ganz bestimmten. Dann entdeckte er Amanda Pierce, die seinen Blick eiskalt erwiderte, und seine Unterlippe fing an zu zittern. Mit entschlossenen Schritten durchquerte er den großen Raum. Der Augenblick, den er herbeigesehnt hatte, den er sich in seinen Träumen wieder und wieder vorgestellt hatte, war gekommen. Er würde sie töten. Er würde sich an ihr rächen. Und er würde es jetzt tun! Aus den Augenwinkeln registrierte er eine Bewegung. Der blonde Mann, dem er bereits in der Kirche begegnet war, machte den unendlich dummen Versuch, unter die Tischplatte zu greifen. Ohne zu zögern hob Ash eine seiner Predator und jagte ihm eine Kugel in den

Kopf. Der Mann kippte mitsamt seinem Stuhl nach hinten und fiel auf den Boden. Im Raum war es plötzlich totenstill. Die vier anderen Männer waren in ihren jeweiligen Sitzpositionen erstarrt und wagten kaum zu atmen. Nur Amanda Pierce sah Ash offen ins Gesicht. Emotionslos, ohne das geringste Anzeichen von Furcht. Er ging um den großen Holztisch herum und streifte dabei den Arm einer der Männer. Der zuckte zusammen und Ash roch auf einmal den beißenden Gestank von Urin. Der Kerl hatte sich vor Angst in die Hose gepisst. In die erbarmungslose Kälte, die ihn erfüllte, mischte sich Genugtuung. Mit der Rechten packte er die Rückenlehne von Amanda Pierces Stuhl und drehte sie schwungvoll zu sich herum.

»Guten Abend, Mrs. Pierce.« Er schob sich die beiden Predator in den Hosenbund und griff sich auf den Rücken, wo in einem dritten Halfter ein Ruger Super Warhawk steckte. Die Frau zuckte nicht einmal, als er die Waffe zog, die Trommel ausklappte und in seine Hosentasche griff. Vor ihren Augen zückte er eine Kugel und lud damit eine der freien Kammern. Er machte eine kurze Handbewegung und mit einem schnappenden Geräusch rastete die Trommel ein. »Sie können sich gar nicht vorstellen, wie froh ich bin, Sie endlich persönlich kennen zu lernen.«

Amandas Blicke schleuderten eisige Blitze in seine Richtung. »Sie wagen es, hier einzudringen und mein Leben zu bedrohen?«

»Ich bedrohe Ihr Leben nicht, Lady«, erwiderte er trocken. Mit raubtierhafter Miene drückte er ihr den Lauf des Warhawk an die Stirn. »Ich beende es.«

Die entsetzten Blicke der vier Männer folgten seiner Bewegung, doch keiner von ihnen machte Anstalten, ihrer Anführerin zu Hilfe zu kommen. Im Raum herrschte atemlose gespannte Stille, während Ash mit seinen Gefühlen kämpfte.

Irgendetwas in ihm weigerte sich, den Abzug zu drücken. Dieser Moment sollte ewig dauern. Er wollte ihn bis zuletzt auskosten. Wenn er sie tötete, war alles vorbei, wofür er in den vergangenen Wochen gelebt hatte.

Die Miene der Frau veränderte sich. Abscheu und Entrüstung wichen Neugier. Unter der Waffe hindurch studierte sie aufmerksam seine Gesichtszüge. »Wer sind Sie?«

»Ein unbedeutender Sänger einer unbedeutenden Band, die Ihnen in die Quere gekommen ist«, quetschte er hervor und versuchte vergeblich, seiner Stimme einen ruhigen, starken Klang zu verleihen. Die unterdrückte Wut meldete sich mit aller Macht. Legte sich wie ein roter Nebel über seine Gedanken und ließ ihn vor Verlangen zittern. Vor Verlangen, dieses Ungeheuer in Menschengestalt endlich zu töten. Sie schluckte und ihre Pupillen weiteten sich für den Bruchteil einer Sekunde. Zum ersten Mal glaubte er, Furcht zu spüren. Er wollte mehr davon!

»Sie sollten tot sein.«

Ash nickte. »Ich weiß. Pech für Sie, dass ich einen Schutzengel hatte. Und Pech für Sie«, fügte er voller Genugtuung hinzu, »dass ich Verbindungen habe, denen es ein Leichtes war, Ihren kleinen Dreckshaufen aufzuspüren.« In ihren Augen konnte er lesen, dass sie verstand. Das sie endlich begriff, mit wem sie sich angelegt hatte! Selbstherrliches Miststück! Glaubte sie wirklich, Gott spielen zu können? Nach Gutdünken schalten und walten zu können, ohne die Konsequenzen für ihr Handeln tragen zu müssen? Ihre Arroganz bereitete ihm Übelkeit.

Hinter ihm räusperte sich Taurus. »Ich unterbreche euer kleines Techtelmechtel ungern, aber Verstärkung rückt an!«

Jetzt konnte er es auch hören. Schnelle, schwere Schritte, die den Korridor entlangkamen. Taurus' Black Mamba ratterte los und spie heißes Blei.

»Die werden Sie auch nicht retten«, nahm Ash der Frau jegliche Hoffnung.

Amanda Pierce sah ihn mit ausdrucksloser Miene an. »Tun Sie endlich, wozu Sie gekommen sind, oder verschwinden Sie, bevor meine Männer Sie in Stücke reißen!«

Konnte einem Menschen sein eigener Tod wirklich so gleichgültig sein? Jegliche Befriedigung und Genugtuung, die er bis eben gespürt hatte, verschwand. Er tauchte hinab in die braunen, emotionslosen Augen der Frau, auf der Suche nach einer Seele, einem hellen Punkt, der das Ungeheuer vor dem Lauf seines Warhawk zu einem Menschen machte. Er fand nur Schwärze, kalte, tote Schwärze.

Eines wollte er noch wissen, bevor er sie wegpustete. »Warum?«

»Weil Sie im Weg waren. Weil Sie mit Ihrer kleinen, lächerlichen Band und Ihren kleinen, lächerlichen Texten etwas verändert hätten, das in seinem gegenwärtigen Zustand sehr gut funktioniert.« Amanda Pierce zuckte die Achseln. »Sie sollten mir dankbar sein.« Ihr Mund verzog sich zu einem grausamen Lächeln. »Ich habe Sie unsterblich gemacht.«

Seine Antwort war ein tonloser Hauch. »Danke.« Dann drückte er ab.

Die Menschen im Raum schrien auf, als der Warhawk ohrenbetäubend knallte und Amanda Pierce samt Sessel nach hinten kippte.

Ash schob den Revolver ins Halfter zurück, zog die beiden Predator und eilte zu Taurus. Jetzt war nicht der Zeitpunkt, um sich mit seinen Gefühlen zu befassen. Erst mal mussten sie von hier entkommen. Dann konnte er sich für den Rest seines Lebens dem Chaos in seinem Kopf widmen.

»Wie viele?«

»Mindestens vier, wahrscheinlich mehr.« Der Troll hatte die Flügeltüren bis auf einen Spalt geschlossen, den er von Zeit zu Zeit etwas weiter öffnete, um ein paar Schüsse in den Korridor abzugeben. »Sind hinter der Ecke in Deckung gegangen. Wir sitzen in der Falle!«

»Prima«, erwiderte Ash trocken. »Irgendeine Spur von unserem Magier?«

»Nada, ich schätze, den hat's gegrillt.«

»Toll, dann wird uns Mr. Six bald seine Aufwartung machen.«

Aus den Augenwinkeln nahm er eine Bewegung war. Ash wirbelte herum und sah noch, wie sich ein Teil der gegenüberliegenden Wand schloss. Eine Geheimtür! Er rannte zu der Stelle und suchte verzweifelt nach dem Mechanismus. Konnte überall sein. Hinter der Wand lag der Gang, der zu der zweiten Geheimtür auf der Rückseite der Kirche führte, das war klar. Die Männer würden auf diesem Weg nicht entkommen, aber vielleicht wollte sich auf diesem Wege Verstärkung Zutritt verschaffen. Und entfernte gerade seine Blockade.

»Taurus!«

Der Kopf des Trolls ruckte herum, während er eine weitere Salve in den Korridor feuerte. Ash deutete auf die Wand. »Ein Loch, bitte.«

Taurus scheuchte ihn mit einer Geste zur Seite und jagte zwei Explosivgeschosse in die Wand. Die zweite Kugel traf und ein Teil der falschen Wand zerbarst in einem Regen aus Staub und Mörtel. Ash, der sich vorsichtshalber die Ohren zugehalten hatte, konnte auf der anderen Seite einen langen Korridor erkennen. Er gab der Geheimtür einen kräftigen Tritt, zog und zerrte an dem dicken Holz, doch nichts rührte sich. Taurus setzte sich kopfschüttelnd in Bewegung. Automatisch übernahm Ash seine Position neben der Doppeltür. Noch hielt das massive Holz die zahlreichen Kugeln ab, die von der anderen Seite in sie einschlugen. Vorsichtig lugte er durch den schmalen Spalt zwischen den beiden Türen. Drei Körper lagen regungslos auf dem Boden. Von den restlichen Angreifern keine Spur. Gefiel ihm ganz und gar nicht! Hinter ihm bearbeitete der Troll das Loch mit seinen Spornen, bis es groß genug für seine Hand war, griff in das Loch und riss die Geheimtür mit Leichtigkeit aus den Angeln. Er schleuderte das lästige Ding achtlos zur Seite und deutete auf den neu geschaffenen Durchgang. »Voilá.«

Ash verkniff sich ein Grinsen. Aus dem Mund des Trolls klang Französisch ziemlich komisch. Er wollte sich gerade in Bewegung setzen, als eine Gestalt unter dem Tisch hervorkam und zitternd einen Colt Manhunter auf den Troll richtete. Einer der vier Männer. Anscheinend war der arme Kerl nicht schnell genug oder zu ängstlich für eine Flucht gewesen und hatte lieber Deckung gesucht. Und die Waffe des Blonden gefunden. Glück für ihn. Oder auch nicht. Hätte er bloß die Füße still gehalten! Dann wäre er im besten Fall nicht mal bemerkt worden.

»Weg von der Tür«, kreischte die hektische Stimme des Mannes. »Verschwinde, b-b-bevor ich dich erschieße!«

Taurus machte ein todernstes Gesicht, was ihm ziemlich schwer fiel, und trat bereitwillig einen Schritt zur Seite.

»W-W-Waffe weg!«

Brummend legte der Troll die Black Mamba vor sich auf den Boden und streckte seinem stotternden, schwitzenden Gegenüber die Hände entgegen.

Eine weitere Salve lenkte Ash ab und er wandte sich gezwungenermaßen dem Korridorproblem zu. Sie konnten hier hocken, bis einer der Parteien die Munition ausging oder die Magier sich einschalteten. Nebenbei, wo steckte eigentlich Mind Twister? Ein metallisches ›Tschink‹, gefolgt von einem ungläubigen Keuchen, brachte ihn dazu, sich umzusehen. Taurus hatte den linken Arm ausgestreckt und den Mann aufgespießt. Aus seinem Blickwinkel sah Ash zwei blutige Sporne, der hintere etwas länger als der vordere. Von ihren Spitzen tropfte ein steter, dünner Blutstrom. Der arme Teufel starrte geschockt auf seinen Bauch und sah dann Taurus vorwurfsvoll an. Der Troll fluchte leise, zog die Sporne ruckartig heraus und schlitzte seinem Gegenüber in einer fließenden Bewegung die Kehle auf. Der Mann ließ die Waffe fallen, fasste sich gurgelnd an den Hals, und ging zu Boden. Taurus blickte auf den im Todeskampf zuckenden Körper hinab, murmelte ein »Sorry, Chummer«, und fuhr seine Sporne wieder ein. Ash dämmerte in dieser Sekunde, dass er soeben Zeuge einer weiteren Fehlfunktion der Cyberware geworden war. Dem betretenen Gesicht des Trolls nach zu urteilen, hatte er nicht die Absicht gehabt, den Mann umzubringen. Jedenfalls nicht auf diese Weise. Eine Kugel fand in diesem Augenblick ihren Weg durch den schmalen Türspalt, zischte haarscharf an Ashs Nasenspitze vorbei und jaulte als Querschläger durch den Raum. Der Runner zuckte zurück und sah seinen Freund fragend an. Wortlos tauschten sie erneut die Positionen.

Ash machte einen Bogen um Taurus' Opfer, das inzwischen reglos in einem See aus Blut lag, und verschwand in dem schmalen Geheimgang. Er war viel zu eng für einen Burschen von Taurus' Kaliber. Ash ging einige Schritte und stockte. Dumpfes Hammerschläge drangen an seine Ohren. Wie ein Raubtier auf Beutezug schlich er gebückt vier der sieben Stufen hinauf, kniete sich halb hin und lugte vorsichtig in den Gang. Der war geschätzte fünfzehn Meter lang, von einer einzelnen Glühbirne spärlich erleuchtet und endete an einer Metalleiter. Die Geheimtür, die ein Stück oberhalb der Leiter ansetzte, war vollständig in die Mauer geglitten. Statt ihrer versperrte nun die rechte Hintertür des Mercedes den Weg.

Einer der drei Männer, denen die Flucht aus dem Sitzungsraum geglückt war, zog und zerrte fluchend an dem schwarzen Türgriff. Dann ging er dazu über, auf die Fensterscheibe einzuschlagen. Ash konnte sich die Gesichter der Männer lebhaft vorstellen, als sie die Geheimtür in der Gewissheit geöffnet hatten, gleich im Freien und damit in Sicherheit zu sein, und stattdessen gegen einen Wagen gerannt waren. Sollte er dem Mann sagen, dass seine Befreiungsversuche durchaus beeindruckend waren, aber ungefähr drei Tonnen Stahl und Panzerglas dagegen hielten?

Seine beiden Kollegen beobachteten ihren Freund nervös und sparten nicht mit guten Ratschlägen. Sein Instinkt empfahl Ash aus unerfindlichen Gründen, dass es besser war, sich zu ducken. Einen Atemzug später schaute sich einer der Drei hektisch um. Nach dem Krach, den Taurus beim ›Öffnen‹ der Geheimtür gemacht hatte, schienen sie sich zu wundern, dass niemand im Gang auftauchte.

Plötzlich zog der älteste der Männer eine Walter Palm Pistol aus einem Tarnhalfter am rechten Knöchel und reichte sie dem jüngeren Kollegen. Der hing sich seitlich an die Leiter, legte auf die Glasscheibe an und drückte ab. Die Kugel prallte von dem Panzerglas des Wagens ab, heulte als Querschläger durch den Gang und bohrte sich in eine Wand. Ungläubiges Schweigen erfüllte den Korridor. Der Mann auf der Leiter schlug frustriert gegen die Autotür und gab seinem Kollegen die Waffe zurück. Die konnten einem fast Leid tun.

Entschlossen, das Trauerspiel zu beenden, richtete sich Ash zu voller Größe auf und marschierte auf die drei zu. Seine Schritte klangen hohl von den Wänden wider und die Männer drehten gleichzeitig die Köpfe in seine Richtung. Zehn Meter von ihnen entfernt blieb er stehen. Der Älteste hob die Walter Palm Pistol und richtete sie zitternd auf ihn. Niedlich. Der andere begann wie wahnsinnig auf den Mercedes einzuschlagen. Als ob jetzt funktionieren würde, was kurz zuvor nicht geklappt hatte. Er schien es selbst zu kapieren und unterbrach schwer atmend seine Anstrengungen. Der dritte tat nichts. Starrte ihn einfach nur an. Unter den irritierten Blicken der drei Männer schob Ash seine Waffen in die Halfter zurück und holte etwas aus seiner Jackentasche. Eine Kugel pfiff haarscharf an seinem rechten Ohr vorbei und er registrierte erstaunt, dass der Ältere auf ihn geschossen hatte. Sein Gegenüber starrte fassungslos auf die Waffe in seinen Händen. Zwei Schüsse, zwei Nieten, keine Munition mehr.

»Daneben«, bemerkte Ash trocken und schnippte die Sicherung vom Kopf der Granate. Mit einem hellen ›Pling‹ fiel sie zu Boden. Die Augen der Männer weiteten sich.

»Das nächste Mal solltet ihr euch vorher überlegen, wessen Freunde ihr umlegt. Allerdings«, – ein zynisches Lächeln umspielte seine Lippen – »wird es kein nächstes Mal geben.« Er ließ den Sicherungsbügel aufschnappen, rollte die Granate über den Boden, wirbelte herum und rannte. Das schwarze Ei blieb drei Meter vor den Männern liegen. Zu weit entfernt, um rechtzeitig etwas zu unternehmen. Der Mann auf der Leiter versuchte es trotzdem. Was blieb ihm auch anderes übrig? Mit einem Aufschrei hechtete er in Richtung Granate. Sein Körper befand sich noch halb im Sprung, als sie explodierte.

Vor sich konnte Ash Schüsse hören. Anscheinend waren die Drecksäcke in seiner Abwesenheit in das Sitzungszimmer eingedrungen. Hoffentlich war Taurus in Ordnung! Hinter ihm explodierte die Granate und erfüllte den Korridor mit ohrenbetäubendem Krach. Ließ die Grundmauern der Kirche erbeben. Feurige Zungen leckten gierig nach seiner Kleidung und eine mächtige Druckwelle erfasste ihn. Schob ihn nach vorn. Über die Treppe hinweg. Spie ihn aus dem Korridor zurück in das Sitzungszimmer.

Ash ließ sich fallen und rollte sich geübt ab. Während der Schwung ihn wieder auf die Beine brachte, zog er die beiden Predator II. Noch bevor er richtig stand, schoss er auf einen der Angreifer, der bei seinem plötzlichen Erscheinen überrascht die Deckung verlassen hatte. Der Mann wurde von zwei Kugeln getroffen und war tot, ehe er auf den Boden schlug.

Ashs Blicke irrten durch den Raum. Er registrierte die gelieferten Bilder und Informationen und verarbeitete sie in Sekundenbruchteilen. Der Mann, der von Taurus aufgeschlitzt worden war, lag schräg rechts von ihm. Der Troll selbst hatte den riesigen Tisch umgeworfen, die tote Amanda Pierce zur Seite geräumt und hockte mit dem Rücken zu ihm in Deckung. Ein Mann lag tot auf dem Boden, der zweite ging auf seine eigene Rechnung. Zwei der ehemals vier Neuankömmlinge hatten sich hinter der rechten Flügeltür verschanzt, die weit offen stand. *Keine gute Raumübersicht*, dachte er beiläufig. Die beiden wurden von Taurus mit Kugeln eingedeckt und kamen nicht dazu, auf ihn anzulegen. Dann fiel sein Blick auf die hoch gewachsene Gestalt, die in diesem Moment am Ende des Korridors um die Ecke bog, über die drei Leichen hinwegstieg und entschlossenen Schrittes auf sie zuhumpelte. Mr. Six. Der mit Sicherheit ziemlich wütend sein würde, wenn er herausfand, dass seine Brötchengeberin das Zeitliche gesegnet hatte. Ash tauchte hinter den Tisch ab und quetschte sich neben Taurus, den Rücken gegen die Tischplatte gedrückt.

»Der Magier kommt. Jetzt sind wir erledigt!«

»Sahne, ich dachte schon, der Spaß wäre vorbei.« Der Troll stand halb auf, um eine weitere Salve auf die beiden Männer hinter der Tür abzugeben. Ash packte ihn am Ärmel, um ihn zurück in die Deckung zu reißen, aber es war zu spät. Sämtliche Haare an seinem Körper stellten sich auf, als Taurus von einem elektrischen Schlag geschüttelt wurde. Reflexartig ließ Ash seinen Chummer los, bevor der Zauber auf ihn überspringen konnte. Falls das überhaupt möglich war. Er stieß sich vom Tisch ab, drehte sich im Aufstehen um und feuerte zwei Kugeln auf die Stelle ab, wo er den Magier vermutete. Die Kugeln prallten an einer gelblich-wabernden Wand ab. Fluchend ließ er sich zurück in Deckung fallen.

Taurus lag wie gelähmt am Boden. Zur Hälfte außerhalb der schützenden Deckung. Seine offenen Augen blickten starr ins Leere. Wenigstens atmete er noch. Der widerlich vertraute Geruch von angesengten Haaren stieg Ash in die Nase. Nicht schon wieder! Er versuchte den Troll mit einer Hand vollständig zu sich zu ziehen, was Taurus mit einem gequälten Grunzen belohnte, scheiterte jedoch am Gewicht seines Chummers. Hektisch schaute er sich nach etwaigen Angreifern um und rechnete sich dabei ihre

Überlebenschancen aus. Er siedelte sie irgendwo in der Nähe des berühmten Schneeballs in der Hölle an. Vielleicht ein bisschen höher. Der Troll fiel aus und drei gegen einen war wirklich unfair! Ash schielte in Richtung Geheimtür. Er hatte noch die Autoschlüssel in seiner Hosentasche. Einen Versuch war es wert. Selbst wenn der Gang eingestürzt war, gab es eine reelle Chance. Hier saß er wie auf dem Präsentierteller. Früher oder später würden sie ihn erwischen. Eher früher. Nein, er würde Taurus nicht zurücklassen. *Schade, für einen Moment habe ich tatsächlich geglaubt, wir würden es schaffen.*

Mehrere Kugeln schlugen in den Tisch ein und automatisch rutschte er ein Stück tiefer. Diesmal legte er die Waffen vor sich auf den Boden und nahm beide Hände, um den Troll unter Aufbietung all seiner Kraft in Deckung zu ziehen. *Eine Granate ist noch übrig,* schoss ihm durch den Kopf. Im selben Atemzug wusste er, was er mit ihr machen würde. Wenn drei Gegner unfair waren, musste er eben dafür sorgen, dass sich ihre Zahl reduzierte.

Er hob mit der Linken eine der beiden Predator auf und griff mit der Rechten in eine Jackentasche. Gab der Granate einen Abschiedskuss und rollte sie schwungvoll in Richtung Tür. Ohne den Stift zu ziehen. Sie blieb knapp einen Meter vor den Männern liegen. In Panik sprangen die beiden aus ihrem Versteck. Im selben Moment tauchte Ash hinter dem Tisch auf. Der Erste wurde von ihm in den Kopf getroffen und brach zusammen. Der andere stolperte über den fallenden Körper seines Vordermanns und strauchelte. Der Lauf von Ashs Pistole folgte seiner Bewegung und sein Zeigefinger krümmte sich ein zweites Mal um den Abzug. Die Kugel schlug schräg in den Oberkörper des Mannes ein und riss ihn endgültig von den Füßen. Der Aufprall auf den Boden presste dem Mann die Luft aus den Lungen und sein Aufbrüllen wurde zu einem atemlosen Keuchen.

Mr. Six beobachtete die Szene ungerührt. Sein abschätzender Blick glitt über Ash und wanderte zu dem leblosen

Körper in dem blaugrauen Kostüm, der schräg rechts von dem umgestürzten Tisch lag. Das Gesicht des Magiers glich einem ruhigen See an einem milden Sommertag, als er Daumen, Zeige- und Mittelfinger der rechten Hand zu einer Pistole formte, auf Ash richtete und abdrückte.

Der elektrische Schlag traf Ash wie ein Vorschlaghammer. Fuhr in jede Faser seines Körpers, schüttelte ihn, als erleide er eine epileptischen Anfall. Er biss die Zähne zusammen und hoffte, dass es bald vorbei sein würde. Nur der Zauber ließ nicht nach. Im Gegenteil, er wurde heftiger. Veränderte sich. Die Realität verschob sich und grenzenloser Schmerz überlagerte seine Wahrnehmung. Die dünne Luftschicht zwischen seiner Kleidung und seiner Haut erhitzte sich schlagartig. Keikos Halskette wurde heiß und ihr Anhänger brannte sich zischend in seine Brust ein. Riesige Brandblasen bildeten sich auf seiner Haut und platzen auf. Die Haut löste sich in riesigen Fetzen von seinen Armen und Beinen. Das darunter liegende Fleisch schälte sich von den Knochen und verschmolz mit dem Kevlar der Panzerung. Kochend heißes Blut floss seinen Körper hinunter und versengte den Boden zu seinen Füßen.

Ashs Kiefermuskeln verkrampften sich vor Schmerzen und seine Zähne mahlten knirschend aufeinander. Die Finger seiner linken Hand wurden taub, als sich sein Griff um die Predator verstärkte. Tiefe, einladende Schwärze legte sich über seinen Verstand und seine Knie gaben nach.

Eine unsichtbare Hand hielt ihn in der Luft, während sein Körper in Krämpfen zuckte. Abrupt wurde er fallen gelassen. Wie eine Marionette, deren Puppenspieler achtlos die Fäden durchschnitten hatte. Er schlug hart auf den Boden und blieb wimmernd liegen. Die Predator wurde aus seiner kraftlosen Hand gerissen und schlitterte quer durch den Raum.

Mr. Six trat ungerührt näher, musterte sein Opfer aus kalten, stahlblauen Augen und wartete. Ash wagte kaum, sich zu bewegen, vor Angst, sein Körper werde bei der geringsten Berührung zu Staub zerfallen. *Es hätte schlimmer kommen können,* flüsterte eine Stimme in seinem Kopf. *Er hätte dich töten können!* War die Alternative wirklich schlimmer? Die Schmerzen waren überwältigend. Intensiver als alles, was er je ertragen hatte.

Sein Verstand konnte sich nicht vorstellen, eine zweite Attacke zu überstehen. Die Stimme kehrte zurück, machte ihn darauf aufmerksam, dass zwei Details fehlten. Der Geruch nach verbranntem Fleisch. Die blutige Pfütze, in der er eigentlich liegen sollte.

Seine Hand wischte über den Boden. Trocken.

Mr. Six verlagerte kaum sichtbar das Gewicht auf den rechten Fuß. Der Magier gab Ash genügend Zeit, die Augen zu öffnen und sich darüber klar zu werden, dass er einer Illusion erlegen war. Fassungslos starrte er auf seine Hände, die unversehrt waren. Tastete behutsam über sein Gesicht. Keine Blasen, kein Blut. Nur Schweiß. Warmer Schweiß. Die Kleidung scheuerte wie Sandpapier über seine Haut, als er sich mühsam hochstemmte. Jeder Zentimeter seines Körpers war eine einzige wunde Stelle.

Er sah auf und die Blicke der beiden Männer trafen sich. Todesangst flammte in Ash auf, als der Magier abermals die Hand hob. Ein zweiter Zauber traf ihn und er schrie vor Schmerzen.

Ein Schatten huschte lautlos den Korridor entlang und baute sich in einiger Entfernung hinter Mr. Six auf. Die Gestalt beschrieb eine hastige Geste und der Magier taumelte wie unter einem unsichtbaren Schlag. Ashs Geschrei verstummte und er brach zusammen. Nur sein atemloses Keuchen war zu hören.

Überrascht wirbelte Mr. Six herum und wurde mit einer entschlossen dreinblickenden Elfe konfrontiert. Tinkerbell führte in einer ausladenden Bewegung die Hände von ihrem Körper weg und eine unsichtbare Welle rauschte auf ihren Gegner zu. Um Mr. Six flammte eine gelblichwabernde Manabarriere auf. Ihr Zauber prallte an der Barriere ab, brachte sie jedoch zum Flackern. Mr. Six beschrieb eine sparsame Geste und deutete mit dem Zeigefinger auf die Elfe.

Im Hintergrund wälzte sich Ash stöhnend auf die Seite. Seine Augen tränten und in seinen gefühllosen Fingern pochte es nun dumpf. Alles drehte sich. Seine Kehle war staubtrocken und seine Zunge hatte sich in einen geschwollenen Fleischklumpen verwandelt. Sein Körper bildete sich ein, hohes Fieber zu haben und glühte wie ein Ofen. Vielleicht stimmte es. Vielleicht hatte er Fieber. Und vielleicht hatte sich der Magier einfach in Luft aufgelöst und Taurus und er konnten endlich nach Hause gehen. Er wollte aufstehen, doch seine Muskeln protestierten gegen jede Bewegung. Wieso ließ der Mistkerl sich so viel Zeit? Ash startete den nächsten Anlauf und drückte sich mit der rechten Hand vom Boden ab. Zwang sich auf die Knie. Mr. Six stand mit dem Rücken zu ihm. War durch irgendwen oder irgendwas abgelenkt. Hatte Mind Twister seinen Magierhintern endlich dorthin geschleppt, wo er gebraucht wurde?

Die Wucht des Zaubers raubte Tinkerbell fast den Atem. Ihr Gegner war mächtig. Zu mächtig? Sie schickte einen kraftvollen Manablitz in seine Richtung und die Manabarriere des Magiers löste sich auf.

Im Gegenzug knackte Mr. Six ihre eigene Manabarriere und die Elfe stand plötzlich schutzlos da. Schräg hinter ihrem Widersacher erhaschte sie eine Bewegung. Hoffnung keimte in ihr auf. *Bitte, lass es Quickshot sein!*

Tinkerbell beschrieb eine komplizierte Geste und jagte einen Zauber in die Kugelbarriere des Magier, die sich in wellenförmigen Ringen auflöste. Sollte jemand Lust verspüren, dem Mistkerl eine Kugel zu verpassen, war er herzlich eingeladen.

Der plötzliche Entzug ließ sie schwanken. Ein kaltes Lächeln huschte über die Lippen ihres Gegenüber. Er schnippte mit den Fingern und ein Feuerelementar manifestierte sich im Korridor.

Die linke Hand gegen die Brust gedrückt, zog Ash mit der anderen den Ruger Super Warhawk aus dem Halfter. Er klemmte ihn zwischen den Oberschenkeln ein und wühlte in der Hosentasche nach der Ersatzpatrone. Es war immer gut, vorbereitet zu sein. Er klappte die Trommel aus und schob die Kugel mit zitternden Fingern in die äußerste linke Kammer. Wie beim ersten Mal ließ er die Trommel zurückschnappen und die Kugel saß in der Kammer. Den Warhawk in der Rechten drängte er mit einer gewaltigen Willensanstrengung die aufwallende Schwärze zurück und richtete sich auf.

Erschrocken sprang die Elfe zurück. Ihre Zeit reichte knapp, um eine neue Manabarriere zu erschaffen. Dann stürzte sich der Geist auf sie und die Barriere löst sich unter seiner Attacke auf. Den nächsten Angriff würde sie nicht überstehen.

Mr. Six winkte ihr zum Abschied freudlos zu und überließ dem Elementar die weitere Arbeit. Mit einem überheblichen Halblächeln wandte sich der Magier um. Und sah direkt in den Lauf des Warhawk. Ash konnte sich kaum auf den Beinen halten, doch seine Kraft reichte für ein triumphierendes Grinsen. Ein schneller Blick an dem Magier vorbei, um festzustellen, wo sich der Elementar und sein unbekannter Helfer befanden, dann drückte er ab. Der Kopf des Magiers zerplatzte wie eine reife Melone und sein lebloser Körper fiel zu Boden. Die Kugel flog weiter und schlug mit verminderter Wucht in den Feuerelementar ein, der sich in dieser Sekunde auflöste und mit einem lauten Zischen verschwand. Auf die Astralebene zurückkehrte, woher der Magier ihn beschworen hatte.

Ash atmete behutsam aus und begrüßte erleichtert das schmerzhafte Kribbeln in der linken Hand.

»Wurde auch langsam Zeit.«

Tinkerbells Stimme ließ ihn überrascht aufblicken. »Wie ...?«

»War leicht, euch zu finden«, unterbrach sie ihn. »Bin einfach der Blutspur gefolgt.« Sie bedachte ihn mit einem finsteren Blick. »Außerdem hatte ich dieses nette Spielzeug.« Die Elfe fingerte einen handtellergroßen Peilsender aus der Hosentasche und hielt ihn hoch. Unwillkürlich sah Ash an seiner Jacke hinunter.

Ihre Stimme war eisig. »Du bist nicht der Einzige, der miese Tricks auf Lager hat.«

»Ich ...«, hob er zu einer Entschuldigung an.

Sie winkte ab. »Später. Erst verschwinden wir.«

Vorsichtig, ohne eine überflüssige Bewegung, wandte Ash sich zu Taurus um. Der Troll war inzwischen bei Bewusstsein und lag auf dem Rücken. Er hielt sich mit beiden Händen den Kopf. Als habe er Angst, sein Schädel könne zerspringen, sobald er ihn losließ.

»Alles okay?« Ash unterdrückte ein Husten. Ein Anfall von Schwäche ließ ihn taumeln und er lehnte sich zitternd gegen den runden Tisch.

»Ging nie besser.« Taurus stemmte sich mühsam hoch und kam schwankend auf die Beine. »Verziehen wir uns. Hab' keine Lust, noch mehr von den Spinnern zu begegnen.«

»Meine Waffen.« Ash wollte sich in Bewegung setzen, aber Tinkerbell war schneller. Sie sammelte die beiden Predator ein, schlug die Revers seiner Jacke zur Seite und schob sie grob zurück in die Tarnhalfter. Beiläufig warf sie einen Blick auf die Leiche von Amanda Pierce.

»Ist sie das?« Er nickte stumm. »Na, wenigstens hast du, was du wolltest.« Die Elfe bot ihm ihre Schulter an und er stützte sich bereitwillig auf sie.

Taurus ging voraus. Schirmte sie mit seiner Masse gegen jeden Angreifer von vorn ab. Ihm ging es kaum besser als

Ash, obwohl der Zauber, der ihn erwischt hatte, weit schwächer gewesen war. Der Troll schlurfte erschöpft vor ihnen her und freute sich beinah über die engen Gänge, deren Wände ihn nun stützten und nicht mehr aufhielten. Die Gruppe durchquerte den Warteraum, in dem die beiden Magier aufeinander geprallt waren. Mind Twisters Leiche lag in einer Ecke, die Gliedmaßen unnatürlich verdreht, das Gesicht schmerzverzerrt.

Ash wandte betroffen den Blick ab. Er konnte sich vorstellen, welche Qualen der Mann erlitten hatte, und bedauerte seinen Tod. Niemand verdiente es, auf diese Weise zu sterben. Auch kein unsympathischer Mistkerl wie Mind Twister. Tinkerbell schluckte schwer, als sie den Toten passierten. Bereits auf dem Hinweg war sie über den Magier gestolpert. Und hatte sich insgeheim gefragt, ob er ihr Ersatzmann gewesen war. Ashs Reaktion bestätigte die Vermutung. Im Nachhinein überfiel sie Todesangst. *Das wäre ich gewesen. Ich hätte nicht den Hauch einer Chance gegen ihn gehabt!*

Sie ließen Mind Twister zurück, denn wohin sollten sie ihn bringen? Zu einem Straßendoc, der seine Organe an den Meistbietenden verkaufte? Wen sollten sie benachrichtigen? Sie wussten nichts von ihm.

Wenige Meter vor der Wendeltreppe stolperte Ash über seine eigenen Füße und riss Tinkerbell beinah mit zu Boden. Sie half ihm auf die Beine und legte seinen rechten Arm über ihre Schultern und ihren linken um seine Hüfte. Er glühte fiebrig und sie spürte die unnatürliche Wärme, die von seinem Körper ausging. Wurde Zeit, dass sie hier wegkamen.

Taurus die steile Treppe hinaufzubringen, war ein Kunststück für sich. Der Troll ging vor und Tinkerbell schob tapfer nach. Sie rechnete jeden Moment damit, dass er nach hinten kippen und sie unter sich begraben werde, und bereitete sich in Gedanken darauf vor, ihn zu levitieren. Während sie rasch zurückging, um Ash zu holen, der am

Treppenansatz auf sie wartete, öffnete Taurus im Hauptraum der Kirche die Tür des rechten Beichtstuhls. Es gab lediglich einen Mann, der Ash und ihn beschreiben und ihnen gefährlich werden konnte. Der Penner war viel zu besoffen, um irgendwas mitbekommen zu haben. Das wusste der Troll aus eigener Erfahrung. Das Risiko war ihm zu groß, eines Tages mit einer Bande rachsüchtiger Rassenfanatiker konfrontiert zu werden. Taurus tötete den bewusstlosen Mann schnell und sauber. Ein Sporn direkt ins Herz und die Sache war erledigt. Als Tinkerbell und Ash aus der Geheimtür traten, stand er neben dem Altar.

Durch den Hintereingang der Kirche, den die Elfe auf dem Hinweg benutzt hatte, kamen sie unbehelligt auf den Parkplatz. Das schrille Jaulen mehrerer Alarmanlagen begrüßte sie. Die Wucht der Explosion hatte den Erdboden kräftig durchgeschüttelt. Empfindlicher High-Tech-Krempel. Der Mercedes stand unverändert an seinem Platz. Anscheinend hatte sich der größte Teil der Druckwelle ihren Weg durch den langen Korridor gesucht und war nicht nach oben entwichen. In das nervtötende Fiepen und Piepsen mischte sich das ferne Jaulen von Polizeisirenen

»Verschwinden wir von hier«, trieb Tinkerbell ihre Kollegen an. Sie überließ Ash den kräftigen Armen seines Chummers und hastete zum Ende der Parkplatzausfahrt. Nachdem sie die Umgebung gründlich überprüft hatte, winkte sie die beiden hektisch heran.

Taurus klemmte sich Ash regelrecht unter den Arm und folgte ihr mit ausgreifenden Schritten. Die Elfe lotste sie unbehelligt zu Taurus' Westwind, den sie bereits bei ihrer Ankunft entdeckt hatte.

Ganz vorsichtig, gestützt von Taurus' Hand, sank Ash in die weichen Polster des Autositzes und verschwand fast in dem übergroßen Sessel. Sitzen war gut! Taurus gab der Beifahrertür einen Schubs und humpelte um den Westwind herum.

»Wir fahren zu mir«, murmelte er Tinkerbell zu, die sich auf den Weg zu ihrem Wagen machte, der nur eine Querstraße entfernt parkte. Der Troll fuhr im Rückwärtsgang hinter ihr her, ständig ein Auge auf die Kirche gerichtet, deren Vordertür noch immer geschlossen war. Zwei Lone-Star-Wagen hielten mit quietschenden Reifen vor der St. Patrick's Church und mehrere bewaffnete Beamte sprangen aus den Autos. Da waren sie bereits hinter der nächsten Straßenecke verschwunden.

Auf dem Beifahrersitz drückte Ash einen Knopf am oberen Ende der Armlehne. Die Rückenlehne senkte sich ein Stück und er schloss erschöpft die Augen. Nach einigen Minuten schweigsamer Fahrt aktivierte er das Autotelekom, rief sich eine Nummer ins Gedächtnis und wählte.

»Whigfields Lebensmittelhandel, guten Tag«, meldete sich eine männliche Stimme am anderen Ende der Leitung.

»Dr. Ramirez?« Über das öffentliche Netz hatte er den Namen des Orks und die Telekomnummer des Ladens herausgefunden.

»Ja?« Joaquin Ramirez überzeugte sich rasch, dass die Tür des Behandlungszimmers geschlossen war und seine Tochter ihn nicht belauschen konnte.

»Ich habe Sie vor zwei Tagen besucht, um mich nach einem Freund zu erkundigen.«

Der Arzt rückte beunruhigt seine Brille zurecht, als er den Anrufer erkannte. »Was wollen Sie?«

»Seien Sie unbesorgt.« Sein Gesprächspartner klang müde und erschöpft. »Ich habe nicht vor, Sie allzu lange zu belästigen.« Der Eurocar überfuhr eine Bodenwelle, die von den Stoßdämpfern nicht vollständig abgefedert wurde, und Ash stöhnte leise.

»Geht es Ihnen gut? Sind Sie verletzt?«

»Immer im Dienst, was Doc?« Er wartete mit geschlossenen Augen, bis die neue Schmerzwelle verebbt war, und atmete vorsichtig aus. »Richten Sie Ihrer Tochter etwas von mir aus. Sagen Sie ihr, dass die Leute, die den Tod der Band befohlen haben, nie wieder jemand verletzten werden.«

Der Blick des Orks wanderte zu einem Punkt jenseits der Bürotür, in den Verkaufsraum, wo Belinda gerade den Linoleumboden sauber wischte. Zwiespältige Gefühle kämpften in ihm um die Herrschaft. Er war Arzt. Sein Beruf, seine Berufung war, anderen Menschen zu helfen. Leben zu retten. Trotzdem empfand er Genugtuung, ja, fast Freude. Blut mit Blut zu vergelten, entsprach nicht seiner Auffassung von Gerechtigkeit. War aber andererseits der Tod dieser Menschen gerecht gewesen?

»Sagen Sie Belinda, dass es mir Leid tut.«

Dr. Ramirez runzelte verwirrt die Stirn. »Ich verstehe nicht ganz ...«

»Ich wünschte, ich hätte besser auf sie aufgepasst!«

Es klickte und die Leitung war tot. Nachdenklich betrachtete Joaquin Ramirez das Telekom. Ihm dämmerte, dass mehr hinter diesem Anruf steckte, als er je erfahren würde. Der Ork erhob sich seufzend aus dem Sessel und öffnete die Tür. Heute würden sie den Laden früher schließen. Es gab einiges, was er mit Belinda besprechen musste.

Taurus' Wohnung glich einem Krankenlager. Der Troll saß auf einem riesigen Sessel, der dem Fenster zugewandt war, stopfte eine Hand voll Aspirin in den Mund und spülte sie mit einem großen Glas Wasser in einem Zug herunter.

Ash lag auf dem übergroßen Sofa im Trollformat an der linken Wand, ein feuchtes Tuch auf der Stirn, und meditierte seine Schmerzen ins Nimmerland. Er fühlte sich zerschlagen, erschöpft, ausgelaugt. Vergeblich hoffte er auf das wohltuende, allumfassende Gefühl der Befriedigung. Es wollte sich nicht einstellen. Kein Triumph, keine Genugtuung. Vielleicht später, wenn er sich besser fühlte. Und den Abend und die letzten Wochen einigermaßen verdaut hatte. Das Sofa gab kaum merklich nach, als sich Tinkerbell neben ihn setzte und das Tuch von seiner Stirn nahm.

Sie tauchte es in die mit Wasser und Eiswürfeln gefüllte Plastikschüssel, die links von ihm auf dem schlichten grauen Teppichboden stand.

»Es tut mir Leid«, hauchte er.

»Tu das nie wieder«, flüsterte die Elfe, während sie das Tuch auswrang und wieder auf seine Stirn legte. Ihre Stimme war ruhig, trotzdem spürte er ihre Anspannung und den unterdrückten Zorn. »Oder ich mache da weiter, wo Mr. Six heute Abend aufgehört hat!«

»Du wolltest nicht auf mich hören.« Er öffnete mühsam die Augen. »Ich wusste keinen anderen Ausweg.«

»Ich brauche keinen Beschützer, der mich vor mir selbst rettet.« Sie musterte ihn skeptisch. »Besonders keinen, der einen Kopf kleiner und vier Jahre jünger ist als ich.«

Ash gelang ein jungenhaftes Grinsen, das sie an die Zeit vor dem Unfall erinnerte. Dann wurde er ernst. »Ich hatte Angst um dich. Ich hätte es mir nie verziehen, wenn dir etwas zugestoßen wäre!«

Woher nahm er plötzlich diese erschütternde Ehrlichkeit? Tinkerbell stemmte die Hände in die Hüften und schenkte ihm einen unergründlichen Blick. Sie war wütend, sehr sogar. Auf Ash, weil er sie betäubt hatte. Doch am meisten auf sich selbst. Weil sie zu dickköpfig gewesen war, ihre Grenzen zu akzeptieren. Weil der Wunsch, ihn zu beschützen, stärker gewesen war als die bittere Erkenntnis, es nicht zu können. Nicht gegen Mr. Six. Sie hätte es besser wissen müssen. Hätte Ash sie nicht aufgehalten, wären sie alle umgekommen. Er hatte richtig gehandelt. Und irgendwann würde sie es ihm sagen.

Tinkerbell seufzte und nahm behutsam sein Gesicht in beide Hände. »Entspann dich.«

Ash schloss die Augen und eine warme Hülle aus weichem, heilendem Licht legte sich um ihn.

Kapitel 26

Ash saß am Steuer seines Wagens und blickte wartend in die Ferne. Das Autoradio bis zum Anschlag aufgedreht, hämmerte ihm Heavy-Metal um die Ohren. Trommelte die morbiden Gefühle und Gedanken aus seinem Hirn. Seit ihrem Amoklauf, wie Tinkerbell das Unternehmen im Nachhinein lapidar bezeichnete, waren fünf Tage vergangen.

Taurus war in diesem Moment auf dem Weg nach Auburn zu einer Schattenklinik, die ihm Dr. Ramirez vor einiger Zeit empfohlen hatte. Ash wünschte ihm aus tiefstem Herzen viel Glück. Sie würden sich eine ganze Weile nicht sehen, vielleicht nie wieder, und er wollte mit der Gewissheit gehen, dass es seinem Chummer gut ging. In der Klinik war er bestens aufgehoben, davon hatte sich Ash telefonisch überzeugt. Ohne Taurus davon zu erzählen. Der Troll musste nicht alles wissen.

Ihr Abschied war kurz und wortkarg gewesen. Keiner von ihnen wusste, was morgen sein würde. Es konnte ihr letztes Zusammentreffen gewesen sein oder nur eines in einer unendlichen Reihe, wer konnte das in ihrer Branche schon sagen? Und was sollten sie sich auch erzählen? Es hatte zu viele Missverständnisse und Verletzungen gegeben, als dass man sie mit einem einzelnen Gespräch hätte wegwischen können. Außerdem war Taurus kein großer Redner und Ash wusste schlicht und ergreifend nicht, wie und wo er anfangen sollte. Vielleicht lebten sie beide lange genug, um einen Neustart zu versuchen. Irgendwann, in ein paar Jahren, wenn die Zeit ihre Arbeit getan hatte.

Ash lehnte sich zurück und schloss die Augen. Genoss die Musik. Sog jeden Ton auf. Die kraftvolle, leidenschaftliche Stimme des Sängers erzeugte eine feine Gänsehaut auf seinen Unterarmen. Seine Stimmung kippte, als ihm schlagartig aufging, was er verloren hatte. *Wenn ein Sänger nicht mehr singen darf, was bleibt ihm dann?* Mit einer abrupten Bewegung schaltete er das Radio ab und stieg aus. *Das liegt hinter mir,* wies er sich zurecht. *Sinnlos, vergangenen Dingen nachzutrauern.*

Am Horizont zeigten sich die ersten Spuren des Tages und es wurde allmählich heller. Bald würde die Sonne aufgehen. Er sah auf die Uhr. Es war kurz vor fünf.

Ein grauer Ford Americar bog um eine entfernte Ecke und entlockte ihm ein schwaches Lächeln.

Wenig später stand Tinkerbell vor ihm. Mit Worten konnte er nicht ausdrücken, wie froh er über ihr Erscheinen war. Sie umarmten sich, zum ersten Mal, seit sie sich kannten. Ihre Nähe und das Wissen, dass er die nächsten Minuten nicht allein durchstehen musste, spendeten Ash Trost.

Nach einer Weile lösten sie sich voneinander und die Elfe deutete mit einem Kopfnicken hinter ihn.

»Bist du sicher, dass du das tun willst?«

»Ich schulde es ihnen.« Ash holte tief Luft und spürte seinen Herzschlag bis in den Hals. Schnell, heftig, mit kleinen unregelmäßigen Hüpfern. Er wandte sich dem großen, schmiedeeisernen Tor zu. Der Friedhof war um diese Uhrzeit geschlossen, weshalb sie über die alte, moosbedeckte Steinmauer klettern mussten, die das Gelände umgab. Dafür war das Risiko für Ash, von jemandem erkannt zu werden, verschwindend gering.

Nach einem kurzen Sicherheitscheck erklommen sie die Mauer, sprangen auf der anderen Seite hinunter und befanden sich auf dem älteren Teil des Seattler Friedhofs. Schweigend gingen sie in Richtung Norden. Passierten alte, verwitterte Grabsteine mit verwaschenen, kaum lesbaren Inschriften, die allmählich von neuen und gepflegten abgelöst wurden. Entfernt tauchte zwischen den Bäumen und Sträuchern eine Reihe blumenbedeckter Gräber auf. Ash wurde langsamer und blieb schließlich ganz stehen. Den Blick nach innen gekehrt, rang er minutenlang mit sich. Er dachte an Dillon, dessen Grab irgendwo auf diesem

Friedhof war. Das er seit der Beerdigung nicht besucht hatte. Seine Füße verwandelten sich in Bleiklumpen, nagelten ihn auf dem weichen Erdboden fest. Er wollte es nicht. Er wollte einfach nur weg. Irgendwohin. Vergessen. Ash atmete tief durch, ballte die Hände zu Fäusten und ging weiter.

Dann standen sie vor den fünf Grabsteinen und Tinkerbell trat respektvoll einige Schritte zurück. Dieser Augenblick gehörte ihm allein.

Mühsam gefasst schritt Ash die Gräber ab. Um jeden Zentimeter des Weges kämpfend. *Jetzt nicht die Fassung verlieren, nicht umdrehen und weglaufen.* Ein Blumenmeer umgab die fünf Grabsteine. Frische Blumen, obwohl die Beerdigung scheinbar eine Ewigkeit her war. Man erinnerte sich an sie. Schmerz und Einsamkeit waren kaum zu ertragen, während er stumm die Namen seiner Freunde las. Die Inschriften waren rührend. Voller Liebe und Schmerz über den Tod dieser Menschen. Sein eigener Grabstein befand sich in der Mitte. Auch nach seinem Tod war er der Mittelpunkt der Band. Ash flüsterte lautlos seinen eigenen Namen und ihm wurde kalt. Tödlich kalt.

Fröstelnd trat er einen Schritt vor, auf die Erde, die seinen Sarg bedeckte. Den Sarg, in dem er eigentlich liegen sollte. Auf der Suche nach einer Inschrift schob er die dunkelroten Rosen zur Seite, die den unteren Teil des hellgrauen Steins verdeckten, und stockte. Was er las, verwandelte das Blut in seinen Adern in flüssiges Eis.

Ash
28.10.2032 – 16.06.2056
»Du strahltest heller als die Sonne«

Unter der Flut der Emotionen gaben seine Beine nach und er sank auf die Knie. Unfähig zu atmen, glitten seine Fingerspitzen über die Buchstaben. Berührten sie kaum, als er ihren Verlauf nachzeichnete. Er schloss die Augen und presste die Stirn gegen den Stein. Kälte. Endgültigkeit. Quälende, stechende Sehnsucht, die jede Faser in seinem Körper zerfetzen wollte. *O Gott, wie sehr ich sie vermisse!*

Das Gewicht von Keikos Kette zerrte wie ein Stein an seinem Hals und ihre feinen Glieder schnitten in sein Fleisch wie Monodraht. Heiße Tränen brannten ihm in den Augen. Liefen die Wagen hinunter, durchtränkten in einem endlosen Strom seine Kleidung.

Er spürte, wie sich zwei Arme behutsam um seinen Oberkörper legten. Tinkerbells Berührung brach etwas in ihm auf. Die tiefe Wunde, die er sorgfältig zu verbergen versucht hatte. Er begann unkontrolliert zu zucken und ein leises, verzweifeltes Schluchzen entrang sich seiner Kehle. Er sank in ihre Umarmung. Ließ sich fallen. Und gestattete sich endlich loszulassen.

Epilog

Schweigend suchten sich zwei Gestalten einen Weg durch das dichte Unterholz. In der Ferne blitzte die helle Silhouette eines Flugzeuges auf. Eine Fiat-Fokker. Mal wieder.

Ash hielt einen Augenblick inne, schloss die Augen und atmete die kühle Nachtluft ein. Es roch nach Herbst. Er suchte das klare, befreiende Gefühl, das er früher in Wäldern gespürt hatte. Es war da. Irgendwo tief in ihm schlummerte es, wartete darauf, eines Tages wieder hervorzukommen.

Sie betraten die kleine Lichtung und nickten dem Rigger zu, der eben den letzten Sicherheitscheck beendete. Der Mann, ein schwarzhaariger Norm in mittleren Jahren mit einem dünnen Schnurrbart und einem umso dickeren Bauch, erwiderte die Begrüßung und verschwand in der Maschine. Seufzend stellte Ash die beiden Reisetaschen auf der Wiese ab. In ihnen befand sich alles, was er besaß. Einige Kleidungsstücke, zwei gefälschte Ausweise, Credsticks, auf denen sein gesamtes Vermögen gespeichert war, das Barret und die anderen Waffen. Die Überreste seines Lebens.

»Wohin wirst du gehen?« Tinkerbell sah ihn ernst an. Ihre hellblauen Augen glänzten in der Dunkelheit.

»Ich weiß es nicht.« Er zuckte die Achseln. »Ich brauche Abstand. Zeit, das Puzzle in meinem Kopf neu zusammenzusetzen. Herauszufinden, was übrig geblieben ist. Wer ich bin ...«

Er wusste, dass er ihr wehtat, wenn er ging. Und was er auch sagte, es würde nichts daran ändern. Doch so wie es im Moment in ihm aussah, konnte und wollte er ihr nicht nah sein. Sie hatten lange darüber gesprochen und Tinkerbell hatte verstanden. Das hoffte er jedenfalls. Sie versuchte nicht, ihn von seinem Vorhaben abzubringen, und dafür war er ihr unendlich dankbar. Außerdem gab es da noch das Kopfgeld, das auf Quickshot ausgesetzt war. Solange die Sache nicht geklärt war, durfte er sich nicht dort aufhalten, wo man ihn vermutete.

Zum zwanzigsten Mal in dieser Nacht strich Ash sich über die Haare. Tinkerbell war der blonden Mähne mit einer Schere zu Leibe gerückt und hatte sie radikal abgeschnitten. Was übrig war, reichte kaum über die Ohren. Die Kälte im Nacken war ungewohnt und er hatte ständig das Gefühl, eine leichte Brise streiche seinen Hals entlang. Die Elfe hatte in einem Supermarkt eine Tönung gekauft und das helle Blond in tiefes Schwarz verwandelt. Beim ersten Blick in den Spiegel hatte er sich halb totgelacht. Das Gesicht, das ihm entgegenstarrte, sah seinem alten Selbst nur entfernt ähnlich. Tinkerbell hatte das Ergebnis mit einem befriedigten Nicken und einem fiesen Spruch abgesegnet. Die Chance war gering, dass ihn jemand auf seinem Weg nach Nirgendwo erkennen würde.

»Pass auf dich auf!« Sie umarmte ihn, drückte ihn fest an sich, als wolle sie ihn nie wieder loslassen. Er erwiderte die Umarmung, spürte die Wärme ihres Körpers und roch den süßen Duft ihrer Haut. Er würde sie vermissen, das wurde ihm schmerzlich bewusst. Vielleicht würden sie sich nie wiedersehen. Die Elfe konnte morgen sterben, durch einen Unfall, einen Zauber, eine verirrte Kugel. Und er würde nicht in der Nähe sein, um sie zu beschützen. Doch er musste es tun. Er brauchte die Einsamkeit, das spürte er, um zurückzufinden. Wohin auch immer.

Sie lösten sich voneinander und sahen sich ein letztes Mal in die Augen. In Tinkerbells Blick mischten sich Trauer und Stärke. Sie konnte selbst auf sich aufpassen, das wurde ihm schlagartig klar. Sie brauchte keinen Beschützer.

Besonders keinen, der einen Kopf kleiner und vier Jahre jünger ist als sie, fügte die Stimme in seinem Kopf hinzu.

Ash grinste in Erinnerung an Tinkerbells Worte und die Elfe lächelte. Dann verschwand das Lächeln und um ihre Mundwinkel zuckte es. Ohne ein weiteres Wort wandte sie sich abrupt um und ging. Ash sah ihr nach, bis sie zwischen den Bäumen verschwunden war. Und unterdrückte den Wunsch, ihr nachzulaufen.

Mit schleppenden Schritten stieg er die kleine Leiter hoch, die zur Einstiegluke der Fokker Cloud Nine führte, und ließ sich schwer auf einen der Sitze fallen.

»Alles klar?« Der Rigger kam aus dem Cockpit gestiefelt, zog die Leiter hoch und verschloss die Luke.»Wo soll's hingehen?«

»Keine Ahnung.« Ash lehnte sich müde zurück. »Richtung Osten.«

»Ihr Wunsch ist mir Befehl, Sir.« Der Mann salutierte linkisch und stapfte zurück ins Cockpit. Die Motoren erwachten knatternd zum Leben und die Fokker stieg hinauf in den Nachthimmel.

YOU SHONE BRIGHTER THAN THE SUN
BLINDED US WITH BLISSFUL JOY
THEN EXPLODED IN A FLASH OF LIGHT
CONSUMED BY YOUR OWN ENERGY
AND FADED LIKE A SHOOTING-STAR

Bei Fanpro erschienen / erscheinen folgende Titel:

ISBN 3-89064-

Shadowrun

Chromscherben	M. A. Stackpole	Coll.	550-X
Wiener Blei	Leo Lukas	Roman	555-0
Nachtstreife	Björn Lippold	Roman	558-5
Born to Run	Stephen Kenson	Roman	564-X
Auf dem Sprung	Harri Aßmann	Roman	567-7
Töne der Unendlichkeit	Harri Aßmann	Roman	569-0
Elementares Wissen	Harri Aßmann	Roman	570-4
Die Anfänger	Ivan Nedic	Roman	572-0
ASH	Lara Möller	Roman	574-7
Pesadillas	Maike Hallmann	Roman	575-5
Shelley	André Wiesler	Roman	580-1
Vertigo	Maike Hallmann	Roman	581-X
Hand am Hort	Sebastian Schaefer	Roman	583-6
Flynns Weg	Lara Möller	Roman	585-2
Matrixfeuer	Hrsg. Beck/ Hallmann	Anth.	587-9
Im Namen des Herrn	André Wiesler	Roman	594-1
Quickshot	Lara Möller	Roman	i. V.

Classic BattleTech

Das Schwert und der Dolch	Ardath Mayhar	Roman	425-2
Schrapnell	Hrsg. M. Immig	Anth.	551-8
Väterchen Frost	Stephen Kenson	Roman	559-3
Triumphgebrüll	Blaine L. Pardoe	Roman	560-7
Blutsverrat	Pardoe & Odom	Roman	561-5
Feuertaufe	Robert N. Charette	Roman	576-3
Wahnsinn & Methode	Michael Diehl	Roman	592-5
Clangründer: Abkehr	Randall N. Bills	Roman	596-8
Clangründer: Traum	Randall N. Bills	Roman	i. V.

Weitere Titel

Der große Heliumkrieg	M.A. Stackpole u.A.	Anth.	563-1
Liverollenspiel-Handbuch	Evers und Schiele		557-7
Lexikon der Horror-Literatur	Hrsg. Alpers / Fuchs / Hahn		556-9
Lexikon der Fantasy-Literatur	Hrsg. Alpers u. A.		566-6

Das Schwarze Auge

Thronräuber	Alexander Lohmann	Roman	512-7
Roter Fluss	Daniela Knor	Roman	514-3
Rabengeflüster	Wichert/Jäcke/Wolf	Roman	515-1
Magische Zeiten	Hrsg. Momo Evers	Anth.	i. V.
Todeswanderer	Yvonne Gees	Roman	518-6
Kompanie der Verdammten	Manuel Krainer	Roman	562-3
Das Dämonenschiff	Harald Evers	Roman	568-2
Der Tag des Zorns	Daniela Knor	Roman	573-9
Den Göttern versprochen	Charlotte Engmann	Roman	579-8
Der Schandfleck	Andre Helfers	Roman	582-8
Unsterblicher Traum	Patricia Renau	Roman	588-7
Blaues Licht	Daniela Knor	Roman	589-5
Spielsteine der Götter	Heike Wolf	Roman	591-7

Hardcover

Sturm über Windhaven	GRR Martin & Lisa Tuttle	Roman	531-3
Die Flamme erlischt	George R. R. Martin	Roman	530-5
Die »Eis und Feuer«-Saga:			
Eisenthron	George R. R. Martin	Roman	532-1
Königsfehde	George R. R. Martin	Roman	533-X
Schwertgewitter	George R. R. Martin	Roman	i. V.

Es handelt sich um eine Bibliographie und nicht um ein Verzeichnis lieferbarer Titel. Es ist leider nicht möglich, alle Titel vorrätig zu halten.
Sollten Sie Fragen haben, kontaktieren Sie uns bitte unter

Fantasy Productions GmbH
Postfach 1517
40675 Erkrath
www.fanpro.com